U0120921

民国武侠小说典藏文库·还珠楼主卷

青城十九侠

还珠楼主◎著

（第六卷）

中国文史出版社

目　录

2

第八十七回

雷叱霆奔　烈焰千寻腾海起
云笼雾裹　金光百丈自天来

话说众人身陷火窟，幸而事前筹计周详，石玉珠手持天一真水，一心戒备，始终不曾丝毫消耗。及听冷青虹一喊，瞥见前面灵姑受伤晕倒，被青虹抱住退回遁光以内，一时情急。知道天一真水是她唯一救星，忙把瓶塞拔去，如法施为。一缕银丝般的凉气刚由瓶口飞出，洒向灵姑上半身手臂等处，猛觉遁光吸住，身外银光耀眼。陈嫣在后大声疾呼："速放天一真水，不可迟延。"

石玉珠先只忙着救人，还尚不知厉害。闻声回顾，忙舍灵姑，先将玉瓶往外一甩，立有数千缕银丝箭射出。随即分散开来，化为薄如蝉翼的水云凉雾，将身护住，当时炎热尽去，遍体清凉。灵姑所中火毒立停了蔓延，人也呻吟苏醒过来。石玉珠原听灵姑说过神斧用法，代为接了过去。

这时陈嫣五行真气已为烈火化尽。暂时虽可无虑，可是遁光仍被光网吸住，不能再往上飞，灵蛇在外，不知敌人内有天一真水护身，见五行真气已尽，敌人遁光犹自活跃，不曾烧死，几番发威冲来，俱因众人飞剑、法宝厉害，阻退回去。灵蛇怒极，便将内丹所化光网灵焰连连喷出。

似这样相持了一阵，隐闻潭岸上敌人纷纷怒喝，陈嫣知事已闹大，时久事多，便问石玉珠："瓶中天一真水还有多少？护身之外，还可供灭火之用吗？"那玉瓶原也是件宝物，里外晶明，用去多少真水，一望而知。石玉珠久闻少阳神君三阳真火威力，早有戒心。又见形势不佳，料定乱子闹大，身在敌人重地，只有三滴天一真水是临危救命之宝，所以用时非常仔细，见真水所化水云业将众人身子护住，便即收势，不再续往外放。

闻言举瓶一看，瓶中真水只去了四分之一，答道："日前途中火山爆发，秦家大姊所耗真水虽只两滴，以火区太广，最紧急时共放出去二十余滴。所谓两滴，乃是事后收回时消耗不足之数。这里火区虽比那火山要小得多，但此乃三阳真火,既有敌人行法主持,复有丙火之精所化灵蛇,威力比起火山之火必要强烈得多。又是有源头的活火,生生不绝,凭这几滴天一真水想要灭息,决非容易。现在瓶中真水尚存多半,无如身在重地,上面敌人已然警觉,不知还有多少厉害埋伏。万一火不能灭,真水反倒用尽,再遇强敌,如何抵御? 还是慎重些好。"

陈嫣道:"石道友所虑虽然甚是,此水神妙,威力尚未深知。秦道友因见火山爆发,唯恐蔓延,灾劫浩大,因为急于收功,而且真水用后仍可收回,所以用得甚多。实则真正灭火,也只消耗不过两滴,已然足用。不过为时太缓,而南北两火穴也必相次爆发,火是必灭,灾害却是不堪言状罢了。要论天一真水的威力,实是神妙不可思议。涓滴所化,可盈江河。而灭火之力,却又远胜。这里形势与途中所见火山不同:火乃有主之物,有人运用主持。全岛宫阙、楼观、花树、池沼,无不壮丽堂皇,清幽出尘,当初少阳神君不知费了多少鬼工,才有今日。本人又不在岛,门下弟子决不敢将地底灵焰火穴爆发,与我们对拼,使全岛仙山楼阁化为劫灰。如能发挥真水全力,将潭中之火一灭,他们不知我们虚实,看出真水是他们的克星,上面一切火攻埋伏禁制不敢随意妄用,我们逃走就容易了。否则,照此相持下去,灵蛇厉害,夜长梦多,如有他变,再想脱身就更难了。"

石玉珠终觉此举大险,力主慎重。冷、桑二人也不以此举为然。商议了一阵,渐渐看出灵蛇颇怯众人法宝、飞剑。只管发威怒啸,不敢硬冲,口中灵焰火网虽然越喷越多,恰似千万缕银丝将众人遁光兜住,精光耀目。两下相映,炫为异彩,奇丽无俦,吸力绝大,却被宝光所阻,一点也奈何敌人不得。

冷青虹见灵蛇伎俩只此,因有真水护身,毫不觉热,猛想起法宝、飞剑俱在外层,真水乃火克星,为何放在里面,何不颠倒一试? 便和众人说了。

石玉珠原因那天一真水乃旷古圣水,甚是难得。如仅用以防身,事后仍可如数收回。与火对峙,怎么也须消耗。各人飞剑、法宝俱是奇珍,不畏三阳真火烧熔,只是隔火烤炙,无异置身洪炉以内,万禁不住。又恐放出之际,烈火毒焰乘隙侵入。故此将真水所化水云包在遁光以内,其意只为取凉避热,还没想到以水避火的主意。闻言立被提醒,暗忖:"陈嫣欲将真水全数放出灭火固是行险,长此相持也非了局。如将这护身水云放向外层,冲开火网上升,许能办到。"忙即点头应诺。

石玉珠为防万一,内里护身水云反正不曾耗损,仍令原样不动。一面嘱咐众人运用玄功飞遁,引满待发;一面把身后遁光外层自己所放剑光略撤,露出酒杯大小一个光洞。赶紧行法一指,立有数十缕银丝箭一股由瓶口网飞射出去。

那灵蛇原极灵警。自从口喷火网将敌人吸住,便目不转睛,觑定前面遁光,准备伺隙进攻。一见前面遁光现出一洞,以为时机已至。口张处,一团手指大小的火弹,银光如电,刚刚急飞出去,石玉珠的天一真水也正由光洞中飞出,两下迎个正着,火弹爆散,化为万千银花。还未及助长遁光外面烈火之势,天一真水数十缕银丝也化成一片水云,朝那万千银光兜去,光华电闪,银花消灭。

石玉珠看出那火弹乃灵蛇丙火内丹,料知厉害。心恐真水放得太少,不能灭火,消耗更大。没等发生妙用,又接连将瓶中真水放出。水云溟蒙,越出越多。这一下,水云势盛,火弹所放银花消灭之后,水云顺着石玉珠手指处反卷过来,包在众人遁光外面。灵蛇所喷千层火网便如断了线一般,电光闪闪,忽红忽白,吸力立即大减。众人见状大喜,忙催遁光加紧往上飞去。

石玉珠见灵姑神志虽渐清醒,火毒却深入肌骨,两臂皮肉依然黑紫,全仗真水清凉止痛,尚未痊愈。不特不能对敌,行动也还须人扶持,无形中减去了两个有力帮手。潭中灵蛇如此厉害,灵焰阁为神斧所毁,两条灵蛇又斩了一条,敌人必将全岛埋伏一齐发动,裴元、展舒等不知能否接应?便嘱冷青虹专护灵姑,桑桓改向中央,自己试持五丁神斧当先开路,陈嫣仍然断后。内层真水所化水云并不收转,以防万一。到了上面,遇见敌人,只防不攻,也不伤害。

众人议定,便将行列掉转,冲焰冒火向上急飞,那灵蛇一见敌人逃走,自不肯舍,也在后面狂喷怒火,紧紧追来。雪亮如电的银焰似暴雨狂涛一般,由千寻烈火中不住向众人头上漫过。虽然天一真水神妙,有克制之功,无如火势猛烈,吸力绝大,每被漫头兜住,仍要不时停顿一下,方能破火上升。众人心料灵蛇为真水所制,也不能为害,便不再去理它,专一防御上面敌人动作。

众人飞行迅速,一会儿便冲上潭边。先在潭底,还听仇人众声叫骂,怒喝不休,及出潭口一看,不但看不见一个人影,只身后灵蛇尚在追逐。而且连裴元、南绮、展舒、王娴四人也不见踪影。陈嫣等四人都是久经大敌,道法高强。见状情知有异,不敢冒失行事。先将遁光略停,运用慧目,往上下四外留神查看,一切景物果非来时原状。离潭上四面危崖十里以内,俱变成了浅红色的空沙地;适见林木花树不知去向,连草都不见一根;到处浮起一层浅雾。那么大一座离朱宫，也不见一点踪影。只有百数十座大小亭子隐现在环崖远近薄雾之中。来时虽曾见过，位列却是四九火宫阵法。再看头上天色，也似晚霞反映，成了一片暗沉沉的粉红色光景。

陈媽首先识破入了厉害埋伏，低嘱众人仔细，等辨明火宫躔度，寻出门户，然后突然一下飞遁出去。正说之间，那条灵蛇见敌人上潭停住，便带起千寻烈火，口中乱喷火焰银丝，猛扑上来，吃水云遁光阻住，不能前进。方在盘旋飞舞，怒啸发威，忽从侧面高峰上流星过渡般飞来一个酒杯大小的红丸，直朝蛇口投去。

灵蛇见了，好似又急又怕。始而不住退缩，将头连摆，避了两次。峰上忽起异声，似在催促。紧跟着一条血红色的虹影由潭底飞起，直扑灵蛇，那红丸第三次又朝蛇口飞到。灵蛇见状，似知无法规避，一声狂啸，将口一张，吞了红丸。那条血虹也绕上身来，两下绞在一起，破空直上。闪电也似，略一掣动，便即无踪。灵蛇带上来的千寻烈火也突然隐形，不知去向。

众人见状，料知形势不佳，敌人四九火宫阵法已然现出。依了桑桓，不问青红皂白，仍给他一个硬走，破空冲逃出去。好在内外两层有真水护身，火势已无足畏，各人飞剑、法宝又极神妙，禁制任多厉害也无可奈何，怕它做甚？

陈媽拦道："我等斧斩灵蛇，天一真水能破三阳真火，敌人万无不知之理。依然以火宫阵图相困，当有制胜之策。少阳神君乃海外前辈散仙中有数人物，法力高强，门下弟子俱非弱者；全岛均有神奇埋伏。真水固可抵御真火，看此形势，真火之外必还另具不测之机。稍一妄动，便许落他算中。即便不能伤害，万一人困阵中，不能脱身，他却飞书向师告急，将少阳神君或别的厉害人物请来，岂非大错？这条灵蛇突然隐退，更是奇怪可虑。裘、展两对夫妻一人不见，敌人虚实深浅尚不知悉，如何可以造次？

"火宫阵法已现，四外火亭齐向中心对列，必有人暗中主持。我等只一遁走，必然立即发动。此阵火宫躔度，我还略知大概，暂时最好不忙。容我仔细观察门户向背，内中有无隐藏别的机密，看准地方，运用全力，说走便走，或能脱出阵去。

"敌人为防毁损仙山景物宫室，又料我们必由上空遁走，所有火力必都用在下方。你们看头上沉沉冥冥，全为红雾所蔽，不见一丝天色，那黑灵蛇隐退时又似上飞，厉害可想。我们只一往上飞起，触动火势，当空烈火必似火海自天倒倾，压盖下来。纵有这两层真水护身，火势如此强烈浩大，恐也抵它不住。就说无碍，敌人必将阵法频频倒转，挪移去路，使我等置身无边火海之中，任怎飞行迅速也逃不出去。时日一久，身外水云逐渐耗干，一个也休想逃走。我们虽未必如此糟法，但也不可不防。"

冷青虹接口道："敌人阵法虽现，尚无动静，何不将它引动，看看有无空隙可乘，以免长此相持，又生枝节。"陈嫣道："我何尝不是心急脱险，这层也早想到。但我奇怪这四九火宫阵法，火亭虽有四十九个，如今数来数去尚少四个，其数不全，明现空隙，敌人不应如此疏忽；是真是诈，难于断定，故尔踌躇。久持也属非计，大家留意，待我姑妄试之。"

陈嫣说罢，一面将先天金水遁法施展出来，暗中嘱咐众人用声东击西之法，故作往东方来路逃走。等将敌人埋伏引发，速急改道，由东南方有五个作梅花形并列的红亭一面冲去。众人点头应诺。

陈嫣如法施为，故意去犯正路。手掐灵诀，往正东方一指，先有一片白光飞将出去。果然埋伏引发，当时红云滚滚，烟尘大起，四外数十座火亭一齐飞动，环拥上来。丙火本是庚金克星，却因防到内中有诈，暗藏着先后天妙用，庚金转生癸水，变成丙火的对头。三阳真火虽然力大，突遇克星，火的大部主力又被火行者等主持人运向上空，急切间施展不得，竟被金水遁法阻住。

陈嫣原极内行，见敌人正面埋伏暂失效用，火宫阵势已难即时倒转变化，知如预料，有了逃路。更不怠慢，忙照预定方略拨转遁光，星飞电掣，往东南方逃去。

那五火亭本随正面埋伏发动，由万朵火云拥住，焰光电闪，迎面飞来。众人知道双方已成仇敌，阵中之火比潭底不同，除火以外还有别的厉害禁制，千变万化；虽然仗有两重真水护身，见此猛恶之势，也甚心惊。石玉珠手持五丁神斧当先，一见五亭各发光焰万道，如火山一般飞来，正要用斧去砍，陈嫣在后行法，一眼瞥见，忙喊："石道友且慢，我们不到万分无法，不可毁损主人法物……"

言还未了，那火行者等一干离朱宫众果如陈嫣所料，看出敌人法力高强，已能随意出入千寻烈火，灵蛇已为所伤，惊急愤怒之下，决计发动全岛火力埋伏，制敌死命。但又防到火势猛烈，毁了仙山景物。料定敌人必由上空遁走，将真火主力齐聚上空。等敌人离潭上时，当头罩下，上下夹攻，浮空围困。

火行者等以为如此一来，便是上天金仙，也难逃毒手。及见敌人上来时出了潭口,略为停顿,用先天金水遁法贴着地面数丈,往东方阵门低飞冲去,心还暗笑:"敌人虽然认出火宫阵法,只知躲开上空真火主力,却不知躔度变化,这当中阵门乃全阵紧要关头,怎冲得出?"忙即行法运用,欲发挥全阵威力诱敌入网。哪知敌人甚为当行,竟是声东击西!他这里正面威力还未发动,敌人遁光倏地转往东南。

火行者因适才来了敌党窥伺,不合轻敌太过,将火亭毁去四个,全阵只此处破绽,也吃敌人识透,此两举都是大出意料之外。知道一被突围冲出,过去不远便是离朱宫仙景最繁之处,投鼠忌器,便难免不被逃走。师父回山,如何交代?一面分人将空中真火升高,向前移动,一面倒转阵势。这一干忙脚乱,那里石玉珠吃陈妈一喊,猛想起来时五火使者所授火亭出险之法。刚要进去,桑桓恐失事机,已擦身飞过,抢向前面引导,口喝:"我们快照五火使者所说穿亭而过。"边说边当先往亭内冲去。

众人本已警觉,遁光又是连在一起,一人向前,便全数追去。同时火行者也将正门烈火发动,一排火山由斜刺里漫天涌来。他万没想到五火使者已然泄机,会被敌人穿亭而过。众人冲烟冒火到了亭内,桑桓赶紧将亭心所悬火焰形法器如法扭转,随由东方冲出。

那四九火宫阵法变幻神奇,威力绝大。众人虽有真水护身,也只暂时不受火伤。如非五行有救,五火使者无心泄机,识得火亭妙用,稍迟一步,正面火山涌到,五座火亭立分五面列开,将人围住,上下四外都有万丈烈火崩山倒海压来;火行者暗中再将阵势移向高空,由灵蛇所化神焰助长威势,火力越来越盛,生生不已,众人脱身不出,至多数十日便将瓶中所带天一真水耗尽熬干,休想活命。

这一穿亭飞出,亭中法器倒转,立有千万朵火焰乱箭一般射将出去,以火御火,成了反克。这些火焰乃少阳神君所炼真火精英,比四外之火猛烈得多。火与火斗,互相冲荡排轧,那鲜红如血的火焰一飞出亭外,便连珠也似,不住在万丈火焰中自行爆炸。宛如万千迅雷相次爆发,电舞雷奔,震撼天地,声势猛恶,从来未有。晃眼工夫,那一排火山便被震荡分裂,前半已不能再凝聚,火势全被阻住。

火行者见状大惊。知道阵势已发,不比往日有心纵取药人逃走,只借亭中真火去阻灵蛇,略缓势子,以免收势不及,致为灵蛇所伤;便是真火威力,只驰十之二三,此时如稍疏忽,不特真火耗损,还有别的损害。当时急怒攻心,咬牙切齿,痛恨敌人,必欲得而甘心。一面赶紧行法暂止火阵,使亭中火焰不再发出;一面命人前往复原,亲自率领宫众紧紧追去。这一延缓,众人已是脱险上升。那亭的前半又在离朱宫上空境域以内,不能不加顾忌。一直追到了西海上空,方始二次发动烈火,将各人所炼丙火之宝纷纷发将出去。

这里众人飞出岛境,遥见裴元、南绮、展舒、王娴四人驾遁光迎来。众人本来忧疑,见四人不曾失陷,好生欣幸,九人会合,往前飞驶。四人闻知灵药已得,也甚欢喜。

石、陈二人询问四人何往,怎得未见接应? 四人同说:"真险!"正要叙说前事,忽听身后来路洪洪发发风火之声,宛如海啸怒起。回顾十来亩大一片火云,簇拥百十个奇形异状的道装童子,带着万丈烈焰,漫天盖地而来,疾如风驰电掣,迅速异常。晃眼天被遮红了半边,海水也被映得通红。众人原只飞离岛境百余里,因与展、王等人会合,略一停顿,竟被追近了些。遁光甚速,虽然未被追上,但也成了首尾相衔之势。

南绮见吕灵姑受伤,想起了适才久候众人取药不出,下去探询,敌人诸多无礼,又发烈火相围;如非展、王二人道法高强,几为所伤之事,大怒道:"少阳神君并未禁人求药,我们俱以客礼行事,并非强取暗盗。适才四人无故受他欺凌,因我们还有人在他潭底,未与计较,忍气退走,现在我们照他岛规将药取来,吕姊姊又受了伤,我们不寻他算账,反而穷追不舍。以前少阳神君任人取药的话,分明是断定烈火厉害,无人能下,假充大方,诱人入险上当,显他威风,等来人真有本领取走,便生吝惜,群起为仇了。可见这类夜郎自大的旁门中人,一个好的也没有。视此行径,欺人太甚。我们现有天一真水护身,在他火宫阵内,和灵焰阁火源重地,千寻烈火之中,尚且无奈于我,何况这些旁门子弟? 反正是不肯罢休,转不如回身迎住,给他一个厉害,为吕姊姊报仇,少出我们恶气。"

石、陈诸人虽不愿结仇怨,但是敌人如此穷追,也实逼人太甚,未免心中有气。同时又见后面飞来许多法宝、火器。心想:"早晚仍被追上。就此隐身遁走虽说可能,一则太以示弱;二则照此情形,仇怨已成,将来仍要被他寻上门去。此时已然离岛,不在火宫阵地以内,敌人三阳真火已减却不少威力,除此以外,别的更不怕他。返身迎斗一场,使他知道我们全是相让,并非怕事。便日后乃师相逼时也理直气壮,有话可说。"

正拟议间,接连数十支火箭已从身后飞到,只因被真水所化水云阻住,不能近身。南绮、王娴、裴元三人心中实不服气,一面同声高呼:"诸位道友且住！"一面早各把飞剑、法宝由遁光内放出迎敌。石、陈等诸人刚将遁光暂停，漫天火云烈焰已如狂涛怒涌，簇拥着火行者等百余宫众，连同先发的法宝、火器飞驶而来。晃眼越过头去，将众人团团围住。火行者同了乃妻鬼女乔乔为首，指挥全体宫众各逞威力，发出百余道精光血焰，箭雨一般上前夹攻。

裘元等当先迎斗。裘元飞剑乃古仙人所遗神物，又得青城真传，本就厉害。南绮囊中法宝更多，也非常品。王娴一动，展舒也跟着出手。展、王二人修道年久，法力高强。这四人无一弱者，对方凭那数十支火箭如何济事？吃四人的剑光、宝光迎头截住，会合一绞，便成碎段。

那火箭俱是三阳真火凝炼，断后并不下落，仍在遁光外面飞舞。展舒正要将它消灭，火行者等宫众遥见大怒，行法一指，满空断箭残光倏地融合，化成丈许一团血红光华，二次又朝众人打到。展舒看出此是真火凝炼之宝，已化成三阳神雷，众人虽有水云护身，这一震之威却甚猛烈。难得他自行凝聚，正好收去，以备后用。见裘元、南绮、王娴三人正指挥剑光、法宝上前抵挡，忙喊："且慢！"说着扬手飞出一片乌云，风卷一般朝前兜去。

那神雷吃三人剑光法宝一逼，本快爆发。乌云恰巧赶前飞到，一下正好兜住。同时火行者等宫众也已赶到。展舒连忙将手一招，乌云便电掣一般飞回。逐渐收缩，变成一个不足半尺的绡囊，落到手上，轻软如棉，火光在内，隐约可睹。火行者想要行法夺取，已被收回遁光以内，来不及了。愤急暴怒之下，立意想将众人一网打尽。

火行者一面施展各种厉害法宝合力夹攻，辱骂诱敌；一面暗下毒手，将强迫潭中灵蛇所化灵焰隐隐分布在四面高空。然后照着本门真传，运用玄功，如法施为。等准备停当，突化千百三阳神雷，暴雨一般凌空下击。谁知只将敌人身外水云冲开或是震散了一些，这类三阳神火乃丙火元精化身，大有灵性，与前放火箭不同，得隙即入，多大道行的人也敌不住。外面再有千重烈火和诸般法宝、火器合围，料定敌人必难幸免，因而仍在暗中施为。

石、陈诸人见敌人纷纷叫阵辱骂，法宝、火器满空飞舞，光焰万丈，声势浩大，恐有疏失，忙止裘、展四人切勿出战。只在遁光水云以内飞出法宝、飞剑迎敌，暂且相持，然后再打取胜主意，以求有胜无败。众人议定以后，因愤敌人辱骂，各以全力施为。

石玉珠心想："自己虽然略知五丁神斧的用法，一则此宝并非己物，从来不曾用过。敌强势盛，深浅难知。此宝威力原不止此，灵姑也只仅能使用，不能发挥全妙。倘遇识者,有了疏失,如何对得住良友? 二则少阳神君并非左道妖邪,便他门人除了心骄自大,也无甚罪恶。前与本门结怨全出误会,与峨眉、青城诸正派均有颇深渊源。此时虽成仇敌,将来终归化解,不便仇结太深。此斧神妙厉害,一出手难保不伤人。但能得已,还是缓和些好;众人已有许多法宝放出,何苦将事越闹越大,使其纠结不开? 三则不似自己的法宝、飞剑不能由心所指,随意施为。隔着遁光水云,用时好些不便。"为此不曾施展出去。

火行者等虽然人数甚多,法宝、火器无不神奇,具有极大威力,无如遁光中敌人差不多俱是硬对,所用法宝、飞剑件件厉害。尤其陈、展诸人均精玄功五遁之术,道法高强。所以一任火行者人多势众,急切间不特不能取胜,所用法宝、火器反被敌人破去了十好几件。陈嫣等以为敌人伎俩不过如此,自己又不在岛上火宫阵内,三阳真火威力大减,已无足畏,意欲冒一点险,将瓶中天一真水再分放些出来,化作水云;将灵姑交给石玉珠护持,由陈嫣和冷青虹各用真水护身,飞出遁光以外,施展五遁玄功,给敌人一个厉害,打退回去。省得长此相持,纠结不开。

三人议定以后,石玉珠刚把灵姑由冷青虹手中接抱过来,手中玉瓶也交给了陈嫣,待要照计行事,对面火行者恰好行法已毕。他先以这类法术狠毒,发出来的三阳神雷,比起岛上原埋伏的烈火还要厉害,并还累及好些生灵遭殃;灵蛇元气耗损,重炼也极费事,意尚踌躇。及见同门宫众纷纷挫败,敌人所用飞剑、法宝丝毫未损,自己这面却丧失了许多,怒火攻心之下,更不暇再作顾忌。竟将多少年来只在强敌当前,放起空中示威,护卫岛宫重地,备而不用的灵蛇火精所化三阳神雷火网施展出来。

一声怒啸,将手一挥,率了全体宫众,立即升空而起,紧跟着咬破舌尖,手接血滴,合拢一搓,往下一扬,千百缕火丝箭雨一般四下分射。密布空中的神雷火网,立即猛发出万千点比电还亮的银光,雹雨一般往火光中打下。陈嫣等存身之处顿时成了一片火海。千百丈烈火红光中包围着亩许大小一片水云。火光、宝光里外相映,霞辉灿烂,电舞虹飞。三阳神雷又从高空打下,银光乱落如雨,轰隆之声震撼天地。海水沸腾,矗如山岳。景色雄丽壮观固是奇绝,声势之猛恶也已到了极处。

陈嫣接过玉瓶,如法施为,瓶中天一真水便化作一股轻云般的祥氛飞将起来,待要包没陈、冷二人全身。忽见遁光外面许多敌人倏地各收法宝、火器升空直上,势急如电,迅速已极。看去行动一律,又是一直上升,未往回路逃遁，并非势穷败退，情知有异。忙令众人将法宝、飞剑暂行收住，先勿穷追，静以观变。

陈嫣随说，随运慧目仰面查看。猛瞥见当顶烈火光外昏红沉香，不是正经天色，相离海面也低。知道此时烈焰上烛，天空云翳早被冲退。三阳真火与寻常之火不同，火外无烟。天色为火光反映，理应四边灿如红霞，高空正中天心仍有青色，不应如此一体昏茫低压。敌人又恰在此时突然上升，料定必有毒计。再一谛视，敌人晃眼工夫已然飞出火层之上。因有千寻烈火阻住目光，由明视暗，和火外天色一样，用尽目力，只隐约看出一点迹象，看不真切，心疑岛上九宫火阵已然移来。

陈嫣忙喊："敌人不战而退，必肆阴毒，诸位留意！"猛又瞥见由空中敌人影里，射出一片血雨般的红光。刚道："不好！"空中星雨流天，万千三阳神雷已当顶下击。到了水云层外，迅雷霹雳纷纷炸裂，立时海水横飞，热浪排空，高起数十百丈。吃烈火一烧，全成了沸汤，四下飞洒。

这三阳神雷威力厉害，猛烈无比！所中之处便是高山大岳，也成粉碎，熔成浆汁。何况如此繁多势盛，天一真水只能灭火，却禁不起这万千迅雷密集猛震。始而众人在火光水云之内，被神雷震荡得东摇西摆。后来神雷越来越盛，密集如霰，水云遁光虽还未被击破，却似星丸跳掷，飘荡于千寻烈火，万点银光之中。

最厉害的是，神雷乃丙火之精所化，具有灵性，能合能分。每一迅雷，先只酒杯大小一团银光。一与水云相触，便即暴长，大约亩许，如吹泡一般，倏地化为无数银色焰花，一齐炸裂。雷数又多，直似万千天鼓相次怒鸣，比寻常霹雳何止百倍。任是有道之士，置身其间，也由不得耳鸣目眩，心惊神悸，难以自制。

那些银色焰花并不消散，随着一震之威过去，又由四外往中心聚拢。由大而小，由分而合，逐渐缩小，往空升起。经火行者等行法一指，仍为神雷，往下猛击。生灭相继，永无休歇。

众人想不到敌人竟如此厉害。一面强自防御，各运玄功支持；一面护持吕灵姑，以防不测。各自惊惶，想不出甚善策。火行者等见众人虽被神雷打得满空飞舞，却仍伤他们不得。又因天一真水是火的克星，时间一久，三阳神雷便会有损耗。情急愤怒之下，拼着多耗真元，将同门宫众选出四十九人，按照四九火宫躔度分列空中。一声号令，一起行法。各将舌尖咬破，化为血光，喷将出去。这一来，三阳神雷平增了若干火势。

众人在火光中还未觉察,忽见数十团栲栳大的银光火射星流,夹在千万银星之中,分四面自空直下,挨近水云便天崩一般纷纷爆裂,声势比前越发猛烈;火光竟被打下去百余丈,几乎降落海面;知道厉害。如被打入海底,不特无量生灵遭殃,而且这千里以内海水齐成沸汤,敌人必定运用三阳真火使水火交济,增强威力,更难脱身。只得各自运用玄功,同驾遁光,冒着烈火迅雷往上升起。刚刚升到原处,又是数十团银光当空打下。

陈嫣因见敌势太强,不以全力支持,决难禁受。心中焦急,把心一横,也拼着耗损元精行法。把左手中指咬破,待要施展最恶毒的法术抵御时,不料烈火围攻时久,又经这一次迅雷猛击,虽然真水有克火之功,未被侵入受伤,却是互有耗损,外层水云也无形中消耗了许多。

众人身在火光以内,因见万雷齐发,始终被水云挡住,不曾攻进;情势又异常紧迫,一时疏忽,竟未顾及。等二次迅雷打到,火势愈甚,水势愈衰,一片连珠霹雳爆发过去,外层水云竟被震穿一洞。外面烈火拥着许多银星立即乘虚飞入,纷纷化为神雷灵焰,一齐炸裂,其力绝猛。第二层法宝、飞剑结成的光罩,也被震荡开一个裂隙。雷火相继攻入,又复爆发,来势神速。

陈嫣行法未及施为,又值被击下降,情势危急异常。如非内里还有一层水云笼罩,众人虽有法力,也是骤手不及,非受重伤不可。幸而五行有救。陈嫣手正持着玉瓶向外发放,见状大惊,不顾行法伤人,忙即缩回左手,慌不迭将手中玉瓶向外连甩,将瓶中所剩约有少半天一真水齐化祥氤,飞射出去;同时众人忙自运用玄功,将二层宝光加紧连合,以防再有空隙,石玉珠见事危急,又把五丁神斧先伸向前抵御,才未被雷火继续飞进。

那先飞进来的雷火吃了五丁神斧一撩,又吃瓶中飞出的水云一裹,全数消灭,才保无事。但是外层水云已为迅雷震散,化为片片祥氤,飞舞在火海之中。内外隔断,空自可惜,不敢妄自收回。中层飞剑、法宝强弱不等,有的禁不住烈火迅雷烧击,已经毁损,既是可惜,如再被敌人攻入,更难抵御。内层水云虽比前厚密得多,但瓶中真水已然用尽,后难为继。暂或无害,久则可虑。何况神雷威力比前更大,久了也是难当。

说时迟,那时快!就这匆迫抵御,手忙脚乱之间,火行者等宫众见敌人身外水云已破,俱都大喜,益发施展全力下击。众人正在鼓勇上升,还未升到原处,第三迅雷又复打下。这次竟比前两次还要猛烈。那遁光外的千寻烈火也加长了狂焰,由红色转成白色。发出震天价怒啸,与万千霹雳之声相应,焰光如潮,轧挤上来。

众人见雷火之势一次胜似一次，眼看数十团银光夹着银星晃眼临头，如照此无数大小迅雷更番连击，每次加重加强，如何能敌？方觉要糟，就在这危机密布，一发千钧，满天雷火就快打到之际，猛瞥见一片金光由逃路那一面疾逾电掣，横海飞来。映得眼前奇亮，满空红白光焰齐耀金霞，正挡在众人遁光之上。当空大小神雷也恰在此时打到。

双方势子都急，真个不差一瞬，好像众人便要被打中。不料那神雷打在金光之上，立即爆发。万雷怒裂，声势自然较前更猛。那金光竟连动也未动，晃眼展布越广。金光之下，一片祥光，拥护着一个貌相英俊童子，赤足短衣；臂插一柄玉钩，腰系宝囊，光华闪闪外映；通体细白健壮，美如冠玉。一手指定头上金光，一手持着一件法宝，正在向空施为。

众人见状，料知来了救星，不由精神大振。忙即定眼看时，石玉珠认出那短衣赤足小童，正是日前曾往香兰渚求宝，峨眉派掌教妙一真人齐漱溟历劫多生的爱子，武夷山神僧寒月的爱徒小神僧李洪。心想："三阳神雷何等厉害！他竟能举重若轻，一到便即止住。小小年纪，想不到有如此高深法力。"忙和众人说了。休说那裘元夫妇，连陈、石、展、王、冷、桑六人，也都自愧弗如。

众人念头刚转，李洪扬手处，突发出一股黑气。先只有尺许粗细，激如涌泉，渐上渐大。直上数十丈，金光突然开裂出一个亩许大洞，那黑气便直穿上去。一会儿中断，上半全由洞中穿出，金光重又合拢。这时上面三阳神雷仍是密如贯珠，震天撼地，打个不休。下面还有千寻烈火和一些残余的雷火灵焰，俱吃金光上下隔断。

李洪重又将手中金钵往外一扬，黑气二次由内飞出，由小而大，笔也似直飞入烈火之中，约有一二十丈长短。停住以后，便如神龙吸水，巨吻鲸吞，四外烈火如万壑奔流，齐往黑气中卷进。眼看海面上浮空千寻烈火由盛而衰，由密而薄，约有盏茶光景，全被吸尽。那一股黑气吞完烈火，突往金钵中投去，一晃不见。

李洪随向众人含笑飞来，高声说道："没有事了，老藏在里面做甚？还不快些出来。"众人忙收遁光上前，互相通名叙见。众人谢了相助之德，并问怎得来此，是否有人请托。

李洪笑道："说来话长。大家说我年轻，也不想他们初学道时年纪是大是小。谁来请我？我自奉家师之命许我下山行道，前往峨眉省亲回来，正觉闲得难受，无心中听人说起诸位道友的事。忽然想起四年前我乘家师出门访友，闻说金蝉、石生两兄在括苍山诛一怪物，偷偷赶往凑热闹。到后一看，怪物已然伏诛，金、石二兄同了甄、易四兄也早回去。

"我见山景甚好，玩了半日。刚要起身回去，遇见两个装束奇特的少年。欺我年轻，言语失和，动起手来，被我行法困住，说了他们几句。内中一人忽说大话，说他是离朱宫中侍者，奉命出来采药，忘带法宝，所以为我所败。如有胆子，日后敢往磨球岛一行，便叫我知道厉害。

"我气不过，答说现时师父不准我远去海外，你们如不服气，不妨约了你的师父、同门，去至武夷山绝顶寻我也是一样。再不四五年后，我如奉命下山，必去磨球岛寻你们见个高下。说完，将他放掉。

"可恨这厮真不要脸，假装和我说话，冷不防放出火箭暗算。我贴身穿有家母所赐仙衣，虽没受伤，我在括苍山中捉到，想带回武夷驯养的一只双头怪兽，却被火烧死。我气急想追，已被他就势同驾火遁逃走。这一斗法耽搁，我回山时恰巧师父比我先到了一步。怪我不该私自离山，几乎受责。我本想告知师父的，因此一来，也没敢说。心想这厮行时那等恼怒，日后定往武夷寻我。一直等了四五年，也未见来。

"后去峨眉，遇见金蝉哥哥，说那双头怪兽名叫连乔，乃是神物。养大了来，能够喷云吐雾，千年难得一遇。无故被这厮烧死，真个可惜已极。气得我当时便想寻去。金、石二兄又对我说，那厮师父和家父相识，他岛上三阳真火虽然厉害，但也有法宝可以抵御。并将那几件法宝的名称妙用，和主人是谁，都对我说了。

"我一想真火厉害，他们人多，他师父和家父各位师长相识，我一人前往尚可装作不知，其势不能约请帮手。只好记在心里。这次听人一说，把前念勾起。难得少阳神君又不在家，正好前往。看在他师父份上，也不杀伤他们，只助你们取那潭中灵药，就便践约，使他们见识见识。

"我主意打定，因那法宝有一件在宁一子师伯那里，他平时很喜欢我，以为可以借到。等到香兰渚一说，两位世姊作梗，没有借成。我一赌气，又去寻找别人。谁知不是人不在家，便是视而不见，只借到一件防御雷火之宝，破那真火仍是不行。

"我到处飞驰，连跑了好些天，算计没有多日你们便来。方想不问三七二十一，就凭师父所传法宝、自身法力和这柄断玉钩来此硬碰；就算真火破不掉，好歹也可大闹一场；不料又将路走错，误经西极山玄姥岭，遇见不少西极教下的徒党，将我阻住。因我误越玄姥岭圣地，他们本来立意为难。当地设有禁制，已将发动。我见说理不行，不由有气，想要动手。在这双方就要动手之际，忽听峰腰之上远远传来异声，跟着一片墨云自空飞堕，落下一个老人，自称是他教中第二长老，一声怪叫，那些教徒便即停手。

"那老人穿着一件前短后长的白衣，非僧非道，十分怪样。须发纠结，恰似披了一头长短不等的白麻绳；当顶一大圈却是秃的。身高面红，阔鼻扁平。两条浓眉之下眯缝着一双满布皱纹的眼睛，蓝光炯炯。见面便说还有一个长老在崖凹里，想要见我。因正修炼，不能行动。我如允往相见，于我此行大有助力，并还帮了他们的大忙。

"我见他虽似旁门中人，颇有道气，说话也颇和婉。尤其是开口便知我的来历，觉着有点意思。反正不争这一会儿工夫，我也不怕他们闹甚鬼，答应随他去见。他便向众教徒说了几句，说的是他们的土话，我一句也未听懂。但见那些教徒先被老人喝住，不令动手，好些还在愤愤，多是敢怒而不敢言之状。及听老人一说，齐声欢啸，朝我拜倒。有两个竟走近前来，伏在脚前，亲我的脚，眼中流出泪来。好似感激涕零、喜出望外神气。跟着，把路让开。

"老人引我飞上峰腰落下，走进一个两边危崖交覆，黑森森不见天日的峡谷中去，尽头处是一个崖窝，中有一条洞径。老人到此神态立改恭敬，一言不发，问他只低声笑答到后自知。循着洞径绕走了九个转折，路都向上，越走越高。估量快达峰顶，对面忽现一个大洞。老人请我暂候，他先走了进去。一会儿他走出来，引我入内。一看，当中有一座方丈大小莲台，台上盘坐一个老人。千百莲瓣俱是精钢所制，锋利异常。当中另有百十根花须，钢刺一般。台上长老想是坐关苦行多年，衣服俱已粉碎，仅剩一些丝缕绾在身上。通体赤露，坐在莲峰之上，座下花须梗由肉里透穿向上，直似坐在许多刀上。

"我未进以前，闻有风雷之声。这时虽已止住，离身三丈以外仍是黑风滚滚，连同无数碧绿雷电四面旋转飞舞，明灭不停。虽不似这三阳神火猛烈，别有一种阴森惨厉景象，令人见了心情不安。那长老当初想也身材高大，皮肉洁白，只因坐关年久，日受风雷刀兵诸般苦难，成了一具仅具形体的枯僧，挺坐在台上。身已灰黑，又干又瘦。老人向长老莲台跪倒，用土音说了几句话，台上老人鬼叫似一声长叹，回答了几句，将眼睁开，洞本阴暗，那两眼中蓝光竟如电一般亮，远射丈许。

"那老人随令我回看，只见对着莲台来路的洞门之上有一石镜，忽现圆

14

光。石镜先把我此行经过一一全现出来。最后现出西极山玄姥岭绝顶，顶中心有一个圆潭，潭水时涨时落。涨时上齐地面，落时潭便成了无底深坑。随又现出我飞来，原为长途飞久，看见高山景物，落下观看，误入禁制之中。潭水也正上涨，一时满山红、黑、白三色烟光四起，夹着千万刀箭，百丈烈火，潮涌而来，吃我施展佛法和断玉钩将禁法破去。我刚要飞走，便听峰下众声喧哗，瞥见多人朝上怒叫。我因觉奇怪，意欲查问是何缘故，一落地便吃众人围住，喧吵不休。内有十几个更先飞起空中，防我逃走。我正发怒，要想动手，那个老人连先飞起的人一同飞下，圆光便自隐去。

"我问是何故？前老人道：'绝顶灵潭名为玄阴凹，乃我西极圣地，庚金元精生化癸水，实源于此。当大荒开辟之先，五方五行互为生化，只是相生而不相克。全宇宙内元气混茫，浑然一团。经过若干万年，天地始定，五行也各有位次。壬癸之水因由庚金生化，源头未绝，滔滔不竭，遂有洪水之患。自大禹出承帝命治水，疏导江河，历时九年。最后玄阴水姥为禹所追，逃往西方，欲与庚金之神合力，金、水相生，增厚威力，使宇宙复归混沌。禹率治水诸神为探本穷源，来我西极，查知弊害。以毅力虔心，极大智慧，精研极思。仰参造化，上穷原始两仪化生之源，因悟五行相生亦可转而相克。便命五相、六丁、九宫诸神，以无边神力，重正五行之位，使各相生克牵制，遵依天象经纬，永顺南北四时之序。玄阴水姥也被擒制复位，水土因以平治。'

"'这时水姥勾引庚金所生真水精英尚有不少，如令挟以归位，此方诸域必致泛滥；如以戊土克制，又要多出一片大海。本来宇宙之内水多于陆，沧海桑田，本随人物繁庶逐渐缩小。两相比时，直到水小于陆，不敷人用，茫茫大地均为人与生物占满，重又混沌，转为洪荒。水陆两地大小，开辟之始已有定数，增减不得。再增一片海域，无异使千万年后生灵早遭若干年的浩劫。禹心仁爱，自不肯为，只得将真水禁制在这西极地轴之中，截断庚金水源，与绝顶相通。每年起落三百六十五次，使其随着日月光照，化为云雾，逐渐消耗。这样每起落一次所耗虽是无多，但是历时已数千年，去今百年以前水便消耗殆尽，只存百之一二。下余一二分乃金水真精所萃，再过数千年也难消灭，神妙威力却是不可思议。尤其这近数百年来，有一仇敌近在肘腋，时防侵害，如得此水之助，便可无害。'

"'本教历代长老俱想收来，永为镇山之宝。无如事情太难，神禹禁制已是难破，又具有灵性，威力至大。虽只原量百之一二，休说还要化生，便是原样放将开来，也足淹没西极而有余。何况此时之水又非昔比，与凡水大不相

同,所到之处万物皆要毁灭。一旦收不好,为祸至烈,踌躇多年未决。'

"'嗣有本教中一位长老誓发宏愿,以苦行毅力收炼此水,择吉告天。当初神禹封禁圣潭时,曾在此洞行法九日,一切禁制枢纽全在洞内。洞与圣潭遥遥相对,已然封闭数千年,外观与山石一体,毫无孔窍。那位长老费尽心力,测出门户,攻山开石,将它打通,入内坐关。用本教至高至上法力,每日默运玄功,详参五行先后天生克秘奥,凝炼潭中真水。'

"'因洞中禁制与圣潭相接,彼此应合,长老备受金刀、风雷之苦。历时百年,仗着本教法力,居然悟出金、水相生妙谛,潭中真水也被逐渐凝炼。无奈潭口封禁,五行相生神妙莫测,不能取出真水。稍一冒失行事,洞中禁制立即发动。金刀、风雷均可抵御禁受,唯独莲台下面烈火厉害无比,任是多高法力,身处其中,也被炼成灰烬。为此不敢轻率从事。一篑之功,长老自不愿就此罢休,只在洞中苦熬。忍受金刀、风雷之外,复有诸般魔扰,这多年来也不知经历了多少奇险。一直熬到如今,苦无良策。'

"'前数年,屡于诸般苦厄之中虔心推算,得知此事必须假手外人之手始得成功。并于心镜中现出那人形相踪迹。神禹禁制只在圣坛上下,自从长老坐关行法,恐有仇敌乘机扰害,全岭之上埋伏密布。外人如有触犯,除非真个不知禁忌,说出理来,本教中人立以仇敌相待。可是此峰偏居西极,远隔辽海,凡人足迹万不能至,高明修道之士又不会不有耳闻,自来无人经过。适才道友不知底细,误越禁地,又将上设埋伏破去,好些教下弟子自然不肯甘休。尚幸发觉得早,洞中长老闻得他们喧哗,忙运法眼神光,看出来人竟是心镜中所现之人,这才出声喝住,命引进来相见……'

"老人说完前事,又把我领至莲台前面,指说道:'这座莲台便是神禹所留。这里和圣潭两处埋伏,俱都发源于此。我们现已悟出内中奥妙,并非不能破它,不过禁制神奇变化,有无穷厉害。莲台一破,这三百六十五把金刀所化花须、花瓣立化纯阳真火。非特台上长老有身化劫灰、形销神灭之虞,地火也必被它勾动,使全山化为火海,与潭中真水交相为害。彼此遥遥牵引,息息相关,此后更无收它之法。必须有一人持着一件不受五行克制之宝,先将两处禁制隔断,减去纯阳真火之力。等台上人将禁法破去,只剩真火包围,这圣潭禁制已失灵效,再施法力将真水引来,灭去真火,方可收此真水,永镇西极。'

"他又说这类法宝最是难得,想不到我倒持有两件:一件是天蒙老禅师所赐,由晓月禅师手中取来的前古至宝断玉钩;一件便是我现在用来隔断敌人神火迅雷的佛门至宝小诸天香云宝盖。为此请我助他们成此大业。

"我听他说真水能灭真火，触动此行心事，便问这玄阴真水能灭少阳神君所炼真火不能，成功以后能否由我借用。他听出我的心意，越发高兴。答说他所说左近敌人，便指离朱宫而言。本来少阳神君不爱惹事，多少年来彼此相安，两不侵犯。只是他们门下徒众近来甚是骄横，明明乃师曾经有令，说西极教禁忌颇多，如往中土，可由海上飞行，他们阳奉阴违。如是借路也罢，有时遇上教徒，偏还要故意欺凌，或是说上些难听的话，如非教中长老迭有严令，不是真犯本教大禁不许计较，双方早已成了不解之仇。

"老人又说事情虽小，一则令人可愤，二则本教库中藏珍甚多，难保不是心存叵测，故意挑衅。履霜之渐，不可不防。此次急于取得真水，一半也是为了防他们。得手以后，本心只想使宫中徒众看个颜色。无如双方未真破脸，教徒轻易从不出山；就出山，也不会由磨球岛经过；况且本教中人志在清修，虽想稍为儆戒，却不愿把事闹太大。难得假手于我，使知畏惧，以后不再来此惹厌。正是一举两得。

"老人随又说起磨球岛本是前古南方丙火支脉，自从天地五行定位以后，便被隔断在此。岛中地底有一火穴，藏火至多。自从少阳神君来岛修道，加以祭炼，平增了无限威力，与寻常地火大不相同。因它会合三阳乾焰而成，除所炼诸般法宝外，丙火精英已被炼成形体，通灵变化，神妙无穷。虽然天一真水能制，但是为数太多，所耗可惜。便这玄阴真水是它克星，要想全数消灭，也须耗去若干水力，费上好些时日，才能兴许成功。如使畏服败退，却是容易。那收去真水的乃教中一件镇山至宝，取携也极方便。只要我助他们成功，必传我用水之法。以后随时相借，无不如命。

"此举自然合我心意，便答应由他调遣。他先引我由莲台后面通过，经后洞门去至潭边，当时就要发动。因闻我会金刚禅法，越发喜出望外。说是这样可省去好些危险，请我面潭行法打坐。候到子正，洞中起了异声，发出先约定的暗令。一时潭上下禁制相次发动，金刀、风雷、烈砂、黄火，还有东方乙木之气，夹着万千根巨木，相互变幻生化，夹攻上来。吃我先用香云宝盖将它们罩住隔断，再将断玉钩放出，施展师传法力，破那诸般禁制。仗着法宝灵效，佛家法力神妙，五行风雷之劫经了一日一夜，才得毕事。

"事前那长老再三叮嘱，不可心慌畏缩，时至自解，决可无碍；千万耐心守候，必不误我磨球岛之行；实则所说并不十分可靠。风雷一起，老人假托行法，先自隐去，一直未见。我料他胆怯，不敢在场。因已答应在先，也就听之。专心耐守，与风雷五行苦斗。终于被我一一破去，他才出现。

"这次相见，他比前还要钦敬，并还向我告罪。他说神禹禁制厉害已极，虽早参悟出破法取水应在我的身上，又带有两件克制之宝；但是我年纪太轻，并非修道人元婴炼成，只是根骨甚佳，从小入道，能否胜重任，实无把握。偏生此水已然通灵，再迟不取，约有年余，便要变化成形，震破潭中禁制，由地肺中遁去。非收服不可，但事太行险，不得不加，慎重，少存私心。

"他并说台上坐关的名叫宗多拿，乃他西极教中第三代长老首座祖师，为了些事已迟数百年功果。破法时稍一不慎，便会形神皆丧。此人关系他全教盛衰存亡，最受全教门人尊崇爱戴。他乃宗多拿第五弟子，名叫甚凡都，正当值年，责任重大，不得不留一退步。后虽知我有佛门禅功，心终不能全放。一面请我依言行事，一面去至洞中，用他教中最狠毒的法术为师护法。一面暗令教下门人全数逃往离此七百里金云山绝顶暂避，以防波及。准备我到时一个支持不住，洞中真火未起以前，他便刺破心血行法，代师应那坐关以前所发恶誓，护住乃师遁去。

"甚凡都又说我有二宝护身，虽不致死，困厄受伤或者不免，他却不暇顾及。想不到我竟有如此定力，不特自身无甚伤害，因我除用法宝隔断禁制外，并能以佛家法力和坚忍勇毅战胜诸厄，将所有风雷五行禁制一一阻住破去，洞中竟未受到一毫呼应，减去不少力量。经乃师行法，破去十之八九，现时只剩最后一层烈火还未发动。只等引真水入洞，立可大功告成。

"甚凡都说完，自往潭边行法。咬破舌尖，喷出一片血光，飞入潭中。跟着左手一扬一招。自从禁法破后，潭中真水已然暴落，怒吼如雷，不再上涨，望去深不可测。忽化一股黑气，随手飞起，甚凡都拉了我回头便跑。那黑云紧随在后，同由后洞飞入。一看台上坐的宗多拿，全身皆被莲瓣所化金刀刺穿，神气似颇苦痛，手中捧着一个金钵盂。见我二人引了黑气飞到，面上立现喜容。口诵梵咒，将手一指金盂，盂口突然大张；由内中飞出一圈五色光华，迎着黑气吞去。甚凡都忙拉我往侧闪开。

"那黑气先还急往回缩，意似抗退。宗多拿早已防到，右手一扬，五指上各放出一道长约十丈的浅碧光华，如抓活东西一样，将黑气抓住。同时盂口所喷宝光宛若鲸吻大开，已然卷上前去，紧紧吸住。黑气这才就范，不再挣扎，长蛇归洞一般，直往盂口内投入，势急如箭。约有刻许工夫，方才收完。

"宗多拿本意已然受了百余年苦难，不争这片刻工夫，拼多熬受一点苦痛，想将玄阴真水先行收入盂内，然后破去金刀，离台而起。等莲台烈火发动,再将真水放出,消灭烈火。以免神禹禁制秘奥尚有未尽之处不曾参透,万一发生意外。主意虽然稳妥,比那上来便引水灭火,少却好些危险艰难,要强得多。谁知神禹禁制一层层互为倚伏,玄机隐微,神妙莫能尽测。宗多拿虽然法力高深,受尽诸般苦厄,费了百余年心力参悟,但智者千虑,依然有失。

"宗多拿以为大功业已告成,潭中禁制已破,这等谨慎从事,决可无害。却没料到神禹昔年为防数千年后禁制逐渐失效,真水年久通灵,骤然化去,发动洪水,为祸生灵,最后还有一层极厉害的禁制。真水受禁制牵引,紧随在后。如欲强行挣脱,飞到空中,便发动出万千迅雷,使真水爆散,化成片片水云,分往宇内远近干旱之区,化作骤雨飞降。这样,真水仍还本来。虽仍不免添出许多湖沼、河流,使桑田复归沧海,灾害毕竟减轻得多。因有这层禁制,法破以后,水不上行。及经基凡都强自行法引水上来,那金水化合的无数玄阴水雷,却伏在真水之后。

"这层禁制深藏地底三千六百丈以下,中有真水隔断,事前不知底细,难于推算。又以功成九仞,一切顺手由心,宗多拿全神贯注在收复真水上面,没用他教中心镜神光查看,一时疏忽,几成大错!当那真水快要收完之际,忽听洞外迅雷纷纷爆发,山崩地撼。心刚一惊,万雷齐鸣声中,后洞门首先崩塌了一大片。随见万点金星骤雨一般卷进,雷声密如贯珠。后面黑气吃迅雷一炸,化为百丈水云,急驰而来。这时危机瞬息,晃眼便往金盂中投去,声势之猛,从来未见。宗多拿机警,一听洞外雷声,情知有异。忙运法眼一看,大吃一惊。赶紧行法,将余气截断。同时我见形势不妙,赶紧放出香云宝盖。总算侥幸,挡在前面,未被侵入。

"这时,休说那金水化合的神雷厉害无比,便那被神雷击散的玄阴癸水精气所化的水云,也是神妙非常。斗大一团水云,一经展布,便化洪流,使数十里以内陆地化为湖沼。制止稍缓,便要怀山襄陵,发生洪水之灾,使四极全土化为大海。而台上金刀之禁,又被勾动,将化烈焰,也是刻不容缓。尚幸后面神雷被香云宝盖隔断,不能与玄阴真水联合呼应,失却妙用,不再爆发助长,缓了水云上升之势。

"宗多拿师徒法力颇高,那玄阴真水恰已收入盂内,又有香云宝盖挡在前面,不致再有他虑。一个赶紧在台上行法,刚把金刀之禁破去,离台欲起,四外烈火便已爆发,围拥上来。他将金盂一指,适才所收黑气便由内飞出,将火四外围住。同时行法,以防另生循环五行变化。

"那火威力特异,与道家寻常所炼真火不同,真水罩在上面并不就灭。好似数十丈赤红色烈焰,拥着一朵十丈金莲,上面又蒙着一层厚而透明的墨晶。内里精光万道,外层云烟蒙蒙,流走如织,互相映射,幻出无边异彩。约有半个时辰,那火才由盛而衰,逐渐熄灭。另一个见神雷被我制住,也忙由前洞飞出,绕到洞后。因那水云已为那神雷击散,急切间难于复原,使用他教中禁法,将所化水云一齐驱往圣潭之内。又将业已化水的驱向高空,化为零雨四散。

　　"总算下手得快,只似山洪暴发,将全山冲洗一遍,千里左右降了一场骤雨,没有惹出别的乱子。就是这样,也只是勉强大功告成。因为应变仓促,只当真水一出火便熄灭,没想到那火有如此威力。宗多拿破去金刀,离台飞起时,稍微疏忽,左脚几被吸住,仍受了伤。

　　"事完之后,师徒二人极口向我称谢。俱说他们得道多年,于三教以外别树一帜,自信法力甚高,不落人后,今日方见佛家威力。和我订交,再四留住一日,等他伤愈再走。并将金盂真水借我,传授用法。我想借那真水一用,只得应诺,当下随他去至山后一座大石洞内。路上闻得钟声连响,等在山后连望,教下门徒纷纷归来,齐在雨中向洞遥拜,洞门外也有不少教徒侍立礼拜,将我们迎进洞去。

　　"到了洞中,宗多拿说真水灵异,新收到手,用时如若无力禁制,能发而不能收,立惹出洪水之灾。便他师徒二人深知此水奥妙,又在洞中遥为祭炼,心灵相通,也须再经一番施为,始能随意运用,收发由心。随令我和基凡都左右侍立,他自居中,行法祭炼,就便传我用法。未了,又令我如法试验了一次。

　　"我问那未爆发的神雷尚多,我收回香云宝盖时如被消灭,当时应有迹象,为何不见?基凡都答说,那神雷日后用处甚大,已被他收回。不过暂难使用,异日我若相须,可自来取,当以十雷相赠。

　　"我因日期将到,知他教中心镜之法能够前知,请其行法查看。他说此法最耗人的元神,轻易不用,特地为我勉为其难。神光一现,看出诸位道友已被敌人追逐,身后万丈火云潮涌而来。他说逃人有天一真水护身,只惜太少,暂时决可无害,来援正是时候。又教我到此如何施为,方始辞别,我便带了金盂赶来。现时敌人已落下风,我们定胜无败了。"

　　众人见他兴高采烈,只管说之不已,全没把当前强敌放在心上;尤其那西极教乃有名的旁门左道,对于外人素无情面,向来有我无人,他偏说得那等好法，好生奇怪。初次见面，未便拦他高兴，只得一面静听，一面留神观察空中动静。

众人先只看出香云宝盖有无上威力，还不甚信那玄阴真水如何神异。及至听了一会儿，空中金光层上的迅雷之声始则由密而稀，由大而小，渐渐雷声全息，只剩了风火交响之声，比前大不相同；当空一片已被金光布满四外的火，自被黑气包没，升到天空，下面便不再见火影。谈了刻许工夫，敌人也未见有别的施为，直似伎俩已穷。

石、陈、展、王诸人虽知李洪所说不虚，心想："少阳神君得道多年，偌大威望，便是门下弟子也非弱者，吃此大亏，岂肯善罢？似此苦斗，相持不退，不是另有杀着，便是等候援兵。就许向乃师告急，把少阳神君引了回来都说不定。李洪虽是法力颇高，根骨至厚，又有两件制火异宝，毕竟修道年浅，初次出山，最好还是见好就收，乘此胜势适可而止，免得仇怨太深，无法化解，惹出别的枝节。"

越想越觉事情无此容易。正想劝他稍为缓手，相机进退，不要迫敌太甚，裘元已先开口道："李道友，敌人烈火委实厉害，连紫云宫天一真水都难抵御，现在虽为玄阴真水所制，久闻少阳神君师徒神通广大，多年威望，难道他们就无一毫还手之力么？"

李洪笑道："此乃西极长老师徒出的主意。他们说少阳门下徒党甚众，差不多都有一两件真火所炼的厉害法宝。因心太狠，以为真火威力至大，想将来人一网打尽，故未使用。我虽法力高强，但他们人众势盛，法宝又多，鬼女乔乔更擅长诸般邪术，对敌费事劳神，一个不巧，就许为他们暗算。本来无甚大仇，双方师友又有交往，此来只为救人脱险，并践前约，点到为止。如若面对面斗法、斗宝，难免有人受伤，难于落场。教我一到，先用香云宝盖去破神雷，同时把玄阴真水精气大量放出，将真火围住，迫使服输。

"他们见本门命脉为玄阴精气所制，必以全力收夺回去，无暇再有别的施为。时久无效，眼看真火消耗，恐受师责，自己甘拜下风，岂不是好？我因不服气姊姊，凡我前往借宝之处，他必先到嘱咐，不令人借宝与我，想不到我在无意之中有此奇遇，所成远在预计之外。此时敌人必是不甘服低，拼命想将真火收回，尚在空中相持。敌人无甚伎俩，香云宝盖已无甚用，待我撤去，便有奇景可见了。"随说，手向空中一招。

展舒最是谨慎，始终留神静听，正闻得当空风火转成沸水之声，甚是猛烈，觉得有异，忙喊："李道友暂缓收宝！"李洪随手招处，已将香云宝盖收去。

这一念轻敌,几乎惹出乱子。

只见一道金光刚刚飞向李洪手内,仰望空中三阳真火,已吃玄阴真水黑气包没,方圆只有数十亩大小,水沸之声便由此传出。可是黑气之外又蒙着薄薄一层紫艳艳的光华,适才那么多敌人俱不知去向。只极高空际有一簇红影浮动。因被大团水火隔住,众人居中在下,匆促之间仅见一点痕影,看不真切。方欲运用慧目查看红云之中是否敌人,忽听李洪"咦"了一声,猛瞥见十余道紫色金光箭也似自天直下,迅速异常。

众人俱在查看敌人踪迹,未免疏神,来势又十分急骤,未容施为,箭光已是飞到。尚幸身在空中,飞剑俱已放出,见势不佳,忙纵遁光、飞剑抵御;同时李洪收回法宝,也瞥见黑气之外笼有紫光,觉出有异;箭光飞落,随手忙将香云宝盖二次飞起,才得挡住。

只王娴一人,因见吕灵姑在冷青虹扶持之中,连经适才雷火震荡,益发委顿不堪;虽仗天一真水妙用,火毒不会蔓延攻心,伤终未见起色,面上神情甚是苦痛;心中颇为怜惜,近前慰看,没有留神。箭光飞到时,冷青虹急于救护灵姑,慌不迭忙纵遁光避向一旁。因知王娴道法颇高,必能抵御,又以情势危迫,竟未能兼顾。等到王娴瞥见紫色箭光照眼,冷青虹挟了灵姑遁开,看出厉害,想逃已是无及。百忙中意欲身剑合一,硬碰一下。就在这身剑相合瞬息之间,那道紫光已由左臂间扫过。当时一个寒噤,神志一迷糊,便已晕倒。

总算李洪发动得快,又是一闪一迎,错过正面,他这里中箭,遁光往下一沉,香云宝盖早飞将上去,那大片金光似有无限吸力,十余道紫光全吃卷去,只闪了两闪,便化为烟雨爆散纷飞,没被绕上身来。展舒在侧,刚躲过头一道箭光,瞥见爱妻受伤,大吃一惊,忙即飞身赶去接住。收了剑光一看,人已昏迷不醒。

李洪见状大怒,喝道:"我不伤他,他反伤我。诸位道友快随我来,我也给他一个厉害。"说罢,首纵遁光飞起。众人见灵姑、王娴先后受伤,敌忾同仇,也都愤怒。因料敌人厉害,自己这面还有两人受伤未曾治愈,恐有疏失。趁着此时空中三阳真火为玄阴真水所制,飞行无阻,便将灵姑、王娴两个伤人交给展舒、冷青虹二人护持,飞往归途,觅一海中小岛暂停守候,众人得胜回来,然后同行。

四人走后,陈嫣、桑桓、裴元、南绮、石玉珠等五人忙纵遁光,随后追去。李洪当先正往前飞,回顾下面众人追来,猛想起玄阴真水虽将真火制住,外面却绕着一层紫光，分明敌人厉害，别有制水之宝。恐再有人受伤，脸更无光，意欲等众同上。如有不测，可借香云宝盖护身，免再挫折。原只和展、冷二人说句话工夫，晃眼追上，众人会合一起，李洪独自一人抢前领头。众人鉴于前失，仍将遁光连成一体；外用天一真水所化祥氛水云护身，各在里面指挥飞剑、法宝，紧随在后。

自从紫色箭光飞落，被香云宝盖破去以后，敌人更无别的动静。众人已然飞近水火交斗之处，仍未见甚动静。俱料敌人隐身上空红云之中，不知又闹甚把戏。李洪下山不久，心高气傲，将手往后一拦，令众缓进。先朝金盂一指，盂口中黑气重又飞出，箭一般朝空射去。

李洪本意是见玄阴真水虽被紫光包没，但是紫光甚薄，真水所化黑气并没消灭。内中烈火却似受制，火云滚滚，在里面急转不休。打算加强真水之力，一面再用香云宝盖施展佛法，将它推荡开去。不料敌人方面早来了能者，紫光一破，看出下面敌人持有佛门至宝，又惊又怒。看出敌人势欲追上，忙即施为。只展、冷二人因护伤人先走，敌人正在行法，无暇兼顾追截，幸得逃去；余人才飞起百丈高下，敌人阵法便已发动，俱都落入陷阱之中。

众人俱未看出。见李洪行法，还在等待。哪知黑气才飞上去，倏地眼前一暗一明。等再定睛看时，空中水火紫光合成的大彩圈已不知去向，却现出网一般大的一大片紫光，黑气直朝网中射去。陈嫣首先看出玄阴真水受制，忙喊："李道友，速收真水！"

李洪也已觉出不妙，忙即行法回收。那紫光吸力绝大，竟收不转。只得拼着损失一些，将黑气截住，停止再放，收了金盂。气得粉面通红，也不细查敌人所在，手朝香云宝盖一指，一片金光朝那紫光兜去。眼看相接，眼前忽又一暗，紫光黑气全都不见。由此天昏地暗，四外冥茫，如在浓雾之中，渐渐昏黑起来。

李洪又急又怒，一面手掐灵诀，往外一扬，便有无数金色天花随手弹出，跟着便化成震天价一个大霹雳，朝前打去。一面指挥香云宝盖发出万道金光，当先开路，随着连珠迅雷往前乱闯，意欲冲将出去。谁知敌人阵法厉害，金光神雷所到之处，虽然烟雾纷纷荡散，上下四周仍是一片茫茫，无尽无休，好似投向雾海之中。虽仗佛门至宝和神雷威力，暂时未受伤害，无甚阻隔，一任左冲右突，上下飞驶，只冲不出阵去。

陈嫣、石玉珠、桑桓三人见多识广，知已陷入敌人罗网，而且其伎俩决不止此。尤其形势突变，适才那紫色箭光来得太奇，迥非少阳神君门下路数，分明另外请来能者。必因香云宝盖威力灵异，意欲乘隙而动，不欲骤发，少时必有杀着。李洪虽有法力，但是他下山不久，无甚经历。唯恐一时疏忽，落了圈套，忙追上去将他唤住。

石玉珠道："我等已然入伏，敌人此时必在颠倒阵法。这样走法，无论飞向何方，决冲不出重围。洪弟不必着急，可停下来大家从长计议，想好主意，破阵出围，方为上策。否则，敌人不肯出面，彼暗我明，知他还出甚花样？稍一失算，便为所乘，悔无及了。"陈、桑二人也跟着劝说。李洪只得暂停下来，和众人聚在一起，将香云宝盖展将开来罩住全身，一同计议。

陈嫣道："无论何种阵法，俱有门户。现在阵法虽然颠倒，方向尚能分辨，我们俱有法宝、飞剑护身，更有李道友这件佛门至宝，敌人任有多大神通，也只能将我们暂时困住，无可奈何。不过看此情形，颇似都天修罗神煞，再用五行大挪移法暗中操纵，使我们陷身在内，不能冲出，所以丝毫大意不得。"

李洪道："敌人率性出来和我们明斗也罢，他偏不敢。似此一味藏头缩尾，多么闷人！我真气他不过！再迟片刻，他不现身，惹我性起，我也不管他是甚少阳、老阴，就要和他硬拼了。"

众人见他说时鼓着腮帮子直生气，犹有稚态，方觉好笑，忽听当空巨声大喝道："无知竖子，还敢逞能！起初我看在你们父师份上，欲使你们时久自行悔悟，认罪服输，略加做戒便罢。你们竟敢执迷不悟，口吐狂言！再如宽宥，情理难容，转眼就叫你们知道厉害。"

李洪怒喝道："看你这等乌烟瘴气，鬼祟行径，分明是旁门妖邪一流，决不是甚正经修道之士。是好的，你现出身来，报上你的名字，与小爷见个高下。这样藏头缩尾躲在一旁说大话，我也替你害羞。"空中也接口喝道："我自在此观笼中之鸟，竖子肉眼难见，还敢如此狂妄！急速认罪服输，交出玄阴真水，由我处罚，免遭毒手。否则，尔等一人也难幸免，悔无及了。"

李洪怒道："有本领，只管使出来，让小爷见识见识。你人不露面，连姓名都不敢说，只卖弄一些妖烟邪雾，就想叫人服低，不是做梦么？"空中怪笑道："我不似少阳神君和尔等父师结交，犹有顾忌。只不过双方俱有知闻，素无仇怨，不愿为尔等几个无名小狗男女伤和气罢了。尔等既愿送死，问名相见，想是命该遭劫，故此必欲犯我戒条。我不现身，尔等虽受一点磨折，因是侵犯少阳神君，不是犯我，只要当时悔过，还可活命。我一现身通名，尔等已知来历，再稍不逊，一个也休想活命。我已再四姑息，尔等自去商量回话，免得说我不教而诛。"

李洪先疑他是赶回来的少阳神君,虽然愤怒,终以父师相识,心存顾忌,未敢十分放肆。及听答话不是,越发有气,接口便喝骂道:"放你娘的屁!我只当你是正主人呢,原来事不干己,横帮一腔。便你肯饶我,我还不肯饶你哩。不用你看甚情面。只管通名现身,我看你是甚怪物变的?"要知后事如何,且看下回分解。

第八十八回

排难解纷　退柳冠独调慧舌
佛光异宝　飞紫钵各显神通

话说陈、石二人先听敌人口气虽凶,隐寓和缓,行径又与少阳神君不类,早料是旁门中前辈高明之士。因他知众人来历,不愿与诸正派长老结怨,又见法宝、飞剑俱都神妙,胜之不武,不胜为笑,故此迟不发挥全力,将众人困住;欲俟日久势蹙,略为服低,以便见坡就下,并非定要如何为仇。正寻思此人是谁,已然占了上风,为何不肯现身通名,是何缘故?及听末后一段答话,忽想起一个旁门中的极厉害人物,也是这等习性。人如不知他来历,误有侵犯,只要肯服输,向不计较;否则,必置对方于死,决不甘休,但轻易也不与人结怨。

此人姓柳名冠,业已得道千年。左道旁门中人能够连御四九重劫,终致长生不死仙业的,自古迄今只有三数人,柳冠便是其一。自从元初躲过第三次魔劫,便隐居大岷山垩铁岭青玕谷中。生平只有两个门人、两个服役小童。因知所习不是玄门正宗,自身脱劫全由机缘凑巧,一时侥幸;门下弟子决难学步,任怎勤修,到了劫运临头,依然躲不过去。因此门下弟子俱使在应劫以前先期兵解,等到转世以后再接引入门,重又随他修炼。所以门下弟子虽然转了好几世,仍是当年的人。

此老性情古怪,却重情义,恩怨分明。所居乃洞天福地,仙景清丽。正邪各派中长老多知其厉害,往往告诫门人,遇上时务要小心回避,不可与争,免为所伤。由于柳冠近数百年来益发深居简出,不与外人往还,从未闻有人相遇。陈、石二人还是初次下山时,听师父说过他的形貌举止以及一切与人有异之处。如是此人,却是得罪不起。只不知怎会来此为火行者等应援?

陈、石二人刚想到这里,李洪已经开口喝骂。无法拦阻。二人方料不好,忙打手势令众留心戒备,果然李洪喝骂方完,当空已厉声大喝道:"无知乳臭,有何倚仗,竟敢出言无状,侮慢先辈? 别的小狗男女尚犹可恕,独你休想活命。我便现出法身,使尔等知道大崆山青玗谷太虚一元祖师柳冠老人的厉害。"

这句话一说,众人中只有裴元、李洪尚在梦中,余人均在以前各听师长父母说过,俱都吃了一惊。石玉珠忙朝李洪摇手,不令答话。李洪初生之犊,既已断定对方是左道旁门,又非父执师交,如何肯放在心上,连理也未理,径自还口骂道:"老怪物,不要脸!你如真个有名有姓,小爷怎会没听过?不知何方妖孽,无故来此惹厌。小爷名叫李洪,如说出我的来历,显我倚势欺你。是好的,和我一个对一个,快现原形动手,不要牵连别人。被我打死认命,不许打听我的师长,又去诉冤告状。"

石玉珠见柳冠老人迟不现身施为,知他仍想转圜,只要对方闻名知畏,便可作为不知不罪,免却这场仇怨。及见李洪不听拦阻,骂得更凶,断定祸已惹上,至少李洪一人无可挽回。同在一起,自然祸福与共。

心正焦急,果然话还未完,忽见面前天绅倒挂般凌空飞悬下两丈方圆、十丈高下一幢青光。光中现出一个身材高大的怪老人,苍颜鹤发,颔下一部青色美髯飘拂胸际;青衫芒鞋,手持鸠杖,周身衣着俱是苍色;貌相奇古,与吴道子所画《列仙传》中人物相似,威仪俨然,神情倒并不怎严厉。指着李洪哈哈笑道:"无知竖子,你当老夫不知你的来历么?你不过是齐漱溟前生蠢子罢了。我已得道千余年,屡经天劫,成了不死之身,难道还见你不得?起初念你屡世修为,能有今日殊非容易,几次姑宽,给你点明生路,偏是执迷不悟,定要自投罗网,怨着谁来?"说罢,一摆手中鸠杖,鸠口内立即喷出大片紫光,离口分散,化为箭雨,朝众人头上射来。

李洪原极机智,尽管口中喝骂,早听出敌人口气不是易与;又见众人多半面带惊惶,不还一言,石玉珠并在旁摇手,再见柳冠老人现身时形神气势,必为强敌。身已在人家阵中,恐又吃亏,暗中早在准备,将佛家降魔大法波罗神焰施展出来。

柳冠老人鸠杖中紫光先前已吃李洪破去,原意敌人法力虽不如己,那护身之宝香云宝盖威力至大;以为李洪年幼不知轻重,紫光一出,必用香云宝盖来破;想以此诱敌,声东击西。等香云宝盖稍为离开众人,现出丝毫空隙,便再下手。哪知全出意外,李洪功力既不似所料之浅,而降魔御敌尤得佛门真传。更因李洪事前和众人商定:敌人阵法尚未怎看出细底,玄妙莫测,唯恐别的飞剑、法宝不足为功;那面香云宝盖决计用以护身,不令离开,不求有功,先求无过。因此不特香云宝盖未被紫光引开,那佛家波罗神焰早飞将出去。

柳冠老人正在暗中行法，伺机而作。瞥见敌人护身金光并未迎着紫光飞来，只在中间突然开裂一孔，紫光如雨，也将飞到。同时由金光孔内电一般飞出一朵形如灯焰的金花，才一出现，立即暴长丈许，爆散开来，化为万千朵与初现时同样的金花火焰。随又爆散，生生不已，势疾如电，晃眼弥满天空，迎面飞来，那紫光才与相接，便被消灭，化为乌有。

柳冠老人生性好强，起初没想到那是佛门波罗神焰，只当是件厉害法宝。自恃身有神光围拥，虽知此宝厉害，但是对方俱是后生小辈，被人叫阵出去，才一照面，便即吓退；空中还有火行者等离朱宫众在彼观战，未免面子不好看。再者自己已炼成不死之身，玄功变化无穷，也不至于受伤。微一惊疑未决，那无量数金花火焰已潮涌飞来，近身全都爆裂，身外青光立被震破了一半。如非见机得快，一觉兆头不好，立即施展玄功变化，隐却身形，遁出阵去，照样也会受伤。

柳冠老人到了空中，由不得羞恼成怒，愤不可遏。暗忖："是何法宝，如此厉害？"唯恐敌人辨明门户方向，荡开阵中烟云，乘机冲出阵去。愧愤之下，把心一横，决计复仇结怨，树此强敌。一面催动阵法，全力施为；一面把火焰连招，将千余年来所聚炼的乾天罡气发放出去。跟着又将腰间葫芦取下，手掐灵诀，把所炼太乙星砂尽量往下倒去。

这太乙星砂乃柳冠老人每逢六辰之夜，在山中当天设下法坛，乘天空流星过渡，余热尚存，乾天元磁精气未在九天飞散以前，用极玄妙的法术摄取下来。分别去留，择那合用的收入丹炉以内，化成灵砂，然后行法祭炼，曾费千百年聚炼苦功。用时再以乾天罡气鼓荡，分合聚散，无不如意，具有绝大威力，为平生所炼第一件至宝，比起散仙姬繁所炼天蓝神砂还要厉害得多。任有多高法力，多么神奇的法宝，均难抵御。尤其像飞剑和五金精英炼成之宝，只一遇上，便被星砂附住，无法消灭；越聚越多，终被吸紧卷去。如是身剑合一，连人也同被卷走。

众人哪里知道，见神焰飞出，敌人便已挫败，都觉李洪法力高强，委实可佩；柳冠老人处士虚闻，徒负盛名，并无甚了不得处。李洪更是得意笑骂，因那波罗神焰颇耗真气，毕竟功候尚浅，不宜久用，见敌人已逃，忙即收回。晃眼由分而合，仍化一朵金花，飞入法宝囊内。

石玉珠问他怎不乘胜冲出阵去？为何收转？李洪知敌阵尚存，敌人未退，不便明说自己短处。心想："反正破阵已有把握，不如先收回来，等把真气调匀，运足全力相待，如仍冲不出去，然后一鼓作气，二次施为，破阵出险。"便使了个眼色，笑答："老怪物这等脓包，不值用它，破阵容易。"话才出口，忽听怒啸之声又尖又厉，阵中烟云杂沓，越发昏暗，随即罡风大作，自空飞堕。众人觉着比在高山绝顶，或是高空飞行时所遇罡风要猛烈得多。

南绮旧居长春仙府高接灵空，从小便与罡风相斗，练有反风禁制之法；见那罡风来势绝猛，立即行法，手掐灵诀，往外一挥，风势便被挡住，怒啸之声越厉。同时李洪、石玉珠、陈嫣、桑桓四人见那罡风来得异样，也不约而同纷纷发动神雷和五行禁制，欲将风头击散，反冲回去。一时霹雳连声，烟光四合。

眼看风头击散，成了好几十股，往四面和当空来路排荡倒退。猛的眼前一亮，上下四外俱是极细的火星，漫天盖地齐往身前飞来。遇上反退回去的罡风，立即绞在一起，先化成百十条火龙满空飞舞，上下四外同时夹攻。当空一面更是火海倒倾，银河怒泻，奔腾而下。到了阵中，一半往众人头上压下，一半便向四外分散，再往中心围拢。其势越来越盛，晃眼之间，那百十条火龙也合成一片。罡风更助势相迫，无量数的火星自相激撞挤轧，发出震天价的怒啸，越添威势。

众人适才虽然连经两三次火海烈焰围困，见过大阵，也由不得为之惊眩。起初多当是柳冠老人力绌计穷，与火行者等合力重用火攻。那无量火星乃三阳真火所化，休说还有香云宝盖，便这许多飞剑、法宝和天一真水，敌人也无可奈何，正各施展法力抵御。

哪知来势神速已极，未容如何施展，便被围拢在护身宝光遁光以外，密得更无一丝空隙。内中桑桓动手较快，放出一件专破风火之宝，竟吃火星重重裹住，忙想收回已是无及。初上来运用玄功，奋力强收，尚能稍稍往回移动，略一惊疑，此次再难移动分毫，又被宝盖全部隔断。随见怒声如潮中，一团青烟爆散，立即化为乌有。桑桓自是痛惜非常。

经此一来，众人方知厉害。幸亏李洪这次见机独早，又在众人前面，因石玉珠再四叮嘱不可轻敌，已然因为粗心被陷，所以尽管得胜高兴，依然不敢松懈，始终以守为攻。觉着敌人不应再使三阳真火，又看出漫天火星有光无焰，又是不断增加，并不变化长大，忽想道："前年归省，在峨眉凝碧仙府遇见父亲昔年初成道时所收弟子阮征转劫重归。正值金蝉、石生等七矮世兄弟回山参谒师长，在朱桐岭鱼乐潭香波水榭设筵为他接风，自己也同在座。因阮征前生持有两件至宝，神妙无穷，新由父亲发还，请其当众施为：一名金陀宝幢,还有一葫芦神砂,发出时满空金星,便与敌人火星大同小异。果是这类法宝,却极难敌。"

念头一转,空中火星已如泰山压顶罩下。李洪存有戒心,试将香云宝盖往上略起,觉着重如山岳。暗道:"不好!"不顾招呼众人,慌不迭将手一指,四外金光倒卷而下,电也似疾,将众人遁光由上至下一齐包住,这才保得无事。

就这样,仍有好些火星包在夹层以内,散附在众人剑光之上,急切间无法除去。否则,稍迟一会儿,众人即便不致受害,这遁光中好几件飞剑、法宝俱多是五金之质炼成,必被星砂粘附,始而不能运转,一会儿越聚越密,非被卷吸去不可了。

众中陈、石二人最是当行,以前虽未遇见过这类法宝,都有耳闻,这时也看出此砂威力果是不凡。因桑桓失去了一件法宝,另外好几件飞剑、法宝俱被那隔断在内的残星紧紧粘住,用尽方法去它不掉;又有香云宝盖隔断,不敢再妄用尝试,只得困守在内,甚为忧疑。

李洪气愤道:"老怪物不知用甚邪法?他这鬼砂子,峨眉阮世哥便有这类东西。据他说,此砂有邪正之分,异派中所用的还附有千百凶魂魔鬼在内,最为阴毒。一旦遇上,如若无力抵御,第一先用法宝之力将全身护住,不可稍露空隙。否则,此砂见缝就钻,如被粘上,轻则神昏体战,身冷如冰,当时晕倒,事后或者还能救转;重则一被侵入,便难封闭,后面邪砂夺隙钻入,晃眼通体上下全被挤紧填没,人更早已失去知觉。不是阴火发动,将人化炼成灰,便是元神被他吸去,受那炼魂之苦,永远沉沦,助他为恶,更无出头之日。便他恶贯满盈,或为正人所杀,或伏天诛,那邪砂也随以消灭,与之同归于尽,连那受苦受难的残魂剩魄都化为乌有了。

"我看他这鬼砂子声势虽恶,与阮世哥所说邪砂好些不像。我们被他困住,长久相持也不是法,并且还叫老怪物笑话,实在可恨。爹娘和师父原传有好些法术,传时曾说,不到万分危急,不可妄用。现在施展,想必不会怪我违命冒失。敌人深浅难知,就此冲出,唯恐有失。那鬼砂子被我隔断了些在内,附在诸位道友飞剑、法宝之上,正好拿它一试。如能破去,拼着误伤少阳门下,日后回山受责,和他分个高下存亡。不是我心狠,这是老怪物逼我的,父师责怪,也说不得了。"

裴元、南绮二人闻言,首先怂恿急速施为。陈、石二人却较持重,料他所说必是佛道两家具有无上威力的降魔大法,便问是何法术如此厉害?

李洪道:"一是家母传授的道家十二都天宝箓,具有无穷妙用,专能以暴制暴,敌人邪法越厉害,反克之力越大。可惜家父怕我年幼不知轻重,只许学了一多半,还有小半不令家母传授。所以只能和左道旁门对敌,遇上玄门正法,效力便小得多,不能反克伤人。

"一是前年随家师往谒白眉老禅师。因我和小神僧阿童交好,他对我说他师不久成真,本门降魔大法除大小旃檀之外,还有金刚巨灵神掌,现在佛门诸长老只三四人有此法力,定在日内传授与他。因练此法颇难,须时四十九日,教我禀知家师多留些日子,并背人默祷,虔求传授。

"我听了自是欢喜。哪知老禅师佛法高深,动念即知,已同家师说好,我二人才走进去,老禅师便说阿童饶舌。阿童看出他师父有了允意,又经我一再跪求,老禅师笑说他本和我有缘。当年引度上峨眉时,天蒙禅师曾将晓月禅师这柄断玉钩取来相赐。他老人家已有多少年来身旁不带法宝,一时无以为赐,我又年幼,本心是为将来长大再遇时赐我一件合用之宝。问我是要法宝,还是要传授此法?

"我答:'自从峨眉开府,完成九生夙愿,自返佛门以来,海内外前辈诸仙迭有恩赐,所得法宝颇多。去年归省家母,因弟子已蒙禅师传授道法,再等三数年便下山行道,又将灵峤诸仙和昔年代存之宝发还了一半,足可应用。只求老祖禅师传授佛法,不要宝物。'

"禅师笑答:'佛家最重因缘报应。你虽为佛门弟子,但是过去多年备受妖邪恶人侵害欺凌,受尽千灾万苦,应在今生报复,所以杀机颇重。你尚年幼,到时决难化解。此法威力甚大,恐你妄加施为,多犯杀戒,无心种下孽因,又误今生正果,所以我有点踌躇。念你诚求,传授以后,务须谨细。好在你法宝甚多,无一不是稀世珍奇,只临事小心,善于运用,足可抵御,多高法力的左道旁门也难伤你,非到真正危急,万难脱身之际,不得任性妄用。'

"我敬谨受戒之后,家师辞别先走,将我留下,和阿童一起练法。练了四十九天,我二人全都学会,方始辞别回山。此外我还有断玉钩和灵峤三仙所赐三宝,都是专门抵御邪法的。起初因他虽非正主人,既来助阵,也必是少阳好友;唯恐伤人,日后受师父责罚,未肯轻下杀手;又因我们人多,应共安危,诸多慎重。他偏不知好歹,一再苦逼,那有何法? 就多伤人,也是他自惹出来的。现既无所顾忌,我就不怕他了。诸位道友不必愁虑,等我试将这些残砂鬼火化去,便能破阵出去了。"

众人因平日只是闻名,知他法力高强,竟不在金蝉七矮之下,到底不曾亲见,闻言还在惊疑。哪知李洪九世修为,夙根至深,福缘尤厚,从小起到处都有奇遇。不过初遇大敌,天性又厚,知道敌人虽与父母无交情,少阳师徒却有渊源;又想起新近诛戮妖尸,火行者还曾相助。恐把乱子惹大,致使父母师长不快,许多顾忌,连那波罗神焰均只打算对付柳冠老人一个,未曾全发威力。所说句句实话,说罢便即如法施为。先回手由腰间一个薄如蝉翼,大才五寸的素丝囊内,取出十二面小旗,托在左手掌上,右手另掐灵诀,口喷真气,往空中一举,立化成十二道不同颜色的光华,结成六座旗门,悬空不动。

众人本在里层遁光之内,与李洪隔光相对,外面还有香云宝盖所化的一层金光,那六座旗门夹在中间。李洪随对众人道:"这十二都天宝箓,共是生、死、幻、灭、晦、明六座旗门,与长眉师祖在峨眉仙府所留六合微尘阵仿佛,威力虽或不如,此中妙用无不具体而微。至于门户方位,因奉命谨秘,不便明言,诸位道友可把遁光缩小,随我往各旗内游行一转,那些鬼砂子必能化去。再如无效,我只有豁出受责,拼百日苦练之功,损耗一点真元,将那金刚巨灵掌施展出来,将老怪物除去。至于火行者等一些少阳门下,是否遭受池鱼之殃,只好听天由命了。"

众人久闻长眉真人两仪六合微尘阵威力,想不到李洪竟有如此神通,好生惊异,忙把遁光收缩,由李洪当先引导,先向西北旗门飞进,然后穿出东方,转向东南,再穿东北,绕走正西方,由西南方穿出。似这样循环往复穿行,把六座旗门向背十二面,全都穿行了一遍。所过之处,只见烟云漠漠,祥氛腾涌,耳听水火风雷之声一齐交作,光霞明灭,变幻无穷。

等到绕行完毕,到了中心,一片金霞随身而过,那些附有火星的飞剑、法宝本极沉滞,已难运转,忽觉轻松自如。出阵一看,全都复了原状,所粘附的火星业已消灭净尽,俱都大喜。

李洪笑道:"我刚才被困入阵,便想到用金刚巨灵掌破阵而出。一则此法太狠,白眉老禅师传时再三告诫,恐多伤亡,不敢违背;二则我的功力尚还不到,用时要耗去些真神元气;更恐伤得敌人太多,结仇太深,不好化解,伤了父师情面,所以不肯妄用。不料老怪物如此可恶。现在十二都天宝箓已能破他鬼砂,想必不用此法也可破阵出去了。"

李洪说罢,转向空中大喝道:"老怪物听着:你这类妖术邪法有甚稀罕?我因此行只为助几位道友脱身回去,并践昔日括苍山之约,不想伤人,所以迟不还手;你偏再三相迫,逼我不得不下辣手。

"你本旁门左道，不在山中闭门修炼，躲避天劫，无端出来管人闲事，兴妖作怪，你如伏诛，咎有应得。火行者等一干少阳神君门下，只不合夜郎自大，仗势欺人，尚无别的过恶。我所行乃玄门无上妙法和佛门降魔大法，一经施为，此阵立破。只是这方圆五十里，直上三百六十丈以内的人物全成齑粉，我不知他们是否在这死圈以内，不愿伤及无辜，先行告诫。

"你如自问不是我的敌手，急速缩头逃走，念你修行不易，我也不跟你一般见识。否则，你一人闯祸一人当，莫令旁人也受连累，叫火行者等少阳门下急速离开，回岛最好；如若不甚相信，也须远出五十里以外，看我到底能否有此神通，如是假话，再来寻我不迟。"

柳冠老人见敌人机智异常，竟未容星砂近身，便将香云宝盖施展开来，包没全身，毫未受到伤害，漫天罡风也无所施其技。再运慧目定睛一看，敌人竟用六座旗门将隔在内的一些星砂全都化去。认出是当年长眉真人的六合旗门，不禁大惊，益发老羞成怒，正打算一不做二不休，率性施展毒手，将所有敌人全数杀死。闻言厉声怒喝道："无知乳臭竖子，知甚天高地厚？尔等死在临头，还敢口发狂言。这六合旗门便能奈何我么？稍等片刻，尔等便悔之无及了。"

石、陈二人久闻此老难惹，情知势成骑虎，非拼不可，闻言忙教李洪不可大意，敌人已识旗门妙用，必有抵御之法，率性连金刚巨灵掌一齐使用。李洪想了想，心仍慎重，先掐灵诀指定香云宝盖，将头层金光往大里撑开。一面运用十二都天宝箓，将那六座旗门也往长大里展布开去；一面默运玄功，施展白眉和尚佛门降魔大法金刚巨灵掌，以防万一。

如换别人，双方势成骑虎，实逼处此；破阵之法已被敌人识破，年轻好胜，又经众人怂恿，自必急于脱险，哪还计及利害。只因李洪屡世善根，心地慈祥，虽然少年心胜，疾恶太甚，却极不愿多伤人命。尽管暗中准备，一想到此法具有极大威力，一掌发出，休说少阳门下众弟子多要波及，不死必受重伤。而且从上到下，偌大一片地域，知有多少大小生灵在内？

就说先前海面上烈火笼罩，此时又有敌人阵法，所有生物不死也必惊走；但是上空还有数百丈残留的，想也不在少数。何况声音极巨，远胜迅雷，不必打中，就这一震之威，也禁受不住。如用此掌时天摇地动，风云变色，海水群飞，蠢如山岳，稍小一点岛屿也被震碎。上自空中飞鸟，下至海中鱼介，凡是在左近的决被震死无疑。又不比功力到了火候，可以随意运用，大小由心，一发便不可收拾。胜是必胜，这些生灵遭劫何罪？就说强以真元控制，专向上空发去,海中生物或可保全许多,到底不免有所伤害。

李洪为此欲发又止,重又忖度了一下,心终不敢。心想:"敌人并不知道这都天宝箓之名,只看出是六合阵法,也许略知名目,不识此中微妙。好在有至宝防护,还是先用六合旗门试上一试,真到危急,再用此掌不迟。"

李洪想到这里,也没向众人说。恰值外层金光已暴长了百十丈,六合旗门也继续增高,与之相等。随将左肩一摇,背上断玉钩化为两道光华,如金龙剪尾,飞舞而出。跟着一拍前胸,灵峤三仙所赐玉辟邪立由胸前发出大片银光,一同将身护住。然后与众人遁光会合,飞入旗门以内,将手一指,外层香云宝盖所化金光立即缩小,往身前飞来,仍包围在遁光外面。

李洪笑道:"我因金刚巨灵掌太狠,用时难免多伤生灵,不到万不得已,不肯使用,情愿多费点事。如今我们身在六合旗门之内,身外又有香云宝盖围绕,敌人多大本领,也决没奈我何。诸位道友可将遁光收起,各持一两件得力之宝备用,我要和他拼了。"众人应诺,各将飞剑、法宝收去。

柳冠老人想不到对方一个小孩如此厉害,愧愤交集之下,知非易与,同时也在施为,恰好双方一齐发动。李洪说完了话,便把旗门转动。阵中本是烟云弥漫,火星如潮,自从李洪率领众人施为以后,烟雾茫茫中突然矗立起高约数十丈的六座旗门。只见霞光万道,瑞彩氤氲,随着烟光明灭。变幻一停,看见一个人影,四围烟雾火星纷纷拥来,到了门前便即阻住,丝毫不得侵入。

始而柳冠老人见状大怒,将手连指,一面催动阵法,一面把葫芦中的天河星砂尽量往下倒去。乾天罡气再一鼓动,增长威力,罡风烈烈,火星闪闪,泰山压顶,奔涛坠流,齐朝那六座旗门挤压下去。哪知压力越大,抗力也越强。到了旗门跟前,忽然一阵烟光迸裂,当前的星砂全都爆散;尽管随灭随生,前仆后继,那旗门反倒威势越盛。

柳冠老人方在气愤,待要改下辣手,李洪也已运用停当,将手一指,六座旗门一齐转动。光霞连闪了几下,倏地同时暴长数千百倍,发出万丈光芒,撑天匝地,分六面向外荡开。满空星砂受乾罡之气催动,本极猛烈;两下势子都是迅疾异常,撞在一起,当时光霞电闪,互相激荡,雷霆齐震,罡飚怒发,满空火光烟雾宛如雪山崩烈一般,往四方八面排荡开去。那旗门仍在继续增高,往外开拓不已。

柳冠老人见六合旗门竟有如此威力,知道不再急速施展辣手,不特无法下台;少时旗门越发开张,把全阵震破,连那千年苦功炼成的天河星砂也要一齐葬送在内。咬牙切齿,把心一横,决计不再姑息,宁拼去转一劫,也不输这口恶气。忙把手一招,收回星砂,将几番踌躇、备而不肯妄用的玄武乌煞罗睺赤血神罡发动。在空中披散头发,踏罡步斗,咬破舌尖和十指尖,一口鲜血喷将出来。又由腰间取出宝盒,口诵灵文,往外一甩,又有四十九股黑烟喷将出来,加急催动。

众人在六合旗门之内,眼看旗门越长越大,越布越广,晃眼高大了千百丈。那由乾罡之气催动的无量火星,到了旗门前,便被祥光金霞冲散,自行挤压激撞,发出一种好看的彩烟火花,纷纷消灭;尽管前灭后涌,来势越急,一点也冲不进来。

李洪心中高兴,再一行法连连催动旗门,伸展越发神速。李洪方料破阵出险在即,敌人虽识此法来历,实则无甚伎俩;忽然罡风顿收,星砂也似狂潮倒流一般往四面来路退去,一时俱尽。正在留神查看,猛见旗门外倏地一暗,上下四外都被极浓黑的黑气包没。跟着便有无数暗赤色的箭光,暴雨一般射到,虽吃旗门阻住,没被射入;可是箭光齐指门内,好似强弓引满,蓄势待发,阴森尖厉之声如潮,祥光金霞只能阻住,不能荡开。

李洪九世修为,练就神功,心灵首先起了警动。暗忖:"此是从来未有的景象,是何妖法如此厉害?"料知不可疏忽,忙把十二都天宝篆妙用尽量发挥,六座旗门频频转动,专一抵御邪法,暂停伸展,欲待改攻为守,看准情势如何,再作计较。旗门光焰立即大盛,祥云如雨,精芒如电,纷纷往外狂喷出去。眼看凝聚门外的黑烟箭光荡开了些,空中忽起异声,那刚退下去的箭光忽然融合,成了一片赤暗暗的血光围涌上来。那六座旗门竟被上下一齐包没,连人带旗门,直似沉浸在血海以内。血光仅有旗门所隔,不得涌进,一任李洪加紧行法施为,光霞怒涌,休想冲突得动。

众人见状大惊。陈嫣更识得此法厉害,唯恐旗门伸张太大,一个照顾不到,被这血光涌进,便难抵御;忙即告知李洪,速往小处收缩,徐图善策;并令众人将护身诸宝重又施展,以防不测。李洪也看出邪法厉害,不比寻常,心中愤恨。一面以目示意;一面运用法力,故作猛力抵御,等来势越紧,忽用收法突将旗门缩小,由千百丈高大缩成二三十丈;一面暗运玄功,施展金刚巨灵掌,准备如真无法抵御,万一危机到来,仍以全力报之一击。

原来柳冠老人也和李洪一样,以所行之法过于恶毒,又是多少年未用的旁门左道,心中顾忌甚多;只因颜面所关,迫不得已,出此下策。此法最耗行法人的精血真元,如不能伤人,己必受伤。见六合旗门祥光万丈,妙用无穷,上来并未攻进，反而倒退了些，没奈何，只得拼着多耗真元，运用全力化成一片血光，将它包没。

起初只料敌人必以全力相抗，后被血光强压，方始渐渐缩小。一面尽力运用，一面留神查看敌人缝隙，只要有一隙可乘，便可成功。求胜心切，差不多把全身真气悉数施展出来。

那旗门共有千百丈高下方圆，眼看火焰如潮，六门齐发，往外狂喷。柳冠老人益发不敢大意，正运全力紧紧下压，没想到敌人会使狡狯，欲退先进，改攻为守，冷不防猛然缩小，势子比电还急，收得如此快法，大出意外。那上下四外的血光本来齐往中央挤迫，其力之大，不可数计，忽然压空，失了平衡，相互挤撞，无形中行法人便吃了大亏。幸亏是修炼多年，法力高强；一见不好，不顾迫敌，先忙运用真气收势，免去自相鼓荡，才未受甚大害。

如若法力稍为不济，即便少时得胜，这一下先受伤不轻，至少也须几年苦功才得修复了。如何不气愤到了极处。调匀真气，将势缓住以后，重又加紧包围上去。这次力量更大，六合旗门竟被紧紧包没，压挤得寸步难移；众人虽仗法宝之力，暂时不被血焰攻入，要想脱身却是万难。

李洪心仍不服，试用香云宝盖冲荡，只觉血焰力大，重逾山岳，法宝虽是神妙，自身功候不到，又要主持都天宝箓，无力兼顾，奋力前冲，也只冲出丈许，不能再进。收回时，差点没被血焰乘隙攻进。

众人知道危机已迫，敌人不知还有甚别的毒招，力主先发制人。桑桓并说："现时旗门外面已成火海，还有千寻烈烟邪雾；除却敌人，所有生物不是死伤便是逃亡。实逼处此，脱身为上，还有甚顾忌？"

李洪也觉这类邪法过于狠毒，敌人决非善良，平日不知要害多少人，除了他，功过足可相抵。念头一转，重又鼓起勇气，意欲用金刚巨灵掌往上击去，免伤海底生灵。便喝道："老怪物再三苦逼，我可顾不得了。"说罢，面嘱众人留意防守，自将顶门一拍，盘膝坐定，运用玄功，按照佛门真传如法施为，反手向上一掌，待要打出。

众人见这金刚巨灵神掌果然神妙不可思议，李洪才一坐定，周身便已金光围绕，耀眼生辉。等行完了法起立，手才一扬，便有一片形如大手的金光，由香云宝盖中离手飞起；转瞬便二三十丈，将六座旗门上空布满。李洪手再一指，旗门上护顶祥氛便自分开。

眼看那只大手发出极强烈的金光，发出轰轰震耳的雷声，就要由旗门上面往空迎击上去，猛听远处传来一声清叱，喝道："洪弟且慢鲁莽！"传声极快,听头一个"洪"字,好似相隔极远;说到第三、四个字,声已由远而近;等听到末一字,来人已离身侧不远。

李洪听出是小寒山二女的口音,心中大喜,忙对石玉珠道:"小寒山两位世姊来了。"

这时那金刚巨灵掌正往上击,旗门上面千重血焰已被震动。因是李洪谨记白眉和尚叮嘱,临时慎重,初发不敢太猛,仅用了全力的百之一二,欲俟那只金手离开旗门,方以全力发挥妙用;否则声势还猛十倍,血焰因要分裂击散,柳冠老人元神受了重创,也必以全力拼命,决不甘休,解围人晚来一步,大祸便闯出来了。

李洪知小寒山二女虽然素嫌自己冒失,说惯这一类话;但对方使出这类邪毒法术,分明是妖人,又在自己被困危急之际赶来,自然同仇敌忾无疑,只当来了救兵,所以闻言丝毫不以为意,并未收法停手。和石玉珠一句话还未说完,人随声到,先瞥见一幢五彩金霞由斜刺里横飞过来,将那金刚巨灵掌强行压住,不令上击。紧跟着一片祥光裹住三个美如天仙的少女,一同落向面前。内有二女同声喝道:"洪弟怎不听招呼? 还不速将巨灵神掌收回!"

李洪尚欲争论,二女又忙喝道:"我来自有道理,再如胆大妄为,我便要传声禀知爹爹,叫你回山了。"李洪见二女急怒神色,料有缘故,只得运用神功收回神掌。金光闪处,那只大手由大而小往下飞降,李洪扬臂一接,印在了手臂之上,两下一凑一合,便即不见。

同来一个霞裙云裳的少女,本用一手指定上空彩霞,神情更显匆遽。金刚巨灵掌一收,才复了原状,摇头微笑道:"佛门法力玄妙,果是不同。如非李道友功候还差,我真成以卵敌石,不知自量了。"

石玉珠认出来人中两个容貌相同的是小寒山二女谢璎、谢琳,那霞裙云裳、仪态万方的道装少女是灵峤三仙中甘碧梧的大弟子陈文玑。闻言才知挡住金刚掌的彩霞是陈文玑所发,金刚手一收,彩霞便将上空封闭。因在峨眉开府时见过,忙即向前为礼。正待给众人引见,陈文玑已向众道友叙谈,说先了此事要紧。

李洪便问二女:"这类妖人理应诛戮,世姊为何拦阻?"小寒山二女同道:"你点点年纪,初出茅庐,不过倚仗白眉老禅师一点传授,师父怜爱,在外惹事,晓得甚。你且随诸位道友在这里,等我事完回来,再和你说吧。"

李洪道:"你说甚? 我还借有人家好些玄阴真水没收回呢。那老怪物更是可恶,事不干了,逞强出头,兴妖作怪,他来时还伤了我们一人,决不是甚好东西。就有甚渊源,看甚情面,此事和他善罢,也不能向他服输;否则,将来如再遇上,我仍放他不过。休看你们助我,没有你们,我照样也能除他。要去都去,想瞒着我向人说好话,那个不行。我倒看他有多大本领,好便罢,不好,闯出祸来是我的事。"

话未说完,谢琳道:"呸!你自己先就贤愚不分,当那借玄阴真水与你的就是好人么?以为我们爱管你的闲事呢,还不是爹爹叫我们来的?你不听话无妨,我们回山自会和爹爹说去,关我们甚事?"

李洪方要还言,陈文玑劝道:"柳冠老人性情孤僻,今日之事终不免于芥蒂。反正一半情面,一半强得住他才行,令弟只要不插口,同去无妨。"谢琳道:"洪弟说话气人,谁肯好端端向人服低。我们不说,陈仙子也随我们丢人不成?"

李洪原因二女来势匆迫,又将陈文玑请了同来;再听那语气,分明对方虽是旁门,来头甚大,那金刚巨灵掌也未必伤得了他。既恐代自己向人说软话,又想观察敌人神情心意,到底有多大法力,以便异日相遇好为之备,所以执意非去不可。及听许他同往,笑答:"我想两位世姊也不是服人的,不过你们来得如急风暴雨,活似我得罪了昊天大帝一样,二世姊又惯善拿我做人情,有点不放心罢了。既不压我一头,还有甚话说?"

谢璎笑道,"只你讨厌,甚事都有你的份。本只防你一人多事,又生枝节,率性请诸位道友也同去吧。"

陈文玑道:"我们身在六合旗门以内,任是多大法力,外人也查听不出。飞遁神速,血焰千重,甚是浓密,此老只觉烟光明灭震动,未必看得见我们,他那乖僻自恃之性,不上来先给他见点真章,也难说话。还是请贤姊妹就势先把这血光暂时代为收敛,或是缓缓冲荡下去,然后再与他相见如何?"小寒山二女笑道:"愚姊妹恐难做得合适,还是请陈仙子施展法力吧。"

陈文玑道:"他那玄武乌煞罗睺血焰神罡实是厉害,要是我代贤姊妹动手,却无这大本领,只好借用师父的青灵囊了。"

谢璎笑道:"我们原为此老连历多劫,修为不易,欲加保全,奉命化解此局而来,不管陈仙子如何施为都好。愚姊妹此时仅得家母伏魔真传,尚未到那炉火纯青地步,如若出手,这漫天血光便被佛光击散。此老受了重创,固是恨同切骨;血焰余氛乘风飞散,到了中土,岂不又是流毒人间?与其这样,还不如任凭洪弟胡闹呢。"

陈文玑笑了笑,便把长袖一扬,一片形似纱囊,薄如蝉翼的青云,立由袖口内往上飞起。转眼张大，遮满全阵，巨吻箕张，囊底在下，微微鼓起。陈文玑再将手一抬，收了阵顶金霞，那团青云便代金霞堵塞阵顶，发射出万道奇光。上面血焰立似潮水一般往大口中灌入，势绝迅猛。众人隔着青云向上仰望，只见那么狂盛的血焰到了囊口里面，宛如石沉大海，只见一丝红影在囊中急转，那云囊仍是轻飘飘地浮悬顶上。

约有半盏茶时，陈文玑道："此老这时已有警觉，我们一同去吧。"说罢将手一指，云囊往侧一偏，小寒山二女一同护住，谢琳道："洪弟，你还不快将那宝贝旗门收去，一同走么？"李洪道："我见血光还未收完，当是连这旗门同去呢。"随将六合旗门收下，随了众人，在祥光环绕之下，往上空飞起。

旗门一收，青囊也相随浮空暴长，上下四外的无边血焰直似磁石引针被青囊吸住，齐往大口之中涌进。众人虽有残焰不住由身侧飞过，因血光稀薄，力已大减；又有祥光护体，迭无所觉。

陈文玑回首向众道："休看这些残焰无力，仍是恶毒非常。人如沾上，固是重伤中毒；如被佛法击散，消灭未尽，残留空中，飞向中土，只要有一片丝缕，当地便能发生大疫，引起许多灾害。你道毒是不毒？"李洪便问："老怪物如此恶毒，为何还要解和，不将他除去呢？"谢琳道："叫你不要多口，怎又说了。"李洪便不再说。

因要收那血光，飞行较缓。众人一看，所行正是往离朱宫的去路，才知适听敌人发话好似近在头上，实则人在磨球岛行法遥制，大家竟未听出。别的不说，就此而论，法力已非寻常，怪不得远居灵峤仙府的地仙也为此事前来。如非三位女仙来此解和，胜败恐未易卜呢。

正飞行间，忽见左侧遥空云里有大团黑烟包着大团火焰。外面又有紫色烟光环绕，光焰绚烂，奇丽无比，沸声如潮，势颇惊人。原来正是那玄阴真水和敌人的真火紫光，一层层互相包围、相持，已被敌人引远，离了原地。另外还有数十道光华火焰在空中急斗，也是胜败未分，两不相下。

李洪心想："这是何人，也来助战？事前怎不知道？"忙运用慧目法眼定睛一看，一面是火行者等一干离朱宫众，另一面约有七八个着黑衣的，竟是西极教中人物装束。方始省悟小寒山二女之言果然不假，西极教下不特假手自己用玄阴真水去破三阳真火，并在暗中跟来相机行事。

李洪暗忖："西极教下必是看见自己和众人被困血光之内，意欲乘隙侵犯离朱宫，去破少阳神君真火发源的根本重地。柳冠老人恐火行者等抵御不住，赶往岛上坐镇，就便防护；为要全力应付自己这一面，适才一掌虽未全发出去,他也必小受创伤。那漫天血焰又吃陈文玑青灵囊吸收了去,益发不敢大意,所以只用五行挪移之法将水火烟光互相结成的光团移近岛边;一面守住根本重地,以防不测,尚无余力去助火行者等宫众消灭西极教下来敌。照此看来,这时手忙脚乱,可想而知。西极教虽然巧使自己,不说实话,到底同仇敌忾,并无恶意。"也就不曾放在心。

李洪想到这里,只见前后左右的血焰已被青灵囊吸收净尽,天光早现。前面血焰渐成了一股,由大而小,直达磨球岛上,前半仍有数十丈粗细,好似敌人尚未觉出有人收去,只管源源发来之状。陈文玑一面摇手,不令众人开口,只指定青灵囊近着血焰,顺着来势缓缓往前收去。众人心想:"柳冠老人法力如此高强,那血焰又是运用本身真气发出,稍有动静,灵元便有感应,便看也看出来,怎似毫无所觉?"俱都奇怪不置。

原来柳冠老人自从发现敌人六合旗门神妙,又有香云宝盖为助,急切间无可奈何,便把血焰大量发出,准备以全力运用,费上数十日工夫,将旗门和敌人一齐炼化,以消胸中恶气。忽见十来道青黑光华电驶飞来,与火行者等斗在一起;另有三道玄色精光如黑虹经天,直往磨球岛一面电驶而去。知是少阳神君宿仇,西极教中能手乘隙来犯,欲坏火源根本重地。暗道:"不好!"忙运玄功,暂舍下面敌人赶去时,西极来敌已快侵入岛上。尚幸五火使者性情倔强,因适才为了取药人和火行者等争论负气,又无人防守,始终在岛遥望,不曾离开;一见西极强敌来犯,立即迎敌,尚未失陷。

柳冠老人刚用法力将西极教三长老打退,李洪已将金刚巨灵掌发动。因为不舍玄阴真水,只顾施展五行挪移之法,将空中水火云团移往磨球岛附近,欲待收取真水,移来以后,再助火行者杀敌,以为己用,正打着双管齐下之计。猛觉前面血光大震,真气几乎受创。大吃一惊,不暇再顾左近敌人,忙运玄功固住真气。

因血光只震动了一下便即宁息,他还不知小寒山二女和陈文玑业已飞入阵内,以为李洪不耐久困,一时情急,又用香云宝盖猛冲。见血焰强盛,并未冲动,略震即止,心中一宽,一面将血焰大量放出助长威势,一面将阵势往回移近。更恐玄阴真水被西极教中长老收回,也在加力施为,同时还须防到火行者等宫众不是西极教中的对手,自己在场,仍为人所伤,面子上不好看。把一条心分作三四方面去用,自然不免疏忽。

陈文玑心思既巧,法力又高,成心不使敌人看出。青灵囊妙用无方,那漫天血焰虽往囊中钻进,仍如布散空中一样,毫无异状。一面暗用法力,将最前面一段隐蔽,直到岛前方始突然出现。所以柳冠老人丝毫不曾警觉,一心以为胜算在握,所差只是时间早晚。正在高兴。打算匀出心力,先给西极教来人一个重创;不料对面敌人已把空中血焰吸收殆尽,相隔已然不远。

他这里辣手还未及施为,猛觉真气微微一紧,又不似受甚震荡情景,竟似被人束紧,从来无此异状。心方奇怪,跟着真气又是微微一顿,离身十余丈的血焰便即不能再进,好似一种极大的力量挡住退了回来。倏的祥光闪处,现出一伙人来,除先见敌人外,为首还有三个美如天仙的少女。前头一个十分面熟,颇似在初成道时曾经见过,手指一团青色云囊。那漫天血焰只剩面前十丈远近一股,余者俱被云囊收去。那血焰一头在囊口内,一头在葫芦口内,两头衔接,不进不退,笔也似直,好似一道赤梁横亘空中。

柳冠老人这一惊真是非同小可。知道自己灵元已然受制,幸是留神未下毒手,否则血焰已被吸收殆尽,以敌人的法力,加害自己甚为容易。现虽发觉,不致再中暗算;但如自将血焰截断,同敌人拼命,休说胜败难料,即使能胜,真气也必受重创,决非百年以内所能恢复。

平时虽喜尚气,到底千余年苦功修炼,能有今日地步不是容易;当此紧要关头,也不得不加慎重。又以陈文玑赤杖真人徒孙,灵峤三仙门下高徒,人还未见,便行所无事,把自己漫天血焰从容收去,无形之中已然判出法力高低。何况另两孪生少女不知是何来历,竟会发出万邪不侵的大乘佛光。别的不说,即此而论,敌人已有胜无败,如何能敌?心气为之大馁。要知后事如何,且看下回分解。

第八十九回

苦忆箴言　一老怀仇离远峤
难收神物　众仙失计纵番僧

话说柳冠老人见对面为首三女妙相庄严,面带微笑,只把正往外发的一股血焰阻住,也不再往囊中吸收;妙目湛湛,一同望着自己,也不再有动作。似在观察自己心意,自己如能见机,便可无事,否则便把血焰截断,或是全数收去,再行对敌。本是万分紧急的局面,却现出缓和情景。

柳冠老人生平从未向人服输,这话如何说法?越想越不甘服,暗中咬牙切齿。正待把心一横,拼着身受重伤逞强到底,冷不防自将血焰截断,先以全力应战;如若斗法不胜,到了力竭势穷之时,再自断一条肢体,用化血分身之法遁回山去。那时率性一不做二不休,豁出再遭一劫,把屡次想和自己结纳、均被严拒未允的左道妖邪全数召集拢来,把昔年成道时恐伤生灵、不肯祭炼的几种邪恶穷凶的阴魔邪法祭炼成功,然后再寻仇人师徒报仇泄恨。

柳冠老人念头还未转定,陈文玑见他瞬息之间面色阴晴不定,两道长而斜垂及颧的灰白寿眉忽然往起微振,早看出他心意。不等开口,先微笑道:"柳冠老人,一别千年,何幸相晤!适往峨眉访友,得遇小寒山忍大师门下两位高足谢家姊妹,谈起忍大师由大乘心光中看出,这里有人用毒祸生灵、最干天忌的玄武乌煞罗睺血焰神罡将诸位道友困住。

"大师所持大乘佛法心光远照,威力至上;凡在灵空天域以下,宇宙之内,无论远在极边,只一运用,对方任多厉害的法术、法宝俱失灵效,破法并非难事。因见行此法的人只为一念贪嗔,迫于不得已,又是初次施为;大师专以慈悲普度,自从得道以来,从未伤人。她小寒山坐关三百余年,每日虔修佛法,外人知者绝少,便由于此。唯恐心光反应,行法人骤出不易,难免伤害,不欲自开杀戒。

"同时又见内有寒月禅师高足李洪,因为久困六合旗门不能脱身,也横了心,竟欲将白眉禅师所传佛家降魔大法金刚巨灵掌施展出来。此掌一发,赤血神罡必要击散,一个消灭不尽,流毒无穷。而李道友又是峨眉掌教真人前生之子,与大师也有渊源。如施为稍迟,便难挽救;而李道友喜事躁妄,也须告诫。因谢家姊妹恰在峨眉访友,立以心声传示,命即禀知齐真人,即时起身来此解围,就便向李道友规劝。同时我又接到家师飞书,并附有致道友的小简,令我随同和解。

"到时正值火焰弥空,李道友金刚巨灵掌正往上发,祸机瞬息。尚幸李道友还恐殃及海底生灵,初发极缓,道友当时想也有所知觉。经我与谢家姊妹强行制止,才得无事。但是火焰阻路如不冲散,我三人虽可勉强速行,诸位道友却过不来。如由李道友以巨灵掌开路,不特有违来意,更恐残焰被天半罡风吹散,飞往中土和各海岛上,日久化成瘟疫,为害生灵,遗祸造孽。彼此都有过错,没奈何,只得以家师青灵囊代道友沿途收来。此宝尚能多容,一切运用悉由鄙意。血焰神罡幸无损伤,敬以奉还主人,请道友收回吧。"

柳冠老人因那血焰颇关自身厉害,初见敌人时便想收回;只因看出敌人法宝神妙,而且尚留有情面不曾截断。自己如稍为冒失行事,一个收不回来,弄巧成拙,不特丢人贻笑,还不免于损伤真气,毁却一件法宝,显得外强中干,故不敢造次。及听陈文玑语气缓和,并未使己十分难堪,又持有乃师手书,越知有意居间,来为双方排解释嫌,心便放了一半;但是千年威望,一旦败于孺子之手,终是愤愤。想了想,且不收回血焰,强笑答道:"我与道友师徒一别千年,不想今日相遇。其实我素不喜多事,只因少阳神君与我至交,他应一邀约他出,不在岛上,昨日忽向我神火传书,说是适接门人火行者等两次神火告急,经所去之处的主人行法照影,看出内有一个小孩与西极教敌人联合,大举来犯,欲妄用玄阴真水毁坏岛上火源根本重地。又照出那小孩是峨眉掌教爱子、寒月神僧之徒。此子父师两方与少阳俱有渊源,素无嫌怨,不知怎会行此毒计?料定他是受了仇敌蛊惑,决非出自父师所教。他自己分身不开,请我来此相机应付。

"本意问明情由,稍为惩戒,便即放却;不料此子依仗父师之势,甚是狂妄。我到时,他正用西极玄癸水真气将神火包围。如非此火乃丙火真精乾阳灵蛇所化,与往日三阳真火不同,满空真火岂不全为所毁?他父师便有如天法力,这千万年凝炼的天生至宝丙灵阳精也是无能补偿。就这样,我仍苦口婆心几次开导;此子偏是执迷不悟,等我说出姓名以后,反更狂谬无礼。同时西极敌人也相继蠢动,乘机侵犯。我实忍无可忍,方下毒手。

"本意决不宽容,等到他们为我赤血神焰炼化以后,不必乃父乃师寻我,我自寻往峨眉、武夷两处；看妙一、寒月二人到底有何法力，如此溺爱纵容，放任子弟出来为非惹事，目无尊长。我得道千余年，难道还见不得一些后辈童竖么？既令师出头，只要此子和这些盗药诸后辈悔罪服输，交还灵药，我便应允，至于西极鼠辈，我自有法处置，不与他们相干。"

小寒山二女近年道法精进，忍大师授以佛法，力戒嗔杀，闻言还不怎样动气。李洪在旁早已忍耐不住，几番想要开口，俱吃陈、谢三仙女以目示意，强行禁止；气得鼓着一张嘴，怒视柳冠老人，不住冷笑。等听到末句，李洪刚怒喊道："世姊莫拦，我实忍不住了。"

未及上前，谢琳把手一挡，拦住李洪，不等柳冠老人再往下说，面背着陈文玑，空身离众，上前笑道："老人得道千年，连免三次天劫的人了，真正玄门之士，似你这样福厚神通的也没有几个。至于我这小弟，今年才十余岁，诚如尊言，是个小孩；要专论人年纪，连他九世修为算在一起，也未必有你一半岁数。常言道：'大不与小斗，老不与少斗。'何苦为他生这么大气呢？

"此事如按情理来论，少阳神君当初炼此灵药，原欲救助有缘，为苦行修道人成功之助，并非誓不与人。只不愿人得之太易，又防一干左道妖邪生心侥幸，为此将它藏在灵焰潭内。照着旧规，只要来人以礼来求，便许其自凭法力入潭寻取；甚或釜底抽薪，乐于玉成。数百年来，后辈修士仗以成道者颇不乏人，用意良美，人多赞佩。

"陈嫣道友以散仙清修，遭劫被困，仗着素日根基法力。于诸般险厄中炼就元婴，终于孽满超劫，炼成法体，所差只此两丸灵药便可成道。虔诚拜山，来此寻求，既非左道妖邪一流，又未触犯岛中禁忌，以礼来求，允取与否，主人自有权衡。如不允取，尽可明言，令其退去，即神君未在，门人不能做主，也应善言相告。而一班离朱宫众气量褊狭，性复贪吝，以为神火厉害，自来外人入潭求药，多半伤折，十九无成；心料来人不能如愿，正可借以显扬火宫威势。始而既然应诺，等陈道友等取药出来，又让鬼女乔乔蛊惑，心生吝惜，发动诸般埋伏，欲将来人杀害。此等居心行事，左道妖人所不屑为，何况堂堂主者少阳门下。

"当时诸位道友以事属求人，灵药已得，只图脱身飞遁，并不欲与之为敌。火行者等宫众偏欲赶尽杀绝，迫人太甚，竟发动千寻烈火，苦苦追逼不休，将众道友围困火海之内。似此挟势凌人，以众暴寡，行道之人均所不平。

"世弟李洪与诸道友本有渊源，值与少阳门下订有旧约，前来践晤；无心相值，仗义拔刀，本意也未想怎十分为仇。火行者等宫众平日欺凌良善，占惯上风;小有挫折,便即悲愤难堪,见风不顺,遂发警报向师求救。神君未暇查明细底,自己又不能来,转请老人相助。老人与诸位道友路道虽有不同,年岁总大得多。明知双方师长俱都交好,不过势成骑虎,两不相下,本非深仇大怨,势不两立。老人到时如以前辈身份向双方晓谕化解,自必遵从,断无不了之局。如何推波助澜,使事情越闹越大?

"始而藏头露尾,一到先用法宝暗算,伤了一人。他们见自己人受伤,自然不免同仇敌忾,怎肯善罢?至于说洪弟师父纵容门人,目无尊长,更非事实。一则他师父与你既无渊源,又非同道。在你以为得道千年,法力高强,威名远震;在他却从未听人说过。正经佛道门下,专为降魔诛邪为务,他年幼初出,怎知你平日能知自爱,不与异派妖邪合流?一见连番使出那样阴毒法术,自然心生误解了。

"我想老人齿德俱尊,胜之不武,不胜为笑。如若强令服罪,洪弟年轻气盛,未必肯从。我们与他都是世交朋友,不是他的尊长,适才强令他将巨灵神掌收去,心已不甘;倘再相强,岂不有违陈仙子为双方化解美意?与其迫令铤而走险,万一冒犯威严,转不如听从陈仙子的化解,暂时罢休,免伤少阳神君与峨眉齐真人的和气。老人如不服气,心犹芥蒂,这等新进后生也不值与之对敌。诚如尊言,他父师一在峨眉,一在武夷,老人不是不知,事后仍可寻上门去质问。齐真人与寒月家父震于你的威名,也许当面处罚洪弟,迫令认罪。事既光明,又复安然无虑,不强得多么?

"至于行宫灵药,神君原许人往取,事前宫众并未拦阻,陈道友到手应得之物,毋庸交还,更是不值一提。尚望老人暂息雷霆之怒,稍平盛气,略为忖度情理,语无轻发,便易使人敬服了。"

柳冠老人只管得道千年,自来刚愎尚气,又在怒火头上,想到便说,益发不善言语;教谢琳灵心慧舌,大肆讥嘲,逐层驳诘,妙语如珠,一句也回答不出,又急又愧。先听出二女乃小寒山神尼忍大师门下。神尼本人虽不曾见,还曾听得与己功力相等的同道无心中谈过一次,说她佛法微妙,不可思议。她既在小寒山坐关三百余年,当地毒蛇猛兽俱受佛法感化,凶恶相克之物俱能悉泯杀机,同在一处生息,其精通大乘降魔佛法,自在意中。但是传闻灵异之迹无多,其中宝相现出极少,纵习此法,也未必到了火候。

这两个女弟子年纪甚轻,说是已得师传,实难深信。对面一个贱婢竟敢离开护身佛光,独出答话,口齿如此尖利,也似非戒律谨严者所应有。今日局面,决难占得上风,听贱婢口气,只凭灵峤三仙一纸来书和这新来三人,便要强行和解，敌人决无认罪服低之事，千年威望，就此扫却，这口恶气怎平得下？自来修大乘法的佛门弟子，照着戒律，最忌嗔杀，便有忤犯，也不计较；与其被她一席话便嘲弄回去，转不如暗放冷箭试她一试，到底看一个明白。如真不敌，再行退走，比较也值。

柳冠老人念头一转，顿起恶意，以为谢琳未有佛光、法宝护身，必是看出自己色厉内荏，又以鲁仲连自居，轻敌骄狂，不曾戒备。陈文玑所说如谬，至少必要重伤；否则作为久闻大乘降魔佛法神妙无方，此女素昧平生，小小年纪，竟有这高法力。无所凭借，凌虚独步，即此已少闻见；心实惊奇，姑意试验，事后也不是无词可说。于是假装听话，默运玄功，暗下毒手；先用冷焰搜魂之法试一摄取元神。但看谢琳从容言笑，神色自如，疑是暗中强自镇摄。心中大怒，又以全力施为。猛觉反应之力极强，心灵大震，几乎迷糊。对方仍微笑嫣然，竟如无觉。柳冠老人不禁大惊，虽知难惹，终不甘服。将口微张，竟把炼成七八百年从未用过的天戮神针试放了几根出来。

此针乃柳冠老人采前古遗藏地底的阴煞之气，并从四千九百斤深海寒铁中提炼精英，再用玄功法力，以本身真气会合，凝炼而成。细小如毛，随心大小。不用时即以藏在命门紫府以内，发时无形无迹，中在人身上，生两种妙用，专伤修道人的元神婴儿。如若对方法力高强，中针时有了惊觉，将元神遁出，或自闭穴，不使循着气血攻心伤及要害。

此针遇阻不行，立即暴长数千万倍，在受伤之处爆裂。只要被中上，便非受重伤、毁及肢体不可，又目力看不见，阴毒异常，极难防御。

柳冠老人适才已知敌人法力高强，巨灵神掌且难当，况又加上三个能手！仍在心存首鼠，口发强横，意欲一拼者，此宝便是所恃之一。满拟此针发出，敌人多少总得受伤。哪知连发五针，全如石沉大海，音无迹兆，因是恨极，最后所发两针更向敌人两眼发去，也未生效。只见对方妙目澄波，顾盼自如，仿佛未沾身，便即化去。

这一来，柳冠老人方才心寒气沮，再不见机，定遭惨败无疑。又见谢琳话已说完，目光湛湛注定自己，恐她说出自己两次暗算，再加挖苦，更是难堪。只得强忍怨毒，扮一丑面，假装大方，忙接口笑道："老夫得道千余年，想不到如今后起小辈中竟有能者。小寒山二女法力果非寻常，老夫连试她们定力佛法，均被破去；真乃后生可畏，陈道友也无须和解，甘拜下风，老夫去也。"

话未说完，陈文玑看出他要走，忙说："家师尚有书信在此。"随即飞身出

46

外,递过一封书信,柳冠老人口中说着话,左手接信,右手掐诀往回一招。陈文玑早把青灵囊口放开,内中血焰本已收敛缩小,散出自比收入神速得多,随手招处,嗖的一声,便往柳冠老人葫芦中飞去,晃眼即尽。接着便见面前青白二色烟光骤起,再看人已不见,只见遥天空际忽有青白光影,一闪即没,端的快极。

众人没想到柳冠老人口说大话,气势汹汹,却收得如此之易,俱觉好笑。陈文玑道:"老人得道千年,仍有这么盛的火气。家师和齐真人原意,此老虽是左道旁门,但他生平从未做甚大奸大恶之事,因此三次天劫俱有极巧机缘,得以侥幸获免。自古迄今,左道中人经时千三百年以上而未遭劫者,连他和大荒山一男一女两老怪物,共只三人。

"自来修道之士投身旁门者,人数最多,一时也诛戮不完。俟其恶贯满盈,运数将终,生灵已受害不少。与其扬汤止沸,无如釜底抽薪,留此三人,正可为一干异派妖邪他山之助,使知所习虽是左道,只要不为恶,一样可以得脱天诛。天仙固然无望,长生却是可保,为此不愿洪弟与他各走极端,仇怨太深,不肯休止,迫他铤而走险,自趋灭亡。

"并且老人此次之来,是为昔年在图南山遭遇第三次天劫以前,无心与少阳神君相遇,倾盖论交,结成好友。到了临难之时,因知天劫一次比一次厉害,多高法力也难相助。本心还不愿累及良友,只想三阳真火恰是魔火克星,打算借用。哪知才一开口,少阳神君便托词拒绝。他认此举只是聊胜于无,本无多大功效;对方祭炼非易,不愿白送,也是人之常情,并未见怪。又托以身后之事,神君仍是漠然。

"他平日对于外界人虽然妄自尊傲,言出法随,睚眦疏忽,毫不宽假。只对朋友却极爱护容忍,纵令绝交,不出恶声。当时觉少阳神君情薄,心中有些不快,也未发作。哪知少阳神君对朋友比他还好,表面坚拒,心早打好脱身急难的主意。恐事先明说了出来,分了他的心神,佯为不允,暗中却做准备。

"到了第三日柳冠老人应劫之期,少阳神君忽然不辞而别。事虽凶危,因前两次都能转危为安,柳冠老人自然仍作万一之想。无暇再生闲气,径去山顶,坐候劫运之来,欲以死力相拼,与魔头连斗了三日夜,连经险难,均仗自身法力抵御过去。到了最后一夜,元气消耗,精力已疲,忽为魔火所困。他自知不能幸免,求生望绝,再隔些时定不能支,便须发号令给远方守候的门人,用飞刀自行兵解,以免神形俱灭。

"就在这危机瞬息，一发千钧之际；神君却从身后一座孤峰上，将本身元神与丙火之精所化的一条灵蛇合成一体，突然出现，冒着奇险飞入魔焰之中，由灵蛇口里发出万千三阳神雷，连斗了三个时辰，终于将百丈魔焰击退，助他脱了大难，而少阳神君元神却受伤不轻。柳冠老人这才知道良友苦心至情，感恩自不必说。

"由此二人愈成生死之交，所以那么不肯管闲事的人，一接到少阳火书告急，立即赶来；这原是他知恩感德，对朋友的义气。虽说他乖张骄狂，不合妄使邪法，也因多年威望，唯恐失坠，情势所迫，非由本心。又是初次对人下这毒手，种种均有可原。

"家师一面想保全他，一面又以他最末一次劫运将临，事由今日而起，事前息弭，比较容易；如果没有今日之事，他便生出别的灾害，劫运更难挽回。故此想定时日，令我先回峨眉，与齐真人等计议。正值谢家姊妹先受青城朱真人之托，暗中早有安排。嗣又以峨眉三英、二云、七矮诸道友多半至交。今年应往峨眉朝拜掌教师尊以及各师长，自陈功过，难得聚在一处，就便往访。

"起初因李道友是此老命中对头，他虽然年幼，临事并不胡来，非有几分必胜成算，决不轻往。知三阳神火厉害，必往各师执和诸道友世好那里求借法宝相助。他本和金、石、甄等七矮兄弟很好，当着人前，故意闹些小孩脾气，实则异常亲热；背着人时，大家商量，同寻异派人晦气。还有宁一子的门人蒋翊，和他也很莫逆，七矮兄弟正炼济世灵丹，无法相见，而宁一子又有抵抗神火之宝，必往求借无疑。

"为了阻止他胡来，打算釜底抽薪。我又奉了忍大师之令，和宁一子商计一事，正好就便赶去拦阻，不令借与。刚到香兰渚，李道友也随后到来，法宝未借得手，失望飞去。谢家姊妹又把他可以求助的地方全都赶在前头一一吩咐。以为他素好胜，六合旗门只能防身，巨灵神掌击灭真火，要伤害无数生灵，不敢乱用。没有克制真火法术，也许暂时中止，日后再往，将此事错过。只等诸位道友被火围困之时前来解救，便不致与此老引起仇怨。

"不料李道友数世清修，交有不少有法力的同道至友；日前又在香兰渚听蒋翊说起一位前生至好燃脂头陀，现在南海朱竹岛妙香岩坐关。最后赶到，不特把佛门至宝香云宝盖借来，并还指点云路，教他如何走法，却未说明有何遇合。其实那正是去西极岭的正路，无意中助人取出前古玄阴真水。

"西极教和少阳神君师徒互相嫉恨已久，只未公然发难。见李道友如此神通，正好暗收渔翁之利，妄想将磨球岛真火收去，逐走少阳师徒，光大门户，独占西极全土。李道友只图真水可以制火，便照计而行，带了真水前来。西极三长老连同好些得力门人，便暗中尾随，相机发动。

"因见玄阴真水眼看就要成功，忽被柳冠老人用九炼赤尸之气围住，那火又是丙火真精，灵蛇所化，不但不能消灭，因水为赤尸所包，转成了里应外合，真水竟被煮沸。如非柳冠老人也存妄念，欲收此水以为己用，只消一日夜便可炼成。

"固然所去不过全数十之三四，一则可惜，二则异日重炼此水要减去若干灵效，再想收制三阳神火，力便不足。

"西极三长老一时情急，乘着少阳师徒离岛而出，柳冠老人全力对付强敌，岛上空虚，欲去灵焰潭毁灭火源根本之地。不料岛上尚有五火使者，均非弱手，这一阻拦，柳冠老人也就赶回，将他们赶走，险些闹出事来。

"依我本意，早来些时，西极教便许不出手。只因在峨眉时遇见大方真人，力说今日之局关系定数，人力劳动，此老可能保全。而西极教教祖悟彻玄机，自知所习佛、道两教均非正宗，似是而非，再炼多年，成就也只如此。为求正果，于是发动真火，自焚转劫，以期再生转入佛门，寻求正果。为想维系教门人心，能得其信，以为转世再来，改定教宗，重兴彼教。当时施展法力，故示白日飞升灵迹，连他门下掌教的三个嫡传爱徒均被瞒过。

"谁知弄巧成拙，转世之后，虽然得为高僧，但以发愿太宏，至今尚未圆满；不能重返故土。而西极教气数已尽，近数百年来日益骄妄，贪嗔忌刻，自前辈诸长老起，以及末代教徒，十九行为乖谬，倒行逆施，此次正是彼教劫运。

"现在前古玄阴真水已为所得，以为少阳神君在他卧榻之侧，不容并立；暂时如不发动，日后必为离朱宫师徒大患。齐、朱二位真人与宁一子诸位，以彼教远居西极，虽然天性刚愎，忌讳太多，有怨必修，人如犯他，永无休歇。但彼教规至严，操行犹苦，从不无故犯人。只有两次，因为无知触他禁忌，大修其怨，人已避逃，兀自穷追不舍，终于赶来中土报复。将两个得道多年的散仙，连同门徒七人害死，几乎连元神亦为所灭。此外恶迹无多，教徒又众，齐真人等怜其修为不易，欲为免去此劫，等那转世祖师归来度化。也不过是本着一念慈悲，姑尽人事而已。

"照着目前情势，分明定数难移，莫可挽回，何其徒劳，转生枝节？齐真人也觉所说实情，中止前议。谢家姊妹又想稍为磨炼李道友，因此晚来了一步。适才正想劝说此老,面交家师手札,不意谢家二妹不愤他狂谬,先走出去一片冷嘲热讽。此老自是难堪,怒极之下,暗中连用两次阴毒法宝,俱为无相神光不坏身法所破。说又说不过,斗法又非敌手,虽然迫于无奈,借题遁去。看那去时情形,并未甘服,心中怨毒已深。但盼他归途看了家师手札,幡然悔悟,就此回山避祸,还可无事;如逞一朝之愤,这场劫运恐比前三次天劫还难避免呢。"

谢璎笑道:"如非洪弟喜事任性,今日事已早了,这柳冠老人千余年道行,西极教下那么多的修士,怎会因此断送? 我佛慈悲,我爹爹也教你如此么?"

李洪道:"大姊,你怎也和三姊一样刻薄我? 你们也有朋友,以前不是也爱管人闲事么? 我这还是奉了师命,下山行道,才到四处走动。你们刚到小寒山不久,便瞒了师父,和那癫尼姑同去幻波池惹事,不比我更淘气么? 如今却来说人。我只照情理,分邪正,不背戒律师教,他们定数应劫,与我何干? 又不是我害他们的。"

谢琳道:"洪弟,你真会胡说。我们去幻波池,乃是明知艳尸为妖邪,当然应助良友一臂之力,师父法力高深,岂能隐瞒? 我们前往,分明许可,你不知西极底细居心,又未能分出柳冠老人善恶。前者谬托知己,为人所愚;后者以为只是旁门,便可诛杀,妄用巨灵神掌,岂非荒唐? 如何能和我姊妹比呢?"

李洪红着脸,还要争论。陈文玑道:"西极教人已退走,等那三人到来,再到磨球岛,照齐真人之言行事吧。"

众人见陈文玑只是畅谈,不再收拾残局,本觉奇怪。闻言侧望,只见二三十道光华,正往西极岭来路遁去,转眼不见。空中真水真火与赤尸之气互相连接的大光团也已不见,只剩半天烈火红光,随着火行者等宫众往磨球岛上飞去。同时对面飞来三道光华,转眼近前,现出三个天仙般的女子,都是雾鬟风鬟,云裳霞裙,玉骨冰肌,光艳照人。内中一个年纪较轻的丰神朗润,尤为独绝。神情都是一般娴雅庄重,连石玉珠那么交游极广识人最多的,俱未见过。

谢琳先开口道:"三位道友可是青门岛主么?"三女点首应诺,随即通名礼见。众人才知来人乃昔年紫云宫旧主,现在隐居磨球岛西青门岛的初凤、慧珠和原在岛上隐居多年的一位女仙、青门仙子朱苹,好生欣慰,各道仰慕不迭。

众人方欲询问经过，忽听陈文玑对三女道："我以家师不喜与人结怨争斗，西极教中人一与成仇，便会拼命纠缠不休，前仆后继。虽彼灾难将临；何苦自我发难？并且他对李道友虽是利用，并无恶意，又是订交于先；同仇敌忾，焉可倒戈相向，强令退去？而少阳神君与家师和峨眉、青城两派均有交谊，便是石道友令师也是素识。

"今日之事，本由误会而起。火行者等宫众先已受挫，柳冠老人去时以为我们既来和解，必为火行者等出力，没有回岛，虽将全岛封禁严密，外人无法攻入，火行者终非西极长老之敌。我们置身其中，自难坐视。因教徒知三位道友小蓬莱之游此时必归，少阳神君师徒本皆相识；而西极教徒骄恣强横，专喜排除异己，夜郎自大。磨球、青门两岛相去匪遥，耳目也可相及，磨球如被西极教占去，青门必不见容，唇亡齿寒，从此多事。三位道友见火行者等力绌势穷，理无袖手。

"我们既是两俱不能偏袒，只可取一点巧，在此闲谈相候。等三位道友归途路过，假手鼎力，暂息此争。适见西极长老仅被三位道友小挫，便率门人引退。三位道友与我们俱是初见，复承宠迎，均有原因。西极三长老当是自料无甚结果，与其强为所难，自取伤亡，还不如全师而退，徐图大举，异日卷土重来，自在意中。火行者等宫众也竟在原岛相待，莫非也都省悟，消去嫌怨，不再兴戎了么？"

初凤答道："我三人到时，斗法正盛，慧姊心性和易，先向双方劝解。西极三长老不听也罢，竟以恶语相加，我三人才助火行者等动手。刚占得上风，胜负尚难定，火行者忽接少阳神君神火飞书，并还附有少阳神君好友，大荒山无终岭枯竹老人一道青竹灵符。火行者接到后面容大变，似颇担心，暗中行法，传语同门，不知怎的会被西极三长老听去，只朝我们说了一句'再行相见'，把手一挥，立即退去。

"我三人本是受激而发，并非有意为敌。火行者等宫众又得乃师飞书警告，不令穷追，速与诸位道友言和，一切俱候神君回岛，再听训示施行，力戒躁妄。对于前事，大加责骂。神君法严，令出必行，休看火行者得宠，一样也不敢稍为怠忽，因此俱未追赶。火行者等素来性骄，不肯服人，先吃了诸位道友的亏，师命又不敢违背。尽管来书有陈仙姑与谢家姊妹来作调人之言；但是上来便将柳冠老人破法便走，此时聚在一起旁观，又不过去。不知诸位道友是何心意，不好意思过来。

"我三人见他们面有难色，自思诸位道友虽然素昧平生，神交已久，何况神君来书已经说明陈、谢三位道友来意，谅无见拒之理。为此不觉唐突，来此请诸位道友同去离朱宫中小坐，就便了结今日这件公案如何？"

陈文玑道："此次双方误会，原是定数。如非火行者警报告急，少阳神君与大荒二老练法正在紧要关头，不及仔细推详，向柳冠老人告急求救，也不致闹得这么大。诸位道友已都说好，便道友不来宠召，我们也要去呢。"

众人正要起身，石玉珠插口道："吕、王几位，一受火毒，一为柳冠老人暗器所伤。刚才因见情势险恶，已由展、冷二位道友各护一人逃出阵地，往归途觅地暂住。吕、王各位伤势很重，似非寻常道家所炼仙药所能医治；尤其吕道友的火伤，非少阳神君师徒不能医好。看去厉害，连天一真水也只保她体内清凉，火毒不致攻心。行时神情，面色不好，难得陈、谢二位道友在此，离朱宫众又已代除心事，正好分出两人，去将他们二人接回，由火行者收去火毒，并请陈、谢几位道友施展法力，将道友救回复原，岂不是好？"

陈文玑接口道："石道友所说四位道友，可是三女一男，内有一位女道，色相很美，身有青光保护，能发乙木神雷的么？"石玉珠答说："正是。道友何处相遇？"

慧珠笑道："前途海面空旷，并无陆地，只离此九百里有一礁石，大约数十亩。四位道友落在上面，又遇大仇强敌。内中二位本在受伤昏迷，只有一个羽衣星冠的道友和那青光护体的美女，又要保着受伤同伴，又要迎敌仇人，情势甚是急危。我三人过时发现，隐身下去观看。见双方斗法甚是激烈，敌人法宝十分厉害，如换别人，早已上前相助；因那仇敌乃赤臂真人连登，以前本有数面之缘。那四位道友均似散仙一流，不知来历。愚姊妹隐居青门岛，清静已惯，不想乱管闲事。连登素来又无故不欺善良，遇事多少总有几分歪理，为此心中不决。

"嗣见那两位道友实是不敌，我三人俱爱她们不过，眼看形势十分危险，正商量姑试出去解围，相机行事。忽然一道经天白光闪电般飞来。自来所见太乙金精，练成之剑，就没见到遇有那样猛烈神速的。初发现时，尚在东北密云之中，想去少说也有三四百里；光华在半空中闪得一闪，渐近过来。破空之声隆隆一响，这时二道友已为连登所发金色宝光隔断。现出一位前辈道长。

"我以为连登素恨人管他闲事，何况对方又是他的深仇大恨，来人这等行径，决不甘休，必有一场猛斗。哪知连登竟然知机，只气呼呼地看着来人说道：'这也有你的事？'那个道长却没火气，微笑说：'道友何必负气？小道尚有话说。'言未了，连登已经逃走。那道长望空微微叹了一声，也没再说。

"你那二个道友过去行礼相谢，才知这个道长竟是住在香兰渚的宁一子老道人。他把伤人看了看，听那口气，前在香兰渚别时，去的人各给一丸灵药，任何伤毒皆可医好，能救修道人一次大难。大约当初送药之时，见诸位道友多半早晚各有一次大难，但是有轻有重，所受苦难不同。因被神火烧伤的女道友定数有此大难，见天一真水难收全功，诸位道友以为此药不能医治，又在临敌急迫之时，一时疏忽，未取一试，致受若干痛苦。其实在那灵药内有千年香兰所结之实，加以千百种灵药制炼而成，功能起死回生，灵验无比，如早使用，早无事了。

"说时，又以中毒箭的一位无此灵药，另送了一包，分别照法服下。本来即日就好，因为延迟了时间，尚须静养七日。且恐连登还不肯甘休，医好之后，便由宁一子和未伤的两个一同护送，往玄龟殿散仙易周家中去了。

"我三个先未动手，有见死不救之嫌，羞于出见，不曾现身。哪知早被宁一子看破，行时暗中指示玄机，才行飞走。等愚姊妹想起此老，乃是一个最善良的老人，应当拜见请教。要想出见时，遁光很快，已来不及了。"

众人闻言，这才放心，随同往磨球岛上飞去。到后一看，火行者等为首寻仇诸人早已避开，只五火使者和一些道众在岛旁树林之中相候。见面请往离朱宫前平台之上落座，宫中侍者送上灵泉异果。众人见那平台大约百亩，一色深红宝石修建而成，晶光四射，照眼生辉。外景如此宏丽，宫中景物更不必说了。大众相通姓名之后，五火使者便说适才又奉乃师飞书，斥责火行者等为首发难诸人怠忽师命。现由宝镜中看出形迹，命往地底火室悔过待罪，等到回山再行发落。随又说起各方师门友谊，不应如此，现既有人出头，理应释嫌修好。

众人由陈、石二人为首，各人都很客气，并同起立，望空暗谢少阳神君宽宏大度，不咎既往。五火使者等虽与火行者不和，到底同门义重，尤其此事大损岛上威望，师父为人向来宁死不服，不知此次为何如此自谦，唯恐门人不肯甘服，并还下了两次飞书严令。师命难违，不敢不遵，心中却是不快。便火行者等受责待罪之言，一半也是假话。及见众人这等客气，一面谢罪，一面说出被迫还手，势不容已之苦。觉得实是火行者理亏，庸人自扰，自己易地而居，也必如此，不能怪人，才把内恨消除。

李洪也要开口，吃小寒山二女以目示意止住，也代致了几句道歉之辞，无非假话。最终方由陈文玑细说来意，取出灵峤三仙和妙一真人手书仙束。

嘱等少阳神君回山面交,又告以西极教仇恨已结。此辈最重彼教声威,结仇不解,百计报复,自来不计危亡,磨球、青门二岛从此多事。好在相离不远,双方可以望见,以后务要约定,互为声援,不应疑忽,等神君回来看完书信,自有安排。

五火使者谢了指教,便和陈文玑说:"玄阴真水现被西极仇人得去,如用他教法术再一加功祭炼,便是三阳真火克星;加以丙火真精所化灵蛇,因师兄火行者行事不当,只图伤敌,将它化作三阳神雷。如照平日,只不过灵蛇受点痛苦,复原甚易。不料对手太强,先被五丁神斧斩了一条,耗去不少精气真元,修复已难。最通灵的一条化作神雷,出去就遇见佛门至宝,元气连耗带散,最终又被玄真水围住,受伤很重。就家师回山重炼,也非短时期内所能复原。

"李道友所发玄阴真水,如被柳冠老人收去,也可减却它很多灵效威力,偏又遇中途收了赤尸之气退走。后来家师飞书到来,火师兄又不合心急疏忽,向众同门告知;虽是本门传声之法,仍被西极仇人听去。他见家师来书附有大荒二老灵符神光,便已留心。再一闻知陈、谢二位道友,不只为双方作调人,如见彼教猖狂,并还要助本岛把他们赶出。青门三仙又复义气相助,他势越弱,情知难得公道。再若恋战,不特多树下许多大敌,并还要吃大亏。再如将李道友所发的一些真水失去,便连异日报仇全无指望,为此急忙收了真水,逃回山去。

"彼教量小排外,有仇必报,宁死不止,家师归期无定,众同门道浅力薄,非其对手,防不胜防,后患实是不可设想。纵有青门岛上的几位道友为助,终无得胜之日。

"适见李道友发水时,持有彼教中镇山之宝,内中真水也未发完。彼虽邪教,李道友曾与论交,并无仇恨。借人之物,自己本不便扣留,但当初取水,本靠道友的佛法至宝相助才得成功,分润少许,于理无亏。况以又不知彼教是如此行径,何妨将真水取出,能暂留借于此,固大佳事;如其不能,也请带回去收藏,只将钵盂交还,釜底抽薪,免使持以济恶,似属情理至尽;再如不愿,亦请少留时日;等家师回山,再行交还,便不怕他了。

"自身法力不济,难御外敌,转而求人,心中实是惭愧。只因敌强责重,为堪万全,迫不得已,恃在师门交情深厚,乃有此不情之请,不知诸位道友以为如何?"

李洪觉得此举有欠光明,不是丈夫所为,老大不愿。方欲拒绝,陈文玑却知少阳神君门下人等对西极教怨毒已深，欲以其人之道还治其人之身。竟不惜自贬身价，用些甘言，把钵中余水留下，以便日后行那毒计，将西极教一网打尽。

见李洪面色不善，此役本李洪一人行强鲁莽，唯恐话不得体，又勾起旧怨，忙先笑答道："道友，你当钵中还有余水么？西极教何等狡猾，起初利用李道友发难，等双方大仇已结，他再出面；明为朋友，实则收渔人之利。此钵乃他教中三宝之一，与三老本身心灵相通，休说外人不能据为己有，便他借与，用时若违他意，也必不生灵效，甚或为害。家师与妙一真人书上已有制他之法，无须乎此。

"至于恐他乘隙来侵一节，他自立教以来，休说教中长者，便行辈稍高的门徒，只是大举出动的，均有准备，也从未经过今日这等惨败。诚然仇深恨重，势不两立。但他知道诸位道友并非弱者，今又加上青门三道友，更有枯竹老人灵符，短期内如何敢于轻举妄动？

"此时他以心计虽被人识破，但与李道友订交之前并无嫌隙，又想留日后相见之地，仍以朋友之礼相待，不将此宝收回，听凭李道友日后面交，所以此宝还在手内。否则似李道友的法力，虽不至于受伤，早已化去无疑的了。此举招人轻笑，徒损令名，于事无补，万使不得。道友如不肯信，可以当时试验，就知道了。"

五火使者等宫众暗忖："法宝为本主人收回化去，尚在意中；内中真水明明未用完，李洪又知用法，怎会一些无存？"闻言未免半信半疑。

小寒山二女看出宫众不甚相信，便对陈文玑道："陈仙子，一个旁门也有如此神通，如非眼见，连我也难以置信。左右空闲，倒不如看他如何取回，大家开个眼界。洪弟素来喜事，免他日后亲身送回，又生出枝节。你看好么？"

陈文玑知她用意是在两全：既免宫众疑恨，又省李洪再与西极教徒交往，笑答道："我料如此也说不定。我们不必在此，可同去前面空旷之地试上一回，就知道了。"五火使者等一干宫众本觉陈文玑言之太过，不甚相信。众人也欲一广见闻，齐声附和。

五火使者便一同起行，先引向平台对面的空地上去，便欲止住。陈文玑道："我只知此宝颇多神妙，略加妄动，必有反应。是何情形，因未见过，还自难测。此处虽然空旷，左近花木山石颇多，风景秀丽，若一变生仓促，不及防范，有了毁坏，岂不可惜？不如到前半岛沙滩上去吧。"五火使者等宫众益觉所说夸大，各在暗中准备，少时此宝如有变故，立即施为，将之毁去，既可堵口，又可泄愤。心内寻思，表面却不露出，同了众人飞往前岛，到了临海沙滩之上，一同落下。

陈文玑道："我想钵盂中真水定被西极长老用彼教中法力禁住，不会再有喷吐。但临化去时是否还有伤人之力，却拿不稳。诸位道友各自稍作戒备，以防不测，何如？"

五火使者中为首一人乘机答道："此宝如不待李道友送还，便由彼教收回，可知心存疑忌，并不以李道友为友，这还和他讲甚客气？陈仙子又说得此宝如此神奇，未免令人难服。现在李道友手内，我等自不能有疑言妄动，他如自行收回，便将以友为敌。只一离开李道友的手，即便被别人收走，或是毁坏，也是他咎由自取，无话可说。我们遇见仇敌济恶之具，当然不能放过。少时它不化去便罢，如若化去，我们意欲禁阻，不令收回，不知可否？"

陈文玑道："自来正胜邪消，彼教现已日趋灭亡，法宝再多，也无用处。谅他只小气多疑，我们却须大量，灵峤三位师长多与令师有旧；齐真人与令师更是深交。来时还道及神君师徒助诛妖鬼徐完之惠，情谊决非泛常。此次争斗，实由令师兄见取药人之中有武当门下在内；同门情重，想起前嫌，误会于先。李道友又是初次下山，今生修道年浅，久居武夷，不知彼此渊源，昔年又与两位贵同门曾订斗法之约。前来寻事，只是年少好胜，居心本无恶意，巧遇诸位道友被困，遂有今日之事。现既当面言明，误会全消，情同一家。

"不过李道友订约在先，借人法宝，在彼劣行未现以前，未便反颜相向而已。休说教有正邪之分，交情也有厚薄之别。就是双方行道为人相等，也无偏向彼教之理，所说俱是实言。以诸位道友的法力，仇敌之物，禁阻未始不可，毕竟物各有主，能由李道友手中收回，理虽少欠，情尚可原。我们如不取他钵中真水试验，他怎会不告则收？中道阻截，成亦不武，不成为笑，反倒坐贻口实，说李道友倒戈卖友，大是不值，何况事之成否，尚难知呢。"

五火使者见陈文玑言语婉转，语中有讽，神气颇壮；又见小寒山二女以目示意，令陈、石二人同立一处，不要散开，并向李洪叮嘱，虽是隐言，却看出是令其小心戒备神气。暗想："陈文玑所说实是情理，口气也颇关切。照这情景，此是西极三宝之一，莫非真具厉害？"便暗中示意众人暂勿乱动，只在暗中准备，相机进止。

这时小寒山二女早已准备停当，看好众人立处，令即施为。李洪忙即取出钵盂，托在手上。众人见那钵盂发出紫光，约有二尺方圆。李洪腰间，好

56

似无物,却取出一件这般大物来,取时又是这么容易,各都现惊奇之色。李洪行法之前,笑说:"我不信西极长老如此小气多疑,倒要看看他到底有水无水,能否在我手中化去。"

谢琳笑说:"洪弟少说话,这类本身元灵所炼之物,你就能禁制住它,不令飞回么?不信,你就试试,可是大意不得呢。"

李洪道:"那个自然,不用你招呼,稍有动静,我就感觉出来了。"随照西极长老所传喷发真水之法施为。本来一经行法,随手指所示之处,立有千百丈黑气由盂口内激出而去,任意所为,往前驰去。哪知行法两次,那件钵盂仍是好好的,宛如常物,全无动静。李洪先前临敌,真水只发出了一半,知道其中还有不少,怎么也不会一点没有;又是藏在母亲妙一夫人所给宝囊之内,决不会有变故,见状大是奇异;才知谢、陈三仙女所说是真。

李洪觉着西极长老把宝交他手,决无予敌之理,如何以小人之心度人,心中有气。一面重又施为,一面照小寒山二女隐语示意,把在小寒山参见忍大师传小金刚不坏身法暗中运用,以为防范。等到第三次行法催动,依然不见真水喷出。

李洪不禁怒道:"我这人最重信义,尽管神君是父执师长,但我事前未想及此。西极长老既将此宝和真水交我,自然日后原物奉还,此时就是试出内有真水,也无转奉他人之意,如何当我卖友小人看待?此时藏在我囊内,任他多大神通,也不会暗中把真水收去,我会不觉,必是在西极山上行法遥制无疑。既然如此,以后你们如何,我必须逼它出来,看看它到底还有甚变化?"

说罢,便即施展仙法,想将盂中禁制破去。左手托钵,右手掐诀,朝外一扬;跟着大中二指掐紧一挥,立有一团佛火神光投向盂口以内。眼看那盂似往四外膨胀,李洪还待施为,猛然叭的一声巨震,那紫金钵盂立即炸成粉碎。乌金紫三色光华宛如暴雨,横飞四射,附近山石挨着一点,立即爆散,成为齑粉,势子猛恶已极。同时盂中凸起一股黑金色的烟光,宛如正月里的花炮,当中簇拥着一个与西极教门人同样装束的元神,破空直上。

那碎盂所化的三色精光,本向四外发射,朝里大半环仿佛有甚隔阻,挡了一挡,立即收回。连同外半环发出的光华,一齐掉转;向上一照,晃眼与空中烟光人影会合为一。往西极岭一面飞去,端的比闪电还快得多,瞬息已渺。只闻天空密云影里隐隐风雷之声,由近而远。说时迟,那时快,众中除陈、谢三仙外,谁也没料到此宝化去时如此神速猛烈,变起仓促,一瞥即逝;

竟不容人下手阻隔,便连盂内玄阴真水一齐飞走。

李洪因得小寒山二女警告,虽在暗中戒备,也没想到如此厉害。那三色光雨威力尤大,如非事前运用佛法防身,骤不及防,非受重伤不可。一想到西极教行为这等恶毒,此宝如果一有变故,立即化去,或是隔远觉有何兆,立即收回,照例如此,也还情有可原。适才分明见有一个成形体的元神隐藏在内,可见约交借宝之时,先存小人之心,而这时明知自己只是在此试法,并无恶意,就说不应以佛力控制发出真水,恐为敌人取用,也可暗中明言,至多化去,自己和他相交在前,也不肯强行禁阻,何以还要下此毒手?由不得心中有气,大喝一声:“往哪里去?”左肩起处,断玉钩立似蛟龙剪尾,电驰而上,追将上去。

同时五火使者等宫众也是骤出不意,又惊又怒,呆得一呆,也各将法宝纷纷放起,合力追赶。下面数十道光华刚刚相继破空直上。空中烟光人影已早逃走。转身之间,连那风雷之声,也从上空云影中隐隐逝去。众人追赶不上,只得愤愤而止。

陈文玑笑道:“如何?此次如非李道友炼就佛家不坏身法,而诸位道友立处又经谢家姊妹无相神光掩护,恐不免于受伤呢。我先前只知此宝灵异,却不知竟有如此威力。且看右侧面那些木石,便知道它的厉害了。”

众人随手指处一看,适才光雨散出之处,左近有一小石峰和二株大有三五抱的大树,已经消灭无踪,直似齐地面被人除去。左侧四五里外,却有大片灰红色影子随风旋舞,宛如雨雪,飘飘下落。细一分别,原来那两株相连数亩大的参天古木,已被那三色精光炸成粉末,震出老远,正在随风下落。山石较坚且重,震得更远,下沉也快,料已落向海中。尾芒所及,威力已是如此,怎不相顾骇然。

五火使者等才知陈文玑所说俱是实言,敌人法宝如此神异,未免有惊。对于众人自更礼重,重又请往台上落座款待,并请指示机宜。陈文玑道:“休看西极二宝厉害,到时自会有人制它,何必多虑呢?”

五火使者说道:“并非我等胆小怕事,只因家师不在宫中,自知法力浅薄,恐有差池。我等安危无关,那灵焰火源乃本宫命脉,关系非小!尚望陈仙子和诸位道友指示玄机,若能勉力应付,实为感幸。”

陈文玑道:“这有何妨?此事神君早有成竹,西极三老新败之余,不操必胜之算,决不再冒失行事。何况真水尚须祭炼,适才一举,必疑李道友倒戈相向,转为贵岛助力,又知这里持有枯竹老人灵符,岂肯造次?倒是适才一战，火精、灵蛇俱受重创，贵同门也不免有负伤的，心中自然不无介介。日后令师回宫，尚望诸位把前后因果以及我和谢家姊妹此行经过一一详陈，善为说辞；免得芥蒂不能全消，致令敌人生心，就无事了。还有柳冠老人本在山中静修，不问外事，日后应劫，虽是定数难移，终由神君飞书请援而起；神君患难至交，必不坐视，到时必要往援，保不定又生出别的枝节。齐真人早见及此，另有给神君的亲笔信一封；今交道友收存，务俟神君回山后再行交奉，不可落在别人手内。"

说罢，将信取出。五火使者中为首一人便即接过。陈文玑道："我尚须回山复命，诸位道友想也各有去处，就此分手吧。"随起作别。

初凤、慧珠、朱苹坚邀众人前往青门岛一游，众人急欲往玄龟殿探望灵姑、王娴等众人，陈嫣灵药已得，也急于和桑、冷二人觅地修养，俱都推谢，期以异日。只小寒山二女久在峨眉闻说紫云三女之名，心有夙契；和初凤等青门三仙一见倾心，甚是投机；又见众人都不肯去，觉得情面难却，左右无事，便即允诺，不再坚辞，三仙大喜。

临分手时，小寒山二女笑问："洪弟何往？莫非也随着诸位道友同去玄龟殿？"李洪答说："我自有我的去处，去玄龟殿做甚？"二女道："你终不免惹事，我也懒得管。你早晚回山受责，才知厉害呢，由你去吧！"李洪微笑不言，转向众人，道了声："再见。"双足一顿，一片金光闪处，转眼无踪，众人好生称赞。

小寒山二女笑道："却也亏他，我们也各走吧。"当下众人分别告辞，各纵遁光飞起。小寒山二女自随青门三仙往青门岛去讫。石、陈诸人便往玄龟殿飞去。要知后事如何，且看下回分解。

第九十回

再访仙灵　小住玄龟殿
重寻正果　同登度厄舟

话说这时海面上烟霭尽消，天空无云，晴波浩荡，清风阵阵，与昨日双方战斗时乌烟瘴气之景大不相同。众人为了谈话方便，仍把各人遁光联合一起，向前飞驶。途中互询此次何往，石玉珠道："我本还有事，急于回山，只因灵妹五丁神斧尚在我手。她初出行道，法力尚差，此宝关系她的安危，实少不得，必须送往。我到玄龟殿交还此宝，便回武当，参见家师去了。"

南绮笑道："展、王二位道友一向隐居仙岛，此行本属巧遇，决不会再和我们同往中土行道。石姊姊必须回山，陈、冷、桑三位道友必须另觅仙山修炼，只剩我们三人在一起了。难得萍水相逢，便成莫逆，才共完了患难，忽然之间风流云散。从此天涯海角，不知何时可得再见，以后难免想念。陈、冷、桑三位道友尚无一定处所，更连寻访都难，还是请石姊姊出个主意，约个时间、地点，能够聚首才好。"

石玉珠笑道："南妹情长，喜聚恶散。我们患难相交，各有前缘，也非容易，自然能得常聚为快。不过陈道友劫后修炼元神，正是要紧关头，难于分身；冷、桑二位也有寻求正果之意，又和陈道友在一起。此去舍却故居，另觅仙山，必以白云封洞，暂时不与外人交往。我们无事，再不能阻他三位清修。展、王二位，轻易足迹不履中土，此次又与赤臂真人连登结下仇怨，必须时常戒备。只我一人常在各地云游，南妹等又当积修外功之际，容易相值。

"我想再见之事，暂时实难说定。明年青城教祖朱真人灭了竹山教妖人以后，门下弟子每年都有三四个月留山修炼。算起来，还须等将来南妹等青城诸道友留山练法之时，大家前往青城相见，比较好些。起初几位，因陈、冷、桑三位道友要闭门修炼，无法晤对，只在青城来上一次，以后便有一定居处，常晤不难了。"

南绮道："好倒是好，只是日期太长，令人难耐。还有紫云宫那好地方和宫中诸位先进师姊，都是令人难舍。只恨功力太浅，海宫仙府不易擅入，空自望洋兴叹，没法亲近罢了。"

陈嫣笑道："紫云三位道友也由修炼而来；何况峨眉、青城谊如一家，都是玄门正宗，上来根基先就扎得坚固。不比我们开基已舛，根骨缘福又差，累劫之余，始得悟彻玄机，仍要费上许多心力，也只地仙有望，难期天仙位业，两两相较，何可以道里计？只要努力前修，终有成就之日，何必妄自菲薄呢？"

南绮笑道："道友说得倒容易。休说根骨不如远甚，昔年听家父说，峨眉门下那十几位最负盛名的后辈，福缘遇合之奇，真是从来未有，我们怎能与他们比呢？"

石玉珠道："南妹此话诚然，目前各正派中后起人物，实比峨眉相差远甚。他们累生积修，才有今日。尤其那十几位杰出之士，哪怕别人与他们一样修炼，一样成就，论起法力、法宝，仍有相形见绌之感，如何能与相较？不过以南妹与裴道友的根骨，修到他们那等地步，并非无望罢了。"

裴元听众人一路说笑，忽想起未上青城时所交好友方氏弟兄和火仙猿司明、雷迅等人，分别已久，不知此时光景如何？竹山教斗法业已改期明年，反正随缘行道，并无一定去处。到了玄龟殿，见着灵姑以后，如仍愿一路，便约了她，和南绮同去寻访二方、司、雷诸人，谋一良晤。以践别时异日各人学道，如有成就，互相告慰，以便日后设法长聚，彼此扶助之言。

裴元想到这里，脱口问道："南妹，陈、冷、桑、石、展、王六位道友各有打算，少时到了玄龟殿，大家便须分手，我们和吕师妹俱无甚事，往何处去呢？"

南绮笑道："你倒说得好。我们名为下山行道，积善修功，试问修积了些甚？前在湖心洲消灭恶蛊，助大家出了点力，那还是摇旗呐喊，因人成事，此外更无微劳。天下不平的事尽多，受苦受难人尤为不少。我们既要修积，还怕找不出事来做么？"

裴元道："不是这等说法。因大家分手之后，我们三人没有一定去处。前在长春仙府和你所说，我未上青城拜师以前那几个患难之交，久未相见，彼此互无音信。除方二哥家居侍母外，余人当已各有遇合，不知修为如何，心中甚是想念。

"还有我那表兄甄济，本非恶人，只为妖邪勾引，误入歧途，屡次为恶。上次我由长春仙府回转青城，中途与之相遇，他还与妖人合谋害我。他虽不仁，到底骨肉至亲，须看在姑母面上救他。久意和诸位师兄商量，禀明师父，诛戮妖师;哪怕学道无缘,好歹也送他回去。免得岁日一久,上膺天谴,难以挽救。"

南绮道:"阿莽、胜男尚未参见师父,陈、冷、桑三位道友觅仙山修炼,师父纵不责怪,自己也觉汗颜,多少有点善功回去,也好看些。我想到哪里行道都是一样,前半就依元弟,先去含青阁,带了胜男姊弟往访二方、司、雷诸友下落,然后看机行事。好在那些地方都是离青城山不远,你这些朋友家住深山,安置胜男姊弟也有地方。我们回山与否,均是两可。"

诸人一路谈笑飞驰,次日一早,便飞到了玄龟殿。韦青青和展、王、冷、吕四人早得易周预示,已在殿前平台之上迎候。大家见礼,一同入内,先往参见易周、杨姑婆。

众人知二老夫妻与少阳神君至交,柳冠老人也是相识,并未谈起前事。只说路过,前来参谒,请其教训。二老夫妻也未询问由何处来,只对裘元一人奖勉有加,期许甚厚,余人也约略指点。临辞出时,杨姑婆又赐了裘元三个连成一副的玉连环,传了用法,笑道:"难得你小小年纪,入门不久,便有如此功力,根器尤厚;好生努力,必可大成。不久恐有小凶险,此宝乃是我当年常用之物,名为三才环,专御阴煞之气。遇到妖气分割,只要把自己人聚在一起,取环如法施为,立有三道光华将人环绕,便可仗以防身,冲出险地。对方妖气任多厉害,也不致受伤了。"

裘元大喜,连忙跪谢领教,随着众人一同拜辞出去。先后去往韦青青和林明朝、林明芳三人所居亭楼之中,谈宴欢聚了一日。石玉珠还了灵姑神斧,急于回山,首先告辞,林、韦三主人挽留不住。只得送她上路,石玉珠独自回转武当不提。

众人本来多要起身,因主人再三苦留,情意殷殷,只得应允再留三日。南绮挂念姊姊,问知秦紫玲留她在紫云宫小住,欲待面上晦纹退去,或是应了灾劫再走。与紫玲同居,料无他虑,也就丢开。王娴、吕灵姑自经宁一子灵丹治愈,送了回来,静养了两天;韦青青又向二老讨了琼浆灵液与二人服用。众人到时,已经复原如初。

光阴易过,转眼又过三日。除了展舒、王娴因为主人苦劝,恐赤臂真人连登寻他报复,留着暂避之外;余人都辞别起身,一同前往陈、冷、桑三人旧居含青阁飞去。到后一看,胜男姊弟用功甚勤,自从走后,也无甚事发生,众颇喜慰。把来意和二人说了,又同盘桓了数日。依了冷青虹,只用五行禁制将旧居一带封了便罢。

陈嫣笑道："照此次磨球岛之行看来，我们法力实是有限。这里景物多出人工，过于富丽，如是真正修道之士来居，送他也罢，但又不会看中。旁门中人只一发觉，必要生心窃据，多神奇的禁法也有破法。只要来一个法力较高的强人破法占去，便要多种不少孽因了。留下此阁，终是后患。现在狄家姊弟已随三位道友同返青城。我三人已下决心舍旧谋新，别找灵山虔修正果，要它无用，留此反倒惹人依恋。还是将它沉埋地底，改换林谷，使一班左道旁门无法看出，比较稳妥得多。"

议定之后，到了行前之日，先将宝库撤去，可以应用的法宝则一同带走。余如阁中的陈设，金珠珍贵物品，只要能在人间变钱而不过于炫人耳目、易起争杀之机的，也全取出来，找一洞穴埋藏，以便将来行善济人之用。好些价值连城，只能供富贵人家玩弄的奇珍异宝，另聚一起，同置阁中，一同埋藏。

次日早起，一同走出阁外。陈嫣笑对众人道："今日说不得，只好用以前旁门末技了。"说罢，披发仗剑，踏罡步斗，施展禁法，先将那座金碧辉煌的神仙楼重重封闭。跟着飞入湖心深处，撤那金水禁制。一会儿水光激滟，急漩电转中，陈嫣飞身而起，将手朝冷青虹一招。

冷青虹会意，忙即上前，双双绕往阁后飞去。陈、冷二人都是玉骨仙姿，美艳绝伦。那一片汪洋的湖面上，添了两个像天仙般的人物，凌波飞渡；再衬上湖心那么富丽森严的一座灵台，以及四外上下的红树青山，波光碧影，便是画图上也找不到这种景致。吕灵姑正和南绮指说赞美，陈、冷二人仙气飘飘，已往台后驶去不见。湖中禁制一撤，碧波溶溶，分外莹活。

南绮笑对桑桓道："桑道友，哪里修道不是一样？又是多年辛苦，现成地方，不用再加修建；境更幽静，无甚人知，何苦别找住处费事？要是我，这么清丽的景物，才不舍得抛弃它呢。"

桑桓笑道："此事我三人也曾熟计多次，并非故意矫枉鸣高。只因这里过于富丽安闲，好些都似人间的享受，大非修道人所宜。虽然云楼斜壁，玉柱金庭，仙人所居，大半如是。休说桂殿瑶宫，玉楼十二，便我们所知的凝碧仙府、紫云宫、幻波池等仙府，哪一处不是琼楼贝阙，玉宇瑶阶，堂皇富丽，气象万千，一则质判仙凡，尚有清浊之分；二则此间所有，都由聚敛掠夺而来，杀机隐伏，冤孽循环。本来道浅魔高，而福泽又不足以当之。此后既寻正果，内外功行俱须努力修积，一意检束身心，同下苦功。但得一远隔人境的幽静洞府，得供入定之用已足。这些身外之物用它不着，也就不留恋了。"

话未说完，陈、冷二女忽驾度厄舟由后台飞驶而来，近前便唤："诸位道友请来舟中，此台不久便沉没了。"灵姑等六人应声飞落。冷青虹将手一指，度厄舟便往对岸飞去。陈嫣随着众人登岸，先作别道："我因此舟将来不免有用，我们又带有不少东西，用它搬运使他起身，颇为方便。少时台阁沉没，此湖也将变为陆地，我们三人便起身了。且等他年小有成就，再相见吧。"说完，彼此都各依依不舍。又说了几句别词，陈、冷、桑三人一同登舟。

众人都登岸观望，只见陈嫣等三人舟到湖心，手掐灵诀往下一指；度厄舟下面湖水立即上腾，化作一根与舟大小相似的水柱，托舟而起，亮晶晶的，甚觉好看。升约数丈高下停住，陈嫣随将两枚黄色晶丸连同两面小幡，分与冷、桑二人。独自站向舟头，手掐灵诀，朝那湖中玉石平台与崇楼阁一指，同时左手往下一扬。忽有一团黄光环绕在全台的四面，宛如一个极大的光城，紧紧将湖的中心和那玉石台柱一同围上，由上套下，往湖底落去。湖水立时波动，水花激溅，水声哗哗，洪波滚滚，贴那光墙往四外分去，疾如奔马。转眼之间，湖水下落，陷成一个大坑，现出下面台柱，有如一根数十丈高的大玉石柱，顶着那面金碧辉煌的楼台，矗立在四面光城水壁之中，越显雄奇伟丽。

跟着陈嫣又将手遥向前面一按，将台址玉柱连同四外光城，便向湖心地底缓缓沉陷下去，渐下渐低，一会儿全部陷没。陈嫣将手一挥，阁顶黄光往内一合，随着台上飞楼齐入地底，更无踪迹。陷处土坑相继平满，四外湖水重又合拢，复了原状，只剩托舟水柱仍峙半天。

陈嫣一声清叱，二次手掐灵诀，往外一扬，身后两旁侍立的冷青虹、桑桓也各相随施为，三人作三角形，面向北方，相背而立，手上各发出一片黄光，转眼由外而内，快要布满湖面。陈嫣手指处，那托水舟柱便自离湖上升，似如春云舒卷，化作一片水云；改直为横，仍将度厄舟托住，停在半空。下面黄光也将全湖一齐笼罩。只听黄光之下，声如殷雷，轰隆不绝，四山震动，似欲崩塌；加以水声如潮，势甚骇人。

约有个把时辰过去，猛见黄光闪动了几十下，一声震天价的巨响过去，黄光化为三道，向三人手上飞去。再看底下，变成了一大沙土平原，原有大湖已不知去向。裘元等三人俱未见过这等妙法，方各惊赞，忽听空中陈、冷、桑三人齐声高喊："诸位道友前途珍重，行再相见，恕我三人先走一步了。"众人闻声仰望时，只见陈、冷、桑三人都在舟中，向下面挥手作别。度厄舟已然掉转，忙挥手摇应。舟上便发出黄、青、白三色光华，由下面水云托住，其疾如箭，直往西面云层之中射去，瞬息已杳。要知后事如何，且看下回分解。

第九十一回

选胜尽勾留　爱玩烟霞迟远路
思亲拼独往　飞翔险阻急心归

话说裘元、南绮、吕灵姑、狄胜男、阿莽一行五人见主人已走,也就起身,因当地迭经陈嫣、桑仙姥师徒多年修炼经营,山明水秀,景物灵奇,禁法一撤,山容毕现。除去含青阁故址一带,前山尚有不少幽胜之区。五人俱有山水之癖,此山地介蛮荒僻远之区,外观山势异常丑恶;仙凡足迹均所不至。从此一别,相见不知何年,未免留恋。灵姑首先提议步行出山,沿途游赏过去,离了山口,再带胜男、阿莽同驾遁光飞行。

南绮接口道:"我两次来此,俱在空中留心查看,由这里起身入蜀,山脉蜿蜒不断。我和元弟奉命出山行道,并未有甚大修积,便要回山,就师长不说,见诸位师兄,面子上也不好看。方氏兄弟和司、雷诸友我虽未见,元弟既说别后当可遇合。人家拜师不久,想必用功正勤,就见了面,也无闲暇与我们多聚。如也逢奉命修炼,不许出山,到了连人也见不到,都在意中。元弟偏是心热,执意要找无趣。

"胜男姊弟多力健步,近又学了气功,都是日行千里的脚程,我们三人更不必说。依我之见,不单这里,率性全顺山路过去,真要遇上山路中断,或须经过城镇,再用遁法跨越,免惊俗人耳目。休看山中居民多是野人苗巴,一样也是生灵,还有好些左道妖邪,多喜潜伏在这类蛮荒偏僻之地,鱼肉山民,作威作福。前救玉花姊妹所遇那番僧和竹山教下妖人,便是一例。

"山高皇帝远,猴子称大王,越是偏远无人留意之地,越易有妖邪作怪。我们自从下山以来,所经几次争杀,哪一次是在通都大邑人烟繁密区?一样是往回路走,如无耽延,不过晚到些日,这种事说不定就许遇上。万一机缘凑巧,无心中积些功德回去,见了师长同门,受上几句奖勉,这不光彩得多,至不济,也可多经历些地方,观赏许多景物山水。

"师父本是命我二人步行,以便沿途留意,访察人间疾苦,加以救援。只因湖心洲诛杀天蚕以后，先遇石、吕二位姊姊，得知竹山教改期事后，又结交了冷、桑、展三位道友，互相成了一路。而所办之事，又都事机瞬息，刻不容缓，不得不御遁飞行。所经山川城市俱在脚底；一瞥而过，远看都不曾看真，人民苦难何从知悉？如非这次是有前辈仙人修书引进狄家姊弟；灵妹不久转入本门，尚未见过师父，引往拜识，有此两层借口，并且回山少住仍要出来，师父如问所经各地是甚情景，有无善举，看你怎好意思答话？"

灵姑最喜登临，奉有师命，随缘相机，便宜行事，并无拘束。又和南绮交厚，言听计从，互无违忤，闻言连声附和。胜男姊弟更无话说。

裘元童心未退，天性又厚，一半是想探望旧友，实则本心是想就近乘便省归父母。因恐南绮不愿往世俗人家居住，说他恋家，故未揭起。先听众人允回青城一行，益发归心似箭，恨不能当时插翅飞回。打算先到且退谷、红菱磴等地略访诸友，安顿下胜男姊弟，便带着南绮一同归省。连送别陈、冷、桑三人含青阁小住，数日之聚，俱非所喜。这一步行，便途中无事，一路急赶，山路遥远，也非十天八天所能赶到，自是不快。

无如南绮说话有理，性又娇惯好胜，主意一定，强她不得。裘元有心想说："善功修积，迟早一样，还是先回青城的好。"无如寡不拗众，爱妻脾气固执，多说徒遭抢白，毫无用处。一赌气，便不再言语。暗中却打点好，如走得慢，独自回家一行，当时也未再说。

南绮见他闷闷不语，笑道："对朋友好的也不是没有，没听说一想到就要见面，连十天半月都等不得的，真是小孩子脾气。也不想想，我们出来是为甚？偏不依你，你有本事，你便自己一个人去。"

南绮和裘元虽是神仙眷属，不作琴瑟之好；但都是天生情种，彼此相亲相爱。前在长春仙府初订婚姻，便恨不能朝朝聚首，一刻不离。及至下山以来，日夕相对，患难与共，自然情爱更深。南绮因是童心犹在，女儿家终是娇憨，喜占上风，每因细故和裘元斗口，总喜争赢，裘元自然让她时多。但有时吃南绮戏侮，也假装生气，南绮又以温柔哄慰，轻嗔薄怒，间以蜜语柔情，隽言调舌，成了家常便饭，往往无事生风，以此为乐。

自到湖心洲遇纪氏祖孙起，南绮、裘元日常相处，多有外人在侧；不好意思亲密，已有多日不曾口角。这时虽仍有人同行，吕灵姑是姊妹至好，胜男姊弟又是所救之人，均无所用其避忌。南绮料定裘元决舍不得离开自己，虽能飞行自如，但地理不熟，所以如此说法，满拟借此淘气。不料裘元别具深心，不特没有还口争论，反乘机安慰道："南姊料我不能自走么？过两天，我偏一人走给你看。"

南绮存心呕他，把樱口一撇，微笑道："谁不知道你现在绝迹飞行，顷刻千里，多远的地方俱都能去。只是梯云链必须带上一副，当心又遇见你那位好亲戚啊。这里不比昔日青城，乃是熟路，到时再遇鬼老门下妖徒擒了去，害我无法救你呢。"

裘元一样年轻好胜，背着人，对南绮虽是爱极生敬，让她时多，听她当着人一说，老大不是意思。暗想："你是我妻子，每一提起回家省亲，还是师命已完，异日之事，不是当时就去；你总说俗家烟火难耐，不愿前往。如今又当着外人揭我短处。我已连经大敌，有了经历。至多途中不管闲事，数千里途程当日可至，有何可虑？你料我不能前往，偏不带梯云链，走给你看。"便低头前行，一言不答。

南绮见裘元满面通红，想起他素来好胜，不应当着人如此嘲笑，必已生气，颇悔失言，便不再往下说，表面仍和灵姑、胜男指点烟岚，暗中留神查看。裘元仍是独个儿在前行走，低着头闷闷的，似在想甚心思。南绮忍不住问道："元弟，走得那么快做甚？这花儿开得多好。"随说随凑过去，借看花为由，笑问道："你生了气么？"裘元知她是来赔话，心想一交言便不好意思再走，答道："我不敢。"

南绮见他仍板着脸，当着外人，又不便多言抚慰，也赌气道："由你，只要你真敢走。"裘元也未回答，正值灵姑发现左侧有一美景，唤众往看，只得走开。南绮更不再搭理裘元，只和同行三人故意说笑呕他。裘元只装不见，仍然随众同行，暗中盘算主意。南绮知道，每次口角，只要自己一生气，裘元必要软语央告，变方设计，把自己哄高兴了才罢。这次竟和没事人一般，连身都不走近；偶然和阿莽问答两句闲话，也似神志不属，与往日情景大不相同。心虽奇怪，但还以为是当着外人，不好意思过来赔话。怎么也没想到裘元会独自溜走。

众人脚程都快，虽然沿途浏览，也比常人快上十倍。遇到卑湿荒寒、晦阴寒森之区，又多是飞身越过。时光没到黄昏，便走出六七百里的山路。胜男姊弟食量兼人，灵姑、裘元、南绮三人虽然能耐多日饥渴，有可吃的，仍是照常食用，未绝烟火。含青阁中食物尚留有不少，陈嫣除把便于藏贮的取了些，放入度厄舟中带走外，任凭五人尽量取携。起初原定直飞且退谷，当日便到，用不着多带粮食。还是灵姑说这类珍奇果脯食物，寻常人终身不能望见，放在阁中，任其沉埋地底，岂不可惜？带去送人，不特是个人情；胜男姊弟是大食量，万一到了且退谷因事留住。方、司两家山居想必清苦，初到无从猎食，也好以此接济。众人俱都称是。

南绮道："这个容易。"便令阿莽编竹为筐，将阁中余存食物装了七八百斤，再把冷青虹代自己送人的一些珍贵礼物放在上面。然后画一灵符，命阿莽、胜男扛起同行，那千百斤的重载立时轻若无物，所以食物带得很多。

灵姑因未由来路出口，改作穿山而行，前途更要转入别的荒山。所经之处，红树青山，景物又是绝胜。便笑道："我们已然走了一天，前行恐入蛮区，景致绝没有这里好。狄家姊弟不比我们，想必腹饥。我们先对着夕阳晚山吃上一顿，把前面无人荒山赶将过去。好在大家都会打坐，也不找甚洞穴栖身，只择一干净点的疏林，各自养气调元，坐上些时，把精神调养复原。天明分一人飞空查看，找那有炊烟冒起的林野，寻到人家，问明去四川的途径，就便访问山中情形，有无甚事。我们虽能升空飞行，到底不知地理。就是飞行，也应知悉大概，何况是步行呢。"

南绮道："灵姊说得极是。"随令阿莽卸下竹筐，取出食物。胜男又去汲了一些山泉，择了一个山头平坦石地，分别趺坐，一同食用。

南绮对灵姑道："你看我们今日这等走法，沿途还有流连，已走了这么多山路。明日起，自然走得更快，这还能有多少天的耽搁?"裘元会意，知南绮话已当众出口，不便改转。又见自己不快，故意如此说法，来安慰自己不要心急。心虽感她情重，继一想："此机一失，便到且退谷，也未必容我归省父母。"只得狠一狠心肠，佯笑了笑，仍不答话。

南绮看出他假笑，以为心中愤犹未解，心想："我屡次示意求和，你怎气定了我，难道我和你恩爱夫妻，患难同门，还不如你那几个朋友?"不由也犯了小孩子脾气，决计不俟裘元服输，决不再和他说话，恰值灵姑答话，便岔过去。两小夫妻这一争执生心，由此惹出事来，当时无话。

灵姑也渐觉出二人神情有异，因知二人夫妻同门，恩爱异常。又不知为了何事，不便插口劝问，就此忽略过去。吃完已是东山月上，夜景清幽。南绮见裘元相助收藏余物，便未动过食物，也重新取出几包整理，以便前途之用，看去颇有兴致。以为他愤气已消，也没想到别的。心还在想："你倒好了，我还气呢，谁叫你方才不曾理人哩。"

裘元收拾停当，阿莽将筐扛起，重又上路。再走三四十里，越过一片危崖峭壁，前途景物顿变。沿途深山林密，丛莽荆榛，山峦杂沓，时见蛇兽窜伏。月下游行，虎啸猿啼，四山遥应。再要走到危崖幽谷之间，每一说话，空谷传音便往回响，到处黑影幢幢，仿佛有山鬼弄人，遥与应答。裴元对阿莽道："我自奉命下山以来，总在山野中行走，也有好些次是在夜里。怎这一带山并不太高，景象却如此阴森凄厉，要是寻常胆小的人，还害怕不敢走呢。你居山多年，山鬼、木魅之类看见过吗？"阿莽摇了摇头。

灵姑想乘机打开小夫妻的僵局，笑对南绮道："毕竟元弟在荒山中夜行时还少，到的地方也不算多。我自小便遭世变，常随家父往来各地，所行都是荒山野岭，比这里还要幽险怕人的地方不知经过多少。最可怕的是家父为毛贼所伤，赖有仙师怜悯，令将原身藏入地底，以待他年重生。事完我独自一人，只带了一只白鹦鹉，赶往大熊岭拜师。

"正值山中大雪，路既奇险，又第一次离开大人走这千里长途，乘了雪滑，深夜急驶于荒山之中。知前途危机隐伏，中间只有两个宿处，错过便会遇见妖邪为害；又限定要在短时间内赶到山那边去。当时年纪幼小，慈父新丧，影只形单，本就心伤胆寒。这里所见鬼影，乃黑暗处的山石树枝，还是假的。我去的地方是莽苍全山最幽僻深险之处，惯藏蛇兽鬼怪之物；一路之上也不知遇见多少奇怪凶恶的影子。若非拿有宝光护身照路，不为所害才怪。最后仍遇到一个由妖鬼徐完门下逃出的姊妹，惹了一场凶险，才得一同逃往苦竹庵去。如今想起，还在胆寒，若比这里，简直是天渊之隔了。"

南绮道："灵妹哪里知道。他是贵公子出身，最好终日守在家中，享受人间俗福。这山野之中，如何走得惯？自然就觉着路途辛苦，不愿意了。在他以为谷暗崖幽，景物阴森；在我却以为山高月小，景物清寒，博大雄深，迥绝尘俗。且比城市人家用人工矫揉造作的园林，强得不可以道里计呢。修道之人讲究犯险吃苦，要图舒服，回家多好。"

裴元方想争辩，说她只顾挖苦人，文不对题，自己只随便一说，既非胆小畏苦，更谈不到求安逸的话。侧顾南绮，一双妙目似嗔似喜，望定自己，似知必有回答，话到口边，又复忍住，只微笑了笑。南绮见他始终哑口，引他不动，不由又添了气。忍不住方说了句："以后再理我是小狗。"忽然一阵山风吹过，沙石惊飞，林木呼呼有声。

灵姑、胜男最熟山中气候，忙道："快变天了，如若下雨，下得必低。我们往高处去吧。不特可以避雨，并可一看月下云海呢。"众人闻言，俱都高兴应诺。遥望前面，正有一座山峰高出众山之上，矗立云表。忙纵遁光，带了胜男姊弟往上飞去。且喜峰顶甚大，颇有平原之处。

刚择好地方坐定，只见狂风大作，四山云起，转眼峰头以下数十丈已被云雾布满。闪电金蛇也似,不住在云中乱窜。雷声雨声俱在云下,清晰可闻。当头一轮明月,依旧光明。因为云雾均在脚下,碧空澄霁,分外清明,显得月光分外皎洁。那四外大小山峦俱为浮云所罩,高一点的也只露出峰尖。月光之下望去,竟如白茫茫一片大海,远近相间,疏落落浮起一些黛屿螺洲。众人披襟当风,绝顶临观,仰望朗月疏星,千里一碧;俯视云烟泱蟒,波澜壮阔,电舞光飞,雷雨在下,端的气象万千,心神为之一爽。

灵姑笑道:"我想无论人工多巧,总没有天然景物雄奇灵诡。你看这里景物多好,真叫人舍不得走呢。"

南绮道:"如论我所见景物,峨眉凝碧仙府我没去过,紫云宫深藏海底也当别论,据我所见,还是长春故居最好。地方本来高出云表,灵境天成;又经家父多年经营布置,大至峰峦严墩,小至泉石林树,以及一草一花之微,无不有它胜场之处。他年灵姊光降,就知道了。"

灵姑道:"我不是指灵山福地,是说造物灵异,与乎风云月露之奇。一个不怎好的地方,只要经天工点缀,立时变成伟观。这一带山景何等荒寒,休说长春凝碧仙灵所居,便故居莽苍山与哀牢山大熊岭等地较次的山景,也比它强得多。但云雨一起,忽然移步换形。现在这等清丽雄伟的景物,不是奇么?"

南绮道:"灵姊既这样喜爱,不喜离去,反正天时已晚,我们又拿定主意步行到底,谁也不能更改。云雨中行路,就说我们有法力,不为所苦,到底闷人。何况有狄家姊弟同行,长行也须休息。莫如就在这里流连上一夜,愿打坐便打坐,明天上路。由此起,我再走马观花,率性和前人游山一样,五日一山,十日一水,尽情领略过去。别人不管,既奉师命,好歹也有点事才回山呢。"

灵姑知她有为而发,不便答言,微笑不语。裘元暗笑:"你无须取瑟而歌,我此时本已归心似箭,这等说话,我更好走,少时我便借故起身了。"

南绮口里说话,暗中留神,见裘元闻言仅有欢容,觉与往日情景不类,心中奇怪,也没询问,便岔了过去。

一会儿,下面雷雨渐停,忽起一阵大风,吹得四山云雾疾如奔马,往天边涌去。远山近峦,渐渐现出原形。浮云尽散,风雨之后,近处是白云如带,蜿蜒迂徐,横亘峰腰;远处半山以上,不时有一堆堆的云气渐渐涌起,似要随风飘去。山雨初晴,夜月清辉,照耀天地山林,清丽如画。加以雨后新添的无数飞瀑流泉满山乱窜,如走银蛇,去声呼呼,清籁天成,令人置身其间,顿起登仙羽化之思。本来还可乘着月光沿途游赏过去，再赶一程。南绮因与裴元怄闲气，故意推迟了行期，坚持不肯，于是众人都在峰顶聚众赏月。清景难逢，着意领略，多不舍就入定。

裴元抱着满腹心事，本想待到众人入定，好独自溜走，以免走出不远，被人追回。见众人只管迟延，好生烦急。有心借故下峰，背人飞遁，因恐南绮发觉追赶；又以久违定省，此次于数千里外飞驶归去，难得阿荪筐中所带食物果品和诸般礼物，多是人间不见之珍品。内有几种珍果，不特珍贵无比，并还可以轻身益气，益寿延年。适才助阿荪收拾整理，便是想抽空带些回家，孝敬父母食用。当着众人，自然没法取，空身独行，又觉可惜。

想了想，忽生一计，便对阿荪道："我懒得再看景致了，由他们在此玩月，你同我去到那旁打坐，两无相扰如何？"阿荪直性心粗，立答："好的。"胜男暗使眼色想拦，话已出口。裴元见他应诺，乘机说道："我替你拿了食物筐子，少时想吃，还可吃些。"阿荪道："小哥哥人太矮小，还是我来拿吧。"

裴元恐众拦阻，随口答道："我人小，不会提了它飞将过去？"随说，不等还言，提了筐子，便往左侧靠近峰后，相隔众人约有三数十丈的磐石上飞去。行时南绮当他和己怄气，针锋相对，不愿和己亲近，有意避开，愤道："走得越远越好，从此不见才妙。"

裴元心意已定，明明听见，只装不知。落地故意高喊："阿荪快来，你看这里打坐才好呢。"阿荪听南绮发话，才知二人失和，正在为难迟疑，又听裴元连声呼唤。南绮笑道："与你无干。这疯子一个人在那里和喊冤一样，还不过去，少时更要恼羞成怒，说我们欺他了。"阿荪闻言，见胜男也示意令行，这才赶去。

南绮见裴元今日大改常态，尽管和他赌气，心终不安。遥望二人打坐之处是一片磐石，石旁边立有一个大石笋，小峰也似立在那里。裴元已走向石笋后坐下，连人带竹筐全看不见，只阿荪看到半边背影。方恨裴元情薄，负了一天的气，末了连人都不愿看见我。忽听二人笑语之声，时断时续，隐隐传来，越料定是避自己。否则同时玩月说笑，大家一起围坐多好，何须离开？又还借山石把身子掩盖住。不禁越想越气愤起来。

灵姑见南绮面上带了真愤，笑道："元弟怎还是小孩子脾气？这里同坐多好，我唤他去。"南绮忙一把拉住道："理他呢，我偏不睬他。自从我说改作步行起身，以便修积外功，回山好有交代，他便生了我的气，直到如今没和我说话。往日哪是这样，他那些讨厌朋友，我要肯同去相见才怪。再犯脾气欺

71

我,我也不修甚仙,明日回山告知师父,我回家去了。"

灵姑听她说时语声甚亮,颇能传远;料是故意使裴元听到之意,不便往下劝说,只得借别的话岔将过去。底下也不听有裴元和阿莽语声。南绮心中有气,无心观赏,便也提议入定,并嘱灵姑、胜男:"不要再理裴元,行时看他有甚脸见我?"二人都知南绮的性情,不便违她,都想明日借故闪开,容他夫妻背人相对片刻,自会和好,当时含笑允了。

坐定以后,胜男要运气吐纳,忽想起裴元和南绮夫妻相见最早,看他们平日十分恩爱,向无违忤;怎么今日为点小事,又未十分口角,便失和暗斗?好生不解。尤其裴元行径与往日大不相同,好些可疑,现又背人速坐,身避石后,着实难测。胜男越想越奇怪,唯恐要出花样。有心前往借词探询,南绮偏不令其勉强。强捺心神坐了一阵,睁眼一看,灵姑早已入定,南绮竟张着一双秀目坐在那里,似想心事。悄问:"南姊,坐功做过了么?"

南绮摇了摇头,答说:"今晚不知怎的心乱,竟会镇静不住神思,好生不解。"胜男知是为了裴元之故,乘机说道:"莽弟心粗,这半夜未听他们说话,不知入定也未?我想看一看去。"南绮正想起一事心动,自己不肯过去俯就,巴不得有人代往,闻言笑说:"你去把令弟唤来,看他一人有甚意思?"

胜男知是借口,立即应诺,朝那石笋跑去。南绮遥望阿莽仍背坐在侧,胜男赶到,刚往前一探头,便失惊大叫道:"南姊快来,裴师兄许是走了!"南绮闻言大惊,立纵遁光飞去。到了石笋后一看,阿莽刚被胜男唤醒,惊愕地站在当地,裴元却不知去向。竹筐已然打开,失去两大包食品,备送方、司诸人的礼物也失去了一大半。

南绮见状,料知裴元和自己负气,背着众人独自私行,往且退谷、红菱磴等地赶去。始而气得要死。继一想:"裴元平日对自己总是百依百顺,恩爱之情,非世俗儿女所能比拟。他心念旧友也曾屡次提说;以前便答应他,稍有机缘便与同往。好在飞行迅速,为此耽误行道不过三数日工夫,也不妨事。这次本是说定,日前在含青阁送陈、冷、桑三人起身,耽误了数日,他已不愿。好容易盼到今日上路,无故又生阻难,自然心中不忿。自己无论如何总比他岁数大些,理应让他一点才好,怎遇事专断,当着外人,也不给他点余地,算起来还是自己的错处多。

"他近半年来虽然功行大进,但是除了飞剑,并无甚高明的法术,年纪又轻。目前妖邪横行,危机随处可遇,一个狭路相逢,立有性命之忧。前次在长春仙府,也因私自回山,归途遇见鬼老门下,几遭不测,便是前车之鉴。那还是走熟的道路,相隔又近。这次长途数千里,道路又没走过,岂不更是可虑? 况且梯云链尚在自己身旁,他也未带走,遇上强敌,除了任凭宰割,连个脱身之计皆无。"这一寻思,越发着急起来,当时便要纵遁光往前追去。

胜男毕竟旁观者清,心神未乱,忙一把拉住道:"南姊休要着急。看裘师兄一路神情行径,早具深心,他把莽弟唤去与他同坐,故意用疑兵之计稳住我们,便为防备我们追赶。此事最好从长计较,不可慌乱。如不把他行藏查明,商量好了再追;一个追他不上,彼此相左,反倒误事。我料裘元师兄说完末两句话时,便催莽弟入定,自己假装取食物,将竹筐打开。等见我们三人相继入定,立即偷偷取了相带的东西,先由峰后走下,到了僻静之处,再驾遁光飞走。照此情形,差不多已有两个时辰过去,你说拿不定他的去处,只能照归途去撞,就知所去途向,也追他不上。事急即乱,于事无补。再说也不忙在这一时。还是把吕师姊唤醒,并问明莽弟适才裘师兄是甚神气,有无留下甚话。然后大家商议,或是分路,或是同道,总要有个预计,以免互相失散,更多枝节。"

南绮被她末两句话提醒,心料裘元走时,必对阿莽留话,暗示去处。随问阿莽入定以前是甚情景。阿莽果然答说适才裘元和他同来大石后面,未入定以前,曾说:"我因要去见方、司诸友心急,不愿步行迟延,才和南姊负气。其实我最敬爱她,决不能为一点无足重轻的事便和她分心,万无此理。方、司诸人是我的良友,诚然久别思念,但是早迟一样相见,假使我不能飞行,必须步行前往,数千里长途,走上三五个月还不一定赶到,又当如何? 我自有我的心事,她却误会,当着人不好意思向她赔礼。明早请转告令姊,代我说句好话,免她为此气苦,我心难安。就往且退谷,也须三五日后。"

胜男道:"我早料他另有去处,如何?"南绮知道裘元一面要走,一面仍恐自己气苦,心里越觉难过,便道:"他除往且退谷访友,哪还有别的地方?"

胜男道:"南姊,万不可忧急慌乱,此事我已看出八九。此时虽追不上,准能找到,且先把灵姊叫醒,商量好同行便了。"南绮便问胜男:"可是有甚预兆?"

胜男一面点头,一面拉了南绮同去唤醒灵姑,略说前事,便道:"日里我已看出裘师兄好些异样,此时无暇多说,请想竹筐中物原说是送方、司诸人的,要想带走应该都带了去。他又不是不能拿走,如何只挑最好的,每样分取一些? 他和莽弟示意,又是那等说话,可见别有去处。且退谷之行,不是不去,大约至少也须三五日后。

"他虽仙人，年纪还轻，除却方、司诸好友，无甚相识之人。最亲的只有父母兄弟和南姊一人。他天性又极孝友，虽在外面行道，心中岂有不想念之理？南姊和他久在一起，自不必说；单我姊弟这次和裘兄一起才多少日，便听他提到过好几次了。虽然每次所说，都因是在含青阁吃到珍奇美味而起，没说到想回家的话；对于堂上双亲，可见是随时在怀，不曾忘记。

"我们同吃晚餐后，他以帮莽弟收拾竹筐为由，又把放在下层的好东西全取出来重新包扎，又多分了一份出来。我闻莽弟问他：包得好好的，何故如此费事？他答说：'方家附近除铜冠老人外，还有一家好友的父母，须送一份，走时忽然忘却，故此重新分配，以便到了且退谷一一分赠。'南姊时正负气，也不知听见没有，我却心动了一下。只不过见他平日敬爱南姊，云路太长，方向途径暂时俱难深悉。势孤力薄，不至舍众独行，就走也没这么快。

"后听他约莽弟过那边去打坐，有说有笑的，明似见南姊，不肯理他，犯了小孩脾气，故意呕人，不像要走的神气。后来听不见二人声息，我才有些疑心，过去查看，果然溜走。照莽弟所说，分明他说完末两句话不久，乘莽弟入定，独自翻山，背人飞去。

"再看筐中食物，只把吃了能延寿强身的给方、司两家父母各留了些，差不多全带走了。另外还有好些美味的果脯之类，却只每样略取一点，这不是回家省亲，还有何处？走后已久，要追决追不上，不如径往灌县青城山麓环山岭裘家找去，准能遇上。"

众人闻言，俱觉有理，南绮更想起以前裘元时有思家之想，自己也非不愿他去。一则奉有师命，出山行道，为日并不算久，又未有大修积，不便无功回去。二则神仙美眷，对于丈夫虽无燕婉之私，毕竟身是人家家妇。裘元天性又厚，到家以后，必被二老强令留住。俗家繁嚣应酬，实难忍耐，何况又有兄弟姊妹，不能不做出当儿媳的道理，故此把还家视为畏途。

自来无有不忠不孝的神仙，南绮又说不出决不愿回的话。每遇裘元一提思亲之言，便借口说："师命未完，一子成道，五祖升天。真尽孝道，不在这短时日间不违养；与其这样依恋，时刻思家，转不如早日修成仙业，为父母谋求长生，还能得到实际。并且你家亲族又多，必都知你出家修道，一听回去，定来看望，互相应酬，在所不免，人情不能坚拒。既扰修道之心，复惊世俗耳目。

"你本书香世族，再如将你我灵异之迹传说出去，极易炫惑听闻。官府多喜生事，万一说是妖言惑众，于二老、兄弟也都不便。你看望方、司诸友，他们多住深山之中,有的并已拜在仙人门下。朋友之交,要走便走,无甚挂虑;不比父母子女,根于天性,许久不见也就罢了,久别重逢,彼此分外依恋,断难割舍。迟早终须一走,只初见时得到一点安慰,转而多使伤心,乐不抵苦。回家之念,不待自己功行完满,仙业已成;纵能使父母白日飞升,或可为之增益寿算,得享修龄的时节,最好不要打算。"

自己老是这等话,以他聪明,焉有听不出所在心意之理?平日蕴积已深,自然遇机即发。负气一层,实是借题行事,情义仍深,与前一样。唯恐错过时机,所以假装到底。恐去后自己忧急,又向阿莽留话示意,用情良厚。

胜男所料丝毫不差,只是长途数千里,路又不熟,沿途都是高山峻岭,妖人险阻,实在堪虞。万一中途迷路,或是和上次私返青城一样遇见妖人,如何是好?偏又带着胜男姊弟,同行累赘,不能飞行太快。若与灵姑分开,各带一人,更是艰难。没奈何,只有照着胜男所料,一同赶往灌县家中去撞一回。反正裘元只有两三个去处,相隔都近,如找不到,去往别处也方便,只要他中途不出山,准能将人找到。念头一转,立促起行。

灵姑和南绮交厚,觉得裘元负气私行,多半由于自己贪玩山景,提议步行,以便沿途选胜登临而起,见南绮忧急之状,心自不安,便道:"我法力有限,携带狄家姊弟稍难,我想先行一步,南姊带了狄家姊弟随后跟来,这样可以早将元弟找到。南姊以为如何?"

南绮猛想起梯云链的妙处,喜道:"我想起一个法子来了。灵姊可将我梯云链带一副去,尽你能力飞去,越快越好。到了前面,我只将梯云链如法施为,一招动,我三人立可赶上,这样要快得多,路也不怕认错,不是好么?"灵姑连声赞好,匆匆接过梯云链,由南绮传了用法,一同起身。

灵姑单身飞行,虽然较快,南绮却也不弱。灵姑好胜,飞了一阵,回顾南绮遁光,隐现后方密云之中;两下里相去不过二三十里。不知胜男姊弟近来吐纳功深,身子日轻,带着飞行,并不似前吃力;以为南绮功力较深,自觉相形见绌,忙运玄功,以全力加紧飞驶起来。南绮带着两个大人,终究少差一些,又飞了个把时辰,两下里便看不见影子。南绮估量相隔已远,便把梯云链取出施为,立化一条红云,挟着风雷之声,拥着一行三人向前赶去,一晃便已赶上。

南绮虽有天狐所传至宝,但前居长春仙府时无处使用,只传授裘元时试过几次。相隔俱近,似此长路飞行,尚系初次。见用此宝比飞遁还要迅速,二次追上灵姑以后,暗笑自己真呆,既有此宝可以飞行,何苦白费气力,拼命一般朝前猛赶？等第三次再追，便把遁光放慢了些，果然快慢相差有限。心想任是如何急赶，终以前面灵姑为主，便不再似前那么急追了。

沿途无甚警兆，全恃梯云链的功效，两下里相隔渐渐越来越远，已然飞入四川境内，均无甚事发生。灵姑在前，心想再有两个时辰便可飞达灌县环山下。正催遁光急驶之间，忽见前面山头上有四五道剑光正在相持恶斗，恰挡自己去路。

灵姑自从上次元江取宝，交了好些峨眉、青城两派门下，虽只苦竹庵中数日之聚，已长了不少见识。后又与石玉珠结伴同行，连经大敌之余，越发长了目力，邪正高下，一望而知，看出是以上两派中人在和两个妖人苦斗。

裘元之行，多半由己而起，南绮夫妻情重，关心太过，既恐裘元把路走错，又恐遇妖人吃亏受害，正在忧急，一刻不把人寻到，一刻不能安心。灵姑先恐为此耽延时刻，并且内有一正教中的剑光似如惊虹电掣，神妙无穷，比自己功力高得多，看情势万无败理。本心绕将过去，暂时不管闲事，还是先助南绮寻到裘元要紧。至不济，也等南绮三人驾梯云链追来，见面说明，再作计较，省他担心忧急。继一想："此是入川正路，山势横亘，正挡去路，又有妖人盘踞，看敌我双方相持已久，焉知适才裘元不在此遇阻？也许失陷于此，这三个正教道友便为了他才与妖人苦战，都说不定。"

灵姑遁光迅速，只顾心中寻思，微一迟疑，举棋不定，已经飞近。峨眉、青城谊如一家，本来就应同仇敌忾，不能视如无睹。这一邻近，又发现两道剑光都是上次元江取宝所交的两个好友：一是秦紫玲的妹子秦寒萼，一是墨凤凰申若兰。还有一个容貌极美，所用飞剑也最具威力的少女，却未见过。双方老远俱都认出，如何还好意思避去？又疑心裘元有甚差池，因改了初念，一声："请吧！"一面发出飞剑，杀上前去；一面飞向三人，一起合力应敌。

对方妖人乃一男一女，都是道装。年轻少女生得十分妖艳，飞剑却是不弱。秦、申等三人的剑光虽然较为势盛，急切间却也奈何对方不得。灵姑与三人匆匆握手为礼，方欲问讯，申若兰已开口道："妹妹，这两个狗男女乃华山烈火老妖门下余孽。以前曾勾结了好些妖党，前往依环岭幻波池盗宝，吃易静、癫姑、李英琼、余英男四位师姊诛戮了多一半，只逃出这两个狗男女。后又连在金、石、甄、易等七矮弟兄手下漏网两次。

"今日我姊妹三人同林师兄路过此山，无心中撞上他们在此害一有根器的少年。那少年已被一妖妇摄了遁去，行时还说大话，说要另约妖党前来报仇。林师兄令我三人诛戮这两个狗男女，自追妖妇，尚未回转。另外还有两个妖道,已被秦师姊白眉针所杀。两个狗男女狡猾万恶,这次万万容他们不得。妖妇更擅身外化身,我三人飞剑都未能够诛她。吕妹妹来得正好,可助我们将她除去,省得留在世上害人。"

说时南绮也已飞到。灵姑因听说有一少年被妖妇擒去,心疑裴元在此失陷,不禁大惊,听完忙问:"少年是甚相貌,可曾和他答话?"

秦、申等三人答说:"此事为时已久。当初发现时,地方是在左侧山谷之中。少年不过十六七岁,已被妖妇擒住,正与狗男女对饮,迫令降服。我们四人认出妖人,正去解救。为首妖妇甚是机警,一面飞剑抵敌,一面和狗男女说了两句无耻的话,摄了少年,往东南飞去。林寒师兄随后急追,也不知道追上没有。狗男女与我们且战且逃,战到此地,才行停住。

"妖妇逃时,曾向狗男女说另约一人,也没见到。狗男女分明非我们对手,尚在苦战,未起逃意。这里离妖妇巢穴甚近,不是待援,便许还有诡谋,乘此时机,正好诛戮。"

南绮恰都听去,再一盘问那少年相貌穿着,竟像裴元一般无二。这一急真是非同小可。心慌万状,不暇再顾别的,忙把胜男姊弟交与灵姑照顾。因是恨极,扬手先是两团烈火,朝男女二妖打去;也不问对方受伤与否,急匆匆便往东南方赶去。那两团烈火也为二妖人破去,并未受伤。

寒萼等三人见她来得快,去得也快,一片红霞电驶飞来,与灵姑对面现出身形。也没和人礼叙,问了几句话,放下同来两个巨灵般的少年男女,发出两团雷火,便自飞走,觉着好笑。正想询问灵姑,忽听破空之声,由正东方飞来两道光华;其疾如电,一红一碧,晃眼便已临近。寒萼认出来的有一个正是适才逃走的妖妇,另外还同了一个红衣番僧。

番僧生得豹头环眼,塌鼻凸额,厚唇阔口,鲜红如血。满头乱发披拂两肩,戴一个二指多宽的束发金箍,精光灿烂,映得那张色如猪肝,满生横肉的胖脸直泛油亮。口下一部短才寸许的连鬓络腮胡须根根直立。身着烈火偏衫,袒露着一条又粗又圆、满布黑毛的臂膀。背上斜佩着一个二尺多长的大黑葫芦,一柄方便铲,左腰挂着黑麻口袋,赤着双比常人要厚大出一两倍的双足,看去甚凶猛。

二妖人才一到达,妖妇先指秦寒萼等三人说道:"这便是我说的那三个峨眉贱婢,还有一个姓林的小狗,已被我引往乌藤峡,被四娘子困住。另外这三人,想也是峨眉徒党。你如擒了去,不正合用么?"言还未毕,寒萼等三人见了妖妇引了妖僧同来,林寒不曾回转,料知出了差错,又惊又怒,同声大

77

骂："无耻妖妇！"纷将法宝、飞剑放起杀敌。妖妇和那同来番僧也各放起飞刀、飞剑迎敌。先和众人苦斗的少年男女，本已不支，一见来了生力军助战，心气顿壮，也各以全力施为。

灵姑见双方数十道光华满空交织，映得山光霞影齐幻异彩，中杂风雷之声，势甚猛恶。唯恐妖人诡诈，胜男姊弟无甚法力，被其乘机暗算，正在留神戒备，只见胜男姊弟见势不佳，双双隐形遁走。这才想起二人曾得仙传，学会护身隐形之法，心方略放。

对面红衣番僧看出敌人飞剑、法宝神妙，长此相持，有败无胜。忽然行使妖法，左手掐诀，口中喃喃诵了几句邪咒，目射凶光，两道粗眉往上一翘，头上束发金环立化一圈红黄色的光华飞起空中。墨凤凰申若兰见光圈往上直升，越展越大，转眼展布达数百丈方圆，光焰摇动不定，知是邪法，不等下落，扬手便是一团雷火，打将上去。同时秦寒萼和那同来少女也已觉察，一同发动太乙神雷，朝着众妖人和空中光圈连珠打去。然后每人取了一件法宝，还未及于施为；妖僧一声厉啸，空中光圈突然落下，吃秦、申两人神雷一击，便自破裂。

方疑妖法已被破去，妖僧见状，益发暴怒，咬破舌尖，张口一喷，飞出一片血光。空中残光断焰重又合拢，化为数百丈红黄色光雾，往众人头上罩下。一任雷火连击，只是随消随长，聚而不散，来势比前更速。转眼围绕身外，立有血水之味，刺鼻欲呕。耳听四面鬼声啾啾，若近若远，似在呼叫各人的姓名，由不得心旌摇摇，神魂不定。

尚幸寒萼近年久经大敌，备历忧危，各派邪法妖术多能辨别；一见光华有异，先升后落，光焰赤暗昏茫，神雷不能击灭，便知是妖僧所练厉害妖法。恐有闪失，不求有功，先求无过，忙把弥尘幡取出，化成一幢彩云，将四人全身护住。除申若兰相隔稍远，闻到血几乎晕倒，随后忙运玄功镇定心神，已经恢复原状外，均未受到侵害。

这时如用弥尘幡冲出云层遁走，原是易事。只因四女都恨极妖人，一面将弥尘幡护身，一面仍然指挥法宝、飞剑，与众妖人相持，苦斗不休。

妖僧见邪法无功，敌人如此厉害，也自心惊。咬牙切齿，对众妖人道："贱婢如此猖狂，如不杀死她们，天理难容。"随说随施妖法，左肩一摇，背上大黑葫芦内立有万千朵赤暗暗的血焰激射出来；排山倒海一般往众人身前涌去，一转眼便布满全阵。众人立觉上下四外都吃血焰塞满，仿佛又胶又腻。弥尘幡彩云霞光依然辉耀，虽未受污被血焰攻进；但是离身十丈彩云外面，都被血焰紧紧地围困。一任寒萼运用玄功向下猛冲，均不能移动分毫。寒萼知道这类魔火血焰阴毒异常，一为围困，时候久了，护身法宝十九为它所毁，人也难保不被炼成白灰。众同门只有四五人能破此法术。

依了申若兰，便要放起飞针，告急求救。寒萼因近来时乖运蹇，数次遭败，到了危急之时，不是神驼乙休、西藏派教祖怪叫花凌浑、嵩山二老、玉清大师、杨瑾等赶来解救，便用飞针向三英二云和金、石、甄、易七矮兄弟等法力最高的十几位同门告急，每次假手于人，方得脱难。

寒萼想起自己也是一样同门，只因当年一念之差，性情偏私，致在紫玲谷为藏灵子魔头所困，失去元阴，本质既亏。第一次随众同门通行火宅玄关，又是师恩成全和神驼乙休求情暗助，事出勉强。下山之后，又不能似三英、七矮等人奋勉重修内外功行，因此进步缓慢，闹得处处落后，总不如人。等到日后悔悟，创巨痛深，已是无及。

当初入峨眉拜师时，一班男女同门十九年幼新进，无甚法力。以为自己高出同辈，何等气傲，如今却变成动辄求人相助。固然众同门都极义气，对于遭遇只有叹惜，闻警即来应援，唯力是视，决无轻视之理。但回数太多，终是惭愧。

这次寒萼与众妖人无心巧遇，内中又有两人是两同门至好的深仇，数次寻他们，均吃漏网遁去。众同门每谈到，便即愤恨，大家都欲杀之为快。自己又防二妖人元神遁走，不能消灭，而想生擒后送往依还岭幻波池，由易静、癫姑、李英琼三人先给他们受点活罪，囚禁起来。再以飞书将那以前受过他们害的人请来，当众行法处置，使其形神俱灭，以博众心一快。一面又因两妖人所有厉害法宝，早被英云、七矮诸人相继破去，此时伎俩有限，远非昔比。以为自己有弥尘幡，瞬息千里，任其逃遁神速，也能追上，决不怕他们再逃，所以未用杀手。

适才二妖人法宝全毁，只剩两道剑光，又被自己这面四人困住，眼看成擒在即，不曾想到逃去妖妇，约会救兵到来，胜败之局忽然倒转。明知魔火血焰厉害，一则自恃弥尘幡威力神妙，三五日内至多被困不能脱身，决可无害；二则数次向人求救，不好意思。心想："一行三人还有几件师传异宝尚未施为，何不挨次取出一试。一面再把空中对敌的飞剑、法宝各自收将回来；四人合力运用，扫荡这血焰邪毒，或许会转败为胜。真要看出万分危急，再行求救，也不为迟。"

寒萼念头略转，急忙止住申若兰，一声招呼；先各运用玄功奋力回收。

魔火焰光虽然厉害，毕竟峨眉派玄门正宗所用飞剑、法宝与众不同，又都是长虹一般的光华，无人同行，只少受了点阻力，全数收转，到了云层外面便联合在一起。这一来，众人威力大增，急切间虽仍不能冲出重围，却已松动了许多。

妖僧见敌人剑光法宝神妙，血焰如潮水一般涌上前去，都被冲开，尽管随散随聚，生生不已，终究无奈他何。暴怒之下，一面把葫芦中血光毒气尽量放出；一面运用妖法加紧施为，妄想多费几天苦功，必能连人带宝一齐炼成灰烬。

后来妖妇和先斗二男女妖人却探知敌人不是易与。并且同门中能手众多，到了危急之际，一用飞针告急，不消多时，又各有一两件护身法宝攻守得宜。急切间，伤他不得，救兵便会从天外飞来，每次都是转败为胜。所以各异派中人提起无不胆寒。番僧法力虽颇高强，上来既未将敌人杀了，长此相持，结局必是凶多吉少。现在敌人业已被困多时，也许飞针业已发出求救，都不一定。只有救兵到来，便非易兴。这地方又当孔道，敌人空中飞行，时有往来，过时发现光焰弥漫，便知同党被困在此，他必下来寻事，不肯放过。照此情势，终无成功之望。失志之余，各自打了见机而行的主意，只等对方救兵一来，稍有不妙，立舍妖僧遁走。

那红衣番僧，久在缅甸深山之中修炼多年，新近几年才来中土，本意创立教宗。与妖妇结识不久，自恃妖法，在西南边省横行数年，未遇敌手，越发骄狂。峨眉、青城两派，只是闻名，初次遇到。恰又是几个法力较差，和入门未久的门人，哪知厉害？以为耳闻大逊眼见，口中仍然说着大话，一毫不以为意。

时光易过，似这样，竟相持了二日一夜。秦寒萼等三人连施展了好些法术、法宝，至多只将血焰冲散远些，一会儿依然合拢，均未能将妖法破去。寒萼又羞于用飞针告急，直到一切施为已穷，无可为计。妖妇邪法本非寻常，见时久救兵不到，误认飞针为烈焰所阻，不能飞出；又听妖僧力说魔火厉害，此时敌人，看似尚能自保，三日夜过去，便即不支，久必自焚无疑。于是妄念重生，也在旁连施妖法，相助夹攻。

申若兰看出一行四人，仗有护身诸宝，虽可无害，但是敌人围困愈紧，声势更盛，脱身决非容易。林寒和南绮都是一去不归，估量此时，必在别处被困。南绮身无飞针，更是可虑，力劝寒萼不要固执。寒萼原意，林寒如未被困，自必飞回，他的法力比一行三人都高，许能将妖法破去；如在别处被困，一见不支,必以飞针告急,迟早引了救兵飞回。

久盼无音,寒萼本自忧急,闻言无奈。方想令若兰发针求救时,吕灵姑早就想取出五丁神斧一试,只因起初应敌匆促,未暇施为。又以心中仰慕峨眉,有了先入之见,以为寒萼等法力高强,无须自己逞能。又看出三女是想生擒敌人,神斧厉害,唯恐破了妖人飞剑,将其惊走。稍一迟疑,妖妇便引番僧前来,见面即施妖法,发出数百丈魔火。未容出斧抵御,身子已吃弥尘幡护着。

先还暗赞峨眉法宝果是神妙,照此情景,万无败理。后见寒萼等三人百计施为,历久无功,又想取斧一试。一则上次助陈嫣往磨球岛求取灵药,由灵焰潭飞上时为火所伤,中毒几死,有了戒心;一则此斧虽是前古至宝,新得不久,尚未尽知运用之法,不能发挥它的无上威力。也不能和飞剑一样,可以放心大胆,随意远近,飞出应敌。唯防万一失落,只能持右手挥动,魔火烈焰阴毒异常,得机即入,稍一疏忽,便为所乘。

灵姑又见寒萼等三人自将空中法宝、飞剑招回后,只在彩云层外联合应战,未令飞入云层以内。万一冒失施为,弥尘幡为斧光所伤,固是愧对可惜;再被魔火烈焰乘虚侵入,更是不得了,欲发又止,老是举棋不定。

灵姑一直等到最后,听若兰劝寒萼用飞针向各同门告急求救,料知三人力尽智穷,才忍不住从旁问道:"妹子有一五丁神斧,乃是前古至宝。只因初得不久,用法尚未深悉,恐被番人夺去,不敢随意飞出应敌。此宝倒也神效,意欲请秦姊姊将云层稍露一孔,由妹子取斧出去一试如何?"

寒萼还未回答,申若兰先惊喜道:"这不是上次元江取宝所得的神斧么?久闻此宝神妙无方,威力至大,百邪不侵,正是魔火克星。灵妹得此宝时,我还在场,才得多久的事,我们竟未想起。灵妹不是不知此宝的妙用,怎也不取出一试呢?"

灵姑道:"妹子不是不曾想到,只因前在磨球岛也是在千寻烈火中往上冲起,曾被火伤;便为以手持斧,不善运用之故;现在又被火包围,有了戒心。又因三位姊姊法宝、飞剑都在云幢之外御敌,既恐互有伤损,又恐阴火乘虚冲入,因而迟疑不决,这才想询问呢。"

寒萼接口道:"这魔火烈焰虽然阴毒,如何能与三阳真火相提并论?我这弥尘幡本来便是天府之珍物,近年又由紫玲家姊用本门心法重加祭炼,越增妙用。能按愚妹妹的心意施为,与寻常护身法宝大不相同。不特灵光护体,百邪不侵;并可将飞剑、法宝自内向外随意施为,无须开放云光。不论法宝、飞剑光华强弱大小，一任主持人在内施为，云光都是四外密接，并无一丝缝隙使那魔火毒焰得以乘虚侵入。灵妹但用无妨。前听杨瑾姑说，此宝关系青城派发扬光大，定数应为灵妹所有。虽然用法尚未全知，外人决夺它不去，只管放心好了。"

灵姑闻言才放了心，立将五丁神斧取出，由彩云层中伸将出去。寒萼为试此宝威力，先将外层法宝、飞剑往两边飞撤，使当面现出一片空间。

这时四外的魔火比前愈盛，加以妖僧邪法催动，妖妇等三人也各用邪法加紧施为。以致光焰千丈，邪雾蓬勃，相与会合，齐向中心云层压到。被四人飞剑、法宝连同太乙神雷冲荡阻拦，不得迫近，早已愤怒莫泄，前面一有缝隙，立即怒气而生。吃灵姑如法施为，举斧一挥，大半轮红日般的精光带着五道光芒，立即暴涨二三十丈，飞伸出去。迎着烟光烈焰，只一扫，直似击在空虚一般，立即纷纷暴散。后面火光依然猛进，斧光到处，相继消灭。寒萼又善于攻击，一见神斧奏效，心中大喜。便驾着云幢，挟了灵姑，持斧满天飞舞，并发动神雷助战。晃眼工夫，魔火血焰来势便减了许多。打算再有一会儿，便和灵姑在云幢上现身，身剑合一，同时施为，破了妖法，诛了番僧和三妖人泄愤。

番僧先因敌人被困将近三日，葫芦中魔火血焰已然放完，只等时至收功，对方彩云一经化炼，便把人摄走。满怀必胜之念，全未想到敌人竟能转败为胜；便是妖妇素来机智，也因敌人伎俩已穷，无力反抗。又见救兵不到，血焰浓密，下面成了血海，只有几道光影隐约在内闪动，不定睛注视已不易发现敌人动作，因而疏忽。男女三个妖人只和番僧说笑谈论，不时把自炼的黑神砂发将出去助战，也是静俟收功，不曾在意。做梦也想不到，敌人有此前古奇珍尚未使用。后来下面血焰已吃灵姑神斧和申若兰等太乙神雷消灭了十之三四。

毕竟血焰是番僧自炼奇物，觉着下面雷声越密，敌人宝光已然上映，与前感觉不同，自觉不妙。不顾再说快心的话，定睛往下一看，才知妖法渐被人破去，敌人已从彩云幢里出现。适见法宝、飞剑之外，又添了大半轮红日一般的奇光，光中射出五道光彩，精光四射，带着云幢，在雾阵中往来飞驶。一面发出大片雷火助战，四外密集的烟火黑砂、魔火血焰，吃那大半轮红光一扫，雷火再一震动，直似飞萤投火，风卷残云，纷纷消散，转眼工夫便去了不少，大出意料之外。同时男女三个妖人也自警觉，觉得敌人已被困两三日，早就力尽计穷，又无外援到来。不知怎的情势突变，这一惊真是非同小可。

番僧更因那魔火血焰祭炼多年，为炼此宝，费了不少心血。因一见对方难制，又想讨妖妇的好，以遂平日妄想，有意显能，将它尽量放出。不料到头仍被敌人破去。就算结局能胜，无法补偿所失，又是愤愧，又是痛惜，格外情急暴怒。知道敌人已能克制，再不收回，势必全数断送。于是番僧一面掐诀行法回收，一面口中厉声大骂："该死贱婢，我因见尔等生有几分姿色，只想擒去作乐，未下毒手。竟敢乘我偶然谈笑疏忽，将我神焰破去。如不叫尔等形神俱灭，化为灰烟，誓不为人！"

妖妇邪法不如番僧，却是奸猾知机，只一眼便看出那大半轮红光是件从未见过的至宝。敌人被困，不曾飞针求救，可知别有胜着，再如相持，决无好事。一听番僧还在轻敌自恃，口发狂言，心甚鄙薄。只同妖党使了一个眼色，令其暗中准备逃退之策，表面也不说破。那魔火本在相继消灭，番僧恐全数断送，便加急往回收，自然散得更快。

番僧因来中土以后，从未遇见敌手；这次和四女对敌，又是上来就占了上风，历时甚久，未免骄横轻敌，以为血焰虽有损伤，身边还有两件厉害法宝不曾取用，妄想收回残焰，再行施为，必能报仇获胜。却没料到强敌当前，与以往所遇庸手不同。此退彼进，势极神速。本来余焰尚多，就是五丁神斧厉害，所至必破，到底还有不少阻力。这一收回，敌人无所阻隔，自然猛力进攻，如何容你缓手。其势又必须收完，始能施为，万难双管齐下，一收一发同时兼顾。

寒萼、灵姑等四人俱知魔火血焰阴毒非常，留着害人。难得五丁神斧奏功，正好将它消灭净尽，免留后患。一见妖僧情急收回，扫荡益发迅速，来势绝快。他这里收还未有小半，敌人已纷纷指挥飞剑、法宝，冲荡开残焰断雾，电驶飞来。两下里才一照面，申若兰见血焰如泉，正由四外集中，合成了一股，往妖僧肩头大葫芦口内投进，知被收回不少。唯恐少时妖僧带了遁走，拼舍一粒火雷珠，将手一扬，先是一团雷火朝血焰中打去，同时把前向天乾山小男求取来的火雷珠杂在雷火中间发将出去。

寒萼等三人的太乙神雷，在一班峨眉派弟子中功力较差，并不能消灭妖僧魔火，只能略为震荡，增加神斧威力。那珠只得黄豆大小，虽只能用一回，但是威力至大。未爆发时，出手也只半寸大一团红黄色的光华，光并不强，与血焰光相近，本易混入；又有大片雷火遮掩，妖僧收势更速，一点没有觉察，便被混入血光之中一同吸收，到了葫芦以内。

妖僧见血光不曾收完，敌人已经近身，同党男女三妖人各放飞剑、法宝上前，与敌人才一接触，便似不支，急收回去。也看出厉害，正在手忙脚乱，猛听背上轰的一声巨响，那平日收藏魔火血光的异宝突地炸成粉碎。

那大黑葫芦本是千年结实的异种灵物，又经妖僧多年辛苦祭炼，坚逾精钢，烈火、飞剑均不能毁。不只收藏魔火血光，灵效甚多。妖僧到手不足十年，珍爱非常，万想不到会遽然爆裂。因骤出不意，势又异常猛烈，如换稍差一点的人，便不再受敌人合力夹攻，只这一震，便被炸死。妖僧虽然妖法高强，没有丧命，肩背上也被炸得肉破血流，受了好几处重伤，奇痛刺骨。当时血焰横溢，四下喷射，重又弥漫天空。

妖僧只管强横，经此一击，也不禁胆寒心悸，忙纵妖光遁向一旁。惊魂乍定，回顾浮空血光，吃敌人用那大半轮红光四下扫荡，正在纷纷消亡。葫芦已破，无计收回，又是愤怒，又是痛惜。一面敌人又正追来，忙施邪法，强止背上伤痛，咬牙切齿，把心一横。一面先将方便铲、飞刀一同飞出，暂且迎敌；一面想打开腰间宝袋，施展最恶毒的邪法，孤注一掷，与敌人拼个死活。

双方动作本极神速，当寒萼等冲焰追近，男女三妖人微一迎敌，见机先退。申若兰用火雷珠炸碎葫芦，妖僧负伤，惊遁一旁，差不多俱是同时指顾间事。

寒萼见妖僧扬手，发出一道似如龙蛇的黄光和一道白光，迎面飞来。一手挺腰间宝袋，一手又在掐诀口诵邪咒。重伤挫败并无惧色，空中血光也已舍弃不收。二目凶光闪闪，满脸都是狞厉之容，恶狠狠飞回。料知伎俩未尽，必还有比前厉害的妖法。便喊："三位贤妹，留神妖僧闹鬼。"各把飞剑、法宝、太乙神雷一齐施为，正向妖僧杀去。

说时迟，那时快，就在这迎敌瞬息之际，猛瞥见当空有极强烈的金光一闪，立有一个震天价的霹雳夹着千百丈金光雷火自天直下。震得山摇地动，眼花耳鸣，声势猛烈，甚是惊人。金光雷火到处，那浮空血光先被消灭，跟着飞落七八道光华。为首一人是个小和尚，左手指定一团佛光，祥辉闪耀，看去甚是柔和。后面随定林寒和峨眉门下高弟岳雯、金蝉、石生、司徒平，南绮也在其内，裘元却是未见。

寒萼等三人认得那小和尚乃白眉禅师的小徒弟——采薇僧朱由穆和大凡尊者李宁的师弟小圣僧阿童。有了此人前来，便十个妖僧也非敌手，何况还有好几个本门能者，心中大喜。

妖僧见神雷威力迥异寻常，已是大吃一惊。又见来人中有一小和尚，手指一圈佛光，知道邪不能胜正，万非敌手。气馁心寒，不敢再行恋战，吓得忙收法宝。待要遁去时，众人来势何等神速，一照面，早指挥法宝、飞剑追将过来。

妖僧两道宝光立被岳雯、金蝉、石生、林寒的剑光裹住，只一绞，立即粉碎，洒了半天星雨，纷纷消灭。同时妖僧也吃佛光照定，不能脱身。司徒平由后指挥乌龙剪赶上，两道光华宛如神龙交尾，裹住妖僧一剪一绞之间，全身化作白烟，连血肉都没有见，便已身死。阿童把佛光一撤，白烟似要凝聚飞起，吃石生由斜刺里飞来，扬手一个太乙神雷，便即震散，形神俱灭，尸骨全化。灵姑见众人法力如此神异，不禁看得呆了。

男女三妖人早有逃意，神雷一震，首先纵遁光逃走。动作极快，寒萼等三人先见邪法厉害，三妖人略斗即退，只顾全神贯注妖僧一人，连灵姑俱未留意到三妖人。阿童等七人又自远方飞来应援，遥见前面血焰弥漫，烟雾浮空，雷火飞鸣，宝光电舞。乍见时，不知四人借神斧之力转败为胜，以为经时将近三日，四人纵未被困，也在苦斗。忙将声音隐蔽，加紧赶到。

从空中下望，瞥见妖僧一人正在施为，岳雯更看出妖僧黑布袋中藏有极厉害的阴魂毒砂。立即发动，一同下击，先由岳雯发出太乙神雷震灭血光，然后合力诛戮妖僧。因男女三妖人避向一旁观望，没有动手，众人一到，先行逃走，所以也忽略过去。

及至妖僧伏诛，寒萼等回顾，已不见三妖人。妖妇固是万恶，那男女二人更是众同门的公敌，仇深恨重，已被漏网数次。这次为他们险遭不测，略为疏忽，又吃遁走。忙喊："诸位师兄，那一对狗男女和那妖妇又遁走了。"岳雯、阿童闻言，同运慧目往前一看，说道："逃还不远，我们快追。"话一出口，众人立驾遁光，道声："青城诸道友，行再相见。"同纵遁光往前追去。神影流天，似如飞星过渡，眨眼无迹。

灵姑见话也未及和来人说，好生可惜，忙问南绮："裘师兄是否失陷?"南绮道："真冤枉，白叫人愁急了两三天。如非岳、金诸位道友和小圣僧相助，还几乎失陷在妖人手里。照岳师兄和小圣僧推算，他已回了老家。事有定数，欲速不达，我也想开了，由他去吧。经过的事，说起来太长，且到灌县环山岭家中再说，我们先赶路吧。狄家姊弟呢?"

灵姑听她口说由他自去，却催上路，自相矛盾，心中暗笑。答说："先前妖法甚是猛恶，他二人虽然隐形避开，还不知受伤没有呢。"说时低头一看，胜男姊弟已在山那面岩洞中钻出,正在向空挥手呼唤。忙同飞下一问,才知胜男先见形势险恶,恐被波及,冒险逃向远处隐蔽,正在血光笼罩之外。否则纵有法术护身,这样厉害的邪法,也是难免不被波及了。要知后事如何,且看下回分解。

第九十二回

孽尽可怜宵　生死缠绵终一痛
功成生灭火　去来惆怅又分飞

话说四人互相略谈了几句,因已知裴元下落,重又上路。因已知裴元下落,路也走了多半,适才一忙,凭空惹出这场周折,欲速反缓。照着先前使行梯云链走法,虽然较快,但是前后两不相顾,万一再生枝节,转多迟延。并以适才飞行,试出胜男姊弟在含青阁留守这些日功力大进,越发身轻,带了飞行,无甚吃力。同行虽然稍慢,免去梯云链起落分合之烦,计算相差无多,还可互谈经过。于是便作一路,试照日前往磨球岛的走法,南绮、灵姑将遁光联合为一,带了胜男姊弟,四人携手同飞。各人再运用玄功,以全力催动遁光,向前急驶。果然较前慢不多少,也就不再更改。

路上一谈,原来妖妇因林寒追赶太急,法力又极高强,抵敌不过;眼看首尾相及,快要追上。忽然遇到两个有力同党,在当地山谷僻处演习阵法,妖妇自是心喜。忙即夹了先摄走的少年,飞入阵去。林寒因疑妖妇所摄少年是正教中新进门人,恐遭毒手,必欲救到了手才罢。一时轻敌,深入敌阵,被妖法困住,失陷在内。虽然有飞剑、法宝护身,急切间却不能破阵而出。那主持阵法的也是两个淫贱之女,见妖妇所摄少年英俊,强行留下。妖妇事急求人,又非其敌,只得忍痛割舍,负气而去。

众人斗处,本系妖妇巢穴。本意是令男女二妖人权且对敌,自往附近去求援救,再回来报仇。临行前并将先擒少年带了同逃,以免万一援兵不在,好不容易到手之物,不致被人夺去,不料会被同党妖妇乘危打劫。又以事情是由寒萼等无故相干而起,越想越恨。预想的援兵偏值他出,不曾等到。气愤不出,才拼着肉身布施,去将新近交往的番僧寻来报复,要将仇人擒杀之后,再打主意夺回所爱。谁知番僧妖法虽厉害,却不能奈何敌人,结局反倒转败为胜。

林寒在峨眉诸弟子中也是数得出的人物,虽然被困阵内,不能脱身,但仍能发挥自身威力。双方正在相持,南绮忽然赶到,同被妖人困住,合力抵御已两日。林寒不能脱困,便是为了救那少年,不肯独自遁去。况又加上一个南绮,问出是青城门下,益发不能舍之而去。

二人一边合力苦斗了二日,实在难以脱身;而且先追妖妇一晃便即遁走。据南绮说,寒萼等三人尚与男女二妖人在山头上恶斗,妖人势已不支,本来约定同往依环岭幻波池,去赴易静、癫姑、李英琼、余英男等本门第五代开山盛会。

林寒知易静等四人法力高强,法宝、飞剑尤为神妙,众人在外行道,遇有险难,都仗余英男、二云、七矮诸人合力救助,易静等四人尤为热心。更以幻波池仙府以前洞主圣姑仙家的至宝可以传真现影于万里之外。常命门人行法查看,早识先机,每遇变生仓促,危机瞬息之际,往往不俟飞针告急,先后驰来。

众同门多半受过四人援助,情谊深厚。这次又是四人奉命建造幻波池别府以后第一次开山盛典。所收弟子又比众独多,特意先期赶往,代为照料。除苦孩儿司徒平因事他往,另由别处赶往外,自己在枣花崖隐修,本还有事未完。因寒萼等由凝碧仙府起身,路过枣花崖,便有此约,才提前三日起身。不料途遇妖妇用妖法害人,生此波折。

按说三人如若获胜,必要寻来。寒萼有弥尘幡,只要寻来,不论胜负,均可一同护身,遁出阵去。怎会等了两日,也未见到? 心中疑虑,先想用飞针告急。继一想:"只有幻波池离此最近,人来最快。但是易静等四人连日正忙于开山盛典,各处仙宾云集,此时邀她们又觉不便。别处不是相隔太远,便是法力比已还差,也许人已到幻波池都说不定。"

林寒正在踌躇,岳雯、金蝉、石生、苦孩儿司徒平及小圣僧阿童忽然自空飞降,各施法力,杀死二妖妇,破了妖阵。连那一少年一起救出;见面略谈,才知主持阵法的二妖妇乃妖道摩诃尊者司空湛的爱妾。妖道伏诛之时,她们恰值他出,因得漏网。平日无恶不作,已在金、石等七矮弟兄手下逃脱一次,衔恨切骨。新来潜伏此山,欲待炼成妖阵报仇。七矮弟兄也在到处寻觅妖妇踪迹。

易静等四人又筹备开山盛典,延款仙宾,和本派同门等近日无暇行法传真,所以林寒等四人在两处被困,历时两三日不曾知悉。还是金、石两人前往赴会,谈起妖妇可恶,数次漏网之事,拿出所得妖妇飞刀,请癫姑运用玄功,行法传真,才现出四人在两处被困迹象。金、石两人知妖妇不是自己对手,暗嘱癫姑不要声扬,以免惊动众人。

引了多人随去,借往上面观看山景为由,刚出仙府,纵遁光飞起,便遇见岳雯、司徒平、阿童三人飞来赴会。问知前情。岳雯、阿童俱和金、石二人最是交厚,司徒平又以寒萼被困,自己不能置身事外,于是合为一路。这几人的法力合在一起,妖妇便把妖阵炼成,也非敌手,何况功力还差。司徒平关心寒萼等三人之安危,本想请众分道往援,阿童一算,说是无须。先援林寒,省事顺路,五人到了当地,不消多时,便成了功。

那被妖妇捉去的少年,乃灵和隐士徐祥鹅新收的弟子,也是峨眉后辈。因事太巧,南绮到时已被二妖妇藏入洞中,只听林寒说那年貌衣着极似裘元,认定必是。及至救出相见,始知误认。心中失望之余,仍不免忧念,便和众人说了。阿童、岳雯见她忧急,运用玄机一推算,告知人已抵家,无须忧愁,南绮才放了心。匆匆与各人说了几句,便纵遁光飞来。到时寒萼仗着灵姑五丁神斧,已然转败为胜了。

南绮、灵姑互说完了前事后,一面催动遁光,往灌县急驶。满拟裘元久违定省,思亲念切,这次回家必有多日耽延,到时必能相见。哪知裘元一面孺慕情深,急于归省;一面仍是爱恋娇妻,自己又是不辞而别,唯恐南绮忧急气怒,先料必然寻来,到家住了三日,未见南绮赶到。唯恐没悟出自己借题回家,心中愁急,往别处找寻。

第三日早起,仍无人影,放心不下,实忍不住,只得告知父母,去往且退谷探看。南绮到时,人刚走了不久。偏又见裘元长途飞行尚且无事,且退谷、红菱磴相隔甚近,自不会有甚波折;况又为寻自己而去,见人不在,定要回来。既恐中途相左,又以翁姑再四慰留,不便拂逆,只得留下。到了当夜,不见人回,又猜是方、司诸小弟兄久别重逢,不愿分离,留住在彼处。

裘友仁夫妻因见爱子飞行绝迹,出入青冥,非常惊异。裘元孝亲,唯恐日后自己在外,父母挂念,把所有惊险经历全都隐起不谈,回家只将好的得意的话说。友仁夫妻都当他已是神仙一流,以为且退谷不过深山路险,常人步行尚能勉力寻去,何况爱子是有道行法力的人。知道媳妇也是神仙中人,不喜在尘俗人家久居。唯恐南绮寻爱子一同他去,不再回家,此别不知何年始能再见。如将媳妇留住,爱子至多在方、司两家住上一两日,必定回转。加以南绮性情温和,事亲有礼,全不以仙人自傲。裘妻更是恋恋,舍不得放走,竟编了些诳话;说裘元归时,原说方、司诸人良友久别,到了决不放走。即使南绮未去,恐也须在彼流连些日,不问南绮去不,终须回家辞别了父母才走。万一南绮寻到家中,务令在家等两天,还要回来再去。

南绮好面子,性又柔和,见二老慈爱,因为自己不愿与俗家相聚,竟不惜得罪亲友,所有来人一概婉言谢绝,住处又安排在花园以内,精舍数间;地方清静,隔绝繁嚣,除二老外,更无俗人来往。室中陈设也极华美精雅,慈爱亲切,用心周到,体贴入微。明知婆婆这些话初见时未说,必有出入;但知裘元终要回家一行。无论如何,总是人家媳妇。翁姑相待,礼貌这等隆厚,自然不便逆说,坚执着非去不可。又以岳雯、阿童占算无差,只自己晚到了个把时辰,又未说裘元有甚凶险,也断定是在且退谷、红菱磴两处耽延,决无不归来之理,只得应诺。

南绮耽延了两日,裘元仍未见回,心想:"裘元甚孝我,他在家中尚恐自己生气或走失,放心不下,赶往且退谷探看。怎会被朋友久留不回?并且两地相隔不远,就是方、司诸友盛情难却,也应抽空先回家说明,以免父母挂念。他当初回家一层,还说出人意料之外,自己或许不曾理会;且退谷之行,事情早经言明,就算自己和他负气,不寻了去,尚有灵姑同行,也无不去之理。事已多日,一人未往,自必愁虑万分,焉能置之度外?以往日为人和平日夫妻情分,断无如此荒唐。虽然这一带地方密迩金鞭崖、红菱磴,青城派教祖和银发叟洞府均在这一带,异派邪妖照理不敢涉足。但事出情理之外,终多可虑。"

南绮又想到先前裘元长春仙府归途遇险,以及甄济奉鬼教之命,往金鞭崖盗灵芝之事。万一无心巧值,途中偶遇妖人,岂非危险?越想越觉不妙,深悔不该面软,到时不先追踪赶往,平白耽误了两日。万一出甚差错,十有八九难以补救,如何是好?

灵姑、胜男姊弟也觉可虑。南绮情急,因恐两老忧急,不便明言,再以婉陈,要去寻找裘元回来。并还有人送与方、司诸人的礼物,也须送去。唯恐不信,又把胜男姊弟留下。等寻到裘元回来,再行送往金鞭崖,拜见师长。裘妻方始相信应诺,再三吩咐叮嘱,务和爱子同回,才放起身。南绮心乱如麻,匆匆随口应诺,便和灵姑由后园破空飞走。心料裘元不出事则已,一出事便是凶多吉少。所引以自慰的,只是岳雯、阿童没说到裘元前途有险而已。

那且退谷和青城山环岭相隔不远,如由空中飞行,不绕走山下,曲曲折折的山路,只有二三百里途程。路近行速,不消多时,便已到达。二女全未到过,方、司两家所处本极隐秘,南绮只是听裘元说过山形位置。因当地万

90

山杂沓，峡谷荆棘，形势幽阴，到处林木森严，参天盖日。而方、石、雷三家又深藏谷内，极是隐秘，难以发现，连查看了好几处，俱都不见。

灵姑见南绮十分着急，便道："这里的情形均与裴师兄日前所说相似，且退谷必在这一带无疑。峡谷太多，既不能挨次降落探寻，山中晨炊已过，又无炊烟冒起。林木茂密，空中查看，除非近在脚底，可以看出迹象。我们飞翔越急，越难查看。裴元师兄原说且退谷北面，是红菱磴外大崖壁，两处相隔只百十里，望得清楚，崖就在对面。适才看那两处幽谷，飞行太速，也许混过。依愚妹之见，方、司、雷三家均非寻常无识山民，我们何不将遁光放低，顺次从来路起分头环飞，再查看一回？另外姊姊再施法力，发出一些灵异之迹。他们看到宝光，又听破空之声，必要出头探望，只一见人，就好查访了。"南绮点头称善。

二人重又各驾遁光，依言行事，一东一西，环空飞翔，往下查看。灵姑飞的恰是以前看过的所在，因为方才错过，格外留神。正在这时，发现下面有一片较大森林，由东南平野蜿蜒而来，直达西南崇山之下。先前因那一带不是峡谷，方向又与裴元所说正对北面崖壁之话不对，不曾留意。这一回低飞留神，才看出那森林对面竟有一条极窄的空隙，两面都是陂陀，因林木茂密，都是数十丈高的参天老树，高低无甚差别，地形山路全被掩没，所以看不出来。

再往尽头处落下去一查看，竟是一条山夹缝，也为山崖草树所掩，外观不见，内里甚深。试再循着所见夹缝由那高山上飞越过去，遥望前面道路修洁，平原之地人家水田，罗列可见，宛然入了桃园乐土。迥非山外草树纵横，荒凉之境。照那人家地形一看，果在危崖之南。才知裴元所道，必由方、司两家旧居算起。自己由环山岭飞来，路往右斜，抄出且退谷口之前，已是不对；又认定红菱磴外崖作准，只在崖南一带查看。见那山太高，裴元不曾提到，没有越山查看，故此迷了方向。不由恍然大悟，断定已寻到地头。

灵姑正要回头去喊南绮，南绮在空中飞翔了一阵，越看越觉不似，欲往回路查看，遥见灵姑越山而过，跟踪赶来。也发现下面森林中隐伏的山径，正好赶到，又见前面村落中已有人赶出向空挥手，似已发现自己。裴元却不见迎出，分明十九人不在此，心疑出了差错，好生忧急。匆匆无暇多说，一同往前飞去，转眼飞到。下面的村民也越聚越多，连田园果林里农作的人也纷纷拥了上来，竟有百余人之多，只无裴元在内。

二女遁光按落，为首一个猿臂蜂腰的英俊少年便迎了上来。南绮不见裒元,心中发急,未及问讯,少年似已早知来意,开口先问道:"二位仙姑到来,颇似青城派朱真人门下,可是来找裒元弟的么?"二女问知少年便是裒元结义弟兄中年纪最长的一个,且退谷主人雷春之子雷迅,忙把姓名来意说了。

雷迅便请二女去往家中。二女听他初见面所问的话,只当裒元来过刚走,已回家去,来时路未走对,以致相左,心还稍放。南绮一面交了带去的礼物,笑答:"雷大哥不必客气,愚姊妹尚要找元弟有事。如已起身,请即见示,改日再与他专诚拜谒老伯和方、司两家尊长便了。"

雷迅闻言,略一寻思,答道:"此事说来话长,我也不知其详,须待方、司二弟少时回报,始知就里。这里人多,仍请去至舍间小坐,以便奉告如何?"说时,雷春同了司明之父铜冠叟也自内走出。

雷迅给双方引见之后,二女见老少三人面上均有忧色。再看雷迅一双俊目满布红丝,面容灰白,更似连夜未睡神气。重又忧疑起来。随同走往雷家。到了里面静室之内,刚一坐下,雷春便道:"二位仙姑不要着急,裒贤侄并未受甚伤害。不过现在正失陷妖鬼窟穴以内,暂时不能脱身罢了。"二女闻言大惊。南绮自然更急,忙问事情经过。

雷迅在旁答道:"前日元弟到此,言说本定与二位仙姊,还有大人狄家姊弟同来舍间,作一良晤。因为思亲念切,先走一步。行时留话,算计仙姊们必要跟踪找来。到家数日,未见人到,疑心巨人阿莽话没说对,仙姊们到此地,被我们留住,特意赶来探看。到后见仙姊们仍未到来,又疑途中游山,延误了两日。心料仙姊仍回环山岭家中,匆匆留了几句话,连方、司二弟俱未见面,只等候仙姊到家,再同来访,便自飞回。

"我们再三挽留不听,知道两位仙姊不会在他家里久住,三五日之内必要同来。次早正商量命司家弟妹去往红菱磴告知方、司二弟,禀告师长,来此谋一快聚。方、司二弟忽然急匆匆而来,说是元弟昨晚归途又碰见两个鬼老门下。元弟飞剑神奇,本不至于失陷,只为两妖徒被他杀了一个,还余下一个,如将他们一齐杀死,当时飞走,也不至于出事。只因元弟天性太厚,忽想起失陷妖鬼门下的表兄甄济,便只杀了一个妖徒,将另一个妖徒困住,强迫他供出妖师鬼老洞中虚实和甄济近况。却没防到妖徒本身介于人鬼之间,即使为飞剑所诛,也不易消灭,仍可遁回妖窟,告急求救。妖徒知道同伴虽被飞剑所斩,只是灵元受伤,将来仍可用乃师妖法重新凝炼。元神已遁走回洞,少时妖鬼便到,又知敌人尚不知就里,心性又慈,便编了一些鬼话,向元弟诉说,阻误时刻。

"元弟不知那是缓兵之计,正嫌妖徒说话絮叨,妖师鬼老忽在面前出现。妖徒也是该遭恶报,剑光未撤,先就得意大骂。元弟知道上当,因愤妖徒刁恶,一面和鬼老对骂迎敌,一面默运玄功,双剑一绞,便将妖徒形神一同绞散。偏巧鬼老凶顽忌刻,到时听见妖徒正在泄机,向敌人哀求,并不念在妖徒是为延时待救,迫不得已,反以为是背师怕死,如不赶来,岂不泄了自己的机密?因而不特没有阻止裴元杀他,反倒在旁暗用言语损讥。元弟又因前杀妖徒只要有一缕黑烟飞起,元神便会逃走为祟,鉴于前失,刻意加工,剑光裹紧妖徒,全无一丝缝隙。残魂余气本极不易再凝聚,鬼老又喷了一口妖气,当时吹散消灭。

"按理仇恨加深,谁知元弟这一来,反倒因祸得福。原来妖道门人均有定额,又各有职司,祭炼妖法时缺一不可。自从上次金鞭崖盗草之后,觉出门下妖徒本质太差,早就打算物色有根器的美材收为门徒,以便发扬光大。元弟资质自是上乘,一到便被看中,有意以元弟补缺,因此才得保住性命。否则妖鬼穷凶极恶,心肠狠毒,再加几个也早没命了。

"元弟杀死鬼徒之后,和鬼老又斗了不多一会儿,便被捉去,带往洞窟,用邪法囚禁山穴以内,百计诱迫,逼他归顺。元弟自是不肯降服,已将妖鬼触怒,待下毒手。眼看危急,总算五行有救,他那表兄甄济,不知怎的会天良发现,上前求情宽免,讨下限期,愿代妖鬼说服。本来鬼老法严,御下又是刻薄残酷,休说甄济是新入门不久的徒弟,便是随他多年的妖徒,不问话时,轻易也不敢开一句口。平日同门妖徒犯过,任受毒刑处置,尽管物伤其类,触目心惊,都战战兢兢,面面相觑,无一敢代求情,何况又是一个对妖鬼倔强辱骂,还杀了两个徒弟的仇敌。

"妖徒们都觉甄济过于胆大冒失,所求必不准;妖鬼还被触怒,甄济身受恶刑,定所不免。正在幸灾乐祸,哪知事出意外,妖鬼许因美材难得,闻言并未发怒,只狞笑了一声,便命带去,急速劝说好了回话。表面凶恶,实则连日期也未限定。元弟本已被缚上法台,放在妖幡底下,只等妖鬼行法刺心,受那炼魂之惨,不料死里逃生,又被放了下来。

"甄济后对元弟说,当时形势奇险,自己虽以至戚之谊,自恃法师近日宠爱,拼受毒刑,上前求说;但是这类事绝无仅有,只是尽心,十九无效。想不到一求立允,可见对元弟十分看重。他自投到妖鬼门下,因是质地不恶,人更机智,颇得妖师宠信。一干妖徒恐他后来居上,人人忌恨,屡欲中伤。幸仗妖人身侧宠姬月娇暗中保护,众妖徒总是弄巧成拙,害人反害己。近虽生了畏心,不敢再行陷害,暗中图谋愈急,不知何时发难。身在虎穴,妖人喜怒无常,素来不讲情义,稍有不合,轻则使受楚毒,重则身受炼魂之惨,永无超生之日。甄济起初本性已迷,惑于美色,每日沉酣淫欲,还不知道厉害。

"嗣因月娇时常背人警诫,又受众妖徒数次设计倾陷,方知危机四伏,微有疏失,便遭惨祸。又想起前次盗草一事和所见元弟情景,渐渐省悟,忧急起来。他身陷妖窟,无计可施,想了想,只有力求精进,博得乃师欢心,以期压倒众妖徒,使其不敢生心,始可无事。又以单人势孤,虽有月娇一人可共心腹,但是只是背人暗助,不能明显。便这次为元弟求说,一半因是天良发动,一半也为自己势力太孤,看出妖师心意,想拉元弟下水,结为一气,以便增厚势力之故。

"甄济略说完了经历,力劝元弟以父母为重,徒死无益,不如顺从妖鬼一同享受。元弟坚持不允,说自己必是命中该有此难,朱真人和师姊法力高强,决不坐视,不久必来扫荡妖穴,诛戮妖鬼师徒,救他出险。二人正在辩驳,妖姬月娇忽然现形,说是奉了妖鬼之命,暗中考察二人言行,并以色为饵,诱令元弟降顺。

"说完,一面数斥甄济粗心,先前说的话虽非叛逆,已含怨望,如被另一人听去,便是祸事。一面又对元弟:'你莫错会了意,我们乃是迫于无奈。现你被困在此,内外隔绝,漫说朱真人不知你被陷;就是知道,听鬼老说,他知邪正不能两立,相去又近,早已练好法术准备。再说你现在落他手内,一有甚事,必先害你,性命仍保不住。

"'你也深知,一旦受了鬼老胁迫,作恶太多,异日必无好果。无如陷溺已深,万难自拔,只好随着鬼老过一天算一天。我并非好人,今日对你这等尽心,也不是有甚意思,只因我和你表兄恩爱,几次想拼命救他,无如他那元神早已被禁,稍有举动,被鬼老识破,立受惨害,连鬼都做不成。为此日夕愁思,不敢妄动。

"'因知你是朱真人的爱徒,又和他是至亲,这才想尽力相助,种点好因,为他异日免死之计。这里任是多好的人,只一失足,迟早必遭恶报。我并不劝你降服,但如若放你,我或能免,他便非死不可,这层自办不到。但我比他出入行动较为容易,法力也较高些。这地穴门户,又只我和小玉二人知道。难得鬼老有事他去,今晚子时起身,如无急事行法告急,需要三日才回,正是绝好时机。

"'我听说朱真人师徒均往幻波池未归,只有一人守观。金鞭崖已用法力封锁,外人进不去,去也无法求救。鬼老出门也是为了想约同党,合力与朱真人一战之故。你不是说有两同门师姊一路去么?想必人在近处,可将地方说出。我愿代你前往送信,令她二人乘此三日之内,速往幻波池求救。

"'那幻波池在依环岭的地底,上有灵草飞泉掩蔽,昔年原是圣姑的故居,现被峨眉门下几个女弟子建作仙府。连日正在开山传道,不特朱真人,好些海内外仙人修士,以及峨眉许多能手,俱在观礼。只一告知,必定立时赶来相救。不过这一来,鬼老师徒恐不免诛戮。鬼老日夕筹计,苦练邪法,原防到早晚有此一举。平日对我们说得虽凶,好似有备无患,不在心上,我却知他外强中干,决非对手。我把门户虚实,再一告知,只要按时到达,你必出困无疑。

"'不过话要言明,我叛师犯险,所为何来?似我这淫恶女子,异日万无幸免,凶吉祸福早置度外。只请念在他是你的骨肉至亲,本来又非恶人,只为求道心切,无意中遇到左道妖人,邪法迷心,误入歧途,势非得已。我又冒险救你一场,到了鬼老师徒恶贯满盈,全数遭报之时,向你师长同门代为求恩,保他一命,就算是报了我。'

"元弟听她说得那么情至义尽,好生感动,一口应诺,只要洗心革面,休说甄济可以弃邪归正,另拜仙师,便是她也必可以免死。月娇微笑不答,只催快说地方,从速下手。元弟一想:'妖姬话虽说得好听,到底难测。自己家中和这里俱不能告她知道,以防后患。并且二位仙姊尚未见着,不知此时到这两处也未?'想了想,便令往红菱礀去告知方、司二弟,转求师长设法,往幻波池求救。

"月娇一听红菱礀,面上突地变色,意似看出元弟不肯信她。说红菱礀她不能去,还有别人可寻没有?又问现成的两位同门师姊为何不寻?元弟恐她生疑中变,只得将与二位师姊中道相失之言说了。并说如不为此,一人独行,怎会被妖鬼擒来?只把回家访友之事隐起未说。

"月娇方始相信,呆了一呆,忽然咬牙切齿,与甄济说道:'我以前和你说的话,近来想已看出,知道厉害了吧?务要记在心里。能在事前脱身,自是再好没有;否则到时虽有你表弟相救,也要警醒一些,不可随众自误,免我白用这番苦心。那银发叟是我仇敌,疾恶如仇,此去定必不容,但是此外无法救你表弟。你以前又以盗草之事种下恶因,为了将来救你,只得冒险一行,也说不得了。'甄济自是不舍,紧紧拉住,力阻月娇前往。

"月娇笑道：'此外还有甚法可想？我虽妖邪女子，说出来便须做到，你不要拦。此老虽然疾恶，谅通情理，当为我至诚之言所动，也许无害。我早先不知他与表弟相识，如肯援手，便他一人，也许能够把人救走都不一定，由我去吧。'说完，身形一闪，便已隐去。

"月娇虽寻到红菱磴，但还未深入，便被守山老猿发现，用埋伏的禁制将她困住。银发叟正督方、司二弟修炼，闻报，便命方五弟持了灵符，将月娇擒往洞中。月娇因银发叟以前有一门人死在她的手内，自料此行多半凶险，只图把话传到，为甄济将来开条活路。因是拼死前往，祸福全置度外，到了洞中，一毫也不害怕，未等对方发作，首先自承其罪，领死不辞，只容把话说完。随把元弟被陷之事说出，随即赐救。

"银发叟先见老猿所擒妖女是她，本已大怒。才一对面，便由手上发出一道白光，将她裹住，悬吊起来，欲使形神皆灭。听完前事，不等说出门户，便哈哈笑道：'你于我虽有杀徒之仇，但是此次擒到，并非你受妖鬼所差，存有敌意。乃为救人而起，自行投到。我素来光明，不肯假借，须凭随身法力行事，不喜捡人便宜。连妖鬼师徒所居密迩，俱因我法未练成，不能一举手间全数诛戮，只他门下无知妖孽来此窥伺的，被我诛戮了两个。自我门人遇害，迟至今日，不曾寻他。

"'我现除妖鬼，本身法力虽还不足，又不肯约人相助。但是救我门人好友，与除他报仇，乃另一事。我纵不肯破例前往，也有别人往救。至于妖鬼洞中虚实门户，出入方法，我已尽知，无容你说。你可回去，告知元儿安心，我以前见过他，便不遇你暗助，也无死理。可安心少待，静俟出险报仇好了。你这次幸免，再如敢来，形神皆灭了。'

"这时月娇已早被放落，这类妖女何等机智，看出银发叟天性好胜，甚事都要用自己法力，又极重情理，曲直分明，知已不会再有加害，立即跪下，哭诉自己也是好人家女儿，吃妖鬼摄去，迫充淫贱之役。妖道妖法厉害，惯迷人本性，除非根骨深厚有道行的修士，或是两间正气所钟的贞姬烈女，决无幸免。杀害门人，乃是妖鬼所迫，奉命诱害，情出不已。明知罪重，不免诛戮，只求将来遇上时释放残魂，俾仍得堕轮回，便是万分之幸等语。银发叟虽然怒斥未允，口气却缓和了许多。月娇随即拜辞飞去。

"方、司二弟一听元弟被困，自是义愤惶急，当时跪哭求救。银发叟道：'妖鬼魔法也颇厉害，我此时尚难以全胜，故不便去。依环岭离此颇远，你二人往返费事，恐有失误。况且我与主人不识，朱道友也非深交，不愿往说。

元儿所访朋友必是雷迅、方端和你二人。此事只可作为你二人为友行事，可速持我法宝、丹药，照我所说门径方向，用灵符护身隐形，由地底入内。到了妖鬼那里，将法宝、丹药交与元儿，令作防身之用，以备万一妖鬼期前折回。你二人若能在期内求到救援，免受危害，顺路往且退谷送上一信。如遇元儿中途走失的同伴寻到，可告知此事。她们学道较久，幻波池诸人又多相识，求救迅速，你二人便无须前往了。"方、司二弟领了机宜，便即起身。路过且退谷，匆匆进门说完前事，便自飞走，至今未回。

"二弟方端本来往昔日故居金鞭崖下采掘茯苓，为方老伯母配药。因为元弟之事甚急，未顾得去见方、司二弟，已奉师命出山往援，心中略放，便骑虎前往。不料到了金鞭崖下，遇见元弟的师兄五岳行者陈太真和一位姓程的道长正谈此事。忙上前行礼拜问，才知元弟该有此难，方、司二弟未到幻波池以前，朱真人便早知此事，一切已有安排。

"元弟共有七日灾难，必须等幻波池开山盛会之后，朱真人方始能回来救援。现时元弟得方、司二弟送去的丹药法宝，决可防身，不致再有危害。不过妖鬼回山，如不急于元弟降服，尚可无事，挨到难满脱身；否则妖鬼只一心急，二次把元弟唤去，用妖法威迫，元弟只一用法宝抵御，保不定看出破绽。元弟虽然无害，妖女月娇和甄济却不免于受罪了。陈道长便是奉了朱真人之命，为防妖鬼乘虚去往观中侵扰，留守的人大意疏忽，中了诡计，被妖鬼师徒混入，特意回山坐镇。

"陈道长又恐自身法力不够，朱真人又不令撤去观外禁制进内，只在观外觅地来守候，又约了那位程道长相助。并说鬼老原是半阴半阳的邪法。山阴地洞，一干妖徒属，十九炼有元神，介于半人半鬼之间，有的直是凶魂厉魄凝炼成形；山阳也有洞府，内中徒弟属阳，以大弟子神目童子邱槐为首主持，也都炼有元神，并能离开本身飞出为恶。看去却和寻常道中人一般修炼，不似山阴师徒一身妖气，法力也强得多。

"鬼老对于门人忌刻酷毒，生杀任性，独对邱槐无可如何。当初鬼老本也旁门炼士，邱槐虽是他徒弟，但是生来高大，具有异禀，修为精进，不消数年，便尽得妖师传授，大有胜蓝之势。鬼老忌他，意欲假手妖人徐完将他除去，令往盗取鬼书阴箓。邱槐心直，闻命即行，一到北邙山鬼宫，便被妖人门下擒去。照着徐完为人，万无生理，不知怎的，竟将他看中，强欲收为徒弟。邱槐虽是妖邪，却极知恩感德。想起往年为盗，犯案落网，官府已将明正典刑，多亏乃师路过，看他异样，用妖风摄去，才由死中得活；又收为门徒，传授道法,才有今日,执意不肯背师降伏,在鬼宫中备受炮烙之苦,始终不屈。

　　"徐完转受感动,为求异日之用,欲以恩结,将鬼书阴篆借他,并与订约,令妖人师徒炼此篆,另创一教。又告以妖师毒计,然后放却。邱槐自是心喜感谢,回见鬼老大闹,说自己素来忠心,为何毒计陷害?鬼老自知理屈,又以求得冥圣阴篆,以为至不济,将来也可修到鬼仙,和徐完一样,多厉害的正教中对头也杀他不死,不意之得,喜出望外。邱槐已得妖人徐完做他靠山,篆在他手上,如何还敢得罪。再四巧辩,婉语奖慰,取媚妖徒。邱槐倒是吵过拉倒,鬼老却始终内愧心虚。邱槐又极粗野,不知礼数,人更伤性。

　　"师徒自来铁砚峰潜伏,修炼多年,创立鬼教。邱槐始终嫌他师父妖气,淫威暴虐,要往峰阳另立洞府,阴篆并未学全,却从别的妖人学了一些妖法。鬼老自立教宗以来,收徒日众,一意立威,刑法严酷。也嫌邱槐碍事,易使徒众轻视腹诽,又没法去他,此举正合心意。率性把最初相从的一些徒党都交邱槐带往山阳,自立门户,分作阴阳两道。

　　"自在洞中专心炼那阴篆鬼道,凶焰益张,随时命人摄取童男女生魂为徒,稍有违忤,便加刑戮,同时又摄美女,以供淫乐。众妖徒习与性成,学得个个忌刻凶残,惨无人道,罪恶滔天。朱真人久欲除他,均以时机未至,还有顾忌,迟至今日。妖人师徒自恃法成,势益猖狂,恶贯满盈,不容再缓,方始定计下手。

　　"那银发叟人极好胜,虽记鬼老杀徒之仇,但是自身势孤,双方法力几乎相等,难于全胜。又以妖人徐完一层顾忌,所以上次擒到邱槐,只略为惩处,未加杀害。既不愿假手外人之力成事,又不肯舍爱徒之仇不报,为此特命方、司二弟代他行事,预示机宜。现在奉命去往且退谷北方埋伏,等鬼老过时,骤出不意,予以重创。

　　"妖人师徒近更倒行逆施,摄取生魂愈急,人被看中,决无生理。命方二弟回来告知众人,在这三五日内,最好藏伏谷中,不可妄自走出,未成年的童男女尤应小心等语。又赐灵符一道,以备万一之用。方二弟归途又遇方三弟妹。言说方、司二弟现在左近埋伏。因是弟兄久别,匆匆回家禀知方老伯母,便和我们同往相见。

　　"那地方在且退谷外三四里一片草原之中,方、司二弟奉了银发叟之命,在彼设有奇门遁法。不发动时,人看不见,外观只是大小乱石和些树木错列其间。三人正在行法布置,见我们去了,唯恐泄露行藏,忙将门户开放,引进一看;里面就着原有大青石设有法台,占地数顷。四面均有旗门,另外附有三十六柄专戮凶魂厉魄的飞叉。风雷之声隐隐可闻，景象甚是森严。

"方、司二弟说他们刚由幻波池送信回来，到时开山盛礼方在举行，明早事毕，朱真人同了好些峨眉派的男女道友便即赶到。听那口气，也许今晚子夜以前，便有几位先赶来的。方、司二弟回山复命之后，他们师父银发叟不愿因人成事，却算计鬼老和几个有力的妖徒炼就元神化身，只有三阳真火能制。峨眉、青城诸道友虽然法力高强，扫荡妖穴自在意中，但为首诸妖邪行踪飘忽，机警绝伦，除他仍是不易，至多消灭他的原身，所炼元神仍恐被其遁走。

"现时北邙妖鬼徐完已然伏诛，党羽全尽，无可逃奔；只有竹山教诸妖邪可投，鬼老师徒事急必往相依。此地乃他必由之路，特命方、司二弟带了护身符箓法器、旗门飞叉，来此埋伏，设上旗门，用乙木丙火之法，连同专炼来诛戮妖人的太阴戮魂飞叉，以为一网打尽之计，永除后患。

"我二人到时，仙法尚未布置完竣。谈了一阵，知二人事完，便立即回山。他们虽想和师父求说回家省亲，住一二日再去学道。但是银发叟督饬甚严，近日修炼正勤。如非为了诛戮鬼老，援救元弟出险，直一步也不能离开。能否许他们归省，尚不一定。如于事完便中回家，又带着许多旗门、飞叉、法器之类，这些东西均不能往家中停放。鬼老师徒元神还许被飞叉钉在法牌之上，务须回红菱礀去消灭，随带到家，尤为可虑。所以事完即行，不能在外片刻停留。

"方二弟天性孝友，不舍就走。所设法台，又最好多添一人坐镇，恰巧陈道人赠了他一道灵符护身，便被留在那里，候到仙法布置完毕，将我送出阵地。本想回来禀知家父，藏在附近偷看，方、司二弟力说鬼老师徒厉害，又当挫败愤激之际，遇上决难幸免。便他二人，近虽练成飞剑法术，如非师父所炼法器、旗门、灵符俱都现成，只须到时心神镇静，如法施为，便能发生极大威力。身在阵中，仙法防御周密，不致受害，照这样也不敢撄其凶锋。并说他们师父十分期爱，此次许是故意托词，不肯出面，有心要试他们勇气胆量，到时却在暗中防护相助都不一定。家父和司老伯父也力诚行险，才息了此念。

"现时元弟已决无害，二位仙姊如欲往援，最好是在亥子之交前往。事前应先往且退谷东南，暗寻方、司二弟，问明铁砚峰妖穴门户方向，以及出入之法。否则妖穴深藏地底，隐秘非常，埋伏重重，不特无门可入，并还打草惊蛇，反而误事。如于子时赶到，正好幻波池诸仙赶来，可以合力下手。即或妖人邪法厉害,一时不能消灭,战到天明,朱真人率峨眉、青城诸道友也随后赶到,万无不胜之理,岂不稳妥得多么?"

南绮耐心听完前事,心始稍安,觉雷迅之言煞是有理。无如救人心切,意欲少时往寻方环、司明,询问妖窟出入门户。雷春父子和铜冠叟、方母四人再三力劝说:"连日妖徒时出生事,且退谷外相隔山阳妖窟不远,白日前往,妖徒不时出没往来,容易撞上。二位仙姊虽然法力高强,方、司二人埋伏难保不被识破。还是乘他深夜闭洞练法之际,前往相见,比较稳妥。"吕灵姑也从旁劝说。南绮无奈,只得勉强留住。雷、方、司三家主人自有一番款待。

好容易盼到戌初,南绮重和灵姑告辞,主人知留不住,指明途向,送出村去。南绮、灵姑随即起身,一晃飞到且退谷口,便即落下,悄悄往谷外走去。时正下弦,四山云雾溟蒙,残月匿影,一片漆黑,偶见三五昏星在当空隐现闪动。平林茂草之中虫鸣唧唧,声沸如山,晃漾空山。隐闻虎啸狼叫之声或远或近,相互应和。奇石怪树宛若鬼怪,兀立原野之中,似欲搏人而噬,显得景物分外森冷凄厉。再看雷迅所说方、司二人埋伏之处,果是草树繁茂,怪石纵横,并无异状。估量人藏其内,恐放剑光惊动妖人,便各运功力,看准方向途径,往乱石堆中走去。

走了一会儿,算计早到,仍无动静。南绮忍不住说道:"雷大哥明明说在此,如何还不见方、司二人? 莫非我们走入奇门里面,方、司二位和我们不曾见过,错当作是敌人了么?"灵姑答说:"许是我们把路走错。方、司二位道友既然奉命在此设伏,我们看不见他们,他们必能看见我们。如误认作敌人,我们身已入伏,应有景象现出,否则便应赶出,怎会静悄悄全无迹兆?"南绮道:"此话不然。我想二位道友也许拿不定我们是敌是友,尚在暗中观察,故未发动。要不,哪有走这一阵,还没走到之理? 为防妖人警觉,不便施展,等我打个招呼试试,就知道了。"

灵姑未有回答,猛觉二人身旁有微光一闪,跟着一片风雷之声隐隐敛去,耳听有人问道:"二位仙姊可是裘元哥哥的同门师姊么?"二人连忙回顾,见身后突然现出两个道装童子,年纪和裘元差不多。都是手持法牌,腰悬革囊,背插飞叉,一般打扮。南绮原听裘元说过火仙猿司明的形貌,料那身量稍高的一个必是方环,忙答:"我二人正是裘元的同门吕灵姑、虞南绮。道友可是元弟好友方、司二位么?"二童喜道:"果是二位仙姊,差点没有冒失。我二人正是方环、司明。裘元哥哥可曾脱身了么?"

南绮答说尚未,自己初到,也因为元弟之事,来向二位道友请教去妖窟的门径。方、司二位忙答:"这里虽在阵中,不愁妖人听见,但非谈话之所。二哥现在法台之上,可同去那里坐谈吧。"随令二人前行。

进约十几步,殿前突地一亮,现出当中法台。当地本是一片高低错落的石堆,法台便设在一块约有亩许方圆、两丈来高的大石笋上。方环之兄方端,头发披散,赤足禹步,居中仗剑而立,神态甚是端肃。面前地上放着金、木、水、火、土五行法物和三面令牌。四面各设了一座三尺多高的小旗门,空中悬着二十多支大小飞叉,光作碧色,又尖齐对来路,寒光闪闪,势欲腾起。方端的头上有一片白光,将整座法台罩住,看去好似敌人将到,就要发动情景。

南绮知方、司三人初次临敌,又主持这种极有威力的阵法,方端更是连师门都未入,所以分外看得重大,十分谨慎,不敢丝毫疏忽。因已入了中枢要地,外人不便走上,便把脚步停住。方环已当先赶往台前,口唤:"二哥,裘哥哥的两位师姊来了。"

方端原在台上候令发动,早看见二女从对面走来,因方、司二人还未发话,未敢轻动。闻言用手中长剑将前面法物移动,台前一面立有一片烟光飞扬而过。方环始纵上去,回手招呼司明,陪了二女一同飞身上去。方端随将面前法物回了原位,又是一片烟光明灭,然后将剑插向身立之处,走了过来,互相礼叙。二女略谈来意。

方环正在述说妖窟地穴出入门户方法,忽听破空之声由远而近,似往前面飞来。司明急道:"敌人来了!"说时方环已慌不迭抢向方端前立之处,将石地上插的长剑拔起,手掐灵诀,向外一阵挥动。同时方端也已抢进,代将法物移开。司明首先飞身往来路暗影之中飞去。

方环随将长剑转交方端,仍令照着前传之法坐镇施为,自己匆匆退出,悄告二女:"现又有人入阵,因幻波池有几位道友,许要先期赶来,查探妖窟虚实,来人似由远处飞来,不知是敌是友。如见明弟火花暗号,便须迎敌。我二人无甚法力,虽有师父传授的仙法,可以随心运用,终恐疏失。难得二位师姊来此,来人如系敌党,不是鬼老师徒,还望相助一臂,以防被他们逃走,泄露机密。"

二女应了,侧耳一听,那破空之声已然落在奇门埋伏以内,四下里别无动静。目光为禁法所阻,心又挂念妖窟之事,想走,话未问完,又不好意思,不禁为难。

方环对方端道:"明弟去了,怎无动静,也不见来。二哥可将火宫方位现出,看看是自己人不是?"方端刚应得一声,司明忽然同了两个长身玉立的道装女子,由黑暗中直往台前飞来。见面便高唤道:"方二哥,我姊姊和石大师姊看望你来了。"南绮定睛一看,内中一个正是乃姊舜华的好友,武当山半边老尼门下石氏双珠中大的一个缥缈儿石明珠。同来一个青衣女子明艳如仙,比起石明珠还美。司明说时,见她玉脸生嗔,微瞪了司明一眼。方氏弟兄已把正面禁制移开,一同飞上。方端也忙把剑插好,走出位来,口呼:"表姊,怎一别多年,今日才回?"

宾主七人互相礼见之后,才知青衣女子乃司明之姊司青璜,现在半边老尼门下。众人良友骨肉,不期而遇,自是喜慰非常。及至一问来意,怎得找到?司青璜才说:"因近来修为精进,学成飞剑,奉命回家省亲。先到旧居,见方、司两家都已移去。心想老父、姑母必在附近山中隐居,不会太远。因是思亲心切,正准备连夜查访。路过金鞭崖,忽想起观中道友相隔颇近,旧居一带,共只这两家人住,也许知道,试往探询,崖已封禁。失望欲走。忽遇伏魔真人门下高足陈太真,竟知底细,并说及诸人奉命救裴元出险,共杀妖人之事。匆匆回家,见到老父铜冠叟,命来相助。方、司二弟自恐力弱难胜,想起石明珠现在附近山中访友,欲去约请,行至中途巧遇,便同来此。"

司青璜和南绮、灵姑原是先后脚一去一来,因南绮、灵姑在谷中降落,先后步行了十来里,司青璜却是始终飞行,因此南绮、灵姑到不多时,石、司两人也便赶到。互相问完前情,南绮又把前在湖心洲遇到石玉珠,后来同在一起多日,往返苗疆、西海,并和少阳神君门下火行者等宫众恶斗,最后得仙都二女、李洪、陈文玑四人解围释嫌。又往玄龟殿含青阁小住,分手还不满十日,大略一说,便要起身。

石明珠劝道:"南妹且慢。我今日刚由幻波池起身,本来是因开府盛会席上,峨眉诸道友谈起诛除鬼老师徒之事,除朱真人师徒外,未约外人相助。我知近来幻波池诸友法力甚高,又有朱真人同行主持,事本容易,不打算凑这热闹,想来此山附近访一位朋友。不巧云游未遇,正想往别处去,巧遇司师妹往约,强被拉来。

"魔窟之事,朱真人和诸道友已有成算。因知鬼老昨早逼迫裴元道友降服,裴道友仗有银发叟所借法宝、灵符护身,丝毫奈何不得。当时又大起疑心。幸而裴元道友事前大骂甄济和那泄机的妖女。临受刑时又故意想杀这一人一鬼泄愤,假说银发叟是他师叔,日前曾令门人由地底通行,隐形入见,授以机宜,只等日内仙法练成,便来扫荡妖窟,人鬼不留。并说日前被擒,乃是突中妖法，出其不意。及至洞中恢复知觉，便想将妖鬼激怒，趁他生魂练法之际，假装昏迷，下手行刺，为甄济小贼所阻，未得如愿。

"现在日夜均有防备，道心坚定，真神凝固，所有妖法淫技，均无动摇，虽然暂时受困，其奈我何，鬼老又命别的心腹妖人前往蛊惑，元弟因有灵符，用尽淫恶伎俩，终无用处。鬼老还恐妖女通同蒙混，暗中自往窥伺，及见裴道友对甄济和诸妖人辱骂，并用法宝意欲杀害情景，这才相信不是自己人内叛，止了疑心。可是因此一来，却生了戒惧。

"他知银发叟素来持重，恩怨尤为分明，向不受人欺侮，自从门下爱徒为己无知误杀，时常防他复仇，始终未见人来，若无其事一般。因对方用意难测，两次命妖徒往探，均为所杀。最后大弟子神目童子邱槐因想收服出没本山的一只怪鸟，无心路过红菱磴左近，已被捉住，反倒放却，真不知是何居心。

"照此老为人行径，非有全胜之想，决不出动。自己的地穴禁制如此严密，他那门人尚且从容出入。自己近年苦练邪法，当无不知之理。善者不来，来者不善，所练法术定必非常厉害。鬼老愈想愈觉可虑，想往大雪山白牛岭寻一帮手，须到破晓前后始能回山。

"鬼老邪法也颇厉害，性又多疑；现因发现有人去过，便把出入门户全部改变；并将所练邪法密布洞内，埋伏重重。休说你我诸人，便是峨眉诸道友，如非预为布置，突然来此，也未必便能攻进。并非小看南妹，此时前往，不特徒劳无功，更无门可入，弄巧还许被他困住。依我之见，最好在此守候到天明将近，然后和吕道友前往，就赶在朱真人和峨眉道友的前面，也无碍了。至于先来的两位道友，只能入内窥探虚实，以便到时破那邪法，里应外合，一网打尽，当时也不动手。并且来的人均精地行之术，老远入地，由地底通行，直达妖人腹地，方始找地上升。

"南妹与来人不识，因不知其下落之处，也无法与之同进。我们久别重逢，正好畅谈。玉珠妹终年云游，近有事寻她商量，竟未找到，今日才知她和南妹聚了些时，愚姊也还有话叙谈。好在裴元已决无虑，何必急呢？"

灵姑不知石氏双珠均与舜华姊妹交好。石明珠相交更久，情分尤厚，把南绮当同胞小妹看待，说话切实。又知南绮与裴元有夫妇名义，此行必以南绮为主。灵姑既是附从，又在郑颠仙门下。想起元江取宝时，郑颠仙因峨眉开府时半边老尼神情倨傲之仇，对于武当七女乘便收宝虽未阻止，也未命门人以礼相待，和各派中弟子一体看待。中间妖人乘虚侵害，自己还率众姊妹出力相助,师父却始终视若无睹。石明珠性傲,不似石玉珠态度和易,心存芥蒂,对于灵姑本是淡漠;又无感情,自然只拦南绮一人。灵姑却认作看轻自己,好生不快,当时隐忍未说。

等众人聚谈了一阵,灵姑对南绮道:"峨眉诸位姊妹在元江取宝时,曾经见过好几位。照石道友说,妖窟防御严密,门户已变,自难攻进。此时天色已是不早,相隔天明不过几个时辰。我意欲往妖窟探看动静,以便看那来人是否相识。南姊在此暂候,妹子去去就来,你看如何?"

南绮虽吃石明珠拦住,心仍牵挂先往,闻言笑道:"要去自然同去,如何姊姊一人前往?"灵姑道:"那也好。"石明珠只当两女年幼气浮,因是灵姑先说要去,不便再拦,只嘱:"南妹仔细,不可轻敌深入,反正后援不久即到,也不争此一两个时辰。"南绮素敬石氏双珠,自然笑诺。要知后事如何,且看下回分解。

第九十三回

铁砚峰　飞叉擒鬼老
红菱磴　烈火炼枭魂

话说二女随向方、司、石男女五人作别起身。由方环撤开外层禁制，司明送了出去，二女到了外面，恐惊敌人，仗着目光如神，脚步轻快，不畏黑暗崎岖。先提气轻身步行了数里，绕出阵地左近的荒原石堆，走向相反之处，再驾剑光飞起。因妖窟深藏峰后地穴之中，相隔甚近，不消片刻，即可到达。二女知道当晚云雾满山，只要飞行破空之声不被听出，妖人决不至于警觉。便把遁光升高，隐入密云层中，慢慢飞行。等越过峰去，再稍降低，由云层影中择一与妖窟相背的僻静山崖，悄悄落下，依然步行，试照着方、司二人所说途向走去。

南绮到了一看，果然门户已变，找不出一点道路。悄告灵姑道："石大姊说得不差，果然无门可入。我想这里虽进不去，妖窟在此，定然无疑。内中必有厉害埋伏，如不留神，就许撞上。还是在左侧树林中寻一地方藏起，等峨眉诸道友有人来此，再同进去吧。"

灵姑道："我何尝不知石明珠说的是真话，只不忿她太藐视人。仿佛我们离了峨眉诸道友相助携带，不特寸步难行，并还一近妖窟，便即失陷神气。我倒敬她姊妹，她却这样看不起人，比她妹子玉珠为人差太多了。我在那里越想越不服气。我虽然功力差些，也曾随了诸位姊妹见过几次阵仗，我就不信鬼老师徒比磨球岛火行者还厉害，至多不能取胜罢了。我们都有法宝护身，何况掌教师尊和陈师兄等不久即到，就被困住，也无奈我何，因此想争一口气。到此有法暗中进去更好，实不能进，率性明来，向妖鬼叫阵，或是身剑合一，用法宝、飞剑朝这山脚一带硬冲，好歹也和妖人师徒见个真章。万一侥幸，乘着鬼老未回，将裴元师兄抢救出来，让她看看，岂不也好？"

南绮急欲救出裴元，本巴不得早一时好一时，闻言虽觉灵姑误会，极力代石明珠解说，劝其不可多心，此行用意却正对她心思。又以后援不久将至，有恃无恐，正和灵姑商量如何下手进入妖窟，忽听身侧不远深草地里蟋蟀乱响，在暗影中现出好些酒杯大小红绿二色的星光，不住闪动。定睛一看，草里竟有好些蛇蟒和丈许长的蜥蜴之类盘踞，见有人来，纷纷蠢动，口中毒舌吞吐不休，张牙舞爪，蜿蜒游来，越来越多，几乎遍地都是。

同时鼻闻奇腥，头上不远也在呼呼有声。再一仰望，左近树梢上也盘着好几条尺许粗、七八丈长的毒蟒，两目凶光四射，张开血盆般大口，露出短剑般白牙，伸出火焰般红信，乱喷毒雾腥涎，昂首夭矫，照人袭来。四面又听鬼声啾啾，远近相闻，阴风四起，走石飞沙。深夜荒山，天色如此阴暗，再加上这许多凄厉险恶的景象，两女虽有法力剑术，突然相遇，也不觉为之一惊。

南绮不知妖徒已在暗中窥探，发难在即；还想稍为隐秘，看真无门可入，再照灵姑之言明做，不肯当时下手惊敌，忙拉灵姑往石侧空地上纵去。南绮正在地上画圈行法，阻止毒虫蛇蟒近身。等把鬼声来路查看清楚，谋定后动。鬼声忽然俱寂，跟着一阵风由脑后吹来，不由激灵灵打了一个寒噤。二女处此森冷怖人之境，本就存有戒心，一回头瞧见身后两侧又现出数十个似人非人的怪物，各张血口，伸出鸟爪般的怪手，向身旁扑来。南绮觉出是入了妖人埋伏，已然无法再隐。并且敌人还在暗处，不曾出现，方喊："此是妖人邪法，灵姊留意！"一面待放飞剑出去时，灵姑已忍耐不住，早把飞剑放出。

那些怪物似知不妙，吓得厉啸连声，纷纷四处逃窜。剑光何等神速，突地暴长开来，惊虹也似横扫过去，只一绞，几声惨叫过处，便斩杀了二三十个。那离得较远，见机得早的，俱纵一溜黑烟逃去。

灵姑见是些废物，也未穷追。心想这些毒虫蛇蟒，留着却是害人最烈，便叫："南姊，我们踪迹已露，还不就此进攻么？"南绮口答："我也有此意。这些凶毒虫蛇，必是妖人师徒养的，且就便先将它们除去，免留世上害人。先那怪物好似人为，如生捉到一个，就可问出一点底细了。"随说，随将飞剑放出。

那些毒虫蛇蟒，因受妖徒暗中驱使，用来惑乱人的心志，并不似先逃怪物胆小，见了剑光毫不畏缩，依旧朝人窜来，二人尽管乱杀，挨着便成数段，依然前仆后继，四面一齐拥来。

也是两女不该受害，预有戒备，时刻小心留意，神志未分，稍有警兆，立即发觉。加以所杀蛇蟒中有好些极凶毒的异种。飞剑斩断以后，残身仍然乱窜乱蹦，高下横飞。二女知道这类毒蛇颇有灵性，身上处处有吸口，只被残段沾上，无论人兽林木，均被紧紧吸住，休想甩脱。恐有疏忽，便纵遁光飞起空中,准备一个改用火云针,一个改发神火围攻,一网打尽,再去搜捕那先逃的怪物拷问。

就在两女收回剑光,待往上飞之际,妖徒摄魂妖法不先不后,恰在此时发动。二女刚觉心旌摇摇,神志欲昏,身剑已经合一。知道不好,有人暗算,忙运玄功,强行镇摄元神,立即凝固。上来头一着出其不意没有用上,敌人当必警觉,加功抵御。便是鬼老亲来,单用这摄魂法,也难把魂摄去。妖徒功力自然更差,如何能行。

无奈鬼老法令严刻,那在崖前一带防守埋伏的共是四个妖徒。起初埋伏之处太僻太隐,吃了地势的亏,没有发现敌人剑光自空飞落,只见两个少女由峰后一条幽谷之中走来。也不想想这等月黑天的深夜荒山,来者怎会是那寻常的人物?可是两个妖徒因有两次在黄昏前后曾遇到几个游猎迷路自送上门的游人猎户,得过便宜,误以为二女也因游猎把路走迷,不会点武功,极易得手。等一走近,妖徒都是炼就鬼眼,专能暗中视物;又看出两女相貌与身材无一不美,益发喜出望外。

本来妖徒当时便要暴起捕捉,内中一个名叫黑心玉女浦朝霞的,相貌丑陋,人却狡诈多智。悄告三妖徒说:"连日兆头正紧,这两个女子深夜到此,形迹可疑。如是常人迷路,反正手中之物,何必太忙?且看明来意下手不迟,以免万一是有本领的仇敌到此,一击不中,反而吃亏。"

众妖徒便在暗中观察,见两女到后,在峰前略转,附耳低语了几句,便走向路侧疏林之中立定;不时又附耳说上几句,乍看好似有甚约会,在林中等候;又似游山迷路,想等天明认路再走的情景。再一寻思:"来人如是游山迷路,来到这等荒凉阴森凄厉怖人之境,神情举止应该惊恐忧虑,并带疲劳之状,不应如此从容沉稳。如是敌人寻上门来,既不见有动作,又是步行走来,除丰神英朗,与常人不同外,看不出甚奇异之处。"

依了浦朝霞,师父天明前后即回,反正对方不走,且多观察一会儿,能擒则擒。如是强敌在此等候同伴,到来一同下手,或是师父未归以前忽要走去,不得不动,那是无法,否则便等师父将到时再行下手。这样不求有功,必可无过。稳妥得多。

浦朝霞原因鬼老自近日妖法练成,性情越发暴戾,老觉门下妖徒资质太差,也不论亲疏和相随久暂。有几个同门并无甚大过错,或以应对之间稍不投机,或以一时不能领会意旨,均以区区辞色之差,随意残杀。死后还将元神摄去,永沦苦海。那么多疑善忌,刻薄残酷的天性,对于一二末学新进,平时认为不曾试满年限,决不可靠,如甄济之流,反倒十分宠信,就犯了万无可赦的条款,也必曲于优容。宛似末日将临,倒行逆施,处处出乎常度。一面又觉兔死狐悲,连类而及,自己稍不顺眼,所遭也是一样。感到切身厉害,终日提心吊胆,如伴毒蛇虎狼。

她为人极工心计,巴不得多一事不如少一事,但能幸免,于愿已足,所以如此说法,叵耐同伴三妖徒天性一般凶恶,却没她有计算。他们虽也知道妖师凶残暴虐,喜怒无常,时有丧命摄魂之惨。只是心越害怕,越想讨好,冀能因宠免难。一见这等自行投到的绝色美女,想捉到手,献于妖师受用,岂非奇功一件?只顾往好处想,全不以妖女所说为然。

妖徒见二女站立林内,无甚动静;虽也看出她们的气度与常人大不相同,好似有为而来,并非游山失路所致。终以贪功心盛,欲以邪法驱遣所豢蛇蟒、毒蝎、蜥蜴之类毒物,试探二女有无法力。及见二女纵向空处,画地行法,又将飞剑放出,才知果是劲敌,胆怯害怕起来。知道就此上前迎敌,必非对手,便生毒计,迫令当地埋伏的怪物现形上前,四面夹攻,去摇惑敌人的心志,暗中行使妖法,打算骤出不意,摄取生魂。

那些怪物原是铁砚峰后所产的一种野兽,名叫狗猩,性最灵敏多力。二女所见这些,均经鬼老将生魂摄去,祭炼教导,均会一点邪法,益发通灵凶猛。虽为邪法所制,迫于淫威,日受众妖徒驱役鞭挞,不敢强横。但到了生死关头,却也知机。先只奉命口发鬼嘘,恐吓敌人,还不怎样。及至妖徒迫它们上前,知道剑光厉害,一近前便送命,俱都畏缩不前。无如妖徒再四威逼,没奈何,只得试探着往前扑去,暗中早打好见机遁走的心思。当头数十只狗猩吃二女剑光一绕,去了一大半。后面的吓得亡魂皆冒,也不顾少时严刑楚毒,纷纷叫喊,齐纵邪风遁走。

妖徒因见二女飞剑神奇,知道这类修炼人的元神十九凝固,非使心分神散,四下忙乱,难于摇动。如被稍为警觉,心有主宰,便即失效。又看出狗猩害怕情景,不得不暗中严加督促,已延缓一步。后面狗猩再一抗命逃遁,不肯上前送死,连用妖法催迫也无用处。只得重用禁制之术,驱使蛇蟒毒虫上前送死,又是一缓。

二女忽发现蛇蟒中有不少极恶毒的异种在内,恐偶一疏神,被满空飞进的断蛇残尸沾上,便把剑光飞回护身,改用别的法宝消灭。只有瞬息之差,妖法那里发动,二女同时身剑合一,如何能将生魂摄走?妖徒还在妄想敌人已在伏中,还可将四面埋伏发动,不能收摄生魂,人总可以困住,静等妖师回来生擒。

哪知二女先见蛇蟒毒虫，还当本山原有，事出偶然。一听鬼声四起，便知是敌人暗中闹鬼；跟着众狗猩一齐上前夹攻，心神再一摇荡，越知入了妖鬼埋伏，危机四布。于是一面收回剑光，与身相合，以防不测；一面早在暗中留神观察。

尤其南绮本是天狐之女，平日备得父母传授，对各旁门左道妖法妖术俱颇知闻。初和裘元下山行道时，还不怎更事，遇敌往往大意，疏于防范。近来连遇大敌，已然老练好些。飞在空中，一看下面形势方向，便明白了几分。再用慧目定睛一看敌人的踪迹，首先发现方、司二人所说妖窟门户左侧百余步有一缺口，虽然天阴夜黑，到处昏暗，但一运目力观察，仍可分辨。

见那一带亩许方圆地面，似有烟雾隐隐笼罩，将后面的山形遮住。乍看不觉，只一用心，便可看出。情知有异，妖鬼党徒十九埋伏在彼，暗中作怪。一面仍作不知，只管和灵姑联合发挥飞剑、雷火威力，诛戮蛇蟒毒虫，暗中却准备发动。那些蛇蝎毒虫自不禁杀，晃眼便去了大半。

三妖徒见二女突然飞起空中，身剑合一，妖法无功。那些蛇蝎毒虫俱是潜伏深山大泽成长多年庞然大物。当初鬼老收服聚集，也颇费心力。一旦全数葬送，敌人一个也未擒到，少时如何交代？又见浦朝霞袖手旁观，时作诡笑，知道是嫌不听她话，弄巧成拙。妖师面前若进谗言，便无幸理。既恐蛇虫死完，急于收回，又想发动埋伏，将二女困住，将功折罪，正闹了个手忙脚乱。

南绮忽向灵姑身侧飞近，悄说："妖鬼藏在那边崖下，急速随我下手。"说时把手一指，一片红光似箭雨一般，朝左侧峰脚飞去。灵姑闻言，也忙要将剑光飞去，南绮又低喝道："妖鬼伎俩颇多，你我身剑不可分离，以防暗算，要去同去。"说时红光已然先到崖下。

四妖徒只有浦朝霞一人知机，早就看出形势不妙，知崖脚一带鬼老所设埋伏含有诱敌之意，比起洞中妖阵相差甚多，只能困那寻常修道之士。二女飞剑如此神妙，必是正教中高手。那藏伏之处，早晚必被发现，心中早打好逃遁之策。一双怪眼觑定空中二女动作，见三怪徒只顾忙着行法收蛇，通没防备眼前危机。因愤先前不肯听话，闹得如此惨败，一个不巧，连自己也要受连累。巴不得全被敌人杀死，自己才有转罪为功的把握，卸责巧辩也较容易，因而更不再警告，听其自然。南绮红光一现，立即飞起，往斜刺里逃去。

三妖徒原本法力有限，只因恃有妖师鬼老护符，日常在外为恶，不曾吃过人亏，未免胆大粗心。虽看出二女是个劲敌，心稍警疑，仍以为鬼老妖法可恃。见对方红光如雨，电射流星而来，不特没有纵身飞遁，反倒妄想迎敌。各把手一扬，先发出三道碧莹莹的光华迎上前去，红光竟吃挡住，越发高兴。一面赶紧催动妖法；一面又把背上飞叉发出，各化成一溜叉形碧光，朝二女飞去。

哪知南绮一招呼，灵姑飞剑便不再发，两人略一停顿，便见红光到处，碧焰蓬起，妖徒放出飞叉迎敌。知道先未料错，双双身剑合一直冲去，正好对上，两下势子都急。尤其灵姑前在大熊岭后山所得那口飞刀，比南绮飞剑更具威力，迎着三柄飞叉，只一绞，立即粉碎，化为万点碧萤，飞洒如雨。

三妖徒不知敌人飞刀、飞剑如此厉害，骤出不意，休说再使妖法，连转念遁走的工夫都没有，便被裹住。两道光华再会合一绞，立即成了一堆血肉。这三妖徒俱是肉身，死后元神也吃剑光冲散，化作数十缕黑烟，待要激射而起。南绮知道妖徒俱都炼就元神，这些残魂剩魄如被遁走，仍能聚敛合拢，另附人体回生，兴妖作怪。见妖徒一死，早把手一扬，发出数十丈烈火，将那鬼魂余气一齐包围，晃眼形神俱灭。

这时崖前一片埋伏已被妖徒发动，四外阴风飒飒，鬼声大作，魅影纵横，全崖俱在邪雾阴云笼罩之下。黑心玉女浦朝霞见同党妖徒惨死，虽然称了心意，但见敌人声势如此猛烈，也是惊心，暗想："这两个女子如此厉害，如若困她们不住，师父回山，自己一样难讨公道。"更不再作贪功之想，急忙发动埋伏，匆匆遁入地穴，告知主持妖阵的几个首要妖徒，说敌人来势厉害，轮值三妖徒已然惨死。外层埋伏发动，恐困仇人不了。虽然妖洞门户已变，禁闭严密，不愁敌人攻进去。但恐被敌人逃走，恶气难消，师父回来，还要怪罪。因而内层阵法必须发动。

众妖徒多是凶残忌刻的习性，又以近来鬼老性情大变，残暴酷虐，自保不遑。遇上好事，逞强争功；遇上这类敌强我弱，形势凶险，奉命身当其冲，那是无法。再不便是鬼老在场，不得不奋勇齐上，均不愿多事。当晚形势严重，更与往日不同，知道不久便有强敌上门，乃师尚且胆怯，出外求援，尚未归来，何况自己。所以外面打得尽管热闹，内里除地穴深处代鬼老主持全局的为首二三妖徒，因未接到告急警报，以为来人与他们无甚相干，就洞外四妖徒便可擒住，没作理会外。那把守头层入口的一干妖徒明明知道形势不佳，俱如无觉，各守原地，一个也不肯出去相助。

浦朝霞深知乃师近已众叛亲离，各不相谋，但是自己脚步必要站稳。原想告急之后，如无人理，便自将门户开放，诱敌入网。偏巧这晚鬼老大弟子神目童子邱槐正在洞中，闻报大怒。又听上面山崩地裂之声，益发惊异。立命众妖徒施行妖法，并命浦朝霞仍出去诱敌。众妖人素来对他敬畏，自然不敢违背，各在地穴中发动阵势，密布罗网不提。

上面南绮正率灵姑同用飞刀、飞剑，照方、司二人所说妖窟旧出口之处猛力前攻。灵姑忽道："南姊看出妖窟门户在此么？"

南绮摇头答道："我想这里门户虽被妖鬼变幻，妖窟终在这一带地底。妖鬼闭洞不出，我们给他一味猛撞，终有攻穿之时；即或不能，这班妖徒性多凶暴，恐将上面峰崖毁去，只要有几个激怒出斗，便可查出一些门径了。"

灵姑道："我见南姊杀了三个妖徒，还当看出来了哩。既然如此，我那五丁神斧开山裂石，如摧枯拉朽，用它多好。妖鬼诡计多端，南姊且退后面为我戒备，以防暗算，由我一人用神斧施为如何？"

南绮笑道："我只顾气急，还忘了神斧妙用哩。"说罢，便退下来，飞身空中观察。

灵姑随将神斧取出挥动，大半轮红日般的光华朝四边放射出五道芒角，数十丈精光霞芒，往山脚下几个起落，只听咔嚓连响，崖石纷纷崩裂，碎石大者径丈以上，小亦数尺。四下迸射飞溅，石火星飞，宛如雨射，震落地上。宝光照处，激得崖前一带沙尘飞扬，高达百丈，轰隆之声震动天地。

鬼老所居洞穴，乃是僻在山阴的一座危崖。崖前是一片平地和一条出入谷径，两边峭壁排云，下临绝壑。后面危峰刺天，终古以来森森不见天日。加以丛莽没人，悲风萧萧，蛇虫伏窜，魅影纵横，景物阴森，直非人境。那崖虽不甚广大，也有数顷方圆，七八十丈高下，形势陡峭，甚是雄险。崖脚吃灵姑用神斧一阵乱劈，晃眼之间开裂出了二三十丈深一个大洞，上半危崖失了支撑，摇摇欲倾。

灵姑估量妖窟当在地底，恐上半危崖崩裂，将下半开空之处塞住，要多费不少心力。正挥神斧下击，猛听吹竹之声起自地底。忽然阴风又起，妖雾沉沉，越发浓密。虽然身与飞刀合而为一，不能侵害，但也看出妖法正在催动，增加不少威力，形势比前险恶，那四周鬼啸之声也越发凄厉，飞刀、神斧精光照耀以外，全成了一片阴黑。连左边的山石林树，也看不见一点形迹。

妖徒不出，妖法埋伏又不来侵害，也就不以为意。略一倾听，仍挥神斧往下砍。斧光扫处，轰的一声，石地上便开裂出二三十丈长、十多丈深一条裂缝。

灵姑正待二次挥斧下落，忽然眼前一暗，对面山崖忽然隐去不见，斧光下落，竟是空的。当时只觉天地旋转，悲风怒号，魅影幢幢，往来密飞。知有变故，仗着飞刀护身，不畏妖侵，忙把心一镇静，回头一看，南绮已无踪影。急喊两声"南姊"，也无回音。

方一惊疑，一阵阴风过处，面前不远现出一幢绿火。火光中拥着一个怪人，生得面黑如漆，满头乱发披拂两肩，一只三角怪眼圆凸，滴溜乱转，似如鬼火闪闪放光。阔鼻平塌，两孔掀天，额颅高耸。上唇甚短，露出一张几占满脸三分之二的阔口，唇红如血，上下两排密牙，森森露列，领上生着一丛羊须。身材不及四尺，却披着一件大而且长的道袍，后半飘曳火焰之中。相貌凶恶丑怪，如同鬼魅，不似生人。一手仗剑，背插一面妖幡，戟指骂道："该死贱婢，竟敢乘真人不在时毁我仙山，伤我门人。你同伴贱婢，已被仙法困住，本当将你擒住，炼魂诛魄，与我门人报仇。念你资质不差，还有几分姿色，速将飞刀、法宝献上，束手降服，还可免死；稍有迟延，教你身死魂消，沉沦惨劫，永无超生之望。"

灵姑听那口气，知是鬼老，又惊又怒。大敌当前，南绮无踪，不知失陷也未，哪里还敢怠慢，不等话完，便将神斧挥动，连同飞刀杀上前去。哪知刀光斧光飞到前面，鬼老不迎敌，也不闪避，直如无事，依然说个不休。灵姑竟杀不到他身前，一任飞刀如何神速，双方相隔总是十余丈远近。情知不妙，邪法厉害，又不敢使刀光离身飞出，只得运用玄功，把握心神，加紧戒备，以待救援。口中大骂："无知妖鬼，今已恶贯满盈，劫难临身，少时我师父青城朱真人便率峨眉诸道友到来，踏平妖窟，把你师徒全数杀尽，还卖弄邪术，信口狂吠甚？"

鬼老闻言，好似吃了一惊，忽又厉声喝道："你原来是朱矮子的徒弟么？我和矮子无仇无冤，他偏数次和我作对。我早想寻他算账，他自上门来寻死，再好没有。本来我还看中你姿色，既是仇人徒弟，待我先杀了你，再等矮子上门送死。"说罢，回手取下妖幡，正要摇动，忽听远远吹竹之声甚急，自地底隐隐传来。紧跟着风雷大作，轰隆之声密如擂鼓，震得天摇地撼，势甚猛烈。鬼老面色突变，咬牙切齿，恶狠狠地手指灵姑怒喝道："且容你多活片时。"随将手中幡一摇，也没有甚烟光飞出，人影一闪，即已无踪。

灵姑本是情急无计，正取火灵针向鬼老打去，一溜金光烈火刚刚脱手，对面绿火一闪，鬼老已经遁去。那火灵针乃仙府奇珍，被郑颠仙得去，加功祭炼。为了金蛛厉害，恐其不耐苦役，突然反噬，只有此宝能制，因为钟爱灵姑,割爱传授,使其事完,以作行道时防身之用,神妙非常。不似五丁神斧,尽管前古至宝,因灵姑得之日浅,功力又差,不能尽力发挥它的妙用。这一出手,鬼老邪法高强,只不遁走,也难打中,无意之间,却将邪法黑丝网破去。金光烈火到处,吱吱连声。

灵姑定睛一看,原来对面不远暗影中,竟有大片黑网上下布满,吃火灵针一穿,烧裂了一个大孔,放出奇腥臭气,闻之欲呕。残烟摇荡中,四外黑丝又似投梭一般,交织过来,似要将那孔洞补上。才知鬼老暗中还布有罗网,忙挥神斧过去一阵乱舞。总算邪法刚起,罗网未及密布,火灵针和五丁神斧又非寻常法宝。二宝同施,不多一会儿,便将妖网破去,化为无数残烟断缕摇曳空中。

灵姑虽未遭暗算,但是四外仍是邪雾迷漫,一片昏茫。魅影幢幢,不时怒啸出没,似欲噬人,也分不出东西南北和妖窟所在。因南绮失踪,不知去向,估量自己尚未遭毒手,南绮自更不会,必是被妖人隔断。困在阵中,邪烟浓密,看不出来。鬼老忽然不见,不知又闹甚鬼,算计天已将明,掌教师尊和峨眉诸人还未见到,一任飞行冲突,均在邪雾笼罩之下,冲不出去。尚幸阵中鬼怪俱知神斧、火灵针厉害,只要被宝光扫中,立即惨叫伤亡,已不敢飞近,只在远方叫啸,作势欲扑,看去形态狰狞可恶,实则宝光所到之处,望影先逃,半点不能侵害。

灵姑急欲找到南绮与之会合,免得势孤,更易吃亏。便不再追杀鬼怪,口呼"南姊",满阵飞驶寻人。飞了一阵,仍无踪影,也听不见南绮有应声。约有刻许过去,空中飘荡的那些黑丝虽然被斧光分裂寸许,并未消灭。灵姑见它不能为害,又未想出化去之法,没作理会。这时渐往一处凝聚,阵中阴黑如墨,不借宝光映照,慧目注视,又看不出那黑丝具有灵性,时久便能集合连接。

灵姑先并不觉,正飞行间,猛闻到头上腥臭之气。忙举头一看,那无数残丝已然合拢,复又交织成一片黑云般的丝网,便往头上压去。心中一惊,左手发出火灵针,右手神斧往上一拨。这次黑丝虽然由分而合,鬼老师徒又被他人绊住,妖法无人主持,功效自然大减,烈火红光到处,立即裂开。

灵姑看出妖丝厉害,少时保不住重聚,南绮苦寻未见,且先破去再说。便不似以前乱窜,一面运用神斧分裂,不使凝聚成网;一面指定火灵针发出神火,顺着裂口烧去。只听吱吱连声,腥臭之气益发浓烈,刺鼻难闻,分布又广,一时不能烧尽。

灵姑正在难耐,忽听震天价一声迅雷,夹着百丈金光雷火,自天空打将下来。跟着霹雳连声,满地雷火,纵横四射,当时妖烟一扫,邪气飞扬,纷纷消散。阵中无数恶鬼也齐声悲鸣惨叫,到处飞蹿,无如身受妖法禁制,遁逃不出阵去,全被雷火震成残烟消灭,转眼都尽。天光也已现出,虽然地在山阴,日光下照,景物阴森,仰望天际,云白天青,景色分明,天已大亮。要知后事如何,且看下回分解。

第九十四回

肆凶威　摧残同命鸟
闻警报　急救可怜虫

话说灵姑一闻雷声，又见那来势，心虽失惊，却知决非妖党。一面戒备，一面飞向一旁观看，见妖阵果然破去，自己仍在前崖不远。越料是掌教师尊等救援到来，满心欢喜，准备拜见。等了一会儿，不见有人飞下。侧耳一听，鬼老去时所闻地底风雷以及各种异声仍未停歇，反倒比前更盛。南绮仍是不见，心方惊疑，忽见一道红光自空飞堕，落地现出一个美如天仙，年约十六七岁的红衣少女，手中还提了一个相貌凶丑的妖徒。一到便掷在地上，朝灵姑笑道："你可是吕灵姑师叔么？"

灵姑一听那少女称她师叔，猜是幻波池易静、李英琼等人门下，忙答："我正是吕灵姑。道友何人，怎如此称谓？"

少女笑答道："弟子上官红，由依环岭幻波池到此。家师姓易，人称女神婴。峨眉、青城本如一家，师叔与家师同一班辈，弟子自然应执后辈之礼。"说罢，重又盈盈下拜。

灵姑见那上官红丰姿明媚，骨秀神清，有似意想中的瑶岛仙娃，不带一点烟火之气。人又那么有礼谦和，又爱又佩服，连忙还礼拉起。自知修为年浅，法力不如人家远甚，仍不敢以尊长自居。心中挂念着南绮的安危，便问道："我还有一位同伴师姊南绮，先前同在此地。我正用神斧攻打妖窟，忽听吹竹之声，回顾人已不见。后来地底远远起了风雷之声，鬼老便已遁去。我在阵中四面搜寻，终未寻到，事隔多时，甚是忧急。现在妖阵已被姊姊破去，现仍未见。我想师父朱真人以及令师、各位道友均应来到，姊姊许是奉命来援，可知她的下落么？"

上官红笑道："尊卑有分，师叔怎如此称谓？鬼老一回山，便以邪法挪移妖阵，将虞师叔引入地穴之内困住。只师叔神斧威力，恐带入地穴伤毁法宝，不敢骤下毒手，欲就原地用摄魂之法先将师叔捉到，再回地穴害人。嗣见师叔元神凝固,法宝神奇,虽被困入埋伏;急切之间无法加害。刚将黑丝网放出,便接地底告急信号,根本重地不能不顾,只得舍此而去。

虞师叔先被邱槐等妖徒在地穴之中合力围攻,本已不支。刚值易鼎、易震两位小师叔由地底驾了辟魔神梭赶到,将他救了,身剑合一,防御又严,才未遭毒手。遂与先来的元皓师叔及米、刘、袁三师兄会合应战。鬼老便在此时赶回地底。

"他那怪阵本极难敌,诸位师叔师兄也非其敌。因弟子随同元师叔先来,乘隙暗上法台,将当中主旗破去一面。虽然险遭毒手,邪法威力妙用却给他毁去好些。九天十地辟魔神梭又是百邪不侵之宝,这样才未失陷。双方正在相持,家师同了朱太师叔、各位师长相继来了八九位。一面鬼老的帮手也有几个赶到,但仍不是我们敌手,邪法异宝十九破去。

"家师因料妖鬼伏诛在即,知道裴师叔被困在这崖脚地穴之下。师叔又一人在此,恐其力竭逃遁之时,情急反噬,来此加害。地下通路又吃邪法隔断,地形全被倒转。如以神梭等法宝猛攻,便会勾动地水火风,难于收拾,裴师叔还不免于波及。只可由上面寻着门户下去,乘着鬼老仗恃最后到来的一个有名妖人,心中还想转败为胜,不舍消灭根本重地之时,暗命弟子隐形来此,破阵救人。

"后来那妖人练有一种极厉害的邪法,破他也颇费事。这里出入门户,只这妖徒知道。偏是生魂炼就形体,飞遁迅速,机警异常。这厮正在下面地底看守裴师叔,适才奉了妖道密令,暗中上来,代鬼老主持邪法,暗算师叔。妖阵一破,立即遁去,弟子追出老远,方始捉到。

"下面还有妖徒甄济、鬼女月娇,家师说一个须看在裴师叔表兄弟情分,一个是可怜人,这次又有舍身告密之劳,请师叔下去时不要杀他们,等各位师长到来,再行处置。现在双方斗法还得个把时辰,待弟子迫令妖徒指出门路下去吧。"

说时灵姑见那妖徒吃上官红法力禁住,卧倒在地,不能变化。想是自知无幸,满脸狞厉愤激之容。听到末两句,面色突地一变,微微地笑了一笑。上官红和灵姑把话说完,转身喝问:"妖鬼听见了么?我不用你,不过费点手脚,也能裂地入内。我也不来骗你,似你这等妖孽,恶贯满盈,要想放你逃生,自办不到。你如好好献出门户,至少说可叫你少受好多罪孽。"说时将手一指,妖徒便能开口说话,厉声大骂起来。

灵姑听他语极污秽,好生愤怒。正想放出飞刀,先给妖徒吃点苦头。上

116

官红阻止道："无须如此。"手掐灵诀一扬，立有一片红光飞将过去，将妖徒全身罩住。跟着光中现出万千根飞针，穿梭一般在妖徒全身穿来穿去。妖徒先还咬牙忍受，仍自毒口大骂。转眼工夫，针尾上又发出豆大一团银色火焰，宛如正月里的花炮，满身穿行，上下飞舞。才一现出，妖徒知道禁受不住，恶狠狠惨号："罢了，你且停手，我带你们进去就是。"

上官红早知他禁受不住，闻声把手一招，红光飞针一齐收回。重又喝问："你这总该看出我的法力，再如生甚奸心闹鬼，我必将你带回幻波池去，用五遁炼形之法，使你受尽楚毒，然后形消神灭，化为乌有，连转入畜生道中俱都无望了。"

妖徒一听口风，觉还有一丝生机，立即哀声哭求道："小鬼当初原也是修道之士，只因中途误投邪教，习与性成，致有今日报应。现已悔悟，知罪服输，情愿献出地底门户，带两位仙姑进去，决不敢有丝毫二心。明知罪无可恕，但求二位仙姑大发鸿慈，恩施格外，只将小鬼现炼真形诛杀；小鬼残魂剩魄，不使全数消灭，俾得重入轮回，勉力向善，忏悔今生之孽，就感激不尽了。"

上官红笑道："我素不白用人，原定你如好好献出门户，我便法外施仁，不将你残魄消灭，少留余气。虽不能再去附形害人，兴妖作怪，仗着这里是山阴一面，不畏日光烁炙，每日依草附木，自将残魂凝炼，仍可重入轮回。你偏怙恶不悛，口出不逊，此时服输，乃为法力所迫，非出本心，这话说得已嫌晚了。到了地底，且看你运气如何。我意已决，不必多口，急速吐露真情，免又吃苦。"

上官红天性最是仁慈，轻易不下绝情，本心仍只打算将他所炼真形杀死，耗散元气，仍留残魂，放其自转轮回。只因愤他辱骂，故意恐吓，以查他是否有一二分悔罪之意。

妖徒不知就里，闻言以为求生绝望，有心反噬。又看出对头法力甚高，身已受禁，连暗用邪法向师告急求救俱办不到。又恨又怕之下，重又激发凶恶天性。心想："地穴中除已背叛的甄济、月娇，还有小玉等十几名鬼女妖姬。与其在此受罪，结果地穴仍不免被仇敌攻进，不如姑且领了进去，相机行事。也许仇敌不知地穴中底细变幻，稍为照顾不到，便可脱身。"

妖徒念头一转，立即抗声答道："仙姑既不开恩，只好听命。那地穴入口已然改了方向，现在右首深涧之内，地极幽暗。小鬼身受禁制，不能行法，涧壁腰上有一大盘山藤、一株小松树。仙姑飞到那里，只把树后所藏镇物移动,便有一股形似旗幡的黑烟冒起。再把此幡向东方连晃三下,门户一现,人便到了里面。"

上官红闻言,侧耳略听,随告灵姑说:"前面地底,敌我两方尚在相持,正好乘机下手,破了妖人地穴阻隔。骤出不意,用家师灵符将地层封闭,以防妖鬼情急闯祸。径由地底攻入巢穴,合力夹攻。"说罢,提了地上鬼徒,照所说崖涧飞去。

到后一看,那地方深居悬崖之下,绝壑中腰,相隔地面不下百丈。由上俯视,暗影沉沉,一片深黑,望不见底。壁间满是数百年以上古藤,杂草怒生,荆榛密布,全无可着手足之处。岩突峰高,天光全被遮住,一丝不透,终古冥冥如夜,端的险僻幽暗,似如鬼域。那株小松看去不大,实则结根年久,树干甚粗,盘屈于峭壁之上,剑光照处,形势奇诡。

上官红寻到树后小穴,见那镇物乃是一道符箓;上有好些恶鬼之形,画满在穴壁以内。知是妖徒所说未尽,想借此试探自己法力深浅。暗笑这类代形邪法,怎能难得倒我?瞥见鬼徒口角微带冷笑,只做不见,故意笑对灵姑说:"我当是甚镇物,原来是妖鬼所画的代形邪法。请师叔稍退后,待我破它。"

随说,由身畔革囊中取出一物,退出两丈以外,再发出去。便有一片银光飞起,向那一带崖壁一声雷震,将那小松劈成粉碎。立时烟雾飞扬,无数狰狞魔鬼刚飞起来,便吃银光罩住,包围成了一团,只闪得几闪,便没了影。

上官红待把太乙神雷连发出去,妖徒见状,知道仇敌法力实非寻常,再使诡诈,白白种恨。门户所在已然说出,如被雷火攻穿进去,势更不妙。忙喊:"仙姑停手,无须如此费事,镇物已破,神幡即要飞起。请把宝光撤去,照我所说施为,门户便可出现,省事多了。"

上官红也知他伎俩已穷,所说不假,也是一时疏忽,没想到妖徒还存有拿别的人肆毒泄恨的奸心。便把银光收回,果见松根附近磐石无故向侧移动。跟着晃悠悠升起一面妖幡,因是邪法已破,起得颇缓,升出原地约有丈许,停住不动。

幡乃黑烟凝成,中间拥着一个白骨森立的狰狞恶鬼。上官红遥指那幡,用真气催动,刚待晃动,便听壁中有男女声音说话,内中一个女的说道:"外面雷声邪法已破,必是你二人的救星到来攻这地穴。乘此时机,我将你二人放将出去,以免来人急切间攻不进来。照我前后行为,无论哪一方得胜,均不容我活命。只请裴表弟向诸仙长求说,不将我消灭净尽,就是万幸了。"另外两个男的,似在劝令同出,争论颇急。

灵姑听出有裘元口音在内,忙喊:"裘师兄你在哪里?"话未说完,幡已连连晃动,突地烟光变灭,地穴门户便自现出,对面一条极高大的甬路,内有两男一女,正同走出。上官红忙和灵姑同妖徒飞将进去。对面三人正是裘元同了妖徒甄济、鬼女月娇。

裘元见了灵姑,忙喊:"吕师姊,这是我表兄甄济和鬼老的女徒月娇。他二人以前虽在鬼老门下,乃是迫于无奈,并非本心,请师姊告知同来这位仙姊,不要伤害他们。"说时,上官红见那甄济已受妖女暗示,跪在面前,满身俱是邪气笼罩。妖女月娇虽促令甄济跪倒,自己反而泰然站在甄济身旁,也不逃,也不跪下求饶,若无其事的情景。虽是生魂炼成的形体,相貌身材也颇美艳,只是邪气甚重,料她自知孽重,不能幸免。上官红正要喝问,灵姑已引裘元过来相见。

二人匆匆礼叙之后,上官红便问裘元:"这里当是地穴出口,裘师叔受那邪法围困;并且穴中还有不少鬼女妖姬俱精邪法,怎得脱身到此?那些鬼女妖姬何在?"

裘元指着月娇道:"本来地穴禁制严密,身受妖法束缚,非把地穴攻穿不能脱身。只为月娇姊姊拼死相救,她和另一鬼女小玉法力最高,最得鬼老宠信,穴中妖法俱都知悉。先因她本身元神受过妖法祭炼,又有鬼老宠信,比较行动自如,但要想脱身,仍是难如登天。妖鬼党徒又多,耳目四布,漫说难于放我,即便拼犯奇险,乘鬼老不在,暗将法台上七煞神灯破去,将我放出,救援不到,仍是无用。逃不多远,必被擒回,反倒弄巧成拙,同归于尽。

没奈何,偷偷赶往红菱磴,向银发叟求救,方端等三位兄弟奉命送来灵丹、法宝,才得将命保住,未受炼魂之惨。可是鬼老对她和甄表兄却起了疑心,几次试探,并命妖徒窥伺。尚幸月娇姊姊事前防到,彼此应变机警,装得甚像。

"鬼老虽被瞒过,但是出入门户已变,罗网侦伺越发严密。休说是我,连月娇姊姊也不能擅越雷池一步了。本料昨晚子时前后救兵必到,但久无音信。自从前晚起,又添了三个鬼女在囚牢内,一半看守,一半蛊惑,小玉不时还来卖弄妖淫。

"天明前,月娇姊姊忽然抽空偷偷进来,塞了一张纸条,说鬼老已回,正和外来敌人在妖窟中斗法。命一得力鬼徒贾霸,来此主持地穴中妖法埋伏。并说通往前洞鬼宫的甬路,已被妖法隔断,如若敌人厉害,情势不妙,便要发动地震，命鬼徒到了紧急之时，接到前洞鬼老号令，速将法台上所有妖幡、镇物、法器一齐收拾，和月娇、小玉率领众鬼女妖姬和甄表兄，乘仇敌只注意前洞，不知后洞虚实，急速遁走，逃往离此四百里的卧眉岗妖党那里潜伏。等鬼老师徒去那里会合，再作报仇之计。却将我一人闭在地穴以内等死。

"事情已是万分危急，而鬼徒贾霸法力颇高，想冒险设法除去此人，就便解去甄表兄元神禁制。事如成功，自能引我二人出险；否则必为妖徒所害，吉凶难料。令我暗中准备，运用法宝防身，以防万一救援未到，地震先发，可以往外硬冲，或者能够幸免。待不多时，忽听吹竹号令，小玉和三鬼女匆匆跑去，剩我一人禁闭在地牢内，心疑大难将临。

"一会儿，月娇姊姊同甄表兄赶来，言说鬼徒刚被说动，忽奉鬼老传来密令，说后洞外面还困有一个敌人，乃前洞仇敌一党。因来时一先一后，两地隔绝，尚还不知就里。此女持有两件法宝，大是神奇，现虽被困阵内，伤她却难。乘此无事，可将地穴法台与小玉、月娇二人代主，可即出洞，隐身暗算。恰值小玉未在，妖徒受了愚弄，交代由月娇一人主持，并将所有机密一齐吐露。

"妖徒一走，月娇立就原设妖法，先把小玉等一干妖姬鬼女元神加以禁制。然后发动邪法，除留下两个新自民间摄来的良家好女子外，全数用鬼火烧化。然后破去妖法赶来，又将因牢禁法一层层全数破去。我三人合力，连冲过好几道关口，刚逃到此，闻得外面雷声，二位姊姊已破法而入了。"

上官红因月娇身在妖鬼门下多年，习染已深，适才杀戮同党又那么手辣心毒，如放出去，是否将来不犯旧恶，改行归善，实拿不定，方自寻思如何处置。月娇本来昂立一旁，神情甚傲，及见二女神态和善，似无恶意，裴元、甄济又在旁极力代为劝说求情，不禁也起了求生之念，渐渐把头低下，面现希冀容色。

上官红一想，此女为了一念情痴，竟不惜身犯奇险，出死入生，救还两人。尤其是只求情人得活，自身竟不惜一死，处境也煞可怜。便喝问道："照你以前的行为，自然不能免却诛戮。但是今日之事，你不为无功。本心放你逃生，只恐你在妖鬼门下多年，所习皆是妖法，放将出去，日后仍不免兴妖作怪。你如真心悔改，可自将所炼形体弃去，遁出生魂，以便投生转世，免我突然下手，连你魂魄击散。就能勉强凝聚，也须受尽苦处，魂气还不坚凝。你意如何？"

月娇慨然答道："婢子自知沉沦邪教，陷溺已深，早晚大劫临头，必伏天诛。为此日受妖人驱使，甘服贱役，纵欲荒淫，取快一时。无端孽缘遇合，一念情痴，不愿意中人好好世家子弟，异日与妖鬼玉石俱焚，同归于尽。于是苦口劝勉，百计为他解脱，甘于犯险泄机，背师叛教，致有今日之事。

"视此行为，罪孽愈重，无论何方均不容诛。仙姑法外施恩，使残魂得免消灭，得以转世投生，心虽感激万分，无如婢子生性妒忌，又极固执。以前奉了妖师之命，蛊惑的人虽多，但只是被迫荒淫，无动于衷。自从孽缘遇合，便与甄郎成了一体，纠结不开，不许他人染指。便是今日杀死许多同伴姊妹，一半固为急救甄郎兄弟脱身，一半也为这些姊妹多与甄郎有染之故。

"现我二人情深似海，如照初心，只合携手同归，无论深山修炼，或是同返人间，从此长相厮守，地老天荒，万劫不离，才称心意；否则情愿身膺显戮，形神俱灭，无闻无见，也所甘心。

"如照仙姑所说，甄郎性情无定，婢子炼形一散，不能与之同返人间，结为夫妇。纵令犹念前情，不忘故剑；他父母只此独子，必强令娶妻生子。婢子残魂得脱，为了甄郎，必不肯去投生，定要如影附形，暗中随往。眼看自己九死一生救出来的心爱丈夫，与别的女子同室欢乐。休说法力已去，难与人争，就照本心，也不愿他为我绝嗣，终身鳏居。

"但是妒念难消，泉台悲苦，长夜如年，情何以堪？转不如请仙姑行法毁灭，余气消亡，知识全无，反倒干净。既无可生之道，宁甘玉碎，不为瓦全。仙姑进来时，婢子在此静待杀戮，不敢逃死，便是为此。"

说时甄济跪在地下，抱着月娇双膝哭喊："姊姊，你只管前去投生，我回家后，决不负你恩情，一定等你转世长大，再做夫妻。难得仙姑开恩放你，何苦要把自己毁掉呢？再不，我也愿死，陪你同往转世，你总放心了吧？"月娇只是冷笑不答。

上官红见她慷慨陈词，已自心动。暗忖："此女如此多情至性，虽然陷身邪教，造孽已多，自来苦海无边，回头是岸，只要真心洗心革面，自己拼担一点责任，成就两人这段情缘，也未始不可。"

念头一转，故意把面色一沉，怒喝道："你此时深入情网，不能自拔，自然生死均置度外。但你习于魔教，陷溺已深，江山易改，本性难移。我如放你，不久必要故态复萌，兴妖为恶。我不能姑息养奸，为世贻患。既然你不知好歹，那我只好行诛，到时残魂能否凝聚，就须看你的孽报深浅如何了。"说时暗察月娇，头又昂然抬起，并无惧色，心中好生赞叹。仍想试她一试，手指处，一片红光飞将出去，待向月娇当头罩下。

甄济本来练有一身妖法,先见双方僵持不下,上官红忽然变脸,吓得心胆皆裂。一见红光飞起,慌不迭由地上跃起,周身黑烟笼罩,大声疾喊:"仙姑饶命,弟子情愿代死!元弟快帮我求一求。真要不行,便请仙姑将我和月娇姊姊一同杀死,放走生魂,同去投生。"

月娇见敌人发作,自知无幸。本是昂首待毙;因知甄济素来惜命胆小,适才情愿和自己同死的话,不过一时为己至情所感,非出本心。本身又受妖鬼胁迫,恶行未著,情有可原,又以裘元情面,对方也决不会下手杀他,即非假话,决难实现。见他猛然飞起争死,朝对面红光迎去,事出意外,大吃一惊。

月娇情急之下,也慌不迭飞纵上前,哭喊:"你家尚有父母,所生只你一人,死不得呀!"随说,随也往前争抢。甄济投身魔教虽然日浅,但是资质颇佳,鬼老宠爱,尽心传授。虽没月娇所习的多,功力却也差不许多,又当忘命拼死之际,月娇急切之间竟拉他不下。男女两人扭结在一起,互相哭喊,争抢不休。

上官红假喝道:"你两人罚罪不同,争有甚用?"说罢,手掐灵诀往前一扬,一声轻雷震过后,便似有极大的神力将二人强行分散,各向两旁跌去,红光也便收回。

月娇当局者迷,那么机智绝伦的灵鬼,竟不知对方乃峨眉派再传高弟,女神婴易静得意门人,已得乃师真传十之七八,法力甚高。如真有心杀她,十个月娇也早形神皆灭。甄济那样锐身代死,并无用处。以为红光未下,是对方不肯连甄济一同杀死,投鼠忌器。这一分开,红光必定罩上身来。惊遽百忙之中,震落一旁,还未立稳,谁知事有凑巧,落处正在妖徒身前,相隔才只尺许。

妖徒阴鸷险狠,凶狡非常,被擒之时,妖法原未尽破,只是身被禁住,不能飞起。本想暗算敌人,因见上官红法力高强,恐怕弄巧成拙,白白吃苦。又想献出门户,卖师求活,隐忍至今,未敢妄动。及听生望已绝,又恨月娇泄机,便打好死中求活,肆恶相拼的主意。

进洞以后,又听说洞中鬼女妖姬俱为月娇杀死。这一来,奸谋诡计无法再售,知道自己贪色受愚,为人所卖,益发把满腔怨毒种在月娇一人身上。只因相隔数丈,中间还有两个强敌,只一妄动,立遭诛杀,形神俱灭,仇仍难报,只得权且强忍,待机而作。

妖徒嗣听敌人恩宽月娇,释放生魂,令其投生。月娇天性奇妒,竟甘受戮，不愿生离。觉着这样能使月娇形神俱灭，比自己报仇还强。暗骂："贼淫婢，我只当你叛师求荣，可得活命，谁知仍是难免一死，并还为了情孽牵缠，不能摆脱，结局和我一样，连个残魂余气都难保全。"正在快意，想辱骂她几句，忽见红光飞起，甄济、月娇相继争死，不由又迁怒到甄济身上。想道："此人实是罪魁，今日之事，全由此人而起。可惜是裘元小狗的至亲，决不会处死。"

方打算等月娇死后，乘隙下手，向他暗算。瞥见红光停空不落，又偷觑出灵姑、裘元张口欲语，上官红暗使眼色止住。旁观者清，立即省悟，敌人不过是故意相试，并无加害之心。照此形势，月娇连所炼真形均可保住，与甄济同往家中，去做恩爱夫妻，愤火炉焰突又中烧。

妖徒正打不出主意，忽见月娇落向身前。这等时机，如何肯放，毒口一张，首先喷出一蓬暗绿色的火焰，将月娇全身笼罩。同时由后面运足全力，猛扑上前去，将月娇紧紧抱住，死也不放。

月娇方知中了暗算，除与妖徒同归于尽，更无幸理。双目圆睁，厉声大喝："这厮在鬼老门下穷凶极恶，无与伦比。二位仙姑不必顾存婢子残魂，请速施展法力，一并诛戮。否则这太阴炼魂妖火，专一克制生魂炼就的身形。他已拼死报复，决分不开，婢子固是多受苦痛，他将婢子元神收去，合为一体，法力大长，许能乘隙遁走都不一定。"

二女见他话未说完，已被阴火炼得花容惨变，周身乱抖，神情惨痛已极，不禁大怒。旁边甄济被震出去，身刚立稳，见妖徒贾霸猛下毒手，已将月娇夹背心抱住，周身俱是阴火包没。知道这类妖法最是毒辣，除了仇敌自行松手，万解不开，月娇必无幸免之理。连急带痛，不顾命往前纵去，也把自己阴火发出，朝妖徒身上烧去。

妖徒已是决意拼命，见火烧去，竟咬牙切齿，拼忍痛苦，双手抱得更紧。甄济情急失智，无计可施，又要往二人身上扑去。月娇见状，惨声急喊："你快不要近前，速请仙姑下手，将我与妖鬼一齐杀死为是。"语声未歇，甄济已吃裘元用剑光隔断，厉声大喝："表哥，你不念姑父、姑母朝夕恩念么？"说时，灵姑也是恨极妖徒，要将飞刀放出。

上官红仍想保全月娇，投鼠忌器，恐怕杀死，又恐忙中有误，妖徒还有别的化身代形诡计，万一元神借此遁走，想观察清了再行下手。一面止住灵姑，一面把当地封闭，四面设下禁网。仔细一看，月娇吃阴火一烧，衣服已毁，身渐成了形气，将与妖徒合并。惨呼求死之声越发哀厉，不忍入耳。知道二人形体俱是生魂炼成，二魂相合，似如水中着墨，皂白难分，凭自己法力决难解开。

上官红想了想，只得仍照入洞前初计，为防妖徒警觉，先把手一指，一片红光射将过去，将月娇与妖徒全身围住，故意对月娇说道："你既甘与妖徒同尽，此意我亦谓然，我也不再留你残魂，与他一齐消灭，成全你吧。"

月娇还未答言，妖徒先厉声喝道："贼贱婢，我已被你禁制，只剩这点法力，本只想将小淫妇元身化去，使这贱婢不得遂心，稍为报仇，泄我心中之恨。你有本领，只管放她残魂投生，二世再去受报，无须说甚诈语。我现虽为你所杀，你们这几个狗男女早晚落在我的师父手中，还不是和小淫妇做一路货？"

上官红性情温厚，素来不轻动怒火，见妖徒如此狡猾凶残，心中本已愤极，闻言知被识破，自己本是预防，料他也无甚过分神奇伎俩，怒喝："无知妖徒，本来我已不想保全此女，见你这等狂吠，且教你看个是非善恶。"说罢，将手一指，另有一线金光长约尺许，朝月娇头上飞去，往下一落，便又飞回。

当时月娇一声惨叫，头上飞起一条黑影。妖徒口虽如此说法，心中仍想肆毒。一见月娇生魂脱体飞出，忙一松手，带走一蓬阴火，往上便抓，却不料上官红先见两人纠合一起，恐把月娇魂气击散，故此迟迟下手。生魂一出，便无顾忌，先前又曾上当，格外小心。

一面用法宝破了月娇天灵，击破头上包围的阴火；一面暗中戒备，黑影一离头飞起，禁法也自发动，妖徒的手刚抬起一半，便被禁住，不能转动。同时红光往上一合，将妖徒紧紧包没。然后戟指怒喝道："我向来不肯赶尽杀绝，本心是想扫平妖窟之后，只将你自炼元体消灭，放你残魂自去投生，适才也曾向你露过口风，你偏如此刁恶凶横。此时前洞有朱真人和各位师长在彼诛邪，用我们不着，反正无事，且教你受点惨报。"

妖徒初意，仇敌愤激之下，必用极厉害的法术、法宝将他形神一齐消灭，长痛不如短痛，反正不免消亡，还可落得个痛快。暗中正将元气凝炼，舍大图小，以备神光雷火下击时，万一邀天之幸，得有一丝空隙，残魂余气仍可遁逃一些。及见红光虽将自己包没，并未发生妙用，与初对敌时不同，心已惊疑，恐对方多加楚毒，不令好死。再听上官红一说本心来意，更加后悔不及。

无论多么凶恶的人，当那发横拼命之时，想到便做，哪怕刀山油锅在前，都是一往直前，全无顾忌。等到事情过去，恶气已消，理该受报，眼看轮到自己头上，尽管表面强项凶恶，故意说些大话，当这生死存亡关头，也没有不动心的。再听到孽由自作，若不这样横行为恶，事情还可解免，并无可死之道。自己害人，原为报仇泄愤，结果对头受害有限，甚或因之转祸为福，而自己所受恶报却要加上多少倍，不由得悔恨起来。悔心一生，壮气便馁，越发禁挺不住了。妖徒情知仇人恨极自己，所施毒刑一定难当，又想激怒敌人，以求速死，便在红光中秽口辱骂。

上官红听出他外强中干，声音都颤，冷笑道："你想激怒我么？率性让你多狂吠些时，慢慢享受。"随把手一指，先前那一线银光便穿向红光中去。妖徒一见仇人用的是灵焰炼形之法，专一熔神消魄，恶毒非常。身被红光束紧，又不能动。知已弄巧成拙，连忙改口疾呼："仙姑开恩，求赐速死。"口才一张，银光已往口内投进，跟着在七窍中穿梭也似出没循行，渐渐通行全身要穴。妖徒炼就真形，无异生人，身受禁制，一任楚毒。当时通身麻痒奇酸，痛彻心髓，不住颤声哀号，神情惨厉已极。

上官红也不去理他，转脸一看，月娇生魂已经飞出，甄济早扑上去一把抱住，放声大哭，愤不欲生。这时月娇法力全部消灭，比起常人生魂只稍坚定，也强不多少。除呜呜痛哭外，已不能尽情说话。甄济抱在怀里，也似一团云烟，介在有无之间。月娇起初神情也颇悲惨，一会儿面上又带出喜容，依在甄济怀中，语声甚低，也是边哭边诉。

上官红知她重创之后，说话艰难，便走过去说道："你二人勿须悲泣，听我开导。起初我因月娇虽能回头，但为情欲所激而然，唯恐就此放却，异日不免故态复萌。想将你真形消灭，只放生魂转世投生。后又见你因爱成痴，生出妒念，甘为情死，缠绵纠结，情意可怜。本想担点责任，试明心迹，仍放你二人携手同归，成就这段孽缘。

"不料妖徒狼子凶心，早生毒念。我先不知道这里门户，以为妖徒已受禁制，不能飞遁，无法为患，意欲迫令引导。匆匆不及细察，未将妖法去尽。你二人又一同争死，纠缠不解。行法分解之时，稍为疏忽，没想到妖徒仍能肆毒行凶，致你为他所算。

"表面看来，仿佛你那真形已毁，暂时难与甄济同归。实则妖邪之气尽去，还你本来面目。以你魂气之坚凝，此去必能择一较好人家投生，十余年的光阴转瞬即可成长。我再略施法力，使你元灵仍在，不昧夙因，不特患难夫妻再世团圆，而且异日同证仙业，学那刘樊合籍，葛鲍双修，也并非无望。岂不比带着一身邪气，半人半鬼，去做人家媳妇，在家既滋物议，引动惊猜。

"而且自来正不容邪，鬼老邪教又与别的左道旁门不同，一望而知，无从敛迹,如遇正教中新进之士,你尽管早已革面洗心,改行归善,而对方不知底细,只以消灭妖邪为务。万一再遭惨劫,更何以堪?至于甘为玉碎,不愿重生,更是痴话。须知好死不如恶活,便坠入畜生道中,只要夙因未昧,仍能修复人身,终有出头之日;一旦形神皆灭,连为畜生也不可能。除非真正极恶穷凶,不知悔悟,罪恶滔天,万不可赦者,决不会受此恶报。

"原来那残魂余气击散以后,当时虽然消散,并不全灭,只是万不再聚,化为万千残丝断缕飘荡空中,雷霆风雨与日月之光皆是酷刑,常日身受,不知何年何月,随天时燥湿,化生各种虫蚁。身受之人,无殊把一身化作百千万亿,去尝无边苦孽楚毒。这个妖徒便遭此报,你如何也生此念?

"你本聪明女儿,只缘前身孽重,误陷邪教,至有今日。想是你还有夙根,居然孽海抽身,现已转祸为福。经此一劫,当必更明善恶邪正之分。等我行法之后,你夫妻分别,好好投生去吧。"说罢,随用法力放出一片祥光,向月娇照了两照,收将回去。

月娇闻言,只是哀哀哭泣,叩头不止,鬼声啾啾,甚是凄楚,似有好多言语欲诉无从之状。甄济也是悲泣不止。众人见了,俱都恻然心动。

上官红知她不能放声尽情倾吐,这还是在阴森地穴以内,不过生魂新创,言语艰难,别的还不妨事,少时到了洞外,日间阳火炙灼,夜间寒风如割,更难忍受。至于投生一节,决没那么巧的事,出去便能寻到好的人家,不知还要受多少日苦趣魔孽。

上官红心生怜念,率性成全到底,重又止住二人悲泣,说道:"我适用慧光照你,此去投生,夙根自可不昧,魂气也可坚凝。但我见你说话艰难,分明适才魂魄已然受创,外间风日侵灼,仍难禁受。我现用一粒灵丹助你阴灵,便可白日飞行,择地投生,方便多了。

"此丹乃本门教祖妙一真人传授,各位师长率领我们门人在依环岭上,用海外仙山所有百余种灵药配制;以极高深的法力护法守炼,在丹炉中炼了一百零八日,新近才得炼成。我只受赐十粒,还是第一次应用。今以赐你,足可抵得未来一甲子修炼之功。你转世以后,不论学道与否,务须默记前因与今番遇合得之不易。努力修善,勿负我苦心成全之德;免我有纵容恶人之过,受师父责罚,就算报答我了。"

上官红说罢由囊中取出一粒豆大灵丹,放在手上,合掌一搓,一口清气吹去。那丹立化成一片霞雾飞出,清香袭鼻,闻之心神皆爽。月娇喜出望外,忙甩脱了甄济,迎上前去。上官红手再一指,烟雾便将月娇全身裹定,渐渐侵入月娇魂体之中;由浓而淡,由淡而无,合为一体。月娇忽化作一幢黑烟满地滚转,一会儿便现出身形。立即神清健旺,魂气坚凝,不似以前虚无缥缈,若隐若现,轻浮不实之状,同时便能开口说话。

月娇满面喜容,急忙上前朝上官红、灵姑、裴元三人扑地跪倒,叩头谢道:"婢子先前自知孽重,不能避免;又为情痴妒重,欲请恩仙行戮,原是一念愤激,不知厉害所致。及至恩仙试查婢子心迹,假意行戮;甄郎争死,看出真情。婢子心虽生悔,话出如风,无法收回。正拼争先一死,又被神光震落,方窥测出恩仙成全心意。

"不料妖鬼肆毒,吃他乘隙制住,照着平日所知,以为万无解免。妖鬼怨毒已深,本是恨极拼命,连他自己想要中止,势也不能。唯恐妖鬼邪法较强,借此遁脱残魂,心横气沮,拼与同尽。万没料到恩仙法力如此高深,竟将婢子生魂救出毒手,一点无伤,并还深恩再四成全。又承恩仙开导,已然如梦初觉,焉有执迷不悟之理?此去投得人生,定当奋勉前修,竭力从善,以消今生冤孽。

"只是甄郎天性虽然不免稍薄,根器并非十分低下。只为陷身邪教,无计摆脱,迫于凶威,实非得已。这次幸蒙二位恩仙援手,救出火坑,宽其既往。但他以前曾习妖法,身上妖气犹在。起初原令其托裴表弟转求恩仙保留,就此放归,以作防身之用。但先听恩仙训示,只此妖法在身,不特异日易受妖邪引诱,并还易遭正教中人杀戮,委实害多利少。但是鬼老门下妖党几以千计,此次难保不有人漏网,知道祸由甄、裴二人与婢子而起,异日狭路相逢,必定加害。去了妖法,防身无术,故此冒死乞求,尚望恩仙施展无边法力,大发鸿恩,终始矜全。婢子夫妻身经万劫,皆是戴德之日了。"

上官红不等她说完,接口笑道:"不必说了,我知你的心意。志向虽佳,暂时还无机缘,须看你二人将来修为如何。至于妖鬼党徒,此次恶满,全应伏诛。各位仙长,罗网周密,还有银发叟命门人在且退谷外设有仙阵,决无漏网之理。你只静看我处置完了妖徒,将洞填没,对你丈夫自有处置。本来朱真人曾说他心术不端,现看裴道友情面,你又可怜,才格外加恩,少时便知便宜他哩。"

甄济跪在一旁,闻言想起前害裴元之事好生愧悔,随定月娇叩头不止。上官红道:"放下屠刀,立地成佛。你二人不必如此,可各起来。"说罢,便往妖徒身前走去。

这时妖徒外面被红光包没,内里又受灵焰在体内游行销灼,里外来攻,已不成形。如是常人肉体，到了痛急晕死过去，便失了知觉，受罪还好一些。无奈妖徒是元神炼就的形体，只要余气仍存，便有知觉。通体上下又被红光束紧，丝毫不能转动，只得睁着凶睛活受。外面好似一团烈火，将全身笼罩，身子仿佛蜡油所制，眼看着一层层缓缓被火烧熔。偏又命长，不能即死，只觉通体皆在焚烧，痛楚万般。同时内里好像有一条周身带刺而又发火的毒蛇，顺着气脉七窍在全身上下出没游行，又麻又痒，又酸又胀，火辣辣的，比起身外火烧还要残酷十倍，那罪孽直非言语所能形容。就上官红与月娇说话这刻许工夫，妖徒已痛得力竭声嘶，凶焰尽去，只是嗷嗷惨呼，休说毒口辱骂，连哀求的话都说不出来了。

上官红原是一时之愤，以为这等凶恶阴毒，平日为恶之多可想而知，一死犹不蔽辜，怒火头上，直恨不能将妖徒磨折个够，再行处死。及见妖徒身受如此惨痛，不禁想起昔年师父女神婴易静在幻波池用神火化炼艳尸玉娘子崔盈。因是用刑太惨，有乖天和，几受掌教师尊重责之事（事详拙著《蜀山剑侠传》）。那还是师父先为妖尸所困，几遭毒手，仇恨太深，崔盈淫毒罪孽也太深重的缘故，尚且不可；妖徒与己并无仇怨，虽然凶横，决无妖尸崔盈三世积恶之甚，只顾一时快心，万一教祖降罪，如何是好？

上官红不禁心惊后悔，忙将内外两层神光一齐暂止，戟指喝道："无知妖孽，你本可脱死，转入轮回，偏要执迷不悟，死到临头，尚逞凶谋，结局害人反而害己。如非平日罪恶太多，也必不会鬼使神差，使你身受惨报。此时总该尝到滋味了吧？这就难禁，下去还更惨呢。"

妖徒做梦也未想到会缓这一口气。惊魂震悸中，窥见对方怒容已敛，似有哀矜之色，深幸有了转机。自知难免，也不敢再作求生之想，只盼能够速死，于愿已足。楚毒虽停，急切间说不出话来，正在满怀希冀，及听到末两句，后面所受还要楚毒，不禁心胆皆裂，哪还敢再顾喘息，颤巍巍哀声急叫道："仙姑，仙姑，妖鬼知罪，悔已无及，不敢求生，只求仙姑大发鸿恩，早赐诛戮，免至多受楚毒，就感恩不尽了。"

上官红见妖徒被神光销铄，外形已经残毁消灭，许多已成气体，内伤自然更重，悲号断续，几不成声，神情惨厉已极。示意说话，似是故意吓他，引起哀求，以便落台，闻言喝道："你早知今日，何必当初？如不给你厉害，情理难容。"说罢，假意行法，又要施展，抽空故向吕、裘二人使一眼色。

裘元在妖窟数日，深知鬼老师徒罪恶，身又被陷，疾恶如仇；又恨妖徒暗害月娇，正愿他多受苦楚，站在一旁，只装不见。还是吕灵姑少女心慈，本来就想劝阻，只因法力浅薄，见识无多，妖徒刁狡凶毒，万一非此不可，自己行辈又尊，话出无成，面上无光；如若听从，纵走妖鬼，日后又去流毒人间，岂非自己之过？心想这类可恶妖鬼不值怜惜，何必管这类闲事？

心中却是有些不忍，及见上官红也已息怒心软，又递眼色，再见妖徒战栗震悸的惨状，立即劝道："这厮苦孽已然受够，稍为放宽一点吧。"

上官红乘机允诺，住手喝道："你这妖鬼，行为太以阴毒。本意使你受尽苦楚，等到鬼洞妖破去，再用太乙神雷击毁形神，任你余气残丝转入化生之中，为虫为沙，看你平日罪恶深浅，受那无量孽报。今以吕仙姑大发慈悲，适才着实也够你受的，现在勉承吕仙姑之命，给你一个爽快。你先已受了不少惨刑罪孽，已少可抵消。我也不再赶尽杀绝，看你自己造化如何吧。"

上官红说罢令众退后，双手一搓，往外一扬，霹雳一声，震得山摇地动，洞壁连晃，满地俱是金光雷火，红光也在同时收回。妖徒全形早被震散，残魂一片吃雷火一撞，化作万缕千丝，一齐消灭。

上官红这一震之威，具见玄门法力；又在地洞之中，势更猛烈。休说月娇、甄济心神皆战，便是灵姑、裘元也觉耳鸣目眩。众人本已退向出口，雷响之后，上官红心料这里巨雷猛震，前洞鬼老与妖党必定警觉，又以妖窟中鬼女妖姬俱为月娇用鬼老原设的妖法所杀，无须再往搜索。

正打算施展法力，将这地填死，忽见适才雷火震处不远，有尺许大小一片黑影紧贴地上，知是妖徒的残魂余气，那么猛烈的雷火，竟被漏网了一些，不曾全灭。此事固在意中，本没想斩尽杀绝，妖徒的功力已可想见。如任其凶魂脱体逃走，就不为恶作祟，转世必是一个穷凶极恶之徒。幸其自己作孽，没照预计放脱。

上官红便喝道："无知妖魂，你用元灵分化之法，乘我撤去禁制发放太乙神雷之际，将元神分化，拼着多半魂气为雷火击灭，往上猛飞，将一魄一魂残余之气改上为下，由下方窜出，紧贴在此。以为魂气与地上同色，决难识破，等我们离开，便可逃走。可知此举又要弄巧成拙，休说此等小伎俩怎能瞒过我，即使暂时疏忽，被你瞒过，妖窟中残余妖鬼已全遭报伏诛，邪法已为月娇所破，汝师鬼老倒反地轴凶谋已无所施，我也无容深入。我未行时，你不敢飞避逃遁；一逃，被我发觉，仍是无幸。我行时，又必将此地狱变相的地底妖窟，施展法力填塞封禁。

"你法力已失，魂魄不全，势必从此禁闭在内，万劫沉沦，长为饿鬼，永无出土之日。连化虫蚁，去享受一点日月照临，雨露滋润，都绝望了。

"其实你无须如此作伪心劳，我因恨你凶毒，上来处罚太重，觉你身受已可抵补。适才所说，明有稍为宽放之意，你便不作伪，也不至于形神全灭。所以雷火击处，独空东南一角；不然，你这残魂余气有多大力量，能遁逃出网么？唯其恐我觉察，不敢远遁，伏处正与雷火相近，正受销铄。否则你只管逃，决无人来拦你，不是早遁出洞去了么？"说时，地上黑影便宛转伸屈，发出一种低而凄厉的"噢噢"之声。

上官红知他恨极，又道："你幸是遇我心慈，言出必践。像你这魂魄不全的余气，即使强投人身，也必早年丧命，遭受凶报。夙世冤孽相缠，使你多受恶报苦难，尚不在内。不知要经多少日，还须大彻大悟，多修善行，累世修积，才能解免；不堕畜生道中，受那无边苦难。谅你也无能为害，我仍照初心，放你逃走。如遇别位疾恶如仇的道友，见你如此极恶穷凶，你还有丝毫生路么？我现在便要封闭洞门，你急速逃生去吧。"地上黑影才贴地蜿蜒往外缓缓游去。上官红知是残魂伏审，因在雷火边上，受了波及所致。

上官红又正色告诫甄济道："你资质原本不差，只为天性凉薄，私心太重，才致陷身邪教。幸是祖德尚厚，得遇夙世因缘，孽海抽身，方得免于诛灭。否则今日各位师尊扫灭妖窟，岂不与之同尽？前者你已迷途罔返。此次回头乃受情人再三开导，你对她又是既爱且畏，不敢拂逆；并在事前激发一线天良，鬼老已将裴师叔交你劝诱，势成骑虎，不得不尔。

"实则你久贪淫乐，陷溺已深，此举并非出于本心，所以连共患难的情侣对你都不放心，断定你情薄心浮，易受摇惑，将来不免薄幸相负，甘为殉情之举。现我看裴师叔份上，并念你乃书香世裔，父母年高，只你独子，格外从宽，放你全身回去。

"但你所习邪法尚未去尽，月娇和你夫妻重逢，至少也在十年以后。身侧无人劝诫，此去人间，难保不炫弄贾祸；甚或再受妖人引诱，故态复萌，遇见正教中人，误认妖邪，遽加杀害，均所难料。如若给你去尽，万一遇见旧日同党，不受胁从，便为所害，也是可虑。

"现用我峨眉师传心法太乙神光，将你所染妖邪之气去尽，但法力仍在。另赐灵符一道，并传玄门正宗初步吐纳之法，以供防身向道之用。不过邪气虽去，妖鬼所传皆是左道邪法，多半有害生灵，为此特加警诫：以后只就固有而无害于人者，到迫不得已之时，方许应用，不许另行祭炼。

"须知以你为人，实在一无可取，只缘遇合有幸，既重裴师叔的情面，又念月娇情痴可怜，才有此逾格矜全。以后如若故态复萌，我那灵符印在你的身上，只要不犯旧恶，自能助你抵御妖邪，逢凶化吉；你如稍行恶事，或负月娇恩情，此符立化神光飞回，转瞬我便得知，无论相隔万千里外，我必立时赶来杀你，以免姑息养奸，为你所累。今日所杀妖徒便是你的榜样了。"

甄济闻言，自是感激，惊喜交集，吓得诺诺连声，叩头不止。月娇更是意外，跪伏在上官红面前，不住呜呜鬼哭，感激之情直非言语可以形容。

上官红随命甄济盘膝坐地，指示玄机，先纠正所习吐纳导引之法，再传授正宗口诀，令将心神守定。然后将口一张，一股太乙真气喷将出去，立化一片神光，将甄济全身上下一齐包没在内。甄济本是周身黑气隐隐，面目作青白色。神光一照，周身火热，正觉舒畅已极，忽然真气欲脱，心神一迷糊，便失了知觉。

一会儿醒转，神光已然收去，觉着周身微作酸痛，但神智空灵，心旷神怡，与前大不相同。上官红等三人已然不在，只有月娇守在身侧。正惊疑间，忽听月娇说道："你受妖毒至深，适才邪正交战，心神已失主宰，危险异常。如非上官红仙姑深恩赐救，几受妖法反应之害，就此葬送。现在肉体虽稍疼痛，无异脱骨换胎，反而因祸得福，深恩大德胜于再生。此后回家，只须奉侍父母，虔心修持。等我转世相聚，便可同修正果，凡百皆可无虑。那灵符已然深印背上，不是妖鬼党徒所能侵害的了。

"上官仙姑因听我说妖洞中藏着不少珠宝金银，可充济贫之用。裘表弟日常所说的虞仙姑，也自前洞赶来，说鬼老同了几个外约的妖党，均被各位仙长困住，先前妖法已破，鬼老妄想发动地水火风，吃青城朱真人制止。后洞法台又被我毁去，不能呼应，越发无效。

"眼看力竭技穷，正要逃窜，朱真人知幻波池诸仙因虞仙姑想见裘表弟，鬼老寝宫中还有残余妖法以及妖幡法器之类尚未破尽，好些附有无辜生灵，命虞仙姑来此夫妻相见，并传知二位仙姑与裘表弟，一同合力破去寝宫妖法，放走妖幡上所附生魂，然后同往且退谷助战。

"此事适才我本就要说，只因救你心切，还没顾得上。尚幸上官仙姑没有见怪，虞仙姑人更天真。先前见你好似愤怒，及裘表弟说我夫妻此次以死力相救，以及两家父母亲厚之情。上次途中夺剑，欲加陷害，乃是心神已为妖法所迷，又受妖徒驱迫，并非得已，不是本心，便消了气。又以救裘表弟，后半乃我力主，亲受艰危，不惜百死，故对我尤为爱怜，当时送我一粒灵丹。并允转世十年之后必往查访，等我夫妻婚后，遇机随时相助，情意甚是优厚。谈了一阵，等上官仙姑将你大难免去，才同入内，命我守候在此。

"我先释放的那两个同伴鬼女，肉身尚在，其中一个来日无多，还未受到鬼老淫污。我先虽放她们元神，令其复体为人，自行逃生。但二人知道鬼老法严，我那一举做得太狠，何况胜败未分，妖徒尚在外面对敌。我在悲愤情急之下又无暇详为开导，吓得她们进退两难，只是同病相怜，在法台前互相扶抱，悲泣了一阵。闻得外面雷声起了两三次，久候不见妖徒回去，才料妖鬼真败，但逃出来，恐受正教中人杀戮；不逃，又恐地穴不久就要封闭，便要沉沦地底，永远不见天日。

"二人商量了一阵，才没奈何，乍着胆子，试探着偷偷掩了出来，正听三位仙姑和我谈说，先还不敢冒犯走出，只隐身甬路拐角，偷看外面，隐隐悲泣。上官仙姑闻声查问，经我言明，引来此地。因所受妖毒不深，一个更和常人一样。二人又均有心计，逃时身上装有珍宝，上官仙姑便未令她们回宫取物，只把邪气去尽，由虞仙姑各给了两粒延年益寿的灵丹，以补所受痛苦。好在这二人俱是我家婢女，山行不畏虎狼，就此送出洞外，指明途向放走。

"照我初心，自知孽重罪大，不能自拔。我原以为青城、峨眉两派门下疾恶如仇，鬼老师徒罪恶如山，决所不容，早晚必受形神俱灭惨祸。何况我平日自甘堕落，存着过一日是一日的心意，任情放纵，无所不至，能得鬼老宠信，也由于此，一旦孽报临身，自然万无解免之理。就是后来与你宿缘遇合，心生悔恨，无奈迁善无计，想为好人，情势也所不许，不过看你好好一个有根器的少年，受妖鬼胁迫，虽然失足在此，陷溺还算不深。如能劝你及早回头，遇机逃了出来，或许还有一线之路。但想不出使你脱身之策，为此时常向你劝诫，百计千方恢复你本身灵智，虽以法严事险，未全做到，毕竟近日要好得多。

"日前恰值裘表弟被陷在此，你果然天良激发，冒险求情，欲代鬼老劝其降服。我盘算至再，知道他既是青城门人，朱真人法力高强，何等厉害，断无不知之理，必是数中该有这场厄难。如拿他做个现成人情，正是你的最好时机。本欲去往金鞭崖告急，偏值朱真人他出，全崖已然封禁，无法进去。观中无人，去也无用。这才想到裘表弟同伴身上，谁知一盘问，他的同伴未来，只银发叟门人是他好友，偏是我的仇家，此外又无人可找。

"为想保全你，没奈何，只得拼着性命前往告知。此老虽不曾难为我，看他那神气，异日遇上，恐仍不饶我。因此一举，鬼老祸发更速，覆巢之下，焉有完卵？全鬼宫师徒男女党徒决无一个可以幸免。或偶有一二暂时漏网，将来仍是不免诛戮。反正一样遭报，长痛不如短痛。

"以前我灰心沉湎,淫乐纵欲,终日昏天黑地,过惯生涯,还不怎觉苦痛。自从与你相遇,彼此生出真情,想到恩爱不能长享,忧今虑来。鬼老又是凶恶残酷,其心莫测。我和你表面欢乐,实愁肠百结,怀中如割,痛苦已极。倒不如拼着神灭形消,既免我经常忧疑危惧,活受无形罪孽,又可乘此千载一时良机,使你脱出水火。又以情深善妒,前生必定亏负了你,今生还报。虽看出你心性无定,将来十九薄幸,偏会割舍不下,甘心毁灭,死而无怨。

"适才初见上官仙姑,实是引颈待戮,决无希冀。嗣看出有放我投生之意,虽不能无动于衷,仍以灭亡为愿,不愿偷生人世;看我所爱之人重缔新欢,而我身已转世,报复无力。地老天荒,徒增苦痛,生既无欢,死不消恨。

"后来上官仙姑居然曲意矜全,意欲就此放我夫妻二人回去。不料妖鬼包藏祸心,几遭不测。先想罪孽太重,该遭恶报;对方已然深恩曲宥,自己仍是不能免难。直到阴魂出窍,上官仙姑详为开导,方始如梦初觉。又蒙施展仙法,恩赐灵丹,使我神魂凝固,元灵不昧,不特现在情景有异别的生魂,来生更是受益无穷,并还连你也得了莫大益处。算起来,更比现在一人一鬼携手同归要强得多。

"我不过略知邪正善恶之分,一时悔悟,并还为情所动,有激而然,竟得转祸为福。你并无多罪恶,又受妖鬼胁迫,不是本心。如能从此向道归善像裴表弟那样,不也是人做的么?今日我夫妻的遭遇,真是平日做梦也万想不到。休说上官仙姑深恩大德不可以忘,便你这次陷身妖窟,以至脱出水火前后身经,对于善恶邪正,凶吉祸福之分,也应知所警惕。

"我等三位仙姑和裴表弟出来拜别,便要往寻投生之所。本来此去十年,始可相逢。我不在你身侧,无人提醒,仍恐日久疏忽,受人摇惑。你的邪气虽去,法术尚存,终是妖法,虽然于你防身有用,却添了我一层心事。你须知上官仙姑这次恩施格外,一半由于见我夫妻可怜,心生恻隐;一半由于裴表弟情面,初意并非如此。你那背上灵符实是厉害,从此革面洗心,自然为福不小。稍存恶念,纵不形神悉受诛灭,飞剑斩首必所不免。祸变发于瞬息,不须如何作恶,只在你当时心念一转移间而已。

"我因放心不下,此去必在近处择那贫寒多子女的好善人家投生。因得灵丹之益,生而能言,体力也异常儿,防惊俗人耳目,不得不作三年韬晦。一过三岁,我必相机告知父母,请其引往你家相见;再如隔得真近,也许自来。你还可在近处寻访,我右手掌纹有一月字为证。若在我三岁以前寻到,可多赠那家田产,先将我买了去,长大完婚,再通往来。天下事往往出人意料,固

133

难预定,姑且如此预拟。

"万一近处无可投生,或是三年已过,而我未来,那必投生远处,你也无须忧念,更不可离家远寻。以免孤身在外,巧遇昔日漏网同类,又生枝节。便是近处寻访,也只密派家中仆妇,问明以后,再领往家中辨认,不可轻出。你能谨记勿忘,我就放心了。"

甄济此时惊魂乍定,本已立誓归正。又见月娇深情蜜意,死生缠绵,又说了这一番回肠荡气的话,自然唯唯诺诺,永矢无他。只是二人情爱胶结,说到转眼要分开,俱都难舍难分,相亲相抱,由不得哀哀痛哭起来。

夫妻二人正在互相慰勉,缠绵不舍,忽听深处雷声大震,知是上官红等四人已将后面鬼宫封闭,事已办完,就要出来。刚刚收泪,起立相待;又听鬼老徒党与青城、峨眉两派剑仙斗法的前洞妖窟霹雳连发,宛如天鼓急鸣。"轰隆"连响之声,震得四壁乱晃,大有崩塌之势。

这通往地穴鬼宫的秘径长达五里,虽经鬼老妖法修建,坚固非常。但在玄门太乙神雷猛击之下,决禁不住。何况鬼宫所设法台又被毁坏。月娇无妨,甄济是个肉体,如果倒塌,不死也必重伤。偏生出口又吃上官红行法封禁,不能跑出。晃眼之间,雷声越猛,前后两洞相应和,顶壁等处受了猛烈震动,已现出好些龟裂痕迹,那经过妖法凝炼。比石还坚的壁上,已随裂处,簌簌下坠,四处迸射,越往后越密,眼看就要全部崩塌。

月娇邪法已去,只是一个灵鬼,无力助人。恐上官红等急于行法扫荡妖窟,或有别事,不暇兼顾,顶壁倒塌,将甄济埋葬在内。如往后洞鬼宫迎去,甬道又长,不等到达,已经崩塌。当地相隔上面地层何止百丈,前后泥土堵塞,脱身更难。只有出口近在咫尺,只要禁法一撤,便可冲出。就是甬道先塌,只要把身体护住,不被压伤,上官红等必定警觉撤禁,破土放出,也较容易。于是便令甄济急速行法,将全身护住,以防受伤。一同走往邻近出口之处守候。

正在心情惶急,忽见上官红纵了遁光飞来,身刚临近,上面顶壁受了前洞神雷猛击余波,连晃了两晃,轰的一声,震裂了四五丈大一条,待要崩塌,两壁也在摇摇欲倾。上官红见状,不顾和二人说话,回手一指,先飞出一片红光,刚把出口一带顶壁护住,随听轰隆之声由红光下照之处起,由内而外连珠般往来路一直响去。紧跟着深处也起回声,忽然轰隆大响,除三人立处挨近出口三两丈远一段是被红光托住外,下余全一齐崩陷堵死。

上官红这才转身,对二人说道:"鬼老端的奸诈百出,他那鬼宫卧室之内竟设两层埋伏,并有三条秘径:一条通往前洞,平日聚会妖徒党羽的广堂中间座位之下;一条通往山阳大妖徒所居洞中;一条通往离此百余里的幽谷之中。中间歧途四出,大约全妖窟徒党鬼女所居室内均可通行。

"适才我四人入内,在无心中发现。先前事出不意,如换法力稍差之人,必定入伏被陷。正在破法,鬼老不知又想闹甚玄虚,忽由前洞遁来。还未走出秘径,便吃发觉,连用法宝、太乙神雷将他打伤。遁时还肆凶毒,幸我早有防备,没有使上;反吃吕师叔用五丁神斧将他半身斩断。化作两道黑气,转眼又行合拢,仍由秘径中往来路遁去。

"同时闻得朱真人传声示和,令三位师叔用五丁神斧当先,紧紧随后追赶,与前洞诸位师长会合夹攻。命我把鬼宫藏宝封藏一处,以备日后取以济贫。将全地行法填死,免被别的妖党寻来盘踞。然后才来这里,放你二人回家投生。鬼宫正在崩塌,稍候一会儿,等这后半妖窟全数填塞;我收了法术,重加一层禁制,就引你夫妻出去了。"二人重又叩谢一番。

上官红侧耳静听,后洞崩塌之声已渐宁息。前洞依然猛烈,重又手掐灵诀,施展禁制,使那崩塌之处所有石土坚如钢铁。方始引了二人出洞,飞身空中,又施法力,将出口封禁。一同飞上崖去,略向二人叮嘱几句,令其避开前洞一面,到了环山岭再行分别。二人感恩悲泣辞别,由甄济带了月娇阴魂,自往环山岭飞去。

上官红送走二人,赶往前洞一看,妖穴已被朱真人用移山之法倒转填没,尘土飞扬,高起百丈,地轴轰隆之声兀自殷殷未息。只灵姑、裘元、南绮三人同了李英琼的弟子米鼍、刘遇安在妖穴对面的危崖上注视守候。近前一问,众仙已去金鞭崖。

因天过正午,妖穴所在虽是危崖幽谷,全山最隐僻之地,但由于妖鬼和所约妖党情急心横,想要倒反地轴逃遁。朱真人和峨眉众仙,将计就计,借此将妖穴填没,以致震波所及,范围较广,恐伤附近生灵,特命米、刘二人持了灵符,在此守候,防生他变。须等震势宁息,近居山民无人震伤,方可离去。

上官红又得知妖鬼此时遁往山阳大妖徒神目童子邱槐所居灵焰洞,此洞门户虽在峰顶,但有一半是在山腹,一半深藏地底。如要除他师徒,必须穿透全峰,始能入内。如将此峰移去,附近多有山民居住,樵采不绝,最远的居民相隔不过百里,一经地震,必要累及无辜生灵。不能和山阴地穴一样施为。

并且经过适才一战，妖鬼连受重创，元气大损，心胆已寒。本欲远遁，只为阴洞妖法尽毁，所有多年辛苦炼成的法器全数消灭，一件无存。阳洞尚有好些法器，不舍抛弃，想留以为异日复仇之计，故此窜入洞中。于是师徒二人发动九天元魔灵焰，将峰顶直达地底的出入口化成了一个火井，又以敌人精于穿山地行之术。另外又设了上中下三层妖法禁制。众仙投鼠忌器，攻陷极难。

可是妖鬼师徒天性凶横，却不知众仙有所顾忌。只知孽报将临，对方已立意赶尽杀绝，任他天罗地网，铁壁铜墙，如何防御周密，也阻不住敌人来势，早晚终被攻陷。并且留得越久，越难逃走，尤其众仙见他逃进阳洞以内，便不再攻追，各自飞去，使妖鬼猜不透是何用意。门下党徒死亡殆尽，也无法命人窥探虚实。

鬼老多疑善诈，必又当是敌人知道魔焰的厉害，不易攻陷，欲取姑与，暂时放弃不问，暗中命人向同道中借取九天元阳尺、天遁镜这一类专破魔火之宝，以备一举成功。鬼老既恨且怕，又无可奈何，已知不能长保，与其坐以待毙，转不如迁地为良，远走高飞，避开锋锐，日后再谋报复。于是也将计就计，故作尽力死守，乘敌人还未发动，就在今夜子时前后，突出不意，带了阳洞法器逃往云南，去与竹山教联合。

众仙窥破诡谋，先去金鞭崖歇息。为防中变，到了夜里，在东北西三面埋伏，空出且退谷外银发叟所设阵地一面。等鬼老师徒一逃，朱真人立刻赶往峰顶行法，移来山石泥土，将阳洞自顶往下一同填没，断了他的归路。并防别的妖人日后占据，除裘元、南绮、灵姑三人去与方、司诸人会合埋伏外，上官、米、刘三人候到地震余波平息，同赴金鞭崖候命。

银发叟行事，素不喜外人参与；裘元等三人本与方、司诸人相识，去还无妨。余人只要鬼老师徒不由另外三面逃走，均不上前。等其入伏，便各自回山。事完，灵姑先去金鞭崖拜见教主；裘元、南绮先回环山岭省亲，好使父母安心。略留一日，再带阿莽、胜男同去金鞭崖相见。

众人互相谈了一阵，震势已停，尘土渐息，米、刘二人也把四周禁制撤去。仗着地势幽静，围着妖窟一带又均有禁制，当地村民只感到地底微微摇动，一会儿即止，人畜田舍均未损伤。众人自是心喜，略为叙别，便各分途起身。上官红同了米、刘二人自往金鞭崖听命。裘元、南绮、吕灵姑三人也一同起身，飞往且退谷。

因天甫黄昏，方、司诸人，埋伏之地，与铁砚峰阳洞妖窟密迩。相隔只数十里,如非中隔一岭崖,站在峰顶,便可望见。恐因此去,被妖鬼师徒觉查,行踪需要隐秘。裘元久困妖窟,连日服气,也思少进饮食。神情稍显疲顿,别无甚伤害。

方、司、雷三家老少见裘元脱险飞出,愈知当晚方、司诸人成功无疑,决无妨害,好生欣慰。雷迅见同辈弟兄曾几何时,多已入道修真,绝迹飞行,羡慕已极。一面设备盛宴款待,一面把裘元引到无人之处,告以心意,请念弟兄之情,见了朱真人代为援引。

裘元自是义不容辞,但以婉言劝道:"伯父年高,膝前只你一人,和方端二哥一样。银发叟也曾说他将来必有遇合,只是此时奉养老母,不能离开。请大哥少安毋急,小弟随时留意,但有机缘,必定设法引进。"雷迅也想起老父年老,只一独子,便有仙缘,也不能舍却老父而去。知道裘元诚实,所说不假,既已应诺,迟早必应,也就不再深说。

回到室内,老少欢叙,不觉已是戌亥之交。南绮见难再延留,催促起身。裘元又向诸老、雷迅等辞行,互约后会,同了南绮、灵姑一同飞起。仍到谷口落下,步行出谷,穿越林木陂陀,赶往方、司埋伏之处。前已有两人来过,知道阵地所在,照直走去。火仙猿司明因时候将至,正在阵前窥探,见三人走来,又有裘元在内,越发欢喜,忙接进去,与方端、方环二人相见,略谈经过。南绮见缥缈儿石明珠和司青璜不在阵内,便问何往?

方端答说:"昨晚二位姊姊走后,到了天明将近,石姊姊和司表姊闻得山妖窟起了雷声,鬼老和门下余孽久未到来入阵,疑心出了变故,同往妖窟探看。石姊姊遇见峨眉派一位女道友,才知朱真人和峨眉、青城长幼众仙已回金鞭崖。

"原因是妖徒神目童子邱槐自从上次在红菱礁吃银发叟老仙师制住,吃了一次大亏,几乎送命。回山以后想起红菱礁、金鞭崖两处强仇大敌,相离均近。妖师鬼老近来胆子越大,恶迹日著,邪正不能并立,早晚必要寻上门去。越想越害怕,一面加紧祭炼妖法,一面到处勾结妖党,以为声援。

"他和天残、地缺二老门下孽徒黄权本来相识,自从元弟失陷,端弟、明弟去往妖窟探看以后,鬼老见机密已泄,朱真人决不甘休,势成骑虎,自恃妖法已然练成,意欲一拼。一面召集阳洞诸妖徒商量应付,分头约请妖党;一面自己也亲出,约请能手,准备大举。

"邱槐知道这两处强敌俱都难惹,料定凶多吉少,便发信香,把黄权请去,向其求助。黄权因天残、地缺二老自从上次因为两个孽徒与采薇禅师斗法，经百禽道长公冶真人劝解，虽未吃甚大亏，却也认作平生奇辱。自思事由孽徒而起，表面护短，暗中却约束门人，从此不稍宽假，如与青城、峨眉为敌生事，只一出手，不问胜败，回山这场苦刑决受不了。只得详说本身不能出面苦衷。

"妖徒原想由他把天残、地缺二老引出，闻言大是失望，再三求其出力暗助。黄权和妖徒至交，平日又说得话满，不能过于推却，便代鬼老师徒约了一个极厉害的妖人相助。为防敌人仓促来攻，阳洞妖窟所设禁制不能抵御，又把乃师所炼五色神泥暂借妖徒应用。

"那五色神泥乃古娲皇炼补天石所余，本是存在西昆仑万丈寒潭之中。当年天残、地缺二老费了不少心力得到手后，又经三年祭炼，极为神妙。妖徒如若用以封闭洞府，不特洞口封住，万难攻进，全洞上下都可坚若精钢。

"也是鬼老求胜心切，知道此宝尚有克敌妙用；从妖徒手里强索了去，妄想以此伤人，不料幻波池易、李两位仙姑恰有克制之宝，不曾使上，反被朱真人乘机收去。因知此宝一失，黄权当不起这个责任，早晚必来拼命。鬼老师徒也知此宝关系重要，必要再发信香将他引来，借此拉其下水。

"现在如若穷追，不放鬼老师徒遁入阳洞，迫令来此伏诛。一则石、司两位姊姊尚非鬼老之敌；我弟兄三人法力又差，我更无用。虽有仙阵埋伏妙用，只是照本画符之事，不能深悉微妙。稍有疏忽，立被漏网，不可不防。须等元弟和虞、吕二位姊姊赶来，有了五丁神斧这类专杀妖邪之宝从旁相助，方可万无一失。

"二则朱真人日后诛戮竹山诸妖人，五色神泥大是有用。虽然无心得到，又是夺自妖鬼之手。但是天残、地缺二老已与正教中人释嫌，脾气又极古怪，双方虽无交往，彼此相知，各不相犯。既不便就此据为己有，更防黄权情急行险，又去勾结别的妖邪前来夺取。

"乃师护短好胜，出于天性，以前只为孽徒生事，受了耻辱，再要将他爱徒受伤，新仇旧恨，一齐发作。情知胜败难定，也必不肯甘休，老羞成怒，铤而走险。微风起于萍末，循环报复，又惹出许多事来。二老只是天性孤僻，恃强自傲，并非妖邪一流，不愿为此小事结怨，其势又无往寻师徒之理。

"如等鬼老师徒伏诛，黄权不知朱真人的心意。当时知拼不过，既不敢独自来夺，又不敢回山见师，势必到处寻人；只一交手，便难善罢。只有此时由妖鬼将他引来，当时使其得知神泥已失之事，他情急之下，不暇寻思厉害，妖鬼再想借他窥探金鞭崖敌人动静，从旁一怂恿，定思冒险往盗。朱真人等他到来，先用法力将其困住，再与要约警诫，晓以吉凶祸福，发还此宝，并代隐瞒，不令乃师知晓。只到诛戮竹山诸妖人时，暂借用一次。

"这厮虽喜与妖人往来，平日尚无大恶，胆子又比他两个师兄要小得多。便与妖邪来往，也为正教门下一班后辈，与他这类行动诡异的旁门修士，气味不投，不是鄙夷轻看，便视若妖邪一类，当着敌人看待，无法亲近之故，经此一来，少却许多周折，并还可以诱使迁恶从善，免致长与妖人接近，日受熏陶，久而同化。朱真人临时变计，让鬼老师徒多活些日，自率众仙回转金鞭崖相待，主因便由于此。

"石姊姊因良友重逢，均欲叙阔。又以朱真人是前辈师执，以前见过，下余众仙也十九相识，俱约她和司表姊一同前往金鞭崖真人观中一谈。情不可却，和司表姊赶回，匆匆说完前事，便又去了。司表姊本是回家省亲，适才闻说众仙除虞、吕二位姊姊和元弟之外，今晚都不来阵中相助，恐我三人力弱，行时曾说，到了子夜妖人逃遁以前，必把石姊姊拉了同来。此时天已交子，来不多总该来了。"

说完，方环、司明知道师父所设木火奇门阵法神妙，人在里面尽管大声说话，阵外的人绝听不出。见时已不早，便将阵中门户生克变化威力一一告知三人，免得到时不明此阵何用，出甚差错。又请裘元、南绮二人居中护法，保定方端在法台上如法施为，以防初临大敌，鬼老来势凶恶，没见过这等阵法，临机慌乱，万一妖鬼情急，乘虚反噬，致为所伤。

吕灵姑仗着台前旗门掩护，等阵法催动，鬼老师徒被诱入阵，施展法宝神斧，迎头予以重创。司明独在阵前诱敌；方端专管那三十六柄太阴戮魂飞叉，等妖人师徒诱入阵地，受创遁逃，吃司明用法牌罩定之时，再发飞叉将他们钉住，带回红菱磴去祭炼，大功便告成了。

石明珠、司青璜如在事前赶到，便在左右两翼，随同司明诱敌，多上两个好帮手，自然更好。如若随了金鞭崖诸仙去扫平阳洞妖窟，估量必在妖鬼快要伏诛以前赶到，也可里外夹攻。无论如何，决不会被妖鬼漏网。

议定以后，裘元觉司明年纪太轻，法力有限，初次出手，便遇到这类极恶穷凶的妖人。阴洞地穴妖鬼虽全被杀，只逃出一个神目童子邱槐，阳洞这里必还有留守的妖人党徒残存在内，来者决不止妖人师徒两个。司明虽只在阵前一现，妖人一追，立即避入阵内，有了旗门掩护，不畏侵害，但妖人神通变化，诡诈阴毒，司明一人应敌，终是可虑。

方端把握全阵枢机，地位虽极为紧要，但是四外均有禁制防护，只要宁静沉着，不要胆怯害怕，便可无碍，有南绮一人守护右侧已足。因而他执意要随司明阵前诱敌。

方、司、裴五小弟兄情如手足，义胜同胞。司明因方端甚法术都不会，全仗连日传授，照本画符，恐有疏失，事前又未想到裴、吕、司、石诸人会来相助，时机已迫，急切之间无法变换他人。虽然台上禁法防护周密，仍是关心，不能无虑。心又有点自恃，所以自告奋勇，当前去打头阵。对于防护方端，唯恐不及，力说自己无妨。裴元执意不允，只得罢了。重又改作南绮一人在台上护法，裴、司二人同出诱敌。

这时阵势已然发动，由外望内，看不出一丝迹兆；由内往外，却是多远都能看出。所以众人仍然聚立一处闲谈，同时仗着阵中仙法妙用，观察动静，稍有警兆，立即飞出。

待了一会儿，眼看子时将过，也无动静。且退谷外盆地，原是在铁砚峰阳洞妖窟的西南方。众人久候无信，心疑生变，司明、方端因相隔不过数十里，晃眼即可来回，欲往妖窟附近窥探，南绮在阴洞地穴中被困了一次，后又随着众人对敌，尝过味道，知道鬼老妖法厉害，来去如电，说到便到，不可端倪。方、司二人虽然是初出犊儿不畏虎，决非其敌。

如在阵前与之相遇，稍为不敌，立退回来，便可无事。离开阵地稍远，不被发觉便罢，稍吃警觉，敌他不过，再想逃回，决非容易。即使师父和一干道友同门在彼，终是危险，所以力诫勿往。裴元也在妖窟吃过苦头，知道此举非同儿戏，不可冒失，跟着在旁劝阻。二人方始勉强应诺。

方环性最疾恶好胜，唯恐头一次奉命除妖，白白劳苦了好几天，结局变作徒劳。见裴元、南绮极口劝说，不令前往，又想飞空遥望，以防妖人万一变计，不来入网，必和金鞭崖诸仙在峰的左右恶斗。手中持有专戮妖鬼的法牌神箭，便可约了吕、裴诸人一同赶去助战，好歹也可试试手，免得落空，众人劝他不听，司明又力说只在阵门上空遥望，决不远离涉险。

南绮心想："下面便是门户，本来妖人到时，也要飞起诱敌，不过稍快一步。妖人骄横自恃，决不至于为此惊退。纵然来势凶恶，无论发动奇门妙用，或是分人上前应援，均来得及。"只吩咐了几句，便答应了。裴元自不放心，也随了同去。司明知道裴元飞剑乃青城嫡派，聚萤、铸雪又是神物，胜于师传，益发胆壮，兴高采烈，同了裴元飞升高空。

二人刚一飞到铁砚峰前横岭危崖之上，一眼望见峰顶妖窟侧面峭壁之上邪雾弥漫，剑气纵横，烟光杂沓，电驶星飞，双方恶斗正浓。紧跟着峰左高空中一声霹雳，一道金光夹着千重雷火，惊虹飞泻，笔也似直朝妖烟邪雾中斜射下去，雷火横飞中，烟雾便被击散了大半。敌我十余道剑光、宝光仍在相持，晃眼之间，正东、正北两方太乙神雷相继发动，势甚猛烈，四山皆起回音。

司明、裘元虽然退在百里以外，也觉轰轰震耳。因那雷火太密，又是三面齐发，无形中成了大半圆的火城。正当四山云起，月黑星昏的暗夜，从天空到地下，都是黑沉沉的。十余道剑光吃四外云雾遥遥围绕，宛似无数五色飞虹在空中追逐恶斗，上下飞腾。外面再蒙上一层彩縠冰纨，已是非常好看。及至太乙神雷连珠大震，当中大片山云和妖烟邪雾虽被震散冲开。那四外积云依然一丛丛山岳也似矗列旁空，被这金光雷火连成的大半环火城映照上去，云仍是白的，边沿上却幻出一层层的异彩，越发辉耀中天，奇丽夺目。

二人看出妖鬼师徒刚一出洞，便被众人截住。看那金光雷火三面环攻之势，分明迫令往且退谷这面逃来。二人也是年轻疏忽，明知妖鬼三面逃路已断，不久必要逃来，因见夜景奇丽，司明更是出生以来初次见到；又以埋伏就在足底，不觉大意，看出了神。

正在彼此指点说笑，互赞众仙法力神奇，忽见前面飞剑雷火光中现出一条鬼影。因相隔在百里以外，看去竟与常人相似。方觉长大，那鬼影忽然冒着满空雷火，往上长高，通身俱是碧绿火烟环绕。相貌虽看不真切，神态狞恶已极，形神更是高大得出奇，少说也有五六十丈。孤峰也似矗立空中，而且还在继续长高，并未休歇。那雷火打将上去，明明看出已透身而过，震散了好些，形影残缺，晃眼又复完整。

另一面，那和众仙斗法斗剑的几道灰白光华，自从太乙神雷震散妖氛以后，便已失势。只有一道较强的碧光和一道金光、一道白光分向一旁，略为驰逐，先自隐去。余者各吃众仙飞剑、法宝分别绞紧，无力挣脱，重又相持恶斗，互相纠结。这时不知从何处飞来一圈佛光，竟往千余道光华中罩去。跟着一片霹雳之声，众仙剑光、宝光连连掣动之下，所有妖光邪火忽然全被绞散。洒了一天碧萤，星飞雨散。雷火金光再往下一击，全都消散。恶鬼影子也似长到了限度。

二人都看在兴头上，仍未觉出事机已迫。遥望那圈佛光已向恶鬼影子飞去，猛听身边有人大喝："鬼老已至，你二人还不准备，等待何时？"裘元听出是师父青城教祖矮叟朱真人的口音，双双吓了一大跳。正待略为降低，准备迎敌;猛瞥见且退谷中飞起一团祥辉,照得大地山林明亮如画。同时光华映照之下,由谷中上空飞来三条黑影,其势比电还疾。目光一发现,黑影已到面前。

裴元认出为首一人正是鬼老,司明也认出内中有一妖人正是初探红菱磴,拜师以前所遇妖徒神目童子邱槐。知道妖鬼师徒已然逃来,想不到来势如此急骤,又从斜刺里飞来,未由铁砚峰正路,不禁慌了手脚。司明忙即招展神符,催动阵法,并随定裴元一同用飞剑迎敌时,已然稍迟了一步。

鬼老也是该死。他在阳洞曾听留守妖徒说过日前在且退谷外遇一骑虎少年,名叫雷迅,资质甚好,本欲擒回。嗣听少年说极愿出家学道,只因家有老父不能远离。并说他有三个结义兄弟:一个在青城门下,两个在银发叟门下。投鼠忌器,恐将两处强敌引动,未敢招惹,只假意和他结纳。以为日后师父法术练成,准备大举之时,再作计较。

鬼老当晚被众仙在铁砚峰包围,二次惨败时急怒攻心,愤无可泄。忽然想起妖徒所说逃时阳洞残留的徒党,已被众仙诛灭殆尽,只剩神目童子邱槐和一个本是凶魂炼成名叫胡坚的妖徒。便一同往且退谷遁去。准备杀害仇敌家属,并将骑虎少年雷迅摄走。

哪知众仙已有防备,早令李英琼用牟尼珠去且退谷上空防守。鬼老师徒见势不佳,赶紧遁走。一眼瞥见前面两个少年驾着遁光停在空中,认出内中有一个正是起祸根苗。裴元两次遇敌,均未见到,仇人相见,分外眼红,立纵妖光扑去,势绝神速。一到便下毒手,迎面一口邪气先喷将出去。

裴元发觉较早,又听师父传声警告,先存戒心,加以聚萤、铸雪仙剑神妙。一听警报,使用剑光防护全身,未受其害。司明却是初临大敌,来势急骤,未免慌张,未及迎敌,鬼老师徒三人已先发动。眼看危机一发,邪气就要罩上身来,忽听一声"请吧",两道青光夹着一团烈火,突由斜刺里飞来,红光当先,来势最急,正停在司明面前,那片邪气首先被挡住。接着裴元和来人的剑光、法宝也迎上前去;同时下面埋伏也已发动。阵势一倒转,鬼老师徒三人便入了伏地。

司明虽未重伤晕倒,仍吃邪气稍为扫中了些,当时激灵灵打了一个冷战,周身冷得乱抖。因是生性好强,觉着先前说了大话,和妖鬼还未交手,便挫败不支,面上太难堪,又气又急之下,一面按照师传运用玄功,咬牙忍受,一面仍照预定行事。见旗门变幻,鬼老师徒已入阵内,强挣着大喝道:"妖鬼已陷埋伏,二位姊姊不必多费力气,由他自去送死好了。"

司青璜手足关心,听他语声发颤,大吃一惊,回看司明,面色灰白,周身寒战,咬牙切齿之状,料知中了邪法暗算。自己不是鬼老之敌,唯恐一人不能防护。司明又持有法牌,到时必须上前,别人又替他不来。心中好生忧急。想把石明珠换回同保司明行法,高喊:"石姊姊,快到这里来!"

鬼老师徒三人尽管自恃妖法高强,飞遁迅速,毕竟是连遭惨败之余,惊弓之鸟,十分心虚。本以为裘、司二人是无心相遇,又知他们法力有限,不是自己对手,复仇心切,打算乘机猛下毒手,将人杀死,摄走生魂,略消心头怨毒。及见石、司二女突然飞来,已疑敌人可能在此埋伏。及听司明喝骂,鬼老师徒忙留神往下一看,就这双方交手瞬息之间,境地忽变:四外青雾浑茫,身在其中,上不见天,下不见地,所有左近峰峦树林全都失踪。只青雾中隐隐有五六座旗门隐现,烟光变灭,若远若近,不可端倪。凭自己的法力见识,急切间竟看不出此阵的门户方位,藏何妙用。知道中了敌人诱敌之计。

鬼老师徒三人猛又想起:"今晚敌人甚多,适才三面围攻,却空出一面逃路。后来自己斗法惨败,敌人飞遁神速,多半不在自己之下,自己逃时并未见敌人穷追,却在且退谷中派出能手埋伏。分明早有成算,在此布下罗网,几面堵截,非逼我等入伏不可。照此行径,此阵必以全力运用,十分厉害,决非易与。"

当时鬼老急怒交加,把心一横,怒喝鬼徒:"还不下手,先将小狗除去再说!"随即师徒三人一同施展邪法,放出飞叉、飞刀,与裘元、石明珠对敌。同时鬼老扬手发出百十支白骨箭,照司氏姊弟飞去。

不料阵势已全转动,石、司二女和裘元一样,先来阵中与方、司诸人相聚时,早已识得奇门变化之妙。又知鬼老邪法难敌,就不用司明招呼也有成算。只为救护司明,挡得一挡,看得阵势转动,旗门已现。那四方罗列的旗门俱是虚影,真正门户,近在身侧。裘、石二人先听司明姊弟呼声,还防有失。未及回顾,司明不等司青璜说完,已当先飞入旗门以内,司青璜自然随往。裘、石二人一见,也急收剑光,法宝追去。

鬼老师徒飞叉、刀箭暴雨一般发将出去。方料凭着跟前几个敌人,决挡不了,怎么也有两个人受伤。猛瞥见敌人往侧一闪,连人带遁光全都没了影子。同时裘元等四人一经掩入旗门以内,法台上方端便如法施为,将奇门方位转动,立生出离形化影妙用。

鬼老见敌人才隐,忽又在前出现,往前面一座旗门之下飞遁,看去又似诱敌,又似怯战逃去。明知前面必有玄虚,无如不知此阵门户妙用,追与不追,俱是一样。心还自恃神通变化,两个门徒或许替死遭殃,自己至多毁去原身,元神仍可遁走。万一敌人是因白骨箭厉害,乱了阵法,略有掩藏,想要逃出阵外;手底之物被他滑脱,岂不冤枉?念头一转,一声怒啸,如飞往前追去。

银发叟所设奇门禁制虽然神妙,因主持行法的方、司二人道力有限,禁制范围不广;又必须由头层旗门引入,始能发挥全阵威力。阵法倒转以后,裘元等人进了阵门,鬼老师徒身虽入伏,并未深入陷阱。可是那些烟光旗门和隐而又现的逃敌俱是虚景。右方逃路也为幻景所蔽,其余前、后、左三方俱是罗网,稍一移动前进,便即入网,不能自拔。

鬼老师徒事前如稍知阵中虚实,不往前、后、左三方行进,径直往右方逃走,阵中敌人法力比他较差,追赶不上,或可冲出危境,往云贵一带逃去。一则事起仓促,上来吃了轻敌的亏;等到四方八面旗门出现,奇门妙用发挥,形势全非,那往云贵逃走的正路,反改作了往铁砚峰去的途向。鬼老师徒刚由那里逃来,好些厉害强敌尚在峰顶行法封闭阳洞妖窟,自无赶往送死之理。仅此一线生机,还为禁法迷住,下余三面全是死路,前进一步,立踏危机,便不追敌人,也是无幸,不过缓死须臾,使方、司、裘、吕诸人多费一些心力手脚而已。鬼老天性凉薄,凶残忌刻,危机当前,只顾自身。全鬼宫大小数百徒子徒孙、鬼女妖姬,被敌人诛戮殆尽,只剩邱槐、胡坚两个最得力的妖徒,仍不稍顾惜。胜败尚且不知,先就打点好用他们替死,与敌人一拼的毒主意。本来恶贯满盈,数尽当时,这一追,正好入了正宫重地,死得更快。

妖徒胡坚平日极恶穷凶,最得鬼老欢心,屡欲谋害邱槐,欲取而代之。只因邱槐法力较高,鬼老知他人虽强项,不似别的妖徒鬼党听命驯服,对师却极忠诚,心实无他。又有短处在他手内,尽管心中不喜,无可如何。因此胡坚几次中伤,未得如愿,反倒结怨树敌。只得拼命祭炼妖法,极力向鬼师讨好,以为日后之计。对于邱槐,却视如强仇,唯恐突然发难,报复前仇,日常都存有戒心。

胡坚先见全数徒党死亡将尽,只剩有限十多人,心中愈发胆寒。暗想:"此时师父稍有不测,无人庇护,落在邱槐手内,休想活命。事已至此,只有始终紧随师父,既可装作忠心效命,固宠邀欢,与强敌对阵时,还可免却许多危害。"当铁砚峰受众仙围攻之时,果然因为紧随鬼老力战,携以同逃,得免诛戮,以为得计。又见冤家路窄,漏网妖徒除自己外,偏生余下死对头,越发害怕,不敢离开鬼老一步,一听说追,连忙跟去。

邱槐人虽凶横，性情却是爽直。本早料到鬼老残酷寡恩，淫恶太过，必有今日。虽不肯舍之而去，暗中却在留神打算。及至铁砚峰二次败后，依了邱槐，径直投奔云南竹山教，不必再往且退谷去杀害无辜，以免延误时机，另生阻碍。并且今晚敌人情势，一切似有了定算，就此逃走，尚恐无及，如何再生枝节？

无如逃时事机瞬息，鬼老飞遁又极神速，哪有工夫劝阻。有心独自先逃，又觉临危弃师，未免不善。敌情难料，独逃也势孤力弱。反正顺便的事，无多耽延，只得相随同往。一到，便遇见李英琼，差点没吃大亏。等由且退谷惊逃出谷，又遇裘元、司明。鬼老连经惨败，急怒攻心，死星照命，神志正乱，一见仇人，便横飞上去。

邱槐比较明白，心想："连且退谷一个不相干想不到的地方都安排得有埋伏，可见事均前知，罗网周密。这两个小孩并无甚大法力，明知双方正在恶战，如无厉害计谋，怎会在此停空眺望，恰又正当着往云南的逃路？不是设有埋伏，志在诱敌，也必有他的拿手之处。"二次又想劝阻，鬼老仇深怒极，心念才动，已相随一同追上。跟着对面现出两个适在铁砚峰助战的武当派门下女弟子。

邱槐先还疑是敌人埋伏有人，准备前后夹攻。又听司明一说，阵形出现，才知自己当断不断，已陷危境，好生悔恨。虽也随同动手，终存戒心，时刻防备退路。不似鬼老心辣手狠，妖法、异宝一齐施展，连身飞扑，忘了留神去路。阵法突然一变，邱槐虽也有些迷糊，但由何方飞来，身未转动，四面途向却是记得。鬼老、胡坚往前追赶上去时，邱槐心疑有异，方喝："小狗诡计诱人，师父且慢。"鬼老飞行迅速，人随声出，已然进了旗门，投入罗网。

方、司诸人全神贯注鬼老，初次主持阵法，又是强敌当前，未免慌张疏失，没看清同来的妖徒全数落网也未，便已发动，稍微快了一步。邱槐在旗门外略一迟疑，瞧见鬼老同胡坚刚往前一飞，面前烟光略闪，一座极大的旗门突然涌现。再看鬼老、胡坚和先逃四人已无影踪。猛想道："敌人一干首要适才不曾追赶，此时更是一人未见，必是隐身阵中行法无疑。似矮叟朱梅和幻波池峨眉门下几个能手，连师父都非其敌，自己如何能行？看他两人入内即隐，禁制埋伏必在对面。记得右方应是逃路，反正乱撞，姑且一试。"

邱槐灵机一动，立即施展妖法，往右方逃去。先见前面旗门变灭，还在忧惊，恐逃不出，因哪一面都有烟光旗门隐现变灭，本拿不定，只得硬着头皮前冲，飞遁神速，转眼便冲了出去，才知竟是一个虚影。回顾身后适才师徒三人遇敌之处，只是黑影沉沉，竟然看不出那一带的山石林木。那么多烟光旗门，出阵便已无迹，也不再见有一丝迹象，直似同行两人凭空消失。料知阵法神奇，厉害非常，哪敢逗留，急催妖遁，往前飞逃。

走出老远，不见有人追赶，惊魂略定，猛听来路身后鬼老惨叫之声，甚是悲厉。回头遥望，只见七八道剑光同自阵地飞出，中有四道青白光华拥着两面法牌，牌上钉着两条黑影，四外烈火环绕，风雷隐隐，带着破空之声，往红菱磴那面飞去。另有三道剑光却往且退谷投去，一闪不见。知道鬼老、胡坚已落敌人手内，万无生理，不由心寒胆裂，加紧往云南逃去不提。

且说方端在中央法台上主持阵法，虽有南绮在旁守护，依旧是战战兢兢，如临大敌。因为自身是个凡人，初次照木画符，主持这类神奇的阵法，大敌当前，形势万分险恶。稍微疏忽，不特妖人漏网，自身和手足至交还有性命之忧。先还能极力镇静，及至空中有了警兆，遥听雷声，心便频频跳动，忙即加紧戒备，全神贯注在手中令牌、符剑之上，谨守主幡，准备应用，一丝也不敢放松。

其实方端老成持重，胆子原大，只因事关重要，顾虑太深，并非胆小害怕。照此行事，虽是矜持过甚，发动却快，原不至于被妖徒乘隙逃走。

也是南绮见他持重端肃，神态过于紧张，以为奇门变化妙用无穷，法台四外均有禁制，敌人无法侵入。自己不过在此为主持人壮胆，聊备万一，原用不着。一经把妖人诱入旗门之内，便算入阱，决逃不脱，何须如此自苦？又听铁砚峰那面神雷尚在连发，山鸣谷应。南绮仰视空中，裘元、司明也在凝望未动。自己昨晚曾在峰阴妖窟中同众仙应敌，知道鬼老邪法厉害，困兽之斗，还能支持些时。再如有甚外来的妖党相助，败逃更慢。觉着方端无须如此自苦，便劝他不必畏惧，妖人不会来得如此迅速，就被冲来，也不碍事，可以放从容些，免得虚损精神。如有警觉，她也会对他说，决来得及。

方端对于南绮自是信服，又以雷声连响，妖人仍无到来之兆，不由放宽了一些。又正赶上和南绮问答，心神略分。不料雷声未息，裘、司两人未下，妖人师徒突由且退谷中绕道飞来。这一来连南绮都出乎意外，大吃一惊，急喊："大哥快将旗门转动！"说时方端也已望到了上空鬼影，南绮一急呼叫，上面司明又发动了警号，益发慌了手脚，忙将奇门转动。

说时迟，那时快，妖人师徒来势既极神速，双方对敌又只一照面的工夫，阵中旗门虚影刚刚出现，裘元、司明、石明珠、司青璜四人已借正面隐藏的旗门掩护退了进去。紧跟着妖鬼师徒二人便跟踪追来。方端在法台上自然看得清楚,见妖人疾如闪电追将进来,势绝凶猛;两下方相隔甚近,转眼可以飞到,竟把阵中妙用忘却,既恐抢上台来,又恐被其遁去,也没看妖人来了几个,是否全数入阵,南绮又在旁指说当头那个长有羊胡子、尖头尖脸的便是鬼老。心里一急,忙把台上奇门变动,阵门便已封住,断了妖人归路。

后面邱槐看见鬼老师徒失踪,临机警觉,至被脱去。否则妖徒尚想唤住鬼老,阵中旗门虚影环列,隐现无常,极易幻惑心神,看不出何是逃路,也想不到往相反一面硬冲,只要往其余三面稍为前移,立即入阱了。等看出妖徒逃去,要以全力应付元凶,哪还有余力兼顾,并且敌人已经逃脱,更难除他,只得听之,悔之无及了。

方端封了阵门之后,一面正忙着发挥木火威力,吃方环在台上回首看见,知乃兄应敌心慌,乱了章法。忙喊:"大哥且慢!妖人已陷阵内,无异网中之鱼。听我招呼,再下手除他便了。"

鬼老师徒明明见前面男女四敌人驾了遁光往前飞驶。至往前一追,身刚飞出,敌人忽然不见,对面不远却现出一座法台。那台设在一个大石头上,因通体云烟围绕,看不出地皮,也不知离地多高。台上分五宫位列,放着许多法物,四面各有一座旗门。当中一个相貌英俊的少年,手持符剑令牌,披发赤足,禹步而立。身旁立着一个前在阴洞地穴内外曾与两次见过的少女,正指自己笑骂,另有一幢白光连人带台一齐罩在里面。

刚刚入眼,鬼老还未及看清,猛瞧见少年手中令牌长剑略为晃动,觉出身后一亮。忙一回顾,身后现出一座高大的旗门,两片青红光华左右相交,在门上如电闪过,旗门立隐。再看正面法台,也同时隐去。四方八面一片沉冥,只离身不远暗影中有一片白光微微闪动。

鬼老虽知陷入敌人阵内,但见青城教祖矮叟朱梅和幻波池这班强敌一个未见。法台上只有两个少年男女,觉着易与,只要抢上法台,破了全阵重要之地,便可无事。弄巧还会转败为胜,杀死这几个有根器的敌人,摄了生魂逃走。哪知一入阵门,又为奇门禁制所迷,法力逐渐失效。眼看数尽,还不自知,上来忽欲破阵复仇,毫未想到逃跑。及至飞行了一会儿,晃眼立至之地,老见白光在后,停住不动,也不见有别的异状,只是飞不到。

鬼老虽是邪教,毕竟功候甚深,不比寻常,平日又弄惯这类颠倒挪移的奇门变化来擒制敌人。当时虽然迷惘,时间略久,立即警觉。心里还暗骂:"自己气急发昏,这类道家常用的奇门禁制竟未看出。如今飞行了一会儿,虽然仍在这片地上,并未飞远。但是敌人已乘此时机加上许多圈套变化,无论破阵或是逃走,均要比前更难,真个糊涂已极。犹幸对方只是几个小狗男女,如像前两次恶斗所遇强敌,岂不大糟?"

鬼老念头才转,忙命妖徒胡坚暂且停住,等试探出了门户方向,再作计较。话刚出口,猛又想起:"事情难说,自从由且退谷入阵,敌人首要一个未见,邱槐又忽然失踪,焉知强敌不是隐藏在内,故意用些门下小狗男女出来诱敌?"心胆一寒,忽生毒计。

鬼老欲用妖徒替死,以为自己脱身之计。密告胡坚说:"我师徒已然陷入敌人阵内,你师兄邱槐胆小怕死,已在入阵以前逃走,现为仇人埋伏所杀,形神皆灭。我已将此阵机密看破,必须我师徒两人分头下手,始能破敌出险。那对面白光乃法台所在,有奇门变化,这等前飞,就飞多少时候,也飞不到。为今之计,我师徒可向左右两方分头相背急驶。同时我再施展法力、法宝,往四面发动,敌入旗门、五宫阵位必要现出,往中间围困了上来。

"我全宫许多徒弟丧亡净尽,此仇万世难消。今只你一个是我衣钵传人,无论如何我也要保护,不能再落敌手。旗门一现,可听我传声所指方向,独自遁走,去往前途相候,这样可免我后顾之忧,剩我一人,进退皆易。即或不能杀死这些小狗男女稍出怨气,我有玄功变化,他也莫奈我何。"

胡坚知道鬼老狠毒阴狡,又看出当时的情势凶多吉少,心实不愿离开。继一想:"不听命不行,稍为违忤,一逃出去,酷毒先难禁受。再者,门人只剩自己一个,再不保全,势必更孤。也许所说是实,并非卖己。"胡坚正要应诺,妖人见他吞吞吐吐,已经发怒。方欲喝问,猛听左侧有一女子喝道:"无知妖怪,死在目前,还想闹甚玄虚么?好好束身待毙,虽不免形神皆灭,化为虫沙,万劫不复,却可免去许多活罪受呢。"

这时鬼老看不见众人,众人仗有奇门妙用,隐身旗门之下;鬼老师徒行动却看得十分真切。经此阻延,全阵禁制早全发动,齐往中心迫来,鬼老声东击西,利用妖徒代死之计,早已无效。除却去中间法台的死路外,左、右、后三面俱是天罗地网,铁壁铜墙,连随意四下飞窜都不行了。

发话这女子正是缥缈儿石明珠。因见司明身中妖毒,周身冷战,偏是少年好胜,手持法牌,等候阵势发动,将妖人层层紧束,万无逃理;再行下手,咬定牙关,坚不肯退,面色甚是苦痛,不禁同仇敌忾,心中大怒。又见阵势运行已然严密,万无一失,鬼老师徒眼看要伏刑诛,忽然警觉停住,口皮乱动,似用邪法,传声密议。想激他多吃点苦,便出声喝骂。

鬼老果被激怒,但他知道敌人有阵法隐蔽,语声听去是在侧面,实则非是,拿不定人在哪一面。口中厉声辱骂,却把白骨箭往前、左、右三面发去,也是想引仇人现出一点形迹,以便再用恶毒妖法一试。哪知无效,青磷万点,纷飞如雨,一齐投入前侧三面暗景之中,竟然消灭无迹。才知仇人厉害,出乎想象以上,心中加了忧急,方寸便乱。同时他这里一放白骨箭,奇门妙用立生反应。

方端见仇人扬手发出大片碧光,左侧旗门忽隐,知已触动木、火二遁禁制,只要把灵符掷出,立生出极大威力。忙即如法施为,先将灵符往前一抛,手中长剑一指,一点火星飞往符上。震天价一声迅雷过处,灵符化为一片五色彩光,一闪即没。立时烟光滚滚,布满全阵,五方旗门随又同时涌现了出来。

鬼老正在暗影中咬牙切齿,打不出主意,一听雷声,知道阵势已全发动。暗想:"先前不曾防备,以致陷入奇门以内,失机于前。身陷黑暗之中,甚也看不出来,门户方位全难查知。现在仇人已将罗网密布,方将阵形出现。虽然诡计周密,一定厉害,但此阵的真实门户方向以及逃路总可看出。刚巧自己又带着一个替死的妖徒在侧,自己凑巧连原身都可保全。"鬼老想到这里,心神一振。烟光杂乱中,阵形已经毕现。忙仔细一看,不禁吓了一大跳。

原来此阵乃银发叟当年心痛爱徒惨死,知道妖人党徒众多,自身势孤,生平不愿借助于人,竟不惜费了多年苦心,采用正派、旁门两家之长,以先天旁门五遁为主,内中加上旁门中极厉害之禁法和一些克制妖人的法宝法器,神妙非常,威力绝大,专为对付妖人师徒而设。

银发叟本意是再有三数年,新收方环、司明二徒法力功候有了基础,此阵威力妙用也愈发增强,师徒三人突出不意,先用此阵把铁砚峰阴阳两洞妖窟一齐圈入阵中,使仇人一个无法走脱,然后再施展法力迫令出战,并毁去地底妖窟,以便一网打尽。

不料裴元被陷,月娇代向红菱礅告急。银发叟知道妖人又惹下杀身之祸,覆亡在即。但知鬼老工于身外化身,玄功变化,众仙尽管法力高强,如无此专为制他之策,只能斩杀他的肉身,元神仍被走脱,随地可以另觅形体,与不死一样,多半要被漏网。虽然阵法新近练成,功效尚差;自己又不肯亲往附和,不能立时施为,必须预为布置;方、司两人法力有限,布阵范围也不能大小随心。那且退谷却是妖人必经之地。众仙知道此事,也必三面防堵,迫使入网。此阵要想全妖宫徒众齐来上套,自是不易,如乘鬼老新遭败北之余,连同残余的三数妖徒诱使伏诛,却是手到成功。

就这样，银发叟还觉方、司两人资质虽厚。修为精进，到底年幼，初临大敌，不甚放心。为防万一，又在中央法台之上加了一件专杀妖人的法宝。起初只令方、司二人把方端找去，代掌法台，只要如法施为，诱得妖人入阵，便万无一失，何况又添了几个有力帮手。

鬼老在邪教中也是数得出的厉害人物，见多识广，妖法高强。这时看明阵形乃是五方五座旗门。自己和妖徒正立在当中旗门之下。面前不远的山石上面有一法台，和前见一样，只是护台白光，已经收去。离台丈许，虚挂着三十几支叉形碧光，叉头上灵焰闪闪，蛇信也似吞吐不休，作出引满待发之势。除台上少年男女二人外，先前对敌诸人俱都未见。那旗门也此隐彼现，互相轮替。凭自己的法力见识，竟不知此阵的来历名称和门户妙用，情知不是好相。

匆迫中，鬼老还不知那三十六柄太阴戮魂飞叉，以及隐在法台前面的吕灵姑所持五丁神斧，俱是专杀他的克星。只知照此情景，多年炼就的法体原身十九难保。门下妖徒死亡殆尽，只剩胡坚一人，对于自己又极恭敬，生死相随，反正不保，何苦害他形神皆灭？

正想密告妖徒，令将元神与己会合，以备事急之际，自己拼舍肉身，带了他一同逃走。猛又一转念："无论是甚神奇阵法，均由法台中心要地主持发动。此时仇人忽将法台现出，主持阵法的明是一个初次出场的庸流。身后护法的少女又是手下败军之将。这等阵势，怎会如此率意？分明又是有心诱敌。自己虽打点好舍身化形，只将元神冲出阵去的主意，无如仇人首脑一个未见，连先对仇人的几个少年男女也毫无踪影，情形大是可疑。莫如还是令胡坚先去试探一下，看明情形如何，再作计较，比较稳妥。"

当下鬼老毒念重生，悄对胡坚道："如今仇人全阵现出，门户已被我看清，必须抢上中央法台，将小狗手中令牌破去，方能脱险。仇人防御周密，颇多变化，事机神速，我如前往，他两旁埋伏发动，你必抵御不住，我又无力兼顾。为今之计，只有由你用我所传隐形飞遁之法，突出不意，连伤台上小狗，带夺去他那手中令牌。我一面抵御仇人埋伏，一面为你防卫，才可保得无事。台上飞叉虽然厉害，有我法宝，足能抵御，无须害怕。我料仇人隐伏阵中者尚多，我师徒此时大势已去，报仇之事，只可俟诸异日，即便侥幸破了全阵，也须防他群起夹攻，不可逗留。事一得手，立即随我往东方生门逃走，一出此阵，便不怕他了。"

妖徒胡坚虽知鬼老平日凶狠阴险，照例只说一两句话，令出必行。这时忽然说了这许多,词意神情均较亲切和善,不似往日残暴严厉之状。如非事急相需,要自己为他卖命,便是笑里藏刀,另有阴谋。无如妖徒对于阵法更是茫然,除听鬼老调度,别无他计。明知此举凶险,总想同类只己一人,妖师任多凶狠,故意将他送死尚不至于。

胡坚又看出台上行法少年,正是那日且退谷中所遇骑虎少年。雷迅仅是凡人,身后女子,昨晚曾见她随在敌人一面,与师父同党斗法。虽有几件法宝,但也难伤自己。照此情形,分明敌人不够分配,以为法台虽关重要,只是如法施为,无须对敌,所以连这样毫无法力的常人也找了来。看那女子在旁护法,情虚胆怯,可想而知。师父因不认得那少年,疑此阵神奇厉害,以为艰难。只要台上飞叉他能抵御,杀此少年,夺取令牌,易如反掌。还觉可以邀功,闻言立即应诺。暗喊:"师父留意,弟子去也。"

鬼老知那法台决走不上去,本心是想拿妖徒试验,虽然假装相随同进,实则虚张声势,身仍未离原地。欲待观察妖徒前进,有何变化,相机觅路遁走。哪知白害了妖徒,仍救了不自己,心劳计拙,终受炼魂惨报,形神皆灭。

妖徒原是隐形前进,外人决难看出。哪知身子飞出两三丈远近,猛觉两边旗门齐往中央合拢,眼前奇亮,身子便被青光罩住,如被重棉紧束,四外有绝大神力压来,丝毫不能动转,才知上当。心还妄想妖师救援,刚强挣着急喊一声:"师父!"光中遥望对面主持法台上的少年将手中令牌朝己一扬,青光忽转红色,烈焰熊熊,焚烧起来。

妖徒是生魂炼成的形体,法力又不如鬼老,自然禁受不住。偏生方、司诸人痛恨妖人,不肯发挥火遁全力使其速死,只管缓缓炼去,眼看元气销铄,形神一点一点炼化,惨号连声,求死不得。诸人见妖徒已被制住,各以全力对付鬼老,也不去理睬,任其自食恶报。

这里鬼老瞥见妖徒才一飞出,便被红色光华罩住,阵势未怎变动,白葬送了个心腹徒弟,逃路门户仍看不出。还不知道自己也在中央旗门之下,无异鱼游釜中,只等火发,稍为行动,立生出绝大威力。以为只是肉身难保,逃出费力。自恃玄功变化,正在舍却原体,用身外化身之法,声东击西,故作往东遁走,元神却冒奇险往西方法台冲去。以为这类阵法多是以实为虚,那可逃之路禁制必严。当中一面只是法台枢要之地,防御周密,不易攻破。那逃路多半就在法台后面,只要绕过去,便可冲出逃走。何况自己飞遁神速,元神又是隐秘飞行,敌人只顾那逃走的肉身,决想不到声东击西之法。并以全神贯注前面,法台上疏于防备,吃自己顺水捞鱼,伤他一两个解恨都是意中之事。

鬼老心刚一横，元神还未遁出，众人见他久停中央旗门之下，以为阵中动静相生之妙被其识破。方环首先不耐久候，大喝："妖鬼还不上前伏诛，我们稍费点事，先下手吧。"方端闻言，便将法台上奇门变化，生出威力，中央旗门立射青光。

鬼老闻声，料定仇人发动，来者不善，心中一惊，忙运玄功施展邪法，刚把元神隐遁出去，他肉身本定是往东方生门飞遁，还未飞起，便吃青光围拢，和妖徒一般困住。鬼老见状，又惊又慌，立即乘机往西方法台上面飞去。哪知仙法妙用，稍为行动，立生反应，自以为身形已隐，其实早在对方洞察之中。

这时石明珠已到了台上，见鬼老分化元神，隐形逃窜。有心使他难过，暗嘱方端先不下手，只将旗门转动，引他在阵中乱窜急飞，却不让他飞出去。鬼老飞逃了一会儿，见法台仍在前面，回顾身后肉身，已被烈火环烧，快要烧化，相隔仍在两三丈左近。不由心惊胆寒，无计可施，只得改变方向飞逃。哪知用尽方法，上下四外一齐飞遍，始终仍在原地。除四方旗门包围，烟光变灭外，别无异状，也不见有人出来。

鬼老知是玄门中的颠倒奇门挪移遁法，越飞越情急，性毒心横，妄想把所有法宝连同邪法一齐施为，以图一拼。猛听一声雷震，身后肉身立被雷火击成粉碎，化为一片黑烟，在焰光中一闪而灭。同时五座奇门齐隐，上下左右连同身后俱是青红二色的光华烈焰，齐朝自己涌压上来。

鬼老知道阵中乙木、丙火二遁威力已然发动，那最厉害的禁制必在前面，欲逼自己上前送死，所以单把法台一面空出。照此情形，暗中不有能者，也必有对头克星。如若往前拼命硬冲，即使能脱罗网，受伤一定不免；如不一拼，木火相生，威力至大，休说久了元神被其销烁，长此相持，干吃亏苦，也不是事。

先前只说身外化身，玄功变化，只舍肉身不要，至多费点心力，稍为受伤，大体无妨。却不料阵法如此神奇厉害，元神竟为阵中神光照定，不能隐迹，一任飞遁如何神速，仇人只将奇门随时略为转变，逃出直是休想。最苦的是身在禁制之中，除却勉强抵御外，要想还手，已是无效。

惊弓之鸟，心一迟疑，打算先不向前，暂时拼着真元损耗一些，且凭本身法力，与木、火二遁相抗。同时暗中仍将残余的几件法宝准备停当，再假装禁受不住丙火烈焰，被迫向前，不问有甚埋伏，突然暴起，给他一个迅雷不及掩耳。同时以全力施为,向仇人发去。此着虽是犯险,却可死中求活。只要除去一个仇人,所守门户无人主持,自然现出,稍见缝隙,立可冲逃出去。

鬼老正在暗运玄功,一面抵御,苦苦相持,一面暗中施为。猛听身后一声断喝,突地红光耀目,精芒电射,罩上身来。方觉有异,百忙中回顾,见一少女驾着剑光,手持一柄神斧,斧头上发出大半轮红光,带着五色芒角,当头挥到。看出是先在阴洞地穴外面交战的少女,那手中神斧乃是自己的克星。初会时还可无碍,这时身在木、火二法包围之中,好些邪法俱难施为。又在匆促之际,如何抵御?亡魂皆冒,哪敢抵御,更无暇计及前途凶险,怪啸一声,慌不迭往前逃去。

因变生匆促,一任鬼老飞遁神速,仍吃斧光扫中右臂。负伤情急,正往前窜,百忙中猛又瞥见对面台前现出一个道童,在一幢白光之下戟指怒喝。心中愤极,刚刚张口,所炼邪气还未喷出,只听道童口才喊得"妖鬼"二字,手扬处,台上数十枚碧荧荧的光华已电射飞来。情知不妙,不顾伤人,忙喷口中邪气,想要抵挡。

说时迟,那时快,他这里口中邪气刚刚喷出,身上忽然一紧,似被甚东西吸住。大惊回顾,心神略分,那数十柄戮魂飞叉已刺上身来,当时全身不能转动。却由身后跑来一个道童,一个少女。定睛一看,元神已被二三十柄戮魂飞叉钉在一面法牌之上。紧跟着又是两声迅雷过处,阵法全收。妖徒胡坚也已现形,同样被飞叉钉在另一法牌之上。

那两面法牌一经施为,大约七尺,宽约三尺,飞叉将妖鬼钉住后反倒缩小,长只尺许。碧光却是分外晶莹,奇辉映目。胡坚身上共只钉了四支,鬼老从头到脚全身皆被叉钉紧,最是厉害,单头上便钉五柄,几被碧光遮没。

其实多大神通变化的妖邪元神,只要被法牌神光吸住,钉上三四柄飞叉,必无走脱之理。似鬼老这样,至多钉上七柄飞叉,便痛苦难禁,不能转动,本用不着这许多。只因司明沾染了一点邪气,石、司二女接应稍迟便无幸理,方、石诸人同仇敌忾,越加愤恨。

本心还要用木、火二法的威力使鬼老师徒元神多受酷虐,再行下手。嗣见司明在乃姊护持之下,隐在鬼老身后咬牙忍受,恶寒冷战之状,好似难耐。鬼老法力较高,不比妖徒不禁木、火二法侵铄,仍能勉强支持行动,看不出过分苦痛之状。方、司二人知道凭此阵法,只能使其被困就擒,终须带回红菱磴去,才能销铄他的元神,使其灭亡。方环一声号令,便即发动。

因恨极了鬼老,那三十六柄飞叉,先给胡坚头上前心双足各钉了一柄。

心想："此又名为太阴戮魂,乃妖魂的克星,多中上一柄,必多有一柄的威力,就不能将妖鬼形神消灭,至少也令多受好些痛苦。"便把下余三十二柄全朝鬼老发出去,除固定七处要害外,凡是穴道关节之处,全给钉满。跟着方环如法施为,将手一指,叉尖上碧焰便愈强烈,即此鬼老已难禁受。方环意仍未足,又发出大片神火,连法牌带二妖鬼一齐笼罩。

鬼老自知恶报临身,万无生路,无奈面上两目口鼻俱被飞叉钉住,阴火焚烧,无限痛苦,连想毒口咒骂几句都所不能,只在鼻孔里不住惨哼。众人也不理他。

一切停当以后,因押着二妖鬼,还有许多法器,司明又中了一点妖气须人护送,便把人分开行动。由方环、司明、司青璜、石明珠四人押着那两面法牌回转红菱磴。司、石二女等将二妖鬼护送到后,银发叟如允方环、司明二人回家小住,便与同归;如因化炼鬼魂须人侍坛,不能分身,司青璜也必约了石明珠同回且退谷省亲,就便与众人作一小聚。

裘元惦记父母,又以甄济回家时忘了叮嘱,到家必要说起自己涉险经过,恐二老惊忧,急于回家一行。原想事完到且退谷与雷迅和方、司、雷三家父母见一面,稍为晤谈就走,无奈爱妻南绮和缥缈儿石明珠至交姊妹,久别重逢,彼此都有不少话说。

明珠和乃姊舜华更是患难莫逆之交,此次离开武当,便为寻访舜华,曾去长春仙府未遇。初会南绮时,以为她姊妹分别已久,南绮和裘元同奉师命在外行道,平日又多步行,姊妹二人不会在一起。恰值裘元被陷,南绮心情恶劣,见面不多时,便和吕灵姑同往峰阴妖窟,语焉不详。等救完裘元回来,石明珠已被友人约往金鞭崖小聚。

后来妖鬼误入伏地,司、石二人飞来相助,才得重见,又忙于擒杀妖鬼,始终无暇细询舜华近况。直到制伏妖鬼,快起身押送时,南绮要石明珠从红菱磴回来后,在且退谷或环山岭裘元家中,任择一处小聚一二日,就便商量乃姊之事。无心中谈起齐灵云、秦紫玲均说舜华面色幽晦,恐有危难,现在紫云宫中小住,以图避祸。

石明珠一听,正与师父半边老尼之言暗相符合,良友关切,益发在念,当时不及细谈,便对南绮说:"元弟家中世俗耳目太众。就是主人贤惠,园林清雅,他一个书香世族,我们这些行踪诡异的人前往,也易启居民猜疑。连贤梁孟和巨人姊弟,都不宜在彼久居,何况于我,如去彼此均有不便。且退谷远隔尘嚣,所有居民都是雷氏父子的门人亲族,无所避忌。青璜妹子老亲在彼，此次本是奉命省亲，一举两便。还是请南妹梁孟和吕道友往且退谷稍候，我和青璜妹子押送妖鬼，见了银发叟老前辈，立即回转好了。"南绮随口应诺。

裘元因日前负气私行，致为妖人所害，累得爱妻着急，犯险相救。劳师动众，费了好大心力，才得转危为安。这时她已答应了人家，怎可再生异言？又一想："父母即便听甄济说了身经诸险，但知自己已然脱困无事，妖鬼也俱伏诛，甄济况又眼见诸仙法力，必还多所铺陈，艳羡自己仙缘仙福之厚。二老不过事后想起害怕，纵有忧疑，经甄济在旁一解说，也就无事。并且甄济早就到家，见着二老已先说出，此时便赶回去，也于事无补。爱妻因见自己受了这点惊险苦处，见面时不特没有一句埋怨，反恐自己负愧，一味温柔慰勉，深情款款，也实不忍再离她先行。"想了一想，只得和南绮、灵姑一同带了方端，往且退谷飞去。

鬼老师徒因为被奇门禁制，神志渐昏，在阵中飞逃，觉得甚长，实则连被陷和被太阴戮魂飞叉钉上法牌，共总才只片刻的工夫。神目童子邱槐虽是妖人，却有血性。逃出以后，遥望鬼老师徒两妖魂被人钉向法牌之上，周身都是碧焰烈火聚集环绕，料知鬼老那等玄功变化，竟会被敌人杀死，连元神都不能脱身。禁法厉害和身受之惨可想而知。

邱槐想起鬼老虽然凶残暴虐，终究是自己师父，不禁悲愤填膺。暗想："敌人自负玄门正宗，行事也如此毒，竟将全宫徒众一网打尽。自己适才也是危机一发，如非见机得快，稍差一瞬，一样要遭毒手。就说邪正水火，不能并立，阴洞地宫那么多鬼女生魂，大半都是良家女子，被师父法力禁制胁迫。虽然长日荒淫，习染成性，本来面目并不如此。内中还有一两个是新摄取来的，师父连日事忙还未进御。难道内中竟无可恕，全数杀死，一名不留？

"那叛师背主的淫婢月娇，师父在前洞事败，曾由秘道走回，竟欲倒转全洞，发动地水火风。不料法台已被人破去，行法未成，反遇强敌，迎面受伤退回，自己由秘道飞出时，曾听敌人说起，法台主幡全仗淫婢卖师求荣，不特免去一死，还许得了仇人好处，都在意中。师徒二人费了多年心力，好好创立下的教宗，一旦微风起于萍末，晃眼便败于仇人之手。追原罪魁祸首，全由于月娇一人所致。"

邱槐越想越恨，师父徒党已尽消亡，便投竹山教，也只依人，难于再起。眼前这些仇人虽然势强力大，不是他们对手，先寻妖婢这祸首报仇泄恨却是容易。估量敌人只能将她宽放，这类淫荡之女，决不会带回山中收归门下。

此女又只炼就生魂，无甚交往，不是经仇人相助转劫投生，便是另觅躯壳，在附近隐僻之处寻一洞，潜伏修炼。

妖徒邱槐因愤乃师行事太恶，便别的左道旁门也无此穷凶狠毒，性又不喜女色，无事轻易不入峰阴地宫，事起仓促，只从敌人口中得知月娇内叛，还不知道为了甄济情缘结合之故。开头只在近处隐伏，暗中查访月娇踪迹，欲得而甘心，没想到别人身上。

过了两天，才渐想月娇虽是祸首，事由裘元而起。甄济乃是裘元的表兄，曾代求情。月娇平日是甄济的爱侣，卖师之事多半与闻。破洞时，裘元看在至戚份上，必代求情宽免，此人定还尚在。可惜平日看不上地宫，这些后进同门难得交谈，不知他以前家况，居住之地，急切间查不出下落。查听口音神情，似是近山各县的大家子弟，仔细查访，总可寻到。于是便在青城近山各城乡村市四处寻访，又生出了好些事来，不提。

这里裘元心虽念家，因南绮已允往且退谷等候石明珠，不便不从，只有同往。初意石、司两女至多天明以后必来相见，哪知到了次日中午仍未到来。南绮渐渐看出他思亲心切，便答应裘元，如若伴他在此候久，回环山岭时，也在家中多留些时日。

裘元道："师父还命引胜男姊弟去拜见呢。"南绮道："你总以为我不愿在你家久住，实则像这次一样，二老另设静室，不令亲友来扰，多住些日又何妨？你能依我，我也依你，不会把胜男姊弟送至金鞭崖，拜师复命之后，再回家去住几天么？"裘元闻言，好生欢喜。因贪爱妻能同回省亲，在家多留些日，方、司、雷三家老幼又殷勤挽留，也就罢了。

哪知到了次日夜间，石、司两女仍未到来。南绮因师父还命事完速带胜男姊弟往见，在家只有一两日居留，石、司二女不是不知，也觉奇怪，便令灵姑往探。

灵姑半夜回转，言说司明不合自不小心，中了妖鬼所喷阴煞之气；当时又太逞强，不即回山救治，以致妖毒之气侵入骨髓。此时银发叟一则痛恨妖鬼罪孽太多，不足掩辜，欲令他多受苦痛，不即回山处置；二则急救司明，也实不暇兼顾，只得把两妖鬼放在法台之上，任其受那报应。

但是鬼老党徒众多，还走脱了一个妖徒神目童子邱槐。这人虽是妖徒，对师颇忠，为恶也有限度。平日交游甚众，党羽甚多，妖鬼门下只他一人能够漏网，未始不是由于他为恶不多，天性还厚之故。他知妖师被捕，难保不千方百计四处约请能手，拼死来救。

还有竹山教妖人均与鬼老有交，日前众仙诛杀妖党时，鬼老所约帮手，便有竹山教中妖人在内。虽吃女神婴易静与李英琼二人杀死，但有一个姓彭的妖人炼就身外化身，人更机警，见势不佳，首先元神离体，舍了肉身逃走。众仙发觉稍迟，竟未追上。他回山必约请了有法力的同党复仇生事。来时如见妖窟覆没，鬼老又无下落，或是遇见妖徒，或是察觉鬼老被擒，必来明抢暗救。法台四外虽设有极严密的禁制，却无人在上防守主持，终是可虑，最要紧的是这头两日。为此留下石、司二女，令代在法台之上防守，如法施为，日用神火炼那妖魂。

现在银发叟本人正在所居石屋之中，端坐位上，令司明盘膝，坐在对面，先服了灵药，再由银发叟把本身所炼太乙真气喷入司明腹内。同时运用玄功，由身内吸出所中妖毒之气。必须一连三日夜，始能完功。袁灵姑去时，银发叟与司明对坐，全神贯注，一丝不懈，正当最吃紧的关头。方环守在门外，只对袁灵姑说了前事，不许入内，人并不曾见着。

那法台设在石室后面不远一个极为隐秘的崖夹缝中，外有藤树掩蔽，寻常便难发现，况又加上禁制，更看不出一丝痕迹。本不令人进去，灵姑仗着从小生长在彼，旧游之地，识得出入的门路，见二女询问司明安危，才由方环开放门户，引了入内，见到两女，说明来意。石明珠说还有两日夜才能离去，令其回告南绮不必久候，金鞭崖回来，便道往且退谷相见，也是一样的。

南绮闻言，才知白白等了一日夜。便和方、司、雷三家老少辞别。雷迅、方端知他夫妻有事，日后还要再来，也就不再挽留。只袁灵姑与吕灵姑虽然相聚日浅，却甚投缘，分外依恋。吕灵姑见她灵慧矫捷，加以久食烟火，身上茸毛已然褪尽，出落得容光焕发，骨秀神清，又有同名之雅，对她也极爱怜。彼此殷勤话别，约定后会。

吕灵姑本来随了裘元、南绮，就要起身，因时已午夜，雷春父子力说："此时起身，环山岭相隔不远，空中飞行，片时即至，天尚沉黑，裘贤侄府上人均入睡，恐惊老人。不如在快天明前起身，到时刚亮，免却许多惊扰。"于是又多留了些时。

直到东方有了曙意，三人方始上路。飞到环山岭，天已大亮，先在空中对准后园无人之处隐秘落下。先到那间静室之内安顿好灵姑，夫妻两人再往父母房内请安。友仁夫妻刚起，正在洗漱，见爱子佳媳果然一同平安回来，欢喜非常，裘元恐日后在外行道父母忧念，未说实话。先探父母口气，难得甄济想得周到，只说自己年来九死一生，所经奇险，全仗裘弟同一鬼仙月娇约请了许多仙人相救。杀尽妖鬼,才得脱难归来。表弟随仙人一起,日内即和表弟妹、吕仙姑等回家等语。对于裘元失陷在妖窟之事,一字未提。

甄济投入妖教门下之事,裘元曾向父母暗中提起过。甄济父母家人却不知道,事后闻说,自是心神皆寒。幸甄父官事已了,全家已移回环山岭旧居。甄济自经大难,痛恨前非,到裘家共只来了两次,每日在家侍亲修道,步门不出,昔日纨绔气息已然去尽。但有一件可疑之处:每日除在室中打坐外,往往关门兀坐,背人自言自语,不知为了何故。

裘元问知前事,益发心安。估量月娇鬼魂依恋,尚未去投人世。和南绮对看了一眼,也未在意。甄济虽已弃妖归正,想起以前许多恶毒行为,终是不无芥蒂,况又急于引了胖男姊弟,往金鞭崖参谒教祖,孺慕情殷,在家不能久停,一心想和父母多聚。于是一面严嘱见到自己的宅内仆婢不许向外泄露,说自己回家;一面伴同父母,唤来兄弟侄儿,同去后园静室,与灵姑、胜男姊弟欢聚。

到了午后,裘元还不舍走。南绮笑说:"师父虽命你在家小住,但是大前日不合在且退谷白守了两日夜,这样一心挂两头,也没意思。还是见师复命之后,禀知师父,你先回家,我和吕师姊同去且退谷,与明珠姊姊相见,至多一二日也必赶回,再和你侍奉父母,率性在家住上十天半月,略尽你的孝思,不是好吗?"友仁夫妻虽然爱子情深,但知儿子媳妇已是将近神仙一流人物,对于师命不能违背,恐其为了自己延误,也在旁催促。

裘元一想:"短聚不如长聚,好在爱妻已允来家留住些日,师父更无不允之理。"也就不再坚持。仍候到黄昏人静,方始拜别父母家人,一行五人同往金鞭崖飞去。

友仁夫妻先已推病谢客,除内仆婢外,连前屋长年、火房俱不知小主人回转。裘元贪和父母多聚一时是一时,由回来到走,才只一个白天,始终没想到甄济身上,也未通知,令其自来相见。甄济所居,离裘家还有十里,自然更不知悉。这时尽管渴盼表弟夫妻回家,总想回来必命人相告,或是自来,万想不到人已回而又去。

等到次日,月娇觉着裘元久不归家,心中生疑,命人探问。友仁夫妻不便明言,只好说是人尚未回。来人回去一说,甄济和月娇以为裘元夫妻回到金鞭崖,又被朱真人留住,或是另有使命,暂时不便回转。

二人初脱陷阱,同是惊弓之鸟,这次因祸得福,死里逃生。又知恩爱夫妻,不出十年,便可团聚,并还可同修仙业,后望越奢,越发爱惜性命。月娇又是鬼魂，虽得灵药仙法之助，魂气坚凝，但是妖法已尽。金鞭崖乃青城山最高之处，时有罡风吹动，本就不敢冒失往探。加以回时虽闻鬼老师徒不日一网打尽，究未证实。

月娇送甄济到家第三日，往附近找寻投生之地，便发现妖徒神目童子邱槐踪迹，如非灵敏小心，几被撞上。区区灵鬼，怎禁妖法一击？又察觉妖徒直是专为查访自己投生之地而来，知一投生，或是狭路相遇，立遭毒手，如何还敢停留，忙即走回。因妖徒尚敢在青城山附近村落现形，鬼老是否伏诛，便拿不定。

夫妻二人想到如被妖鬼捉回，所受毒害与炼魂之惨，心胆皆裂。仗着月娇之事家人尚不知道，不会泄露，由甄济严嘱家人对外宣扬：小主人自从那年上京求名，久无音信；主人年老，日夜愁急。同时仍盼裘元夫妻回来，再作打算。从此二人除晨昏定省外，每日守在房内，一步也不敢离开，真是提心吊胆，度日如年。

裘元、南绮、灵姑三人却连点影子也不知道，高高兴兴地带了胜男姊弟，同往金鞭崖飞去。到时正遇师兄小孟尝陶钧在观门前与一道友话别。陶钧本来最爱裘元，见他夫妻带了两个小师弟今日才来，说："师父和姜师叔还有好几位同门现在后进丹房以内，明日就要往峨眉山凝碧仙府去应教祖齐真人之约，你们再晚到一夜便见不着了。"

陶钧的那位道友见了胜男姊弟，也觉稀奇，走了过来，笑问陶钧："这便是你说那将来破竹山教妖徒邪法的两个巨灵么？这高身量，且喜观中房屋俱都高大，否则如何进去？就这样，你和纪道兄住那两间，便须俯身而入了。"裘元等见那道友是个面黑如铁的道装少年，正要请教，陶钧已向双方引见。

原来那道装黑面少年也是峨眉派后起之秀，名叫黑孩儿尉迟火。新奉教祖乾坤正气妙一真人齐漱溟之命来此，面见矮叟朱真人、伏魔真人姜庶两位掌教尊长，商谈一事，并请往凝碧仙府赴宴。刚说完了话，辞别出来。

裘元见尉迟火人甚豪爽，虽然初见，甚是投缘，便和陶钧请他到观中小坐。黑孩儿答说："同门至好苦行师伯衣钵传人笑和尚师兄，前因犯过，在东海面壁十九年，现已期满。我要同了金蝉等七矮兄弟前去接他同往峨眉，金蝉师弟日前得信已然先往，事在明晚。此去东海钓鳌矶路途遥远，我并还有事在身，恐赶不上，且等将来诸位道友到凝碧崖相访时，再作良晤吧。"

灵姑一心记挂着老父昌伟回生之事，每遇到峨眉门下同道，便即心动，闻言更是切中心事。方欲设词探询自己何时能去，黑孩儿为人性急，话刚说完，朝陶钧把手一扬，道声："再见。"便驾遁光破空飞去，转眼刺入高空密云之中，无影无踪。众人都觉黑孩儿飞剑神速，称赞不置。

陶钧笑道："各派剑仙，只峨眉一派得天独厚。他在峨眉门下，还不能算是十分出色的人物。像三英二云、七矮兄弟、诸葛、岳、林诸位，法力、飞剑比他还要强得多呢。"

南绮笑道："师兄所说这些人，我前后也见过几位，固然高明，法宝、法力不必说了，如专论飞剑功力，比这位尉迟火道友，也未看出十分胜强之处，师兄怎说要强得多呢？"

陶钧道："师妹不曾深考，这十多位峨眉门下杰出之士都到了炉火纯青地步，已不怎现锋芒。寻常飞行，只看去比人快些，不遇强敌，怎能看出他们的神妙呢？只来去那般神速，无甚声音，便非寻常所能望其项背。何况各人都有几件法宝、仙剑，不是前古神物利器，便是天府奇珍。本身又是累世修积，应运而生，得有玄门最高真传，无怪其法力高强，独步当时了。"

灵姑、裘元、南绮三人都是好胜性情，闻言觉着陶钧过为外人扬誉，明示青城不如峨眉，心里虽艳羡，却都不服。暗忖："自己也是玄门正宗，神仙也是人为，只要努力修为，焉知不是峨眉诸仙人之比？"彼此对看了一眼，不曾开口。

陶钧原因三人乃本门三秀，故意激励；明知三人心中不服，也不说破，借题支开，随引入内，直到后进丹室以外，令众少停，先入禀告。裘元、南绮、灵姑、胜男、阿莽五人便在阶前恭候。等了一会儿，陶钧走出，笑说："丹室地窄，已有多人。胜男姊弟人太高大，可去前殿等候二位掌教师尊升座，再行参拜。只令裘元、南绮、灵姑三人自行入见。"说罢，随引胜男、阿莽往前殿去讫。

裘元等三人随照陶钧所指，走进丹室一看，那丹室原就观后崖洞建成，外有三间房舍。丹室在尽里头，只有一间，乃青城教祖矮叟朱梅平日炼丹修静之所。室内约有五丈方圆，石壁如玉，甚是清洁，陈设用具也极古雅。室中心放着一个丹炉，右壁有一矮石榻，长广丈许。上边放着两个细草编成的蒲团，上首坐着朱真人，下首坐着青城派第二位掌教师长福建九峰山神音洞伏魔真人姜庶。本门弟子，除大师兄纪登外，还有姜真人亲授弟子杨翊、陈太真、呼延赞、罗鹭、尤璜五人，俱就左壁小石墩上落座。榻前铺有草茵的大石墩上，另有两位外客：一是麻冠道人司太虚，一是宜昌三游洞侠僧轶凡。

这些人，裘元等三人多半初见。纪登忙即起立，引了三人去向两位师长参拜，再分向外客及诸先进同门一一通名礼见。裘元见姑父罗鹭在座，行完同门之礼，重又跪拜，行了叩见尊亲之礼。然后和南绮、灵姑一同走向榻前，正待下跪，请赐训示，朱真人将手一摆，说道："无须，且各侍立在侧，少时还有人来。"

话未说完，忽听前室外面庭院中有破空之声飞坠。司太虚笑道："颠仙道友来了。数日之内往返万里，办那么难的事，所约时刻不差分毫，真信人也。"灵姑闻说恩师到来，渴念已久，心中大喜，忙即偷眼侧顾，听外间已有人接口道："我如来迟，误了事，岂不又是贫道罪过？"随说，走进一个相貌清癯，身着一件破旧道衣的半老道姑。众中只裘元、南绮闻名未见，余者俱都相识，纷起迎接。灵姑随同一干后辈行完了礼，等颠仙在旁列石墩上落座，重又进前跪倒。

颠仙见她满面依恋之色，伸手拉起，笑道："我因成道在即，众弟子尚未深造，唯恐我去以后不易成就。你又数中应是青城门下，以前引度归道，便是受了朱、白二位道友之托，你那各同门师姊，已由我分向各正派引进，奉命他往。只你一人，尚未行那拜师之礼。恰值朱、姜二位道友这次应峨眉诸道友之请，往幻波池赴会观礼，为了诛戮鬼老师徒，回山一行有四五日耽延，你们三人同了胜男姊弟又都在此，特于百忙中抽空到来。

"我南海有事未完，以前所采丹药，也还有两样灵药不曾齐备。少时等朱、姜二位道友升殿，胜男姊弟拜师领训之后；我便同在座诸道友到峨眉凝碧仙府一转，要了所缺灵药，即去南海借地炼丹。丹成之日，我当命辛青唤你前往送别，再见一面。

"朱、姜二位道友，与峨眉诸道友一样，俱是玄门正宗。你根骨既佳，天赋尤厚，此后随着二位师长努力前修，不患不能成就仙业。你我最后一晤，尚有数年，约在竹山群妖伏诛之后。我屡世苦修，今生方得成就，乃是喜事。只要你功行精进，将来便可常见，何须思恋愁苦？

"你父本应十五年后孽满劫尽，方获重生。但你孝思感格，上次峨眉教祖齐道友曾向我一至友谈起，意颇嘉许。明早我和诸道友前往峨眉，也许能向齐道友求说，请其大力相助，不俟芝仙成道，另谋良策。既免损人利己，又可使你和未来师弟纪异的一父一母少去数年灾难，早日回生，以遂你们二人的孝思。此事甚难，能否如愿，尚不可知。即或可成，你和纪异也须各为父母立下许多功德，才能抵补。我去以后，你仍自安心修积内外功行，不应以此悬盼,致分道心。"灵姑想起师恩深厚,感激泪流,敬谨拜命领诺,侍立于侧。

伏魔真人姜庶笑向郑颠仙道:"南海之行如何?"朱真人笑道:"区区左道,还有多少伎俩? 你颠仙准时而至,可知收拾甚易呢。"

颠仙道:"此话不然。南海那群妖孽并非易与,我又人单势孤,本来极难应付。如非事前齐道友预示仙机,我也不敢如此轻率。我刚到不久,便被妖人发觉,斗起法来,幸而事已办完,无甚顾忌。那邪法也颇厉害,正相持间,恰值长春岭虞道友长女舜华同了紫云宫齐灵云的女弟子金萍、赵铁娘前往那岛上,救一被难好友出险,也在此时赶来,深入妖窟。刚将被陷的人救出,埋伏便已发动,将舜华等四人一起困住。

"金萍在峨眉第三辈女弟子中,虽非米明娘、上官红之比,却也不弱。上来仗着紫云宫师传异宝,便将洞中妖徒杀死了好几个,终于仍是无效,那和我苦斗的妖人,又分了几个回去,这一来,益发不是对手。

"舜华原因齐、秦二人见她面有晦色,恐其日内有难,留在宫中,不令回去,意欲避过。不料命中注定该有这场无妄之灾。那几日正是幻波池易静、癫姑、李英琼、余英男等峨眉第二代弟子奉命开山盛会,齐灵云、周轻云二人已由别处赶往。秦紫玲因连日正当南海群妖气数将尽,多事之秋,虽然水宫仙府禁卫森严,外人不能擅入一步,想起上次朱道友封闭紫云宫,居然有人大胆混进,结果损失了好些仙兵神铁,到底谨慎为是。

"她本拟算准时日,到了会期正日,再行赶往。偏巧小寒山二女谢家姊妹路过往访,就约了同行。谢家姊妹力说宫中诸弟子近年法力精进,何况又有那前古异宝,短短数日工夫,怎会出事? 就有万一之变,传音告急,立即可以救援,也无大害。

"舜华如若同行也好,紫玲偏又过于小心,见她面上晦纹日显,将要应验,觉着目前正邪双方势同水火,仇怨日深,极易狭路相逢。说遇上,就许途中有事,不如仍在紫云宫暂居比较安全。况且这次幻波池开府,赴会的人均有请柬,规模比昔年凝碧崖溶水铸水开建五府相差并不甚远。舜华与主人又非素识,便没带了同去。刚走,舜华便接到好友传音告急之信。如是外人法宝,紫云宫也难透进。

"偏又那般凑巧,那传音之宝正是年前秦紫玲所赠,因舜华再三求说,并还破例传了外人互相使用之法。舜华拿去暗赠给这好友,不但一发即至,并还把地址全行说出。舜华与那人患难至交,情分深厚,接信自是情急,当时连命也不顾，便要赶往。金萍、赵铁娘见拦她不住，又以新练道法，意欲借此历练，试验自己功力，反正宫中不会有事，这才同往。

"及至身陷妖窟，金萍机智绝伦，又恃师长钟爱，擅自离宫私出，情非得已，一见不妙，便不听赵铁娘之劝，由地道强冲出险，拼受责罚，立用飞针传音告急求救。为首妖人赶回妖窟时，飞针已先发出。紫玲和小寒山二女途中访友耽延，还未到达幻波池，接信立即赶来。到时舜华已受重伤，被金萍用法宝护住，正在危急。我又另在一处，不知此事。紫玲等稍迟片刻，便来不及了。我无形中也得了助力，内外合攻，先将妖窟扫平。紫玲等护送舜华，连她好友同返紫云宫，安置停当，自去幻波池赴会。我也转道南极。

"夜明岛诸主人自被金蝉等七矮制伏以后，虽然不能说是完全归正，已不敢再似前时猖狂，对我也颇礼敬；这后半却毫未费事，便已成功。这前半经过，先难后易，颇经艰险。跟着又往幻波池回赶，与诸道友见面时，正值举行开山盛典。

"这次所采集的灵药，又有两种必须当时制炼，灵效才显著。岛主人既不作梗，又肯借地方和丹炉器用，乐得就在当地先行制炼。不过附近各岛旁门左道甚多，未必都和夜明岛、不夜城诸主者一般心意，加上四十七岛余孽未尽，对于我们仇深恨重。他们与主人仍在交往，难保不暗中作祟破坏。辛青一人守在那里，主人虽力言无妨，但此辈妖邪诡诈百出，防不胜防，毕竟不可大意。观礼完毕，我连宴也未赴，便告辞而去。

"果然我一到夜明岛，便见四十七岛几个余孽在和辛青恶斗。如非主人信义，劝解不从，群起相助，辛青一人决难抵敌。所幸四十七岛余孽只有四人。原往岛上拜访主人，巧遇辛青，怀愤挑衅，因而恶战，并不知我炼药之事。主人法力与之相等，人数却较多些，才未遭其暗算。妖人本就不支，我再一出手杀死了一个，下余三个自知不敌，相率遁去。

"本来昨日便可回转，因三妖人中有一个最是刁猾凶顽，絮絮不休；行时咬牙切齿咒骂主人，怨毒太深。这厮又是四十七岛中为首诸孽之一，邪法高强，行踪飘忽，来去如电。如非势穷力蹙之余，以前所有几件厉害法宝已吃武夷山寒月大师和金钟岛主叶缤道友合力破去，便我也未必容易取胜。

"我见主人似在忧虑，唯恐累他日后受害，略问了几句经过和三妖人藏伏之地，仍令辛青守护在彼。我由主人派一得力门人引导，给他一个迅雷不及掩耳，跟踪赶去。

"他那巢穴，深居海眼之中，海底歧径甚多，密如蛛网；又设有妖阵埋伏，甚难除他。也是妖人该当伏法，潜伏海底本难被人发现；忽然静极思动，出海时又不安分，无故激动风涛。恰值东海女散仙石野仙的女弟子韦梨云路过，见海上恶浪滔天，妖氛隐隐起自水底，误认作蛟鼍水怪之类。一时好事，刚把飞剑放出，三妖人恰也飞出，只一照面，便将飞剑收去。此女法力虽浅，却有隐形飞遁之宝在身，见势不佳，立即遁走。她和叶道友门人朱红至交，立往求救。

"朱红本奉师命，传了好些法宝，守伺这几个余孽，准备一网打尽。闻报赶到当地，妖人已去夜明岛，不曾相遇。朱红详问韦梨云经过情形，断定巢穴深藏海底，随下海底搜寻，查见所设妖阵，立用师传法宝破去。入内搜索，又杀了一个留守的徒党，知妖孽必要归来，便用法力毁了妖巢，断他的归路。刚升出海面，待和韦梨云往夜明岛不夜城等处搜寻，三妖人刚好败回。朱红发觉较早，仍用梨云诱敌，自在一旁，暗将叶道友所炼冰魄神光宝幕张布开来，待他自投罗网。

"梨云原是假装由南向北斜飞。三妖人由西北面逃回，以为我和夜明岛诸主人不曾穷追，只一入海，便可无碍；叶道友又自四十七岛扫平之后，便移居中土，参修佛果，未再赶尽杀绝，心颇安定。做梦也没想到，叶道友因知四妖人气数未尽，藏处隐秘，杀却不易，既恐海中生灵连带遭害，自己又急于往中土参修，不暇及此。容他苟活些年，待其数尽，方始杀他，暂时宽纵。早已暗嘱门下艺高弟子，传了诛邪法宝，在金钟岛留守，去此未来隐患。

"朱红虽想早把此事办完，好往中土见师复命，就便与各派中至友姊妹快聚，因而不时到处搜索。无如妖人埋伏海底，轻易不出；偶往各外邦摄取妇女，或探听仇人动静，也只一二人隐形前往，得手即归，次数绝少，又不在外逗留。以致双方从未遇上，时久胆大，已不为意。归途忽又发现出时所遇美女由斜刺里飞来，见了自己，慌不迭改道往前飞逃，只当现成便宜，笼中之鸟，到手成擒，还在高兴，忙同追去，正施妖法擒拿，忽又隐身不见，三妖人不知身已入伏，方在可惜下手稍晚，又被滑脱，朱红突自高空密云之中飞坠，一声雷震，上下埋伏，一齐发动。

"三妖人以前迭经惨败，惊弓之鸟，看出强仇到来，忙想逃走，已经无及，吃冰魄神光一齐网住，一阵绞炼，三妖人当时消灭了两个。为首妖人妖法甚高，深知此宝威力，见势不佳，一面施展妖法全力抵御，一面拼舍肉身，用身外化身之法，好容易走出罗网，元神还受了重创。飞出不远，我便迎面赶到，被我连用法宝和太乙神雷，与后面追来的朱、韦二女前后夹攻，把残魂击灭，连余气都给绞散才罢。

"朱红闻我炼丹,言说岛上近忽发现灵石仙乳万载空青,用以和药,更增灵效,再三请我往金钟岛小坐。我情不可却,只得带了随去的人,同往她岛上盘桓了半日。那灵乳见风即化,最难保存,朱红虽发现,尚未取出。我助她将石中仙乳空青全数取出,竟得有五寸高一玉瓶。我取走的也有同样大小半瓶,还不在内。真乃亘古稀有灵奇之事。

"我正说金钟岛玉山瑶壁乃南极灵华所萃,经此一来,只恐灵气已尽,不似往昔。忽接叶道友飞书,命朱红用法力封闭岛宫仙府,带了曩昔遣散未尽的三个女侍者,与新得的灵乳空青,速去武夷山绝顶寒月大师谢道友那里相见,附带向我致谢。并请我助朱红封住全岛,以免妖魔乘虚前往盘踞。我照她所说,将事情办完,看朱、韦二女同飞中土才回夜明岛。

"那灵乳空青,夜明岛主人最为需要,前曾为它信使四出,穷搜宇内各地灵山,物色了数百年,一滴也未能寻到,早已死心。那年岛主闻说苦行禅师弟子笑和尚同了黑孩儿尉迟火在苗山中杀除毒虫怪物文蛛,二人先在一石洞内藏身,发现所卧青石有异,误疑有宝,用飞剑削石掘取,无意之中得到此宝。因二人当时功力识见尚浅,不知收存之法,事前又未看出,以至糟蹋了将近一半。只尉迟火因离得近,灵乳自石中冒出时用口接住,吞服了些下去。

"岛主深知此宝来历,除灵乳外,石中还藏有千万年灵石精英孕育的青玉小牛、小羊之类奇珍,如能生得,用法力养活,固可随时取出它口中灵液应用;便是当时不知,已吃见风化成玉质,如能得到,也能设法利用,不过功效差些。并且灵乳虽然见风上腾,散入太空,看似化为乌有,实则本质尚在,不过上面没有阻隔,被风吹散罢了。分布灵空,几时被罡风吹堕,与天空雨气相会,随同下降,这类灵雨,虽然含量极微,人如无心服了,仍可明目轻身。如是花草沾润,效力更大,开花结果均异寻常,立成仙种。只是这类事千百年来未必能遇一次罢了。

"黑孩儿吸取灵乳之处正在洞中,不是空地。那糟蹋的一小半化成灵气,向上急升,必被洞顶隔住。此宝见石即透。一入石中,日久重又凝聚为乳。二人均不知此宝灵异,断定灵乳精气,会横飞出洞,全洞皆石,并非土穴,必已透入洞顶石内,外观无迹,本质尚存,如能取来,在南极择一灵地,用法力将石脉接上,过上些年月,照样可以取用。因此岛主得信连忙赶去,准备觅取石中灵物,并用法力将那洞顶揭来。哪知石中玉牛已被黑孩儿取走;

那洞顶也为别的修士捷足先登，整片揭去。

"岛主以为自己无缘，便断了此念。一旦听说我得了这么多，又知石中青羊竟能出石游行，无须人力便能存活，已吃朱红取乳之前收去，分明年代更久。灵效更为显著，自是艳羡非常。我为报他们相助假地之德，三个主人各赠了四滴，他们自是喜出望外。我便乘机劝他们与南极那些左道旁门中人疏远，得天赋地利之益，各自清修，永保不死仙业。免得与彼辈相近，日子久了，不知不觉受其播弄，以致牵累，他们也都听了，又坚留我待了半日，这才按着约定时日赶来，并非故意如此。要是事不凑巧，休说按时而至，恐那日幻波池赴会都未必能赶到呢。"

伏魔真人姜庶笑道："原来南海之行，还有这些枝节。郑道友苦行三世，终于大功告成，成真不远，可喜可贺。"

颠仙笑道："我事已完成十之八九，朱、姜二位道友当年见托的事，也幸不辱命，吕灵姑已归贵派门下。此女与纪异均是至性可嘉，她对乃父复生之事刻不去怀。虽然难期未满，为了成全她的孝思，我打算将此事提前举办。并令于应积外功之外，另发宏愿，多修善行，为乃父乃母减消冤孽，以便情数俱可两尽。此去峨眉向齐道友求情，不必说了。死者前生孽重，救起之时难保不有阻碍，事情恐非一二人之力所能了。到时我恐不能前往，今日在座诸位道友均须请往相助，才可万全呢。"

朱、姜二真人见颠仙说时目视麻冠道人司太虚，知道颠仙钟爱灵姑，又为孝行感动，曾在静中默运玄机，详推因果，料非司太虚相助收功不可，所以如此说法。真人未及开口，司太虚慨然答道："这类至性纯孝儿女，人神均乐为相助，何况又是朱、姜二位道友高足，更无不顾之理。到时，贫道必效绵力便了。"侠僧轶凡却是微笑未答。众仙知他功行早完，为助聋哑僧消孽成道，又迟两纪飞升。许是证果日期将近，到时不能往助，也未询问。灵姑在侧，闻言感激涕零，忙向众仙跪谢不迭。

司太虚道："天已不早，起身期近，主人怎不升殿，受那两个巨灵参拜？"

朱真人道："还得稍等纪异。纪异先被散仙无名钓叟发现，一见惊为异质，自知所学不是玄门正宗，径去告知他好友苍须客。此人乃百禽道人公冶黄当年唯一传衣钵法力的弟子，因犯教规，在公冶道友未遭天魔之劫走火坐僵以前（事详《蜀山剑侠传》）便受师罚，禁闭云梦山中。直到公冶道友在黑谷中修炼复原，往莽苍山阴风穴中取来冰蚕，峨眉开府以来，才行释放。因见纪异天生资质，性又贤孝，曾赐灵丹，助他母亲多活了两年。

"当纪异二次犯险，跋涉数千里，前往云梦山求取灵丹时，他正封山修道。刚巧白眉禅师命弟子宁一禅师李宁前往预示玄机，才命守洞神兽将纪异引了进去，告以乃母因他至行感格神仙，和灵姑之父吕伟一样，十二年后拜上峨眉，求来芝血，可以重生之事。

"当时苍须客只知与纪异有师徒因缘，却不知纪异乃紫云宫金须奴转世，结局应归在我的门下。性情又和他师父公冶道友一般奇特，不愿自己徒弟向人求助，又不舍这好资质，并且本人也正闭山练法，尚须数年始能完满，欲令无名钓叟就近先传些防身的法术，等到了年限，善功已修积了不少，再照所说拜到凝碧崖，求来芝仙灵血，将乃母救转，再收到他的门下。

"宁一禅师当时未阻他的高兴，随即别去，我自不便明言，迁延至今。上月公冶道友前往峨眉，齐道友才把这事告知。公冶道友立即飞书传谕，他始得知前因后果。此时他虽不曾正式收徒，对于纪异却极关切，自从天蚕妖女伏诛之后，除托无名钓叟就近传授而外，又赐了他一口飞剑和他本门剑法。纪异自是感恩，早已遥行拜师之礼。他接到师谕，还亲到纪家晓谕了一次。纪异坚持不肯忘本舍去前师，如今算是他本门以外另一恩师，反由记名弟子改作真弟子。

"苍须客见他如此至性，自更期爱。纪异本具仙根，一学便会，虽只短短数月工夫，已能御空飞行。这次为了诛除竹山教妖人，本门弟子俱应来听命，日前已飞书相召，也在今晚到此。等他一到，便往前殿指示机宜，大约也快到了。请诸位道友在此少坐片刻，我两人到殿前去了。"

正说之间，陶钧入报纪异已到。说他在途中遇见华山派妖人烈火祖师门下女徒生香娘子胡采春，各用飞剑恶斗，纪异尽管生有自来，终以修炼不久，仅凭一口飞剑，自非妖妇之敌。尚幸妖妇看出他根骨奇厚，意欲生擒回山，未下毒手，只用邪法困住。纪异又极机警，谨守乃师苍须客仙示，仗着仙剑灵异，见势不佳，立即改攻为守，一任妖妇用尽心机引诱，始终用剑光护定全身，不令有丝毫间隙，身虽被困，妖妇无虚可乘。

纪异被妖法困了大半天，相持到了夜里，刚巧峨眉派弟子黑孩儿尉迟火由青城回去，空中飞行路过当地，遥见前侧面山野间妖气邪雾笼罩，内中隐现剑光飞跃，立即赶往，用太乙神雷震散妖雾，破了邪法，将妖妇逐走。问知纪异来历，又亲送了他一程，才行别去。为此耽搁，迟到了些时，现在前殿候命。

朱、姜二真人闻言，立命室中诸弟子同去前殿，一同传授道法，指示机宜。随即起身,众弟子随在后面。到了殿中,二真人升座,先受阿莽、胜男、纪异三人参拜,行了拜师之礼。再向众弟子分别前后,一一指点传授,示了机宜。又将灵姑、南绮献上的含青阁陈嫣、冷青虹、桑桓三人所赠十九口宝刀,每人赐了一把。并说:"此刀乃古仙人伏魔奇珍,如以十九口同时运用,比起峨眉派七修剑的威力不在以下。不过此刀非照本门心法重行精心习练,不能发挥它们的威力。众弟子功力尚差,如归一人来保持,也难全数施为。本门刚巧十九弟子,正好一人得一把。"随传炼刀之法。十九弟子本未到齐,余刀交与纪登暂代保存,日后等人来了,再行分与,并照师门心法,各代传授。

朱真大又向众晓谕说:"竹山教气数将终,屡遭挫败,力绌心劳,破绽时出。二次所约仍难作准,不是还要改期,便是到时借词规避。欲俟邪法练成,结好厚援,再行发难。我师徒以诛邪为任,本没视若敌体。这次因十九弟子多半新进,法力不济,诛除妖人之法宝也未炼得齐全。他因不敌,我也不能一网打尽,斩草绝根,永绝后患,乐得容他多活两年。等二次约会时,十九弟子人数已齐,功力也非昔比,再有这十九口古人遗留的至宝与本门法宝、飞剑,必能一举成功,到时不问妖人如何,只照预定行事好了。"众弟子一同拜命起立。

伏魔真人姜庶道:"竹山教所炼妖阵,有一座白骨坛,内有九十九名凶魂戾魄合炼的神魔镇守。非禀赋纯厚,真阳极旺盛元神,不能破他。我和大教祖要主持全局,无暇分身,众弟子中,只阿莽、胜男可以胜任。少时可由大弟子纪登将他姊弟护送到我那里,等我回山另有修为。我和大教祖去后,除纪、陶二人事完仍旧留守外,陈太真、杨翊等五弟子仍各分头行道。吕灵姑、纪异暂时与裘元、虞南绮一路,随意所之,修积善功。等往峨眉见到妙一真人夫妇,如鉴你二人孝心,格外恩怜,以回天妙法,使你二人父母能提前数年原体复生,再行传知。众弟子俟我与大教祖众仙行后,在观中小聚歇息,便各分头下山便了。"

说完,天已大明,二位真人也就起身出殿。众弟子随去丹室外院伺立恭送。待有片刻,矮叟朱梅、伏魔真人姜庶两位教祖,陪了侠僧轶凡、郑颠仙、麻冠道人司太虚一同步出。众弟子一齐拜倒,朱真人含笑命起。跟着把手一挥,一片金光疾如闪电,破空直上,晃眼射入云空,只剩一点金星,在朝云层里流空飞渡,一瞥即隐。新来诸弟子初次见到师长遁光如此神速灵奇,俱都敬佩异常。

纪登、陶钧乃先进师兄，又是主人，便邀众人走往前殿，备酒款待。众人知他们不往自己房中延款，是因胜男姊弟身高之故。即使前殿那么高大，阿莽尚须俯身出入，到了里面，仍不能随意走动，坐下尚可，如若站起，伸手便及殿顶，头与顶相差不过数尺。

裘元因师父曾许自己随意行道，又是一行四人中的主体，南绮已然应允回家，足可在家住上些日，略修子职，毫无梗阻，心中高兴。见胜男神态还算从容，阿莽自惭身太高大，又与诸先进同门初见，趺坐在蒲团上面，其状甚窘，笑道："掌教师尊仙机法力端的神奇。你看全观殿房比别处庙宇要高得多，尤其这两具蒲团也是又高又大。我前未下山时，便是这样，觉着此崖乃青城绝顶，山高风大，殿房里应矮些才好，怎倒比别处庙宇高出两倍？心还奇怪。今日一见，竟是为狄家姊弟设的。你们看莽弟坐在那里都有那么高，谁家要有高大房子，到过年打扫顶棚时，请他前往，不用架梯搭桌椅、绑竹竿，只消一块大粗布，一把大扫帚，两大缸水，由他站起身来，和擦洗鸽笼一样，一点不费事，全打扫干净了。"南绮接口道："照你这一比方，我们都成鸽子了？"引得众同门都笑了起来。

众中只五岳行者陈太真与座上诸人是全见过，余多初晤。适才师长尊客在座，不便多言，这时重又叙谈，互致敬慕，甚是亲切。罗鹭和裘元更是至亲，裘元便说父母家人对他渴念，每次回家俱曾询问踪迹，因不曾相遇，无可回答。难得在此重逢，又是同门，少时便要归省，务请姑父同往，小住些日。

罗鹭答说："我要和尤师兄同行修积外功，尚有小事未了。并且十数年来，每年清明必回扫墓，只没到你家去。此时无暇，明春回家扫墓，必去访看你父母好了。"

裘元小时和罗鹭最是亲热，闻言便拿出小孩脾气情态，一味软磨。罗鹭正想询问尤璜是否同去，忽听南绮埋怨纪异道："既有此事，先前你怎不说？元弟，我们快回去吧，那妖鬼大约寻到甄家去了。"众人闻言惊问。

原来纪异天明前来时，路过环山岭左近，见一人在近山路上为两狼所困，忙上前将两狼杀死，救了那人。问他深宵夜驰，有甚急事？那人答说他乃甄家下人，因小主人为一妖鬼所困，当晚已经寻上门来，只有前村一位表亲才能救他，此人偏去金鞭崖未回。现因事更急迫，奉主人之命，前往访问归未。那至亲姓名却不肯吐。

纪异一听金鞭崖，便料与裘元有关。当时急于见师，自知法力有限，没敢冒失，便告那人说："我正往金鞭崖去，必将此信息代达。"那人原是初遇救时感恩，无心吐出真情，后听盘诘，便有悔意。闻言越觉天下无此巧事，随口支吾了几句，慌不迭转身走去。

纪异到后，因初拜师，又听无名钓叟叮嘱，说朱真人平日随便，不拘形迹，伏魔真人姜庶却是礼法严谨，不可率意，言行必须恭谨，以免受罚。又见诸先进同门敬畏之状，更不敢大意。又觉村民多愚，惯喜大惊小怪，既为妖鬼所困，如何还能命人出来求援？并且环山岭相去金鞭崖不远，寻常妖鬼怎敢在教祖眼前作怪？话又不曾问明，恐怕失错，迟疑未吐。再加二位真人正向众弟子指示传授，不能妄自插口。又要留心静听训示，就此丢开。

跟着师长起身，直到纪、陶二人二次要往前殿款叙，方始想起前事。先想和裴元说，裴元偏又和罗鹭谈笑正有兴头。此外只有南绮最熟，便转过去，说了经过，南绮一问那家地址，正是甄济家中，料定漏网妖鬼神目童子邱槐前往寻仇。甄济不知轻重，这等不分日夜命人去裴家询问，必将妖鬼引到裴家无疑。裴元便是妖鬼深仇，本人不在，妖鬼何等凶毒，必拿家人出气，翁姑家人安危大是可虑。又知为时已久，不由大吃一惊，忙向众人说了。

裴元首先忧急。罗、甄两家也是老亲世好，罗鹭闻言也甚关切。又知裴元入门不久，恐其不敌，乃允同往。纪登知认无关紧要，否则早有师命。当下议定，除罗、尤二人与裴元夫妻、吕灵姑、纪异同往外，余人仍照预定行事。真要不济，众人现在观中，往援也来得及。裴元心念父母，方寸早乱，匆匆说了两句，一行六人便和众同门作别，往环山岭飞去。

到家一看，全家老幼平安无事，心才一宽。家人言说甄济自从裴元刚走，便派人来问，答以未回，随即走去。由昨日黄昏起到今早，竟派了三四次人来，并命心腹下人在此守候，等裴元夫妻一回，立即请往，先未说出真情。下人多知他独子娇生，一向少爷脾气，想到甚，当时便要做到，只当他久候裴元未归，心中悬念，仍照主人的话回复。

后见来人神情惶遽，来得频繁，才行入内禀告。时已夜间，友仁闻言，唤进甄家派来的下人盘问。下人说道："小主人忽然发现妖鬼要寻他拼命，先还不甚惊慌。今日黄昏，妖鬼竟在附近现形，知已寻上门来，可是小主人终日守在房里静坐，步门不出，也不知如何看到的。先只发急，令小的快来访请裴大少爷，没肯说出妖鬼寻他之事。到了黄昏日落时，才把小的唤进房去，低声说了前事，命来探看大少爷归未。如值初回，不肯就去，可以告知小主人正在危急，如去迟了，就许全家丧命。"

正说之间，下人入报，甄家又命人探看。

友仁闻说大惊,知金鞭崖僻在深山之中,除爱子外无人去过。荒山深夜,虎狼险阻,飞行固是近便,顷刻即至,常人如何去得?来人说时又极惊惶,说:"妖鬼甚灵,说话稍不留神,被他听去,立是祸事。如非少主知机缜密,谨守密室之中,早已被他寻到。如向金鞭崖焚香跪祷,通诚求援,必被觉察,反而坏事。"

友仁夫妻空自愁急,无计可施,侥幸挨到天明,尚未接到甄济凶信。心想大白日里,妖鬼当不至于横行,心才放定了些。正商量选派两名强壮胆大的佃仆持了弓矢器械,假借行猎为名,依照裴元平日所说方向,往寻金鞭崖所在,令将子媳追回,爱子忽然回转,竟已得信,并还同了罗、尤、吕、纪四人,均系道术之士,不由喜出望外。

友仁夫妻因六人刚从金鞭崖赶回,内中又有久别重逢的至亲好友,以为白日无妨,意欲少留,款待叙阔。罗鹭道:"这类妖鬼不比寻常,并无日夜之分。照来人所说,必是寻仇到此,人尚未被寻见。否则甄表侄学有旁门法术,又得峨眉灵符防身,或能抵御片时,他父母家人必被波及。事不宜迟,早去为是。元儿与妖鬼仇怨更深,幸是大哥大嫂宅心仁厚,福大命大,否则早无幸理。

"闻说妖鬼飞遁神速,行踪飘忽如电,我们人数虽多,难保不被其漏网。万一逃来此间,乘隙加害,如何是好?我们六人不能全去,拟请尤师兄在此保护,以防不测。余人隐秘前往,以防惊逃。若寻他不到,我们又不能在这里守候。必留下未来隐患,裴、甄两家俱难安枕了。"

裴元闻言,恐父母受惊,也欲随同尤璜守候在家里,罗鹭笑说:"无须,有尤师兄一人已足。此去须防妖鬼逃脱,人数越多越好。你是妖鬼大仇,有你在场,容易激怒,他复仇心切,不甘就退,我们下手也容易些。并且他对你家原不知道,我只是备个万一。你如在家,妖鬼既看不见你,又不能加害甄济,势必见人就杀,见物就毁,转有害处。"裴元只得罢了。

说罢,正待作别起身,忽见甄家一名心腹下人气急败坏,奔将进来,言说:"妖鬼已然白昼现形,进了花园,公然要小主人现身受死,否则杀死全家,鸡犬不留。幸而老主人已先避入小主人室内;全家上下,小主人事前均有安排,妖鬼一现形,全都避开,无人阻拦,也未张扬,才未伤害。小主人又会仙法,妖鬼一到,立有红光飞出,将书室笼罩,来时有人偷看,妖鬼手上发出数十丈绿光黑烟,将红光围了个风雨不透。现在人鬼正隔着烟光叫骂争吵。明知大少爷未回,但听小主人说,只此一个救星,心中忧急,姑且赶来撞撞。

不料竟已回转，想是主人全家命不该死。裘大少爷去吧。"说时声泪俱下，叩头不止。

罗鹭料知事急，不等说完，便和友仁夫妻道声："再见。"带了裘元、南绮、灵姑，纪异飞身赶去。下人们见裘、罗诸人竟是飞仙一样，俱都惊喜异常。友仁忙嘱见到诸人不许向人走口，否则仙人怪罪，便担当不起了。下人们自是奉命唯谨不提。

甄家花园在环山岭后青城山麓之下，却不当入山的道路，甄父暮年喜静，特意建了这么一个别业，隐居纳福。一切均就原有形势布置添修，背山面水，远隔尘嚣，离环山岭村镇不足十里。四外俱是茂林修竹环绕，远望一片绿云，不近前便看不出一点房舍，景极幽静。

罗鹭等一行五人刚从裘家飞起，便见到前面山坡树林中烟光弥漫，邪气笼罩，知道不曾误事。罗鹭唯恐惊遁妖鬼，又留后患。早嘱咐众人分四面散开，等自己和妖鬼交了手，然后合围夹攻。飞遁神速，晃眼飞到，往下一看，甄济虽然还未遭毒手，情势已是万分危险的了。

原来甄济自从月娇日前往附近村镇中寻找投生人家，发现妖鬼大徒弟神目童子邱槐正在访查自己的下落，当时惊魂欲断，逃了回来。知道妖徒复仇心切，遇上必无幸免。金鞭崖相隔甚近，竟敢在此流连，全无畏忌，可见怨毒已深，不特寻找自己，甄济也必在内。

夫妻两人越想越害怕，一心只望裘元夫妻能够回来，相助除害，才可免祸。哪知昔日薄情背义太甚，裘元又恋父母，未来拜访。等甄济命人往请，已往金鞭崖飞去。甄济只当未归，不知回来又走了，夫妻二人愁颜相对，连命下人去问数次，眼巴巴还在苦盼。

后来还是月娇灵慧，第三次下人回报，令甄济问出友仁夫妻并不十分盼望，料有缘故。心疑裘元夫妻忌恨前仇，又是初回，下人未说实话，故意推却，不肯前来。一面叫心腹下人前往坐守，如见友仁，不妨相机密告；一面自恃对裘元有救命之恩，意欲冒着奇险，亲身往探。

甄济胆小害怕，正在苦口劝阻，所差心腹下人忽然急奔回来，说道："小的行至途中，遇一相识佃户，身有急事，本没想到搭理。时正日落黄昏，村农归家之际，山路上往来人多。瞧见路旁有一身材高大，生着一对亮光怪眼的道士，在向路上的行人打听附近可有一个名叫甄济的少年。因觉得那人怪相，形迹可疑，又在打听小主人的姓名住处，心里一动，便借着和那佃户闲谈，暗中偷听。刚巧和道人答话的是一个老实人，住得又远，仍记着老主人吃官司，小主人避祸逃走失踪的事，便照实说了。那道人问完，意似不信。答话的又说自己住得远，只听传闻，不知底细。随把主家田庄说出，令往打听，总算没把主人别业花园说出。"

甄济夫妻闻言大惊，知道妖徒必欲得而甘心。那田庄离此只十余里，妖鬼行踪飘忽，转眼即至。虽然庄上农户用人均经吩咐，但仇人这等细访穷搜，危机隐伏，如何应付？

甄济又恐妖人拿亲人出气。自己虽非敌手，但有灵符在身，或能抵御。并且上官红别时又说，灵符只一发动，她那里立即警觉，幻波池仙府中有一宝镜，多远的事都能看出，真到事急之际，还许亲身来援。话虽不曾说准，怎么也能抵御些时。便由月娇安排，把老父请入房来，由甄济痛哭陈情，月娇也现身拜见，一同守在房里，静等应变。

守候了一夜，也不见有动静。甄父想要回房，甄济夫妻极力劝阻，说妖徒乃人修成，并非真鬼，来去如风，说到就到。昨晚还到附近访问，变起来瞬息，不可预测。除非救星到来，至少须过十天半月以后；还要先由月娇犯险出探，委实踪迹已无，才可离室走动。甄父见月娇也是白日现形，不由不信，这才罢了。

三人正在室中望救虑祸，幽急如焚之际，忽听窗外一阵怪风过处，跟着有人喝问之声。月娇警觉，怪风一起，便知不妙，妖徒果然寻上门来，大吃一惊。因自己法力已失，忙命甄济按照预计，暗中戒备。隔着窗户，悄悄往外一看，书房前面桂花树下，突然飞落下来一妖人，正是神目童子邱槐。业已换了道童般的怪装，穿着与寻常道人一般装束，正在厉声向一家童喝问。甄济夫妻唯恐家人遭殃，昨晚早已吩咐，甄父精明，所用下人干练者多，遇变竟不慌乱。妖人突然随风下来，那隔得稍远的俱装作未见，各自从容溜走。

那答话的家童，便照主人之命，向妖人跪下，满口神仙菩萨乱叫。邱槐虽是妖人左道，平素最喜人趋奉，又觉着小童无知，事与无干，何苦杀害。只厉声喝问："你主人叫甄济么？"家童答说："正是。"邱槐又喝道："现在何处？"家童答道："刚回来没几天。现还未起，我代神仙去喊他出来。"邱槐怒喝："快去，唤他出来纳命。"家童这才装作听出来意不善，害怕情景，连声应是。

邱槐原以当地密迩金鞭崖，月娇不见，想已投生。本拟寻到甄济报仇之后，再往搜寻月娇下落。本心只杀甄济一人，最好不动神色，以免多事杀戮，过分兴妖作怪，致将金鞭崖诸强仇惊动。又见小童答话伶俐，知道甄济踪迹既然寻到,决逃不出自己毒手,等他闻报不出,下手不晚。便喝:"快去,小畜生如不即出受死,我便杀死他的全家,鸡犬不留。"家童边应边跑,如飞往前院跑去。

邱槐不知甄济夫妻早有成算,正准备乘机暗算,仍立当地等候。等了一会儿,不见人出。正值清晨,下人、园丁都在园中工作。邱槐先未留神,这时四下一看,只见荒草鲜肥,晨露未晞,佳树葱荫,晓烟未敛,云白天苍,晴辉初上。碧树红栏之间,到处繁花盛开,娇艳欲滴。林荫中鸟声细碎,如弄笙簧。只是满园中静悄悄的,适才所见十来个执役栽花的园丁、下人,一个也不见影子。

邱槐猛然省悟,不禁暴怒,以为花园游观之地,虽然亭馆罗列,台树参差,必无人住在里面。下人尚且溜走,主人必有预嘱,怎会在此? 方想飞往前院挨次穷搜,见人便杀。甄济夫妻知已到了时候,忙打手势。甄父便假装初起,低唤了一声:"来人!"邱槐闻声立即赶去,喝问:"甄济可在前院?"甄父隔窗答说:"他是我家主人,你寻他则甚?"邱槐只当答话的是甄家老仆,一点没有防备,怒喝:"老鬼快说,人在何处? 免我费事,连你也难活命。我先说的话,你没有听见么?"

说时,邱槐心已不耐,正待飞进屋去,冷不防一丛本门的鬼箭妖光由窗中飞将出来。邱槐骤出不意,又隔得近,如非妖法高强,几乎不免,就这样仍受了点伤,知道中计,人藏在内,不由怒火上攻,怨毒愈深,一声怒叫,扬手便是一大片妖焰鬼火飞将出去。满拟甄济法力有限,此举不过情急拼命,底下伎俩已穷;自己虽遭暗算,受伤不重,只一出手,立可破法,致他死命。但以甄济罪魁祸首,仇恨太深,就此杀死,未免便宜;意欲生捉,摄往远处荒山之中,使其备受酷刑,再行杀死,方消怨气。

邱槐尽管狠毒,初出手时,邪法并不厉害。不料妖光发将出去,敌人阴火鬼箭已经急掣回去,两下并未接触。同时对面窗户忽然打开,由窗中飞出一片金亮红光,势急如电。妖光立被冲开,转眼便将敌人存身的一幢灵宝精舍笼罩了一个风雨不透。

邱槐认出是正教中的法宝,匆促中没见敌人施为,看不出是何物事,只觉威力甚大。又知甄济是裴元的表兄,以为连日盘桓在近,被金鞭崖强仇发觉,预设埋伏,借着甄济诱敌。不禁大吃一惊,连忙定睛往窗中一看,只见室中四壁图书陈设精雅,而窗前书案已移向左壁书架之下。室当中放着一个新添置的蒲团,仇人甄济端坐其上,身后站着月娇。两人身子都在金亮红光环绕之下,与笼罩全室的金光相连,但较盛些,此外并无第三人在内。

邱槐见这幢精舍原是两大间,明暗相通,当中只挂着一个帐幔,作为隔断,流苏低垂,帘钩已下,红光强烈,精芒闪烁,耀眼生辉,看不甚真。估量适才答话的老者必是一个正教中的强敌,掩藏幕后,暗中行法施为,这室内外的金光红霞,便是此人所发;再不便是仇人知道自己必要寻他报仇,向正教中人借来法宝防身。否则甄济、月娇背师叛教才得数日,怎会有此法力?

邱槐拿不准敌人深浅,正在沉思,忽听甄济叫道:"大师兄,你我素无仇怨,师父自己倒行逆施,遭了恶报,与我二人何干,你苦苦寻仇做甚,当铁砚峰阴洞鬼宫事败之时,我二人也同时被擒,几受诛戮。经我苦求,又蒙舍亲代向各位师长说情,只我一人得准改邪归正。月娇姊姊仍遭兵解,如今法力已失,仅保得残魂在此,不知何日始能投生人世,乃是明证。

"回来时因朱真人垂怜,算出你误信谗言,意欲加害,借我二人防身御敌的灵符法宝。因念你为师报仇,毕竟是义气,只要知难而退,从此洗心从善,就是将来狭路相逢,也不再与你为敌。命我等你来,说明厉害凶吉,如肯就此省悟便罢;否则这里与金鞭崖只有咫尺之隔,室外神光上烛历时稍久,各位仙长知你执迷不悟,立即赶来,悔之晚矣。

"至于你想杀我二人,休说我这护身神光你不能破,而且我还有两件厉害法宝,因念同门之谊,尚未施为,胜败尚不可知。你害我二人,绝对无望,稍一不妙,立遭形神俱灭之祸,何苦来呢?"

这一套话,俱是月娇所教。无如邱槐来时早已横心,便室中真个伏有能手,尚欲一拼,何况无人。又以月娇也在室内,仇人相见,分外眼红,只因要知仇人说些甚,才强忍怒火静听。

起初邱槐当是室中另伏能手,略伏戒心,意欲试探着下手,以免冒失坏事,本无去志。及听出室中共只仇人两个,仅仗两件借来的法宝灵符防身抵御,心中大定。觉着仇人所说也是实情,当地密迩强仇,下手愈快愈好。以免夜长梦多,惊动金鞭崖诸强仇劲敌,这里的仇没有报成,反倒吃了人亏。邱槐当时怒火上撞,厉声怒喝:"狗男女勾引外人背师叛逆,还敢巧言强辩?你以为矮鬼便能吓退我么?真是做梦!"随将邪法加紧施为。

月娇见邱槐咬牙切齿,厉声喝骂,两只怪眼齐射凶光,并把极恶毒的妖法以全力施出来。知他怨毒已深,蓄意一拼,百无顾忌,好言劝说已无用处。反正双方已成势不两立,除了裘元夫妻得信赶到,或是金鞭崖朱真人师徒望见妖氛赶来援救,决无脱身之望。

灵符威力神妙,还能抵御,未被攻进,暂时虽然无妨,但邱槐法力不在鬼老之下,时候久了,却是难料。即或能支,邱槐历久无功,恶气不出,难保不杀全家,毁坏园林,俱在意中。

月娇想了想,率性破口喝骂道:"无知妖孽,眼看报应临头,和鬼老一样,身遭诛戮,形神皆灭,还敢行凶发狂! 我韩月娇本是良家女子,好端端被鬼老摄去,被迫任贱役,终日忍痛吞声,冤苦莫诉。后来遇见甄公子,也为妖鬼擒去,已受邪法所迷,落在火炕里面。是我怜他书香世族,只此独子,不忍见他随着老妖鬼受那未来刑诛,暗中苦劝多次,百计维护,方始有些醒悟。

"只是老妖鬼邪法厉害,已入陷阱,无力自拔。如若逃走,必被擒回,受那炼形之惨,不得不听命忍受,奉行恶事。我每日忧危虑祸,正在无计可施,恰值朱真人的爱徒裘家表弟误受妖法暗算,也被鬼老擒到洞中,强迫归顺。我觉有机可乘,才劝甄公子向鬼老求情讨令,把裘表弟引回他的房内。

"甄公子不知我的用意,还在苦口劝说,令其改投鬼老门下。我却冒着奇险,前往红菱磴,向银发叟告密。哪知人家早知此事,朱真人有意除你师徒,知裘表弟身有法宝防身,虽被鬼老擒去,无奈他何;命中又该有这几日灾难,故意任其陷身妖。只等幻波池诸仙开山盛典过去,立即赶来,一网打尽。

"我和甄公子同是妖鬼党徒,本来玉石不分,也难幸免。幸我这一告密,诸位仙长觉我二人尚知悔过,以前受惑胁从,情有可原,又得裘表弟求情,方免一死。就这样,因我以前被鬼老迫行恶事,造孽不少,虽免灭神之惨,那用妖法炼就的形体仍是不许存留,只留残魂,令往投生。

"此事不问是否由我泄机,引来敌人,或是鬼老恶贯满盈,该当命尽,诸位仙长早有成算,甄公子事前均无一毫知情。当时他日恋鬼宫淫乐,陷溺已深,不知厉害。前虽经我再三劝说,也只因我几次以死力救护他的情分,当时感动,过后辄忘。直到我送完信回来,同时裘表弟的道友至交也暗入鬼宫,向裘表弟指示机宜;他又见鬼老说得鬼宫那么厉害机密,却被敌人门下两个末学新进来去自如,通行无阻,心中有所省悟,我这才说出真情。

"他虽惧祸,久在鬼老淫威之下,叫他弃邪归正仍是不敢。我几次苦劝他放了裘表弟,一同逃往红菱磴去,先将脚步站住,均未听从,还延了几天。果然各位仙长按时而至。我不能保得原身,仍须转世为人,便由于此。

"不错,诸仙扫荡妖之时,我曾暗中相助,将后宫法台毁去。我那是向鬼老与平日陷害我的那些鬼女报复前仇,并防鬼老发动地水火风为害生灵。所有这些事,连适才用鬼箭伤你,均我一人所为,与甄公子何干? 你寻他做甚？我日前去往前村寻找降生之地，正遇你向人打听我和甄公子的踪迹，便料你这妖孽不怀好意，急忙赶了回来。你既不听良言，少时自有报应，难道还怕你不成？"

月娇原是深知邱槐性情，故意设词把罪过全揽在自己一人身上，减他愤恨甄济之心；一半借着说话分对方的心神，拖延时间。邱槐果然上当，不等说完，便厉声喝道："原来背师叛逆，毁坏后宫法台，为敌人做内应，俱是你这贼淫婢做的么？既是敢做敢当，自己招认，急速滚将出来纳命。至于甄济小狗种，只要随我同行，便可免我一体杀戮。"

月娇知道甄济就免一死，也必被他摄走。再者，甄济也决不舍自己出去送死。益发将计就计，激他道："我为甚要出去？休说朱真人和各位仙长少时即至，便是无人来救，我与甄公子有救命之恩，他忍心让我出去么？这防身仙法何等神妙，乐得安坐室中，看你疯狂行凶能到几时？"跟着历数鬼老师徒罪恶，辱骂不休。甄济却照上官红所传，守定心神，运用灵符神光，一言不发。

这一来，把仇全移在月娇身上。气得邱槐急怒攻心，立誓非将月娇魂魄消灭，不肯甘休，把所习妖法全数使出，终于无效，神光依旧朗耀，笼护全室，一丝不露。最后邱槐恨极，切齿横心，一面施展冷焰搜魂之法；一面咬破舌尖，将口一喷，发出一片深赤血光，罩在室外神光之上。

月娇知道，这片血光乃北邙山妖鬼冥圣徐完所传邪法，名为赤尸神焰，污秽恶毒，专毁正教中的法宝。妖人徐完看得极重。因喜邱槐刚强胆大，意欲收为己有，破例传授。传时曾命立下誓约，不再传人，邱槐因颇耗元神，轻不使用。

妖师鬼老生性刻毒，门人少有违逆，任情残杀。邱槐平日那么跋扈无礼，鬼老尽管心中愤恨，也不敢责问，反任他在铁砚峰创立阳洞，开山设教，一半便由于此。今既施为，可见横了心。上官红灵符神光虽然神妙，时候久了，必被血焰魔光炼化，稍有一丝空隙，被其侵入，室中老少三人一个也无生理。

反正是两拼的事，不死即活，除了救星天降，更无活路。月娇一面暗中警告甄济戒慎，照着仙传运用，谨守心神，不可慌乱。为了想妖徒愤怒，使其加紧施为，以便妖光邪气上腾，引得金鞭崖诸仙望见来援，于是益发咬牙切齿，肆口辱骂。

邱槐见赤尸神焰虽将仇人室外红霞紧紧逼住，光辉仍是强烈，急切间看不出一丝破绽。又见月娇戟指跳足，指着自己咒骂讥辱，越发刻毒，只能望着，奈何不得，怒火攻心，愤无可泄。也曾起过杀害甄氏家人，略消怨毒之念。但以仇人诡诈，又有正教中法宝护身，自己稍一疏神，红霞便要腾起，光华越盛，再要逼其减弱，更加艰难。仇人家属奴仆又早避开，如往前院搜杀，难保不被乘隙逃走。所逃之处，又必是金鞭崖，如若穷追了去，一旦遇上强敌，仇不能报，反为所伤，简直一步也离不得。邱槐除了运用妖法，加紧施为，以冀最后一逞，更无别法。明知多耗真元，但以事机瞬息，稍纵即逝，就算仇人被困，不能脱身，似此相持下去，必将金鞭崖诸强敌引来无疑，为了报仇泄愤，也说不得了。

那赤尸神焰原极厉害，初上来时神光尚能相抗，不减光辉。及至邱槐加紧施为，又相持了一会儿，光虽不曾减退，已有相形见劣之象。月娇渐渐看出有些吃力，虽知还能支持半日，但知裘元夫妻对于甄济未必不存芥蒂。按理妖光邪气如此隆盛，金鞭崖诸仙神目如电，断无不见之理。相隔这么近，久不来援，必有变故。

月娇又想起从前在铁砚峰脱困时，只得上官红、吕灵姑二人垂怜关切。裘元虽也从旁劝说，只对自己感谢，对于甄济，并不十分关切。赠丹赠符，俱出上官红一人所赐。裘元夫妻别时无甚叮嘱，也未说到将来有事相救之意。此次回家，未命人来通知往见。种种可疑，万一故作不知，室中三人焉有命在？

月娇心中忧急，便对甄济道："再待个把时辰，稍觉不妙，乘着灵符不破，神光未被妖焰魔火炼化以前，背了老父突围出园，往金鞭崖赶去。虽然身背有人，不能飞行，步行很慢，一则金鞭崖诸仙远望妖人在山中穷追，恐其多伤生灵，不敢坐视不理；二则只要灵符神光不破，便可赶到崖前，求得活路。妖人见此法无功，别的更难加害，也许追到半途，心生畏惧，舍此而去，怎么也比守在室中坐以待毙要强得多。"

话刚说完，甄济闻言，心神略分，神光便减退尺许。月娇见状大惊，自觉不能多延时刻。但此时便即突围逃出，又恐行路不比打坐，心神难于专一，神光更易消灭。道上又背有一人，甄父虽藏房里，不曾露面，妖人究竟看出与否尚未可知。父子之亲，其势不能舍之而去。万一救星少时即至，却因胆小先逃，反而铸错，何以挽救？

月娇口中虽仍喝骂，中怀胆怯，心如悬旌，摇摇不定。尚幸灵符威力犹在，神光稍减即止，依然强烈。这一来，越发看出此符半仗行法人主持运用，动不如静,益发不敢造次。危机偏又紧迫,眼看外室妖焰邪火越发浓密。甄父人虽旷达,但以生平只此独子,也是惊忧已极,藏在里间内,不住叩头祷告,默祝仙佛保佑。

父子夫妻三人正在愁急无计,忽听震天价一个霹雳夹着无数雷火,自空中打将下来。月娇知道来了救星,惊喜交集,心神立即大定。回视里间,甄父骤闻雷震,跌倒地上,吓得乱抖。不顾细看房外,忙赶进去,喜叫道:"爹爹请放宽心,金鞭崖朱真人和各位仙长、裴表弟都已赶到,妖鬼少时便要伏诛,不妨事了。"随说随将甄父扶起,请向榻上卧倒歇息,等众仙除了妖鬼,再出相见。

说罢不俟答言,匆匆赶出,见甄济已然立起,对窗外望,满面均是喜容。月娇不禁大惊,忙拉他道:"妖鬼怨毒已深,恨我夫妻入骨,志在拼命,邪法厉害,诡诈百出,虽然众仙来援,稍微疏忽,仍能乘隙暗算,你怎如此大意。"

甄济笑道:"无妨,神雷一震,妖鬼便已离开。此时灵符神光比前还略强盛,正好看他就戮,胆小做甚?"说时,月娇也看出房外红霞越发鲜明,妖鬼烟光已然撤去。较前只更光明,料定妖鬼无隙可乘,才放了心。

夫妻二人并立窗前,朝外观看,见妖鬼已被来人剑光法宝缠住。妖鬼仍仗赤尸神焰护身,一面施展飞叉、鬼箭之类邪法、异宝拼死相持,一面口中厉声咒骂不休。自己这面来援的,一个是表弟妹虞南绮;另一个道装少年,甄济认出是出家已久,幼年曾随老父授业的累世亲友罗鹭,越发喜出望外,忙对月娇说了。

方讶表弟裴元怎未见到,月娇道:"表弟妹在此,表弟断无不来之理。如非恐妖鬼逃时乘隙暗算家人,在家留守,以防万一,便是知道妖鬼来去飘忽,恐他遁走,给我夫妻留下后患,在空中埋伏堵截。我看妖鬼邪法无灵,仅仗血焰魔火护身,他知金鞭崖离此甚近,强敌已然赶到,夜长梦多,保不住情虚胆怯,想要逃遁。这厮性烈如火,一旦暴怒,便似疯狂,宁死不屈,我们有灵符护身,他又被飞剑、法宝绊住,反正无奈我何,莫如同到外面,再激上一下,使他怒急发疯,拼死之心更切,一心只想报仇泄恨,就不走了。"

甄济道:"我们出去,爹爹呢?"

月娇道:"我起初也顾忌,恐怕离开老人受惊。现在一看,来的救星实比他强,妖鬼又被飞剑、法宝环绕,只我夫妻防他拼着同归于尽,猛下毒手,我们有灵符护身,决无可虑,他见我们出去,志切报仇,总想乘隙一拼,必不舍走,用以诱敌,再妙没有。爹爹休说没露面,听他后来咒骂,要往前院杀害全家出气，尚不知里间有人。此时正在紧急，他无心及此，就出去被他看见也不妨事。何况罗表姑舅与表弟妹也决不容他下手。我已想得仔细，我们就在窗外，不过引他见仇人眼红，并不远离。此室许仍在神光笼罩之下，就有甚事，也来得及，决可无妨。"议定之后，同由窗外飞出。

上官红的灵符出自师祖妙一真人仙传，神妙非常，这一离房外出，红霞神光越发上腾，映得园中花草林木、亭馆楼台俱成红色。人在精光影里，看去却是清明，如在镜中，纤微毕现。夫妻二人见身后精室仍在神光笼罩之下，越发放心。立即昂首空中，戟指邱槐，大声辱骂。

邱槐本用赤尸神焰将仇人红霞紧紧罩住，以为渐有成功之望，猛听神雷天降，人在血光以外，几乎受了重伤，不由又惊又怒。先还没想把血光撤回，嗣见空中飞来两道剑光，相继现出一男一女，飞剑宝光如电飞来。为首一个少年道士，扬手便是大团连珠雷火，自己迎敌的法宝全吃破去，几乎受伤。

邱槐知道厉害强敌赶到，此仇已是难报。但因恨月娇胜于甄济，又见来人是青城门下，并非为首人物，心又略放，暗忖："贱婢乃罪魁祸首，远胜甄济十倍，此仇不报，怨毒难消。难得敌人只是两个无名后辈，看去法力虽似不弱，飞剑尤为厉害，只要矮叟朱梅与峨眉派那些敌人不来相助，凭自己也能勉力应付。看敌人来势，也许金鞭崖诸仇人均已他往，不在山中。

"自己本抱死志而来，对方同是仇人，如能仗着赤尸神焰将狗男女杀死，一样报仇；即或不能，贱婢和甄济护身红霞已渐减退，见有援兵，必然大意，只要相持下去，仍可伺机暗算；真要两俱无望，也等形势危急之际，再逃不晚。至多拼将肉身葬送，保得元神逃去，另寻躯壳，并非难事，怕他何来？"

邱槐念头一转，勇气倍增，那赤尸神焰立由下面招回，正想朝新来敌人飞去。初意冥圣徐完新传的邪法，决不会是敌人都能抵御，只一上身，便无幸理。却没想到先在铁砚峰遇敌时情急施为，吃上官红之师女神婴易静用六阳神火鉴将魔火血焰消灭了一半，威力已是大差。

罗鹭近随峨眉派几个同辈至交，在终南山中巧遇妖鬼徐完两个得有嫡传的妖徒。双方斗法，曾经见识过，深知血焰来历，身有破它之宝。早防邱槐要下毒手，因而一面嘱咐南绮放出法宝，一面又把师传炼魔之宝九宫环连同飞剑发将出去。

邱槐先施展的邪法异宝，吃二人宝光、剑光一绞，立即破去，才知不是易与。百忙中忙即飞入血光之中，先仗赤尸神焰把身体护住。心想另使法宝伤敌，身外血光魔焰已被敌人宝光逼紧，连用鬼箭、飞叉，出手即被消灭。情知凶多吉少，有心遁走，又觉此来仇未报成，反损耗了好些法宝真元，恨上加恨，就此舍去，心甚不甘。后见新来仇敌甚强，自己所炼法宝，前后三次遇敌，已然丧失十之七八，不敢妄想一逞，而退又不舍。犹幸血光魔焰还能护身，便改攻为守，消耗真元，忍痛相持。打定主意，决不空退。至不济，也拼了原身不要，与仇同尽，杀得一个是本钱，再多便是利息。

月娇见他任凭辱骂，一言不答，眉发皆竖，目眦欲裂，瞪着一双凶睛怪眼注定自己，似要冒出火来。知已上当，犯了天生凶狠刚愎之性，因而越发得意，骂得更毒。又拿话向南绮高声示意，令速下来。罗鹭也看出妖徒怒极犯性，并无退志，恐斗时太久，惊动世俗猜疑，为甄氏父子引出谣诼。便发暗号，令空中埋伏的裘元、纪异、吕灵姑按照预计行事。

裘、纪、吕三人见南绮因有铁砚峰妖穴受挫，几为鬼老师徒所辱之恨，不按罗鹭预计，立随罗鹭上前动手。又看出妖徒拼死相持，并无退志。正在不耐，跃跃欲试，一见号令，略为商议，突然夹攻上来。

邱槐连经挫败之余，本是强弩之末，虽仗有妖鬼徐完所传赤尸神焰厉害，不是寻常所能破去，罗鹭、南绮法力又非幻波池易、李诸仙之比，勉强可以支持。但是行使此法，最耗真元，重在速胜。时候久了，行法人元气固要损伤，血光魔焰也要随之减退。加以复仇心切，一味注视下面仇人的空隙，意欲猛然下击，一旦得手，立即遁去，心神分去好些。

吕、裘、纪三人来势极为神速，吕灵姑手中五丁神斧更是左道妖邪的克星，多厉害的邪法也禁不住。灵姑新得不久，虽还不能完全发挥它的威力，用以应付邱槐，却是绰有余裕。

这时邱槐与罗鹭对面相持，南绮在左。邱槐正苦思如何可以先将月娇、甄济杀死，忽听破空之声，忙即侧顾，见有三道剑光，两前一后，由后方晴空白云层里朝自己斜射下来。因破铁砚峰妖穴时，与裘元见过阵，认得聚萤、铸雪二剑；又看出同来的一道剑光功候尚差。匆促之间没防到后面还有一个敌人，误以为是新由别处赶来。

邱槐自恃血光护身，似这等青城门下末学新进之士，再多几个也无妨害。又以来人中有一个是祸根大仇，激起报仇之念。不特没想到势太孤弱，不宜恋战，反想新来二人不似先斗之敌厉害，打算欲取姑与，故作不支，等到剑光迫紧，冷不防施展邪法异宝，猛下毒手，先除去一两个敌人，然后相机行事，哪知落入敌人算中。

裘元因见罗、虞二人一北一西与敌相持，特和纪异做一路往东袭来，双剑齐施,加紧前驶,使飞剑破空之声分外响亮,以分妖徒心神。同时由吕灵姑暗运五丁神斧去袭妖徒背后,却把遁光放缓,自己和纪异等灵姑相隔妖徒身后不远,然后发动。

邱槐刚瞥见二人剑光,灵姑恰好同时到达,在最后一瞬间虽也发觉身后来了敌人,总以为赤尸神焰可恃,仍无遁逃之念。百忙中刚待回顾,已是无及。说时迟,那时快,头才拨转,灵姑已驾遁光,挥动五丁神斧,化作大半轮红日一般的宝光,带着五道丈许长的五色芒尾飞将过来。

事有恰巧,破铁砚峰时灵姑是在山阴,后来鬼老伏诛,邱槐临阵见机,先行逃遁,二人尚是第一次交手。这前古至宝,邱槐还从未见过,不知厉害,先无畏心,只觉敌人此宝精光万道,不似寻常,斧光已冲焰而进,血焰魔火立即飞散。邱槐方才胆寒,斧光过处,肉身先被劈碎,元神也连带受了重创,再想逃遁,如何能够。斧光连连飞舞之下,再吃罗、虞、裴、纪四人飞剑、法宝四面截住,合围一绞,连同那大片血焰魔火一齐搅碎。

罗鹭先以妖徒行踪飘忽,来去如电,自己这面虽有五人,纪异法力、剑术功候尚浅,不能作数,只因他力请同行,不便阻他勇气。算计妖徒不会往金鞭崖逃走,便把纪异安置在夫金鞭崖的一面。初意令四人隐在空中堵截,及见南绮不照预计行事,到后随同下手,唯恐空出一面逃路,后将妖徒困住,月娇、甄济在下辱骂,妖徒看似怒极心横,并无逃走之意,心才略放。暗想:"九宫环乃炼魔至宝,只要妖徒不设法突围遁走,血光一破,立可成功。"

不料妖徒乍看有些势弱,实是改攻为守,意图乘隙下击;身外血光竟未减退多少,只得发令三人上前。因和灵姑同门初见,不曾想到五丁神斧如此神奇,一到便即奏功,心中大喜。唯恐血焰魔火消灭未尽,残魂余气重又凝聚,命众停手。将手一指,九宫环宝光立即舒展开了,将空中残烟剩缕一齐围住,再往小处收束,意欲化炼。

南绮笑道:"何须如此费事?"弹指一团烈火往圈中飞去。罗鹭一面放入火团,也把神雷往圈中发去。一片雷火闪过,收宝一看,妖魂邪焰齐化乌有,只是微闻奇腥恶臭之味。再施法力一迫,也就散向高空,众人见已无患,方始一同下降。

甄济夫妻见大功告成,永除后患,早把灵符神光收去,月娇扶了甄父出来,互相述说,庆幸不已。一见众人降落,忙即分别长幼,礼见称谢,一面邀进室中款待。

罗鹭谨慎,因和妖人在空中斗有半个时辰,虽然离地不高,又在山野,外有密林遮掩，但甄氏父子和月娇被困是在地上，远近居民难保没有发现，尤其妖人来时，全家人等俱知此事。甄父正当忧谗畏讥之际，唯恐世俗惊骇传说，引起谣诼。因此罗鹭一落座，便命甄济将全家上下人等召至面前，告以妖鬼本要为害一方，现经诸位大仙除去，已然永绝后患。但是天机不可泄露，如有人问，只说是白日晴空，忽有雷电交驰，半晌方住，不在当地。不可说出实话，口稍不慎，立有奇灾。

甄父待人甚厚，家人都受小主人叮嘱，俱在近处觅地潜伏观变，仰望空中烟光杂沓，电闪星驰，略有人影隐现其中，一会儿消散。不等呼唤，全试探着赶来后园，见老少主人无恙，来的仙人中还有两位是主人至戚，俱都欣喜非常，纷纷拜伏在地，同声应诺不迭。罗鹭料不至于走口，才命退出。重聚别况，谈了一阵。

甄父本欲盛宴相款，因裴元急于返家禀告父母。罗鹭也说："此来无多耽延，并还有一位同门至交现在裴家守候。"坚欲同回。甄父知这五人俱是修道之士，不能以俗礼相待，但又不舍就别。好在妖鬼就戮，问知甄济、月娇后患已除，无所畏忌。便和众人商议，将宴席移向友仁家中，一同会集，作一良晤。罗鹭等五人应诺，作别先行，同驾遁光往友仁家中飞去。

到了园中精舍一看，因尤璜自五人去后，便飞身空中遥望，看出妖氛尽扫，众人往下飞落，已告知友仁。料定裴元不会在甄家耽延，事完必陪罗鹭等回转，早吩咐家人，在园中备下盛宴款待了。裴元见了父母，告知详细经过，并说："铁砚峰妖鬼师徒日前几乎全数伏诛，只妖徒邱槐一人漏网，现既除去，永无他虞了。"

友仁夫妻闻言，益发欣慰。因和罗鹭至交至戚，情分深厚，久别重逢，见他已似飞仙一流。不禁想起妹子芷仙自被妖风刮走，便无音信。后虽听罗鹭说芷仙被峨眉仙人救去，收为门徒，现在凝碧仙府修炼，只是从未见她回家。后命裴元访问，答话也不似真确。心疑罗鹭恐自己思念妹子，设词安慰。否则同是有法力的仙人，连爱子小小年纪，修道不久，俱能时常抽暇还家省亲，妹子天性甚厚，骨肉深情，岂有恝置？再又听说峨眉、青城谊如一家，妹夫是多情人，出家便为了妹子，同道相见，自必容易，怎也不说见过？忍不住问道："大弟这些年来，想与舍妹时常相见吧？"

罗鹭叹息道："哪有如此容易。峨眉教规甚严，外人不易轻涉仙府。芷妹向道精诚，用功既勤，所掌事务繁细，不能离开。家师两次去见齐真人，小弟均值奉命他出，未得随侍，错过了机会。我想了多少法子，托峨眉同辈道友致意,并去相访,先后共只见到两三次。

"我看出她对我情深意厚,只是不愿再践前约。连第二次相见,也是小弟觑着教祖他出,亲往凝碧仙府相访,坚持不见到人不去,芷妹无可奈何,又经同道姊妹劝说,方始勉强出见。语甚真挚,令人心感。我知她的心志,原不想刘樊合籍,同驻长生,只想和她常共往还,她偏固执不肯。我不忍拂她心意,只率罢了。

"还家一层,我也说过,说时她颇伤感,未始不渴念兄嫂。并还说她因自己资质比较一班同门稍差,事事谦退。现在峨眉派领袖群伦,日益发扬光大,比她还后进的同门都已奉命在外建立仙府,传道收徒。她却始终随侍师长,不肯远离,想要修到功候,情愿尸解再转一劫,以求上乘正果。掌教夫人见她志行坚定,固是怜爱;一班男女同门,也都和她情分深厚,各愿以全力相助。

"近三年来同门中如四大弟子、七矮兄弟、三英二云十几个有名人物,差不多都已尽得本门心传,功候精纯,在海内外仙山灵境建有仙府。去年八月中秋,齐集凝碧仙府,拜谒本门师长,曾奉掌教师尊妙一真人之命,分别领了三百多种灵药,回往东海钓鳌矶小仙源、南海紫云宫、依环岭幻波池各人仙府以内,同炼大还丹等七种灵药。

"因这些灵药功夺造化,最干神鬼之忌,到时必有魔头扰害。未必能够一次炼成,限期虽在九年以内。功力深的几位,如若道心坚定,防卫周密,所择开炼时日机缘恰巧,也许只消三年光阴,一次便可成功。丹成之后,献奉师长的只得少半,下余由本人分别用途,留赐门下弟子以及行道济世之需。同门中有需此灵药的,也可随意赠予。除大还丹每炉只有九粒;又是修道人脱骨换胎成道必需,功参造化,须有极深厚的仙福始能享受,不奉师命,不敢妄以授人外,另六种中有三种均可返老还童,延年益寿。内有一种并可驻颜轻身,化去凡骨,使人心性空灵,抵一甲子吐纳之功。这六种丹药为数均不少。

"听芷妹口气,等众同门丹成,多要赠人。意欲得到手后,转奉兄嫂,就便回家看望一次。迟迟其行,一半由于在仙府之内奉有职司,不似我和元儿奉命在外行道,只一得便,即可绕道归来,比较自如,无甚拘束;一半也由于兄嫂骨肉恩情,行入暮年,自己出家学道多年,已近半仙之体,还家又不甚容易,不愿空手归来之故。

"闻说奉命炼丹诸同门,以掌教真人前生之子金蝉等七矮弟兄开炼最

184

快，一开始便受了挫折，如非法力高强，几乎把一炉灵药仙草一齐糟掉。只此一次，须俟第四年上才能重新开始，欲速反缓。余人因此俱生戒心，多在幻波池开府以后，新近才得开始。

"虽然成败迟速尚自难定，内中钓鳌矶诸葛、岳、林等四大弟子和南海紫云宫妙一真人长女齐灵云、周轻云、秦紫玲等三女仙，一在昔年东海三仙故居以内设鼎，一在海底贝阙珠宫以内开炼，俱都占有地利，功力又深，决无他虑，一次必可成功。幻波池开府已过，由今算起，至多大后年秋天，芷妹必能将丹得到，回家一行了。"

友仁夫妻知非虚语，大为欣慰。罗鹭又说："元儿出家学道，芷仙已早得信。又听师长同门传说，元儿异日还是青城十九弟子中秀出之士，不久要和几个同门前往凝碧仙府拜谒各位师长，喜慰非常。"

灵姑、纪异闻言，各人想起父母回生之事，必与此行有关，忙即询问详情。罗鹭答道："当时不知吕伯父与纪伯母回生之事，晤谈又颇匆遽，没有深问，未听说是为何事前往。"说着，甄氏父子同了月娇也随后赶来，大家见面，重又略谈前事，互相叙阔，各询近况。

天已中午，友仁夫妻早安排好盛宴相待，便将甄家送来的宴席移到晚上。罗、尤二人本定当日就走，见众挽留，情词恳切，勉强应诺，多留半日。青城诸弟子多还未到完全辟谷时期，荤酒也向来未禁。罗、尤二人日在外间行道济人，甚是清苦；重尝家乡口味，又与至交亲故久别重逢，兴致颇豪。两家主人更是惜别情殷，把两席并作一餐，由中午入座饮宴，直到更深方始散席，又在园中精舍烹茗交谈。

友仁还欲强留罗、尤二人吃完次日午宴再走。罗鹭笑道："我和尤师兄已好几年不曾如此大嚼，便每次回家扫墓，所有祭余，亦都付与坟亲享受，祭毕即行，难得入口。昨日连吃了许多荤酒，先时还好，末后便自烦腻。前途并还有人相待，实实不能再领二位老大哥的盛情了。尤师兄虽不一定再来，小弟终会重晤。人生聚合，原来有数，世无不散之局，何必争此半日之聚呢？"友仁方不再强留。

谈到天明，罗、尤二人起身作别，将平日济人的丹药取了十几粒，分赠两家主人，各用纸包好，一一注明用法，方始起身飞去。

二人走后，南绮想起且退谷石、司二女之约，悄告裴元转禀父母，往且退谷住上一二日再回。友仁知两小夫妻正修仙业，不便以世俗之见相待；又以爱子天性孝友，少有闲暇，必要回家看望，与罗鹭难得再聚者不同，便不阻止。只令吃完午饭再走，事完务必回家住上些日。裘元自是允诺。

甄济见裘元年纪比己还小几岁，总角相亲，同在一起，并还共过患难。只因当初一时私心自利，闹得陷身邪教，出死入生好几次，仅保一命。他却仙缘遇合，道法日益高深；现在已是飞行绝迹，异日成就可想而知。自己并非不想寻求正果，力追仙业，无奈无门可入，起初还想从此勉力修为，等月娇重生，践了前盟，再求他夫妻设法引进。昨日见他相待和答话口气，虽仍有几分亲近，已迥不似以前视若骨肉同胞情景。自己和月娇所商心事，到时想要求他，多半无望。不禁自怨自艾，悔恨不已。

裘元看出他心意，故作不解，表面仍然欢笑优礼，只不询问修道之事。甄济偶叶心志，也随口唯诺，不加可否。月娇聪明，明知裘元敬爱南绮，言听计从，自到裘家二次相见，便刻意交结，百计奉承。

南绮本来感她暗助丈夫之德，见她如此恭顺，益发心生怜爱。只觉甄济凉薄，心性不纯，根骨既非上品，丈夫又记着昔日乘隙伤害之仇，恐话出口难于办到，未便明言。只说将来但能为力，必尽绵薄。月娇也不往下深说，连声感谢不已。

因月娇强仇大害已去，回到甄家住上半日，夜里便要去附近寻觅人家投生。裘元夫妻和灵姑、纪异又要往且退谷一行，所以吃完午饭，无多停留，各自分别起身。要知后事如何，且看下回分解。

第九十五回

斜日景苍茫　姑射仙人逢侠士
洞庭波浩渺　岳阳楼上对君山

话说裘元等一行四人到了且退谷,雷迅骑虎正要出去,见四人自空飞降,甚为欣喜,迎接入内。先拜了司、雷、方三家尊长和方端、袁灵姑,并代纪异一一引见,礼毕归座。

南绮初意石明珠、司青璜尚在红菱磴侍坛未归,及至坐定一问,才知昨日先是司青璜一人回来,言说鬼老狡猾异常,自知无幸,不甘魂魄全灭,两三次妄想分化元神逃遁。不料银须叟仙法神妙,挣扎越甚,反应之力越强。又恐妖鬼同党暗中抢救,最后一日九次化炼,妖徒已早消灭,鬼老也只剩了一些残烟余气,附在法碑之上,死灰决难再燃。

司青璜急于归省老父,请命先回,到家只住了一夜。午前石明珠随后赶到,说适才在红菱磴奉到师父武当山半边老尼飞剑传书,上写乃妹女昆仑石玉珠自和裘元、南绮二人分手,赶回武当,因在外耽延,半边老尼恰值他出,不曾见着。

石玉珠同了同门师姊妹照胆碧张锦雯、姑射仙林绿华,偶然谈起此行经过。林绿华忽想起前数月在外行道,路过云南小白茅山,见深山之中有一竹笼苗,全族人有数千,都以耕织田猎度日,山景美丽,气候温和,本可安居乐日。不知怎的,去年苗酋召三光往离镇上百里的火龙寨去赶墟回来,不久便染奇疾。始以为事出偶然,等到临终告知承继的酋长,才知是在中途中蛊,蛊神便是天蚕仙娘的爱徒。曾对召三光道,叫他献出全族累世所积财货牲畜赎命,从此率领全族永为奴仆,予取予求,不得违命,否则到时便要裂腹而死。

竹笼苗乃熟苗,召家苗族分支虽是生苗,性却驯良。召三光人更智勇忠正,知道妖蛊凶毒,一经屈服,自己暂时虽得保命,还可分沾一点余润,但是全族从此沦为水火。想了又想,决计拼舍一命,保全全族生命财产,死状

187

至惨。

苗人多知妖蛊禁忌之法，召三光又颇机警，当中蛊时情知不妙，故意害怕，满口应命，并未说出真实地址。先将妖徒稳住，先在途中绕道远处，择一荒山僻谷，照着素习之法设一疑阵，滴了二滴中指血，使异日妖徒发觉上当，循踪加害，到此而止。至多到日蛊发身死，不至害及族人。一面恨极妖蛊，死时掘一深坑，命人将尸体如法焚化，想连身中之蛊一齐烧死。后任酉长自然依言行事。

召三光初意所居地僻甚险，须由千百丈绝壁攀缒；上下有一秘径，已在百年前地震山崩，将路阻断。便本族人，能随意出入的也没几个。事前又有种种布置防备，决可无害。哪知天蚕妖蛊不比寻常妖徒，虽为召三光所愚，急切间尚未寻到，那蛊一烧入土后，又复回生，化身千百，不消多日，全族的人十之八九中了蛊毒。

按理蛊有灵性，与放蛊行法的主人灵感相通。妖徒久寻不获，人已裂腹而死，蛊却不飞回，势必接连行法，令其转害旁人，祸发也必迅速。可是中蛊的人多是面黄肌瘦，目光灰蓝，四肢无力，似如病重，人却一个不死，终日忧惶，不知何时腹破肠流，染患日重。

正在无计可施，林绿华忽然无心飞降，问知前情，又问天蚕仙娘下落。无奈竹笼苗除每十年往火龙寨换盐一次外，从不出山，山外的事俱不知悉。天蚕仙娘之言，还是妖徒自称，不知底细。

中蛊人数太众，林绿华身带灵丹无多；再者中蛊与中毒不同，不是根本之计。只得倾囊取出，用大缸清水将丹药化开，令众分饮；先将烦渴止住，身稍康复，再作计较。

林绿华正要出山往别寨访查蛊迹。忽见苗人自残亲生之子，忙即喝止一问。说是竹笼族昔年曾为别族所败，避来此地。先只数百人，震于先世出山有祸之训，隐居耕猎。除少数为首人因有要事，每隔些年轮流着一人出外谋干外，十九终身不离开一步。

当地虽是气候温和，泉甘土肥，但在环山深处，地方不大，出路又被地震隔断，耕地无多，后来生齿日繁，便难足用。酉长聚众商议，说本族人素来良懦，外面仇敌甚多，与其和先世一样，受那残杀灭族之惨，还不如减少人口，永保当初神人指点的这一片乐土。由此下令，以当天全族人数为定额，不许再行增加；如生子女，必须有人老死，或有空额，始许留养，否则生后即行杀死。如生子女过多，父母不舍残杀，就有缺额可补，也须按照家计分别献纳。

始而当父母的还多不舍,无如这一苗族比较别的苗族聪明,素喜虑后。酋长为人又公正,以身作则,毫无偏私。出产也实无多富余,还得留存一些以备灾荒。年月一久,成了习惯,也就不以为意。

　　林绿华闻言大怒,便向苗人斥责说:"你们好好安居度日,不似别的生苗凶暴,本得天佑。今为恶蛊所害,便由于多杀无辜婴儿,上天降罚之故。再不改此恶俗,非到全族灭亡不可。"

　　群苗见绿华来时现有许多灵迹,视若天神,怎敢违抗。一面应诺改悔,一面哭诉说:"本族生育甚繁,耕猎之地无多,出口又断。如无限制,衣食无法供给,如何是好?"

　　绿华知他情非得已,方始息怒。唯恐当时应诺,去后重犯,再三正言开导,告以附近并无异族为害,尽可开辟。如嫌无路可通,等自己访得天蚕妖女,尽扫蛊毒以后,定必回来行法开山,将旧日秘径打通,使其可以向外另辟田亩。

　　苗酋仍是谨记上辈遗命,不愿与外相通。答说:"旧日秘径本极窄狭,现为崩山所塞。附近虽无异族盘踞,但是别种生苗天性凶暴,迁徙无常,又喜与外族争抢仇杀,败便分头四窜,另觅安身之所。本族良懦,能在此安居好几代,便由于内外隔断之故。如将旧路打通,在外开田辟野,早晚必受异族侵夺烧杀,连这旧业也难保有。

　　"仙娘如若开恩,不必重开旧路。昔年族人发现南崖之后,有一大片好地方,水土平旷,地方广大,出产比此还多,也是四面危峰环绕,与外隔绝,好似从无人去过,先人几次想要过去开辟,偏有绝壁险阻。这面攀缘上下,已极费事,崖那面又是一道深不见底的绝壑,怎么也难于飞渡,并且内有各种野兽,颇多猛恶之物,少数人去,就能冒险用山藤荡了过去,也无济于事。仙娘如将崖壁凿穿,就用崩石填壑,使两地通连,便成了乐土了。"

　　绿华问明方向,飞过崖去一看,果然景物极佳。但那横隔两面的危崖峭壁,最薄处也有里许。估量自己一人之力不能胜任,意欲回山约了同门相助,开山断崖,为那苗族造福。也未明告苗人,推说事虽可行,一则天罚未终,尚非其时;二则对崖有不少猛兽,现时蛊毒未消,难于清除抵御。须俟自己先灭妖蛊,使众康复,再行开通。但自己还有事,此去搜寻天蚕妖蛊,三五日内如未寻到,便须回山一行,事完再来。现有灵丹保命,暂时决可无忧,百日之内必有好音。苗人闻言,欢喜如狂。

　　绿华安定好了人心,立时飞往附近苗墟,查访天蚕妖蛊下落。不料那一带苗寨相隔妖巢最远，玉花姊妹虽已继位传知，为防众心不附，仍假继承为名，并未详说那天蚕妖女伏诛之事。群苗又畏祸太甚，同类相见，尚不敢提说姓名，何况外人，大都谈虎色变，矢口不吐只字。

绿华原是富贵人家小姐，平日在山修道，深居简出。有事都与武当七女同行，独身行道尚是初次，不知苗人习性。又嫌苗人粗野污秽，虽用法力两次擒人诘问，苗人看出是蛊神之仇，越发害怕。

绿华见他们宁死不说，想起回山期近，只得暂时作罢。回到武当，又值师命另有要事，无暇及此。等师走时禀告，半边老尼生平不喜苗蛮，只说石玉珠常年在外，熟知苗情，可等她回山一同商议，便自他去。

这时听石玉珠便说妖女天蚕娘早死，否则竹笼苗已中蛊毒，妖徒必早寻去，纵不全数灭亡，也必同受虐毒。现虽不至于死，但恶蛊附身，耗人精血，日久仍难保命。并且留下这么多蛊种，玉花尚不知道，流毒无穷。此事易办，只虽寻找玉花，同往小白茅山，将群苗附身恶蛊收去，稍为施治，便可救全。

三女因事情不难，可救数千生命，还免未来的遗患，功德甚大，高兴非常。略为商议，便即同往玉花姊妹所居蚕神寨飞去。路程本来遥远，石玉珠以此行事决顺手，行前和张、林二女说，想在沿途顺便访一道友。

林绿华道："我自前年起，时常独自下山行道。上次师父本命我去湖广一带行道济世，因在岳阳楼上凭栏看湖，遇一少年。欺我独身女子，说话无理。我本想将他引往湖边，在无人之处将他杀却。不知怎的，被他看出我的形迹，始而和两同伴风言风语；忽然改倨为恭，代我会了茶钱，极口道歉；自认过失，说他有眼无珠，多多冒犯。称我仙姑，力请去至他家稍坐，尚有要紧话说。

"此人说风话时脸未对着我，又未指明是谁，本可不认为是为我而发，他却勇于任咎。细看面上神情和两个同伴，也不像是市井奸恶之徒。文人打扮，却似会些武功，为人如何，难以分辨。又疑心他诱我去到他家，不怀好意，意欲随往看个究竟。如是好人便罢，否则，此人看去颇有财势，又有一身武功，平日恶迹必不在少，此去正好为当地除害。便答应了他。

"约定之后，着他先行。满拟他如存有坏心，必会防我滑脱，不是强劝同行，便是暗中着人尾随防备。他却深信不疑，一口应诺，立和同伴走去。我等他走后向人打听，才知此人不特是个义侠少年，并还是前明忠良之后。因秉先人遗命，不事功名，轻财仗义，爱武好友，品行极为端正。至今年近三十，尚无妻室。日常只同朋友游山习武，济贫救危，有求必应。此次请我去往他家，必是看我孤身女子，衣饰单寒，欲问明来历，加以周济，乃是好意。

"他先和同伴抛文说风话时，语声甚低，别人原未听出，我闻言也未深信。那少年姓杨，所居是在滨湖一个村庄以内，离岳阳楼还有二十余里，我沿途向人查问，无论老少俱都知他为人和家世，所答也和先前所闻差不多。如照我初见时心情，定要枉杀好人，尚喜不曾冒失。

及到他家，少年名叫杨永，将我恭礼延至后园精室以内。互一谈询，果与人言相近。只是上辈姓周，乃三湘名宦。起初家在长沙，当地只置有田业，归一姓杨的母舅掌管，也是书香世族。明末流寇之乱，乃舅在外省做知府，全家尽丧，只逃得一人回来。老年无子，便以外甥承继。

"不久，他祖父在甲申殉难，长沙兵灾之余，物产荡然，亲属零落。更有仇家大豪凌迫，说周氏心存故国，啸聚乡兵，欲图不轨。尚幸乃舅为人机智，家业竟能保存，周家本有田产寄顿，为了避祸，弃了长沙劫余的田业，往依母舅，并改姓杨。舅死以后，两辈均绝意功名，耕读传家，喜行善事。杨永好武，喜欢结交英雄之士，慷慨好施，更胜乃父，因此义侠之名，远播湖湘。但却因此惹下一桩隐患。"

起因是由于去年夏天，偶同好友往游洞庭湖君山，在山上遇一道士。杨永不知那是竹山教下妖道，互相谈说了几句，问知就在山后居住，也未明说地方。杨永只当是江湖异人，见道士辞色傲慢，目光如电，闪烁四射，渐觉不是良善有道之士。便存了一分心，未往自己家中延请，只把随带酒食分赠了一些。妖道也未回问，总算看在杨永执礼甚恭，说话谦和，一说要他随带酒食，立即分赠，并无吝色，当时无事，便自别去。

杨永随向君山一渔人打听，说道士来只两月，随行还有一个道童，似是女子，貌极美丽。平日除在山前望水外，甚人不理。这日忽来买鱼，第一次给了十两银子，鱼只拿走五条。可是下次再来拿，便一文不与，鱼却随意自取。

当地鱼虾本贱，一船鲜鱼虾，也只卖得两许银子。又以道士辞色凶恶，第一次给钱时，渔人不敢要那么多，刚说得一句"不用许多"，便吃厉声喝骂了两句，丢下银子，取鱼便走。觉他又奇怪又可怕。心想："有这一次钱，便取一年的鱼也值，何况不是天天来。"仍是笑脸奉承。道士始终不理，自揭鱼篓，拿鱼便走。

第三次起，渔人渐看出道士取鱼时好些怪处：第一，所取的鱼，总是五条白鳝鱼。第二,鱼篓甚多,外观不知有无虚实,那五条大鱼无论放在何篓,一取必得。不用渔人指点,也不低头查看,决无一失。故意放向别处,也是如此。内有一次,将鱼分放五篓之中,道士只向一处探取,出手仍是五条,直似会搬运法一般。

最奇是那五条大鱼,不特长短大小,屡次如一,看去十分眼熟;并且到日只一举网,准是五条在一起,与别的鱼全不相混。日子一久,渔夫看熟之后,认下鱼的暗记,下次打鱼上来一看,果然又是道士取走之鱼,一般无二。习以为常,每次得这五条大鱼,总在末次收网时节,道士也必应时而至,永远只隔半个时辰。渔人曾用种种方法试探,绝无分毫之差。别的鱼,道士从来不要。

那一带居民渔户本信神怪,道士又来得突然,心疑是神仙点化。这日道士又来取鱼,渔人早预嘱家人避开,等道士来时,迎前礼拜。方欲求告,道士忽厉声喝骂道:"你已数次管我闲事,本当杀却,念你猪狗一样无知,姑且宽容。今对你说,鱼钱我早给你,每次所取仍是那几条,没亏负你的。我也许要取上一年,你自安本分还可无事,再如惹厌,休想活命。"渔人本就怕他,吓得诺诺连声。

道士也别无异状,只是每隔一日,必来取鱼。起初渔人曾尾随过,见他持鱼去往后山,有时口中喃喃,自言自语,似是对鱼说话,向鱼喝问,也未见他放鱼入水。可是一到第三日黄昏收网之时,五条白鱼必定同时入网,怎么也猜不透是何缘故,渔人自受道士怒骂以后,不敢再作探询之举,一晃两月,倒也相安。要知后事如何,且看下回分解。

第九十六回

风雨深宵　渔人惊怪异
仙灵咫尺　水主示玄机

话说这日又该五鱼入网之期,适值下大雨,渔人终是好奇,心想:"自从道士第一次取鱼以后,成了刻板文章,彼此原未说定。今日天下大雨,正好借故不去,试看他还来取鱼不?"主意打定,便没往湖上下网,准备道士来问,便以雨天推托。到了入夜,道士并未前来,雨却越下越大。

那渔人父子两人,父名丁财,子名丁三毛,为了打鱼近便,居家就在湖边。晚饭之后,正商议收拾安睡;忽听门外风涛之声大作,宛似潮水暴涨,已到门前,势甚猛恶。开门一看,大雨已住,湖水虽涨,离门尚远。暗影中瞧见一股尺许大小的白光,银蛇也似由湖水汹涌中迎面射来,其疾如箭,迅速已极。丁氏父子仓促之中不知是何怪异,又疑发蛟,方欲逃避时,那银光已就地腾起数尺,投向堂前鱼篓之内。身后带来的湖水也顺低处急退回去,流入湖内。

过了一会儿,不见动静。丁三毛年轻胆大,试探着过去低头一看,正是那五条白鱼,业已自行投到。再看门外,风平浪静,湖月皎然,上下澄霁,全无异状。以为道士必来取鱼,等到次日中午,仍未见到。丁三毛心想:"此鱼必非寻常。"假装讨好道士,防鱼失水不鲜,取了一个大水盆,将鱼倒在盆中仔细观察。见五鱼一般无二,只额上隐隐有角隆起,通身现出不少红影,细如游丝;由头至尾另有一道红线,比较明显,俱为以前所无。血痕内浸,似被刀针之类铁器划伤。

鳝本无鳞水族,这一细心注视,竟看出五条白鳝不特白如霜雪,与常鳝不同,并还通体俱是细鳞密布,银光闪闪。倒着一摸,稍为着重,立觉刺手生痛。鱼在水中也不泅泳,各把头昂起,朝渔人连点,目中竟有泪痕。

丁财知非寻常,低声默祝道:"我父子虽以打鱼为生,但也愿者入网,只谋衣食,从不多取。有时或因鱼小,或是太多,还当时放掉。自你们第一次

193

被道爷买去，便见你们隔日必来。既然觉得这样吃苦，何必每次都来入网？昨晚更怪，我连网也未下，你们乃是自行投到，那怨谁个呢？神人路隔，言语不通，我也不知你们是甚心意，那位道爷为何要这样做。现在道爷未来，也许不要你们了。我们本无成约，至多被他骂上一顿，如觉来得后悔，放你们回去极为容易。如通人言，你们只把头连点三下，我便送你们回湖如何？"

五鱼在盆中同时把头连摇，意似不愿，依然目中有泪。丁财父子都道："放你们回去既然不愿意，又向我们做可怜相，彼此又没法说话，如何是好呢？"那五条白鳝忽将身子在盆中陆续盘出"仇人心毒，要害生灵。身是湖中水神。十日后如有人坐问，求救可免，不可走口泄露"等字迹。丁三毛小时曾在村塾中念过两三年书，还能勉强认识，见了好生忧惧，随将五鱼放开。

又过了一天，道士才行走来，仍和往常一样，将鱼用草索取走了。丁氏父子问："道爷为何前晚未来取鱼？"道士奸笑了一声。也未答话，往日取鱼，均往后山，这次却是走向湖岸，口中喃喃说了几句，将五鱼一同抛向水中，掉头不顾而去。

由此起，道士每早必在前湖山麓对湖独坐。见人不理，半夜才去。有时也愤然作色，走向后山，去上两三个时辰又来。鱼已不再入网，道士也不再来取。本山居民本少，虽有几处寺观，游人时常来往，因道士坐处不当泊船埠头与入山道路，外人不留意。在前山出现才只数日，偶然有居民看出古怪，因道士不是不理，便是辞色傲慢，答话凶横，也就无人理会。只丁氏父子知他闹鬼，心存不良，谨遵水神所吩咐，每日除借贩鱼为由，去往前湖略为窥探外，父子二人分别在家中守候。

这日杨永约友游山，本应在湖岸埠头泊船，照理不会与妖人相遇。因将到达时，湖中忽然起了风浪。不知怎的，船夫搬错了舵，吃急浪一催，顺流往斜刺里驶出三四十丈，到了妖道默坐的前面，才收住势。

船夫原要回泊埠头，杨永一行俱是豪俊少年，急于登临，见当地原是一处旧埠头，虽然石岸报废业已多年，泊船仍无碍；觉着当地清静，岸有嘉木繁荫，风景又极清幽：便令船夫就在当地停泊，一同上岸，才得与妖道对面交谈。及至游到后山，越想那道士神情越觉奇怪。

恰巧丁财以前受过杨家周济，每去岳阳，必要送些肥鱼活虾，多得鱼价，彼此相识。先以为来人既是救星，必是法官一流，未想到会是杨永，没想吐口。及至杨永开口一问，忽然心动："杨永会一身好武艺，家中有本事的客人甚多，今日正是第十日，水神所说也许应在他的身上。"便把前后经过一齐说出。

　　杨永机智过人,闻语虽也骇异,却想不出道士是甚作用。五鱼虽然可怪,既是水神,怎无灵异,任凭道士随便捉弄?湖边居民多信神鬼,丁氏父子不怎识字,也许附会其事,疑神疑鬼。此事真假难料,就说是真,身是凡人,也无从下手。焉知那五条白鳝不是湖中妖怪,为道士所制,故意颠倒其词,均说不定。

　　杨永又想道士神情不似善良一流,江湖僧道本多异人,此事如真,关系不小,冒失不得。便嘱同行诸人不可泄露。归途欲向道士设词探询,到时人已他往,命人遍寻不见。在山中寺观内住了三日,留意查访道士踪迹,均无人知往何处。有见过的,也都提起厌恶。

　　山中有一寺观,观主史涵虚,是六十多岁道士,人甚风雅。杨永每游君山,必往相访,在观中住上些日才回。杨永先问怪道士行踪,只答不知。第三日早起,杨永等要往后山隐僻之处再去寻找,史涵虚忽说:"贫道昨已命人把后山寻遍,大约那位道友已走,不必徒劳。公子如要见他,等他回来,我往府上送信好了。贫道明日须往岳阳访一施主,请回去吧。"

　　杨永每次来游玩,史涵虚必要挽留多住一二日,这次并未说走,忽下逐客之令,说到末句又看自己一眼,料有缘故,便请搭船同往。史涵虚答说:"行否未定,公子仍请先行。"杨永作别回去,到家天已昏黑。家人密报,史道爷适才由后园叩门,现在园中静室之内坐候。杨永所乘之舟乃自备快艇,回时更命船人加快,湖中并未见有一船越过,史涵虚竟会先到两个时辰,闻报大为惊疑,匆匆赶往园中去。

　　一见面,史涵虚便屏人密告,说他早年在茅山出家,曾习道术。当杨永未去君山以前,便听徒弟报告,说前山有一道士,神情行迹怪异可疑。他假装路过,暗中前往探看,见道士满脸凶邪之气,断定不是善良。此来必非无为,无如法力浅薄,查不出他的真意所在。那日听杨永探询道士行踪,背人问出底细以后,当晚子夜人静,便即布卦推算,竟是大凶之象。幸有解救,正应在当日来客身上,详情却不易知。

　　次夜又以玄功入定,元神飞入湖中,寻见水神查询,才知君山下面便是湖眼。前古时节,岳阳附近诸郡俱是洪水,一片汪洋。嗣经大禹治水之后,用一神钟将湖眼罩住,另在衡岳移来一座小山压在上面。另辟了两处小眼,一面引水由巴陵入江,一面使乌江以东五岭中越城、都庞、骑田、萌堵以北的资、澧、湘、沅诸水,皆于此湖交汇,使其只保有三百里方圆的水面,吞吐云梦

195

三湘,为民众水利。

不知怎的,被妖道知道,欲取此钟炼法。但是君山有神禹法术禁制,妖道难于移去。便以极恶毒的邪法,附在丁财渔网之上,将湖中水神化作五条白鳝鱼网起,带回所居后山崖洞,行法威迫,迫令在山脚穿一洞,直达此山中心覆钟之所。等到打通以后,妖道再用避水法宝入湖取钟。

水神俱是南宋忠勇殉国的将士,正直聪明,知道此钟一去,不消两日,洪水暴发,连岳阳带荆襄九郡齐化泽国,因而抗命不允,禁不起妖道邪法狠毒,间日一用毒刑拷迫。这还是妖道知道水神所居就在湖底,君山脚下,如欲攻穿山腹,到达湖眼,非水神相助不可,否则早下毒手遇害了。最后一次,妖道见水神忍死苦熬,始终倔强,不禁暴怒!一面在湖中下了极恶毒的禁制,一面离山往寻同道妖人,另谋取钟之策。

总算妖道心未拿稳,没有斩尽杀绝,给水神留了一线生机,才得保命。水神先仍不肯,强挨了一日,为妖法所制,已然遍体鳞伤,实熬不过苦痛。同时奉到洞庭君巡行太湖途中回救,得知此是注定劫难,为保巨万生灵,舍命与妖道相抗,已得帝眷,除命宣敕使者来助,指示机宜外,并准其姑且屈从,以为缓兵之计,免得白受楚毒。

水神奉命大喜,因使者乃含鄱口水神,性暴,来时带有风雨。丁财父子见妖道行径可疑,借着风雨为由,故意不下渔网,使水神没法上岸。水神本身原非水族成真,神通较小。不似鄱阳、太湖、江海诸神,不论水陆,多能通灵变化。水神又不肯发水上岸,使生灵庐舍遭殃,又在重创未愈之际,恐过时限,再受毒刑。幸得含鄱口水神相助,送上岸来,直投丁财鱼篓之中。正打算如何向丁财父子传达意旨,恰值丁三毛心好,见妖道过期未来,将水神所化白鳝鱼倒向水盆养起;妖道又恰好外出未来,这才借着泪眼示意,将鱼身盘成字迹,令丁财父子到日留意。

那妖道原是云南竹山教中妖人,既贪且狠,心料湖中还有别的宝物。以为那钟既是前古奇珍,到手以后,一用妖法祭炼,立可无敌,无心得知底细,喜极欲狂。恐外人生心抢夺,意欲独占,多亲厚的同党也未告知。只把所爱妖妇换了道童装束同来,在君山十二螺后寻一隐僻岩洞住下,结坛行法,令妖妇镇坛,自去湖边作怪。先也费了些手脚,终于将水神擒到。每次均带回后山岩洞毒刑威迫,然后限期放回。

这次出外寻人相助,原因水神拼死不屈,情出不已。而所寻妖党,又是生平唯一患难至交,这才勉强寻去。途中想起,仍不放心,唯恐那同党恃强分润;或是因此泄露,在妖法未炼成以前被人抢夺。准备见了那人,先探明了心意,再约相助。稍有可疑,仍回君山,再向水神毒刑诱迫。本来首鼠两端,心意不稳。及至寻到那妖党巢穴一看,人已不在。路遇别的妖党,才知那妖党与妖道分手不久,便在滇边为正教中人所杀,形神俱灭。

妖道见诸正教日益昌明,门下弟子个个法力高强,既痛心好友之死,欲为报仇。又恐自己日后与仇敌狭路相逢,也步了好友的后尘,为其所杀。于是求钟之念更切,誓欲必得。自知一班同党个个贪狠,无甚信义。法力比己浅的,全无用处;神通大的,到手时必被抢夺了去。死去好友尚且难料,别人更靠不住。妖道想了想,还是回到君山,仍按预计,强迫水神行事,比较机密稳妥。虽幸行时把稳,留有退步,对于水神未下绝情,但是水神太以刚强不屈。途中盘算,觉着对于水神,重了不好,轻了也不好,真想不出用甚方法好使屈服。

妖道回山一看,水神居然自行投到,当时妖道喜出望外。只是水神答说:虽然被迫顺从,但环湖诸郡有千百万生灵,必须谨慎,尽量减轻灾祸。本身法力本极浅薄,又受妖法重伤之余,如由湖中山脚攻穿到湖眼覆钟之处,至少也须百日才得成功。妖道自是不允。水神说纵然不顾生灵,神力也是不逮。最后水神勉强应允七十日以内将山攻穿,否则死活唯命。

妖道唯恐夜长梦多,继一想:"自己已来了两三个月,并无所成。好容易才将水神制伏,允为出力,如再闹僵,更无善法。如若横行,将整座君山揭去。一则照此一来必定山崩水涌,江河齐泛,神钟还不一定见影,先闹出惊天动地的声势。一干正教中仇敌多在外修积功行,无事尚且找事,见这样巨灾,不问由天由人,必不放过。只一发现,立即相率而至,便是各异派中同党,见此旷古奇珍,也必不容独取。洞庭湖又是冲要之地,正邪各派空中时有飞过,绝无不发觉之理。"觉着水神所说也是实情,不能再以力屈,只得强忍气愤,允了七十日的期限。每日去往山麓守伺督促,以防懈怠。

水神无奈,只得假意出力,向湖底君山脚下进攻。等攻进十来丈以后,暗令含鄱口水神藏在洞内防变。那地方就在旧日泊岸的水底,水势既不深,所攻之处又在湖水以下,上面还有数十丈的污泥。所攻之洞不大,一到十丈以内,妖道便难观察,做作极像。妖道料水神不敢违约,一心盼着七十日的限期到来,穿山取钟。对于三湘七泽,环绕数十郡县的千百万生灵,全未放在心上,狠毒已极。要知后事如何,且看下回分解。

第九十七回

重返水村　同谋消浩劫
潜游山寺　合力探妖踪

这日杨永停船时，那一个急漩将船向旧埠头斜驰过去，便是水神欲使与妖道相见，暗中引往。妖道知道那旧埠头久无舟船停泊，那船又斜转得奇怪，杨永又上前问话，先颇生疑，不怀好意。及看出是游山少年，杨永礼貌言词又极谦恭，更见所携酒肴丰美，忽动食指，向杨永要些，回往后山与妖妇同享。

离开当地不久，洞庭君便已到来，将山脚水洞里面封固，以防万一。可是洞庭君终非妖道之敌，只能釜底抽薪，暗中防护；而那日杨永停船虽出无心，妖道却动了疑心，与妖妇商量。觉出近来心动不宁，似非佳兆。恐时限未至，便有人来，坏他凶谋。

妖妇又说："你神情诡异，易启世俗猜疑，坐处又在前湖，万一仇敌路过发现，立败全局。看水神那等刚强，既然应允，必非搪塞，守伺在彼，有损无益，还是想好到日如何应付施为要紧。"

妖道本觉坐在岸上往下注视，只看水神出入进攻，水底污泥似沸花一般腾涌，水洞以内情景难于观察，徒劳守伺。为防到日有人作梗，竟欲向本派长老借上两件法宝，以备万一。闻言大以为是，次日便往云南飞去，所以近日未见。但那乔装道童的妖妇甚是机警，时常借故往史涵虚观中巧语窥探。水神曾说救星由于杨永而起，史涵虚唯恐妖妇警觉，故未同行。来时占有一卦，占出有双木人解救，日内便可发现，除害仍须期限将满，妖道回山之时。令杨永随时留意，必有应验。

史涵虚说罢，杨永答道："我只会点武功，妖道邪法如此厉害，怎能抵敌？那双木人，想是姓林的神仙，肉眼凡胎，怎能识得？"

史涵虚道："那卦象仙人，属于阴性。岳阳洞庭滨湖一带，景物清丽，水天壮阔，时有仙灵往来其间。贫道昔年便曾遇过，只惜福薄缘悭，未蒙垂顾，失之交臂。贫道对于术理之学,颇曾下过苦功,卦象当无差错。公子累世行善,祖泽甚厚,况又为此莫大阴功义举,必荷仙人垂青无疑。从明日起,公子也无须专赴何处守候,更不可泄露风声,显出形迹。每日午后,可去湖楼一带随意闲游,机缘到时,自能遇合。

"那男女妖人甚是诡计多端;贫道与公子先后脚起身,在此久停,恐被发觉。还须去至城中寻一施主,假装募化,引往君山上香,掩饰行藏。至多在城中施主家住上一夜,明早必归。非到所盼仙人到来,不能见面。今日也不能在府上居住了。事关数千万生灵,公子不可大意。贫道去了。"说罢,作别自去。

杨永平日本就深信史涵虚之言,加以好些异迹,心中忧急万分。送走史涵虚后,严令家人不许对人说史道爷来过。次日饭后,便借词出游,去往湖边一带,物色留意。初意连日晴和,岳阳楼上尽是俗人,仙人不会混迹其间,如来,必在滨湖清幽之地。连访候了数日,均无所遇,每日均到了入夜始回。有时也去岳阳楼上品茗饮食。

这日,杨永出门稍早,在湖边游了一会儿,正觉着口渴思饮,忽遇一好友,强拉往岳阳楼上品茗。杨永先见满楼茶客多是各路商客,市井俗人,无一具有雅骨。暗想:"昔日吕祖三醉岳阳,仙迹留传,不知真假。此楼风月无边,景物固佳,似此尘俗之地,酒肉喧嚣,怎得仙人停留?自己不肯在此延伫仙踪,不为无见。今日为友拉来品茗,未有去湖边物色,莫要错过。"继而又想:"史涵虚原说仙人必要相遇,只要时时留心,休被当面错过,无须专注一处。卦象先凶后吉,多半不致失误。"

一面寻思,一面又和同去友人谈笑,不觉到了黄昏将近。楼中茶客以土著居多,好些湖湘商客借着品茗商谈交易,到了日落黄昏,相继散去,楼中逐渐清静。杨永暗道:"此楼风景最佳之处便在风月,所以范希文一记,便成千古佳作。此时正入佳境,游人反赋归去,端的俗不可医。"

杨永正在寻思间,一眼瞧见一个白衣少女,正在湖楼一角凭栏望湖,只看见半面,仿佛绝美,丰神尤为可爱。岳阳水陆要冲,商旅往来,五方杂处,游娼本多。杨永一桌四人,其中两个是志同道合的英侠密友,一个和杨永一样,也是世家公子,他们虽非浮浪一流,毕竟年轻喜事。又有几杯酒下肚,引起少年人的兴致。以为茶楼酒家,孤身女子怎会在众人丛里出现,全无羞涩畏惧之状?竟误认作是江湖娼妓一流。虽然一时见猎心喜,依然各自矜持身份,不愿当着人引逗,意欲少时随往女家,再行结识。只问答了几句隐语,并未公然向女轻薄。

杨永越看那少女越美，因在侧面，少女凭栏遥望，不曾回顾，不好意思过去。暗想："此女半面已如此美丽，全貌必更惊人，真个平生未见。想不到这里会有如此国色，打扮又如此素净，真如画图上仙女一样。古称西子、南威，想也不过如此。"

正在一面寻思，一面目注少女，随口向众问答，想到末两句，忽然觉着少女一身素白，不施铅华，肤色如玉，丰神秀逸，举止娴静；装束神情哪一样均不像娼妓江湖一流。猛想起史涵虚所说仙人是个阴性之言，心里一动。

姑射仙林绿华见茶楼上人对于杨永过于趋奉尊敬，又对自己说些风话。中间还杂有江湖上隐语，也误认作是土豪恶霸之流，倚势横行的恶少年。本就有气，欲加惩治。只因素来在外行道，不肯操切，以防误杀，故作未闻，依旧凭栏望湖，不去理他。嗣听四人品头评足，絮絮不已，虽然语声极低，近侧无人，终是侮辱。更认定是伙匪类，决计除掉。想认清四人面貌，以便少时访明恶迹，酌情下手。这一回顾，与杨永刚好对面。

杨永虽未见过真仙人，平日喜与英侠缁流来往，颇有几分目力识见。本看出少女好些异于常人之处。方欲暗嘱友人住口，不可多言，有话少时再说。及见一少女一回顾，觉出少女之美，固是到了极处，出乎想象之外，并且丰神高洁，玉润珠辉，别具一种冷艳容光。尤其那一双凤目已含薄怒，神光炯炯，隐藏威严，令人见了，心为之一怯。即便不是神仙，单这一双眼睛，也可看出是个非常人物。同时又看到少女腰中佩有一柄镶着金牛头，长才七寸的短剑。先为手臂所掩，不曾看出，这一回身，略为显露，短剑并不曾出匣，随着身子一转，那楼栏暗影中，便有光华连连闪动，分明是匣中宝光隐隐透出所致，益发断定所料不差。

杨永情知方才言语轻薄，已然得罪，连忙亲身走过去躬身行礼，说道："弟子杨永，日前受一道长指点，有机密大事奉告。日在湖楼上下等候仙驾，已非一日。适才发现上仙在此，因是肉眼凡胎，心拿不定，不合妄自试探，语多狂言，乞恕弟子不知之罪。这里耳目甚众，说话行礼，均有许多不便，拟请上仙驾临寒舍，再行细告，不知可否？"

林绿华和杨永一对面，看出他二目神光满足，内功颇深，脸上并无邪气。说时语声甚低，似乎怕人听见，气便消去好些。心想："自己的行藏多半已被识破，所说之言必有深意。此时还拿不定他为人善恶，既请去往他家，正好就便观察，相机行事。如是恶人，所说道长必也妖邪一流，一同除去，更是两得。"

侧顾楼上茶客几已散尽,自己和对方四人均在楼角僻处。茶伙都在收拾桌椅,洗涤壶碗,无人注及。便冷笑答道:"你住何处?"杨永答说:"沿湖往右,顺大路直行二三十里,再往右折转,见有大片水田园林,便是寒家。地名水云村,一问即知。"

绿华便令杨永等四人先行,自己随后就到。初意杨永如有恶意,必要强劝自己同行,或是令人暗中跟随,未必肯允。杨永人甚精明,知道适才语言不检,将仙人冒犯。此时面上怒犹未消,心迹未明以前,对方已把自己当作恶人,便无此请,也必随往。立即躬身答道:"弟子谨遵仙示,先往舍间,恭候光临便了。"说罢回座。

三友均是同道至交。内有两人日随杨永湖边游行,已知杨永要寻访一位异人。先听吩咐住口,渐看出少女好些异处;另一人虽是不期而遇,见此情形,也料知有异,俱改了庄容,静候下文。杨永只说:"天已不早,我们走吧。"便一同起身,下楼走到后湖边无人之处,料众要问,推说:"小弟得一高人指教,所访异人居然无心寻到,事情关系小弟成败安危甚大,此时尚难明言。三兄不论今日有暇与否,均请至寒家小住数日,事完再行。此事与别人无干,也不须人相助,只请谨密,勿再另告他人,便感盛情了。"同行三人均喜与杨永盘桓,住在杨家一住数日。又年轻喜事,今见有异人美绝尘凡,巴不得随往相见。于是各人应诺,同往杨家走去。

林绿华见杨永慨然应声走去,已觉非如所料;再向茶伙一访问,茶伙也把绿华认作是江湖女子,为绿华美色正气所慑,没敢妄答。只把杨永如何豪侠好善说得天花乱坠。绿华有了先入之见,以为这类恶少多善挥霍,茶伙平日贪得赏钱,适见两方问答,故意为之宣扬,并未深信。待了一会儿,起身下楼,走到路上,设了两样说词,假借投亲与家贫求助,向人打听。沿途问了好几处,乡民老者都是众口一词,同声赞美,这才把心中成见去了十之八九。乘人不觉,驾了遁光,往水云村飞去。

绿华到后一看,那地方三面水田,一条广溪碧波粼粼,与洞庭湖相通。杨家就在溪的对岸,松、竹、桃、李、梅花、杨柳杂植成林,蔚然森秀,一片碧绿,烟雾缭绕,与湖光山色远近相映。湖上渔歌之声隐约可闻,端的水木明瑟,清丽绝尘。

刚刚落地,走过溪上横着的赤栏小桥,杨永已由对岸一片桃林小道中趋出,拜倒在地,绿华已看出不是恶人,含笑请起。仍由杨永前导,避开正面前门,由桃林中小路,绕往后面花园之中,到修竹环绕的精舍之中,杨永重又下拜。绿华见室已上灯,只他一人,书童下人均已远远望见避去。便一面还礼,命起归座,问有何事。杨永才把洞庭湖妖人作怪,欲取君山下面所压神禹钟鼎之事说出。

绿华闻言,大为惊异,对于杨永为人固是释然,但是事关重大,妖人深浅难知。自己在外日久,师父立等回山,尚有要事待命,也难在此久候。既知此事,又不容不问。便令杨永无须惊疑,今夜且去君山探看一回,再作计较。

杨永大喜,随请绿华在园中住下,令家中姊妹做伴,备宴相款,并代三友求见,绿华也不推辞。杨永惯与江湖大侠异人奇士来往,时有女客过访,家中下人看惯无奇。宾馆中虽还有几个常住客人,事前已有设词,都知道主人有一前辈师执来访,因是女子,不乐与生人见面,只在后园精舍,同了三个与来客相熟的友人,连同主人两妹,伴客饮宴,也都不以为意。绿华见主人行事机智缜密,甚是赞许。

席散,三友拜辞,往前院客房安息。杨永兄妹伴着谈笑。到了子夜,绿华起身,纵遁光飞往君山落下,先往湖神观寻到史涵虚。问知妖道日前同一党徒前来,当晚月明如昼,虽值深夜人静,但以连日天色晴爽,各寺院游客颇多;前山更多渔人居民,妖道毫无顾忌,逼迫丁财父子操舟驰离湖岸,二三十丈停住,再用妖法分开湖底君山脚下之泥水,查看水神所开洞穴深浅。

水神以前原是缓兵之计,攻穿十余丈以后,便只做作,不再进攻;妖道再一离开,率性连做作也一同停止。妖道见洞才开了十余丈,相隔覆钟之处尚远,七十日内决难攻穿。本来生疑大怒,当时便要给水神一个厉害,幸是水神五行有救,史涵虚日里发现妖道回山,先在观中背人行法,画好了符,去往湖边偷偷焚化。水神得知妖道回转,还同了有力妖党,料他多半入水查看,恐怕计谋被其识破,连洞庭君也着了慌。救星未到,无可奈何,只得仍在水底虚张声势,假意朝山脚洞穴猛攻,以图隐瞒一时。哪知前攻不到丈许,忽然现出神禹封固此山的禁制,再往前,便坚如精钢,红光电闪,休想动得分毫。

此事连水神也出乎意料,知道妖道想破神禹禁法,移去此山,绝非容易。宽心大放,欢喜自不必说,这一来也有了借口。妖道先还不信,以为是假的,亲自辟水入湖查看了一次,见果是厉害,所约妖党又从旁劝解,说水神法力浅薄,不能怪他,方始息怒。

就这样,妖道仍说自己前在湖岸上曾守了数日,水神理应早已攻到当地,为何不报知？幸亏同党力劝,晓以利害,说这等作法有损无益,且易惹事,这才一同愤愤而去。行时听妖党的口气,似甚为难。次日便连后山妖妇一同飞去。

史涵虚因妖道既已发觉事情艰难,必定另有凶谋,事机迟速难料,说发便发,不比以前,还有七十日的限期。卦象上的仙人又尚无音息。昨日在海岸柳荫中独自面湖凝眺,心正愁虑,忽见一个相貌奇古,身材伟岸的长髯老者,由身后老松之下迎面含笑走来。

史涵虚刚由松侧走过,松外又是湖水,知非常人,忙即恭礼。互一问询,老者竟是洞庭君所化,说:"昨日妖道走后,恐神禹禁制只有正面,不甚放心,特令含鄱口小神穿通泥上,环绕全山,并无空间。后在原开洞左近发现铁碑上有古篆:'君山须俟十万年后,神禹禁制失效,二次洪水泛滥,方始陆沉。'

"照此情形,妖道盗那神钟虽是梦想,决取不去,但他心决不死。也许仗甚邪法异宝,测准覆钟之所,由君山顶上开一洞穴,向下直攻。到了洞底近处,再如遇阻,不是迁怒水神,强下毒手,便是施展邪法,强移此山,或用邪法将山震毁。不到力尽计穷,决不肯止。虽然发难较晚,预料至少必须两三个月后,妖道方法全都试完,方始行那移山下策,但结局终于贻祸生灵,殆无疑义。妖道日后如若事败逃走,也是未来隐患。

"现算出救星明日必至,乃是武当女剑仙,此时只是路过,尚无闲暇。妖道归期尚远,也无须乃乃。只是一人之力,也难竟全功。可请其回山,事完之后,多约一两位同道来此。彼时当再于原处树下相见,先期告以机宜。并请不宜夸扬,以防妖人警觉退避,因而漏网。此事如成,功德无量。"说完作别,回顾已是不见。

绿华听完史涵虚之言,又独往后山妖窟查探,男女二妖人果都不在。一见所设法坛和禁制所居洞穴之法,觉出妖道法力有限,益发放心。出外日久,急于回山见师,好在妖人再来尚须时日,不致有误。随往杨家把经过情形匆匆告知,便回武当。见了半边老尼,复命之后,说了君山之事。

半边老尼笑道:"君山镇水神钟,以前修道之士俱知梗概,觊觎此钟的也非少数。无如关系千百万生灵性命,谁也不敢犯此滔天大恶,空自羡慕,无人往取。直到元初,才有两个妖僧生心窃取。

"二妖僧法力颇强,并还防到多伤生灵;自取天诛,事前先以妖法幻术与些怪异,假说某日要发生洪水大灾,妖言惑众。更有官府为之张目,使环湖居民尽行迁徙。到日再以收妖为名,将湖水禁制,现出湖底山脚,一面准备替代此钟封禁湖眼的法物及符箓；一面另开了十四处水口；如若封禁不住，也能以彼教中的大法将湖水禁制。不令横溢，化为一条条高出水面，千百丈的晶流，顺所开水口入江，再由江入海。计虑甚是周详。照此做法，虽仍不免伤害生灵舟船，比起全湖溃决，泛滥三湘，却差得不可以道里计。妖僧也以慈悲仁厚自诩。

"哪知一切停当，刚把湖底山脚攻陷十多丈，便遇见太乙神钢之禁，妖僧用尽妖法，不能再进分毫，反因心急势猛，折了两件心爱法宝。妖僧此事原曾奏明法王，得了朝廷允许，夸过海口，急愧之下，欲将此山移去。所行邪法本极凶恶歹毒，当时湖水四面壁立数百丈，环山泥石在神钢环绕之处又被去尽。风雷之声震动天地，那山仍不能移动分毫。二妖僧怒极，一同施为，发出小山般大一团雷火，待将此山自顶震碎。

"眼看那山就要崩裂，突地一声大震，妖僧所发雷火忽在空中炸裂，立即狂风暴起，地暗天昏，所禁湖水也齐崩散，波涛浪涌，高举如山，势甚骇人。直至次早才风平浪静，君山十二螺仍浮在碧波之上，只山麓和环湖低凹之处有些泛滥之迹。死鱼介贝到处都是。二妖僧连人带船以及随行徒众官人，俱为雷火震成灰烟，连劫灰也沉入湖底，直似大水初退情景，别的寻不出一点痕迹。由此才无人敢生心窃取，此事渐少人知。

"那妖道乃竹山教下孽党，必是为报青城派教中祖师朱、姜二道友的仇恨，不知从何处访查到此钟来历，想盗了去祭炼邪法，复仇称雄。如非用心忌刻，不使人知，必被同党中较有识见妖人阻止，也不致遽取灭亡。由古迄今，多少高明有道之士尚且不敢妄动，何况此类妖魔小丑。照他一意孤行之迹，必无甚法力，又无甚羽翼相助，无须再有多人，足可了事，就是无人前往，也必自败。

"朱、姜二道友法力高强，诛戮竹山群邪早有定计，本可无须多事。不过妖道情急之际，保不定兴风作浪，贻害生灵。你此举颇有善功，适才以我推算，为日还早，不妨随意前往，相机行事。你发觉在前，到日青城门下如无人在彼，自应身任其事；如有人在，便是朱道友已有安排，你从旁相助好了。"

姑射仙林绿华在七姊妹中貌最美秀，性情也最温柔和平。素常行事谨慎，因知竹山教虽是妖邪，声势浩大，内中颇有能者。日前妖道已然约有一个妖党在彼，到了事急之际，焉知不再约有力妖人相助？青城派有无人去，事尚难料，自己纵胜得过，也难防他漏网，致留未来隐患。意欲约了同门七姊妹，一同建此功德。

刚一陈说,半边老尼便道:"你的用心甚好,我也知你势力稍嫌单薄,无如眼前众弟子除玉珠遇事耽延,又不知我还有后命,此时尚未赶回外,余人只你和大徒儿在近三月内还有空闲。你既临事谨慎多虑,可和你大师姊商量,同往好了。"

绿华终觉事体虽大,妖道估量还能抵敌,那神禹禁制何等威力,万一被妖道用邪法将其触发,无力收拾,如何是好?师父又性情古怪,最不喜门人絮聒,不敢再有烦渎,只得唯唯应诺。

半边老尼原是应灵灵子之约,去往终南炼丹,并办一件要事。次日便带了摩云翼孔凌霄等三个女弟子先往终南飞去。绿华送走师父,便和大师姊照胆碧张锦雯商议说:"那年因为轻看左道中人,便吃了金针圣母的亏。久闻竹山教中妖人邪法甚多,君山又有神禹禁制,如何可以大意?此时如若告知青城派诸同辈道友,自然是万无一失,但是事情由我发现,临期求助外人,不特示弱,师父知道也必不快。师父偏看得那等容易,大师姊你看如何?"

张锦雯道:"师父道法通玄,平日看似容易,实则全有成算。你未回时,师父因司青璜小师妹两次请命往青城且退谷省亲。师父算出她到家有事,特命明珠师妹事完与之同行,并令先走。寻常省亲,尚且如此,何况当此大任?师父为人好胜,如无胜算,怎会命你前往?我原奉命在山留守,因你一说经过,师父便改命我助你前往。师父向来话不说完,待门人自去作为,你又不是不知。以我推断,此事必能成功,不必过虑。"

过了一日,女昆仑石玉珠回山。绿华本想约她相助,此事尚须时日,又因听玉珠说起天蚕妖女在湖心洲伏诛情形,便把竹笼苗合族中蛊之事先说出来。因石玉珠心热,说事甚易,师父又未指明令她相助绿华,绿华意欲等她救完苗人回来,再行告知。及听玉珠要在途中就便访友,知她交游众多,恐防途中耽延,另生枝节,方始说出。

玉珠笑道:"师姊妹中,你林师妹性格温柔,过于和缓。既有这类大事,怎不早说出来?照此情形,妖人君山盗宝虽然应在两三月后,此时仍须防他暗做手脚。还是先绕道巴陵,看妖人在彼有无布置,如已在彼作怪,当时便除了去,以防养患才好。"

绿华好善,眼见竹笼苗疾苦之状,救人心切;素又崇信师父,以为到时再前往必无差池,力主先救竹笼苗,只归途不要耽误便了。石玉珠素来敬爱绿华,便依了她。要知后事如何,且看下回分解。

第九十八回

明月开樽　小集湖洲招蛊主
清波荡桨　重探妖窟过君山

话说议定之后,姑射仙林绿华便同了照胆碧张锦雯、女昆仑石玉珠同驾遁光,往云南小白茅山飞去。路过湖心洲,石玉珠下去一问,纪异已赴青城拜师,只纪光在家。谈不几句,丑女花奇忽来探望。石玉珠便把张、林二女唤下来,与花奇相见,谈起竹笼苗中蛊之事,意欲往寻玉花姊妹,同往医治。说了几句,便要作别。

花奇笑道:"石道友那么秀气的人,怎不明白甚事都讲当行? 苗人恶蛊厉害,寻常济世丹药往往无效,有时连我们都难为力。可是他们自己人多有独门传授的秘药法术,手到成功。何况玉花现在又是教主,岂非小事一段,何须如此看重,还亲自前去寻她? 我们难得相见,便这里也因异弟行前再三吩咐,我一日中抽暇前来看望一次。莫如请三位道友在此小住,譬如往小白茅山耽延,由我把玉花姊姊召来。本是她教下所放恶蛊,仍责成她自去收除。事情一样,省去一番跋涉。我们还可稍为盘桓,岂不比我们去打交道强得多么?"

石玉珠原喜花奇心性率真,对友热情。玉花上次曾拜她师姊美魔女辣手仙娘毕真真为师,花奇乃玉花师叔,自然一招即至。此举免人纠缠,事更简捷,便笑允了。

花奇随即行法相招,不到半个时辰,玉花之妹榴花的元神首先飞至,向花奇和张、林、石、纪诸人分别行礼跪拜。言说玉花接到飞音神符,知师父师叔唤她,唯恐有甚急事相招,相去数百里,本身飞行迟缓,特命榴花元神先来听命,玉花也立即起身赶来,随后便到。

石玉珠笑对花奇道:"你看她姊妹对毕道友何等恭谨,怎还只允收作记名弟子? 近来可曾劝过么?"

花奇道:"我原极爱她姊妹,也曾劝过多次。只因毕姊妹性最好胜,认为她姊妹资质虽还不恶，所掌却是邪教，既不能操之过急，命其消灭；又无好人可代执掌，使玉花弃彼来归。再者，以前屡犯师诫，致遭严罚，此次收作记名弟子，尚是诸位道友强劝，一时权宜。在未秉承师命以前，如何可以擅自收徒？故尔迟迟。不过此事将来也非无望，日前家师新收小师弟玄儿来传师命，我曾偷偷托他代探家师口气，并代相机求说，已然一口应允。只要玉花能始终勤勉向善，终有如愿之日。"榴花闻言，极口称谢。

众人谈了一会儿，玉花也便赶到，花奇说了张、林、石三人来意。玉花闻言，一口应诺。并说："弟子继承蛊神之后，知道天蚕仙娘师徒以前迫害苗人，放出去的恶蛊甚多，曾经立志收回。无如苗族众多，散处西南诸省深山之中，多年隐僻荒凉，还隔人境，好些地方因蛊主人已遭诛戮，绝了联系，非其自来投到，不易发觉。前命门徒四处搜查蛊迹，防其蔓延，并防备苗寨中妖巫借以作祟。又传知远近苗寨，令其具报，近日已驱除不少。竹笼苗想系居处太僻，与外隔绝，外族难得往来，为日又久，习与相安，一时尚未查出。此事在本教中人看来极为容易，只消命妹子榴花带了解药前去，一到便可了事，无须再劳顿三位师伯仙驾了。"

石玉珠见玉花近来越发出落得美艳绝尘，神采奕奕，言动也极温文柔和，甚是喜爱，赞不绝口。玉花又向石、林二人求说向美魔女辣手仙娘毕真真拜师之事。花奇负气道："似你这等资质人品，要换是我，早已收了。就是将来为了擅自收徒，受师父一点责罚也并非不值。她偏如此固执，我已劝过几次，再劝也是无用。你仍好好向上吧，只等你修积日厚，釜底抽薪之法见了大效。所掌恶蛊不再似前猖獗，难为人害之时，就毕姊姊不要你做她徒弟，包在我和石道友身上，定给你另找一个好师父便了。"

玉花闻言，含泪答道："弟子已受师恩，决无再拜别位仙长为师之理。否则，师叔和石师伯如此错爱，不是一样可蒙恩收录么？师父不肯正式收录，传授道法，必是弟子向道之心尚欠虔诚，所掌又是邪教之故。此后弟子唯有勉力虔修，早日摆脱，以盼师恩怜鉴，仍望诸位师伯、师叔随时进言，代为求说，感恩不尽。"

石玉珠道："你掌蛊教，当时原是众道友公议，此举乃大功德，怎能因此见怪？我见你师必为解说。以你忠诚，向道心坚，不特令师久而感动，便令师祖韩仙子，也无不允之理，放心好了。"

花奇道："你倒说得容易，不知我那位大师姊事情才难办呢。"

正说之间，忽听丁宁之声起自湖边。花奇惊道："此是神兽丁宁鸣声，它随师姊寸步不离,怎得到此?"一言未毕,忽听一女子口音接口道:"丑丫头,你又背人说我么?"

众人随声注视,一个长身玉立、英姿飒爽的道装少女,正由近湖滨水面之上凌波而来。身前有一只尺许大小,毛白如霜的异兽,已先上岸,朝花奇扑去。吃花奇一把抱起,搂在怀中抚摩,甚是亲昵。

玉花见来人正是师父美魔女辣手仙娘毕真真,惊喜交集,早慌不迭率了妹子榴花飞跑过去,迎拜在地。众人除花奇低头抚弄异兽外,俱都迎了出来。晃眼毕真真上岸,与众含笑礼叙,一同入内落座。

石玉珠自是熟识,张锦雯、林绿华与毕真真也在峨眉见过,只无深交。这时见她一身云裳霞裾,云雾冰纨,人又长得英秀美艳,比起玉花之美又是不同,料想月殿嫦娥不过如是。石玉珠首先赞道:"这身仙衣,分明天丝云锦,珠光宝气,清丽绝伦。也只有毕道友这等玉貌仙容才配穿呢。毕道友早来了么?"

毕真真平日喜以容华自负,闻言笑道:"这身衣服,原是犯过前友人所赠,确非人间所有,妹子共只穿过两次。适才因奉家师仙示召见,令愚姊妹一两日内往白犀潭,随侍同往凝碧仙府,与峨眉诸老前辈同赴海外阿宁岛参加三百六十年群仙盛宴。自惭陋质,欲借它装点门面,才穿了它。

"因此一行,连同别处耽延,大约须要三月才能回来,愚姊妹曾受异弟之托,应常来此看望纪太公;恰好奇妹在此,特地赶来辞别太公,并令玉花代愚姊妹时来看望。近日为省节外生枝,颇秘行踪,来去都隐身形。到时欲览湖山之胜,在对岸落下。刚到,便听诸位道友说笑之声。不料武当七美竟有三位在此,妹子方在自惭形秽,怎倒赞美起来?"

张、林、石三人同说:"此是定评,道友天人,愚姊妹怎能比拟?"花奇插口道:"你们惺惺相惜,都是月里嫦娥,无须互相标榜,反正比我和榴花两个丑怪总是一天一地。修道人戒打诳语,莫非和我来比,也说没我长得好么?"众人闻言,又见花奇丑怪之状,不禁大笑。

花奇道:"就长得美,有甚用处,还不是一个人?我看心地和善慈悲一些倒好。"毕真真秀眉一耸,微怒道:"我知你近日又欠罚呢,知道甚,随口乱说!"花奇吐了吐舌道:"大姊姊又生气了,怪不得丁宁先打招呼呢。由你去,我再不开口如何?"

石玉珠方欲乘机代玉花说情,毕真真忽向玉花道:"林师伯要你去救竹笼苗,此是好事,榴花又是元神到此,怎不令她代你先走?"玉花连声应诺。

榴花连忙拜别飞去。

毕真真又向玉花道："我自上次分手,已在暗中查看你多次,果不负我期许。为了激励你向道行善,我表面虽然坚拒,实则已向师祖两次通诚求告。只因我素日言出必行,自己尚是戴罪之身,不知师祖是否开恩。你花师叔又是口直心快。故而我坚持不允。

"今早奉到师祖手谕,已然恩允我收你为徒,并还无须将你所掌妖教弃去,反命你重收余烬,将各种恶蛊加功祭炼,另有锦囊仙示,上附养炼之法。此举乃是以毒攻毒,限期三年。诸恶蛊均有师祖所传丹砂、毒药、毒瘴和诸般恶虫、毒蛇精血喂养,不伤无辜生灵,威力却大得多,不在往年绿袍、天蚕妖法所炼金蚕恶蛊之下。到日与敌同尽,用完之后也无一存留。切不可将本身元灵与之相合,更须谨密,勿使人知。等到成功,自然领你随往白犀潭拜见师祖,再行入门之礼便了。"

玉花闻言,喜出望外,忙即跪谢领命,众人也代她欣慰不置。毕真真随取出一封锦囊,递与玉花收起,归去依言行事。

张、林、石三人本言定在纪老家中小住两日才走,因毕、花二女要往岷山白犀潭,随着韩仙子到峨眉仙府,与众仙同赴海外阿宁岛仙宴,便起身告别。后经纪老再三挽留,花奇也说限期三日,迟个一半日起身尚有余裕。难得相见,不妨明早再走。毕真真急于见师,却与三人投契,议定再留半日,到夜起身。纪老早准备好了酒菜,请众临江小饮。

时正望前二日,水波浩渺,一岛孤峙。虽还不如洞庭君山波澜壮阔,漫无际涯,但是青山环绕,碧水中天;千岩黛泼,万树红酣;茂林修竹,绿云片片;神燕仙禽,银羽翩翩;山光岚影,树色泉声,相与映带涵会,无处不是天机流畅。

一会儿东方月上,渐到天心,白云丽霄,明蟾散绮,玉宇无声,纤尘不染,皓月扬辉,上下只是一片澄洁,如在水中。更有纪异所豢守墓仙禽银燕俱通灵性,竞娱仙宾。大小无数,什百为群,飞翔于清波明月之间。雪羽照波,霜毛映月,越显清绝人间,无殊仙景。众人旧友重逢,知心契合,芝花幽赏,情更亲切,俱都不舍遽去。越谈越是高兴,不觉到了子夜。

姑射仙林绿华忽然笑道："自来清景难逢,胜游莫继。休说常人如此,便是我辈,虽还不能自命神仙,异日散仙地仙一流总可有望。又能绝迹飞行,顷刻千里,也可算是自由自在的了。但似这等良宵美景,赏心嘉会,也不知何年何日才得再聚呢。"

毕真真道："妹子此行虽然预计三月，其实海外兼旬流连，往返不过一月。只因久违师颜，欲在白犀潭小住，领些教益，所以至少非三月不可。但家师的事难说，也许不许在水宫久住，此时如不获命，愚姊妹定往君山相访，以祝成功。就便一览巴陵水云风月之胜，再在君山作一良晤如何？"张、林、石三人齐声赞妙。

玉花足迹从未到过三湘，久闻洞庭云梦之胜，闻言也是心动，只因师长在座，平日谨畏已惯，不敢启齿。石、林二人最怜爱玉花温柔淑静，看出了她的心意，石玉珠首先笑问道："你想游洞庭么？此时还早。如等令师带你同往，又未定准，况你又奉命炼蛊，未必能够久离。好在飞行迅速，你可先回山炼蛊，到时我来接你如何？"林绿华也从旁附和。

玉花见毕真真也在含笑点首，心中大喜，忙起身谢了。毕真真道："石师伯她们有事，到时也许不暇分身。我给你一道护身飞行神符，再过一月我如不来带你同去，可自前往，不必再烦石师伯跋涉了。"

石玉珠道："这更好了，率性你等一月就去吧。"随将杨家住址留下，令其去访，不可先去君山，以防与妖人相遇。玉花一一拜谢领命。

毕真真又道："斗柄西斜，天已不早，我们分别吧。"说罢，众人别了纪老，一同起身，各往前途飞去。

张锦雯、林绿华、石玉珠三人联袂同飞，林绿华笑道："还是玉妹交游广，办事容易，随便谈笑之间，便即了事。我自那年奉命出山，虽也做了几件小功德，并无一件容易。当年所许外功，不知何日才能修积完满呢。君山之行，关系亿万生灵，也像这样容易，岂非绝妙？"

张锦雯笑道："天下事哪能尽如人意？竹笼苗中蛊毒的人虽多，主持妖蛊之人早已伏诛，就说没有他本教中解法解药，我们不过多耗师父自炼灵药，终可治愈，绝无甚大妨碍忧危。君山之事如何能比？我近年功力稍进，凡事均有先兆，只恐此行要多费手脚呢。"

石玉珠道："此事如只有林师姊所说两妖道一妖妇，凭我们姊妹三人必能成功。不过师父素来前知，平日督促我们修积外功唯恐不及。时常警诫，说在老人家飞升以前，我姊妹无论何人，外功如不完满，以后修积便要难些，莫要自误仙业。君山这等大功德事，照林师姊所说，师父神情似颇淡漠，其中必有原因，不是与青城有关，便是别有枝节。我们早去，原是事由林师姊发现，既知此事，便应早些防备。妖人势大，除去较难。本为善不肯后人，当仁不让之意，既不与别人争功，亦不计及成败，各尽其心，管他难易做甚？"

张锦雯道："玉妹说得极是。林师妹性情温和谨细，重情面软，谋定后动，不肯行险，所以遇事便觉难了。其实不特该成功的固是必成，不该成的，只要是好事，一样也可以人力战胜天心。此事必在两可之间，师父才那等说法。否则，林妹最得师父怜爱，岂有不详示机宜之理？我姊妹并非喜与外人争功，事情终由我起，如若一无成就，也有辱师门威望。妖道如若大举，必在日后，这次越下手得早才越好呢。"

林绿华因张、石二人都不喜爱到世俗人家久住，君山孤峙湖中，寺院、渔民众多，无可寄迹，便向二人说道："那杨家居停虽是凡人，人品心地均非庸流，园林也极清静。他和湖神观主史涵虚，对于此事早已留心，日夜焦虑。岳阳重镇，名胜之区，人烟甚密，我们三个女子也不便投宿君山寺观。君山岩洞又多不适用。照大师姊心意，到了杨家，略询君山近日情况，另寻居处，未免辜负主人一片至诚。并且此举不是一到可了，巴陵附近诸山觅地栖身，相隔妖人窟穴既远，日常往探，易被警觉。如住杨家，既易掩迹，平日窥伺妖人动作，史、杨二人均可代谋，无须亲往，免去妖人疑忌，好些利便之处。师姊、玉妹心意如何？"

张、石二人知道林绿华性喜清洁，不愿在寻常岩洞中居住，必已答应杨家回去下榻，才行坚持。一想君山即便能住，相隔妖人窟穴太近，巴陵诸山相隔又远，果然两俱非宜。

石玉珠便答道："妹子是想居停主人虽贤，富家奴仆成群，此人又是好客，耳目甚众，世俗酬应，我们更是厌烦，故想另觅住处。我看两位师姊都不必各执成见，且到那里暂住一两日再定。住在世俗人家，终是不便，我们如能寻到合适住处，自以别住为是；如果不能，主人又能缜密一些，我们也只好扰他了。"

林绿华便说："主人颇知利害轻重，上次别时，已说另在园中收拾精室数间，作我下榻之用。同时又设词将花园隔出一半，不令人入内。只他两个妹子做伴，一老仆随侍，连主人自己无事也不入见，以防泄露机密。一切起居饮食，悉遵照我的心意行事，决无违背。大师姊一到就知道了。"张、石两人俱极爱重绿华，见她坚持，只得允了。

飞行迅速，不消多时，飞到巴陵。杨家在离城二十余里的水云村，便在距村五里僻静田野中落下。岳阳楼尚在前面，不曾由楼前经过。那一带除了水田，便是林野。三人见天色尚早，路上往来人多，便由密林中往杨家后园绕行过去。初意到了园侧，由绿华先去告知主人，问明款待之地，再行入园。哪知人还没有走到，主人杨永已同了史涵虚穿林寻来，见了三人，便即下拜。绿华见杨、史二人一起，知非巧遇，笑问如何得知？

杨永答说："自从仙姑去后，久盼不来，君山妖人已来去过两次，党徒日众，尽管卦象无妨，终是忧急。昨日史涵虚忽又发现两个异人，在君山绕行了一转走去，得信暗中往探，人已不知去向。一问当地船夫，并无一船载过这两个异人。照所闻行径，似比以前诸妖人还有法力。是否妖党，尚拿不定，心疑另是一起觊觎水底镇水神钟的道术之士。

"夜间虔占卦象，只占出先后有十多位仙人为除妖党陆续到来，都是同道一路。有五六位日前已经来过。今日杨家便有三位仙人驾到，别的却占不出。因已终日留心查看，除昨日两异人外，别无仙迹，欲请洞庭君再现法身，指示机宜。通诚以后，去往水边，守候到了天明，神并未出。及用催符叩请，水中忽涌出许多鱼虾，联成'速退，勿妄行法占算，免遭不测'十二字。

"鱼虾出时，水先微响，日光正照平波之上，字迹分明，现灭俱速，一闪即隐。史涵虚自知能力浅薄，虽习占卦，未能预料仙机。洞庭君不肯现身，却以鱼虾现字示警，状甚忧急，越发惊疑。只得赶往水云村告知杨家，并查所占三仙是否今日到来，在敝舍候看大半日，渺无迹兆，弟子等二人俱都惶急，姑照所占三仙来路寻去，居然相遇。"

张、石两人见杨、史二人都是一脸正气，又问知杨永连日为了准备延款仙宾，已然推病拒客，将花园隔开，备下几间静室，无论男女上下人等均禁前往。众人也均预先警诫，说自己日内要请史涵虚做功德道场，不许向人说起。行事细密，设想尤为周详，果如绿华所云，心中颇为嘉许。

宾主五人边谈边走，一直走入后园。因为杨永预诫，沿途未遇一人。到了静室之中，主人重又礼拜，互相谦叙，一同归座。杨永一面命随侍老仆唤来两妹陪客，一面备宴接风。张、石二人见园中花竹扶疏，水木清华，几净窗明，纤尘不染，陈设用品都颇古雅。主人虽是豪侠之上，谈吐极为清雅，毫无俗气，与寻常富贵人家大不相同。地方又当滨湖风景最佳胜处。绿华便询杨、史二人别后详情。

原来绿华和史涵虚在君山分别，回转武当的第二日，两妖道和那妖妇便一同回转，在后山所居崖洞内停留了两日。中间只往河边去了一次，在河岸上略有停留，一同入水，待有刻许工夫，便即上岸。时正深夜风雨之后，清静无人。事前史涵虚原在妖道时常守望的左边找好伏人之处，一听说后山有了妖道踪迹，早命心腹门人带了食物，前往窥伺。

那藏处本是一个残废多年的土地旧庙,屋只得两间,一间已破,又极矮小,连一个成年人都容不下。门外有株被风吹折、入土重生的老树,枝叶茂盛,四垂拂地,恰好将那破屋罩在里面,外观只能看见后半截破短墙,决看不出有人藏伏在内。

命去的人是一个道童,名叫秋月,人虽年幼,极其机智胆大。预先想好应付机宜,万一被妖道发现,便说犯了师规,恐受重责,逃来庙中藏伏,准备候到相熟船夫,乘船逃往俗家等语。

妖道以为行踪诡秘,来去飘忽,君山寺观俱是庸俗道流,即使有人生疑,也无妨碍,一时托大,果未想到有人在侧窥探。从水底上岸后,立和妖妇一同飞去,行动全被秋月看见。守到天明,未见飞回,方始向师报告。

史涵虚闻报,令稍歇息洗沐,夜里仍作背师逃走,再往土地庙守望。一面暗向洞庭君和五水神通诚,求现法身,探询妖道入湖何事,未有回音。秋月连守望了两夜,也未见妖道再回。方始猜疑,这日妖道忽又出现,到湖神观向史涵虚借屋暂居,给四十两银子作为租价。史涵虚答说:"同是三清门下,观中尽有余屋,道兄暂住,哪有收钱之理?"

妖道立即沉着脸说道:"我和你们这些念三字经、画符送鬼的俗流不是同道。我现向你租房,钱速收下,不必假惺惺。可是我租那东偏一院,连同上下楼房,即日腾空,不问我在与否,不许有人入内一步,也不许向人胡说。至多两三个月,我事一完即走,如不听话,自取灭亡,休怨我不教而诛。"

史涵虚闻言,假装胆小怕事,连声应诺。妖道初见时,自称是云南哀牢山炼士姚法通,同来妖党名叫承泰,妖妇名茹良,似是化名。说完前言,便同拂袖而去。史涵虚日内必要搬入,虎狼同居,固是可虑,探查妖道行动,却较容易。便停了湖边守候,吩咐全观道众门人随时留意窥探,但须十分小心。如见怪异之事,也不可张扬及传说谈论,只可伺便暗中告密,防被警觉。

次日,只那扮装道童化名茹良的妖妇搬入,两妖道并未入居。可是山上滨水一带,时有一二面生可疑之人往来,留神查看,均不似甚正经道路。史涵虚屡次占算,都与以前卦象相似。以为来人不论正邪,都是道术之士,恐占算有失,不甚放心,连请洞庭君和水神出现,也未获允。因先后发现诸人都在水边略为游玩,便即离去。有的连后山都未到,更无一人走往观中寻访妖道、妖妇,当是路过来游的异人偶然相值。洞庭君上次现身所说之言,料无差错,见无甚怪事发生,也就放开。

这日二妖道忽由偏院走出,神情颇为匆遽。看出似往湖滨,后来暗问各地守候的门人,只有一人见二妖道在观门前闪了一闪,走入观旁松林之内。因奉师嘱,各在原地守候,只在遇上时留心,不许尾随;以防警觉生疑,惹出乱子,未曾跟去。复问前面守候的同门,并无人见妖道由观中走去,就此失踪。

到了午后,见一小舟载着两个不满二十岁的少年,穿着虽是布素,可是目有英光,器宇不凡,相貌一美一丑。丑的一个还看不出,美的一个一望而知是个富贵人家的子弟,二人口音不同,却似兄弟相称。

洞庭君山乃名胜之区,游湖游山的人本多。二少年到时,史涵虚正在湖岸上送一施主坐船回去,无心相遇。先并没有在意,送完了客,正要回观,忽见一个年约十二三岁的小孩向二少年道:"照这快法,少爷游完了山回去,我爷还不会回家呢。我一人走,怕没这么快,还是送少爷回去吧。"貌丑的一个答道:"你自先走,包你回去和来时一般快。早点到家,省你娘由城里回来,见船不在担心。我们又说不定甚时走。你这娃儿很有孝心,我再给你点银子好了。"说罢,由身上取出五两一锭银子递将过去。

小孩不敢收,说:"少爷人真好,已给我那么多银子了,如何还要? 不过我看少爷本事大,奇怪!"还要往下说时,貌美的一个低喝:"不许胡说。银子只管拿去,我们不计较这个。"小孩还不肯收,吃丑少年强塞在手里,附耳低声说了几句,小孩方始欢喜走去。

史涵虚知道,连日湖上颇多风雨,又值水涨季节,那船又是小划子,不是游船,船中必还另有大人操舟。及至回头一看,驾船竟是小孩一人。虽然洞庭水乡,妇人童子均习舟楫之事,但是这等风强浪大,以一幼童驾一叶小舟远泛洪涛,竟属罕见之事。方代他担心,忽见小孩解缆以后,刚将小船用桨撑离岸上,那船便向前急驶出去,越向前越快。小孩坐在船中,手持双桨,直似摆样,也未见怎划动,便由滚滚洪波之上飞驶过去,轻快绝伦,宛如箭射,晃眼越过十多只游船,出去老远。

当日又是逆风浪,史涵虚不禁惊奇。猛想起两少年和小孩所说的话,再一回顾,人尚未行,同立柳荫之下,美的一个手指湖心,微微划圈。内行眼里一看,便看出是在行法催舟,知是异人。因有二妖道在前,拿不定来意如何,又恐是妖邪同党,未敢造次。心料小船飞渡全湖,就有少年暗中行法,也还得些时候才能到达岳阳楼前湖岸。两少年相貌英俊,不见邪气,适才谈吐又极为和易,与妖徒邪恶不大相同。便用暗号示意随行道童,令其急速传知分守各地游行刺探的门人,留心查看两少年言行动作。自己仍作岸边闲眺,暗中偷觑。一面心中盘算设词探询。

史涵虚正待走近前去，丑少年似已觉察史涵虚在侧窥探，把两只英芒外映的眼睛微微一翻，转面说道："哥哥，那小孩很灵，不会和别的船撞上，我们走吧。"说时，美少年已行完了法，向前面凝眺，没留意近侧有人，也未听出话音，随口答道："我恐他娘担心，送得快了些。他走后，我才想起万一有人看出，和那日木客一样，无故卖弄作难，岂不惹厌？好在那厮所说时候也还未到，我们早来，不过因这里是三湘名胜之地，以前不曾来过，想就便游玩一会儿，不忙在这片时，要是心急，也不坐船了。"

丑少年见他不听，又凑近前，耳语了几句，手朝右方一指，二人随往右边山麓走去。史涵虚朝两少年所去之处一看，那地方正是以前妖道守候的旧日停舟废埠，水神被迫所攻山脚洞便在下面水底。

这时正有一条空渔船沿着后山划来，船上坐着二僧一道，都是相貌古怪，装束也不似寻常的僧道。摇船的正是头一个和妖道相识的丁三毛。到了埠头前面，相隔十丈，忽在水面停了一停。内中一个内服红衣，外着黄麻僧袍，掀鼻凹睛，阔面广腮，黑面浓髭的胖僧，忽然嘴皮微动，右手略抬，袖口内立飞出数十缕细如游丝、长约五六寸碧光，直射水内。

两少年正走过来，老远望见此事，丑少年好似愤怒，一手方欲扬起，吃美少年一把拉住，同去岸边柳荫之下立定，假装观湖，却借老树掩着身形，窥觑小船上人动作。史涵虚才知他俩不是因为自己才走开。再看那两僧一道，发完碧光以后，向水里略为注视，船头掉转，往去岳阳的路上开走。渔船颇大，风浪猛迅，丁三毛一人摇桨，又兼掌舵，一点也不显得吃力，和先前两少年所坐小船情景一样，其速如箭，瞬息之间驰出老远。两少年仍立树下，遥望未动。

史涵虚谨慎持重，心料双方纵非一路，也必相识，此来必与湖底神钟有关。妖道、妖妇现在本观，应付稍有疏忽，便是乱子。不问双方是敌是友，均不宜与之接近。适见秋月又背人往树后潜伏，少时必有所见。两少年如是妖道对头，自是佳事；否则，见人发觉他们的诡秘行藏，必生恶念，此时仍以离开为是。且等秋月回报，再作计较。主意打定，便作兴阑归去。

到了傍晚，秋月偷偷回观，回到密室之内，师徒二人借考问功课为由，各以隐语对谈。史涵虚问他："妖人居肘腋，前法已不能用，何故违命，大胆行险，又入废祠偷觑？"秋月回答："事前偶遇丁氏父子，得知今早后山又来了一个不相识的妖道，言说有两个道友约同游湖，听人说丁氏父子为人老实，现拟借他渔船一坐,给十两银子船价。只等人一到,便要上船,要早收拾干净,不可再去打鱼,以免用时误事,并说坐船人都知水性,可以相助,无须父子同船。由后山麓渔船停处上船,到前山岸边略停,便去岳阳楼饮酒。是否仍坐原船回来,还不一定。至多用上一日夜。道人词意和善,与前时买鱼妖道不同。"

丁氏父子已得史、杨二人密告,听出是前遇买鱼妖道同党,未敢深问,一口应承。唯恐妖道要用酒肴,拟向前山备办,因而路遇秋月。秋月机智胆大,算计妖道必往旧埠头停留,唯恐泄露机密,径往土地庙中守候。

到了下午,秋月果见丁三毛载了妖道,还有两个妖僧,同舟而来,往水里发了　蓬碧光,便即离去。那两少年目送那船走远,丑少年回顾无人,突地纵身入水,待不一会儿纵上岸来,笑嘻嘻和同行少年说了两句,便往秋月埋伏处左侧走来。

秋月心方惊惶,疑被看破,假装熟睡,微合眼皮偷觑时,暮色黄昏中,只见青光似电闪般地微亮了一亮,耳听破空之声直上天空,知已飞走。赶紧探头仰望,对湖遥空密云层里,似有两道青白光华一瞥即逝,两少年人已不见。再从旧埠头前往下一看,风浪平息,湖波平静。因近黄昏,月被云遮,暗沉沉的,只见水光荡漾,甚迹兆俱未看出。

归途忽遇现住观中偏院,化装道童的妖妇,见了秋月,便借话勾搭,强拉秋月陪她同去湖边游玩。秋月只十余岁,知识已开,见妖妇神态淫荡,料是不怀好意,极口推说师父法严,快做夜课,不敢贪玩,必须即时归去。妖妇依然强拉不已。

秋月心正害怕,妖妇偶望天空,忽然面容遽变,忙使了个眼色,故意喝道:"我师父今晚回观,必往湖边赏月。快给你师父去说,我知他自酿陈酒甚好,速卖一坛给我,送到偏院门外,由我自取。这是十两银子酒价。如不代我备好,这顿好打,你却禁受不住。"说着一面取了一锭银子递过,借势又捏了秋月一把。秋月明知妖妇忽变口气,如此做作,必有顾忌缘由,欲使难堪,故作不解。妖妇见状,好似有些惶急,厉声喝道:"蠢东西,莫非连这几句话都不会和你师父说么? 如办不好,叫你知道厉害,还不快滚!"

秋月见她已发怒,不敢再强,只得假装害怕回走。到了观前高地,借着大树隐身回望,适才妖妇立处忽多了两个少年。暮色已深,月光虽然渐吐,光景仍是阴暗,相隔又远,看不清是否先见两少年。只觉出双方似在争论,一会儿便同往旧埠头前走去。三妖人在湖岸一同立定,指点谈论,一会儿忽然不见。容到回顾，忽见妖妇立在所居偏院门外，已然先到，遥向秋月唤道："孩子，酒不要了，过两天我再寻你同玩，银子给你买衣服穿吧。"秋月不敢回答，到了密室，借着默写功课掩饰，报知前情。

史涵虚问明经过，自是惊疑。到了半夜，又向洞庭君通诚，请现法身。又虔心占卜，卦象与前无甚出入，并无坏兆。只算出明日仙人要来水云村，余俱不能明悉。过了子夜，又冒着险，借故去往湖边守候，以为这等虔诚，洞庭君必现身指示，不料直到天明，并无回应。天明后湖面上忽有大队鱼虾突出，聚成前述字迹，愈觉得事情紧急，也许身侧已有妖人窥探。回观略向心腹门人叮嘱，便去往水云村杨永家中，等候仙人降临。到了午后，卦象果然应验。

张、林、石三人闻悉前情，照胆碧张锦雯疑心两少年本与妖道同类，但非同谋。因闻妖道盗窃湖底神钟，心生觊觎，暗中图谋，意欲到时坐收渔人之利，乘间夺取现成。

石玉珠道："此事不然。我想那少年如非青城门下，也是各正教中的新进之士。秋月后来所见，与妖妇同去湖边的两同党，虽然衣着年貌大致与之相似，一则隔得远，正当日落以后，天色昏暗，看不真切；二则妖妇看上秋月已然成人，正欲施展邪媚，盗他童贞元阳。忽然发现同党飞来，恐被看出与外人勾搭行径，并假装买酒为由，借词掩饰。

"这类妖邪专喜采补，结识外人多半不以为意。妖妇竟会对他俩如此畏忌，来的又非本夫。史道爷先见两少年，在常人眼里虽然觉得行径诡异隐秘，我们看去却是平常。他俩对操舟小孩那等爱护周济，妖人哪有如此好心？并且言谈动作也决非妖邪一流，怎会与之同类？

"以妹子观察，这两少年同出行道必还不久，此次不是奉有乃师密命，便有别的前辈高人指点，知道二妖人要往旧埠头下用那邪法行使毒计，或对水神加以侵害。先期赶到，出其不意，假装成游人守候在侧，等妖僧妖道走去，入水破法，使其邪法无功。因是初生之犊，又必有些神通，去时颇具自信之力，准备一被妖人看破，立即动手。所以行径稍为大意，未怎严密。只在树后略为闪躲，妖人一去，便自下手。唯其如此，也才容易成功，未被妖人觉察。

"坐小船作怪的三妖人必自恃妖法高强，又知此事隐秘，各正教中人尚无知者，君山有妖妇坐守，并无敌人踪迹。两少年初到，无甚踪迹，落在他的眼前就被看见，也必定以为如是敌人，必要出手作梗，就算暗中窥探行动，也

217

不会就在近侧树后藏伏。可见是常人无心撞见，有甚相干？还以为所使妖法，外人难破，下手又极迅速隐秘，小舟路过，略为出手，立即离开，只要当时未被真的敌人看破行藏，便无大碍。却没想到敌人行迹虽然大意，却先就准备好破他奸谋之法，占了先机。他才一走开，便容容易易把妖法破去，并还许设有幻景代替，以为掩饰。妖人固是丝毫未觉，连妖妇和那后来二妖党去往行法之处查看，也认作邪法尚在，不曾看出。

"此事我如料得不差的话，两少年必定得有师长预示先机，全局定有统筹。两少年突见妖人，一个竟欲伸手，吃同伴阻止，便由于时机未到之故。但他得手以后，妖人并未察觉，初出行道的人十九贪功好胜，喜欢冒险，看事容易，日内必去无疑。好在我姊妹已有贤居停，史道友可先行回山，今晚我们先着一人前往君山，略为探看，就便查看旧埠头下双方所为是甚用意。明早再作游玩，同往君山相机行事。如能遇到暗破妖法的两少年，也许容易知道底细与妖人伏诛之日了。"

林绿华极口称善，张、杨、史三人也觉石玉珠所料极为有理。史涵虚因妖妇已然看中秋月，心中挂念，急于回山，不等席散便自别去。石玉珠恐他归去迟了，意欲赠符行舟。史涵虚说："贫道略识寻常遁甲小术，可以促舟速返，归途还不会慢。倒是秋月安危可虑，尽管小徒尚有一点智慧和定力，终是年幼识浅，妖妇邪法厉害，无力抵御。三位仙姑如不光临，妖妇近日又无顾忌，明日便要令其逃往别处，藏伏避害了。仙姑如赐一护身定神灵符，使能防备万全，实为感谢。"

石玉珠道："妖妇未见，深浅难知，有此一符，被其识破，令高足若定力不坚，反为受害呢。"史涵虚仍然力求。石、林二人同道："这类符箓，大师姊功力最深，常人得去，也可应用，但须持符人定力坚强，始能保得一时。相赠不难，仍须道友力嘱令高足用时守定心神，不可心神摇动。"说罢，张锦雯便向主人要来黄绢，画了一道护身灵符，传了用法。史涵虚称谢接过，随即起身道别，由后门走出，往君山赶去。

这里众人商谈了一阵，不觉天近子夜，估量史涵虚早已到达，仍由林绿华往探，初意史涵虚必在后殿丹房守候。及至飞到湖神观后殿，各层殿上神灯光亮，观中道士多因夜深入睡，四处静悄悄的，不见一人。史涵虚也不在后殿丹房以内，心中奇怪，觉不应如此，继而一想，当晚风平浪静，月色清明，湖中夜行船颇多，不似有事的情景。也许史涵虚回观发现妖人有甚举动，前往探察，暂时离开。

林绿华正盘算或者随便唤起一个小道士询问，或者就去妖妇寄居的偏院以内查听，忽听丹房墙后有人低语。赶近一听，原来墙上有一离地甚高的小门，外有字画掩盖。内里有一间密室，乃史涵虚平日避客入定之所，房中说话的两道童，一个正是秋月，上次林绿华来时也曾见过。此时正在云床上打坐完毕，准备安息，一见有人推那暗门，便走了出来。看清是绿华以后，忙即请入密房，跪拜行礼。未等发问乃师何往，秋月便低声先问道："家师日里便往水云村杨家等候仙姑去了，林仙姑曾见到么？"

绿华闻言，心料史涵虚多半在途中出了甚事，因恐二童惊急，且不就本题回答，先问乃师平日行法催舟迟速，竟是早应回观，越知所料不差。再一盘问观中妖人行踪。秋月答道："家师原在湖边守到天明才走，行时十分焦急，说妖妇对弟子心意不善，此去不问仙姑是否能到水云村，黄昏时候必归。走后也无甚怪异之事，只午后见有两个身材瘦小的外乡人在旧埠头上徘徊凝望，远看颇似前见两少年。恐其生疑，不敢去分认。

"后来这两人自己走近，才看出两个乃是中年人，只衣服和身材有几分相似。因这两人在旧埠头上停留了些时，我疑心他们是妖人党徒，便留了神。一会儿两人同往后山，便不再见别的形迹，却未看出有甚异处。我刚才做完夜课，因家师素来言行如一，今天到此时不归，料被仙人留在杨家有事，心正挂念，仙姑便来了。照刚才仙姑所问的话，莫非家师已先起身回来了么？"

绿华不便哄他，只得答道："适才和令师先后起身，此时未到，必是舟行不如飞行迅速，落在后面。即使今晚不回，也不必惊恐，更不可向观中人透露。"

两道童人均精明，听出话里不妙，面上立现忧急之容，跪地哀求道："照此说法，家师必已出事，望乞仙姑怜念，救他脱险才好。"绿华力说无碍，无须如此着急。

秋月道："弟子也知家师少年出家，为人忠厚好善，生平不曾做过一件错事，不会受甚惨害。但是家师无甚法力，决非妖人之敌。日前弟子等见他日夜为了妖人忧劳，时常犯险去往水边窥探，曾劝他为本身吉凶占上一卦。

"家师力言：'环湖千万生灵要紧，存心自有天知。如先有吉凶成见，心生顾虑，只想趋避，事便难办，结局仍避不开。该如何还是如何，徒乱人意，有何益处？我屡次占算，不过想多尽点人事而已。事如顺手，免此浩劫，不必说了；否则便尽得一分人事是一分，求以人力战胜天心，至少也把灾害由

219

大减少。其实此举也在数中，我个人一身安危有甚相干？'

"所以家师连日卦象不明，心虽忧疑，从未为自己占算过一次。兴许踪迹被妖人看破，或今晚行法催舟回来时路上相逢，被妖人看破，捉去查问，家师偌大年纪，怎能禁受？再要不好，连命送掉，如何是好？"说罢哭了起来。

绿华道："不妨事，适见令师面上并无凶色。此时不归，虚惊也许不免，但他五行有救。令师来时唯恐你遭受妖妇暗算，向我们讨了一道护身灵符。那符如是你用，功效还差；令师虽然只习寻常符箓，但有多年吐纳之功，心神灵明湛定，对敌不行，有此灵符，必能暂保一身。只管放心，性命决无妨害。依我看来，妖妇现住本观偏院，令师又是由外回转，水中风平浪静，月明如昼，并无妖人作怪形迹，多半登岸时发现妖人闹鬼，暗中窥探，被其看破，人定落在本山，不在偏院困住，便在后岸囚禁。你二人千万不可忧急张扬，我此时如探不出下落，或是当夜，或是明早，必与两位师姊同来搜索妖迹，准保令师平安回来便了。"二童见绿华锐身自任，心方略安，一同收泪拜谢。

绿华又略略吩咐几句，正想飞出去赶往偏院探看，猛听院中急风飒然，觉出有异，忙打手势令二童噤声。还未及走出查看，跟着便听有人掀帘进了外间，忙把身子掩向门侧暗中戒备。来人好像来过，一到便打着壁上小门唤道："秋月小弟弟，快些起来，跟我吃酒去。"

秋月闻言，将手一比。绿华料是假扮道童的妖妇，因嫌密室地窄，恐妖法厉害，遭了误伤，或将房屋损毁，便打手势，令秋月叫她在外稍候。

秋月会意，在内答道："今晚师父不在家，我本想寻你去，只怕师父生气打我，这屋有人，也太小，你莫进来，我穿好了衣服就出去了，你在院中等候吧。"妖妇答道："尽管放心，你那师父外出云游，一时半时是不会回来的了。"

秋月闻言，疑已遭害，心中一急，仍然忍泪，勉强低声答道："师父日里出门，没说远去云游的话，你哄我，我不和你说了。"妖妇接口道："实告你说吧，你师父不怀好意，见我师父要除水中怪物，暗中窥探动作。我师父生了气，把他囚禁在一个地方。若非我师父今夜有事出远门，要过三天才回，早没命了。你只要听我的话，包你有无穷的享受，且比跟你师父强得多呢。"

秋月听出乃师未遭毒手，知道绿华必能解救，心中一喜。又问道："我真怕师父，他被你们捉去，关在甚地方，能带我去看一眼吗？"妖妇似已情急，不耐再候，刚答了一句："你师父就在后山。"跟着便改口喝道："你也不是甚好东西，再如不知好歹，我一生气，你就和你师父一样吃苦了。还不快快出来，跟我一起走！"

220

说时,绿华已早准备停当,因秋月想探乃师安危下落,不曾发动;及听妖妇已有变脸之意,秋月再不出去,定要闯进来,忙把手一比。秋月口答:"你莫生气,我出去了。"边说边开门出去。绿华跟随身后。

当晚妖妇已然换了女装,神情打扮都极妖艳。脸含媚笑,刚唤得一声"小弟弟",正待伸手去拉时,猛听秋月身后有人喝道:"无耻妖妇,你来得去不得了!"心方失惊,一片光华已经罩向头上,跟着绿华便由小门内飞身而出。

妖妇原因妖道和同党适才远出,须过数日才回,又知史涵虚已被妖道囚禁,后殿密房早经查知,只有秋月一人在里面。即使撞见观中道众,也奈何不了自己。于是放心大胆换了女装,前来勾引,认定手到成功的事,半点不曾防备。绿华心思又极细密严谨,查看妖妇的来势和史涵虚所说行径,尽管断定不是自己对手,唯恐二童被其误伤,或将房里什物损毁,戒备甚严。乘着双方问答之际,早想好一举成擒之策。

法力既较妖妇为高,下手更是神速,变生仓猝,骤出不意,妖妇便有邪法异宝,也来不及施为,敌人面目还未看清,身子早被金牛剑光罩住。绿华再一施展禁制之法,休说逃遁还手,连转动都不能了。

妖妇知道敌人剑光厉害,稍一转动,全身立成肉泥,不禁胆落魂飞,吓得颤声急喊:"仙姑饶命!"绿华看出她伎俩有限,心神越定,戟指喝道:"你这妖妇已落我手,饶你不难,速将妖道觊觎水底镇水神钟的奸谋,近日闹甚鬼蜮伎俩,妖道和诸妖党的来历和姓名,现在何处,观主史道友怎会被尔等捉去,禁在何处,从实招来,许能免你一死;如有半点虚言,手指微动,便叫你形神皆灭,连想做鬼转入畜牲道中都不能了。"

妖妇一听敌人竟知自己底事,照此情景,分明专为此事而来,益发忧急。想起妖道素来凶狠,如将机密泄露,就是敌人转念肯容活命,日后妖道得知,必受苦痛,一样难免于死。因此又急又怕又后悔,不禁哀声痛哭起来。

绿华喝道:"你敢不说实话么?叫你知我厉害!"说罢,将手一指,妖妇立觉全身上了铁箍一般,痛彻心骨。惨声急叫:"仙姑饶命!我说,我说。"绿华随松禁法,方欲二次盘问,秋月接口道:"夜长梦多,妖妇又没骨气,这等鬼喊,恐将妖道引来,话未问明,又生枝节。请先问他家师下落,先去将人救出,再问详细也好。"

绿华知他担心师父安危,略一寻思,还未发问,妖妇已先说道:"我们有一人见你师父昨晚独立水边,直到天明,已生疑心,只因知他无甚法力,又未见有别的动作，不值计较，也就放开。谁知当时有事，稍为疏忽，不曾上前盘问，也未见他回观，便自离开。

"后来我师父回来闻说此事，忙来寻他，人竟未回观内。料定看出我们形迹，出去寻人与我们作对，早晚仍要回观，便命先见他的人在水边守候，相机行事，如考查出是无心之举，也就作罢。

"到了夜间，我师父和几个同道正要起身，他忽回转，这才看出他也会一点寻常法术，越发疑心。等他上岸时，守候的人故意突然出现，拦路盘问。他以为马脚败露，心里一惊，身上立有神光现出。经此一来，情虚可知。立时将他擒往偏院盘问，始终不吐实话。

"依我师父，本想杀却。 则是我在旁苦劝，二则他有神光护体，人虽被擒，急切间却难伤他性命。大家又忙着要走。他虽出外寻人，不知寻着也未？他既无甚法力，所约的人就来，也不会高明，到底不可不防。留在偏院，恐被来人觉察，万一是个能手，我法力也有限，岂不吃亏？

"除我以外，又都非走不可。于是送往后山，封禁旧居崖洞以内。令我在侧用法力逼他吐实，并用阴火炼化他的神光。我因独居无聊，又不愿和寻常老道士作对，想乘师父不在，约你去往偏院饮酒同玩，不料会被仙姑捉住，悔已无及。你如代我求情，请仙姑饶命，我必引往后山，将你师父放出如何？"

绿华闻言，暗想如在观中处置妖妇，好些不妥。不如先救了史涵虚，就在后山崖洞盘问妖妇详情，众妖人何故离开。事要缜密，便告之另一道童，令其守口，不许泄露。自带秋月，挟了妖妇，同往后山飞去。妖妇见事已至此，只得指明地点，撤去掩封洞口的禁制，引了进去。

那崖洞共只两三丈宽深，就着原有钟乳，分作两间石室，地上石笋甚多，洞顶奇石钟乳略略下垂。容身之处不多，出口是个裂缝，高不过丈，内里不透天光，景极幽暗。外间一块大石上面设有法坛，坛上分立着大小四十几面幡幢，烟雾迷蒙，时有碧光鬼火隐现变灭，徐徐闪动。顶当中一盏神灯，共有七个灯头，化作七股黑烟，上升七八尺高，方始发出茶杯大小七团火光，碧焰荧荧，不住升沉浮动，照得全洞皆成绿色。鬼气森森，冷侵肌发，置身其间，如游鬼蜮。

绿华见已不是上次妖道所居洞窟，正在留意观察。秋月一眼瞧见里间焰光闪闪，探头一看，正是师父史涵虚，跌坐地上，四侧时有一条条的碧影，长鞭也似连肩搭背挨次打到。环身起有一圈妖火围住，高只尺许，不时冒起,朝人扑去。史涵虚坐在圈内,状似入定,火光鞭影快到身上,便有一片光华腾起,将其挡退。

秋月见状,急唤了声"师父",便要朝前扑去。绿华忙喝:"且慢上前,你师父已被魔法禁制,身受鬼鞭阴火酷刑。此时因是无人主持,又有灵符护身,看不出它的厉害。妖法未破以前,怎可接近? 就有我在此,一样也吃现亏。一会儿便可脱身,忙他做甚?"

秋月只得停住。因连唤师父,不听答应,心中忧疑,回顾妖妇随立在侧,愤无可泄,转身过去,迎面一个嘴巴,底下便是一脚。

妖妇被打,顺口流血,哭道:"你师父又不是我害的,他们叫我代用法力拷问,我见他年老可怜,心还不忍。他们才去,我便停手,只拿好话劝他。不信你问,就知道了。"

说时,绿华已命秋月住手,向妖妇问道:"我看史道友所受禁制与坛上妖法同一路数,如有关联,可速供出实话,免受酷刑。"

妖妇忍泪答道:"坛上七煞修罗大法,原为取那湖底神钟而设,准备移山之用,此时尚未成功。日前他们看出事情太难,已不打算使用,本想撤去。因有人说此法也曾费过些心力,将要炼成,撤去可惜,事尚难料,也许到日仇敌闯来作梗,不如姑且留下,可备万一之用。史观主所受禁制,虽是一人所为,与这法坛却无关联。走时全交与我代为主持,你如放我,他当时便可脱身了。"

绿华笑道:"我本心将你杀死,既已悔悟,如将邪法收去,放了史观主,我便放你逃生,如何?"妖妇大喜应诺。

绿华又问道:"这法坛你也能破么?"妖妇恐绿华以此要挟,发急道:"这个不比史观主的禁制,虽有他们传授,法物也在我的手内,我怎有这么大法力? 望乞仙姑怜鉴。"

绿华笑道:"我也知你不能,但我知竹山教下妖人多是疑忌凶残;不论亲疏,犯了他恶,一体杀戮。我如将妖法全数破去,你见了妖道,还可分说,偏我又无此法力,妖道回来,见别的妖法全是原样,只史观主逃走,而破法行径又决非外人。你若说受我所迫,他必以为如是正教中仇敌到此,必将邪法尽破,洞中设施一齐破去;即使当时力所不能,也必另约能手前来。你更不会轻放,焉有只救一人,底下不问之理? 而我救人之后,又必将他师徒带回山去,以防受害。妖徒定疑是你为史观主言语所动,通敌私放,你岂不是难免残杀了么?"

223

妖妇闻言大惊失色,哭道:"我本良家女子,吃妖道摄去,平日虽然宠爱,传授道法,但他为人狠毒,喜怒无常,不容丝毫拂逆,每日如伴虎狼,实无人生之乐。便这次勾引秋月,也是初犯。仙姑适才所说一点不差。贱女实愿改邪归正,如蒙仙姑垂怜,一同带走,感恩不尽;如若不允,我也无法,只好一放了史观主,即便逃到远方藏伏,非等他遭了孽报,不敢在人前出现了。"

绿华道:"我放你生路,已是格外宽容,想随我去,再也休想。放人之后,你另觅生路好了。"

妖妇知道身受禁制,敌人法力甚高,防备严密,不放人决逃不脱。无可奈何,只得请绿华暂宽禁制,走向里间,施展邪法,将手连指,地上那圈邪火立似一条火蛇,朝石壁石笋后面一小葫芦口内投去。再用手一阵连画,那四外鞭影便向妖妇袖中飞回。

绿华喝道:"妖道法物不能带走,可速交出。"妖妇不敢违抗,只得把袖中一面画有符咒血痕的竹牌取出递过道:"史观主已然脱身,仙姑开恩,放我逃生去吧。"

绿华见她面隐愤色,只作不知,笑道:"这个自然。"说时,史涵虚也已睁眼,见了绿华,喜出望外道:"我知仙姑必来救我,果然得救。"秋月也赶忙过去相见。

绿华回顾妖妇,把手一挥道:"禁制全撤,你可去了。"妖妇口说一声:"多谢。"突地面容顿变,紧跟着碧光一闪,人便无踪。

史涵虚、秋月方在骇异,同时白光一闪,一片轻雷响过,绿华喝道:"我不失言,便宜了你。此去如不洗心革面,再遇别人,就难活了。"话未说完,一道暗绿烟火如箭一般往外射去。再看绿华,手上拿着一个葫芦,仍立面前,并未追赶。

秋月料知妖妇已逃,便问:"妖妇如此刁恶,怎不杀她呢?"

绿华笑道:"此事也是难怪。她初被我擒时,倒也十分害怕,一味乞怜求活,不敢妄生他想。后来来到妖窟,她听我说无力毁那法坛,想到妖道凶残多疑,洞中邪法如若全破,回来还有推托;如只将人救走,禁制史道友的邪法又是她亲手所破,妖道回来,看出是自己人所为,百口难辩,无以自解,所受荼毒有甚如死。

"尤其这发妖火的葫芦乃妖道所炼异宝,妖道因自己必须远出,妖妇不能带走,但又防她一人势孤,特留此宝,为她防身御敌之用,顺便火炼史道友的护身神光,逼吐实情。这葫芦关系至为紧要,如若失去,即使史道友仍困

224

此间,妖道也必不容,何况人宝两失。

"妖妇想是自知法力浅薄,无可投奔;情急匆迫之中,觉出我不能破那坛上邪法,本领有限,妄想出其不意,乘机夺了逃走,然后相机行事。算计妖道如能收容,便仍随他一路;否则,便逃往远方隐伏,有此葫芦,也可防个缓急。却不知我并非真个不能破此法坛,乃因竹山教中颇有能者。妖道心贪,自私心重,出约同党,原出不已,实非所愿,就眼前所约诸妖人,也未始不生疑虑,能不找人便不找人。此时以为事甚机密,如敌人尚无知闻,所图谋应付者,只在湖中原有的神禹禁制,不曾防到我们。

"我如将法坛破去,他知对头已然发动,有人来此破法,自知力弱,起了畏心,必激得他广延有力同党,来此相拼。事情一旦泄露,异派妖人闻风继至,非但我们事情棘手,并许事后还留隐患。再者,那天罡七煞禁法,我姊妹三人俱都随时能破,无足为虑。只得将她稳住,使其心安意泰,不加戒备。为此用这反间之计,连史道友的禁制,都逼令妖妇自破。以免我破法时雷火法宝将洞毁坏,留下痕迹,引起疑心。

"经此一来,妖妇自不敢再与妖道相见。我再将史道友带往水云村藏起,稍布疑阵。妖道归来,见此情景,定必疑心妖妇因他暴虐,久已生心内变,这次又受了史道友的蛊惑,乘他和诸妖党往返数日耽延,又留了两件法宝给她,两下同谋,带了法宝逃走,殆无疑义。否则,如是各正教中仇敌到此,不特洞中要留有残破痕迹,那法台即或当时来人无力破去,也必请了能手来破,万无存留之理。

"妖妇若不能幸免,也还留有劫灰残骨。如今法台无恙,人宝两失,分明不是外敌所为。史道友形迹,虽稍可虑,本身无力,妖妇却知他的厉害,决计不敢再见他面。逃出以后,就史道友,想与为难,也被她劝止。万一固执己见,仍去寻人与他作对,他终恐湖心宝物到手,被有力同党生心强取,至多加上一点小心,不见有仇敌迹兆,还须看出来人,类似劲敌,决不再多勾扯,以免异日另生枝节。我不过把无足轻重的妖法暂时留置不问,到时却可以去若干强敌阻力,不是好么?

"至于妖妇后来心事,在她收那鬼鞭,不舍献出时,我已看破,早就防到她要乘隙发难。我因妖妇人虽刁狡,本性尚非极恶穷凶。他本心对我已存轻视,史道友师徒更是不在她的心上。相隔那么近,所用邪法又极神速,如换别的妖人,想必乘机报复,一面夺取葫芦,一面对我三人下手暗算。她却只为自己未来安危着想,并未起念伤人。固然我暗中防备,凶谋决不能逞,但她不可能知道我有防备。

"而且事前又苦口求我收容，不允才行此急智。一样行险侥幸，事败同是不了，双管齐下，事若遂愿，反免敌人追赶岂非更妙，奸谋竟未及此，可见她只是陷身妖党，尽管淫荡堕落，平日并未十分为恶害人。我有意放她一条生路，也是为此。不然她逃时我一举手，立成粉碎了。"

三人谈了一阵，绿华便对秋月说道："你现在可以回观，暗中告知师一班徒众，就说令师已被仙人救走。但不要说出人在水云村隐伏。你和大家随时留心妖道和二少年的举动，但不能露出丝毫行迹来。妖道如在观中查询令师的下落，可答以那日忽然外出未归，许是在施主家中留住，这样乃是常事。万一妖道发怒，或有别的异事，只管从容应付，到时自有人来料理。实则明早，张、林、石三人便来君山，听妖妇口气，妖道回来，至少也要在两三日之后，观中道众决不会受害，此举不过姑防万一，无须忧愁。妖妇已去远了，天明再来，带你同往水云村好了。"

秋月心羡神仙，本想乘机向绿华哀求接引。继又想："师父恩重，刚得脱险。又是一位女仙，未必肯允，今尚非时。好在仙人须待除了妖道后才走，不必这等亟亟。"因而几次欲言又止。

绿华随驾遁光，带了史涵虚，同往水云村飞去。到时天已将明，杨永兄妹仍在园中精舍陪伴着张、石二仙坐候，不曾归卧。张锦雯因绿华去时较久，恐遇仇人对敌，欲往接应。

石玉珠道："林师姊素来谨细机智，这里隔君山不过数十里湖面，如与仇人斗法，老远便可望见剑光。适才我在外间升空遥望，今晚月明如昼，浪静风平，湖中还有客船来往。后山十二螺都是静悄悄的，清澈可见。不像有甚事的情景。也许林师姊到后，闻得日里又出甚变故，或是探出仇人君山以外的洞穴，跟踪查探。或是敌人有甚鬼蜮伎俩，在彼施为，暗中守候，却是难料。现非正经下手之际，我们行踪越缜密越好，以免打草惊蛇，徒令敌人多怀戒心，添约帮手，于事无益。就要去，也仍照预计，等到天明，装作游玩再去不迟。"

张锦雯终不放心，正想说数十里水面不消片刻便可往返，只暗寻史道友一问，不至惊动敌人，还是去看一次，相机行事，免有疏失，话未及说，绿华便带史涵虚飞下。

说完经过，杨永因三人就要起身，早命人备好宴席，请众吃完再去。石玉珠笑道："先前张师姊不愿在主人家中住下，便为招待太好之故。愚姊妹闲云野鹤,虽离仙业尚远,人间烟火荤酒也未全禁,但只是偶然乘兴一尝,往往经年不食,成为习惯,固然同道往来,时或款待,均非尘间食品。昨日初到,主人意盛勤厚,只得叨扰。如以人世待客之习,每日早晚盛宴款待,便难领受了。最好请自今起,不必再备酒食,有此数间房舍下榻,足感盛情,别的就无须了。"史涵虚也说:"可以无须。"

杨永原因仙宾宠临,不知如何款待才好,闻言惊恐道:"弟子原是一点微诚,既然三位仙姑不喜世俗饮食,以后略备鲜果香茗如何?"

绿华道:"那也不必,我们不用客气,如有所需,自会说的。此时盛宴已设,妖人不在君山,稍迟无妨,这次就领盛情,下次不必好了。"杨永喜谢,随请入座。

众人一边欢饮,一边商议去探敌人踪迹之事。张、林二人本不主张杨永同去。杨永两次遇仙,向道之心甚切,自知膏粱子弟,恐被见轻,又恐烦渎,致令他去,不在己家居住,未敢轻易开口。却在心中盘算,亟欲乘机明志,便道:"事关亿万生灵,只要能除敌免劫,便舍了身家性命也值。何况有三位仙姑在前,未必便遭惨害,虽然自知无能,决不敢置身事外。再者三仙是外路口音,女子游山,不带侍从,易启猜疑。弟子如作后辈随从,便可无碍。仍望三仙携带,少效微劳。"

石玉珠见他意诚心壮,便道:"公子志切救人,即此善念,已邀天眷,同往无妨。但装作晚辈随侍,决不敢当,姑以堂兄妹相称便了。"杨永坚持不敢平辈称呼,三人强他不得,只好允其以姑侄相称。

席散以后,立即出发。杨家原有游船,可由后园溪中直泛洞庭,便同登舟,向着君山而去。因算计妖妇已逃,妖人远出,所查访者只是埠头水中有无妖人潜伏和昨日两少年的行迹。发难之日尚早,正可就便一览湖山之胜。便不以法力催舟,由着舟人慢慢摇去。

这时云白天青,朝日初上,湖波浩渺,千顷汪洋,风帆片片,三三两两,远近驶行,直到天边,一望无涯。遥望君山,一丛黛螺浮沉于碧波之中,烟树溟蒙,蔚然苍秀,有如波中新浴初起,鲜艳欲流。张锦雯笑道:"似此风景,绝胜图画。大好湖山,谁又想得到中伏祸机,这巴陵千里环湖诸郡的亿万生灵,都有陆沉之忧呢?"

林绿华道:"幸是史道友、杨公子早日识破妖人之法,否则真不堪设想了。"

张锦雯道:"事难逆料,就我先悉隐微,预有戒备,到时能否胜任,化险为夷,尚不可知。竹山教中颇有能者,师妹莫把事情看易了。"

石玉珠笑道:"林师姊素日行事谨慎小心,大师姊更喜长妖人的气势。休说自来邪不胜正,便是师父,如觉此事太大,浩劫难于避免,也必有所警戒,不会毫不在意了。"

张锦雯道:"正因师父不肯多说,才感觉出此事未必成自我们呢。"

林绿华道:"我们只是尽心竭力,外人如能成此大功,可知也是各正教中同道,只要同心协力,免此空前灾劫,谁成功不是一样?何必功出自我,计较成败则甚?"

杨永道:"林仙姑此心,便是无量功德。以史道长的卦象和水神所示,此事必由三位仙姑之手成功无疑。"

林绿华道:"那倒不然。家师曾说为日尚早,必有原因。我们早来,也只相机应付,试为其难。如由我们成功,只等三数日内妖人回山,便即除去,岂不简便?家师也不那等说法了。我们人只三个,妖党却越来越多,时日一久,诡谋已成,事也更难,如何可以看得容易呢。"

杨永本极崇信三仙法力,必能胜任,见都如此说法,可知前路甚难,不禁忧疑形于颜色。

石玉珠自到水云村,便对杨永留神观察,见他委实义侠仁勇,向道志诚;这时又看出他是忧念生灵,并非以自己身家性命为念;根骨资禀虽非上等,也是具有凤根,不是庸常一流人物。

石玉珠方在暗中嘉赞,欲加指点,偶一眼瞧见前途水面上有一小舟,上坐两人,由一小孩操舟,从右往左,直向君山脚下横驶过去,其疾若箭。因为相隔遥远,湖上又正起风,虽在晴日之下,舟小波高,船头两人,一个微现侧面,一个只能看见背影,看不清人的面貌。舟行绝迅,横浪而渡,毫不偏斜起伏。所经水面,少说也有三里,转眼之间便傍了岸。

及问绿华,傍舟之处又正是君山旧埠头下,不禁奇怪。石玉珠忽然想起史涵虚昨日所见两少年,也心中一动。再看两人已经上岸,果然身材矮小,不似成人,越知没有认错。除杨永凡目,隔远未见外,张、林二人也已看见,见两少年到后,便往山脚林中走去。操舟小孩把船泊好,也跟踪追去。

杨家本是土著,游玩人多认得,湖上来往的船正多,若突然疾行,恐惊世俗人的耳目。心想:"两少年初到君山,必还有些时日阻延,不会就走,去了必能找着。即或要走,既然发现,留了点神,也逃不过眼里,临时分人飞身追赶也追得上。何况少年两次均驾小舟来游,这次并令小舟停着等候,好似数十里湖面均难飞越，想来未必有甚法力，不必忙此一时。"便暗中行法，使坐船稍微加快，不令游人及船夫看出异样。

船隔君山本还有数里之遥，经此一来便有了点耽搁。及至船到君山，一行上岸，先去湖神观。秋月早在途中迎候，接到了后殿。言说天明之前，林、史二人走后，估量偏院楼上不会有人，乍着胆子前往探看，发现卧榻之上残留下好些零碎银两和残余脂粉衣物之类，甚是散乱狼藉。分明妖妇逃时，曾回偏院携取衣服银两，看那情景，似极匆迫忙乱，果如绿华所料，逃走必远，不敢再回观生事了。

张、林、石三人因要查看妖人有甚布置，又要寻访两少年的踪迹，于是乘着早晨游客稀少，湖神观隔着旧埠头不远，张锦雯带了杨永兄妹，假扮游侣，由观侧松林僻径绕去。令张锦雯带了杨永兄妹，假作游侣，闲步前往，相机行事。石玉珠由后殿用隐身之法暗往偏院楼上查看。林绿华对山中路途已熟，情势也较知悉，专去寻找两少年的行踪。

一行五人，除石玉珠查看偏院，防与妖人突然相遇，为观中道流惹出灾害，必须小心，不令惊觉外，张、林二人也都说定暂时不露面相斗。如遇妖党，绿华孤身一人，固可随机应变，进退自如。张锦雯与杨永兄妹一起，带有男女仆妇，妖党就遇着，也必认作大家眷属来此游山，决不至于生疑。等到各人事完，再回观中后殿会集，然后同往后山一带仔细搜查，除前见妖洞外，有无别的可疑之处。议定之后，立即分途行事。要知后事如何，且看下回分解。

第九十九回

变灭潜踪　藏舟戏侠女
凶顽护犊　截浪斗巫师

话说观中道众,是在侧的俱都知此事,毋庸隐讳行藏。石玉珠首先行法隐身,往东偏院飞去。到了妖妇所居楼上一看,楼共五间,甚是宽大,临湖两间均有木榻。除秋月所见零碎衣物银两外,榻上还放有包裹道袍之类;临窗案上放着两份杯筷,酒菜丰美,尚未动过;榻旁有一大壶美酒;另一桌上的生果食物甚多,用具也有六七套。看情景,房中决不止妖妇一人居住,妖党也必常来会饮,人数至少也有五六个。

石玉珠再一搜索,忽在衣物内发现一个画有山形的略图。仔细观察,除上画有简略山峦林木外,并还布有五行、九宫、十二元神方位,那中宫要地却在后半,前半只旧埠头注有记号。才知君山底下泉眼不在当中,竟在后山十二螺一带。想起林绿华昨晚发现妖窟换了地方,不是原处,也许妖人新设法坛下面便是湖眼大禹覆钟之所。

此图胡乱藏在道袍袖内,以前大概由妖妇保管。因为昨晚人宝两失,妖妇不敢再见妖道的面,决计远逃,唯恐此图带走,妖道益发不肯甘休,故尔临去时将它留下,胡乱塞在妖道袍袖之内,使其减少报复之念。

石玉珠随把道袍拿起一抖,果然落下一张字条,错字歪斜,殊不成字,笔迹也甚潦草匆遽。大意是说:昨晚正在洞内向史涵虚逼供,突然来一敌人,是个少年女子,夺去了两件法宝,将人救走。因怕主人回来责怪,迫不得已,只好暂避。自己曾被敌人捉住,追问主人行踪,因知此事关系重要,抵死未曾吐露,终于乘机逃走,脱了毒手。

略图恐要应用,不敢带走,逃出以后,又复冒险赶回,将图留在道袍袖内,仅取了些应用衣物银子,即行离去。此后将隐居荒山绝境,照主人所传道法自行修炼。等到日后水落石出,主人去了疑心,自会来归。迫于不得已,请勿追究。

并说那女子法力好似有限，被捉系出不意。敌人不特不知法坛奥妙，并不知法坛下面还有许多机密妙用。连史涵虚的禁法都不能破，还是强迫自己收法，始将人救出。看情景，好像史涵虚约来的党徒不是峨眉、青城两派仇敌。

倒是前湖另一要口，时有生人在彼处逗留。昨晚敌人未来以前，曾有两个少年在旧埠头前泅水。内中一个，入水好一会儿才行冒出，神情甚是可疑。因主人与诸道长不在，为守行时之诫，专心防守后洞，未敢招惹。自知不合误事，本已不敢再见，为表忠心无他，既有所知，不敢不告。

右玉珠看完，觉着无意之间发现妖人机密，此行不虚，好生欢喜，估量新设法坛底下必有文章，后山新旧两妖窟均不曾去过，欲寻张、林二人同往查看。便把字条、略图一并收起，又把全院上下一一查看，方始离开。想要先寻林绿华，刚现身走出观门，便见张锦雯同了杨永兄妹及随行仆人，由旧埠头那面缓步走来。石玉珠迎上前去，说了前事。

张锦雯惊道："这就对了。我刚才到旧埠头，假装在柳荫小坐，默运玄功，元神入水查看，见水底君山脚下穿了一个大洞。乃是以前水神受了妖人强迫所穿，没等穿进多深，便即遇阻，不能再进。我原听林师妹说过，无甚异处。最可疑的是洞口以内不远，还有一个三尺方圆的小洞，是由上而下，照直往水底穿通，与前洞由横里直攻向山腹不同。

"上有浮泥掩盖，本来不易看出。我因妖道、妖僧曾驾丁家渔船来此闹鬼，似往水里撒有法宝。走后那两少年便跟踪入水，昨晚又来此游泳，认定必有缘故。仔细查看，才看出那一片泥花不住地微微翻滚，不像别处宁静，好像泥底下聚有水中生物神气；但只数尺方圆一圈，不住往别处移动，泥花翻滚又是极匀，好些可疑。试用法力分开浮泥一看，下面竟有一个圆井一般洞穴，深约十余丈。最奇的是近底之处有一个尺许大小薄铁片制成的风车，经过人力催动，在下面旋转不休，还有碧光闪耀。可是那风车并非真个法宝和禁物法器之类，除能自转放光外，并不能再朝下进攻。上生浮泥也是行法人故意显出的狡狯。

"如说无用，洞已攻穿甚深；如说有用，我已再三试探查看，分明是三片废薄铁片，用麻线扎成，毫无灵气。如防人知，何以又在湖底面上现些形迹；如要人知，那地方之水甚深，又在横洞口内，便是十分留心的人也看不出。真不解他何故如此。"

石玉珠插口问道："师姊把那风车和掩饰法宝形迹的法术破了么？"张锦

雯道:"放风车那人做作甚是巧妙,乍看洞底,碧光紫光乱闪,活像一件异派中的法宝发挥威力,往水底进攻,洞又被攻穿那么深,不由人不把它看重,直到破去,才知竟是障眼法儿。因为不像左道妖法,我又将它复原,仍使自转,并略幻了些光华在风车上,底面浮泥也使之恢复原样。

"上来回想林师妹与史道友所说前事,照着今日所见情景,好像妖人见环山一带有神禹金水之禁,无法攻穿,于是改横为直,想由山外直穿水底,攻入地心,再往横里进攻。又以环山既有禁制,湖底深处未必没有防备,此举不过姑试为之,必还另有阴谋诡计。大概他不耐烦守候,便驾舟来此,照你所得图形宫位,将法宝放向水洞之中,听其自身日夜往下攻去,与后山法台双管齐下。

"满拟两路必有一成,事极隐秘,外人不会发现。不料两少年暗伏其侧,等妖人一离开,便即入水。唯恐妖人惊觉,一面将他法宝收去,一面却用法力掩盖,使敌人再来查看时误认为法宝仍在,到时再给他一个空欢喜。就这样,意犹不足,昨晚又来用铁片制一风车,代替妖人之宝,并幻出些妖光,在下急转,使其身临洞上也看不出。

"照此情景,两少年不是青城门下,也是正派中人。我不合一时疏忽,破了他的巧计,勉强复原,终恐失误。林师妹不知寻到也未?二少年所乘小船尚在埠前停泊,只要见到他们,问明来历与之合力,必有益处。你说后山法台一节,妖人今日既不会回来,稍慢前去也无妨,还是先寻那两少年为是。"石玉珠点头称善。

二人边说边行,一会儿便回到湖神观。因为观前高坡可看全山全景,秋月密告有人看见两少年出入松林之后,便未再遇。便由张、杨诸人在上遥望,留意两少年归路。石玉珠仍去寻找绿华,并查看两少年的踪迹,连寻了好几处,均未见人。正驾遁光隐形四下找寻,忽见林绿华由后山飞来,忙即上前叫住。未容开口,绿华先问:"来时曾见两少年踪迹也未?"石玉珠好生奇怪。绿华笑说:"我们不应看轻人,今日走了眼了。"

石玉珠一问经过,才知绿华因觉两少年驾舟来往,法力必不甚高;又见小船尚泊埠头,两少年并带操舟小孩随行。君山地不甚大,张、石诸人均在前山,两下里一留意,断无寻找不到之理,未免大意了些。上来先照两少年所去松林跟踪寻找未见,后山地僻,也未隐去身形,后来连寻了好几处,一直寻到后山,终不见两少年和随行小孩影子。又沿着后山水边往回路寻找。正走之间,忽瞧见前面竹林中有小人影子一晃,忙即飞身赶去。到了林前,正待走进去,忽见一小孩愁眉苦脸走出林来,往湖边遥望。

绿华看他穿着好似操舟小孩,过去一盘问,小孩满面愁容,答说:"今早我由岳阳楼前湖边载了两个游客,由黎明起在湖上游了一阵。后来此地,一同上岸,闲游到此,游客忽说这里水中藏有宝物,随同下水寻取。命我在竹林中守候,不令走开。已然守了这么大一阵,不见出水。久闻君山水底有神,那宝物必是水神所有,也许客人被水神捉去,送了性命,还不要紧。

"客人手头大方,日前曾坐我一次船,给了不少银子。母亲知他们是好人,才应的雇。家中靠此为生,如若空船回去,又没得到船钱,母亲决不信客人入湖取宝的话,必当我顽皮偷懒,背了客人私自回去,或将客人得罪,不给船钱,到家非受责打不可。如今客人入水已这么多时候,毫无动静,所以发愁。"

绿华估量两少年不问是否妖党,必在水中有事。照日前史涵虚所说,两少年对这小孩似颇爱怜,既带同来,决不会弃之而去。绿华为防小孩警觉,一面安慰小孩,一面把身带备用的散银给了些与他。并说:"客人少时自会出水,否则你已有了船钱,回家见娘,也可交代。不过你已受人之雇,不应走开,何况少时还可再得一份。你可仍去林中等候,以防客人上来找不到你。"小孩甚是欢喜,仍回林内。

绿华也假装走开,到了僻处,隐去身形,重往湖边等候。仔细运用慧目观察,那一带水中并不似有人在内情景。先还未想到小孩是诈,后来越看越不像,那一带原是山右湖滨最僻之地,山麓水浅,水面上布满浮萍,毫未动过,水中也查看不出行迹,渐觉可疑。便想寻小孩详询,是否亲见少年由此入水,或是泅往湖心。

及至寻往竹林一看,早已不知去向,地上却留有三人并立的脚印。旁边一株巨竹竿上,还有刀划的字迹,上写:"男女授受不亲,为何向道童探问我们的行踪,四处寻找?看在你不是妖人党羽,人还大方,不值与你计较。如真要寻晦气时,我们去岳阳楼上等候,你敢去么?"字甚潦草,"人还大方"四字,挂在一旁,好似先来林中用刀划好,见自己给小孩银子,才又添上了这四字,语意行径均带稚气,不禁又好笑,又好气。

绿华知道上了当。适才出时,令秋月指点少年所去途径,必被隐伺在侧偷听了去。既约往岳阳楼上相见,何故令小孩哄骗自己,在此等候?如欲叫阵,这里隐僻无人,正是地方。岳阳楼上游客众多,如何可以动手?好些俱不合理,心中不解。估量两少年一会儿必驾原来小舟回去,猜不透是甚来历,决计非寻到他们,查看明白不可,于是又往前山赶来。

石玉珠听绿华说完前事,正在寻思,忽听后山雷震起自地中,连地皮都受了震动,但只震了一下便住,声甚闷哑。远方的人不易听出,好似发雷时恐人发觉,下了禁制。一问绿华,正是后山妖洞左近。突地警觉,急道:"师姊,我们受了人家捉弄,中了他的道儿,这厮不知闹的是甚鬼。我们还不快走!"

说罢,二人飞起,同往后山赶去。到后一看,绿华昨晚救人的妖窟所设法台已全被人毁去,妖法尽破,台底陷有一个深约五六丈的地穴。再飞下去仔细观察,那地底事前早被妖人掘空,当中另设一台,本来四边妖幡林立,此时均已寸断粉碎。台前悬着一盏神灯,台上还有一座铁架,架上满布符咒,也已倒断毁去。穴中余氛还未散尽,分明破法不多一会儿。

此外架底中心地面上有妖法画就的一个圆圈,大约三尺,圈外画有八卦,形如一井。圈中有一拳大小眼,已被人用法力封闭。看形势,那铁架必还悬有一二件镇物法宝之类,也被人取去。先疑破法人隐身伏伺在侧,暗用法力一试探,也无踪迹和回应。

二人闻得雷声,立即飞来,路非隔远,晃眼即至,中间只初闻雷时匆匆两三句话的工夫;洞中上下两层法台,均是左道中高明人物所设,不是急切间所能破去;沿途也曾留意观察,对方就是隐形飞去,也应有点破空声息,何况还带着一个操舟童子?

如说破法人不是那两少年,所有全观大众随时都在留意窥伺,山中连日除却妖党,只有两少年行迹诡异。如说是妖人自破妖法,万无此理。况且闻警无人前来,妖妇所供全数远出,自非谬语。再照两少年指使小孩愚弄绿华;先使望湖守候,又料其不会时久,终于看破,一面又在竹上画字,支往前山,分明是故意延宕时间,以便乘隙去往妖窟下手无疑。所以连那雷声俱加禁制,不使巨震远闻于外,如非行家,直难听出。

少年虽非妖人一党,但是其意难明,兴许是有大来头的散仙门下弟子,也是为了镇湖神钟而来。尽管连破邪法,与妖人为敌,本心却为自取。万一如此,岂不于竹山教诸妖人之外,又添一层麻烦?看他在竹上留字叫阵,目中无人之状,必还有恃无恐,如真不幸料中,便非树下强敌不可。对方隐形遁迹均极神妙,连石玉珠久经大敌,见闻众多的人,俱未看出他们的踪迹家数,说好便罢,说不好,定然棘手。

二人估量此时就是仍在后山未走,也寻他不到,不如暂松一步。好在二少年所乘小船尚在，远去前山暗探，有那操舟小孩，早晚便可窥破他一点隐秘。只要对方露面，立即上前拦阻，盘问根由。如与自己，同一除害免劫心意，自是绝妙；否则，凭着师门威望，又是这等关系千万生灵的大事，任是多大来头，决无退避之理，便树强敌，也非所计了。

林、石二人同样心思，互相计议，打算再往回赶。石玉珠行前忽想起绿华说竹上所划字迹潦草，语含稚气，心料对方学道年浅，只是得有高明传授。这类初出茅庐的少年，多半性傲自负，容易受激。因此到了洞外，和绿华暗使了个眼色，故意冷笑着说道："诛戮妖邪，拯救生灵，原是修道人的本分，理应光明正大，才是正理。我姊妹三人也为除妖去害而来，既非妖党，也非有所贪图，有人与我们同心合力，正是佳事，断无加害作梗之理。如若诡计哄人，有何用处？

"看这两位道友，似有畏忌我们之意，既然藏头藏尾，不愿相见，我们也不再勉强寻他。且到观中再稍游玩一会儿，好在妖人外出未回，姑且回去，这两位道友对我二人尚且偷偷掩掩，估量不敢与妖人明斗，只仗隐形遁迹之法，乘人不在，暗中毁坏作梗罢了。似此行径，虽使妖人稍为吃亏，但却增了他的戒心，定要多约有力同党来此作祟，弄巧反而成拙。等他们无力应付，进退两难，我们再来好了。"边说，边留神四外查听，终无回音。

石玉珠因疑两少年不会离去这么快，必仍隐藏在侧，别有用心，故置不理，自己一走，还许尾随一段，等人走远，再回妖窟封闭地穴，料理未完之事。于是假装负气，拉了绿华起身，连遁法都不用，故示闲暇，一路观玩风景，指点烟螺，往湖神观走去。走了一段，随口又说了几句讥嘲诱激的话。但始终没听见有人飞过，或是尾随在后的声息影迹，只得借题起飞。

二人本来料定后山妖法虽破，事未办完，对方暂时走开，也必回去善后；况又向绿华留有岳阳楼相见的话。此时不见，定是别有隐情，并非真有所畏忌，所以给他留空，使其不再生疑，从容将此事办完，去至前山登舟。二人刚由后山离开，恐其分人尾随，不便窜顾。如在前山久候不见，料那小孩不能舍舟。于是决定分出一人，出其不意，径由观中隐形飞往后山查看；一人隐形守在埠头柳荫之下；一人去观后高峰上留神眺望；环山四外，再设下一圈禁制。固然对方深浅难知，未必能将他们阻住，如其飞过，却可看出一点形迹。

主意打定，满拟两少年只有后到，决不会赶向前去。哪知到了湖神观一问，道众说张、杨等一行先在观前闲眺，忽命道童回说，就要起身回去。林、石二仙姑如来,请其速返水云村向杨公子询问,便知就里。秋月也被带走。二人料有缘故,忙问两少年所驾小舟开走也未?那道童恰在旁立,悄声答道:"张仙姑大约便为追那小船去的。"再问船走时刻,正是二人由地穴中走出以前不多一会儿。

原来张、杨二人先在观前山坡闲眺,也因两少年年貌行径不似有甚大来头,又带一小孩同行,误以为林、石二人必能将他们寻到。当日湖上天气又好,万里晴霄,绿波浩荡,一望无涯。加上风帆队队,沙鸥回翔,水阔天空,风清日美。张锦雯尽管是久居仙山灵境的人物,对此美景良辰,也不禁心旷神怡,悠然意远。对那旧埠头停泊的小船,认为就是少年突然回船开行,自己飞行迅速,事前因为双方去外相同,又防突在船上失踪,引起舟子惊疑,故未往追。真要追赶,多快催舟之法,也追得上。

何况林、石二人已去寻找,这些时未见回转,许已晤面。还是两个初见的另一正派同道,正在叙谈,所以还未回转。只偶然看小船一眼,心情多在赏玩风景上面。时候一久,渐渐忽略过去。

恰巧又有一船泊岸,上来的人颇杂,多是各寺观的香客,内中又杂有两个游方道士。连日妖人正在作祟生事,未免多注视了一会儿。

同时上流头又顺水驰来一队木排,下流头却有一队吃水甚重的白木船,正往上张帆冲浪而进,两船恰巧头对头,那么宽湖面,偏是谁也不肯让谁。尤妙是隔老远船上人便在各自吆喝对方让开,晃眼临近,相隔只有两丈来远,忽都停住,不进不退,波涛滚滚,绕着船排而过,浪花激起老高,双方均似死钉波心之上。后面尾随的木船和木排也齐停住不动,互相争吵。

木船上的人说:"我们满载,逆流而上,转舵费力,没有那富余的精神。你们木排由上流来,又轻,顺水容易。这么宽湖面该你们先让,我们不能让。你们若敢往船上撞,我们便信服你们。"

木排上人说:"我们湘江木排,从来就不让人,这湖是官家的,谁都能走,凭哪一样该让你们?我们知道你们是王家老船,有本事先使出来见识见识。我们如撞你们,显得我们排上欺凌孤儿寡母,要只凭嘴当旗号,还是乖乖转舵,把路让开,等我们过完再走。要不听好话,我们等上一年也不过去了。"

双方越说越僵,船上为首的是个十五六岁,头梳冲天小辫的小孩,横眉怒目,大声呼叱,首先开口,势颇蛮横。木排上答话的是个中年黑瘦汉子。旁边木墩上坐着一个须发皆白的短衣瘦矮老头,手拿一支长竹烟袋,正抽叶子烟,一任众人吵闹,直如无闻无见,神态十分安闲。

双方正吵得热闹,木排上瘦汉忽然发怒,骂道:"不知死活的狗崽,想寻死么?"船上小孩大怒,方欲破口还骂,忽听后舱有一妇人口音喝道:"小红官,跟谁个吵架?你娘昨黑睡少了觉,正歇晌午,懒得起来。叫我和你说,湖是官家的,船爱怎么走,就怎么走,哪个也不用管人家怎么走法,本来多余吵这嘴架。人家木头硬,我们的船也不是纸糊的,各自开船就是,哪有许多话说?"说时由后舱船舷走来一个相貌粗蠢,赤着双足的中年妇人。

小孩闻言,益发气盛,大声答道:"他们太可恶了,明明老远见我们船到,竟装没见一样,对准我们船头开来。好话和他讲理,反而出口伤人。今天不显点颜色与他,他不知小爷我贵姓呢。"说罢,伸手便把那头上所扎小辫解开。

说也奇怪,那木排原是头号木排,木头又长又大,俱用竹缆篾条和精麻制就的巨索层层捆扎,排底尤为坚厚结实,不到地头用刀斧分解,万无散裂之理。小孩的手刚刚捋那小辫,木排立即四面轧轧乱响,大有断裂之势。排上为首瘦汉见状,冷笑了一声,顺手拾起一根三寸长钉,手中掐诀,正待发话施为。旁边木墩上坐的瘦矮老头低喝了声:"无须如此。"随即站起,把手中长旱烟袋往木排边下磕了两下,木排上断裂之声立住,对面货船却两边乱晃起来。

这时木排前头站了好几个篙工,老头身形矮小,坐在后面木墩上,被前面人遮住,本身又不起眼。货船上为首小孩只顾和对头争闹,未曾留意。及至老头立起,对面排上人往两侧一闪,这才看见,好似想起甚事,面色突地大变。口方微噫了一声,那中年妇人忽把眉头一皱,抢向前去,强装笑脸朝老头道:"向三老爹也出来强管闲事么?"

老头笑道:"罗老五是我师侄,这排上财东又是我的好友,这闲事怎能不管?我老头子偌大年纪,已然歇手多年,不与人争了。其实呢,把排路偏开,让你们一头,也无相干。无奈我老头子年老人懒,来晚了两天,他们前天在白莲荡接到有人寻事的信,便请排师父紧了排。你也知道排上规矩,任是天王老子,宁可散架,也是不能让人的了。没奈何,请你上复王四大娘,把舵偏一偏,各走各路,就算让我老头子一回,改日我再登门谢罪如何?"

妇人还未答话,那小孩自老头一出现,立往后舱奔去,跟着同了一个寡妇走了出来。那寡妇身材婀娜,皮肤甚白,一双小脚裹得十分整齐周正,又穿着一身素白。虽然年纪已逾花信,神情荡逸飞扬,决不似个安分妇人。尤其那一双黑白分明的大眼睛,目光四射,妖媚之中隐蕴煞气。

刚由船舷上绕过，人还未到跟前，老远便似嗔似喜的高声媚笑道："我说谁个老不死的，吃了熊心豹胆，敢欺寡妇没有人守，撞我王三家船呢，原来还是三老爹呀，这就莫怪了，你这小猴儿太没出息了，这也值得大惊小怪的？虽然你爹死了，自来都是人在人情在，欺人寡妇孤儿，那是常事，你也不看一看三老爹是那样混账人吗？莫非他老人家还看不出我们这回的船吃水太重，没法让人？快滚过去，给他老人家磕上两个响头，把你当小辈的过节尽到，他就放你的船过去了。"边说，边往前去，右手挽着一个印诀，似在微微连划。

小孩闻言，意似不服。寡妇也扭到船头，忽作满面怒容，俏眼突然一瞪，怒喝道："你这小挨刀的，自从你爹死后，我就和你说姜是老的辣，世人讲交情的人太少。凭你一个小孩，年岁太小，接不起来，你偏不信，是不是？出门才两次，便给老娘现世，鸡蛋撞上石头，不认输服低。想在这里和人家待上一世不成？你这活报应，气死老娘了。"越说越气，伸手便抓小孩头发。

老头早看出寡妇假作数责小孩，闹鬼暗算，只装听她发话，微笑相看，神色不动。及见她右手要抓小孩头发，暗把左手印诀对面扬来，才笑道："王大娘，我和你夫妻虽无甚交往，也算相识多年，双方无仇无怨。你想替你儿子扬名开码头，法子尽多，何苦专向我师徒寻事呢？"一言甫毕，寡妇已把小孩发辫掀散，口喝："该死的东西，我叫你看看老娘的话如何，还敢强不？"随手一个嘴巴，打向小孩脸上。

说时迟，那时快，她这里伸手一打，同时木排周围绑扎的篾条、麻索忽然吱的一声，无故全行震断。跟着这一掌，木排又微微晃了一晃，才行稳住。前后左右的湖舟看出排老师遇上对头，双方斗法，恐被波及，俱都避开，纷纷搬舵闪退。见此情景，以为这些篾条、麻索一断，木排非当时散裂不可。谁知那绑索虽断，木排仍是原样未动，直似内里还有长钉钉牢，成了一体，一根未散。老头仍作不经意的神气，望着对头微笑。

寡妇见法术无功，面上立现惊疑之色，眉头一皱，厉声喝道："老鬼休装好人，你问姓罗的狗子，是老娘无故寻他晦气吗？我儿年轻，初在江湖上走动，你们就不看我寡妇，也应念他死爹也是同道中人，好歹留点情面，给他一点照应，才显江湖上的义气。为何上次我儿在江口与人争执，他不帮忙不相干，今天反助一个不相识的野种与我儿作对？小娃儿家，头次出门便失风丢脸，这事没个回找，将来如何做人？

"我儿因上次粗心大意，没留神输在他手，这次专为寻他分个高下。我早算计狗子没有种,知我母子不是容易受人欺的,必定找出你来撑腰子,所以我也暗中跟来。本意你若不出头,我儿输了,算他自不用功,我平日少了调教,决不伸手。否则任是天王老子,我母子姊妹三人,也要和他拼个死活存亡。

"果然你这老鬼逞强出头,想要以大压小。以前死鬼在日,我夫妻虽然常听江湖上朋友说你许多可恶,心中生气;自来井水不犯河水,既没敢惹我们,就由你去,这多年来还没向你领过教呢。实对你说,休看你排上有丁甲护住,老娘不过打你一个到,还没正经下手呢。今天除非叫姓罗的狗子出来叩头服输,让开水路,便可饶他。不然的话,莫怪老娘心狠。"说罢。又向身侧妇人打了一个手势,那妇人随往后舱退去。

老头一任寡妇怒骂,只把目光注定对方动作,毫不插言。直等说完,才从容说道:"王大娘,你只听令郎一面之词,可知他在江口所行所为么?似他小小年纪,便要抢劫良家少女,还要伤害人家一船财货生命,说话又那等狂妄,任是谁个,见了也是难容。

"何况罗贤侄上来还好意相劝,并无一语伤人。他先破口大骂,跟着用五雷钉暗下毒手。就这等狂妄无知,罗贤侄仍念他父亲只此独子,未肯重手还他,只把五雷钉破去,欲使其略知儆戒便罢。不料他不知进退,单人离船上岸,仗你传授,一味苦缠,一追即逃,不追便暗中尾随行使毒计,每次用的都是你门中最阴最毒的手法。似这样纠缠了两天,终于遇上别的异人,破了他的法术,将人擒住,吊在树林内,逼问他师长是谁。

"异人是两位剑仙,与你我两方俱非同道,事本凶险。幸亏令郎在江口所欺少女的亲友那只船也在后面赶到,令郎又改口告饶服输,对头念他年纪尚轻,初出为恶,人未害成,只算是听了罗贤侄的解劝,打了四十下荆条,将他放脱。他那伤还是罗贤侄给他治愈的。

"哪知他人小心黑,对头一离开,人才上岸,便回头发歪,说了许多将来如何报仇的狠话,方始逃走。自己不好,如何怨人? 既有本领,如何不去寻那擒他的对头呢?

"我因念你女流,不愿和你交手,好言相劝,不听无法。但你心肠太狠,只顾害人,不合把你儿子和本身行法来做尝试。计谋虽要狠些,却没想到此法如使不上,害人不成,转而害己。一个弄巧成拙,悔之何及? 我老头子近百岁的人了,生平不为己甚,你此时如知悔悟,急速退避,还来得及;否则千钧一发,真到不可开交之际,我就想保全,也无从善罢,那就糟了。"

话还未毕，那妇倏地目闪凶光，面色立变铁青，气呼呼指定老头喝道："谁个听信一面之词？不错，我儿是看上那酸丁的女儿，想要把她娶回家去，但他上来也是好好叫人提亲事，凭我王家的名头家当和我儿的人品本事，哪一样配不上？我儿见女家穷，还答应养她全家，这是多好的事。偏那挨刀的酸丁不知好歹香臭，硬不答应，还说上许多气人的话。我儿才生了气，把他船定在江里，非要他乖乖把女儿卖给我们，才放路走。

"其实当时把人带走就完了，也是我儿心软，年纪轻，欠点老辣，见那贱人哭哭啼啼，不忍当时下手，想逼酸丁好好答应，将来仍算亲戚，限了三天日子。人又贪玩走开，未守在船上。第二天便遇罗狗子船过，听酸丁父女向他哭说，才有这场过节。

"我儿为的是自己闯练，不肯打我夫妻旗号。我素来最讲情理，罗狗恁要不知道我儿根底，也还叫人想得过。最可恶的是，明知我儿是王家子弟，依然逞强出头，不由分说，先把我船上香头打灭，护着酸丁的船就走。在他好像留了几句屁话，就算够了交代。却不想平白破人婚姻，如杀父母之仇，休说老娘母子不受，谁个也咽不下去，这能怪我儿寻他吗？我儿回船得信追上去，当然认着仇敌看待了。

"你问我：怎不寻那两个小畜生？一则不知来路名姓，急切间寻他们不到，不比你们好找；二则事有因由，既由罗狗子多事而起，自然先寻到他算账，等和你们见完高下，分过死活存亡，再寻酸丁父女和小畜生不迟。这个不要你操心，也用不着你让，老娘今天宗旨已定了，这江湖上有你没我，率性和你对拼一回试试。老娘如败在你这老鬼手里，休说行船过往，从此连这湖水江水都不吃一口，你看如何？"

说到末句，把手朝后一挥，哗哗连声，身后舱门往后一倒，前半船篷忽向后推去，当中立现出一个香案。案侧左右各有一个大水缸，又高又深，不知中有何物。适才退往后舱的中年妇人披发赤足，右手掐诀，左手拿着一束筷子，上缠一缕头发和七根红线，立于案前。

寡妇手拉小孩，正往回退，老头把两道寿眉一皱，喝道："你执迷不悟，孽由自作，只好听之。你不发动，我决不先下手。无须如此防范张皇，有甚法子，只管从容使将出来好了。我如不肯容情，适才你那法子没有使上，我稍为还手，你那孽子早送命了。"

寡妇闻言，好似又羞又愤，只装未闻。到了案前，将中年妇人替下。又打手势，递了一个暗号。伸手接过竹筷，嘴唇微动，往外掷去。那竹筷立即凌空浮悬在船头之上,离地约有五尺。中年妇人和小孩早得了暗示,一边一个,分退缸旁。寡妇厉声喝道:"老鬼承让,你枉混了这多年江湖,莫一头投在水缸里淹死,才笑话哩。"随说着扬手一掌,把虚浮在面前的竹筷隔空砍去,只听咔喳的一声,筷上束的头发、红线忽成寸断。同时对面木排上也起了一声巨响。

就在筷子随着响声就要往下散落的眨眼之间,老头双手合拢一搓,再伸手一招,那数十根筷子忽又由散而聚,自行合拢挤紧。顺老头手抬处,往对面木排上飞去,夺的一声,直落下来,钉在木排之上,深深嵌进,仅有小半露出在外。

寡妇见状,意似惊惶,随手又拿起案上一把剪刀,待要施为,老头已先喝道:"你为何这等不知进退? 都是这一类的五鬼小六丁法,怎能动得我排上一块木片? 已然连败三次,还只管老脸使它则甚? 难道你门中就这点现眼花样么?"

话未说完,猛听对船舱底起了一片轧轧断裂之声,同时身后也是大片震裂撞击之声,密如串珠。跟着人声鼎沸,怒骂不绝,老头似知自己轻敌大意,中了暗算。突地面色一沉,冷笑一声,回头看时,只见随行在后长蛇也似的大小二三十副木排,除当头一副外,余者所有绑索篾片、钉箍之类忽然纷纷断裂。船上堆积联载的整根巨木,连同上面所搭小屋,以及什物用具,一齐土崩瓦解,四散翻滚,飞舞碎裂。船上水手已有好些被木头撞跌,受伤滚倒。近边的木头,已然顺浪往外荡开,晃眼分崩离析,散落水上。

老头闻声,早料及此,更不怠慢,一面回顾,一面忙伸右手,把头上白发扯了一绺下来,一根接一根,往左手三指上绕去。先前那姓罗的瘦汉见状大怒,口中喝道:"贱婆娘!"方要伸手,老头怒目一斜,便即止住。说也奇怪,那么多木排本已山崩一般离群分裂,吃老头急匆匆用头发一缠手指,忽又自行归拢,由下层往上紧挤,一片隆隆之声过处,又复了原状。

老头低喝:"罗贤侄去看看有人受伤么? 这泼贱我对付她好了。"瘦汉应了一声,随手拾起一块跳板放入水中,纵身而上,立即乱流而渡,滑着水皮,往后面诸排驰去。

王寡妇先前原因老头果如人言是个强敌,自己恐非敌手,无如势成骑虎,欲罢不能,只得于预定法术之外,加上好些诡诈。表面用寻常小六丁解破之法与敌相恃,并借预设疑阵去分敌人的心神,密令同党和孽子暗中行法。满拟敌人法力高强,即或毒手行使不上,将后面所有木排全数解散,使敌人当众丢脸,自己占点上风,挽回颜面,再伤他几个水手,稍出恶气,总可办到。

没想到敌人收复这等神速。王寡妇方自惊急,忽见对面仇人下水,往后驰去。老头尚未回身,一个后背正交给了自己。暗忖:"一不做,二不休,反正成仇,树下强敌。且喜来时慎重,早安排下逃路,万一全败,带了两个亲人弃船逃走,必可无害。"念头一转,意欲双管齐下,乘敌心神旁注,冷不防猛下毒手,伤得一人是一人。

哪知老头名叫向家德,乃湖湘间有名的老祖师,久经大敌,法力高强。适才因觉王寡妇决非己敌,没想到敌人会使促狭,未上场前便有布置,明知法力不胜,却用诡计取巧暗算。偶然疏忽,吃她当场出彩,丢了一个小人。不禁怒从心起,把来时只使知难而退不为已甚的本心遽然改变。料定敌人夫妻平日擅长小六丁五阴掌之类邪法,一计不成,必生二计。一面暗中准备,应付反击;一面故露破绽,诱使乘隙下手,作法自毙。

王寡妇果然上当,只当向家德心傲骄敌,目注后面那些已散复聚的木条,手掐法诀施展全力,扬手一五阴掌,觑准敌人背心要穴,隔空打去。口刚喝得一个着字,猛觉手心一震,似有一种极大的潜力猛撞过来。知道不妙,赶即收势,已是无及,当时右掌齐腕撞折,痛彻心肺,几乎晕倒。

王寡妇急痛攻心,愤激之下越发心横,强自忍痛定神,咬牙切齿,左手戟指,厉声大喝:"向家德老狗,老娘今日与你拼了!"随说随把那筋皮尚连的断掌往香案上一放,口中急诵邪咒;左手把散发揪过一大绺衔在口里,跟着取了案上斜插的一柄明如霜雪的尺许小快刀,恶狠狠往右手五指斩去。

偏巧向家德又是自信稍过,把事料错。以为王寡妇虽然凶悍,终是女流,受此重创,掌骨已断,休说手已残废,痛楚难禁,再不收势赶紧医伤,命还难保。当此性命关头,就算恨极仇人,也必先顾了自身,才能打点报复之策,急切间决无余力还手。

同时又发现有一打鱼小船,由斜刺里驰来,破浪横流,其疾如箭,断定来势有异,不是常人。最奇的是船上空空,只一操船童子手持双桨,坐在船尾微微划动,此外并无二人。敌我正在斗法之际,忽然来此异船,匆迫中分不出来意善恶,是甚路数,心生惊疑。暗忖:"自己名震江湖数十年,没失过风,俱为平日谨慎宽和,不作绝事之故。就这样,仍恐名高见嫉,晚年稍有异兆,便即退休,已有好些年不曾出外走动。

"这次如非师侄与敌结仇,而王寡妇又是乃夫王玉根一死,益发淫凶骄狂,无恶不作。前两年还只为害行旅商客,近一半年为想给狗子开道闯牌号,更是专寻湖湘江西木排上人作对，本门后辈吃他亏的已有不少。自己再不出来给她一个厉害，实在说不下去。又经一干后辈再四求说，这才勉强出场。

"如论法力，自己固是较高，但这泼妇恃着姿色未衰，人又风骚淫荡，善于结纳，江湖上九流三教有法力的人物好些相识。先前疏忽，误遭鬼计，将木排拆散。经用法力聚集复原之后，为防仇敌船中还有别的奸谋毒计，不能奈何自己，却暗中伤排上诸人，曾在环排附近湖面下有禁制。来船竟是行所无事，毫无阻隔，此事奇怪，莫要数十年声望败于一旦，还闹个身名全毁，那就糟了。"

老头心念一动，认定王寡妇船不足虑，小船上人不是敌党还好，如是敌党，凶多吉少，不禁生了愁急。心神一分，目光只顾注定这突然凌波飞来的小船，便把身后强仇忽略过去，未及返身回顾。虽然小船来势绝快，不多一会儿的工夫，王寡妇这里邪法已是发动。

头一刀下去，先把右手第一节指骨斩断了四节，同时一片红光闪过，轰的一声巨震，向家德所乘木排和后面临近相衔的三排立即中断为二排。这样邪法也颇厉害，事前如无防备，或是遇变时无力抵御，不等她全副威力施展出来，就这一下，为首四排上的人，至多向家德法力高强，早已行法护身，不至于死，余者休说排上的人，便是所有生物，也和那数十百根径尺以上巨木连积成的大木排一齐分裂为二，休想活命了。

按照当时情势，这小六丁五鬼分尸大破解法，如吃妖妇相继施为，连斩三刀将右手十四节指骨斩落，一阵乱砍，将妖法全力催动。应敌的又不是向家德，另换一个排教中后辈，不特那么多大木排皆成粉碎，人也全成血泥污水，一个都不能保全了。

总算五行有救，向家德先前遇变，除环排的湖面外，并在上方和四侧设有禁法防护。又是久经大敌，应变神速，正看小舟快要驰到，忽闻脑后风生，夹有一股血腥，立即警觉，知道不妙，抵御已是无及，只得先顾人命要紧。百忙中咬破舌尖，满口鲜血，雨丝般向空喷去，方始代过把四排上十余人生命保住。就这样仍吃了王寡妇破了护排的禁法，将四条大木排各自中断为二。

向家德见她心肠如此恶毒，不由怒火中烧，暗骂："泼妇，你便来了强力同党，我豁出老命不要，为世除害，也必与你母子拼了！"心念再转，对那将到未到的小船也不再有顾忌，手指处先将八段断排禁住，不令分散，忙即回过身去。

王寡妇仇深恨重，怒极之下，原已豁出右手不要。一面行使毒法，一面运用真气，闭那断手伤口的气血，以止疼痛。既要复仇，又要护痛，自比平日稍慢。满拟开头便能杀死许多敌党，不料人并不曾伤倒了一个，木排虽然断了四条，也未散落。仇敌已然回身，料知不是易与。一面又见小船来势可疑，看出道路各别，并非同党，心生惊疑。意乱神昏，不暇再顾伤处，好在手已痛木，能够强忍，忙即跟着行法，二次握刀断指。同时示意狗子同党，准备最后伎俩使穷，复仇无法，三人立即赴水逃遁。

刀落指断，血光刚刚微闪，一眼瞥见向家德口骂了一声："贼泼妇，今日恶贯满盈了。"随手抓着衣领往下一撕，前胸便是裸露。紧跟着左手一柄五寸许的小钢叉迎面三晃，便要回锋往前胸刺去。

王寡妇认得此是排教中和强敌拼死活的毒手孤注，一经施为，敌人不死，固应反受其害；就把敌人杀死，行法人的精血元神也必大为损耗，所以轻易不见有人使用。何况仇敌正占着上风，怎会如此？真个做梦也想不到。如与一拼，自身十九难免，爱子也无活路。当时心胆皆寒，不敢迟疑，口里低喝："快走！"

中年妇人乃王寡妇的同门师姊，早就看出不妙，暗中准备。知王寡妇应敌匆促，心难二用，一听招呼，忙抢向左，一手夹了狗子，手掐灵诀，直往水中一指，水面上立现出一个空洞，三人一同往下纵去。

说时迟，那时快，向家德原因恨极仇敌母子，唯恐新来的小船是她后援，急于除害；又以两次受敌暗算，虽未全败，终是丢面子的事情。这才横了心，准备拼命，不问如何，先把仇敌母子和同党三人除去。哪知叉尖刚回向胸前，未及刺入，小船已由侧面斜驰过来，到了敌我二者的中间，同时人影一晃，船头上忽然凭空现出两个少年。定睛一看，不禁大喜。略一停顿之间，内中一个身材矮小，相貌丑怪的少年，已把手朝对船扬去，立有一片金光雷雨一般打将出去。

王寡妇等三人身刚离船纵入水洞，吃漫天光雨猛然往下一压，连声也未出，就此成了粉碎，沉入湖心，无影无踪。向家德方喊："张贤侄，令尊何在？"两少年已同声说道："妖妇已除，底下请老先生料理吧。"说完，人便隐去，无影无踪。

妖妇这帮白木船原也有不少只，妖妇一死，手下徒党连同受雇舟子各跪船头，胆寒乞命不迭。向家德知与他们无干，本心不愿闹大，忙即纵身过去，唤了两个头目，好言告诫，令其各散。说完回到排上，仍命开行不提。要知后事如何，且看下回分解。

第一〇〇回

情殷旧友　巩霜鬟婉语进良箴
巧遇真人　张锦雯荒山闻异事

话说那两少年隐现动作，神速已极，张锦雯先吃那伙游方僧道一分神，跟着又看那排教中人斗法，一心观察双方善恶。正看在热闹处，忽听坡侧有一小孩自言自语，气愤愤骂着走过，大意是说：客人不讲理，欺他小孩。言明游湖连送带接，包一整天，如今却说要住在这里，叫他独自回去，却只给半天的钱。来时客人有法子催船，不费力，还走得快。这回去，晓得船能和来时一般快不？

张锦雯一问旁立的秋月，正是那操船的小孩，料两少年还留在君山。正想命人唤来盘问，小孩似见远方有人斗法，急于往观，飞跑赶往埠头，跳上船去，解缆便自划走。张锦雯心想林、石两人未来，多半与两少年见了面。又以寡妇神情邪媚，不似善良之妇，意欲看准以后，暗中相机惩处，念头旋起旋止。

嗣见小孩操舟绝快，晃眼驶出老远，以为持有催舟符箓所致，全未想到两少年隐了身形也在船上。到小孩的船直往船排当中驶去，心方一动。两少年突然现身，一照面，便有一片金光霞雨，将妖妇等三人压入湖心，跟着人又隐去。照此情景，分明有意避人，连操舟小孩所说的话也是愚人之计。林、石二人多半不曾寻到。所发金光虽非左道妖邪，但也不似诸正派中门路。好事决不避人，如此隐形避迹，必有深机。

张锦雯心疑对方乃散仙门下弟子，也为大禹神钟而来，只与竹山教中妖人不是一路而已。深悔适才疏忽，没将小孩阻住，被他瞒过，滑脱了去。张锦雯不禁有气，断定人还在船，不曾离开。忙嘱杨永等一行速即上船回去，到家严嘱舟人不可泄露。一面令道童回观，与林、石二人留话。

匆匆上船，遥望前面，货船已是搬舵让开水路，木排也正鱼贯而行。别的舟船遇上这类事，照例远远回避，置之不闻不见；照常往来，若无其事一般。小孩所驾小舟并未远驰，反倒改慢，往去岳阳的路上缓缓划行。估量必能追上，向杨永兄妹说道："再见。"便即隐形飞去。杨永也以为张锦雯必能将小孩的船追上，哪知张锦雯才走，小舟忽然失踪。杨永到家，张锦雯也未见回转。

林、石二人向观中道童问知前事，立由观中飞回水云村，问知张锦雯追赶小舟未回。石玉珠虽知不会有失，终觉两少年行踪诡异，非查明来意不能放心。料定那小舟必在岳阳楼附近湖滨渔村中所雇，只将小孩寻到，必可盘诘出一点线索。小孩曾受到对方唆使，对于自己已然留意戒备，就是寻见，也未必肯说真话。

杨永世家土著，又有善人侠义之名，乡民仰望，询查较易得实。石玉珠便教了一套话，令杨永暗带几名与本地人民渔户相识的老佃工下人，分头去往沿湖一带寻访。自己和林绿华追寻张锦雯，以防万一对方真个法力高强，两下起了争杀，好为接应，就便也寻那操舟小孩下落。

匆匆议定，林、石便自杨家后园飞起，到了洞庭湖上空往下一看，水碧山青，清波浩浩，轻帆片片，远近往来于斜阳影里，渔歌互作，桨声咿呀，相与应和，湖山如画，景色甚是安闲，只不见那小舟影子。张锦雯与小舟同时隐去，不知何往。

巴陵一带，山川交缭，难于追踪；二人先驾遁光在环湖诸山的高空之中飞巡了一圈，俱不见有异状。估量双方争斗和两少年所居之处决不至于太远，凭自己的目力，当日又无甚云雾，此时凌空纵览，双方如在数百里内斗法斗剑，当能看出一点形迹，怎会全无迹兆可寻？

并且张锦雯素来持重，临事顾虑如看出对方大有来头，固不会轻易出手；如是寻常人物，除非看出是左道中庸流，当时擒回，拷问真情；稍觉不稳，也必放宽一步，先飞回来，大家从长计议，谋定后动，再往不好处想，即使所遇是个强敌。现在同门七姊妹均得有师传金牛剑，如见形势不佳，早已飞剑告警。似此人不见回，杳无音兆，实出意料，越想越奇怪。

林绿华心疑两少年窟穴是在远处，意欲由荆门上溯，去往巫峡诸山寻找。再如不见，归途绕道湘江沿岸诸山飞回，许能查出一点形迹。石玉珠笑道："如欲一一细查，西起夏口，东达武昌，我们不必远去，单这近湖诸山，已够我们搜索的了。此时我似觉有警兆将临，大师姊身有师父所赐专为防身脱难的法宝灵符，决无他虑。便那两少年的行径，我们也只多虑，未必真是仇敌。倒是君山洞庭，内中隐伏危机，表面十分安静。自来祸变将临前多是如此。

"如无妖人暗中闹鬼,也倒无妨。现在妖人图谋日亟,党羽日众,这两天风物偏如此晴美,绝似山雨欲来之兆。还有水云村居停主人虽是俗家,未被妖人察觉,但我们今日与他同往君山,妖党虽说未遇,那两少年总已看破行迹。将来是否由此生事,也难拿稳。主人侠义好善,我们又同往他家,如若受甚灾害,岂不难堪?

"依我之见,还是不宜走远,免得徒劳,并又生出别的枝节。小舟失踪,不过暂时,久了仍会现出。大师姊如若挫败被困,这等飞空巡视,必能看出形迹。现既一无所见,定有缘故,可由她去。杨永主仆分往湖边访那操舟小孩,也许寻到。我未见过两少年和那小孩,仍在这里飞空眺望,师妹可寻杨永主仆询问,并在沿途查访,免他主仆查明了详情,我姊妹三人俱未回去,无从告知,又有疏失。只能寻到操舟小孩,劝诱他说了实话,分清这两少年是敌是友,省得几面兼顾,诸多疑忌。"

林绿华道:"我因大师姊为人素来无此大意疏忽,故觉有些可虑。其实同门姊妹中,近年新入门的小师妹不算,论我武当姊妹七人,当以大师姊、明珠姊姊和你的法力最高。大师姊更精遁甲玄功,所遇如是劲敌,大师姊不能取胜,自会退回。我二人在此飞巡,她老远便能看见,不会相左。杨家主仆去已多时,现在天将黑透,既不宜于远行。反正无事,乘着日光,我去寻他主仆问上一回也好。"说罢,二人分手,绿华自往寻找杨永。

石玉珠独在洞庭湖上空巡视,又飞翔了一转,明月已近中天,张锦雯仍无影迹。凌空下视,湖波千顷,宛如一面冰镜。月光照处,君山和环湖的山林城堞、水田村舍,全都清耀眼前,纤微毕现。湖上游船商舟,三五往来,笙歌细细,时与欸乃之声相答,点缀得夜景十分清丽。

石玉珠暗想昨日杨永说巴陵虽经鼎革变乱,地方残破,因是水路要冲,商贾云集,又太平了这些年,近二十年中清廷屡次市惠,减税薄敛,不特元气回复,并比前明还要富庶得多。因此想起前明官绅残暴,苛虐人民;益以两三次阉祸,无恶不作,使得人民日在水火之中,怨毒既深,祸害日积,遂致流寇一起,便成溃疡,通体糜烂,不可收拾。虽有崇祯求治之主,但是积重难返,连换了五十个相臣,始终不曾得到一个好帮手,终于造成亡国惨祸。

一班孤臣遗民见故君壮烈,身殉社稷,未尝不心图恢复,志在宗邦。无如明政不纲,人民疾苦已久。易朔以后,尽管大狱屡兴,多所杀戮,但所危害的,不是忠义豪侠之士,便是有才华而不受他网罗的文人。这类人自是少数,何况行事多半隐秘。对于一般不识不知的人民,却能多革前朝弊政,不时再施上点小恩小惠,如同减收租赋之类。

自来从善政之后,为善政难;从弊政之后,为善政易。牧民无他法,最上者为之兴利,使其平日得十者,得百得千。而兴革之际用财必多,官家只能使民倍其利,不必减甚租赋,即取其所得之半,民亦乐为。其次除弊,使民自由生息,不为官扰,丧乱之后,即此已足收拾民心。

现在官家这一层已是办到,年时一久,人民各能安居乐业,逐渐归心同化。所以新疆塔平湖的周氏父子,云南云龙山的王人武,空自招纳了许多英杰志士、剑侠异人,终以对方无隙可乘,不敢妄动。眼看光阴虚度,岁月蹉跎,上一辈的主持人老死,后起者漫说未必能有前人机智忠勇,就说是个好的,而大势已去,孤掌难鸣,也是无计可施,终于消沉。不受危害,保得首领,永为殷顽,还是天幸。

杨永为人颇工心计,起初也是志切先朝故物,前些年还打算全家变产出走,不投北周,便投南王。近年默察民心气势,知道先朝历数已尽,空怀孤忠激烈,无可如何。于是灰心此事,颇有披发入山之想。这次再一亲见神仙灵异之迹,越发心生向往。

不过此人聪明沉炼,因来的三人俱是女仙,恐所求难遂,反生厌憎,不在他家下榻,一经离开,以后更是无望。看那意思,明是想等除了竹山教妖人,免生这场大劫之后,再行开口求说。如论此人,心地光明,天性仁厚,而又勇毅忠诚,学道原本相宜。虽然根骨不是上乘,这次总算积了极大的功德,又有居停之惠,不应负他的心志。本门俱是女弟子,自然无法援引。且等完事,如无机缘遇合,便连同诸姊妹,往师叔灵灵子门下引进,料无不收之理。

石玉珠正寻思间,一眼瞥见岳阳楼上灯烛辉煌,人影往来,遥遥可睹。知有游人在上赏月,猛想起两少年曾约绿华往岳阳楼上相见,语气颇有较量之意。虽是日里的事,后因锦雯追那小舟错过,但也不妨前往一探。自己此行尚未往楼上去过,正好乘便登临,看看楼上风景,是否与范希文《岳楼记》相符。心念一动,立即飞往。

石玉珠到了楼下,乘人不见,现出原身,往上走去。到了楼上一看,只有两桌富贵人家的子弟在彼张灯夜宴,凭栏赏月。见玉珠孤身少女,生得又极美貌,夜间独自登楼,似有惊异之容,互相以目示意,不再轰饮。除两三人偶作偷觑外,多半容色甚庄。

玉珠不知众伙当地游侠少年俱与杨永交好,上次杨永遇仙之事多有耳闻，内有二人还曾见过林绿华，当日岳阳楼上又出过一桩异事，所以见她孤身美女，并未敢以寻常跑江湖的轻视。玉珠见无所寻的人在内，意欲去往楼边，略为眺望，便即走去。

楼上伙计却少眼力，因当晚全楼酒座已被这两席贵客包下，先当玉珠客人招来，不曾拦阻，及见双方没有招呼，知非一路。当地江湖女子又多，时作女冠打扮，品类不一，每令上等客人厌恶。这两席又均是城中富贵人家，恐惹不快。以为这等深夜还上楼来，明是见有贵客，想来引逗，恐惹客人不快，忙赶过去喝道："你懂规矩不懂？今晚是张大公子请客全包，不卖外客，楼底下悬有牌子，没有叫你，上来做甚？还不快请！"

话未说完，石玉珠面色一沉，正待发话，忽听席上有人喝道："伙计，你胡说些甚？我们包这全楼，原有今晚良朋盛会，不愿俗客混杂，败人清兴。对于仙媛淑女，山林异人，但求宠降，合座生光。只为仙凡分隔，恐有误解，未敢遽然恭请入座罢了。日里的事，你也亲见，不看看来的是何等人，就肆无忌惮地随口乱说，莫非也想找苦吃么？"伙计闻言，吓得诺诺连声，赶急退去。

石玉珠朝那两席一看，共有十一人，虽都是些豪华少年，却无浮浪之气，与寻常纨绔不同。只是对月纵饮，也未携有妓女，神态也颇端重。听口气似已看出自己不是庸流，本来没想搭理，及听到末两句，忽然心中一动。略为沉吟之际，那发话的正是席中主人、杨永的好友张其泰，文武双全，人品极好。此席本来约有杨永，因为君山之事，托病未赴。

石玉珠一上楼，张其泰便看出异样，只苦男女之嫌，恐生误解，未敢遽然延款。恰好伙计冒失逐客，乘机发话。及见玉珠目注全席，面色转和，觉出不致坚拒，张其泰随即起立，恭礼说道："今夜洞庭月华清丽，君山十二螺岚光浮动，天水一色。因觉清景难逢，约请同社友好，对月小酌，遣此良夜。只水云村主杨大兄一人因病未到，正引为憾。不图上仙宠临，凡夫俗子，原难奉侍壶觞。缟袂云鬟，独对湖山，未免稍嫌寂寞。现拟重整杯觞，再治粗肴，以邀宠幸，不知上仙亦能鉴察愚诚，略此须臾云泥之分否？"

石玉珠本有允意，又听是杨永之友，料是端人，慨然答道："贫道浪迹江湖，漫游过此，月夜闲步湖滨，久闻岳阳楼风月名胜之地，遥望灯烛辉煌，以为人皆可登临，不意诸位贵客在此夜宴，竟做不速之客。贫道饮食不久，盛筵不敢奉扰，对月清谈，尚可奉陪。"

张其泰这一对面，越看出玉珠容光照人，清绝尘间。尤其是那一双剪水双瞳，精芒隐射，与凡人迥乎不同。打扮又与杨永所遇女仙相似，如非座中有人认识绿华，几疑便是一人。闻言大喜，知道仙人多不喜食烟火之物，便不再勉强。

同座诸客看出仙人有了允意，早把上首一面空出，令伙计撤去残席，等双方话完纷纷上前见礼，来请入座。张其泰笑道："上仙必不喜烟火，稍饮两杯，略进点水果如何？"石玉珠也不客套，笑谢入座。互通姓名之后，一问日里楼上有何异事。

原来君山在岳阳楼的西面，相隔水面只十五里，天色清明，一望入目。日里湖中排教斗法时，岳阳楼上先去了两个女客，在楼角僻处要了一壶清茶，凭栏观湖。这时同席恰有二客也在近桌品茗清谈，因杨永这一伙朋友均常与汀湖荦侠异人交往相近，颇有识见，又是上次和杨永在一起见过林绿华的两个。二女一到，便看出不是常人，便留了心。假作闲谈观湖，暗中察听二女言谈动作。

内中一个年轻貌美的，忽对年纪稍长的一个低语道："你看出君山上面并无甚迹兆，你说那话，怕那伙妖孽无此胆大吧？如由我二人发难，漫说难期其成，就便侥幸，造下这场大罪孽，却是无法抵补呢。依我之见，无事便罢，你所闻如确，不如通知峨眉道友，请其令人防范。我们不与对方结怨，还可积些功德，岂不是好？"

年长的道："你总是顾虑大多，连君山都不肯去。事情如有形迹，必在后山和湖底一带。这等远望，虽只十余里之遥，到底难于详察。我看还是到君山走一回的好。"

年少的方要答言，年长的忽然侧耳一听，失惊道："后山地中雷鸣，必有原因，我们就去如何？"

年少的答道："白日耳目众多，这伙妖孽纵无忌惮，也不至于在未有眉目以前如此任性猖狂，惊人耳目。这地底雷声甚小，不是芳姊一说，我却几乎忽略过去；如是常人，便近在咫尺，也至多觉出地底微震，不易听出。发雷人分明有意隐秘，妖人决不会在大白日里下手。十九是妖人的对头乘其日间无备，潜入妖人行法之地，暗中破坏所设妖术邪法。你听雷只震了一声，现在只是一点震动的余波，底下并无回应。遥望君山上面并无异状，不是来人法力太强，便是妖人不在。

"芳姊拉我到此，本意相机行事，落点现成便宜，不愿树敌作对，自惹烦恼。各正教中道友，我们相识颇多，此时前往，如与相遇，不特难于措辞，以后更难伸手。万一到时破法人已走，众妖党忽然闻警赶回，或是本来在彼，无心相遇，一定把我二人认作他的敌党，当作仇敌看待。

"这伙妖孽一与生嫌，便纠缠不清，岂非惹厌？为今之计，只有坐山观虎斗，不论何方，均不与之明敌，才可收那渔人之利；否则稍一失措，便许闹得一无所获，树下强敌之外，还要吃亏，才不值呢。

"据我观察预计和芳姊日前所闻，事机还早，此时不过开端，我们踪迹越隐越好。真欲探个底细，也应候到夜深，对方正待施为之计，用我们法宝隐身护体试试查探，得了虚实，立即避开。时机未至，固然不应出面；就到了时机，也应看事而行，能取则取，如有贻患，或是为害生灵，不是我二人之力所能防御，那也只好作罢。便是内有多么灵奇的前古至宝，也只率舍去，丝毫不能妄动了。"

年长的闻言，呆了半晌，冷然说道："此事不冒点险，不能有得。霜妹如此胆怯谨细，我们十九无望的了。"

年少的答："那也不一定。我自隐居天平山这些年，虽不敢自夸道力精进，对于善恶取与之间，颇知审慎。定数所限，不可强求。这次如非芳姊发现玉碑禹碣，我二人又是多年骨肉患难之交，休说另换一人，便我自己也不会来了。"

年长的道："我们仗着那两件法宝和先师所遗灵符，下起手来，甚是隐秘神速。况又不是想得那钟，只乘机取一两件，便十分满足。既不妨害全局，使有陆沉之忧，更不致被双方警觉。事无人知，有何可虑，值得如此胆小？"

年少的偶一回顾，瞥见那少年默坐在侧，相去颇近。随转脸过去，微笑道："芳姊以前好些烦恼，都吃亏在大意两字。你道事无人知么？就拿我二人所说的话，恐已有外人听去了呢。"

因杨永二友坐处前有楼柱，二女初到时，见楼角地势偏狭，无甚茶座，一心注视君山；又见楼上全是一些俗人，不曾往柱后查看，就此忽略过去。虽是并肩凭栏，喁喁小语，声音甚低。无如言者无心，听者有意，少年人耳朵又灵，虽未详悉，也听去了一个大概。

年少的话才出口，年长的倏地面色一变，立时回过头来。总算不该吃苦，二友人又机警，早从侧面看出年少的虽是美貌温和，年长的却是眉宇之间隐有威煞，似不好惹。闻言自知被其识破，恐防触怒，立时同起，倚向身旁另一面楼栏上，假作指点湖山，纵情说笑，若不经意之状。同时事有凑巧，一个年轻茶伙色迷蒙心，见二女风韵天然，误认着跑江湖的女子，竟欲探她口气，代向客人拉拢，于中取利，恰由别的茶座上走了过来，到了二人身侧立定,一面暗窥秀色,一面盘算用甚话语兜搭。

年长的心中有事,贪念甚炽,偏生所约同伴比她恬淡把稳,彼此意念相左。但是所谋的事孤掌难鸣,非那同伴相助不可。只管心中烦恼,还不得不屈己从人,不便违忤。素性又甚刚愎,此时正是气在心里,无从发泄之际。忽吃年少的拿话一激,本是借题规诫,劝她不可自恃机密,无人觉察,却将怒火激动。先前一味盘算,本没留意二友在侧。猛一回顾,正看见那茶伙站在身侧,面带诡笑,眉眼似动非动,一脸不正经的神色。误以为有意窥伺言动,同伴所指便是此人,适才所说的话多半已被听去。一个寻常茶伙计虽然无碍,但在气愤头上,不禁勃然大怒,口中微喝得一声:"鼠辈敢尔!"跟着回手一扬。

年少的知她错认人了。觉出旁坐二人不似浮浪少年与市井奸恶之徒,又见年长的动了真怒,知她手辣,便不肯再行指明。又见那店伙神情鬼祟,隐带轻狂,看他样子不是善类,也应稍加惩处。及见年长的猛下毒手,又觉小人无知,罪不致死,此罚太重,心念微动之间,早把手略抬,往横里稍推了推。随口低语道:"这类无知小人,并非有心如此,芳姊何苦和他一般见识?"

二女动作虽快,相隔身侧店伙还有好几尺,手未沾人。除年长的面色发怒外,年少的仍是笑脸,外人绝看不出中有杀机。别的茶座相隔更远,简直无人注及。那不知死的茶伙满想设词勾搭,一见二女先后侧身回顾,心方一喜,刚赔着一脸狡笑,未及开口,猛觉出年长的二目寒光炯炯如电,迎目射来,一脸煞威,神色大是不善,由不得心中生畏。刚刚吃惊,猛又觉一股疾风劲力擦身而过,右肩头上好似扫中了一些,当时有些麻木,还不知自己死里逃生,人已吃了大亏。只为年长的威严所慑,觉出二女不是好相与。冒昧开口,吃了抢白,同时别座两个熟客又在指名相唤,只得搭讪着问了句:"要点酒不要?"

年长的方把脸一沉,年少的已先答道:"我们不要,你这人气色不好,快找医生去吧。"茶伙不知就里,便往别座退去。

二友终是少年胆大,只管故作望湖,生了戒畏之心,仍在暗中偷觑。瞥见二女相继向茶伙扬手,微闻疾风飒然,内行人的耳目,知道对方业已出手伤人。不问是否道术中人,能有这等内家气功,也是登峰造极之流。年少的适才的话,明指自己,茶伙无知,恰在此时赶来,做了替代。再不见机,年少的稍为指明,自己决非其敌,立有性命之忧。这才真个胆寒,不敢在侧逗留,互相暗中一扯,假装循栏游望,各捏着一把冷汗走了开去。

二人到了人多之处，另寻一座坐下，留神返顾，二女仍在面湖密语，并未注意自己，心方一放。便见众客纷纷往湖面楼栏前抢去。抬头一看，原来湖中排教斗法，船一排迎面对峙，各停急浪之中，正在相持，因相隔远，别的看不真切。

　　这类事，每年湖上常有发生，有时斗法的人还在岳阳楼上暗中施为作梗，无足为异。觉出这时窥察二人正是好机会。见楼阁除二女坐处外，身侧栏上已挤满了人，俱都定睛遥望，不时互相耳语，无一大声发话的。忙也觑便掩向二女近侧人丛中，故作观斗，暗中查听。

　　待了一会儿，忽听年少的微噫了一声，说道："那小船上少年所隐身法，极似你昨日所说老前辈门下家数。小船又自君山驶来，必与适才雷声有关。此老如派人来，我们更是梦想。他这隐身法，我还略知一二，不如寻见这两少年，问个明白。如是无心来游，不妨仍照前议行事；否则，只好作罢，免得徒劳，还要吃亏，就冤枉了。"

　　年长的意似不悦，答道："我此行原仗霜妹一人大力相助，进退成否，以你为主。其实我也不是贪心，实为事如有成，或能了我数十年的心愿而已。此老如真出头，实在可虑。我们先探明了，再定行止也好。不过你主事须隐秘，这一向人探询，岂非自泄机密，于将来是否有害呢？"

　　年少的道："事情哪能万全？不发现此老派有人来，也就罢了；现既发现，不慎之于始，必贻后悔，此老岂是能瞒得过的？"说到这里，忽然回头朝二友看了一眼，口角微带笑容。

　　二友因恐听不真切，见二女不曾留意，观众又越聚越多，胆子渐大，渐渐凑向少女身侧，两下相隔只有尺许。忽见回面相看，知被识破，心中大惊。方恐发作，又听身后有人说道："人总要度德量力才好，一意孤行，等堕落下去，就来不及了。"

　　二友听那意思，好似承接二女前言而发。同时又觉出年少的面容和善，已然回过头去，似无恶意。忙中回顾，身后丈许正有一个形态枯瘦清癯的道人，往当中大楼柱后从容走过，也不知那话是否道人所说。一想年少的意似示警，此女虽然和善，年长的一个却不好惹，如被警觉，定遭不测。听那口气，已然要走，不敢再在身旁窥伺，意欲就势闪向一旁，看他如何走法。

　　二友互扯了一下，刚往右方走出几步，再一回看，二女已无踪迹。人都聚在前面楼栏一带，除账桌上坐着一人和旁立两三伙计外，全楼空空。二女无论走得多快，就这举步回望之际，也不能毫无形影，大是惊奇。

二友想起那道人也有异处，忙即跟踪追看。大柱后面尽是空茶座，又不当下楼之路，适才还见道人后影，就这晃眼工夫，人踪已渺，料定不是偶然。只奇怪先前长女用内家劲力打人，茶伙不能无伤，怎到此时还未发觉？人多嘈杂，都集前楼，茶伙与客人多混在一起面湖观斗，急切间难于看出。心想："掌风到处，当有事迹现出。记得发时，又经少女推了一下，也许将长女劲气挡向一旁，茶伙不曾受伤，便由于此。"姑先走往楼角查看二女坐处，已被别的茶客挤满，桌上留有一小锭茶资，并无异状。再估量那掌风所到之处一看，不禁吓了一大跳。

原来适才茶伙立处，身后本有一片板壁，因方便游客观览，门户板壁均已撤去，栏、柱仍在。柱粗径尺以上，未撤完的板壁还有五尺来宽一段，木质甚是坚厚，全无伤损残破之迹。这时忽然多了一道指许宽、二尺多长的斜直裂印，由柱侧起连向壁上，直似用甚刀剑凿了一道深槽情景。最厉害的是那裂槽全是透底洞穿，整齐光滑，如同削磨。知道多厉害的内家功夫，也难到此地步，二女定是剑侠一流无疑。茶伙未必被那劲气扫中，否则焉有命在？

二友正骇异间，忽见那茶伙面色苍白，由楼下走上来，右肩隆起老高，里面似有包扎，匆匆走向柜前要了些钱，转身要走。二友忙赶去问时，茶伙和柜上先生均带惊惧之容，先朝二友摇手，示意勿问。二友会意，悄声说道："那二位女客走了，但说无妨，都有我哩。"柜上人因二友乃城中来熟了的贵客，又被点明，恐有触忤，不便再隐。再见楼角二女客果然已走，才略放了心。随令店伙先回家休息。一面把二友请至里楼僻静无人之处落座，然后悄声说了经过。

原来那店伙受了重伤还不自知，当时只觉年长的女客回转身来，面有怒容，紧跟着右肩头上一发麻。因有熟客指名相唤，略为搭讪两句，便即走开。等到那熟客面前，正在赔笑问话，猛觉右肩又痛又辣。未及查看，忽见客人失惊道："你这肩头上哪来这多点的血？"店伙闻言，大惊回顾，右肩头上已连皮肉带衣服被人削去了一片，肩骨也被扫去了些，鲜血正往外冒。连吓带痛，立即晕倒。

那熟客和旁坐还有几位客人方自骇异，未及开口唤人，店东恰是一个老江湖，立处正隔不远，也在同时发觉。茶伙受人重伤，恐众茶客得知惊哗，把事闹大。这类事多是江湖上异人能手所为，最难应付。知是伙计言行失检，自惹出的乱子还好；如是专寻自己晦气而来，现时只开端点到，凭自己人力既非对手，经官更糟。

店东惊惶之下，猛生急智，随手脱去身着长衫，忙奔过去，低声喝道："你犯病，告假调养好了，不可弄些猪血在身上吓人，还不快走！"随说，早把长衫往茶伙上一围，半扶半抱，夹了便往楼下走去。旁坐诸客恰又是几个久跑江湖的商客，见此情形也都省悟，不特不再声张，有那坐在远处的好事之客，看出有异，过来探询，反用言语支吾过去。因店东应变甚速，内楼客少，眼见的只邻近有限五六人，余者全未觉察。二友为防二女对己不利，脸正朝外，就此忽略过去。

　　店东提心吊胆，将伤伙抱扶到了楼下柜房以内，用糖水将人救醒。正在情急询问致祸之由，以及对头何在，忽由门外闪进一个相貌清癯古怪，骨瘦如柴的道人。进门也不说话，径走向伤伙面前，问道："人家虽是手毒，论你为人也非善良之辈，只是处置太过罢了。我如给你一粒丹药，你也无此福缘。且将你伤医好，稍为歇息，再行回家静养，七日之内便可复原了。再上楼去，那女客也不会伤你了。从此学为好人，自可无事；此事如若张扬，却是于你不利呢。"随说将手一指，连划了两下，立时血住病止。店伙知是异人，忙即跪倒，拜谢不迭。

　　店东还想叩问道人与二女客的来历，道人开口先说："人家另外有事，是你这伙计眼拙，看错了人所致，固然一半由于代人受过，适逢其会；到底仍是咎由自取，如无邪念，哪有此事？对方并非寻你晦气，尽管放心。不久左近有事，岳阳楼上也许还有怪人来往。

　　"这类事情，不是你们世俗中人所能参与，你不惹人，人决不会伤你。即以今天的事而论，有两个好管闲事的，如非有人代为受过，我又恰巧上楼看见，就几乎吃了大苦。以后无论是谁，在此一两日内，如见甚可疑的人物行迹，最好不闻不问，也不向人谈说，绝可无害；否则自寻烦恼，重则送命，轻亦受伤。

　　"我只路过，不能长久在此，真要吃了大苦，或死或伤，却无人解救了。有人如问，可以此言转告。好在不久发生的事，仅是局中人争斗，结局伤害不了外人。你们便探明来人细底，也是莫奈他何。不知无关，知道反有灾害临身，何苦多事，自取伤亡？我为此人医伤原出无心。我最不喜与世俗人交接，偶管闲事，一半是缘，一半由于一时乘兴，再如相遇，不可理睬。你这人久于江湖，当能略知此中利害。不必多问，只当没这桩事好了。"说罢径自走出。

　　东、伙二人赶送出去，正值有不少人，闻得湖中排客斗法，纷纷赶来观看,上楼人多,眼看道人走入人丛之中,再找已无踪影。店东素有阅历,心疑道人和二女客俱与今日湖中斗法之人有关。又知湖中双方俱负盛名,法力高强,威势极大,这类人一毫也忤犯不得,只得听命而行。看道人神情,就再寻到,也不会搭理,弄巧还要触怒。但求无事,于愿已足,如何敢于违背?便令伤伙换了血衣,将伤略为洗涤包扎,上楼支了点钱,回去养息。

二人问完前事,知那道人所说多事的人明指自己,那伙计果是代已受过,语意中已在警诫,事虽过去,回忆前情,真个险极,不禁生了戒心。本想回去,忽然家人来送信,当晚有同窗好友请在楼上饮宴赏月。同时湖中斗法已毕,船、排各自走开,二女也早已不见,于是留了下来。

黄昏后,店东命人通知,说今晚有城中贵客包了全楼请客,请众各散。当地风俗,日里茶客虽多,天一傍晚,便各散去,留者寥寥。夜间照例多是官绅富豪借地张筵。如是官府或有势力的绅宦,多命县役传差,将全楼包定,不许外人上楼,已成惯例。残余的客座原极有限,都是品茗未归,改在楼上饮食的本地商帮,酒饭已然用过,店东就不打招呼,也留不住,闻言纷纷付账,下楼而去。待不一会儿,主人闻报人静,便同了所约友好,相约到来。

二人悄悄一说前事,俱都骇异不置,众人对于杨永遇仙之事颇有耳闻。只知湖中不久将要发祸生灾,全仗所遇女仙解救,但是天机不可泄露,必须谨秘等情。并不知危机隐伏,关系湘鄂诸郡千万生灵的安危,祸变甚大,一发不可收拾。闻言疑与杨永所说水灾有关,意欲告知,偏生杨永推病辞谢,不来赴宴。命人往水云村送信,回报杨永病已二日,现在外出,在华容就医,三五日后病愈方回等语。众人只得罢了。这伙俱是杨永同社,一班旧家世族中的佳子弟,性情慷慨,全都兴豪好事,意气如云。当晚月明风静,天水相涵,饮到深宵,犹不舍散。

石玉珠留心查听那二女客的神情相貌和彼此称谓,暗想那两位女客,年长的一个颇似在荆门山仙桃嶂隐居的女散仙潘芳。此人生性古怪,好友无多。听她唤年少貌美的作霜妹,那必是她以前同门生死之交苏州天平山玉泉洞后洞石仙府隐居的女散仙巩霜鬟无疑。

照那口气,定是潘芳闻得竹山妖人觊觎禹钟,结党盗取。她知镇湖神钟之下还有别的法宝,妖道尚不知底细,意欲到时乘隙夺取。蘖是妖人所造,自收渔人之利,但以孤掌难鸣,竹山妖人人多势众,邪法厉害,一被窥破行藏,不特树下许多强仇大敌,就许当时受害,不能脱身。

因巩霜鬟是她平生好友,法力既高,更有极神奇的隐形防身至宝,强去约来相助。不料巩霜鬟近年在天平山闭户清修，功力大进，深知此事关系太大，既然发现妖人将要为祸生灵，自己不能诛邪除害，消弭这场浩劫，如何反生贪念，于中取利？必是不以为然，又迫于情面，没奈何，随了前来，表面应诺，暗中实在想法规避。

闻说前辈散仙百禽道人公冶黄是二女的师执老辈。潘芳前为犯规，被师逐出，因在外行事恶辣，还受过两次惩罚，医伤道人生得那么枯瘦，颇与百禽道人相貌相似，不知是否？此老自从峨眉派开府，受了妙一真人之托，屡次为众后辈出力解围，颇伤了不少妖人。近年回转仙山静修上乘道法，久已不再多事，怎会来此？看来君山之事，必定凶险已极，不是寻常可了。

此老以前最期爱巩霜鬟，既是同时在此出现，潘芳也许不知，巩霜鬟当必有些觉察。自己和二女曾有数面之交，巩霜鬟还曾有过两次交往。二女此时必在君山乘夜查探妖人踪迹设施；如能寻到，必可得到妖人虚实。张锦雯虽一去不归，以她法力为人，料无差池。枯候无益，且往君山探看一回，再作计较。

石玉珠想了一想，便向主人告辞。在座主客自是卑辞挽留。石玉珠见众意诚恳，只得少留。坐了一会儿，正二次要走，遥望一青一白两道光华，由西南遥空中飞来，直往君山后投去。来路高远，飞行神速，月光之下，宛如流星陨泻，却不带甚邪气。心疑潘、巩二女前往，便和众人说："天已深夜，尚有同伴约会，不能再留。"

众人知留不住，只得起身相送。石玉珠急于起身，知道踪迹已露，无法隐瞒，便告以："我实为救灾而来，只请诸位不可向人传扬，免误生灵遭劫。异日可能再见，无须如此客气。乘着店伙业已遭开，贫道由此起身好了。"说罢，将手一举，一道光华穿窗而去，破空直上，眨眼无迹。

众人虽看出她是异人奇女子，因未看到有甚奇异之迹，还未拿定是否神仙中人。正各自心中悬揣，打算尾随查探她的行踪和如何走法。不料飞行绝迹，去势如此神奇，俱各骇异不提。

这里石玉珠飞离岳阳楼，便把身形隐去，直飞君山。到了落下，细一搜查，后山十二螺到处静寂，月明如昼，哪有潘、巩二女踪影。暗中飞往湖神观唤醒道童一问，言说："日里自从杨公子与三位仙姑走后，妖人、妖妇均未回转。除了游人往来，并无异事发生，也未见甚可疑形迹。"

石玉珠暗想："适才明见剑光下落，只和岳阳楼诸人说了几句话的工夫，便即追来，目光始终不曾旁注，并未见她们飞走，怎会毫无形迹？"估量二女必还留在君山，有甚营谋。石玉珠想了想，因后山一带连同妖人两次设坛的妖窟均经穷搜，无须再往。欲借水遁去往湖底，环着山脚绕上一遭，就便观察形势和神禹禁制的威力。

主意打定，随即走出，飞到湖边。正待行法入水，林绿华忽由身后飞来。石玉珠便问："大师姊寻到也未？"

林绿华答说："此事说来话长。大师姊已回转水云村，因我二人不在，久候未回，又出寻找，遇见我和杨永正向那操舟小孩问话。现已回村等候，命我寻你，一同速回。我见你不在洞庭湖上空，知道不会远离。岳阳楼上尚有灯火游人，疑你久候无聊，想起日里两少年与我订约之事，也许就便前往探看，我便隐身寻去。见有十多个游客，俱是杨永之友，正在密谈你话才走时情景。本想不到你走何方，走时偶听一人说你走前曾有两点极亮的流星，似往君山那面飞渡，也许仙人之行，于此有关等语。我觉此人料得有理，你必在楼上望见有人飞来君山，跟踪到此，便寻了来。到时用本门隐现身形之法试一查看，恰巧发现你由观中飞出。你人如未找到，可先随我回水云村去吧。"

石玉珠正要说前事，林绿华插口道："既未找到，这两人不是妖邪一流，早晚相遇。大师姊催我二人速回，急速走吧。"石玉珠料有甚事商议，便同飞起。

二女到了水云村，见着张锦雯一问，才知日里刚由船上隐形飞起，小船上两少年似已觉察，忽然连舟带人一齐隐去，扑了个空。心想小舟不会远去，便把泛舟附近一片水面下了禁制一试，也无回应，也未现形。便觉出对方不是易与，益发留意。正在这时，恰有几只商船由侧驶来。张锦雯因在那一片水面下有禁制，船行至此，必遇阻滞。

张锦雯素来行事谨细，恐启舟人骇异，刚把禁法一撤，待放来船通过，猛觉微风飒然，由前面吹过。循声一注视，日光之下，瞥见两线光华在左侧闪了一闪，带着极微细的破空之声，已朝西南方天空中飞去。知道对方已然乘隙飞遁，忙即跟踪追赶。满拟对方飞行决不如此迅速，又是隐形追赶，未被觉察，多半可以追上。哪知料错，不特对方飞行甚速，并似知道身后有人急追，到了上空人目难及之处，遁光忽加长大，格外明显。始而一味朝前急飞，容到追近，倏地隐去。张锦雯略一停顿寻视之间，忽又转向侧面现出。

似这样时隐时现，追了一阵，渐渐由西转向东南，在空中转成大圆圈，又绕回来。张锦雯这才觉出对方安心作闹，起初遁走，并未被自己法力禁住，乃是因那操舟小孩无法脱去，恐被寻到，盘问出他们的来历踪迹，特意行此调虎离山之计，将人调开，好放小舟遁走。

照此情形，对方不特机智灵敏，法力也非庸手。只不知他那遁光和行动，均非妖邪一流，自己三人踪迹已被窥破，既不似怀有敌意，何以如此隐秘引避，不肯相见？

张锦雯越想越觉藏有深机，立意要把他们追上。又想："适在大船上飞起时身形已隐，竟会被他们警觉。后来追临切近，遁光必隐，忽上忽下，忽左忽右，一会儿又行出现，引自己去追。所用飞剑虽是仙府奇珍，如论功力，并还未到上乘境地。对于身后来人相隔远近，偏会看得那准。出没闪避，更是又灵又快，直使人无从捉摸。

"师门隐身法最是神妙，除正教中几位首要的长老前辈外，寻常外人便是近了他身，也未必能够觉察。何况自己因见对方奸猾，志在必得，到了后来，连破空之声均行收敛。他仍能够警觉，只一追近，相隔二三十丈以外，遁光必隐。分明身边带有查听形声异宝，不然哪有如此准法？再照前追，必追不上。未将来历问明，双方对面交手为敌以前，不便冒失施展法术法宝。与其这等哑追，莫如率性现身，问明来历，何故如此行径？再如不应，便施展法力试探便了。"

张锦雯念头一转，查看所追之处，已然绕回洞庭湖附近，湘江和傍江诸山均在脚下。时已黄昏入暮，默算途程，从君山西追，到了巫峡荆门一带，再绕圆圈，到夏口之东数百里，又渐渐回绕，始终环着洞庭、湘江一带，已绕了两个多大圈子。不禁又好气，又好笑，便把身形现出，边追边喝道："前行二位道友，请暂停云路，贫道武当门下张锦雯，有话奉问。"

语声才住，前面遁光果然慢了下来。张锦雯心中一喜，方欲追将过去，细询来历姓名，内中一个貌若雷公，瘦小奇丑的少年，忽然现身回顾，朝张锦雯把丑脸一翻，哈哈笑道："你们是你们，我们是我们，各干各事，又不与你沾亲带故，有甚话说？我还告诉你，谁有本事，谁杀这伙妖孽，建这一桩功德，少要管人闲事。我们并没有碍着你们。先前因为这天空是公的，谁都能走，我们爱在空中往返飞翔，自然不能拦阻别人。只不惹我弟兄，便没有事。所以你追了这一大阵，没有理睬。现既发出话来，可见和日里禁制湖水一样，立意要和我们作对。你要放明白些，我弟兄二人一再相让，并非怕你。再不知趣，苦苦纠缠，惹我性起，管你是谁门下，也只好不客气了。"

说时遁光只缓得一缓，依旧疾驰，边说边飞，并未停止，只双方隔得近些。同行另一少年似恐张锦雯难堪，不住低声劝阻。丑少年不听，仍是大声数说，说完方住。

张锦雯乃武当七女中第一人，是半边老尼的嫡传弟子，素来沉稳练达。追了半日，已早看出对方决非左道旁门之士，这才现身追问。及听对方发话稚气甚深，再一临近观察，分明两个未成年的幼童。丑的一个身材瘦小，更和十多岁顽童一样，偏有这等功力，年长的一个根器虽佳，造诣好似还不如这丑的。

张锦雯暗忖："近来各正派门下并未听说有这两个少年高弟。再者，师门均有交往，素无嫌怨，并多有渊源。如为诛邪消灾而来，理应同仇敌忾，互相协力才是，如何隐避不肯相见？才一开口询问，又是这等声音颜色，拒人于千里之外？细详语气，又似知道自己来历，故意如此。如说少年心大贪功，想要自力完此大功大德，不愿外人参与，不特这两人的法力对付那么多的厉害妖人未必济事，就算有此本领，照以前二人形迹甚是慎秘，连眼前有限两个妖人尚且唯恐被其觉察，如何在事情毫无把握之际，却疾声厉色先得罪人？又似于理不合。"心中好生奇怪。因对方口出不逊，正待乘机诘问，也和他不客气，反唇相向。

丑少年忽又笑道："虽然妖法厉害，我们也只为朋友尽心。可是要凭你们这几姊妹，也是一样不能成功，徒惹怄气。依我相劝，趁早回去，免生烦恼，徒劳心力。那操舟小孩是个凡人，甚也不知道。我弟兄二人为怜他年少行孝，借着雇船为由，稍为周济，你们寻他无益。话已说明，以后最好各不相扰。信不信由你，我二人要失陪了。"

张锦雯方喝："且慢！"丑少年说到末句，手向胸前微微一按，立有一片明霞飞来。张锦雯骤出不意，疑有暗算，忙用宝剑防身抵御，不料竟是虚的。那明霞光极强烈，只在面前闪得一闪，便即消失，其疾如电，神速异常，连剑光均未及接触。同时两少年也无影无踪，不知去向。

张锦雯素性虽是和平，见对方如此无礼轻视，也生了气。忙施法力，满空搜索禁制时，哪有半点踪影。没奈何，只得沿着湘江回飞。因见湘江流域土地肥沃，人烟稠密，山野之间也有不少村落，恐惊俗眼，仍把身形隐起。

剑光迅速，眼看飞离洞庭只百余里，明月已上东山，天宇澄洁，清辉广被，夜景幽绝。正在暗赞三湘云梦山水之胜，遥望左方一座高山危崖上有三人对月聚谈。先当是附近山民登山赏月，没甚在意，已由侧面远远飞过。因觉内中一个少妇衣饰华美，不似山中妇女。偶一回眸注视，又看出那危崖高踞山阴深处,不特附近无甚人家,形势又极险峻。如照常人来说,便即能够攀升,也非当晚所能上下。附近更无投宿之处,又是童山,除可眺远之外,别无可取。

张锦雯越看越觉可疑,轻轻飞近前去细看,共是两男一女。女的这时刚刚起立,正在指画形势和两同伴商计,年约花信,颇有几分姿色,言动风骚,眉目之间隐含荡意。只是一足微跛,好似以前受过重伤。两男同伴俱是道装少年,相貌阴险,目光闪烁,一脸邪气。一望而知是三个左道中的能手,似在互商一件紧要事情。本来争论颇急,当张锦雯快要飞近崖侧时,妖妇把手一挥,忽止住同伴,不令开口,一同向外注目倾听。

张锦雯虽连破空之声掩去,飞得又轻又缓,由侧面绕来,终恐对方邪法高强,被其警觉,忙运玄功,将师传金牛剑和防身御敌之宝准备停当,以防妖人凶狡,深浅难知。自己势孤,万一变生仓促,好作应付,一面留神查看,哪知男女三妖人并未觉察有人掩来,只朝自己适才去路凝眺谛听。

隔一会儿,内一黄衣妖道忽由怀中取出一面铜镜,向上一松手,立化一团明如皎月的寒光,悬在三人面前。略为注视,口中说道:"三姊,你看哪有人影,就有人,也早飞过去了。"

妖妇道:"你怎如此看法?适才明明有人在我们面前,如是无心经此,隐身飞过应该远去才对;如何刚飞过去便没了声息?这一带人烟稠密,便君山也非正经修道栖隐之所。这人飞行如此神速,功力必非寻常,忽在前面降落,必有原因。我想竹山教那伙蠢牛迁延日久,许把对头引来也未可知。坏他的事无妨,我们到时,岂不又多出好些阻力了么?可惜你这面镜子只照五六十里方圆,不能照见君山洞庭一带。为防两面对头警觉,不到时间,不便在他近处显露形迹。地势又是这里最好,只是美中不足,难于兼顾。万一被我料中,虽然不怕,到底多费心力。这人如是为了君山之事而来,多半是个劲敌呢。"

另有一个黑妖道插口道:"照此说来,不特那人隐身近处可虑,弄巧我们踪迹也被看破。就许是发现三人在此隐声隐迹,飞将回来窥伺,并不是在前面降落呢。"

黄衣妖人不服道:"我有这面镜子,隐身法有甚用处?这厮如来窥伺,正好送死,我们早看出来了。"黑衣妖人冷笑道:"那不见得吧?自从你在中条山将阳镜失去,剩了半面,功效已然大差。寻常隐身法,近照自能现形,要遇上高明一点的强敌,就无用了。"

黄衣人闻言，好生不快，面色一变，正待开口，妖妇似知二人貌和心违，互相嫉忌，见起争论，忙分解道："那倒不会。我一听有人飞过，当时隐蔽不及，率性置诸不理，便是防他要窥探，诱使入网。可是我最留心那飞行之声，实是过去以后，并未回来；飞得更是又低又急，真是无心疾驰过此。如非停得太骤，直无可疑之处。要是见我三人，回来窥伺，不必这面镜子，就我左耳这只聆音环，也听出来了。"

张锦雯早看出前面数十里的山河人物影子齐现镜中，清澈如绘，已然照近洞庭湖边境。自身影子近在咫尺，却未现出，知道师传隐身之法神妙无方，心才略放。见妖妇口里说着话，耳却偏向左边，左耳上所带形状奇古的金环闪闪放光，好似听得格外用心。自己站她对面，先前并未见此景象，看出耳环正生妙用。但察妖妇神情所注完全在左，对着自己这面仍似无闻无睹，毫未警觉。知道宝镜虽不能照见形迹，那耳环颇为可虑。

张锦雯正在小心戒备，暗中窥探，妖妇忽向二妖人微使了一个眼色，面带诡笑，一双媚眼隐泛凶光。二妖人也微微点首示意，不约而同朝妖妇左侧看了一眼，暗中手掐法诀，一个更伸手入袖，似要发作。张锦雯心方一动，猛瞥见一片明霞电一般闪了一闪，同时震天价一个迅雷发自左侧。耳听适才所遇丑少年在空中喝道："看在送我这面镜子的情分，饶你们三个狗男女多活两天吧。"来去迅速已极，霞光明灭之间，三妖人面前镜光忽然不见。声随人去，瞬息已杳，听到末句语声，已然远在遥空。

另一面，三妖人原早发觉有人在侧窥伺，只不知适在崖前飞过的人也暗中飞了回来，一心注定妖妇左侧。满拟敌已入网，不怕逃走，正待用妖法迫使现形。不料敌人身有至宝，只是故作失机，一心觊觎夺那宝镜，实则并未被邪法困住。妖妇又过于自恃，以为敌人行动均可听出，遂致吃了大亏。总算见身左敌人身形也未在镜中照出，料非庸手，虽落在禁网以内，也许情急相拼，稍为加了一点小心。当明霞闪耀，大片雷火下击之际，三妖人便知不妙，不由又惊又怒，各由身上冒起一片绿光，将雷火挡住。紧跟着，一同把手一扬，各发出好几道青绿光华。大片红如血的箭光暴雨也似朝敌人发声之处飞去，人也跟踪破空而起。

三妖人每日均聚在崖上，本有一圈埋伏禁制。张锦雯因觉妖人不是易与，到时处处留神。相隔较远，存身之处恰在禁圈以外的崖角左近，恰巧不曾踏入禁地。及见双方发动，才知除自己外，先遇丑少年也在侧窥伺。难得踪迹未露，本想暗助一臂。心念才动，三妖人已纷纷施为。

丑少年虽是隐身神妙，飞行迅速，妖人邪法异宝声势也颇惊人。妖妇手上并未持有法宝，扬手便是一片从未见过的妖光，俱自五指尖上发出。五股血焰脱手化成一片赤红光华，然后如雨一般分布开来，变作数亩方圆碧森森紫阴阴的光箭，比电还疾，漫空飞去。

　　妖妇因隔太近，立处较高，张锦雯恰当丑少年的去路，妖妇虽是向空追发，不知身侧有人，也被光雨稍为扫中了一些。觉出力大异常，如非事前早有戒备，遍身俱是金牛剑光环护，几乎受伤。就这样微微一擦过，觉着护身剑光与妖光两下相触之间，身子竟几乎受了震动，只为三妖人追敌心切，全神贯注上空，自己又未出手施为，才未被其觉察。

　　张锦雯暗想："那两妖人深浅还未十分看准，即以妖妇一人功力而论，丑少年恐不易操胜算。尤其厉害的是那片妖光发动之快，直是罕见，一出便散布半天。三妖人立即跟踪飞起，一转念的工夫，已然直上遥空，再想出手暗助，已是无及。丑少年若动手稍缓，瞬息必不能脱，就照情势，是否被他追上，也说不定，丑少年适才说话行径虽存轻视，终是正教中人。此次也奉师长之命，为了诛邪除害而来。初出茅庐的少年，多半贪功自傲，目中无人。不问如何，终算同道中人，双方师长定是相识，即或无甚渊源，也应同仇敌忾，不值与他们计较。妖人如此厉害，万一不能遁走，或是被他追上，抵敌不住，这样好的后起人才，如遭妖人毒手，岂不可惜？"

　　念头一动，立即破空飞起，跟踪追去。目光之下，遥望前面天际，紫绿色的光华穿向碧霄白云之中，宛如繁星翻空，花雨飞洒，艳丽悦目。照此穷追，估量逃人未被追上，必已发现逃人形迹；无如起身稍迟，急切间还难追上。

　　张锦雯正催遁光加急飞行，猛觉飞行停滞，身子受有一种潜力往下牵扯。自己隐身飞行，外人极难看出，师门剑道，非比寻常，用的又是师父新传的金牛剑，威力神妙，何人有此法力？不禁大惊。忙低头一看，下面一座小山坡上，坐着一个形貌枯瘦的道士。身旁立着两人，绝似前见两少年，手向天空，往下微抬。张锦雯因飞得甚高，正在身不由己，陨星飞泻一般往下飞坠。

　　初觉时未免心惊发慌，没看真切，及见无力相抗，又渐明白不是恶意，率性改逆为顺，就势运用剑遁，加急飞坠。一面仔细看时，道人仍坐石上，已认明是散仙中最有名的老前辈百禽道人公冶黄，知是师父老友，此举必有原因，心方一喜。再看两少年，已隐形不知去向。

　　张锦雯晃眼落地，礼拜叩问道："弟子适见男女三妖人追赶一个少年，疑是未见过的后辈同道,妖法厉害,恐其势孤,意欲赶往相助,不知师伯在此,忽命下降,不知有何指教?"

公冶黄笑道:"你知那三妖人的来历么?"张锦雯躬身答道:"弟子识浅,实是不知。"

公冶黄笑道:"这乃玄门中的大败类,自受长眉真人重创,隐迹已久。此是他新收门下孽徒,你未遇过,虽不知底细,但是各异派中名手所用独门法宝飞剑,令师应有指点。适才妖人施展他孽师独门秘传散花神针追敌时,你正隐伏他的身侧,相隔颇近,应当看明,竟没想起他们的来历么?"

张锦雯听公冶黄说得慎重,知非小可。虽然想起一个怪人,但觉此人所用飞针还要神奇,光色形式均与妖妇大不相合,好似不是一家传授。尤其此人先原孪生怪胎,姊妹两人自小得道,平日最是恃强好胜,目中无人。因护犊好胜之心太甚,门下弟子不是得他真传,十之八九的轻易不许在外走动。一经令出,便决不许外人轻侮。

终于为了这些怪僻刚愎的心性,第一次因异派中另两个大名鼎鼎人物的名号与之同名,易于含混,受同道一言之激,强要对方更名。此事如换他人,已难见诺,偏巧对方也是两个怪物,晤面以后,只两三句话,便即动手,恶斗了五十四日。后虽经人和解,双方也觉法力相等,两不能胜,只得愤愤而罢,却由此伏下危机。两同胞伤折一人,所留又是性恶的一个,护着几个恶徒,任其横行,无所不为,终于被长眉真人当着她面,将其所有恶徒全数诛戮。此人自觉奇耻大辱,又无法报复,从此匿迹销声,隐伏荒山,潜心修炼。

当时自称长眉真人杀她徒弟,是因在事前设有圈套,门人又不争气,背师妄为,以致被对方问住。自己向来言出必践,不得不袖手旁观。但是当初要长眉真人放走诸门人元神时,曾有约定:非等这些门人转劫再世,报复前仇,决不出门走动。照此人的口气和以往传闻,这些孽徒不出则已,出必与峨眉、青城两派为仇,法力必极高强,难于抵敌。

适见三妖人虽非庸手,看他们受丑少年暗算情景,似还不配算这怪人的再世嫡传高弟。张锦雯心拿不定,便答道:"弟子只见两飞针是由五指尖上发出,连那光色发红与好些异处。家师对于异派中主要人物来历本领,以前虽多详示,今夜所遇,却未想起。"

公冶黄道:"此人师长也是异派中有数人物,令师当然说过,你也不是想不起,只拿不定是否罢了。"要知后事如何,且看下回分解。

第一〇一回

雷雨锁双鬟　魂悸魄惊悲死劫
晦明争一瞬　水流花放悟玄机

　　自来天下事无独有偶。当天残、地缺两个孪生老怪物昔年在崆峒修炼，同时闽浙交界的荒山中也降生下两个怪物。不过天残、地缺是男身，又是两个整体；这两怪物也是一胞双生却是女体，还不同之处，上半身短了小半边肩头，左右手臂，各少一条，腰腹之间皮肉相连。怀孕三年，方得生下，落地便能说话。本身父母认为怪物，弃置山涧之中，欲令饿死。哪知此女天生异禀，较寻常两三岁的婴儿力气还大得多，又极有智慧，知道父母弃她，自在涧中，嚼食草根、藤叶、野果之类充饥。

　　不多天的工夫，身体逐渐坚实长大。无意中又吃了一株灵草，越发力大身轻起来，月余光阴，便能纵跃轻灵，捷如猿猱。人更灵巧，洞底蛇虫之类已不能伤她，反为所制。只因涧深数十丈，石壁陡峭，无法攀缘，每日在内哀哭。

　　过了数月，生母不忍，瞒着乃父，将她用藤拽上来，藏在附近崖洞以内，给些食物。哪知因二女一落生以草木果实为食，积就成习，不吃人间烟火。而且行动如飞，并不需人料照，倒也省事。后被乃父知道，终念亲生，不忍再下毒手。只不许出山，或在人前露面。也就听其自然，因是孪生连胎，同时落地，便以左右来定长幼。

　　四五年后，二女长得竟如成人。最奇怪的是，二女虽是连身，饮食起居，俱在一起，不能分离，相貌偏是一丑一美，俱到极处。父母见二女，不仅聪明孝顺，除衣服外，从未父母操心耗费，并还暗助樵采耕作。二女不时打来许多野兽，采取山中贵重药草，多么险僻人迹不到之区，她都能去。以前附近原有毒蛇虎狼之类，皆被除去，以致家道日益殷富。于是父母也一年比一年怜爱，只觉连体残缺是件憾事。觉得很好两个得力娇女，偏天生这大缺陷，变作一个怪物般的身子，使其不能见人。痛惜之下，给她取了个名字，叫着天缺娃。

二女不但相貌各别，性情也不相同，都是天生怪脾气，却有善恶之分。貌美的一个是妹子，心最狠毒，便对父母，有不如意事也须报复。如非有貌丑的一个连着身子随时阻止，几犯忤逆。对于蛇兽之类，要是遇上，决不轻饶。乃姊性情狠暴虽和她一样，行事却善良得多。但是爱妹之心胜逾性命，有时力劝不从，只率听之。貌美的一个每当暴性发作，吃乃姊牵累，不能畅所欲为，空自暴跳愤怒，时以为苦。

到第十三年上，又因为杀戮生物起了争执，貌美的一个愤气不出，激发野性，突将采药用的小刀冷不防朝两身相连之处猛然往下割去。一刀分裂，化分为二，当时血流满地，一同晕死过去。

醒来一看，已然换了地方，不是原处。二人分躺在一片桃花林中的大青石上，身子底下铺有半尺多厚草垫，温软异常。侧顾桃林甚广，花树高大，枝条茂盛，芳香浓郁，不类常花，看去宛如置身锦城之中。只二女卧处有两三亩大一长条空地，石旁不远有一大竹亭；亭后孤峰，云骨兀立，四无依附。清泉一线，挂自峰巅，来势不洪，粗约碗口，直似天绅摇曳，夭夭斜斜，凌空蜿蜒，屈曲而下。越过亭角，往亭左一条宽而又浅的小溪中注去。偶然山风过处，将飞泉自空吹断，化为片片水烟丝雾飞洒下来。

亭侧有几株大桃树，花开正繁，吃风一吹，也化作阵阵红雨，乱舞随风而起。日光正照其上，笼雾霏烟，喷珠洒雪，与姹紫嫣红交相掩映，一同幻彩浮辉。只觉一片缤纷，目娱神旺，也分不出哪是花，哪是水。一会儿风定复原，飞泉斜注清溪之中，不再零落，天色又甚晴朗。一时水声潺潺，溪流哗哗，花影重重，鸟声关关。只是空山寂寂，通没一个人影，又成了一片清丽幽静的境界。

二女都是一样心思，死后重生，转醒过来，先以为自己受伤奇重，被人移救到此，刚刚医治回生，必还不宜行动。料定恩人住在左近，许有甚事离开，欲等人回，问明有碍与否，再行起谢走动。姊妹二人又互相怨愤：姊怪妹子，自己拦阻她造孽，原是为好，不应如此轻生鲁莽，欲俟悔悟，方与交言，故意不理；乃妹偏是生性乖戾，并未觉自己违忠拒谏，害己害人，几乎一同丧命，反怪乃姊不应遇事梗阻，自己行动皆难称意。此举由于受迫而成，不特没有悔悟，余恨尚还未消。于是各自负气，相对哑然，俱盼人来再说，谁也不肯开口。久候无聊，观赏左侧景物解闷。

二女始而不知伤势究有多重，只用目旁觑。因系仰卧，连身子手足都不敢转侧移动，以防用力，迸裂创口。隔了一会儿，不觉有甚痛楚，试一侧顾，仍是无事，渐渐胆大，俯身低首一看，不禁吓了一跳。原来被刀割开的以前二身相连之处，变为尺二三寸长、一二寸宽的一条大裂口。既未长合，也未经人包扎敷治，更不见有血痕。再伸手一摸，伤口皮肉通体浑成，入手光滑细腻，直似自来如此，天然生就，并未受伤之状。

二女回想初受伤时，刀锋过处，立即皮开肉破，鲜血流迸。因是负痛昏迷，互相一挣，尾梢上一段还是自己撕裂，奇痛攻心，随即不省人事。如无人救，怎会移来此地？如说不能长合，理应如此，一则伤口肉已圆实，虽是裂口，直如天生，四边均无一丝残破刀割与结疤之痕。就算灵药止痛，也觉皮肉长得太快。尤其可怪的是血流了那么多，倒地时通体都是血污，如今身上却不见一点血迹。如说死去多日，经人治愈，肉长好后，方始回生，衣服已经过洗涤，偏生除血迹外，昨今两日，自擒野兽，攀缘上下于危峰峻岭之间，因值山中新雨之后，所染泥污斑点以及皱纹折印俱都全在，毫未改观，是何缘故？

姊妹二人情分本重，争执斗口事事常有，过不多时，依旧和好。这次不过愤怒较大，多延了些时刻，经此奇遇，心中惊惧忧疑，由不得互相关护，开口询问起来。及至问出各人受伤晕倒经过，以及回生时刻，俱是一样。先当救自己的是神仙中人，一会儿又疑是山神鬼怪之类。因觉有伤口的半身内里好些异样，好生奇怪。恐暴坐起来支持不住，或再出血晕倒，仍未敢动。姊妹二人言归于好，互相慰问谈说，又待了好一会儿，始终不见有人走来。试向亭内卑辞称谢呼唤，也无回应。

二人俱都性急，久待难耐。因侧卧只见竹亭和两侧花树，看不见全景，断定是忽然昏迷中移来此地，决非无故。便用手护住伤口，试探着想要坐起来查看当地形势途径，到底有人居此没有，以前是否到过，竹亭以外有无别的异兆？是吉是凶，以定去留。哪知身子在石上移动，二人缓缓往一处凑，尚还无碍，起坐却是不能。身刚往上一抬，前半身起才尺许，立似下面有胶将身粘住；又似有一种极大的吸力将人吸紧，不特无法再起，伤处并还隐作剧痛。

貌美的一个性最暴烈，回顾石上空无所有，连惊急带气愤，也没和乃姊商议，强忍着痛，奋力往起一挣，当时伤口以内似欲断裂，奇痛攻心，几乎晕死过去。迫得重又卧倒，待了刻许，方始住痛复原。

姊妹二人见此情景，自更惊疑害怕，又想不起是甚缘故。后又连试几次,俱是如此。没奈何,只得弯手代枕,躺卧一处,以待救援。一直挨到天黑月光上来,照得桃林中白石清溪,繁花流水,幽景如绘,比起日里越见清丽,人终未见一个。二人满腹愁思,虽有美景,也无心观赏,均觉着这等活罪,比死还要难受。

二人不知如何是好。后来气一阵,哭一阵,连闹了几回。貌美的一个急得直想求死,无如没个死法,乃姊既不肯下手。想强挣起,任其腹破流血而死,偏禁不住那奇痛,白白吃苦。急得在石上将头乱碰,满头磊块,仍死不成。

似这样连困了十好几天,始终如一。最奇的是当地不特人迹杳然,连个蛇兽的影子都见不到。可是遥窥竹亭以内,石桌石墩以外,似还有蒲团、茗碗诸般用具,分明有人住在里面。看那整洁情景,并未离开,就离开也不会久。偏不见人,也无回应。被困这许多日,通未觉出一毫饥渴,只不能离石而起。似这样盼穿两眼,度日如年,强挨了个把月。

丑的一个性较平和,渐知徒自暴躁忧急,毫无用处,再三安慰乃妹说:"如非仙人来救,定早同死。照我二人遭遇,不是仙人觉着你我性情太暴,有意磨炼,便是仙人救我们时正值有事他往,又不能见死不救。人虽救到此地,自己必须远离,这伤势又必须静养,故将我们定在此地。行时除将伤治好外,并还给我们服了灵丹,所以饥渴不知。你看这里连个蛇虫野兽都没有,如是恶意,救我们的也非仙人,哪会如此? 急也无法,莫如还是耐心等候救我们的人回来吧。"

这一套话虽属安慰之词,果被料中了一半。貌美的一个本就觉着事由自己性暴而起,累得乃姊跟着受罪,心中不安。月余光阴,暴性也磨去了好些,由此安静下来。

长日无事,只是躺卧平石之上,日里仰望苍苍天宇,霁色鲜澄,时有闲云来往,点缀其间,自在浮沉,穷极变态。一会儿,闲云远引,依旧晴日丽霄,万里清碧,空旷杳冥,莫知其际。下面是空山无人,水流花放,清吹时生,天机徐引。等到白日既匿,素魄始升,月华吐艳,岚光焕彩。偶然山风起处,四围花影零乱,暗香浮动,满地碧云,若将流去。风势既收,香光益茂,山虚水深,万籁萧萧,云净月明,重返清旷。观玩既久,不觉心性空灵,烦虑悉蠲,恍惚若有领悟,只说不出个所以然来。

接连又躺了半年多,山中景物清灵,天色始终晴明,永无疾风暴雨,盛暑祁寒,也无饥渴之思。二女头三四月见仙人久不归来,似此软困,何时是了?

偶然想起，还不免于愁烦。日月一久，也就习与相安，不以为苦。二人本是天生异禀，根骨深厚，这将近一年的静卧，素日浮躁之气一去，渐渐由静生明，悟了道机。

这一夜正值月晦，日里天色和往常一样晴明，夜来也无异状。二人仰望繁星满天，银汉无声。默数日月，来此已将一年。那四外的桃花自开自谢，永无衰竭：地上落花厚已尺许，仍是满树繁英，花光灿烂。因而谈起当地风物气候之佳，自来未变过天，大概四时皆春，不论多少年俱是如此。可惜身难行动，家中父母不能相见，否则似此仙山灵境，便是仙人回来，叫她们走，也舍不得呢。

二人互谈了一阵，渐渐夜深。又说起连日不知怎的，心怀开朗，神智清明，好似有甚好兆头，也许脱困不远。正互谈笑间，忽见西北天空星光渐隐，跟着山风大作，只听泉鸣溪吼，似若轰雷。黑暗中，四外花树被风吹得东西乱舞，起伏如潮。风是越来越猛，无数繁花被风吹折，离枝而起，飞舞满空，乱落如雨。声势猛恶，甚是惊人，从未见过。仰望天空，一颗星也看不见，时见电闪，似金蛇一般掣动。电光照处，瞥见乌云层层密积。天已低下不少，估量这场雨下起来必不在少。

二女从小生长荒山，惯能预测晴雨，看出此是非常天变，必有极猛烈的迅雷疾风暴雨。又见桃林地势中凹，加上峰间瀑布和溪中流泉，雨势一大，引得山洪暴发，存身之处必成泽国。无如身子困卧石上，不能起立，只得听之。

貌美的一个本爱干净，尽管天时温和，风清气爽，点尘不扬，也无饥渴便溺，这经年的工夫不曾更衣洗沐，好洁的人，多有心病，仙山清洁，久卧成习，不想起来还好，每一想起，便自生疑，以为身上不知如何污秽，当时更觉难耐。为了此事，也不知和乃姊说了多少次，直比脱困的事还要挂心。末一二月悟道之后，心气平和许多，吉凶祸福已然委之命数，独此一节不能去怀。觉着借这一场雨，把通体畅快冲洗一次也好，反倒高兴起来。丑的一个道："你还欢喜呢，照此天色，今夜这场大雨，就不把我姊妹淹死，身子也必浸泡个够。你只图当时痛快，又裹上一身湿衣，才难受呢。雨下不住，或是连下多日，我们走又走不脱，山洪再被引发，水只要漫过这块石头，更连命都保不住了。近日我觉着心性安静，神思朗澈，认为甚事都不值计较，连这身子也是多余。譬如本来没有我们，或是生来便是这块顽石，又当如何？我看一切委之命数，既不必喜，亦不必愁。干净不干净，全在自己心里，无须想它。如真因此一场大雷雨送了性命，脱掉这副臭躯壳，也是佳事，想它则甚？"

说完，风势渐止，闪电无光，只四外阴沉漆黑，比前尤甚。连二人天生异禀，又在石上日夜静卧了将近一年，自然练就暗中视物的大好目力，也只近侧两丛树影和峰上那条瀑布的水光隐约可辨，余者全看不见，知是大雨降临的前兆。貌丑的一个见道较深，固把吉凶祸福置诸度外，略向乃妹劝慰几句，便即闭目澄虑，不再把物我之见存于胸际。便是美的一个，闻言也被触动灵机，恍然省悟，心神重归湛定，不复再起杂念。

二人虽无人指点，全由夙根智慧，自然悟道，这一息机定虑，逼虚入浑，物我皆忘，正与道家垂帘内视，返照空明，上乘要旨无形吻合。但二人从未学过修炼之术，只觉烦虑一消，立时心性空灵，比起前些日通身还要舒畅，益发守定心神，静将下去。

二人这里一静，天也静将起来，除原有瀑声外，到处静悄悄的，更听不到一点别的声息。二人只顾息机宁神，也不再张目查看。似这样人天同静，约有半个时辰过去。姊妹二人正心与天合，观起物外，到了极好头上，猛觉眼皮外面微微一亮，立有震天价一个大霹打将下来。二人骤出不意，吃了一惊，忍不住睁眼一看，只见满空中电光闪闪，雷火横飞，震得山摇地动，声势猛恶惊人，出生以来从未见过。紧跟着弹丸大的暴雨似天河倒倾泼泻下来。

二人终是为日太浅，不曾经过风浪，当时便觉目眩耳鸣，心摇神悸。暴雨如瀑布一般冲向身上，又急又冷，逼得人气透不转，口更难张，身又不能翻转，仅能侧卧。一会儿工夫，雷声越猛，雨势越下越大，实在难于禁受。

貌丑的一个疼爱妹子，心神也较镇静。闪电光中，瞥见乃妹紧闭口目，仰面向天，被雨打得不住乱战，神情痛苦已极。各人又只一只独手，连护头面都难。知已吓昏，忙挣扎着凑近前去，不顾雨水冲激入耳，径将身子侧转，伸出独手，将乃妹身子侧转，与己对面。再将独手展开，盖在耳朵上面。然后大声疾呼道："此时雷雨太大，全仗自己支持，你怎似失了知觉，连身子都忘了侧过来？"

貌美的一个本是仰面朝天，雨势来得太猛，未及转身，迅雷连震之下，再吃冷雨泼头一淋，几乎闭过气去；心中一慌，神智立乱，不知如何是好，所以吃了大苦。及被乃姊转成侧面，耳又用手护住，气息略缓，渐渐明白。见乃姊为护自己，雨水正向半边脸上打灌不已，忙也如法炮制，互用独手护住对方耳朵。

二人喘息稍定，互相谈说，觉着先前宁神静心，通体舒畅温和，自被骤雨一淋,心惊神散,此时奇冷难支,何不姑且再定心神,试上一试?雷雨甚大,说话艰难,好在二人心思差不多,可以意会,一点就透,除此之外,也无善法,于是重又宁神定虑,瞑目息机,和道家入定一般,静静地侧身安卧大石之上。

心神一定,果然好些。那雷雨的声势是越来越大,顷刻工夫,平地水深数尺,渐将大石漫过,身子已浸了好些在水里。想是地势虽洼,左近还有宣泄之处,水只漫过石面寸许,便不继长,未被灌入耳鼻之内。二人因觉有了效力,益发守定心神,听其自然,不令摇动。一会儿,气机越纯,身上更有了暖意。到了后来,心智复归灵明,元神逐渐凝固,便把现时处境化去,那大雷声雨势竟变成无闻无觉。

似这样冥心默运,通体气机自然流畅,也不知经过多少时候。忽然慧珠内莹,眼前大放光明,现出自来未有的景象,同时眼睛也自然睁开。定睛一看,白日始升,明光毕照,繁花自开,清泉自流,仍是往日朝阳初出时清淑明丽之景。不特先前疾风迅雷、暴雨洪流不见痕迹,除却晨露未晞,苔藓土润,飞泉如玉,溪流潺潺外,连身子上衣履都未沾湿,直似做了一场噩梦,并无其事。但是姊妹二人明明互以一手遮护半脸,并头侧卧大石之上。昨晚所经惊心骇目的雷雨狂风如在目前。追忆前情,又绝非梦境。互询经历前后,也无不相同。记得雨未下时,四外桃树繁花几乎全为狂风吹毁断落,理应残红狼藉,枝干无存。此时看去,偏是香光吐艳,繁艳依然。

这本是将入道以前应经过的一种幻象,二人无师自通已有多日,虽处这等迷离恍惚之境,并未十分骇怪。只初醒时略为相顾惊奇,互询以后,细一寻思,反倒生出玄悟。

就在这似觉未觉,将要豁然贯通之际,忽听亭内琴音冷冷,入耳心清,顿觉眼前水流花开之景,若与融会。知道亭中仙人业已回转,不禁心中狂喜。貌美的一个终是性急,听琴不多一会儿,便忍不住高声叫道:"恩师救我!"

貌丑的一个正待悄喝勿喧,琴音已铿然而止。随听一女子声音说道:"此是你自己的事,不自解脱,要我救你,有何用处?"

貌美的一个急道:"弟子姊妹二人,自蒙大师救到仙山,困在石上,不能起立,已将近一年了。望乞仙师开恩,赐点灵丹,施展仙法,放起来吧。"

亭中女子喝道:"你们自己要被它牵绊住,脱不得身,求我无益,你们不会打主意起来么?"

貌美的闻言,心中一动,还待求告;貌丑的已经领会,喜应道:"多谢仙师解脱大恩,容弟子拜见吧。"

亭中女子答道："你还可教,要来就来吧。"说着,貌丑的一个不顾招呼妹子,已然翻身坐起,走下石去。回首刚唤一声妹子,貌美的一个见乃姊忽然坐起,也便恍然大悟,身子往起一挺,便已坐起,哪有甚牵绊痛楚,自自然然随同乃姊起立。

略整衣履,走向亭外,不敢就进,立定探头往里一看。亭内蒲团上坐着一个道姑,看去有些面熟,年纪不过二十上下。相貌既美,又是一身雪也似白的道装,雾縠冰绡,越显清丽。身旁有半人多高一个就着原有玉形制成的白玉几案,案头上有一个大陶瓶,中插一株五尺长的桃枝,绿叶纷披。花并不多,只七八朵花萼掩映枝头,却结有两个比菜碗还略大的桃子,色作金黄,相隔老远,便闻异香透鼻,心神为之清畅。蒲团右侧有一古桃根雕成的木墩,上设茶灶、铜炉各一,此外还陈列着三数件用具。事物不多,俱都清洁异常。

二女自从出生来,也未见过这等神仙中人,由不得便要跪倒。忽听道姑微笑唤道："进来。"

二女为道姑容光神采所慑,便在亭外跪上,叩了几个头,才行起立入内。走到道姑身前,重又跪倒。道姑朝二女面上细看了看,双眉微微一皱,笑道："为你两个业障,我已迟却三四甲子飞升。你们转了一劫,恶根依然未净。我师徒之情已尽,这次你们是否有成,不负我的期望,全仗你们自己修为,再蹈前辙,那时就无人救你们了。"

二女乍闻此言,还在似悟非悟之间。道姑突伸手照二女头上各击一掌,喝道："你二人如此钝根,还不明白么?"二女经此一击,猛觉头上一震,立即醒悟,不禁想起前事,痛哭起来。

原来那个道姑乃广西神峰山女仙申无垢。二女一个是她胞侄,一个是她爱徒。女的幼遭家难,全仗男的死力解救。后因仇家追迫,实实走投无路,才一同逃往神峰山,寻访仙去多年的姑母,作那万一之想。受尽千辛万苦,幸得相见。申无垢知二人尘心未净,本不愿收留,意欲助其回家,结为夫妇。

二人因见仙山景物和许多灵异之迹,竟起出世之念,再四苦求,一心向道,誓以天日。申无垢明知二人日后必受情缘牵累,但是心中怜爱,二人资质也好,勉强应允,同去山中修炼三百多年,俱都无事。

这日申无垢对二人说："为师成道在即,所采海内外各种灵药也都齐备,不久丹成,便要飞升。只惜外功尚未积满,你二人更是寸功未立。昔年因见你们尘心未净，未命下山。修炼多年，道基已固，时机又将到来，事虽难料，也许你二人离了我，也能自知自爱，永保真元，不误仙业。现命你二人日内下山行道，等外功完满，恰到了我师徒三人飞升时期。如若不知爱重，自误前修，就悔之无及了。"

二人当时自是奉命唯谨。哪知爱根早种，平日在乃师面前一意修为，还能自制，这一离开师父，行道时又多经险阻艰难，同生共死，为日既久，由不得你怜我爱，情分日深。终日患难之中，受了仇敌魔头暗算，同失真元。虽遇救星，保得一命，想起辜负师恩，悔恨无及，也不敢回山，径择了一个僻静的山洞，欲同自杀毕命。死时男的因为情深爱重，心中不舍，自觉仙业虽然无望，他生连理双栖总还可期，反正是死，意欲再作一次最后之欢。

男的正在强劝女的与之好合，申无垢忽然飞到，说："我门中戒律至严，与别的散仙不同。照你二人这等自暴自弃，本应听其转劫堕落。一则，念你二人修道多年，尚无大过。这次虽然心中早种情孽，以致道心易于摇动，到底为敌人邪法暗算所致，并非有心如此。

"看在多年师徒情分，姑且助你们转此一劫。事本非难，但你二人天性俱都乖僻，夙孽尤重，适才又错了念头，凡此种种，均是他生孽障。现令你二人尸解以后，元神先在此洞修炼一二甲子，俟我觅得庐舍，再来引去，托生转世，以后同为女体，又系孪生姊妹，二体相连，以应双栖连理之想。因是生具奇形怪相，惊世骇俗，一离母体，便受诸般磨折，看似苦楚，实为减消他年魔孽。

"你二人本是欢喜冤家，此去如若灵根不昧，到了难满年限，自然悟彻夙因，仍照前生隐迹修为，那是最妙。否则，你二人虽是同母连体，天性禀赋均不相同，行止坐卧又连在一起，大来必常起口角争执，因而愤怒，激发恶性，恐等不到时限，便要分解。

"以我日前默运玄功推算，自残危急之时，我正有要事须办，至多只能将你二人救往神峰山仙桃坞居住，便须他往，其势不能全顾。因此一来，你二人分体以后，每人仍只一条独臂，固有恶根也难去尽。虽比此生易于成就，修为仅到地仙而止。又因我不久道成仙去，无人管束，保不住任性孤行，此后成败实难说了。"说完，便令二人仍照预计一同兵解，依言在洞中修炼元神。

过了百余年，申无垢忽来指示机宜，命往投生。为想人定胜天，使其生而灵慧，不昧夙因，又赐了两粒灵丹，命在投生时各自吞服。也是二人夙孽太重,乃师尽管法力高深,事尽前知,设想周密,依然命数难移。申无垢如亲送去,或是晚来些日也好,偏值有一同道至交也在此时道成尸解,万里飞书,请往相助护法,免为魔头所乘,使数百年苦功败于一旦,情词甚是迫切,不能不去。

那同道远在南极,连同料理身后,尚须时日,无法赶回。心想:"二人元神又修炼了这多年,功已大为精进,顺理成章之事,自无甚枝节险阻。"提前赶去,匆匆交付,也未详为推算,便自飞去。

二人奉命投生,欢慰之余,想起师言,生后还有许多磨折苦难。女的再一算计,日期尚早,还有个把月的光阴。不禁静极生动,意欲乘此余闲,一路游玩前去。一则禁闭年久,略为开拓心目;二则近来元神坚定,不异生人,如非还想深造,并消前孽,以免他年重劫,直连这次转世皆可无须。法力更是比前高强,此去正要经过旧日强仇的巢穴,大可顺便一试,报复前仇。立即提议先行,一路游玩前往。

男的本爱重女的,又见师父洞门禁制已撤,可见出入由心,决无妨害;否则行时便不撤禁,也须有话。又当久禁之余,都是好动喜事而又刚愎自恃的素性,闻言应诺,随同起身。先仗玄功变化,飞往仇人洞中一看。

事有凑巧,那仇人是个旁门中的能手,恰在二人到前一日走火入魔,并算出二人次日要往报复前仇,预先早有了一番戒备。二人却不知底细,只见仇人身同木石,倚着洞壁居中端坐,以为正是复仇机会,一到便冒失下手。哪知中了仇人诱敌之计,身才飞近,便吃埋伏困住,连困了十多日。

二人元神被魔火苦炼,眼看危机万分,总算五行有救。那仇人的一个爱妾原是小南极旁门中人,相貌极美,吃仙人强迫为妾,怀恨多年,无计可施。这次仇人走火入魔,事前原曾防到有此一着,一切均有算计。知自己这一关如难渡过,爱妾必要背叛,预先设下圈套等候。那爱妾果然中计,困在后洞,本难脱身。因二人一入伏,仇人元神专注前洞,略为疏忽,竟被逃出。

此女以前见过二人,一则同病相怜,又爱男的相貌英美,知道仇人心毒,他年修炼复原,必不甘休,想把二人救出,以为异日之助。她深悉洞中机密,骤出不意,竟将门户倒转,冲入阵内,将二人一同救走,可是自身也受了点伤。

到了外面,仓促之间,那爱妾当二人故意运用元神出来报仇,不知本身已然尸解,向男的卖好勾搭。女的见她如此淫贱,自是愤怒,两下言语失和,便在附近山头上斗将起来。男的因对方有解危之德,并未和己翻脸为仇,又为邪媚所惑，见双方功力相差无几，竟作旁观，只是口中相劝，两不左祖。

女的见男的并不相助，越加愤恨。正在相持不下，仇人一个同党至友忽应仇人之约赶来，邪法厉害。二人因非肉体，吃了一次大亏，较能见机，飞遁神速，幸得逃走。那爱妾竟被杀死。

二人因在洞中被困，难禁魔火苦炼，先将两粒灵丹用去，虽然保得元神未受大伤，到了投生之时，却吃了亏。加以所受邪氛余毒未尽，一入母体，便迷本性。除却身健力大，生而能言外，前事已全茫昧。直到割体分解，被申无垢救走，禁卧石上，磨去好些火性，日久自然悟道。见时再以法力点化，方始明白过来，追忆过去生中经历，痛苦伤感了一阵。

申无垢重又教授二人本门心法。如此又经好些年，申无垢飞升期近，不能再留，把二人唤至面前，先将本门法术、法宝倾囊相授，然后说道："你二人根骨虽是上等，夙孽也重，所以这一生令你二人残废一手，以及幼年许多苦难，皆为减消魔孽之故。依我当初心计，你二人难满以后，仍可以我法力、灵丹之助长生。无如恶根未尽，幼时又喜杀生，造孽不少。

"你二人中，我侄儿造诣最深，今生转了女胎，性更乖戾。那十几年中，我正闭洞修炼，无暇前往引援，难又未满。以至未到时机，便因细故，口角愤怒，自行解割，血流太多，重伤晕倒，死已三日，我方赶到。再晚片时，尸首便为野兽所食了。

"我见你二人血已流枯，时正有事，难于久停。百忙中抽暇，先将地上积血用法力收起，装入瓶内。将你二人带回山来，用灵丹化了原血，一同灌服。再用我本身元气度入体内，使其血气流行复原。一面医好伤口，方得保住性命。彼时以你二人回生尚须三日，我急于要赴好友之约，又欲借此磨炼你二人的心志，略化气质，故将你二人禁卧石上，将近一年之久。直到静中生出明悟，我才现身相见。

"照你二人这多年的修为，单论法术、法宝，自非庸手。无如我以前所学本非玄门正宗，散仙地仙也是艰难。全仗我心志坚定，不畏艰难险阻，数百年勤苦修持，居然被我躲过道家四九重劫，悟彻玄机，得参上乘正果，方有今日。虽然期爱你二人，不惜尽心传授，但那最后一关，功到自成，全仗你们自身奋勉，到时稍有疏忽，全功尽弃。

"据我推测，你二人必难到那境地。现有两种打算：一是从今日起，各择一座洞府，照我传授，用上六甲子的苦功，到了我所说境地，再出修积，内外功行圆满，自然成就正果。这样便可躲过好些魔孽，只是说时容易做时难，未必能够做到。还有便是只为散仙,专一防御道家每三五百年一次的劫难,不去谋求上乘功果,也可长生,享那神仙清福。这样你二人却须和睦,同居一洞,互相扶持,不能离开,始得如愿。最忌是中途参商,遇上外魔侵入,或是前生情孽纠缠,一人势孤,无力解免,以后遭遇之惨,便不忍言了。"要知后事如何,且看下回分解。

第一〇二回

迷途罔返　独炼妖经
恶气难消　同攻老怪

话说二人敬谨领诺,送师飞升以后,商量了些日。貌美的一个觉着天仙位业太难,散仙自在,无拘无束,只要法力真高,有何灾劫可畏?想走第二条路。貌丑的一个虽不以为然,无如乃妹天性倔强,甚事都须由她,不听人劝。两世生死至交,患难同胞姊妹,知她为人偏激刚愎,有自己同在一起,所说虽不尽听,到底要好得多,大错的事尚作不出。如若离开,事更难料,不忍舍之而去。意欲稍变师意,仍在一处,只是各修各道,既免离群索居,彼此也可照顾。

哪知夙孽纠缠,貌丑的一个终日在洞中静修,轻不出外;乃妹一则好动,又觉自己貌如天人,却短了一条膀臂,是个缺陷。乃师飞升已数十年,更把临去的遗命忘了个干净。乃姊因小时,名叫天缺娃,自从分体,被师父救回山去,修炼了十多年,方得下山归省,再世父母已在头两年相继死去。既觉亲恩未报,又以生来残废,仍以小时父母所命之名作了法号,久了,人都称为天缺大师。

貌美的一个却不喜这旧日名字。因所居神峰山中有一胜境,绣野平铺,四山环绕,上面桃花盛开,宛若红云,生性爱红,便以红云城主自称。并在当地另用法力建了好些楼观亭台,收了几个男女弟子,意欲创立教宗。为那条残废臂膀,着实费了不少心机。

以二人的法力,接上一臂原是易事。无如一个是连这本身都认着暂时躯壳,一意修为,哪有心情矫揉造作,毫不以此为意。一个是两世均有洁癖,自负仙骨冰肌,决不肯用他人的肌体来接续凑合。偏生先后天均有缺陷,当初不合性气太暴,不到日期自行割裂,再想重生一臂,使四肢长全,已不能够。

红云心仍不死,后来连费了多年心力,知道除了再转一世,专仗自身法力尚难如愿。必须寻到几种天生灵药,再把灵峤仙府的千年蓝田玉实,求得一枚,另用一周天的玄功,这样生出来的肢体筋骨始能与原体一样,稍不齐备,便是无益有害。比起常人起死回生,残体复原,直要艰难百倍。

天缺大师因她平日树敌太重,所需灵药如青麟髓、灵玉膏之类多在仇家手内;前往索取,无论明暗,均要大动干戈。已是神仙中人,何在此区区形骸?红云执意不从。天缺恐有不测,只得转而相助。姊妹二人又费了若干心力,才把所需灵药连明求带暗取一同备齐。

这时天缺修道正当紧要关头,原定第二年天缺道法炼成之后,如法施为,以便红云坐关时有人护法,免致疏失。没想到红云心急自恃,觉着最关紧要而又难求的蓝田玉实,已蒙赤杖仙童慨然相赠。为防外人闻风盗夺,并还指示服食之法,令姊妹二人各把所赠一枚玉实当面服了下去。其次如灵玉膏之类,多半均是姊姊天缺出面,托人索取而来。

对方既已相赠,自无再来侵害夺还之理。只有青麟髓和娲皇丸这二药是由盗夺而来。用时虽也少它不得,一则所得颇多,为防万一,除现用的一份外,下余还有好些,均已分别密藏封禁,就当时有甚差错,仍能重新设法补救。何况法力高强,洞中禁制重重,严密异常。洞中素无人敢妄自登门,天缺坐关,外人并不知道,门下并有好几个得力弟子,料无一失。盼了多少年,好容易才可如愿,又是一举关心成功的事。自来只有夜长梦多,当机贵速,还等一年做甚?

红云认为乃姊过于谨慎,口中应允再等一年,等天缺在后洞一坐关,她便在前洞立即设坛,闭洞行法,令门下男女弟子分别守值,并照料灵药。

本来到了四十九日,把诸药合炼的灵丹服食,只娲皇丸是等一年期满,收功之际服用。哪知娲皇丸的主人与她结仇甚深,法力颇高。被盗时人正他往,回山问起门人,得悉经过。此次乃红云一人自去,做得又狠,把所有娲皇丸全盗了去,一粒未留,自然怨毒更甚。但知天缺法力较高,胜败难卜,便往磨球岛离朱宫借了一件穿行地底的法宝和两粒丙火神雷。

娲皇丸主人先期藏往神峰山侧相隔数十里的一个危崖后面,施展法力,裂石而入,在崖壁里面开一仅可容身的小洞,将崖石重新封闭复原。自在里面入定,运用玄功,算准对方到了紧要关头,由预领机宜的两个得力门人去往前洞行法攻打。也不与敌人明斗,只是时隐时现,出没无常。敌人不理,便以猛力攻洞;敌人一出现,立刻遁走。一味引逗,以分敌人心神。自己同时由崖壁之内施展玄功变化,用所借法宝开路,以元神隐去形迹,暗中穿行地底,直达敌人所设法坛之下。骤出不意,突然裂地而出,抢起藏娲皇丸的葫芦。跟着一粒神雷,将丹炉连丹药震成灰烟,再一雷将洞震塌,破壁飞去。

红云千虑一失,洞中尽管禁制重重,埋伏甚多,那设法坛的丹室,以为四外均有严密防御,万无一失,独未备设。万没料到敌人算准这一着,由地底穿入,却由洞顶裂石而出,一切禁制埋伏全未用上。事太仓促,就用也来不及。

还算仇敌谨慎,深知天缺法力高强,红云师徒人多势盛,自己法体尚存崖洞以内。此举本是行险侥幸,主要是在夺回那多年辛苦炼成的娲皇丸,知道红云也不是好惹的,本心只想乘虚一击,并无伤人之念。当时随侍在侧的一个女弟子,人又机智,一见变起,师父尚在入定,立用法宝先将乃师法体护住,幸未受伤。可是经此一来,红云不特前功尽弃,那条缺臂更无重生之望。后来又经天缺苦劝,前念虽息,复仇之念仍是耿耿不忘,终于仇怨相寻,几乎两败皆伤。

外人见她姊妹二人各少一臂,一个既叫天缺,便把另一个叫作地残,红云本来自取的名字反倒逐渐少有人提起。红云先还不悦,久了名声已出,也就听之。二人踪迹多在东南一带,与西崆峒的两个怪人天残、地缺并未见过。双方均有门人,除天缺所收女弟子丑师姑能守师规外,多是骄横自恃,不安本分。双方师长名号既易相混,又都护短,于是生了好些枝节。

这日,二人在洞外闲眺,忽遇海南岛散仙何念姑来访。因在日前路过西崆峒,遇见天残、地缺门下两个恶徒峰头对弈,恃有乃师护符和所习禁法,无故留难欺侮。何念姑原是散仙何灵石的女儿,得道年久,见闻甚多,认出是两老怪的家数,好语劝诫不听,反下毒手,心中有气,仍不愿过扫两老怪的颜面,只将二徒用法力禁住,借送还法宝为由,前往登门告诉,欲使少加惩戒。

哪知还未走到洞前,便吃对方困住;受了好些苦恼,才由另一恶徒出面,将何念姑讥嘲了一阵。说:"两师弟无故生事,固是不对。但西崆峒向来无人敢在此撒野,妄动一草一木,何况本门弟子? 你如是晓事的,或是走去,或是就在当地高唤我二位师父法讳,自然有人出来处置他们。既然已动手,便是对头,我师父也不会见你。

"我们后辈的事,由我们后辈自了。那两个入门未久,自然敌你不住,现在让你知道,我师父门下并不都是那等脓包。他二人在自己门前丢人,虽受严罚,并不为你。总算你还胆大见机,夺了他的法宝并不逃走,前来交还,故此放你一条生路。否则,你当时只一飞离此山,休想活命。再者,我们法宝也不是你外人收得去的,早就飞回来了。你下次再由此过,难讨公道。赶快走吧。"另外还说了许多无礼的话。

何念姑原因先二恶徒被禁制后破口大骂,侮辱太甚,方去登门告诉,并非有意使对方面上下不来。见此情势,知是两老怪暗中指使恶徒给己难堪。否则,恶徒如此大胆,也不能有这大法力。情知再苦闹下去,吃亏受辱更甚,只得忍气吞声,乘着对方禁法一撤,立即遁去。

何念姑路上越想越恨,无如正邪两派中首要人物能敌得住这两老怪的没有几个,多无交情;有的还不相识,未便请其相助。只有天缺姊妹深得申无垢的真传,又勤修了多年;红云性刚气暴,易受激动,连海南岛也未回,便一直赶来。因天缺虽不喜树敌,好名好胜的天性却和红云差不多,彼此又是至交,见面略谈,先同回到洞里,渐渐设词,谈到本题。

何念姑先说:"天残、地缺二老怪的门徒如何在外横行,外人不知的,都当是二位道友门下。两老怪如何护短骄狂,因孽徒把一切恶事都推说是令高足所为,不特不加责罚,反怪二位道友成道年浅,对老前辈不知尊敬,特意取这等易于相混之名。他们说不久得暇,便来问罪,迫令二位道友更换法号,如不听从,便下毒手。"一面又说了好些激将的话。红云首被激怒,同时天缺也为所动,决计先发制人,不等对方来,寻上门去,先礼后兵,看其是否果如人言。稍为无礼,便与翻面,迫令更名。

二人去时,自恃法力高强,并未把敌人放在心上。哪知人还未到西崆峒,天残、地缺两老怪物已早知道二人要来生事,全山布下网罗,制了机先。二人到时,听其直入,并无阻碍。见面时节,二人见两老怪物仍是平日耳闻那等倨傲神情,各自独坐洞中仅可容身的石壁凹里,见了人来,也不起立,也不理睬,直如未见,又都生具死眉死眼的怪相,心已有气。及把来意一说,对方仍只坐定瞪着一双怪眼望着人一言不发。

二人忍不住怒发,二次厉声数说。但由面前石地里钻出一个身着黄衣的怪徒,见面便手舞足蹈,怪声辱骂,双方说不几句,便动了手。二人刚一施为,倏地眼前一黑,立即天昏地暗,换了地方。二人练就慧目,明见敌人坐在初来时所见危崖石凹之内,神情坐处均和洞内一样,只是用尽法力,不能近身。耳听黄衣怪徒厉声喝骂,却不见人影踪。

二人情知陷入伏中,也未在意,一面施展法力应付,因恨怪他无礼,一面暗下毒手,猛取法宝,朝怪徒发声之处飞去。这一来,竟把埋伏勾动。两怪仍和死人一样,枯坐前面岩壁凹中,不言不动,若无其事。四外水火风雷一齐暴发,朝二人身上袭来。

二人此时功力,原非天残、地缺之敌,所幸得有乃师几件遗留法宝,威力神妙,尚能抵御,未致伤败。二人也知难有胜望,仗着法宝护身,本可冲出重围遁走。无如去时向人说了大话,又俱是偏激之性,执意与敌一拼。

天残、地缺起初未理。相持到第三日上,二人斗了数日,不特未占一毫上风,只是应付防御,更未还攻一次。自己费尽心力,敌人仅命一素不知名怪徒从容出斗,自身枯坐旁观,竟连手都不曾抬过,劳逸相形,太以难堪。越想越有气,不由横了心,打算就是一走,好歹也得占了一点上风再走。

天缺性情虽比红云好些,好胜之心更甚;首背昔年誓言,把乃师飞升前一年再三叮嘱不许妄用始行传授的旁门中十二都天神煞施展出来,威力自是惊人。这一来,方始将两怪物挤出了手。

由此双方恶斗急烈,二人如非有师传法宝防身,两三天,几遭不测。终于仍到紧急关头,眼看难于持久,这时,双方斗了五十四日,幸值百禽道人公冶黄赶来和解,两老怪物也知难制二人死命,才各罢手。事出勉强,均怀宿怨。尤其天缺为了求胜心切,丧失了两件心爱法宝,怨毒更甚。

也是天缺该当有此一劫,多年辛苦修的道力,竟为一念贪嗔所动,回山以后,日夕筹维,百计报复,终于受害。虽又遭了一次兵解,却是因祸得福,仗有屡世修为,灵根不昧,落生便知修持,比起前生相差天地。

天缺本来早可出家,因觉前生父母未得尽孝,本生临蓐时又是难产。始而装作愚鲁,韬光隐晦,只在暗中施展法力,使家业兴旺,父母全家享福延寿。到了中年,渐渐显出灵异,一面苦劝父母兄弟学道,一面做些善功,也多不令局外人知道。直侍奉到父母终了天年,投生福门,又去度化了一次,方始离别兄弟家人入山。因这一世生来仍是貌丑,在家时为免外人骇异,不曾驻颜。中年以后,反故作衰老,相貌依然老丑。

天缺自知红云是她命中魔星,再世勤修,更参悟出许多因果。明知红云自从自己遭劫转世以后便移居武夷,虽不再常出生事,却收了不少门徒,妄思创立教宗。并还四下查访自己下落,意欲渡去,收到她的门下。但终于隐避,不肯往见,意欲就此永绝纠缠,免去未来之患。

无如定数难移。有一年,天缺为修善功,与一左道为敌,双方正在斗法相持,恰值红云路过,认出是两世同门,姊妹至交。偏巧那左道所炼毒沙厉害非常,天缺法力虽高,几不能敌。只有红云所炼旁门玄阴神焰能破此沙。红云人又狠,认明丑女是天缺转世,形音一点未现。骤出不意,猛向妖道暗下毒手。一面放出神焰，将毒沙化为云烟四散，解了天缺的围，同时又把自炼最厉害的阴毒之宝红云散花针发将出去。

妖道精于玄功变化，本具神通，自来少遇敌手。曾在东海三仙玄真子、苦行头陀、妙一真人手下两次漏网，法力甚是高强。若是真凭法力，天缺、红云二人各以全力合攻，恐都难操胜算。就是散花针那等厉害神妙，事先如被警觉，也未必能致他死命。只因恶贯满盈，自恃太甚，以为左道中几个著名的为首妖邪多有交往，正教中除长眉真人和三仙师徒外，十九均无奈他何，所施妖法又全无顾忌，毒烟邪雾高涌天半。

红云自从天缺死后，得了一部蚩尤的三盘经，苦练多年，练得无形无声，行迹飘忽，来去如电。在三百里外高峰上望见，立即飞来，休说形影，连个破空之声皆无。

妖道瞥见毒沙无故化为碧焰自燃，仍不知死活厉害，来了强敌，只当敌人自己法力所破。心中痛惜愤恨，又惊又怒，还待另下毒手时。猛然全身上宛如万针刺体，到处麻痒，才知中了暗算。忙施妖法想要抵御，元神已被毒针所伤，形神一齐禁制，再一发生妙用，红云又随手一指，飞针里外一齐暴涨，竟把妖道全身震裂粉碎，元神也被震成万缕烟丝。红云意犹未足，恐其死灰复燃，再把阴火神焰包围上去，将他一齐烧化，才行罢休。要知后事如何，且看下回分解。

第一○三回

力庇凶顽　辜恩乖至谊
心惊夙孽　诡计掩阴谋

天缺和红云前生情侣，两世姊妹，情分本来极厚，不肯往见，原为未来远患，并非本心。这一见面，自然勾起旧情，何况又有相助之惠。只是见她行事如此狠毒，觉非修道人所宜；又听习了蚩尤三盘经，把恩师遗命忘了一个干净。虽不以为然，但知她本性难移，现已变本加厉，越发难于挽回。劝是劝不转，三世患难至交又不容恝置，想了又想，无计可施，只好等日后相机缓缓解劝。能中途悔悟更好，如真难于挽回，唯有分任其难，到她数尽危难临身之时，尽一分力是一分，自己便受点损害，也顾不得了。

天缺主意打定，便不再劝阻，听其自然。嗣见红云日益倒行逆施，纵容门下恶徒无所不为，仇敌日聚，危机四伏，实觉可虑。便特意赶往武夷，借着看望为由，意欲相机婉劝。红云和她情分本厚，平日思念天缺，令门人前往约请，不是不在山中，便是设词推托。亲身往访，多值云游行道未归，难得聚首。渐渐看出志道不合，有意引避。再加恶徒均畏天缺正直，心中厌忌，屡进谗言。红云虽然气愤，到底情分太深，仍是不能忘怀。一旦见她不请自来，先颇欣慰。

天缺在武夷住了一年，二人日常聚首，红云因得天缺屡次委曲婉劝，居然敛迹许多。对于门人，也不似以前那等任性宽纵，只是护犊之性依然难收。众恶徒恨极天缺，二人又在一起，前嫌已释；红云对外虽喜护短，法却严厉，不敢再进谗言，空自愤恨。日子一久，多不能忍，互相私议，百计千方图谋离间。有的更装作洗心革面，矢忠矢慎，暗中伺隙而动，但均未成功。

这日又值海南岛女散仙何念姑来访，谈起途中遇见两个旁门中散仙，因吃过天缺爱徒丑师姑的亏，在小南极四十七岛约了两个厉害妖人，定在本月望日前往寻仇。天缺知道仇敌厉害，爱徒一人势单，不是对手，一算日期已迫，便要辞别回山。红云因日前二人曾为约束门人不令随意下山，有小口角争议,恐又借词一去不愿再来。加以何念姑好友别久重逢,贪作良晤,笑说:"区区妖孽,何值姊姊亲去?只命一二门人持我散花针前往,一举便可消灭。"

天缺原和何念姑至好,知她成道在即,前来叙别。二人同声挽留,词意诚恳,已难坚拒。又想起日前为了恶徒与红云争论之事,好容易说得她改了许多恶习,少做许多恶事。执意一走,恐其多疑,致弃前功。又知散花针厉害,仇敌决非敌手,所派去的门人又是背了人亲向自己立誓悔过的两个能手。虽然此宝威力甚大,过于狠毒,但天缺继一想:"四十七岛这伙妖人积恶如山,形神俱戮,咎有应得。"不合一时疏忽,没有亲往,改令恶徒代往应援。万没想到那么法力高强的人,竟会中了众恶徒的诡计。

仇敌实由有人内应,乘虚而来,初意想杀丑师姑泄愤,不料被何念姑无意中得知。天缺一不回山,正好行使阴谋毒计。恶徒未见丑师姑以前,先期迎住仇敌,泄了机密。然后一同设下圈套,等双方动手时赶到,用散花针消灭了一个假妖人,作为仇敌业已死亡败逃,解了大围。一面向丑师姑极力卖好,渐渐取得了天缺师徒的信心。再诱丑师姑上当,觑准时机,故作天缺门人,寻正教中门人开衅,伤了一个峨眉新进人,恶徒知道对方同门众多,专以诛邪为务,似自己这种左道邪法,必不甘休。

恶徒伤人之后,便往神峰山逃走,乘着天缺不在,对丑师姑说道:"峨眉门下欺人太甚,只要在途中相遇,定必赶尽杀绝。因为师伯之戒,师父所传好些狠毒法术,已然立誓,不轻使用。适来看望师兄,又遇见几个峨眉后辈合力夹攻,不敢恋战,幸有一人稍弱,才得勉强逃脱。

"这些狂妄无知的后辈,仗着本门威力,骄横异常。他们均打着玄门正宗的旗号,休说师父,连师伯也视为左道妖邪一流。有心告知师父,又恐性情太暴,万一因此树下强敌,连他首要诸人也结了仇,岂不又是隐患?闻说师姊内有一二相识,最好请师姊托人化解,纵不化敌为友,总可少去许多枝节,以免日后狭路相逢,受他危害。"

丑师姑人虽正直,也是有点偏激性傲,和师长一样,也喜护自己人。因见恶徒实已改恶向善,久无劣迹,对于自己更是尊敬,言听计从,情分颇厚,所受外人欺侮,说得那等胆怯可怜,心生偏护。再一想起平日所闻峨眉派恃着道法高强,人多势盛,专与异派为仇之事,只为恶徒素行不善,对方如此相迫,必是以前有甚恶迹被人撞见,对方疾恶太甚,所以不肯相容。恐长他志,表面不曾附和,心中老大不快。

丑师姑本就怀愤,事有凑巧,恶徒所伤乃白云大师元敬门下新收的女弟子,同门颇多。这一个恰走了单,骤遇恶徒,致为所伤。此女听出敌人是神峰天缺门下,逃回山去,又正赶白云大师不在,立同师姊郁芳衡、李文衍、万珍诉苦求助。三女闻言大怒,先把伤处设法医愈,过不数日便寻了去。

恶徒料定仇人必来,假装盘桓,不舍别去。神峰山仙桃盛开,风景又好,镇日不在洞内,不是邀丑师姑去峰头对弈,便同往桃花林中游赏,再不便请求指点为名,同人斗法斗剑为戏,做得十分自在从容,若无其事情景。丑师姑还有一个怪癖,自己生相奇丑,却极喜美秀女子。恶徒貌美,近来又极温柔恭顺,越发生了爱怜。长日相携游赏,连日课都未照做,一点不知她是口蜜腹剑,别具阴谋。

到第四日上,二人正各据着一个峰头斗法为戏,郁芳衡等四人忽然赶到,恶徒所据峰头又正当来路,一照面便动了手。两峰相隔,约有二里,看得逼真。天缺所居神峰山,自乃师申无垢在时起始,从无人上门生事。便无先入之言,丑师姑也不容来人放肆。三女当中,万珍又最性急,一见对峰还有一个敌党,更不答话,便即出手。丑师姑正往对面飞来,见来敌人多,见面不发一言,便倚众行凶,不由怒火中烧,也不再问根由,就此恶斗起来,双方先斗了个不分胜负。

恶徒用心狡诈,早暗约好了两个同党,拿着散花针,在远方峰头上隐身守候,待隙而动,已有数日。恶徒故意不肯施展毒手,相持了半日过去。郁、李、万等四女见敌人厉害,久战不胜,万珍首先发难,放出法宝。丑师姑法力本高,上来虽被激怒,动手一久,看出来人俱是一脸正气,和恶徒对敌的二女又在连声喝骂:"恶徒,不应无故逞强伤人?平日恶迹昭闻,今日恶贯满盈,伏诛在即,决不相容。"内中一个并有报仇之言。

丑师姑心想:恶徒久已改悔,不再生事,对方何来此语?细听敌人口气,分明旧恨之外,还有新仇,并非无故上门寻事。再一想起恶徒连日恭顺亲热情景,均与以前有异,渐渐有些省悟。意欲静以观变,看恶徒是否行使惯用的恶毒邪法;一面把敌人引往较远之处,背开恶徒,探询来意,再作计较。因此好些法术法宝均未施为。

哪知万珍、李文衍二人等飞剑神奇,丑师姑以一敌二,已然勉强,剑光竟被裹住,不能掣退。恶徒与埋伏远峰的二同党,又想她先行发难,与敌拼命,或是有甚伤折,再作无心来此相遇,同仇敌忾,猛下毒手,这一迁延。没有当时叫明,万珍忽将师父法宝放出,丑师姑骤出不意,本就难当,李文衍见万珍一动,也跟着施为。那两件法宝俱是白云大师镇山炼魔之宝,丑师姑措手不及,几乎重伤。

丑师姑二次刚把怒火重又勾起,正待不问是非,先与对方一个厉害,再打落场主意时,恶徒见她受伤,心中大喜,忙装不敌,又不肯抛弃前言,施展邪法取胜,故意败退下来,作得情势十分危殆。那两同党看出时机成熟,也跟着飞来。当头一人上来先放出一片邪雾,吃郁芳蘅一雷震散,就势暗中施展乃师红云所传化身遁形之法,假装被这一神雷震死,人却化形遁去。丑师姑见同门师妹为助自己应敌遇害,便动了义愤,也未细心察考,便把师传异宝猛放出来,一下便把万珍打伤。

同时恶徒早乘机会连邪法带散花针一齐放将出去,伤愈随了三女同来的一个当时身死。犹幸三女法力颇高,早知敌人有此厉害毒针,时刻都在防备。郁、李二人的护身法宝又极神奇,见势不佳,立抢过去,把万珍一齐护住。因为恨极,就势又用法宝将丑师姑左臂打折,于是成了不解之仇。

丑师姑虽疑三恶徒诈计阴谋,连受重伤之下,先又打了一人,对于敌人已是痛恨万分,誓欲复仇。不暇再作顾忌,施展全力,并妄自发动乃师久设从未一用的禁制,将三女困入阵内。三女用尽方法,脱身不得,连失重宝,被困了三日三夜。眼看危急万分,祖师长眉真人忽然飞降,扬手千百丈金光雷火自天直下,将所有阵法、异宝通统破去。紧跟着,天缺也因听一道友说路过神峰山,见有多人斗法甚急,连忙赶回查看,长眉真人已经飞降,将阵破去。三恶徒最是机智,已先逃走。

昔年申无垢未成道以前,曾经两遭劫难,俱得长眉真人大力相助,方幸脱免,乃天缺、红云的师执老前辈。天缺第二次转劫修为,与诸妖邪结仇树敌。有一次与五台派教主混元祖师狭路相逢,措手不及,竟被混元祖师用太乙五烟罗困住,几遭不测,又是长眉真人赶来解救。自己也曾对丑师姑说过,竟敢背着师父,将峨眉派第三代女弟子杀死一人,并还伤了一个。

尤可恨是,本山所设禁制当初所习旁门法术,甚是恶毒。天缺原为自己静修时避免外邪烦扰,和有时出山云游访友,只剩爱徒一人在山,免受外人欺侮,虽设此法,只令在洞坐守,一向严词告诫,并不许其妄自发动。却用来对付前辈恩人的门下。而对方四女,又并非抵敌不过,内中一个,更是末学新进,不能透为情急出手,虽受恶徒愚惑所致,究缘道心不定,才致奸人乘虚而入。

天缺当时怒发,立逼丑师姑自裁。长眉真人深知这几人的凤世孽因,只将丑师姑元神带走，事前并未阻止，便即他往。还是天缺事后越想越气，亲往武夷向红云理论，欲令惩罚恶徒。哪知红云已信恶徒谗言，置之不理。

恶徒初在山前与天缺相遇全无礼貌，天缺唤来对质时又以巧语讥嘲，口出不逊，致将天缺激怒，立用法力将恶徒杀死，并还误伤了一个入门未久的弟子。红云见状大怒，立即翻脸为仇，两下争斗起来。结局虽经好友力阻，双方各念旧情，未分胜负而散，由此无异绝交，不再往来。

红云自习了蚩尤妖经，性情早变，只为有天缺与好友苦口劝说，未怎任意妄为。经此一来，益发激怒倒行逆施，纵容恶徒，专与正教中人为难，无所不为。不多几时，被长眉真人寻上门去，立逼处置恶徒，清理门户，并自悔过敛迹。

红云虽然惊惶，意犹不服，打算试行抗命。后来长眉真人取出乃师昔年托寄的手谕灵符和一柄戮魂戒刀，告以乃师遗命所托，即此已是念她屡世修为不易，格外恩宽，予以自新之路，否则便与恶徒同受诛魂戮魄之刑，连本身也难免了，红云方始胆寒。

红云见众恶徒全都在场，有两人积恶太甚，想要逃遁的，长眉真人声色不动，全数擒回，禁制在侧，一个也未逃脱。再听长眉真人又晓以利害，用法力将诸恶徒恶迹一一由宝镜中现出真相。想起也实罪无可逭，知道无力抗拒，只得遵照长眉真人所说，分别诸恶徒的罪恶轻重，一一亲手惩罚，杀死了一多半。长眉真人重加告诫，方始飞去。

红云素极好胜，受此挫辱，自觉无颜，由此匿迹销声，带了几个残余门人，在武夷山中修炼，闭门不问外事。门下弟子除了偶然奉命采药外，轻易也不许下山一步。无形中连天缺也断绝了交往。看去好似愧悔省悟，已然回头，实则习了邪法之后，恶孽已深，早忘却了本来面目。只为此时长眉真人道法高强，决非敌手，又受乃师之托，持有灵符、戒刀，稍蹈前辙，立有形神俱灭之忧，不敢再犯故习。

不久，长眉真人飞升，虽去了一个克星对头。一则对方刚一仙去，便即横行，恐人讥笑。又觉上次受制，固然对头厉害，一半由于所习蚩尤三盘经尚未练会之故。自己既打算在正邪各派之外异军突起，独树一帜，创立教宗，必须练得法力极高，无人能敌，方可重整旗鼓。表面隐退，暗中却是苦练邪法，百计图谋，以备时机成熟，再图大举。

天缺知她异日必趋灭亡，想起三世患难交深，不忍直视，中间连去看望几次，均值红云假托入定，神游在外，未曾相见。天缺见她如此刚愎自用，知

287

难挽回，不得不伤感而去。

最后一次走时，因上两次，未见着人，曾留有两封劝她的书信，也无回报，只着门下恶徒答说："自从昔年受人挟制，逼杀门人以来，自知不合，难于怨人，何况对方又是师执元尊，不能作那报复之想。不过历劫多生，修炼多年，从来不曾被人欺侮，忽然受此奇耻大辱，如何还有面目与故人至交相见？现已打定主意，师徒闭洞苦修，不再与闻外事。将来务使一班恨恶我的人，知道旁门左道中一样也有登峰造极，超劫成道的人。盛情心感，此时不劳他顾，直等他年小有成就，再行相见便了。"

天缺原为她异日难免大劫，来相劝勉，人未见到，再一听来徒这套答词，不特是不肯回头，反把所习三盘经当作他年抵御重劫的护身符，倒行逆施，一至于此。痛心疾首之余，又给她留了一封极长的书信，大意是说：彼此交厚，远胜骨肉，为此苦口婆心，再三相劝。以前师门心法，常人得去，循序修炼，尚可成就仙业，何况你我历劫多生，修炼多年。只等功行圆满，避过道家四九重劫，便有成就之望，好端端习那蚩尤妖经做甚？现既不纳忠言，可知入魔已深，不能自拔。我来数次，均拒不见，我也无法再进忠言。不过我二人终是患难骨肉，决不忍见你一人独败。此后你能幡然改悔，与我同登仙业，自是佳事，否则到了要紧关头，我不计成败利害，必以全力助你脱难，以报前情便了。然后长叹而去，由此二人便未再见。

隔了些年，峨眉派掌教妙一真人齐漱溟奉长眉真人所遗仙示，在凝碧崖熔山铸水，开辟五府，并开群仙盛会，海内外群仙多往观礼，参加盛典。红云因未接到请柬，自觉双方昔年本不同道，长眉真人与乃师申无垢交非恒泛；现在道路虽然不同，总算各有师门渊源。就说以前双方门人曾有嫌怨，已经长眉真人力迫治处，分别杀戮，毫未留情；自己奉命唯谨，也未反抗。事后心虽痛恨，并未现于言色，外人不知，自然交情尚在。此次请往观礼的人甚多，如何不理于我？

如说是这等道家盛典与世俗请客不同；海内外散仙修士人数太众，不及遍请，此次下帖，限于和峨眉本是同道，或是交深投契的散仙修士。对于交浅，无甚往还，或是异派旁门中人，均不专柬相邀，只是来者不拒，哪怕素有嫌怨，一登门便是客，也一体以礼相待，来否听便，并非独对自己如此。为何与对方并无交往的旁门异派中有名人物，如北海陷空老祖、苗疆红发老祖、青海教祖藏灵子，以及曾和对方为敌结过仇怨的如昆仑派中诸长老俱都请到，甚至连那无甚相干的海外散仙都有不少接到请柬？对方口头并有"无论敌友,只是今日愿与修好释嫌不犯旧恶的,一体优容,咸与维新"之言,按说这么也不该吝此一纸请柬。

尤可气是,天缺与己本是同一源流的同门姊妹,理应一律看待。如都不请,也还罢了;偏偏一有一无,分明心恶痛疾,看得自己连一个旁门散仙都不如。相形之下,未免难堪。

红云越想越恨,新怨旧仇齐上心头,立犯本性,恨不能当时便往凝碧崖大闹一场,才对心意。无奈法力不能如人,多年苦功所炼法宝和那毒雾也还未到功候。对方本身法力已极高强,更有灵峤三仙在场,估量此行万无胜理。恶气难消,思量无计,知道这次开府盛会,一班忌恨峨眉的异派必假观礼为名,前往扰害。去的均是异派中一些有名的人物,对方虽然防范严紧,未必济事;作个恶剧,扰闹一场,使其落个无趣,或能办到。

自己亲往,一击不中,徒自贻笑,还使对方多上层防备,凭空树下强敌,反为异日创立教宗,报复前仇阻力。红云暗忖:目前手中法宝只有散花针较前益发精妙,此宝只有陷空岛的吸星神球能够抵御,百禽道人公冶黄的七禽火珠能破。对方一干首要人物虽难伤害,破它却难。如能在乱时抽空用此宝乱打对方门人宾客,必可快心如意。只惜这两人是它克星,百禽道人公冶黄更与对方两代深交,情分极厚,见了决无坐视不问之理。一旦遇上,失了法宝,去的人还逃不回来。此外又无别的出气之法。

所幸陷空老祖生性乖僻,永不离岛他出,虽接请柬,照例是命大弟子灵威叟代往申贺,本人十九不去。公冶黄在枣花崖山阴黑谷之中,走火入魔业已多年。只听人说他得了玄真子和神尼优昙师徒、妙一夫人荀兰因等屡次相助,把三次天魔之劫平安渡过,将要复体,也只传闻,无人见到他的本身。只这两人不在当场,去的人再机警一些,稍为得手,立即遁去,必能稍消恶气。

红云主意打定,便示意两个得力心爱的恶徒,故意当众告诫,说峨眉既存轻视,不可前去。一面借闲谈,指点机宜,任其盗了自己的散花针和另两件防身遁迹之宝,背师偷往。

二恶徒得悉师父用心,满拟此行多少总可以为师解恨。哪知到后一看,对方法力无边,神妙不可思议。加以仙宾如云,多半都是天仙一流人物,道法之高,更不必说。一面各异派中为仇的强敌,也无一不是能者。就在那到会短短三数日中,便接连发生了许多强仇大敌的扰害,法力一个胜似一个,来势一回比一回厉害,端的地覆天翻,无比险恶。对方却若无其事,不是主人声色未动,便把祸患无形消弭,便是随意有几人出场,略施法力,便使敌人全数形神皆戮。

前后好多起,是对面发动的,仅仅逃脱了一个女仙于娲和晓月禅师。那还是机缘凑巧,命不该绝,主人存心放逃的,否则一样同归于尽。凭着数十根散花针,济得甚事。只一出手,首先人就无法遁将出去。

幸是二恶徒去时首先发现克星中最厉害的一个百禽道人公冶黄正在当场,并和散仙中最负盛名的大方真人神驼乙休常在一起,看那神情,好似受有主人之托,对于会中之事,比谁都要出力关心。每有甚事变,都有这两人主动出动。想起乃师暗示,遇此两人,不可妄动,尤其是公冶黄预存戒心,未敢发难。

隐忍迁延下,越看形势越觉胆寒气馁。又以仙景灵奇富丽,无异瑶宫月殿,人物酒果,无一样不是生平未见。这等旷世难逢缘福,自不愿白白辜负,还冒杀身奇险!何况主人又极宽大,来者是客,不咎既往,只不扰害,便随众仙宾一体享受。又怕又钦羡,心情大为摇动,竟自绝了邪念,直享受到了会终人散,方始恋恋而去。

红云白用了一番心机,事前有话,不能怪责二徒。盛怒之下,把心一横,立誓即以所习旁门创立教宗,从此广收男女弟子,传授蚩尤三盘经。因有上次长眉真人代师行诛那一番挫折,有了前车之鉴,略存戒心。又知近年峨眉派正在发扬光大,凝碧五府开辟以后,有法力的门人纷纷奉命下山行道,而各异派中人因知对方一干长老正在闭洞清修上乘仙业,这些门人资质虽好,俱是末学新进,入门未久,能有多大法力?均想乘此时机加以剪除。

哪知这些门人年纪虽轻,俱是屡世修积而来,福缘甚大,得天独厚,又是玄门正宗,只入门经师长一传授,立时领悟玄机,触类旁通。并且凡是奉命行道之士,必须经由左元右元两洞所设的火宅、十三限两处玄关通行过去,始得下山。而平日仙缘遇合之奇之盛,更是从来未有,至少每人本门飞剑以外,都持有一两件奇珍异宝,妙用神奇,威力甚大。异派中人一与为敌,十九遭殃;即或暂时占了上风,无如对方人多势盛,各有胜人的法宝利器,结局仍是败死逃亡,无一人占过上风。

红云才知蚩尤三盘经虽然厉害,毕竟对方根深势大,自己还信不过。门人派类又不齐,收时多由一时心喜,自恃法力,强欲造就,无甚真好资质,怎么察考,也觉相形见绌。

开山伊始,红云唯恐措置不慎,又蹈了各异派中人前辙,只管一心想寻

290

峨眉派的晦气，却不似以前放纵故习，在未明张旗鼓发难以前，上来颇知隐忍自重。不特不许门人无故结仇生事，并还重订规条，严令遵行，以免误事。以红云那等天生乖僻刚愎之性，这等行径，用心可谓良苦。意想使门人尽得她的传授，把妖经练到功候，突然发难，一举成功。

谁知门人不争气，大都浅率躁妄，习所不过十之二三，立即夜郎自大，目中无人，背了师父，任意横行惹事。红云素有爱徒护短之癖，每次知道欲加责罚，犯过的人若一哀求，别的恶徒再一告免乞宽，也就放过。几次以后，众恶徒看明她的心性，越发胆大，到处树敌作对，无所不为。

日久成习，红云转倒不以为意，不消多年，便惹出事来。终因作恶太多，被峨眉派后辈中几个能手在太行山上将恶徒所设妖阵破去，诛戮了一多半。双方仇怨越积越深，每次自然都是峨眉派获胜。终于红云也被迫得出了两次面，而互有胜负。

红云还不服输，意欲施展邪法，发动蚩尤三盘大阵，用所炼混元毒雾与敌人拼一死活。后来看出这些峨眉后起之秀本身法力已极高强，内有十余个最杰出的，如三英、二云、七矮、四大弟子之类，差不多均持有仙府奇珍，前古遗传的神物利器。一到势急之际，互相应援，合力来攻。红云师徒纵不致败，也简直无奈他们。稍一疏忽，便要伤折徒党，毁损法宝。

并且另外还有好些久负盛名的老前辈受峨眉长老之托，随时相助。最厉害的如神驼乙休、嵩山二老、百禽道人公冶黄、一真大师、青囊仙子华瑶崧，以及禅门中的白眉禅师和门下弟子李宁、朱由穆、神尼芬陀、杨谨师徒、神尼优昙、玉清大师师徒、寒月大师、一音大师，以及小寒山神尼的弟子小寒山二女谢璎、谢琳等，都是每遇有事，各自量力而来，从无不解之危。

这些人哪一个都不好惹，自己只管邪法高强，因是性傲，不肯下人，仅有二三好友，尚是前生的同道。一则安分怕事，近数十年来红云勤习蚩尤经，彼此志趣不投，踪迹日益疏远，渐渐断了往来。平日红云除了门人和一些附和自己的党徒，形同孤立。

她怎么苦心盘算，也决不是敌人的对手。总算比前回见机，一觉风头不顺，受了两次小挫折，对方看在申无垢和天缺的情面，除遇上恶徒不肯容恕外，对她却是未为已甚，不曾乘胜穷追，寻上门去。开山收徒没多年，又几于凋残净尽。红云当时无奈，只得收拾残余，封山闭洞，严禁门人外出，暂免与敌争锋。可是胸中所蕴蓄的怨毒也越来越深，无如敌人太强，奈何不得罢了，此恨终是未消。

这次竹山派几个妖人探知大禹镇湖神钟埋在湖底君山脚下已数千年，有此异宝，再加上一番邪法禁练，便可称雄一时，立意前往盗取。因先去的两妖人法力不济，妄以为用邪法禁制湖中水神，为他在君山脚下攻一洞穴，自己再用妖法水遁入内，便可将钟取到。哪知大谬不然，事情无此容易。君山下面乃全宇宙内二十七处水眼之一，如若溃决，环湖诸郡生灵尽化鱼鳖，西南半壁亦全遭洪水之患，关系何等重大。

当初大禹用这神钟镇压水眼之时，将大荒九峰移了一座压在上面以后，犹恐神物重器埋藏其下，年代久远，引起奸邪生心觊觎，又由山脚外层起直达钟旁，设了好几重禁制。休说水神无力攻陷，便是竹山教中一干首要妖邪合力来攻，也一样动它不得。水神又一再抗不屈服，后来饱受毒虐，难于禁受，一面再接到洞庭君的密令，方始表面应允，暗中延宕。

妖人见水神旷日无功，方欲发作，亲自入水一查看。也是水神合当难满，正好攻到第一层禁圈外面。妖人见所攻之处艰逾重钢，自己也无奈何，自不能怪水神，只得丧气而罢。只是心仍不死，一面在后山设坛，另设邪法，欲谋再举；一面觉出自身法力不济，又勾结了几个心腹妖党，志在必得。初意行事诡秘，无人得知。不料这一耽延，踪迹早已泄露在外人眼里，不特正教中人有了觉察，并被红云手下两个妖人识破，忙回去和乃师一说。

红云虽入迷途，弃正入邪，到底得道多年，识得轻重利害。深知此事如由自己发动，一不成功，丢人不算，再将正派中仇敌引动，就许落个身败名裂，事便能成，这孽也造得不小。纵令所习三盘经能抵御天劫，没有试过，终无把握，何况正当自己劫数将临之时发生此事，焉知不是致败的魔头。

红云始而坚持不许门人妄动，经不起复仇念重，众妖徒再四怂恿；师徒密计之后，因盗宝诸妖人俱非其敌，红云暂时自不出面，便所派来的妖徒，也只令她隐伺在侧，故作不知；打着螳螂捕蝉，黄雀在后的主意，欲俟竹山教妖人得手，立起劫夺。如若事前风声已泄，有了正教中能手出来作梗，便看来势强弱，相机而作。行时并严嘱妖徒：因各正教中均通声气，互相联合，此派有事，彼派决不袖手，除非竹山教妖人宝已取到，或有可乘之机，始不妨犯险一拼，稍见形势不顺，可速知难而退，最好连面都不要露。

这些妖徒平日骄横凶暴，久而成习，又以连吃各正派的大亏，恨入切骨，巴不得把神钟夺到手内，以为报仇之计。认定敌人只有几个最厉害的，故此均未放在心上，口虽应诺，并未切实奉行。到后先照乃师所说，在挨近洞庭的江旁边寻一隐僻山洞栖身。日里去至人间饮食游浪，恣情酒色。等到天近黄昏,再同往那山洞危崖之上会集,四周设下禁制,隐去身形,窥探各地形迹。

众妖徒中有一妖妇,名叫朱恨娘,年纪最轻,入门日期也较浅;但她心性灵狡,最得红云之欢,法力却是不弱,又有乃师所传异宝。同来这些党羽,俱为她媚术所惑,无形中做了众中之主。身边带有一面宝镜,一经行法,能把五六十里以内的人物动作瞧得清晰如绘,稍差一点的隐身法,隔得近了也能照出形影。

那山崖相隔洞庭君山已远出百里之外,本嫌宝镜只能照个大概,不能细查隐微。只为湘江两岸物阜民殷,人烟不断,来时乃师再三叮嘱,行事务要隐秘,未成功前切忌警觉。除所居崖洞外,更无适当隐秘之所。又以竹山教中妖人俱都诡诈异常,事急则合,声势也不为小,何况预先招惹,添出好多阻力。并且此事非同小可,一旦发动,必有惊天震地之势,不用宝镜,也看得端倪。

那崖虽僻,由空中飞往君山,必在面前经过,百里之遥,瞬息即至,决不至于因远延误。乐得离它远些,暂时不露丝毫行迹,以免打草惊蛇,引使疑虑,另生枝节。平时就在崖上高瞻远瞩,一面按照乃师所授机宜,缜密行事。所以众妖徒自到当地,先后前往君山共只两次。

首次妖妇化作烧香妇女,只在前山各寺观中转了一转。并未往后山去,也未与竹山教中妖人相遇。第二次因在崖上眺望,发现有两个正教中人空中飞过,去路直向巴陵,好似无心经过。便要降落,也在岳阳楼上下左近,并非去往君山。

众妖徒俱知岳阳楼虽然号称名胜之地,但是地近城市,外临湖埠,商贾云集,俗客众多。酒食征逐,人语喧杂,真正修道之士决不愿去登临。如说为了风景而往,那么环湖诸山便可览湖山云水之胜,比这儿好的地方尽多,何必非此不可?这两人遁光合在一起,疾如电掣,一瞥而过,飞行又高又快,破空穿云之声也颇细微,不是庸手。如为神钟之事而来,当然直飞君山,至多恐人警觉,隐秘行迹,怎会在这白日人多烦乱之际去至岳阳楼上?多料这两人路过巴陵,不会下落。

妖妇独是心动,似觉有甚预兆,不信众言,跟踪查探,追到岳阳楼时,人是早已不见。先也疑心来人不会上楼,必在环湖幽胜之处浏览,便隐了身形环湖追迹,约有两个时辰,穷搜未获。去时只为心神微一震动,本非拿定,以为事出偶然,人早飞往别处,自己多疑所致,已要起身飞回。

行经岳阳楼下，忽见一美一丑两少年由楼中走出。因觉两少年骨格清奇，英姿飒爽，迥异常人，丑的一个禀赋尤厚，穿的却是寻常学中子弟装束。

妖妇心中奇怪，尘世之中哪有这等好的骨格。想起师父总说各正教门下多有极好资质，自己所收门人大都强为其难，物色多年，仅得二三人，尚是缺点太多。置诸本门，固是上中人才，改归各正教，便嫌孽重神弱，异日容易失足，不肯收容等语。似此人品资质，摄回山去，必视为传人，另眼看待。

妖妇念头一动，正要近前下手，猛又想起师父爱才太过，目前众同门中，只自己最能得她欢心，如将这两少年摄回山去，当时虽能得到几句好话，将来必夺己宠，何苦引鬼入室？便息了初念。这一寻思，两少年已然走远。

妖妇平日嗜酒，意欲在城关内绕上一回，买些美酒佳肴，回到崖上，与同来妖党对月夜饮。等把卖上等酒肴的店铺寻到，仗着妖法隐身，随着心喜，各取了些聚在一起，行使妖法，用一片妖云托起，另行飞走。自己沿着湖边略为绕上一会儿，再行回转。本意是君山相隔岳阳楼只十多里水面，平日唯恐竹山教中妖人警觉，不肯轻到。今日既已来此，乐得就便查看一回。

妖妇到了湖边僻处，刚把怀中宝镜取出，往四下一照，一眼瞥见先遇两少年在左侧湖滨向一幼童雇船游湖。初遇时曾经动念，不由多看了两眼，开头也未想到别的。及见两少年登舟坐定，互相和舟童说笑了几句，丑的一个忽然手中掐诀，朝前一指，那一叶小舟立即加快，在大风急浪之中乱流而渡，直似箭一般朝君山一面斜射过去。

妖妇已得红云真传，颇为识货，认悉那是太乙灵诀，不禁大为惊讶。暗想："这玄门正宗的太乙神法，不是短短年月所能精习。两少年大的一个不过十七八岁，另一个生相活似雷公，又瘦又干，看去年纪更轻。如是寻常初入门的末学后进，不应学会这类上乘法术。如是正教中有法力的后起人物，既习太乙灵诀，必能飞行隐迹，出入青冥。区区一水之隔，弹指即至，何苦还费这些手脚口舌，雇舟前往？如说飞行恐人警觉，有心作伪，这一行法催舟岂不是使对方一望而知？"

妖妇越想越觉可疑，此时君山忽有正教中后辈能手足迹，必非无因。欲往探看，又恐同党久候，前来寻踪，人多易露马脚，以为相隔不远，往来甚速，两少年初来，不致他往。再看小舟，已将达君山脚下。没有当时追去，先纵遁光回到原聚崖上，向同党略说经过。二次起身寻去，飞到君山，仍隐形下降。

只说两少年必在后山一带徘徊窥探，哪知对方比她更为机警，所持照形鉴影之宝功用并不在以下。当妖妇由山崖上发觉有人飞过，跟踪追往岳阳楼时，已被觉察，如非奉有师命，领了机宜，又有一人再四力阻，不令多事时，内中一个对头冤家，早由不得激发宿怨，怒从心起，当时便要出手了。

后来妖妇沿着湖滨和岳阳楼前后寻踪，对头虽经同伴阻止，无如凤孽太重，见即眼红，心终不忿。雇那小舟，一半因是为了初次下山，得见湖山云水之胜，一时乘兴，动了童心；一半也是有意炫弄法术，诱妖妇追踪取笑。妖妇用宝镜照看时，对方也正和她一样，取出法宝，暗中观察，连来踪带去迹全被看在眼里。因是先有敌意，更比妖妇还要隐秘，所以妖妇已输了一着。等妖妇追到君山，两少年知她持有照形之宝，早把身形隐起来，藏向一旁。

这日正值竹山教诸妖人他去，仅剩妖妇一人在湖滨楼上独居，法力有限，双方均行法隐身，自看不出。妖妇穷搜不见两少年影踪，连那小舟也不知去向。自己往来极短一会儿工夫，断定人不会走得如此之快。何况还有小舟怎也不见？分明对方法力甚高，不是事前警觉，便是恐被竹山教妖人看出，到时隐匿了形迹。

妖妇想着想着，猛然警觉，先见两人飞行遁光的去处正是岳阳楼一带，后来便见两少年由楼中走出，照此行径，分明就是前见两人无疑。自己也粗心大意，始而以为岳阳楼，俗人众多，正教中高明人士，不会前往，没有上楼，只在沿湖一带弄找，自费了些心力时候。后来无心巧值，已然看出二人，根骨禀赋，有异常人，明知尘世之中无此人品，不合见他年轻，常人打扮，误认为有根器的学中少年，又不合妄起私心，恐摄到师父门下，异日夺了己宠，竟自轻轻放过。

如在往昔，本没相干，照师父的意旨，报仇雪恨今尚非时，遇上正教中对头还要躲避，更不必去寻他生事。但是此时正当觊觎大禹神钟之际，关系重要，单是竹山教，尚恐到时未必顺手，何况多出此一面强敌。

尤可恨是，这类仇敌人多势众，声应气求，牵一发而动全身。只要有一两个引来，胜固不说，稍有挫败，不消多时，别处的同门自会得信，由近而远，四面八方纷纷赶到，实是难于应付。

听师父口气，枉下了多年苦功，将蚩尤三盘经全都精习，又将前古混元毒雾炼成，在各旁门中自是异军突起，独树一帜。真要和峨眉、青城两派仇人各以全力相拼，仍是相形见绌。只将君山底下大禹神钟得到手中，才可有望。气愤多年，好容易有此复仇良机，事前如不统筹密计，制了敌人机先，怎能存成功之望？

此外还有另一桩怪事：自从拜师练法下山以来，已近十年，从未怯敌心动。适见两人飞过，去处并非君山，本可认为无干的事，竟会心神微震，好似有甚不好兆头，必欲跟踪查看也由如此。嗣见到两少年，固然私心妒忌，因恐其根器太佳，异日夺宠为患；一半也由于见那丑的一个，说不出的时生厌恶，仿佛有此一人，将来定是祸害一样。

　　偏生当时仅想到不愿引鬼入室，因而未往深处思索。此时越想，这雷公嘴小丑鬼越像是哪里见过的对头冤家，心中又是痛恨，可是有些发怵。凭自己的法力，再比他本领高强的对头，也曾见过，从不似今日这等动心，直说不出甚缘故，并且奉命之际，师父先是不许，后来经众和己力请，方始允诺。但是行前一再叮嘱，不特比哪一次行事对敌都看得慎重，并还说己凤孽太深，面有煞绞晦色，此行难保不有所遇。虽然本门向以自身法力为主，不计运数，多厉害的事局也凭法力战胜。毕竟入门年浅，功力尚差，终须谨慎为是。告诫之外，又特赐两种法宝，内中一件，竟是专为事急逃命之用。

　　妖妇回忆前情，好似师父知道夺宝之事十九无望，一则不舍此千载一时之机，门人又告奋勇，坚决力请，始允一试；一面又看出自己好些不妙，所以才有那些说词。今日两小畜生过时，别人均未在意，独是自己心动，放他不下，追来又是这等光景，难道师父所说的凤孽便应在这小丑鬼身上不成？

　　妖妇一面悔恨先前疏忽，致把仇敌失之交臂；一面又想心神悸动必有原因，既把两小畜生当作隐患，不特为了自身应当将他除去，便为夺宝之事也应考查他个水落石出。因此当日虽是疑虑，愤恨而退，却添了一桩心病，老是觉着这两个人不除，必定于她不利，由此日夕留心窥察。

　　妖妇初意断定两少年这等行径，必不就走，本还打算每日去往君山、岳阳两地搜索守候，因同党不以为然。内中一妖道名叫毕完，乃妖妇最得意的面首。因听妖妇说两少年中一个丰神挺秀，相貌俊美，认作对头预兆不佳的只是相貌丑怪的一个。知道妖妇淫荡，就许看上对方，故意借题前往勾搭。因而再四力说此举不特有违师命，每日前往，被竹山教窥破形迹，生出许多阻力，贻误事机。弄巧事前便将诸正教中仇敌惊动，闹得大禹神钟不能到手，反惹出日后之患。

　　妖妇也觉神钟关系本门强弱盛衰，那丑少年似曾相识，仔细一想，生平并未见过；只是看去厌忌，偶然生疑之事，怎如此认真？又与毕完恋奸正热，恐其因疑生妒，伤了情爱，暂时只得中止。

　　无奈心中终是放他不下，偶一动念，那活似雷公的小丑脸立即涌上心头,再往寻找,又有疑难。心想:"君山已有了竹山教妖人盘踞,两少年如是窥探神钟动静而来,也不曾在君山居住。岳阳一带只有寻常寺观,地近闹市,也非正教中人愿住之所。对方居处如非邻近当地,必在湘江沿岸诸山觅地栖身,早晚之间当由空中路过。"便在崖顶行法,隐蔽行迹,每日用宝镜随时往四下照看,意欲查到真实下落,探明来历之后,再下毒手。

妖妇主意想得倒是不差,哪知丑少年正是她本命凶星、两生夙孽、黑蛮山铁花坞清波上人的弟子涂雷。上人因见爱徒初次下山,便遇着这等百年难遇的凶灾浩劫,事前十分慎重。其实上人只是听一道友之劝,说起竹山教中妖人觊觎神钟,不问其得手与否,均不免引动洪水之灾,为祸生灵,上人钟爱涂雷,本欲令其建此莫大善功。正赶涂雷随侍在侧,自告奋勇,愿随那道友新收的门人同往消此隐患,自然一请即允。

答应以后,想起此事关系太大,传授法宝之外,并为他默运玄机,观察凶吉,不料竟算出许多因果。上人想起昔年良友之言,本想中止。继而又想话已说出,不便更改。这段孽因,自己早知底细,平日对于涂雷还曾告诫防范。及至事到临头,以自己的法力和细心,竟会忽略过去。只当竹山教作怪,毫未想到对方也自生心,暗中窥伺,欲收渔人之利。涂雷此行自必与之相逢狭路,因此引起许多事故。可见定数难移,不可脱免。再四思维,涂雷既然非去不可,转不如略为指明,免吃对头的亏。

到了下山之时,上人重又叮嘱告诫涂雷一切,均领了机宜,也知妖妇是他仇人和妖法的厉害。一见之下,更是怒从心起,虽经同伴劝阻,也和妖妇一样,日常都在留意。又仗了上人所传诸般异宝,行踪飘忽,来去如电,不可端倪。有时妖妇好容易发现他驾着一叶小舟打桨湖上,或是驾着遁光经由崖前飞过,连忙追踪赶去,晃眼之间忽然无踪。

从初次相遇起,几于每隔一二日,必定发现一次,只是不追则已,追便不知去向。妖妇连用法宝加害,均未生效,枉气得咬牙切齿,无可奈何。最后妖妇看出对方也知道她的盘踞之处,时来近侧窥伺,便用妖党毕完之言:如再发现,不予理睬,暗中密布罗网,诱使上当。

过了两日,见对方仍和以前一样,虽在崖前现身,或是飞过,却不近前上套。每再现时,比起前数日相隔反远了些。连想出其不意,猛发散花针暗算,都更难以得手。

妖妇不知涂雷和那同伴奉有师长密令,时常要往君山观察竹山教妖人动作,暗中施为,虽然恨极妖妇,除偶然故意现形引逗激怒外,一时尚无暇及

297

此。对妖妇等的行径，本就知道大概，近日更得一前辈高人，暗中指示相助，益发了然，诡计早被识破，只暂时不甚理他罢了。

妖妇因是宿仇相逢，警兆不佳，本来心毒，疑忌又深，必欲除之为快。久拼无功，渐疑诡谋被人看破，越发忧疑情急。同时又看出对头果如所料，未在君山和湖滨寺观寄居，照那日常往来之迹，分明住在邻近湘江的山中隐蔽之地。

这日，妖妇实忍耐不下愤火，正在崖上和同来妖党商计：故意齐现身形，在崖上置酒赏月，肆意说笑诱敌，再如不来上套，等对头现形飞过之时，表面假装不知，暗用师父玄功，着一妖党在崖上坐镇。妖妇和另一同党遁出元神，隐形尾随，觑准对头巢穴下落，看明是否只此两人，有无师长同党以后。次日再往潜伺，乘其每日早出夜归之际，等人离开，再往当地相机部署，在所居洞穴设下妖法，并令同党埋伏其内，妖妇在外守候。准备对头夜里必要归来，那时再一齐发动，人一入网，立发散花针内外夹攻。以为此举无异网中捞鱼，万无幸免之理。

涂雷偏不吃她的亏，不特看出妖妇狠毒狡诈，所居山洞里外均设有法力禁制，防范周密。而那位前辈高人就是照胆碧张锦雯途中相遇的散仙中数一数二的人物百禽道人公冶黄，也在涂雷所居山洞将崖上栖止。妖妇便是能照计行事，赶了去也是徒劳无功，白找没趣；弄巧，不到日期，先多吃些苦头。

本来两下当晚必要撞上，也是双方屡世仇怨太深，谁都见了眼红，不肯放过。涂雷末两日因和百禽道人公冶黄相遇，闻说妖妇所持宝镜妙法，又似此宝不去，日后好些阻害，意欲乘隙夺取，据为己有。恰值连日忙于破坏君山后崖洞中法坛和水底所设妖法，未得其便。当日事刚顺手办完，忽遇张锦雯、林绿华、石玉珠三女追迹。

涂雷识得三女乃武当门下，生性又不喜与女子交接，未肯现身相见。后又觉出三女大有见疑之意，益发不快。起初只是闪避取笑，后值湖心排师斗法，木排上老师父以前恰遇同伴有德，对方本非善类，当时出手助了一臂。未及叙谈，忽发现张锦雯由杨永船上追来，立用师传灵符连人带小船一齐隐去，再施法力将船沉水，径由水底脱出水面禁制，将小船隐送回到原处。

涂雷因愤武当三女一再相追，认作意存轻视，正想做个恶作剧报复，忽接公冶黄传声示警，说与对方师门有交，半边老尼尤其不可得罪，这时涂雷和那同伴引逗张锦雯在洞庭湘江上空出没隐现，已然追逐多时。刚发完了话,便接到公冶黄的警告,不敢违抗,只得罢了。

涂雷隐退时,遥望前面正是妖妇所居山崖,妖妇和妖党面前放着宝镜,正在指点说笑,不由心中一动。暗忖:"难得今晚空闲,何不就势把那宝镜夺来?"便令那同伴避开一旁,隐身前往窥伺,相机而作。

涂雷原知妖妇崖上设有禁制埋伏,一则胸前悬有护身隐迹之宝,又得过公冶黄的指点,知道破法,有恃无恐,人更机智灵警,入伏以后,先装害怕,不敢动转。妖妇以为两个敌人,只一个入网,另一个久候无音,必要来探,意欲一举全擒。认定涂雷身陷伏中,万无逃理,乐得故作不知,借以诱敌。

哪知涂雷早在暗中施为,觑准妖妇志得意满,心神略分之际,猛然发动,一面破去妖法禁制,一面发出太乙神雷,同时冷不防夺了那面宝镜,破空飞走。

此举胆大机智绝伦,稍差丝毫,便难成功。尤妙是涂雷深知妖妇不特邪法厉害,并还恃有红云大师三盘经的真传,除非具有极大法力,使其形神一齐消灭,如将她肉体杀死,元神不能除去,必被附在身上,如影随形,百般为害,纠缠不舍,死而后已。自己既没有除她的法力,便专一取那宝镜,不作此想。仅在发难时节,就利用飞剑给了她一下,本来想断妖妇一臂,结果只把左手削去三指,仍未全如所愿。

妖妇骤出不意,害人未成,失去师传宝镜,又受了断指之伤,同党也各受创,如非应变神速,几于不保,自然愤急。怒火攻心之下,忙发红云散花针,和同党跟踪急追。满拟敌人初逃,自己并未停留,任他飞遁多快,以散花针的威力,分向逃路追赶,散布又广,怎么也能追上。只一挨中敌人,立起反应,就有法宝护身,必要现出形迹,自己也必追上。万没想到对方是她凤孽,处处受其克制,尽管邪法高强,并无大效。

这次涂雷本来不易于逃出散花针网之下,就有法宝护身,不致受害,至少当时被妖妇和妖党追上,被其围困虚惊仍是难免。还有那同来少年在对面峰头上遥望,一见涂雷夺镜到手,妖妇和妖党急起直追。人多势盛,初生之犊不怕虎,忘了涂雷适才之诫,竟自犯险赶往接应;正由斜刺里飞来,眼看与妖妇撞上。虽然身形已隐,妖妇一心急追仇敌,尚未觉查,但一挨近,必要发动飞剑法宝,妄想暗算妖妇。那散花针,又非寻常法宝,一与相接,不问能敌与否,必生反应,妖妇正在怒极之际,只觉暗中来了敌人,非下毒手不可,比起涂雷,形势更险。

偏巧百禽道人公冶黄算出二人行险夺镜之事,准时赶到崖侧,涂雷正好得手飞起。公冶黄忙施法力，将手一指，先代涂雷幻出一道光华，射向云空，一闪而没。就在这间不容发的当儿，同时将手一招，连涂雷带遁光一齐摄去，改向下方飞落。紧跟着再把那同伴少年拦住，相继招下，隐遁到另一隐蔽山坡之上坠落。妖妇百忙中只认定仇敌遁光，却上了当。这一来知道仇敌法力高强，不是庸手。益发沮丧忧疑不提。

一会儿，张锦雯由山前飞过，公冶黄将她招了下去，互谈经过。公冶黄把妖妇来历略说了个大概，并对张锦雯说："身侧侍立的两少年另有要事，已然隐形飞走。彼此都是同道，师门也有交谊。此时二人身负重任，尚不便与第三人相见。君山妖人不久即回，从此多事。以后双方尚有不少人来，事关重大，全仗人多合力，并非三数人便可了。此后各尽心力行事，成功不问何人，凡出力的俱是极大功德。"张锦雯又请示了些机宜，方始拜别回去。

张锦雯到了水云村一看，林绿华与石玉珠均未回来，问知二女俱因自己久出不归前往寻找。知附近有红云门下妖徒潜伏，行踪诡秘，恐林、石二女撞上，虽有金牛剑护身，终恐一时疏忽，受人暗算，忙又飞出寻找，途中遇见林绿华回飞。

林绿华说杨永已将操舟小孩寻到，始而守口不吐真情。仗着杨永多年善名，环湖穷人多受过他的好处，十九认得，经小孩的娘一说，方始开言回答。但他只知两少年一姓瞿，一姓涂。来时自称由云南来此游山，并办一事。须有些日耽搁，因怜操舟小孩金阿秀穷苦，年小聪明而知孝母，将小船雇下，不令打鱼，给钱甚多。

后来金阿秀看出二人俱有法力，请收为徒，未允。但是相处极好，几乎每日必见。有时去往君山，有时只在湖上荡舟游乐。每次上岸，都是一晃不见踪迹。仅有一次，看见他们往湘江一面飞去，至今不知往处，问也不说。

当日又坐小舟同去君山后面无人之处，姓涂的说今日有人惹厌，行法将舟隐起。一会儿便来了一伙男女游人，内有三个体面女子也会法术，满山寻他们，因二人会隐身法，连阿秀一齐隐起。先前姓涂的只想做个恶剧取笑使三女丢人，后看出三女不是恶人，只令小孩出面，设词骗了几两银子。正打算引往岳阳楼上斗法，试试法力深浅，恰值湖中排师斗法。

那木排上老排师，姓瞿的认识，赶去助了一臂。将寡妇邪法破掉以后，忽说惹厌的人又来，偏不肯见。随又行法隐迹，将小船沉入水底，驰向远处。姓瞿的再三劝他不可使人难堪，终不肯听。匆匆上岸，立同飞走，由此便未再见。杨永问不出两少年的来历底细，只得回转，也快到家。

张锦雯问知石玉珠尚在洞庭湖上空隐身飞翔，查探一切，并未远去，才放了心。匆匆和绿华同返水云村，杨永不似绿华飞巡耽延，也正到门。三人入内，张锦雯略说经过，忙令绿华往寻石玉珠。绿华到了洞庭湖上空，不见踪迹，又去岳阳楼上，由众客口里得知人往君山，忙寻了去。见面之后，依了石玉珠，潘芳和巩霜鬟觊觎禹钟下面宝物也来此山，意欲探明踪迹再回山。林绿华说："潘、巩二女并非妖邪一流，虽然利令智昏，决不敢由己身发动洪水之灾，不过志在相机攘夺，无足为患。大师姊现在立等商谈，仍以先回为是。"

林、石二女便同回水云村，张锦雯道："现事已闹大，照我们来时师父淡漠神情和连日这里的形势，建这一场大功德的必不是我们三人。处置稍一不善，白受辛苦艰难，多树强敌，还许与别派道友伤了和气。现有两策：一是早日知难而退，就此罢手，让那应劫而来的人去建全功；一是从今以往，我们先不上前，只在一旁耐心观察到底来的都是何人。

"听公冶真人之言，好似我们所遇两少年，也只是各尽心力，因人成事，并非此事的主脑，不过和妖妇有屡世冤孽，必须借此了去而已。那挽回浩劫的主要人物现还未来。等他来时，如是峨眉、青城两派中相识的同道，那便相机下手，助他一臂；否则，单是竹山教中妖人，已须防他情急大举，把彼教中为首诸妖一齐引来，难于应付，又加上红云门下一干妖徒，凭着我姊妹三人，固然不致为他所伤，要想手到成功，却难如愿。

"而且还有潘芳，巩霜鬟生心觊觎镇湖神钟下面藏的前古至宝，也来此地。这两人和我们俱都认识，法力也非恒流，到了紧要关头，怎好意思和她们翻脸为敌？如在事前劝解，巩霜鬟人尚温和，潘芳素来刚愎任性，不特不会听从，反而结嫌成仇。虽彼此交情不厚，总算是素无嫌怨，事又不自我成，何苦多树一敌，惹她们长年报仇，纠缠不休。

"还有近来各正派的后进人物大都好胜，贪功自恃。即以今日所遇雷公嘴而论，好意探问他的来历行动，欲与合力，同舟共济，他偏独行其事，执意不肯相见。后因见我穷追不舍，又故意引逗愚弄，说出那样无理的话。他一个初出茅庐的末学后进，又碍着他师长的情面，其势不能与他一般见识。未来的人也少不了这类无知顽童，平白怄气，受人嘲侮也是不值。那只好坐观成败，事情应在后来的人，又是有公冶真人在此，当无不成之理。万一来了人也是不济，或是到了危机之时，再行出手不晚，也教他们看看我们武当门下的法力。二位贤妹以为如何？"

林、石二人闻言，俱都不以为然。石玉珠首先答道："大师姊的话虽有理，但是这次的事不是这等看法。近百年来各正派中何以只有峨眉、青城两派日益光大？尤以峨眉一派门户之盛，远迈前修？最大原因便是他们门下弟子自来内外功行同时并重。起初入门不久，便令下山立积外功。仗着人多力厚和本门诸长老以外，又加上教外同道之交十九多是法力高强的有名人物，应援神速，纵有危险，也只暂时，终于成功克敌而归。

"偏生各人仙缘仙福又厚，谁都有两件奇珍异宝可以护身御敌。以致一班后进相习成风，谁都勇往直前，多么冒险的事都敢去做。尽管树下许多强敌，各异派妖邪恨之入骨，结局仍是莫奈他何。

"后来凝碧崖开辟五府，威望日隆，掌教真人更以绝大法力设下火宅、十三限左右两元关，使门人根基扎稳，方准下山。因他本门别有心法，进境神速，门人十九又是极上等的根骨禀赋，虽有这两重关口，那向道精勤的弟子，少则三数年，至多不足十年，便能下山了。

"似这等竭力修积，自然善功浩大，上邀天眷，益发锦上添花。本质再好，人数又多，群策群力，互相照应，无往不利。不消多年，便领袖群伦，盛极一时了。

"像我武当本门呢，先是师祖仙去以后，各长老均欲自为宗主，因而忽生嫌怨，和昆仑派一样，闹了许多故事。等到师父继为教主，本已势衰，不似当时，加上师父又有特性，轻易不喜与外人交往，门人在外无甚助力。更不肯轻收门人，连灵灵子师叔门下男弟子，总共没有多人。对于门人虽极期爱，教规也严，为了好胜之心稍重，从不愿门人吃亏，因之也不许为那勉为其难的事。总想内功到了火候，方许各人自己行动。

"近年还是经我们姊妹七人力请，方准下山行道。致令时机坐失，好些大功大德都被别人建去，而我姊妹外功俱都积得有限。难得遇到这等千年难遇的巨灾浩劫，虽照公冶真人之言与师父来时暗示，成功的另有其人，不是我们。但终究是我们首先发现，已来此多日，本未计及艰难，何必再管它的成败？休说心力尽到便是功德，纵令无功可立，也是修道人应为之事，如何为此区区无知后进末学，便负气不问呢？

"至于第二策坐观成败一层，一则迹近取巧，非修道人所宜；二则这类事原是当仁不让，更谈不到甚顾忌。对于妖人，固应唯力是视，与之周旋，便对潘芳、巩霜鬶二人，也不能顾甚情面。她只利令智昏，敢行不义之事，我便以强力阻止。不过念在多年相识朋友之义，听否由她，事前必须加以忠告；如真执意不听良言,那也只好看事行事,各凭法力,一决成败高下,说不得了。

"至于后来成功的人,如是旧识,自与合力。我已谋之于先,于情于势,都决无阻我后退,由他上前之理。如是不识,我们对这些来人,只要不是妖党或潘芳一流,除非他来寻我们商计,均无须再去睬他。好在都为的是拯救生灵,我们并无私意。能合力固是佳事,不能合力,不会各行其是么?洞庭水神曾有事情应在林师姊身上之预示,照我观察,成功虽不自我们,也必与我三人有关,否则林师姊也不会有这次的遇合了。事已至此,如何能袖手抽身呢?"

林绿华接口道:"玉妹之言极是,为善须要做彻,况已费了不少心力,怎能罢休? 真要全是徒劳或有别的危害,师父早加阻止,不令我三人来了。照公冶真人之言,只说尚有不少人来,没说成功由我三人,但也不曾指明何人成此功德。我们不过照他所说揣测,不能作准。看他暗中守伺不去,又不露面伸手情景,莫是浩劫难回,至少也须应点,准备祸发之后再作补救,作那减轻危害之计吧?"

张锦雯道:"你二人所论甚是,我原因那雷公嘴可恶,只是一时气愤之谈。但办此事,不问如何,终嫌人少力微。毕、花二道友虽有洞庭之约,外人新交,他往白犀潭见师,来否又难拿定。师父近传金牛剑越多越有威力,同门姊妹半都有事,不能来此。只石明珠、司青璜两师妹现在青城一带,我意将她二人找来,二位师妹以为如何?"石、林二人同声答道:"这自然好,我们也有此心意,还未和大师姊说呢。"

因三人中只石玉珠和潘芳、巩霜鬟较熟,以前曾有过两次往还,便由张锦雯飞书去请缥缈儿石明珠与司青璜二女前来洞庭湖水云村应援,石玉珠往君山和湘江两岸诸山中寻找潘、巩二女下落,林绿华暗中接应。寻到以后,作为无心路遇,设词探询来意。如说实话,或是转请相助,便照她口气婉言劝解,晓以利害。她们如不听,只要不十分无礼,先不必与之变脸,林绿华也无须出面相见,暂且由她们去。石玉珠作为朋友之谊业已尽到,听否由她,各自辞去。却由林绿华暗中隐形尾随,石玉珠改作接应。

以潘、巩二人之力,想要移去君山,或是深入水底破去大禹神钟之禁,盗取镇湖神钟和钟内所藏法宝;休说法力未能,就有此法力,二人虽非玄门正宗,到底与别的异派妖邪不同,事关巨万生灵浩劫,任你利令智昏,也决不敢闯此滔天大祸,自取灭亡。只要在事前探查明了她们的踪迹下落以及到时她如何作法,巩霜鬟是否真与潘芳同床异梦,为交情所迫,不是本心,以便临期有个戒备。免得竹山教中妖人就戮,眼看浩劫可以幸免的紧要关头,忽然为她们想作渔人之利乘隙下手,这一面,竹山教之外还要对付红云师徒,变出非常,难于兼顾,因而生出别的枝节。这么一来,就不主持全局,也可釜底抽薪,为此事消去许多隐患。

三人议定以后,便要分头行事。杨永、史涵虚觉着三女法力如此高强,又有水神预示之言,以为是眷念生灵,行事谨细,结局成此大功德的仍是三人,闻言俱都半信半疑。

杨永见天色将明,便要三仙略进饮食,请林、石二仙天亮以后再走。石玉珠笑道:"我早就说过我们虽非真正神仙,究与常人有异。初来设宴乃主人盛情,不容不领,以后大可不必。我们也不解世俗客套,如思酒食,自会开口,无须时常盛设。来日大难,此事日渐紧急,时机稍纵消逝,一刻不容放松。

"像潘、巩二人已是散仙一流,行事无分朝暮,我料她们此时仍在君山或沿湖一带徘徊,我二人往寻,大概可以遇上。适才我本在君山查探她们的行踪,如非师妹来唤,说大师姊有话商议,就不回来了。主人已随我们劳了一夜,请各归房歇息。妖人邪法实是厉害,由今日起,最好由我三人自己行动,主人仍和往日一样,作为无事才好。"

杨永知是实情,只得应了。石玉珠说完,向林绿华说一声走,便同隐身飞起,一闪即没。

张锦雯素来行事谨细,因石明珠、司青璜分手业已多日,不知是否仍在青城山且退谷司青璜家中,估量二人就不回转武当山,也必有别的同门回转。便把飞书发到武当山,司、石二人如在,令其即来;如若不在,便由接到飞书的人照石、司二人所去之处转寄了去。

发书时本没想到石、司二人曾参与铁砚峰诛戮鬼老师徒之事。现在红菱磴为银发叟镇坛护法化炼妖魂。心还在想石明珠最爱司青璜,前和自己分手时节,曾说年来久居山中,静极思动。这次奉命下山,正值小师妹司青璜回家省亲,恰是顺路,等把事办完,送青璜到且退谷,略住二三日。遂了孺慕之情以后,如无甚事,便带青璜漫游各地。一则就便看望一些旧友叙阔;二则青璜新近奉命行道,使她多见识些世面,多结交几个同道之友,日后在外面遇起事来好得一点照应。

唯恐自己功力不够,飞书投递参差,万一再被有法力的异派妖邪中途截去,使君山之事又生出别的枝节,更是不妥,宁愿稍为迟缓。后由武当山转寄,便是为此。

哪知乃师前因算出君山之事关系太大,许多厉害妖人到时均要闻风前往,便是武当七女都去也难收全功。生平行事,如无其力,宁愿舍去,决不落后,更不肯因人成事,随同呐喊。虽以林绿华志行可嘉,不肯阻她善念,自己却不肯参与,以免不能成事,为人所轻。正值赴一好友之约,只淡淡和绿华说了几句,未加可否,便即起身。

半边老尼到了约处,谈起此事,经那旧友力劝,大意也是说武当的诸女弟子内功虽已有了根底,外功尚差,似此千载难逢的良机,如何可以错过?事关千万生灵安危,修道人遇上唯力是视,义不容辞。万不可以好胜之念横亘胸中,一觉要落人之后便置不问。只个人把心力尽到,何须计及事之成否?道友飞升在即,难得道友在日有此良机,正应为众弟子做主才是正理等语。

半边老尼竟被说动,不等事完先即听劝赶回。因自己不便出面,正打算将张、林、石三弟子招回一人授以机宜。刚到就接张锦雯飞书求援,便不再招三人,立向石明珠、司青璜二人飞剑传书,略述君山之事,令其速回武当待命。半边老尼法力自然高得多,飞剑传书由于心灵主驭,随意所如,自己人无论相隔远近,人在何处,均可传到。外人既不能中途截取,也无须在事先查明方向地点,比较张锦雯灵速得多。

飞书到达红菱磴,恰值老鬼师徒妖魂已被炼化,司青璜已在妖魂余气未尽的前一日急于归省,回了且退谷。石明珠当日事完,正向银发叟辞别,就要起身,接书一说,银发叟闻此盛举,大是嘉许,为酬护法之劳,还赠石、司二人两件法宝。石明珠拜谢起身,先飞且退谷,招了司青璜同去武当,因与南绮有约,知她夫妇日内必来,行时把书中大意告知方环、司明诸人,请其转告裘元、南绮夫妇,然后才匆匆往武当山飞去。要知后事如何,且看下回分解。

第一〇四回

宾主巧参差　芦荻藏奸　百丈寒光清邪火
水云长浩渺　湖山如画　一声铁笛起遥波

话说裘元、南绮、吕灵姑、纪异一行四人，正以竹山教妖人斗法之会改期，奉命随意修积善功，并未指明何往，暂时想不定往哪里去好。闻言觉着此事既是极大一场大善功；洞庭君山和湘江一带山水灵秀，久已闻名，又是素未去过，正好就便登临；并与武当诸女弟子相见，闻言好生欣喜。裘元唯恐父母悬念，好在为日尚早，便和南绮等三人商议先回家中小住两日，再行上路。雷、方、司诸人知他孺慕甚殷，此行又是极大一场功德，不便坚挽，勉强留了一顿饭，在且退谷相聚半日，各订后会而别。

四人回到环山岭向友仁夫妇一说前事，友仁近更知道爱子道力日进，异日神仙可期，此行关系巨万生灵与佳儿、佳媳的修积，不但没有强留，反催速行，以防贻误时机。还是南绮力言，此时竹山教妖人正在下手布置，妖人近又他去未回，尚还没到时候，晚去两日无妨。友仁之妻甄氏又甚恋恋不舍，仍是原议未改，议定第三日午后动身。

友仁笑问裘元："这等空前浩劫，众仙既然知道，理应防患未然，乘妖人未举事前将他除去，岂不省事，又免担惊？万一到时制他不住，贻祸生灵，悔之无及，为何非等大火已发，才下手除他，多费心力，还难保万全，是何缘故呢？"

裘元答不出来。南绮从旁代答道："爹爹所说固极有理，但是事情并非如此简易。详细情形，未到君山，虽还不知细底，一则这类事多是注定劫运，道家广积善功，乃是欲以至诚毅力，感格天心，勉为其难，做那人定胜天之事，但是劫运必须使它应过，否则一波未平，一波又起，防不胜防，转更加厉，就难收拾了。

"目前异派妖邪众多，尚自猖獗，去了几个竹山教，又来了别的妖邪。何况神禹镇湖神钟前古至宝，风声所播，群来觊觎窃夺，从此七泽三湘生灵难保朝夕，永无宁日了。

"再则，眼前除却竹山教之外，便有好些闻风而至的左道旁门，未必全是明目张胆行事，多半鬼鬼祟祟掩藏一旁，暗中窥伺观望。各怀私利，意欲乘机窃夺，见势不佳，必要远遁。专去寻他既难搜索，留着又是隐患。转不如暂缓下手，一面暗中破去他的奸谋邪法，一面相机准备。

"好在这类镇湖至宝必有极大法力禁制防护，妖人就是下手顺当，无人作梗，也取不去。只有为行妖法，或是情急妄为，引起洪水之灾，较为可虑。但是风声已泄，正教中人纷纷赶往，必不容其猖獗，这等行事虽然缓而较险，均使在场诸妖一齐伏诛；一面使未在场的知道厉害，此宝不容染指。特别是前古禁制先不能破，又有许多强敌作梗，去必无幸，自然不再作此妄想，岂不永绝后患了么？大意如此，是否还有别的重大原因，就难说了。"友仁方始恍然。

这两日内，裘家只是父子、家人和吕、纪二仙同聚，所有道友一概设词谢绝不见，天伦之乐，喜气洋洋。到了第三日午后，四人方始拜别二老夫妻，同往洞庭君山飞去。

剑光迅速，当日便是飞到，行前，裘元、南绮均主先飞水云村杨永家中，见着石明珠姊妹问明详情，再作计较。吕灵姑道："不可，这类事关系各人善功修积。武当诸道友与我们并非同门，虽然见义勇为，当仁不让，遇上这类浩劫巨灾，凡是正经修道之士，唯力是视，义不容辞，毕竟由她们起始发动。明珠姊姊也并未要我们前往相助，如若我们一到先去寻她，还当我们闻风参与，想要分她们的功劳。张、林二位又都不熟，何苦引人疑忌？

"莫如暂时各行其是，等到遇上，再告以我们也是奉了师命前往，并非无因而至。反正同是为救生灵劫运，谁成功都是一样。如愿合力更好，否则我们只要把心力尽到，如不济事，那是本领太差，只率让人先鞭；要是她们不济，再举全力相助。但求实际，不必居这成功虚名。既显我们大方，又免因此生出芥蒂。南姊以为如何？"

南绮道："我们原是在且退谷听人说起，还是明珠姊姊留的话，如若各走一路，上来不与配合，倒显出与之争功夺胜，迹近逞能，反易生出嫌隙。何况石家姊妹和我们又是多年至交，如此行径，分明把她们当作外人看待，实是不妥。

"依妹子之见，还是直赴水云村，告以实情，就说奉命行道，无事可做，闻得君山妖孽猖狂，素慕三湘七泽之胜，又闻玉珠姊姊在彼，亟思良晤，为此赶去为她们少效微劳,共襄盛举。这等说法情理兼尽,休说张、林二位道友为人素极谦恭和善;便是两个私心较重的人,照此说法想也不致生出别的误解,石家姊妹更无容说了。"

吕灵姑因和石明珠在且退谷外初见面时,两情不甚投契,总觉明珠和司青璜性傲而骄,本心不愿去水云村,所以那等说法,无如南绮之言近情合理,无词反驳。又知裘元、纪异均唯南绮之言是从,南绮与石氏双珠多年深交,情分至厚,再若争执也是无用,只得罢了。

南绮虽觉灵姑不甚以己言为然,却未想到是与石、司二女不投,不愿附和一气;只疑灵姑私心自用,想由本门弟子建此功德,不喜外人把功分去。暗想武当七女无一弱者,如今已有三人在彼多日,事情尚无眉目,忽然飞书武当求助。照石明珠所说半边老尼飞剑传书的情景口气,君山这伙妖人分明是劲敌,凭自己这四人如何能操必胜之算?

此事修道人份所应为,成败与否,自有定数。人定虽或胜天,但却不应计较。如由武当诸女当先,自己从旁赞助,成固大佳,败亦无关荣辱;如若分道扬镳,休说力量比较单薄,并还是能胜不能败的局面。同败尚可,若是一成一败,而败的又是自己这一面,便要贻辱师门,引人讥议。就算成功的是自己,也必引人嫉恨,好好良友变成冤家。不如上来便与合力,进退自如,彼此都可立些善功。以后互相扶持关照,情分只有日益深厚,岂不要好得多?

南绮想罢,因灵姑只是默言不语,未再坚持,也就不再多说。哪知石、司二女对于灵姑一样也有误会,不怎投契。南绮上来不曾察觉,并将双方这点隔膜化解,以致各自心中介介,日后几乎生出事来。此是后话,暂且放开不提。

当下仍是依了南绮之言,由且退谷动身,直飞水云村。到了杨永家中,便问张、林、石诸女是否居此,说他们是故友拜访。偏巧张、林、石诸女为防妖人寻来给主人生事,吩咐杨家人除了武当来人,不可告以实情。人去之后立即着人入报,自有处置。

原意是已给武当飞书,来人如是自己人,自会直飞后园,再行下落相见,如是外人,便辞以不在,三女闻报,便会暗中分人出来探看,先辨明了来历,再作计较,以免主人家中为此再生枝节。万没想到南绮等四人会寻了来。下人们奉有主人严嘱,自然讳莫如深。而答话这人更是机灵太过,一见来人形迹可疑,答的话十分巧妙,既使人不觉是假,而杨、石、林诸人恰又真不在家。

原来石明珠到了武当，又奉命先往别处转了一转，次日才行赶到。与张锦雯刚见面谈了几句，便见林绿华飞回，告以已然发现潘、巩二女下落，并还添了两个有力帮手。看情景好似潘芳刚愎，固执私念。巩霜鬟料到将来决无善果，一个不巧，还要身败名裂。多年至交，不愿坐视她堕落。始而欲以釜底抽薪之法，婉语点醒，使其省悟，悬崖勒马。

后见她不听良言，又改柔为刚，细说利害，苦口婆心，直言劝阻。潘芳仍是执迷不悟，反对巩霜鬟生疑厌恶。只因个人孤掌难鸣，而巩霜鬟又对友忠诚热心，甘受讥嘲，未与计较，抱定力劝不从，便守到时候，再以全力挽救，不忍遽然舍之而去，才未当时绝交破裂，但已是貌合神离了。

潘芳也是修炼多年，多历事故，一时利令智昏，自趋灭亡，并非完全不知利害轻重的无知庸流。尽管不纳良友忠言，却也感到事情棘手，暗藏戒心。偏是贪欲太重，总以为即便造成灾难，责任也在于竹山教妖人；自己虽收渔人之利，将钟底藏珍乘隙取去，于镇湖平水无足轻重，不能作为孽由己造，一味私心曲解。

一面打定如意算盘；一面觉出巩霜鬟心与己违，此来迫于旧友情面，实是同床异梦。到时纵不公开作梗，也必不肯以全力相助。本来就难，再少此一个预计可靠的得力助手，事情自更艰险。无如平日崖岸自高，性情孤傲，靠得住的朋友太少；急切之间无处寻人相助，心更烦闷。

这日清晨，潘芳欲往君山探看竹山教妖人动静，又被巩霜鬟劝阻，越发愤恨，几次想要发作，勉强忍住。这一争执，巩霜鬟便未同行。潘芳独自前往一看，竹山教妖人仍是一个未归。

归途忽在岳阳楼附近遇到两个左道高手，原是小南极落虹岛主夫妻二人，一名洪原吉，一名崔香。因为附近四十七岛妖人前被正教中人诛戮殆尽，唯恐连累而及，潜来中土，在中条山黄鹄峰后寻了一个极其隐秘的洞隐居。始而尚知敛迹，住了十多年觉出无事，渐渐出山走动。

这年夫妻二人往大庾岭深山之中访一同道，恰值所访同道平日为恶太深，吃峨眉派三英二云中的李英琼、余英男，带了两个曾吃过他亏的男女门人寻上门去，双方恶斗正酣。洪原吉夫妻和那妖道至交，又和双英初遇，不知厉害，冒失相助。不料妖道转眼伏诛，洪、崔二人也被李英琼法宝困住，眼看无幸。忽遇潘芳路过，因昔年去南极采药与崔香无心相遇，两人谈得投机，被崔香邀至落虹岛上住了三日。

当时洪原吉他出未归，崔香还欲坚留与她丈夫相见。潘芳久出思归，又见岛主人不是正经修道之士，一到岛上便起了轻视之心；只因崔香优礼款待，情不可却，留住了数日，已然勉强，如何还肯再留，婉言辞谢而去。走不多日，洪原吉回岛，恰值四十七岛妖人恶满被戮，夫妇二人避入中土，双方一直未见。

此番忽然不期而遇，如在平日，潘芳决看不上崔香，但因旧日承过情，又当和巩霜鬟负气，亟欲得人相助之际，崔香又善于言词，略一套问，潘芳便说了实情，双方一拍即合，当时同了回去。

林、石二人寻到她时，四人正在谈论，巩霜鬟神情愁闷，潘、洪、崔三人却是兴高采烈，大言不惭，并说事在必为，无论何人出来作梗，必与之决一胜负。虽对巩霜鬟取瑟而歌，林、石二人如若出面一劝，立成仇敌。又不忿她骄狂，绿华恐二人之力制她不住，便令玉珠暂勿现身出去，意欲回见张锦雯商议停妥，并等明珠到来，再定行止。

二人回抵水云村时，石明珠恰好刚到，因她与潘芳结有宿嫌，闻言大怒，立和张、林二人匆匆赶往。此来经过及与裴元夫妻合力诛戮鬼老师徒，且退谷约定未赴，留语作别的话，均未详说。

裴元等四人到时，张、林、石诸人未在。杨永又以连日辛劳，乘着仙宾外出，去往内宅补点睡眠。下人又卖弄聪明，力言自来没有女客在此居住。南绮先是心疑寻错了人家，嗣向下人盘问地名和主人姓名，均与明珠且退谷留语相符，好生奇怪。又疑张、林、石、司五人行迹诡秘，此事只有主人知晓，下人不知底细。便同退下，寻一隐蔽之处和众人商议，意欲隐身飞入明珠所说后园，探看对方到底在未。

灵姑心中成见颇深，笑道："这分明是他们有私心，恐外人分她们的功德。先因违约，无意中说出真情，说了又复后悔。到了这里，算计我们得信必要赶来，故嘱下人回绝不见，以便她们独力成功。玉珠姊姊虽和我们交厚，一则她是小师妹，拗不过众；二则她们到底是一家人，只好听之。我们已把情礼尽到，是她们私心不肯见人，并非我们自恃孤行，异日见面也无话说，何苦去寻她们做甚？"

南绮道："我想张道友我不深知，林、石二位决不是自私背友的人。尤其玉珠姊姊与愚姊妹交更深厚，我们尚没见，怎能断定？她如在此不见外人，其中必有原因，事未分明，如何与人负气？就不与之合力，也等探明详情再定。好在所居是常人的家宅园林，易于查见；又不是深山僻境，我们只消往她们住的后园一探，就知道了。"说罢，不俟灵姑答言，便令三人在林内暂候，自隐身形往杨家后园查看。

南绮到了明珠所说后园，只见静室共是五间，只一老道士和一道童在内，四外静悄悄的，连个执役童婢也无，实不是款待仙宾之所。再细查看道人，虽然相貌和善，神情穆静，只是一个讲究吐纳坐参，略有一点修养的老道，并非真具法力的老道士。听那口气好似受施主款留已有多日，施主到内宅歇息，刚进去不久。

南绮心想："这类游方术士，武当诸女怎会同在一起？"等了一会儿，道人打起坐来，所用功夫更是粗浅。南绮不认得史涵虚，见状越以为武当诸女不会与这等庸常道流同在一起。别处和内宅尽是主人亭馆闺阁，童仆温媪用人甚多，所闻也都是些家常琐事，无一提到有女客居此的事。只得退了出来，和众人一说。

灵姑听了，越以为所料不差，不是有心规避，便是前说不真，人本未在此地，另有住所。南绮虽觉不致如此，但是人找不到，只要另打主意，等到遇上再作计较了。

裘元笑道："武当诸位道友既不在此，我们此时应往何方去？"南绮道："我看此事并不容易，竹山教妖人颇多能者，此时深浅虚实尚未知悉，如若直飞君山，对面撞上，胜败难卜。还是在附近山上寻一地方住下，有了退处，然后前往查探明了虚实底细，再行下手，以免冒冒失失赶去，易于误事。"灵姑、裘元等均称善。

纪异道："这里我没有到过，吕师姊不是说岳阳楼风景甚好么，我们何不去往那里看看呢？"吕灵姑道："反正人地生疏，一样找住处，我们到哪里去找也是一样。不过这等挨近城市的名胜所在，日里游人众多，对面就是君山，相隔才十数里湖面，左道妖邪惯喜在热闹场中混迹，就许撞上，去时还是隐了身形的好。"

南绮道："那倒不必，我们都年轻，竹山教妖人都不认得我们。前在苗疆虽曾遇见过两个，当时都已伏诛。装作游人前往登临，料不至于被他们看破。此间风景甚好，相去又不甚远，连飞行都无须，就此沿途观赏，步行走去好了。"说罢，四人便自林中走出，顺着田岸没走多远，因不识路，知道岳阳楼就在巴陵城上，下瞰洞庭，所到之处恰有一条通湖小溪，便沿溪往湖滨走去。

时正午后，农人多在水田中耕作，到处是人，只这条溪路清静。浅岸清溪，碧波油油。溪的两岸绿树成行，疏密相间，一面是旷宇天开，良田万顷，阡陌纵横，绿云如绣；一面是远山萦紫，近岭凝青。湖波浩渺，天水相涵，加以风帆远近驰行，白鸥翱翔，点缀其间，宛然一幅绝好画图。偶值一阵风过，稻香扑面，心神为之清爽。道旁怪石小峰之下，时有不知名的香草兰蕙之属因风摇曳，竟吐芬芳，在在供人流连玩赏，不舍离去。众人多赞好景致。

吕灵姑道："记得昔年幼时曾随家父往来湖湘之间访友，留宿巴陵，次日便去。虽还到过一次君山，只因彼时年幼，多为走马看花，不知领略，只是觉好而已。如今看来，想不到由远处遥望湖山，竟有这等好法，比起身临其景又另是一番佳趣。

"自来村落田园之间，总免不了有些粪堆粪窖，土墙泥洼，秽气触鼻，令人难耐。往往极好一片地方被它糟蹋，活似一方素锦染上许多脓血污迹，乡农耕种施肥又非此不可，真是一件最煞风景而又无法的事。最难得的是，此地这好景致不但没见一点粪秽丑恶之迹，并见所有人家的竹篱茅舍多半都是花竹扶疏，里外清洁，到处干干净净的。难道湖山水秀所钟，使沿湖的农夫村民都具有几分清气不成？"

众人说笑间，纪异忽指前面笑道："你们看那地方像画不像？"众人往前一看，原来在前不远便是溪口通湖之处，溪面约有七八丈宽，水势自然比来路大些。对岸尽是成行桃杏之类的树木。众人所走这一面却有一段空旷，只靠近湖口的溪湾上有两株三抱粗的高柳，柳丝参参，随风飘拂，荫被甚广，半株伸出水面。

绿荫下面系着一条小船，船头上躺着一个十一二岁的小孩，短衣赤足，曲肱作枕，业已睡熟。右船舷旁系着一个鱼篓，大半截沉在水内。小孩身畔斜放着一个鱼竿。

一只白如霜雪，吃得又肥又壮的狮形小猫，蹲踞在右船边上；圆睁双目，瞪视着船侧鱼篓，不时伸出一爪往下乱刁，颇有馋涎欲滴的势头。还有三只猫，一大两小。大的蹲伏在船后艄上，似睡未睡，懒洋洋的。旁边放着一个浅瓦盆，残饭狼藉盆外，看神气似已吃饱，正作午睡。

后艄柳条较长，低得几及船面。两只小猫一花一黑。一只花的蹲在地上，昂头伸颈，瞪视着上面垂下的柳条，憨气十足。望着望着，忽然跃起，朝柳枝上抓去，一爪抖下一簇嫩叶。另一只黑猫竖起长尾，在船边徐行，伸着懒腰，意态本甚暇逸；见花猫淘气，也见猎心喜，猛然纵扑过去。

两猫一抢，柳叶落空，吃风一吹，贴着船板滚去。两猫越发有兴，争先前扑，由此满船艄乱窜，追扑起来。这时清风淡淡，柳影飘飘，对岸花树成行，绿烟如雾，面前又是湖波浩荡，水天一色；与这平畴远树，柳岸渔舟，相涉成趣,端的绝好一幅画图。

见此佳景,南绮首先赞道:"果然妙极!生长在这等好山好水的人,安居乐业不说,单这湖山风月之胜也够消受呢。"

灵姑道:"那些凡夫俗子知道甚?我幼时生在北方,曾随家父来往于齐鲁燕豫之间,后来间关避难,又曾远适秦陇边荒,见到好些穷苦地方的人民,真有并日而食,终岁无衣的。孟子所谓'乐岁终身苦,凶年不免于死亡',尚不足以尽之。似此境地,几曾梦见?可是人都得福不知福,他们土著在此,从小看惯过惯,也就不觉得了。"

裘元道:"我真爱那两只小猫,不知他肯卖不肯?"南绮笑道:"你真是小娃儿脾气,我们此时正忙,要猫做甚?莫非还带在身上同走不成?"

裘元道:"我不过随便这么一说。母亲最爱养猫,真要带走也并非不行。你用法术把它藏在宝囊里面,再把你那丹药拿给它吃上一粒,先不令饿,还可省去每天喂它的麻烦。遇我们想吃东西时,也给它吃一点。这样带在身边一点也不费事,几时回家或是这里事完;我抽个空给母亲送去,不是好么?"

南绮只望着他好笑,也不搭腔。裘元见她一双静如澄波的星眸注定自己,浅笑嫣然,似有嘲笑之意,忍不住问道:"姊姊,你笑甚?"

南绮笑道:"你这呆子,想说你吧,你此意发自孝思,题目又大;不说你我又忍不住。眼看这里妖人肆虐,巨劫将临,我们挽救危亡尚虞不济,前途不知有多少艰难惊险局面,你偏有这闲心带个小猫在身边,还说拿丹药喂它。我那丹药也是父亲传授的紫清秘制,不是有大缘福的人,休说是吃,连见都不能见到,你却拿来喂猫,真不怕造孽吗?叫我说你甚是好?"

裘元未及回答,纪异插口道:"裘哥哥,这事实做不得。那年我娘病得要死,想求得这样一粒灵丹。我来回跑了好几千里,几乎两次把命送掉,好容易遇见仙师恩怜,赐了一些丹丸,但只延长了些时候,仍未把我娘的命保住。和吕伯父一样,还须费上多少事,到峨眉仙府求来芝血、灵丹,才能重生。就说各位仙长和芝仙怜念,一到就赐给我们,我娘埋在地下这些年也闷气呀,我一想起就伤心。此丹宝贵已极,如何随便给猫吃哩?并且我听祖父说,凡是畜生都沾不得一点灵气,要是内服灵丹成了精,再去害人,就造孽了。"

南绮本来就忍不住好笑,及听纪异一本正经,说到末两句,再也忍俊不禁。连裘元也好笑起来。南绮便指着裘元笑道:"你拿我灵丹去喂猫吧,没听纪师弟说么,畜生沾不得灵气,留神它成了精,吃你呢。"说罢,众人又是一

313

阵好笑。

众人说着说着，已由柳下走过，到了溪口，全湖面已展开在眼前。时正风起，湖边一带惊涛拍岸，水气茫茫。遥望湖上，波澜越发壮阔，上面却是云白天青。纪异方说："果然水大的好，我家湖心洲尽管有山有水，有花有树，哪有这等气象？"话未说完，忽由去湖岸的土崖角上转过一个身背空鱼篓，手提酒瓶、蔬果的老年渔人，一路低声慢唱而来，朝四人身上打量一眼，擦肩走过。

南绮笑对裘元道："这便是那渔船主人，你还不向他买猫？"裘元含笑未答，渔人似已听得，忽然转身回问道："少爷要猫么？老汉奉送一只好了。"灵姑道："老人家，我们不要，只因见那船上小猫长得好，说着玩的。"这一答话，双方便停了下来。

渔人因众人口音不是本地，相貌美秀英异，各有奇处，与常人大不相同，又打量了两眼，笑道："四位少爷、小姐是水云村杨善人家来游湖的远客吧？怎不走正路，却绕小青溪的远路？这里去岳州西门路远尚在其次，过去尽是些田眼水沟，有的地方连石板都没搭一块，怕不好过呢。依老汉之见，四位莫如往回走，由前面田岸上斜穿出去，还省事些呢。"

裘元正要答话，灵姑接口道："老人家怎知我们是杨家的客？"渔人答道："我也不晓得，昨日听我小外孙说的。他家有一小船，平日只打鱼用，并不是载客游湖的。那日忽然来了两位小客人雇船，由此成了主顾，给钱极多，只是不愿人知他来历。前晚水云村杨公子忽同了两个女客先后寻去，打听这二位小客人的姓名、来历。照我外孙所说，小客人和杨家女客都不是寻常人，我问他详情，又不肯细说。适见四位少爷、小姐装束、神情和人数，与他所说正合，又都是外人。这里大户只杨公子一家，他家撑船的老朱也说杨家来了三位女远客，到君山走了一次，故此被老汉猜中了。"灵姑、南绮再往下盘诘，渔人原是耳闻，不曾相见，俱答不知。

四人正转身想走，渔人见四人仍是前行，不曾依他路回退，绕向正路，又劝说道："前面湖堤本来好走，近数日田家用水，因那地方僻静，轻易无人走过，贪图近便，挖了几条水沟。今天风大，堤岸全湿，到处堆有污泥，走起来麻烦。我来时又遇到一件事，好鞋不沾臭狗屎，我已生了好些闷气，勉强忍着来的。

"就照我外孙所说，诸位少爷、小姐都是好本事，也不犯和这班妖言惑众、装神闹鬼的狗男女一般见识。又不是无路可走，何犯于必绕着路去怄闲气哩？杨公子是这里的大善人，名望很高，谁都尊敬。诸位是他家贵客，这类狗男女，胜了他们也不体面。要是他们暗使邪法，吃上一点小亏，他们人多势盛，俱是下流，复仇之心更重，长日纠缠不休，不讨厌吗？"

渔人还要说时，纪异见他只管絮叨，老大不耐，忍不住插口问道："老人家，你说甚？那伙人做的呢，值得这样怕他？"

渔人笑道："那还有甚好人？因为湘江一带木排最多，每家木排均有一位会符法的师父，除用祝由科为人治病外，遇上对头，也能以法力与人比个高下。这些木排各有各帮，互相作对的很多，对平常人却不怎欺负。

"内有一个王寡妇，他男人也是排师，前在江西一带，惯用煞手（与点穴法相似的一种绝技，按季节时辰早晚点人穴道，中人当时无觉，事后必死，时日迟早不等，技之精者，能至半年以下方使毙命，而无救法）伤人，因此出名多年，近已死去。王寡妇本人是个女巫婆，会有不少邪法，比她男人还要凶横出名，江湘一带，谁都不敢招惹。她有一个狗崽，外号花阎王，奸淫掳掠，无恶不作。不知怎的，和一家排上结了仇怨，日前双方在君山前对了面。王寡妇有心寻事，木排上也有了准备，事前把一位最有名望退隐多年的老师父请了出来，等在排上。木排顺流直下，照例不让来船。

"王寡妇为想让狗崽成名，自己藏在舱里捣鬼，先不出面，令狗崽立在船头上发威，那么大湖面，舍了宽处不走，却向对面木排撞去。木排上人本心不愿惹事，却也不愿自坏旧规让他，便由木排二师父出面，用法力连船带木排一齐定住，中间空出一段水面，再和来船理论。狗崽不但强横辱骂，不肯让开，反倒施展邪法，想将木排拆散，无奈法力不是人家对手。王寡妇看出不妙，亲自出场，双方便各施法力，就在湖上斗了起来。

"老排师先未理她，等了一会儿，木排被王寡妇拆散，方始出面，一伸手，便将拆散了的木排聚集还原，依然好言相劝。王寡妇自然不输这口气，执意一拼。正在施展毒手，忽然侧面飞来一只小船，上坐着两个少年，照面便是一雷，将王寡妇母子打落水下，小船却忽然不见。

"我们都料是水神显圣，王寡妇母子已死湖内。哪知只狗崽一人震死，王寡妇竟用邪法水遁逃去。这一来自然仇恨重大。昨早起来便听人们传说，王寡妇约了能手前来湖边，一面等候那木排经过，拼个死活存亡，一面寻那两个少年报仇，党羽来了不少。

"他们两帮在江湖上都有很大的名头，人多势众，地方上差人不但不相当，见到反要赔着小心去巴结他们，贪图得点钱用。这岳州大码头，大地方，当地人都知道他们厉害，无一敢惹，平时还不怎样，一旦有事，便看出他们的强凶霸道来了。

"前面湖边有一个地方，名叫青杨湾，诸位少爷、小姐如往西门岳阳楼去，乃是必由之路。现在被他们占住，恐碍了他们的法事，人和鸡犬都不许往来，要过去必须绕着路走。那一带尽是人家挖的引水沟子，我过时怄了好些闲气。本来说不定还要吃他们的苦头，总算今天运气还不算太差。

"湾头上总共只有两小户人家，恰都是我亲戚。这伙恶贼大约凭真法力，敌不过那老排师，一味想放冷箭，特地选择湖边隐僻之处埋伏闹鬼。就这样，还胆小不敢十分露面，只着一两个党羽守着两头，一面望风，一面禁止来往。几个当头和辈分大一点的，都借民家隐藏，正是我两家亲戚，听见小狗发威骂人，出来劝解，才得安然走过。

"诸位少爷、小姐怎肯受那龟气？他们眼里从来没有一个尊卑，如若经过，非怄闲气还在其次，稍为大意，还许吃亏，何苦呢？老汉最怕得罪他们，本不愿多口，因为常年受着杨公子家的好处，诸位是他家的亲戚朋友，才好言相劝。

"这伙恶贼，斗不过他是吃眼前亏，甚事都干得出；就斗得过，他们人多，有仇必报，定要时常纠缠，不但诸位少爷、小姐以后出门步步棘荆，还给杨公子惹事。好鞋不沾臭狗屎，哪个有这闲工夫和这类江湖小人打交道呢？"

裘元、纪异嫌老渔人说话不休，几次想要开口，俱吃南绮、灵姑使眼色止住，一面留神静听。听完，南绮首先问道："杨公子和二位小姐向你外孙访查的是两个少年，那帮助排师一雷将王寡妇母子打落水里的，也是两个少年，你也曾向你外孙问过，可知他姓名、来历？先后是不是一起么？"

老渔人闻言，低头想了想，仿佛有甚省悟，略一迟疑，答道："本来我答应过小外孙不该说的，因为诸位少爷、小姐是杨家的亲友，不是外人，即使我说了，也不会满处向人乱说，我就说了吧。

"那两位少爷，一位年纪约有二十上下，生得极秀气，极像一般大家公子，出手更是大方。想必是出远门，不愿被人知他来历，穿着却是平常。另一位年纪较小。两人称呼神气倒像是亲兄弟，相貌却差了个一天一地：一个长得那么秀美；一个却是丑得少有，浑身皮包骨，又瘦又干，身材又矮小，尖嘴缩腮，活似画上的小雷公。

"照我小外孙所说，这两兄弟如神仙一样，且比那老排师、王寡妇的本事大得多呢。他那小船已被包下，近日鱼也不打了，无早无夜，时常坐船去往君山游玩，再不便在湖上划着玩。那船要快就快，快起来和飞一样，还不用人动手。有时将船隐起，外人便看不见；有时还能沉到水里去，船上连一点水珠都没有。那用雷打王寡妇的，因隔得远，传说甚多，说神说怪，众口不一。我外孙没谈过此事，我还以为这两人本不知晓，这时才想起这两位少爷每天都在湖上玩，又有那么大的法力，不是他们还有哪个？"

灵姑接口问道："你说那小的一个，是不是一双怪眼直放亮光，人虽瘦小，皮肤漆黑，如铁一样？"渔人道："对呀。小姐怎么知道的，他老躲着杨家的人，还带出讨厌神气，是甚缘故？"

灵姑笑对渔人道："这人多半姓涂吧？"渔人惊道："小外孙并没对杨公子说过他的姓，小姐竟会知晓，莫非本来你们相识不成？"

灵姑道："我们本是一家人，只是这次来游君山怄了点闲气，各走各的，没有一起游罢了。我们不是往岳阳楼去，只在前面看看湖就回去，不会往青杨湾去，更不会和你说那些人争执，老人家您且请吧。"渔人闻言，又叮嘱了几句，方始别去。

南绮笑问道："我听渔人说武当诸姊妹还找过那两少年，先还以为是对头。听灵姊之言，竟是自己人了？"

灵姑道："我起先也有点疑心，嗣听两少年雷击妖妇，行径好些相合，这才想起。先也只当是同道中人所为，后来无意中听他说起貌相，极似清波上人弟子涂雷。另一个不知何人，因已说是一家，不便再问。这两人也是因为竹山妖人而来，我们只须寻到一问，真要是涂师兄，这事就好办多了。"

裘元、南绮原听灵姑以前谈过昔年随父吕伟由四川起身，间关数千里，绕越滇黔蛮荒，移家莽苍山玉灵崖，途中曾遇许多奇险怪异之事，知道涂雷来历，闻言甚喜。裘元便问道："那年长的一人，也许是吕师姊所说能役使猛兽的虎王吧？"

灵姑道："我起先也疑心是他，继一想，身材相貌俱都不对。涂师兄生具特性，落落寡合，他师父清波上人又轻易不许与外人交往，现在虽将近他下山行道的时期，但他同门无人，朋友只虎王一人。我和张远、王渊二人虽也与他投契，但彼时匆匆相见，聚无多日便已分手，后来张二弟就在同道人那里侍父养伤，以后便即不见面。

"他虽背了师父去看了他两次，彼此交厚，但我上次生擒毛霸恶贼，回转玉灵崖报杀父之仇时，张、王二人私底下都向我说意欲出家学道，共总才得几时，不应有此神通。清波上人又不再收徒，就算拜了仙师，也不会与他一起。

"何况涂师兄乃灵胎感孕而生,只是天生异禀,身材看去瘦小枯干,年纪并不比张二弟小,怎会呼之为兄?许是近一半年中交下的同道好友,奉了师命,相约同来除恶弭患,也未可知。好在这两人每日都要坐老渔人外孙的小船在湖上出没游玩,寻他们容易。我们到岳阳楼略为登临,顺便寻访,想必能相遇的了。"

纪异道:"那老渔人说前面湖边上还有一伙妖人闹鬼,我们管不管?"南绮道:"区区鬼画符妖魔邪道,去他极易。"

灵姑道:"南姊,在江湖走动,这类左道妖巫甚多,我颇知道他们来历。平日只是同类相角,互争雄长,彼此各有帮口,虽与地方勾结,真要是明白正当的官府,他一样畏服不敢胡来。坏一点的平日倚势横行,欺压良善,固所不免,多一半的并不十分欺人,只是不肯让人。又有许多忌讳和规矩,不喜人冒犯,沿江湖居民船户也都知道,见即避开,不去触犯,也就无有事情。

"有那受害的,不是仇家,便是本人也非善良之辈,倚势逞强,伤了他们的人,辗转牵引生出的事,多半咎由自取。那好一点的不特不为恶事,并还能以祝由科符水为人治病。有时更能路见不平,拔刀相助,颇主公道。所以一般人民对于他们并不十分厌恶。老渔人所说王寡妇似非善良,但也不可过信一面之词,此时善恶仍是难分。即或过时他们无礼,多半是防人冲法,犯他忌讳之故。真要是邪恶一类,也只可分别首从,从轻惩处,不可和平日所遇妖人一样随意杀戮呢。"

南绮笑道:"竟是这样么?如非灵姊知道底细,我们听了渔人之言,心有成见,到时若见他们辞色凶横,就许多伤人命,又造孽了。由此可见,关系人命的事,丝毫不可疏忽大意;一旦意气用事,造下孽因,就难补救了。"

众人原是一路观赏近水遥山,缓步前行,边说边走,早已拐过湖口,到了湖边路上。因为洞庭湖近年时有水患,行处一带昔年正是决口,又是环湖最荒僻无人之地。湖堤共有里、外两道,两堤中间地势洼下,水自溪口缺角处引入,也和小溪相似。内堤以内尽是稻田和菜畦,因连年天旱,被附近农民开了几道注水的沟,沟旁积着不少泥沙,到处湿污狼藉。众人沿着外堤行走,堤作坡形,堤顶狭窄,最窄之处二人不能并肩而行。

路本不平,越往前越污湿,凹陷甚多,当地堤下又是湖侧最浅之处,值天久晴,湖水甚浅,远望湖上虽是一片汪洋,傍着外堤一带却是时现浅滩。加以城内人家垃圾秽物大都运来倾倒在此,以致堤脚一带到处秽泥,堆积成阜,阳光一照,臭气上蒸,刺鼻难闻,比起来路湖口绿波荡漾,风景清旷,相去何啻天渊。裴元便笑对众人道:"我们不听渔人的话改寻别路,果然上当。这等污秽之区,休说两位姊姊久住仙山福地,不曾见过,便是我和纪师弟以前也从未走过。这又不是甚好地方,值得流连,安步徐行,徒自闻臭,有甚意思?趁此四无人迹,我们还不如直飞岳阳楼去呢。"

灵姑方要答话,吃南绮使眼色止住,笑向裴元道:"我说你是公子少爷,没有悟心不是?你只看见这身边一带污秽不堪,怎不再往前面看看,平湖浩渺,天水相涵,一片开阔空灵,又是甚境界?天堂、地狱之分,只在方寸之间。只能怨你生来钝根,招惹臭味。我们只见水色山光壮阔清妙,何尝闻到甚恶浊污秽?"

裴元笑道:"你不用打官话挖苦,你尽管处处都是见道之言,我只实话实说。再要不走,我没你那等超然物外,实闻不惯这臭气,你自和吕师姊欣赏水色山光,我先走了。"

南绮原已发现前面堤下水边藏有两人,借着芦草隐身,不时探头遥望湖心。另有一中年妇人穿着一身淡素装束,貌仅中人,姿态却极风骚,独坐在浅水里一块四五尺方圆的湖石之上,披散头发,掉头向下,将发浸在水里。手中握着一把尺多长的铁梳,一下接一下,就水里梳拢。不时向芦草里两人互以手势问答,神情皆甚鬼祟。虽然双方相隔还有半里多路,南绮仗着一双慧目,看得甚真,知是渔人所说妖巫王寡妇之类,所以特地放缓脚步,暗中窥探过去,故意向裴元取笑。

裴元因见堤下尽是一堆秽土,虽有干净之处,也都是芦滩浅水,无甚可观,上来便生厌恶,目光老注前面湖心一带,对妖巫和两党羽并未看见。说完正装作要走,纪异忽在前面与人争吵起来,裴元便赶将过去查看。

原来纪异先因堤上地窄污湿,接连几个纵步赶向前去,南绮、灵姑又把脚步放缓,越发隔远了些。纪异也是从幼生长在风物清丽、境地雄奇之区,见惯好山好水,不耐堤下臭气和那污泥污渍。灵姑、南绮二人却是一路指点说笑,缓步徐行,若不经意。

纪异生来天性不喜和女人多谈,虽是同门师姊,也不愿启口催促。裴元照例又是和南绮一起,同步同趋,不轻离开。纪异催了两次不听,懒得再说。遥见前面岸上垂杨柳柳,风景如画,岸下芦草丛生,湖波清浅,傍岸湖滩也颇干净。同是一条湖岸,清浊相去无异天渊。觉着前面风景清幽,正好往那地方小坐一会儿,看看湖景,何苦随着他们三人闻这臭气?

纪异心中一高兴，意欲先去觅地等候，等后面三人缓步走来，再作一路同行。也没往岸下芦草细看，便飞步往前跑去，半里多的途程，晃眼便已走近。因那一带湖岸弯曲，内外两堤均有不少大树，内堤路侧还有土阜连崖，将去路目光遮住。这一走近，才看出越往前风景越好，除附近因田家新掘了引水沟，途中略有泥土堆积外，大体都颇清洁，便把脚步放缓，往前走去。

行处离堤不远，湖水中有三四处小沙洲，时见凫鹭泛水，沙鸥翔集，不禁触动思乡情绪。纪异心里想着故乡那些银羽灵禽，目光只注定前面的蓼汀鹭渚，水色山光，近处却未怎留意。正走之间，忽听前面一声断喝道："那小狗往哪里走，眼瞎了吗？还不快滚回来路去！"

纪异虽然性情刚烈，却是牛性至孝。这次去往青城山拜见师长，临行之时乃祖再三叮嘱说："江湖上异人甚多，你虽然拜有仙人为师，一则年幼道浅，二则强中更有强中手，乍见之下，深浅莫测。以后不免下山行道，如是孤身在外，处世接物务要能知忍让，不可和先前一样，动不动便要出手。只要对方不是奸盗邪淫，神人共愤之流，纵受一点委屈也不妨事。"

无名钓叟邱炀也同样加以告诫。纪异记在心里，拿定主意，无论遇见甚人，总先让他一步。一听前面有人喝骂，回脸一看，靠里一株柳树前面，地上放着一个木托盘，一大碗净水。水面上浮着三个铜钱，钱眼里各插一支点燃的香火，植立水中，如钉住一样，毫不偏倒，钱也不往下沉。盘外另放着几碗盐、茶、米、豆之类，还有一把尺许长短，上绕红丝头发的竹签。位置正当去路边上。

发话的共是两人：一在树后，手执着一根短棍，腰插小刀一把；一在柳树空腹以内，刚探出头来，互相呼应，厉声喝骂。二人都是三四十岁船上人的装束，横眉竖目，一脸刁狡强横之相。指定自己，气势汹汹，连声喊"滚"。

纪异强忍怒气，因到底阅历太浅，又以生长蛮荒，各峒墟苗人最信神鬼，无论大小事，都请苗巫祭神，往往卖弄一些小术，照例也是忌人冲撞，见地上放着香盘、水碗和盐、茶、米、豆之类，颇多似处。因前见妖人多是飞行绝迹，出手便是大片烟光雾火，只当发话人是当地居民，正在延巫祭神，并没想到那便是老渔人所说的邪教。

纪异虽气他凶横太甚，意欲发作，忽想起祖父告诫之言，只得止住，忍气答道："这路原是官的，谁都能走；并且你香盘放在岸边，我由中间走过，地方很宽，也碍不着你甚。就说你们有甚事在此祭神祭鬼，不愿外人冲撞，也须向我好说。何况我是男的，用不着忌讳。为何这等凶狠，出口便要伤人，是何道理?"

那两汉子本来仍在喝骂,一听纪异质问,越发凶野。树后一个骂道:"不知死活的狗子,竟敢和老子顶嘴!"便要上前动手。吃树腹里一个伸手拦住,并指着纪异骂道:"小狗仔,你莫嘴强,乖乖滚回去,我们看你是个小娃子,不与你一般见识。你如有事,怕到不了前面受你家大人责罚,回去可向他说,我们是王三大娘和罗太神婆的徒弟,在此有事,不许人在这树前走过。谁不服气,叫他自己走来,拿他狗命试试,就不会怪你了。

"真要是不听话,你只要敢再前进几步,包你小命送掉。死了,你爹娘还不晓得是为了甚。小小年纪,何苦来呢?实告诉你,我一则念你年小,二则见你虽长得丑,人很有精神,好意教训,你这小狗怎不明白?如换了个大人,我们一喊,如他不当时滚爬回去,早分了尸了。"

纪异闻言,才知这便是渔人所说妖妇手下党徒。因那两人俱是湘潭土音,说得又急,好些骂人的话多未听出,心虽有气,还未十分动怒。后听了树腹中的一人说话,没有先前杂乱,渐渐听明,不由气往上冲,冷笑一声答道:"你们这一点点妖术邪法,就有这么厉害么?怎么不施展出来,与小爷见识见识?"

树后那人见纪异闻言兀是不退,早已不耐,口喊:"单二哥,这小狗崽该死,不如打他一顿赶走;再不知死活好歹,便拿他开刀,我们得他人血还有用处。哪有这些闲空和他多说废话?"

正说之间,忽见纪异冷笑,报以恶声,平素凶横惯了的,怎能忍受,二次又要纵出抓人。仍吃树腹内一个伸手拦住,狞笑道:"老四,你出来做什么,这小狗崽有本事,叫他由树底下走呀。"

纪异性情虽刚,却极机智,加以出门时祖父一再吩咐告诫,令其在外遇上行迹可疑的人,务要时刻留意,暗中戒备,不可疏忽,心存轻视,纪异记在心里。及见这两人满面奸猾,目闪凶光,树腹之中隐有烛光摇动,知道过时必要闹鬼暗算。

这等邪恶之徒,如非想着祖训师诫,直应杀却。心中寻思,早打好了主意,厉声喝道:"小爷这双手不是好惹的,我要过了,你有甚本事,只管全数施展出来,等遭了恶报再想使,就来不及了。"说罢正要前进,裴元已闻声赶来。

那两汉子久跑江湖,原也有点眼力。先见纪异神态从容,全无惧色,人虽黑丑,却极精神,尤其二目神光湛湛,隐蕴着英煞之气,心便动了一下。为首的一个还想善罢吓退,一走了事,在他已是万分客气。谁知对方并不吃吓,回答的话甚是难听。

这种人平日倚仗一些旁门邪术,人多势众,自来没有人敢捋虎须,几曾受过这等轻侮,怒火一上来,便犯了凶性。以为对方是个未成年的幼童,又是外路口音,也许曾有一点武功,不知利害轻重,故敢出言顶撞。正打算上手伤人,忽听一声呼叱,顺着长堤飞也似跑出一个少年,看去年纪不过十六七岁,英姿飒爽,面如白玉,生相十分俊美,晃眼驰抵树前,开口便问:"你们何事争吵?"

这两妖党也是恶贯满盈,该当遭报。因见来人身法步伐均极轻快,是个行家,相貌、说话均颇文气,越以为对方是个外省富贵人家习过武艺的弟子。这时树后藏伏的一人已然转向树侧,闻言不等纪异开口,首先狞笑一声答道:"我们这里有法事,向来不许人过,这小狗崽非和我们强不可。只要敢过去,休想活命。看你神气,像是他的主人。晓事的乖乖领他滚去,我们为了省事,懒得与他一般见识;如不听好话,便连你这条小命也带饶上。"

香盘原设在堤畔草里,裴元遥见纪异和人争吵,立即赶来,只顾问话,未留意地下,没有看到。又见对方是两个短衣汉子,知道纪异以前性颇刚直,误以为是寻常村民,也没想到会是邪教中徒党。

及听对方答话蛮横,虽想起渔人之言,仍以对方与平日所见妖人行径全不相似,唯恐有误,方欲反诘,纪异没好气地说道:"元哥,我刚走到此,这两个无缘无故出来将我拦住,出口伤人,凶横非常。他们现和我打赌,说是过树准死。他们在岸旁设有香盘,分明是邪教中的狗党,跟这类畜生有甚话说?我们硬走,看看谁死?"

话未说完,树后走出的一个听纪异骂他邪教狗党,不由大怒道:"小狗崽,你敢骂人?叫你知道老子的厉害!"说着,扬手凭空便是一掌。那排教中的阴掌、邪术而兼武功,非常厉害,隔空打人,中上掌风必死无疑。便真是个道术之士,如出不意,受伤也在所难免。纪异虽是仙人弟子,一则入门日浅,二则没有防备,对方又是照准要害之处打来,本非受伤不可。

也是纪异不该受人暗算,心愤对方凶横,不由发了昔日火性。说时见树腹中人也同走出,都是横眉竖目,气势凶恶,待要发作之状,越想越有气,心想:"我曾见过多少大阵仗,似你们这些狗党,倚仗一点小障眼法,也敢随便欺人。我且把香盘踢掉,看你能出甚花样?"

纪异念头一转,口喝一声:"我看你到底有甚鬼门鬼道!"同时往侧一闪,举脚便踢。双方正在此时一同发动,纪异动作又是绝快,恰巧将那掌风避过。

纪异从小便得乃祖传授，又是生具异禀，虽然年轻刚直，却极机智灵敏。虽对两妖人轻视，没有防备，不曾放在眼里，却防到香盘之中设有邪法。一面用脚去踢，一面早将先前准备的飞剑和防身法宝暗中取出，以作万一之备。刚刚转身纵向堤边，猛闻身侧一股强劲的风声。猛瞥见是那汉子恶狠狠扬掌打来，还没想到那是邪术，只当是乃祖平日所说的内家劈空掌法。

纪异因见裴元已在怒声发作，便没回身，仍想踢去香盘再说。头刚掉转，猛瞥见适才掌风过处，前侧地下有五溜黄色光影一闪，地上杂草立即焦枯了一片，这才觉出妖人出手阴毒。怒火一壮，一脚踢向前去，岸边香盘法物立被踢散飞坠，撒落堤下，踢时为防万一，剑光也同时发出。哪知这类下乘邪法非经人手施为，不能发生功效，竟无动静。

纪异耳听裴元喝骂之声，回头一看，二妖人目定口呆，站在那里一动不动，裴元正在戟指数说，心中奇怪。过去一看，原来妖人见一阴掌打空，同时又瞥见香盘被纪异一脚踢落岸下，益发怒火中烧，咬牙切齿。那先藏树腹为首一个大喝一声，正待施展他那独门五鬼钉猛下毒手，旁立裴元看出对方空掌有异，口喝："幺麼鼠辈，敢以暗箭伤人！"也要代纪异还手，给他一个厉害。不料两妖人一个手掐五鬼诀，一个手正扬起，话未说完，口还开着，俱似忽然失了知觉，目定口呆，立在当地。

裴元本没把二妖人看在眼里，见状越知伎俩有限，无甚能为。又见那神气活似城隍庙中泥塑小鬼，看着好笑，气便消去一半。刚在喝问："何故作这丑态？"纪异忽然转身，见状想起适才可恶情景，以为被裴元法力制住，忍不住怒火，大骂："无知妖贼，你们先前的威风哪里去了？"随说，照准发阴掌的迎面就是一掌。

纪异生具神力，铁骨铜筋，常人如何挡得住，偏又吃法术禁住，不能闪躲，一下打了个结实。当时连左颊骨带半边牙齿全部碎裂痛晕，闭气而死。却没出声，仍还瞪着一双凶睛，呆立未动。纪异见一掌打了个满脸开花，鲜血四流，反手又照为首的面上照样来了一掌。这一下更重，竟将嘴脸打成歪斜，皮破血流自不必说。

纪异不知二妖人俱已晕死，戟指骂道："我见你们先前又凶又恶，似要吃人神气，以为多厉害呢。原来这等脓包，直像烂泥小鬼，一下就打碎了。早知如此废物，我还不打你们呢。裴哥哥，你把禁法解了，问问他们在此闹得甚鬼，为何这样蛮横？要是没怎害人，就饶了他们吧。"

裴元还未及答话，猛觉树腹中火光一晃，跟着全树皆燃。二人始终没当是一回事，因见两邪党那样呆立，树内无故发火，以为对方作法自毙。见火太大，两妖党满面鲜血立在树侧，认为这类小鬼虽然可恶，罪不至死。裴元心更仁慈，还恐将其烧毙，唤了两声未应，又想将人带走。刚一举步，身后身侧四面火起，紧跟着轰的一声，由树梢上飞起一个大火球，升高约有三丈，突地爆散开来，化为亩许大一片火伞，往裴元、纪异二人头上罩来。当时立成了一座小火山，火中更杂有无数三寸长的碧色火钉，密如飞蝗，上下环射过来。

裴元骤出不意，吃了一惊，一纵遁光，首先飞出火外。纪异先本有了戒备，因对头被定住，没有用上，当时只顾打那二妖党，也未及收去，一见上下四面相继火发，忙即施为。知道二妖党已受禁制，暗中必还有敌人伏伺闹鬼。一面御火防身，一面冒火抢向树后一看，那么猛烈的火势，树在烈火包围之下，下面树身仍是好好的。

纪异想起二妖党曾有一个藏在树腹以内，仿佛还有烛光，细一注视，果见树腹当中也有一大盘水，水中虚插着一支大白蜡烛，烛长不过尺许，烛焰竟高达三尺以上，焰头粗达尺许。一个赤身女童盘膝坐在其上，一手捐诀指着上面，一手持着一根碧色小钉。一见人来，把持钉的手往外一扬，立有一片钉形碧焰，夹着大片烈火迎面飞来。

纪异初往青城时，无名钓叟爱他天性纯厚，资禀过人，恐其年幼在外吃亏，传了不少防身法术和一件防身法宝，这类江湖上的邪法自难侵害。见状大怒，正待下手，裴元已身剑合一，由火外飞回，见了焰中人形，大喝："妖孽胆敢作怪！"说着一道剑光朝那烛焰上盘坐的赤身女童飞去。

这原是妖人邪法，乃邪教女徒的元神，只知奉命行事，照本画符，别无伎俩。一见烈火碧焰无功，敌人又来了帮手，比先前一人还要厉害，身上满是青光环绕，便知不妙。但身受乃师邪法驱使，无法逃遁，急得在火焰上头跪倒，叩头不止。

裴元毕竟心细仁慈，剑光正要落下去，一眼瞥见那女童相貌秀美，长只尺许，满面惶恐叩头乞哀之状，不禁心软，忙把剑光往下一沉，朝烛上绕去。本意断烛以后，破了禁法，再向女童逼问是人是怪。不料无心中破了妖人禁制，烛才斩断，一溜烟光一闪，火势立消，女童也便遁去无踪。再往树前一看，二妖党已然被人解了邪法，倒地身死。

纪异觉着事情奇怪，暗中尚有敌人，灵姑、南绮也未见到，好生不解。方欲向裴元询问，忽见湖堤下面似有剑光闪动，随听裴元道："南姊她们正和妖妇打呢，我们快看看去。"说罢，一纵遁光，先自飞去。纪异这才知妖妇藏在湖岸下面，连忙赶往岸边，往右下方一看，芦滩上面一个身穿素服的中年妖妇，同了两个男同党，已被灵姑、南绮剑光围住，裴元也刚飞到。

那地方乃是大片水苇，只靠堤一面略有一片浅滩，另有几块大小不等的石头露出水面。因靠来路，人被芦苇挡住，不易看到。妖妇和两同党通身虽有烟雾环绕，却抵不住飞剑威力，似已势穷力竭，狼狈不堪。只为灵姑还在喝问，迫令回答，未下绝情；否则剑光一绕，定必了账无疑。暗笑："这等鬼画符，还没有玉花姊妹的本领，也敢大白日里作怪害人。"

纪异正随着裴元跟踪飞下，忽见芦苇深处苇梢无风自动，心疑有甚妖党藏在里面。刚才往下飞去，还未降落，猛瞥见靠近妖妇一面的芦苇丛中飞起一股黑烟，烟中裹着一个身材矮胖的人影，双手好似捧有一个包袱，箭也似疾地往堤上射来。

纪异并不知下面变生仓促，妖妇和两妖党也在此时乘隙遁走。而那烟中妖人因纪异起身较缓，只见裴元一人剑光飞落，以为上面仇敌只此一个；又见男女同党已被敌人飞剑困住，危机一瞬，不容再延。惊惶匆迫中既顾自己，又顾三个徒弟，未暇仔细观察，一面忙施邪法，使爱徒突然遁走；一面自己也乘敌人分神不暇旁顾之际，冷不防带了法物遁走。

主意原想得好，无如恶贯已盈，冤家路窄。他这里行法时，纪异刚到，正在堤上张望，略停了停，等他由芦苇丛中飞起，纪异恰也飞到。这一来，双方正好对面迎头，势又都猛，万难闪避，对方恰又未撤防身法宝，连想下手一拼都办不到。如是常人行径，纪异也还未必下杀手，一见是个满身黑气，似人非人的影子，如何能容。就着去势，运用飞剑迎上，剑光一绕，连烟带人全被绞断分裂。

那妖人也颇有些法力，虽被剑光绞断，仍想分头逃窜。哪知南绮已早瞥见，忙舍了下面，飞身追来，扬手便是一团雷火。紧跟着裴元相继飞来，三人合力，四道剑光一阵乱绞，加上雷火包围，只听几声吱吱惨号过处，一齐化为乌有。因灵姑还在下面搜索妖妇和二同党踪迹，三人又同飞下，南绮早施法力，将那苇塘封禁，一面搜索，互询经过。

原来灵姑、南绮见前面，纪异与人争执，裴元才起身赶去，便看出与纪异争执的是邪教中人。正要赶过去，忽见下面苇林外面坐石临水梳洗的妖妇与同党比了比手势，跟着便朝上面掐诀念咒，行使妖法。知那两人必是妖妇徒党，无甚能为，裴、纪二人俱有防身法宝和飞剑，无足为虑，主要的仍是下面妖妇。但是这类江湖的邪法门道甚多，也颇厉害，又不知底细，事前没有防备，若吃她冷不防骤然暗算，也要吃亏。

侧顾前面树下，二妖党正向裴、纪二人大声喝骂，似乎要下手神气。恐裴、纪二人轻敌疏忽，骤为所乘，南绮先发制人，遥用禁法将二妖党先行定住，再与灵姑隐了身形一同飞下，相机行事。

南绮阅世未久，犹有童心，见妖妇披发赤足，好些做作，以为区区邪教末技，不值一击，初意还想取笑。哪知妖妇乃排教中能手，所约帮手又是她的师父，更是该教中有数人物。又以日前对头是个有名强敌，并有两个极厉害的外教能手相助，处处都加小心，只在湖堤隐僻无人之处闹鬼，以备木排过时突起发难，乘机可以报仇，稍见不妙，立即遁走。

妖妇埋伏以前，乃师又曾叮嘱：仇人虽是个中老手，只要下手缜密神速，报仇仍是有望。最可虑的是那日驾着小舟突然隐现，雷击妖妇母子的那两个少年。所以布置得十分周密，唯恐仇人老练，戒备太严，一击不中，特把埋伏分作上中下三起：令一有力徒党在堤上柳树窟内主持法坛神火；另一徒党在堤岸上设下香炉和应用法物；妖妇伏在芦林外面水滨磐石之上，却把总坛设在芦苇深处，再在四外行法设禁，使外人一踏禁圈，立可警觉到。

到时先由堤上二徒发动，分了敌人心神，乘着双方斗法之际，由妖妇及其师父同时猛下毒手。这样一层套一层的埋伏，敌人便有了戒备，也必难于应付，设计甚是阴毒。先前二妖党和裴、纪二人争论，妖妇师徒只当是过路村童，没有在意。及至法物香盘被人踢散飞落堤下，听出二妖党正要下手，忽然没了声息，便知上面来了敌人。

妖妇师徒所用，多半俱是寻常之物，加上一些符咒，如无法术施为，便不生效。当时觉着形势不妙，正要飞上，又猛觉出所设禁制有了反应，极似来了敌人，但又不见人影，知道来者不善。妖妇警觉更早，已然发动了妖火，便不再离开，一面观察来敌，一面催动埋伏。

灵姑、南绮正在隐身前行，相隔妖妇还有二丈，猛觉身上一紧，立即头晕眼花，眼前现出许多恶鬼影子。灵姑早得郑颠仙传授，这类左道小术如何能伤。南绮以前所习本就近于旁门，更是博学多闻，长于应付。不过二女起初都是轻敌太甚，以为身形已隐，区区小丑不足为虑，没有放在心上。及至触动埋伏，知道一时疏忽，没有仔细观察，误入禁圈，不禁又好气，又好笑，忙运玄功，先把心神一定。南绮跟着施展禁法反制，立即复了原状。

妖妇也已警觉，欲把预设埋伏一齐发动，不料被南绮制住，妖法无功，全无动静，也不见来人影迹。自知光景不妙，一时情急，忙拿起手中铁梳，反手朝头上梳了一下，再往外一甩，便有大片碧绿火星朝灵姑、南绮飞来。二女见状，知被识破。心想："这类妖魔小丑，反正难逃己手，何值隐蔽形迹？"不约而同，双双现出身形。

南绮首先将手指一指，一声轻雷震过，绿火全灭。灵姑便要出手，南绮摇手止住，戟指妖妇喝道："你便是那王寡妇么？闻你倚仗一点左道末技，纵容狗崽横行湘江，近又约了党羽来此兴妖作怪。今日与我姊妹相遇，报应临头，飞剑杀你易如弹指。但我姊妹二人虽遇见过不少有本领的妖邪，似你这样江湖妖巫尚是初遇。你既敢大白日里带了党羽来此闹鬼，想必总有一些鬼画符，你可尽量施展出来与我们看看，省你们伏诛以后嫌死得委屈。"

南绮性情柔善，话虽如此，因并未见她害人恶迹，江湖上恃符咒小术的左道同类斗法乃常有的事，妖妇如肯服输求饶，也不致便送性命，无奈恶盈数尽。那芦草丛中藏伏的妖师和另两徒党多是多年极恶横行，从未遇到过敌手，一旦输口，盛名立坠，以后江湖上便不能再混；又恃防备周密，留有退路，逃遁迅速。所以明知劲敌当前，仍欲冒险一拼。

说时那隐伏芦苇中的两个同党首先厉声大骂，挺身发难。而妖妇又见两番行法无功，慌了手脚，只顾想施全力相拼，没想到求免一层。经此一来，全都上了死路。南绮话未说完，便瞥见二妖党手和口乱动，妖妇一手回抓长发，一手掐诀乱画，也是手忙脚乱。成心想看这类邪教有何伎俩，方笑骂道："你们不要慌，我静等着看你们闹鬼呢，不然你们早就没命了。"

话未说完，二妖党已破口大骂，各把手一扬，立有十余柄烟雾环绕，火焰熊熊的妖叉迎面飞来。南绮正待破它，灵姑性较刚烈，见二妖党俱是生相凶恶，气势凶狠；内中有一个更是可恶，自从现身，便用一双鬼眼注定自己，一面施那邪法，一面作出许多丑恶表情，出语更是污秽不堪。心中有气，怒喝一声："该死的妖孽！"扬手放出飞刀，一道寒光飞上前去，那些妖叉便被撞上，宛如残雪投火，全数消灭。刀光连停也未停，依然疾如电射，朝那妖党飞去，只听一声惨叫，横尸就地。另一妖党邪法较高，人也机警，一见寒光如虹，由敌人手上飞起，知道遇到剑仙，不等飞叉消灭，先就往妖妇身侧飞去。妖妇更是乖觉，灵姑飞刀未发，已放出大团烟雾将身护住。等飞刀杀完了人赶过去，另一妖党也纵身与妖妇合在一起。

南绮也生了气，见刀光围在妖烟之外，忙嘱灵姑："先勿太迫，只将他们

327

困住,看他们闹甚花样?"同时率性把妖妇原设的埋伏破去,加上禁制。初意妖妇只是寻常的妖邪,如由上空飞遁,绝无飞剑神速,弹指便可了账。所以只在四周略加禁制,以防逃遁,上下均未留意。又因来时便见二妖党藏身芦苇中,以为人数只此。没想到芦苇深处还有一个为首妖巫在内,少时不是纪异来得恰巧,几被逃脱,又生枝节了。

妖妇原以敌人厉害,先想施展极恶毒的指影分尸邪法。继见形势吃紧,心胆内怯,只得先使妖法护身。妖党一到,见刀光被另一敌人挡住,未怎进逼,觉着危机瞬息,忙与妖党合力一同施为。

灵姑在颠仙门下本就学了好些法术,平日遇见同门同道又极虚心请教,所习诸法虽颇寻常,用来对付妖妇自能胜任。南绮更是从小便以法术为戏,又得父母及姊姊钟爱,所学尤多。妖妇虽说法力相差甚远,但是这类旁门下乘妖法也颇有它的威力;无论是何派别,俱有一两样最阴毒的杀手。遇上时事前如有戒备自是无妨,如若一时不知,或是轻敌疏忽,骤为所乘,也难保不被暗算。何况芦中隐伏的女妖巫又是昔年名震江南的一个能手。

南绮这一大意,妖巫刁狡诡诈已极,自知不是来人对手,眼看爱徒灭亡在即,自己也难保不身败名裂。心想本来隐遁多年,不合误受爱徒所激,二次出山,就算侥幸逃脱,也把数十年的威名丧失净尽。始而又悔又急。嗣见外面形势逾糟,又由悔生恨,犯了昔年凶性。情急怨毒之下,便想把那杀手施展出来与敌一拼。又觉敌人剑光厉害,法力甚高,形迹如不显露,爱徒虽然不免,自己或者能保一命。一旦出手,立被敌人看破,胜了还好,一旦不得手,定与同归于尽。

妖巫念头一转,忽又胆怯怕死。好在事前因听爱徒说日前湖上斗法情景,早有戒心,此次是以元神出来行法,原身尚在人家入定,逃遁较易,尚是不幸之幸。于是想下阴谋毒计,先发号令,密使妖妇和那男徒发动,自己在暗中出敌不意,猛下毒手,若一击不中,立即乘隙遁走。

这里南绮丝毫也未警觉,只把妖妇妖法一一破去。灵姑因当地就在湖边,虽然僻静,不比深山旷野,附近还有两家居民,时候一久,难免惊人耳目。再要被君山上面的妖人发现,更易多事。虽觉南绮娃儿脾气可笑,但也不便拦阻。嗣见妖妇连施了三次妖法,南绮还不下手,忍不住说道:"裘师弟还在下面,也不知另外有无妖邪党羽藏伏,还是早了的好,和这类狗男女相持做甚?"

南绮笑答:"灵姊不知这类妖人底细,我素不肯妄杀生命,人言难以为据。我刚看出这妖妇不应留她，上面纵有余党，也无甚伎俩，且待片刻，容她尽量施为，再行诛戮不晚。"灵姑才知南绮心慈，是想逼迫妖妇施展妖法，来辨别为恶深浅，以决去留。照着幼随老父在江湖上的经历见闻，似妖妇这等行径的妖教，平日害人必不在少，死有余辜。方觉此举多余，妖巫邪法已在暗中发动。

二女本立在那浅滩上，正相互应答之际，忽见妖妇在剑光围困之下状类疯狂，手舞足蹈了一阵，猛地目闪凶光，手持那把铁梳，将披散了的一头乱发分出一大绺，衔向口中，恶狠狠白牙一错，咬下一些断发。跟着咬破舌尖，立有一片血光夹着一蓬黑针飞将出来。二女因这类妖法虽毒，只能伤害常人，何况又有剑光阻隔，岂非徒劳？南绮笑喝："无知妖孽！你这些鬼蜮伎俩全无用处，只是班门弄斧。我不耐与你纠缠，就要下手了。"

语声才住，灵姑猛觉日光照处，地上似有一个黑影，情知有异。回头一看，原来身后不远，不知怎的会现出一圈极淡的血光，正对着自己虚悬空降。就这回顾一瞬之间，光中忽由淡而浓，现出两个少女影子。

灵姑刚看出是自己和南绮影子，南绮也已警觉，回身瞥见，知是用邪法暗算。当时还不知是苇中妖巫借着男女二妖徒行法掩护，用毒手暗算。匆匆不暇多说，首先手掐灵诀，朝那红光一扬。紧接着回手取出一块玉璧，往前一照，立有一片白光挡住身后。随口喝道："灵姊，速防敌人遁走。此是妖道中指影分身之法，虽未必能将我们怎样，但如骤出不意，也颇讨厌。狗男女如此阴毒，可杀而不可留。"灵姑听到头两句，便忙回转身去，把刀光、剑光一紧，威力立即大增。

妖妇和那妖党见妖师魔法又被敌人识破，自知凶多吉少，一面奋力抵御，一面暗向妖师求救不迭。南绮将身护住，不令血光将人影吸去。说完了这话，随手发出一团烈火，将妖法破去。苇中妖巫见自己下手如此阴毒神速，仍被敌人识破。力竭计穷之下，心疑敌人既有如此高的法力，自己的踪迹又露，四面又加了禁制，少时决无幸免。妄欲声东击西，假意助两妖徒穿地遁走，乘着敌人分神之际，由上空飞走。

事虽犯险，一则原身尚在人家，不得不顾；二则又以为元神飞遁神速，只一飞过堤岸，恢复本体，便可脱险。当地人民已畏己如神，决代隐秘。哪知弄巧成拙，裘元飞落之后，跟着纪异飞下，妖巫恰与对面，骤不及避，剑光一绕，就此送终。

灵姑、南绮见妖妇和那同党被困之处，一阵黑风疾转，身子立即往下沉去,知是魔教中地遁法。南绮暗笑:"这等比障眼法强不许多的微末小术,也敢当人卖弄。"先使禁法将它制住。然后正指剑光增加威力,往下压去,猛瞥见芦苇深处箭也似飞起一溜黑烟,当中裹着一个矮胖老妖妇的影子,直往对岸射去。

南绮忽然想起:"先前妖妇已被困在剑光之内,怎会在自己身后现出一团血光,用那妖教中极阴毒的指影分尸之法暗箭伤人?原来芦苇中还藏有这个老妖妇,并还以元神飞遁,可知妖法较高,乃妖党中为首之人。已然疏忽于先,如何容她逃走?好在下面男女二妖已被禁住,不怕逃脱。"

南绮刚要动手,纪异已将妖巫元神斩断,裘元的两道剑光也跟着飞将下去。三人合力,连行法带飞剑一阵乱绞,晃眼便已消灭,残烟四散。

三人随同飞下一看,只见妖妇和男妖徒刚往地底逃遁,猛觉地坚如铁,不能再下,上面剑光又往下一压,自知无幸,不禁疾喊:"仙姑饶命!"同时施展妖法,奋力抵御。

哪知这次南绮因见适才指影分尸妖法阴毒,看出这类邪教平日不知如何凶毒,改了初念,决计不再宽容,飞剑威力大增,远不似前。即此二妖人已非死不可,而且灵姑见南绮下手迟缓,本就不以为然,及见妖妇等地遁欲逃,苇中又有妖人飞起,既恐纵恶逃走,又防芦中还藏伏着有力妖党,多生枝节。见妖党已为剑光所伤,妖妇还在地穴中奋力挣扎,想起适才可恶,不禁怒起。竟将五丁神斧取出,分开剑光往上一指。只见一片带有五彩芒角的大半轮红光扫向穴中,黑烟立即分散,两声惨号过去,男女二妖人同时死于非命。

南绮、纪异、裘元三人也都飞下。南绮说:"上面还有两具死尸,也是他们党羽,待我上去行法移运下来,与妖妇一起掩埋地底,消灭痕迹,以免贻累乡民吧。"

灵姑道:"我带有销骨散,将他们化去不省事么?"南绮道:"我总觉得他们伎俩有限,害人无多,罪不如此之甚。埋得深些,使人无从发掘,再加一点禁制,也就稳妥了,好在也费不了多大的事。"灵姑道:"南姊未在江湖上走动,哪知他们的恶迹呢?我适见他们所用妖法俱极阴毒,照我论断,恐比以前随侍家父所见的邪恶之徒还凶得多。休说消灭他们死尸,便使他们形神俱灭,将魂魄一齐诛戮,连堕入畜生道中俱都无望,也不冤枉,何值为他们费事做甚?"

南绮见灵姑恨极这伙邪教中恶人,知她所说不是虚语。笑道:"灵姊既然如此疾恶,我省点事也好。"说罢,正要取出丹药先将下面男女三尸化去,忽听崖上有人低声急喊："王三姑快来，大仙婆她老人家不好了。"

纪异闻言，知是妖妇党羽，大喝一声，首先飞上堤去，裴元也跟踪飞上一看。那人是个半老乡农，跪在地上，面上满带惊疑之色。纪异方喝："你可是妖妇党羽么？"裴元业已看出那人是个本分乡民，忙把纪异止住，含笑问道："你且起来，有甚事，无须害怕，和我们实说，保你无妨。"

那乡民因在家中出了大乱子，仓皇奔来，又见树火新灭，地横三尸，越发害怕。一心畏惧着王寡妇的威力，以为人必在湖滩底下，心里一打鼓，那话说了不知有无忌讳，不说又是不行，上下相隔又高，没有看清，以为来人均是妖党。战战兢兢刚把上面那句话说完，耳听一声呼叱，跟着电光连闪，飞上两人。心疑惹祸，吓得慌不迭跪倒在地，也没听出纪异问话，只急喊："法官饶命！"嗣见裴元辞色温和，又命起立，心才稍定，颤声答道："法官，这不是我的事，与我老婆、媳妇也没相干，是太仙婆自己忽然升仙去了。"

裴元见这乡民语无伦次，知他误以为自己是妖妇同党所致，笑道："我们不是法官，你说的那王三寡妇和几个同党恶人，都被我们杀死了。有话起来说，我知你是善良百姓，只管放心好了。"

那乡民闻言，半信半疑，站起来打量了二人两眼，战战兢兢说道："法官老爷的话是真的么？"纪异喝道："哪个骗你？这柳树底下两具死尸，便是他们的党羽。你是本地人，总该认得妖妇和两妖党。因怕连累你们乡民，连尸首都被我们用药消化了，只留下一摊黄水在湖边苇滩上，不信你自己看去。"

说时，灵姑、南绮已事完飞上，弹了些药在两尸上，立起一片青烟，晃眼便已化尽。南绮又伸手一指，地皮便翻转了丈许方圆一片地，更不再有痕迹。乡民先听裴、纪二人之言，还在半信半疑。及至眼见如此灵迹，方始深信。惊喜交集，重又跪倒直喊："神仙菩萨，果是真的，快请救我全家性命吧。"

南绮问道："适在下面我用法宝查看，妖妇已无余党存留，你们大害已去，还怕甚？真有为难的事，只管起来开口，我们必定帮你，无须如此。"

乡民见众人说话神情俱都和善，神通又大，与妖巫师徒作威作福之状大不相同，好生欢喜，感激涕零，站起来说道："小人名叫江进元。儿子小福，在外与人种田。家中只我夫妻、儿媳、孙女四人，种着几亩菜圃将就度日。这一带是湖边最荒僻的地方，隔壁还有一家姓王的，也种菜，兼带上市卖鱼，共只两所人家。

"自从前些日排上人与王三仙娘斗法，王家吃了大亏，便料到王家不肯甘休。这两日怪事很多：对面君山半夜里常有人看见神火，大月亮底下会有雷响。昨日清晨，有一只白木船路过君山，客人上去游玩，刚到山下，也是有一客人不好，嫌埠头船太多，想往旧埠头上岸，无缘无故船会翻掉。最奇怪的是，人货东西全都被浪涌到岸上，一件没丢。

听上来的人说，刚落水时，天旋地转，连那有水性的船夫都似全身绑紧，毫不由己。大家眼看淹死，正在心里求神保佑，忽然水底起了一片金光雷声，人立清醒。会游水的自然可以睁眼划动，那不会游水的也似下面有甚东西托住，升出水来。紧跟着一个大浪头，连人和沉水的货物家具、打翻了的破船，一齐涌到岸上。

"船上都是大财商，到了湖神观，正和道士商量演戏做法事酬神，不知怎的，说不几句，全都住口，不敢作声。借着道士一辞谢，立即改口，匆匆忙忙雇了别的船，连夜开走。像这样死里逃生，不做法事谢神的，从来未见，走得又那等快法，他们又不是小气客人，都觉得奇怪。

"昨日谣言越来越多，都说王家已把他本门老祖师罗太仙姑请下山，要施法力倒转君山，截断江流，永不许木排在江湖上行走。我们都知道罗仙婆神通广大，自从入山修仙道，业已多年没出世了。说起来木排上那位老法师法力虽高，名望也大，只是人比他们正派，真要斗起法来，决不是罗仙婆的对手。这多年来，两家井水不犯河水，这次想是王家太恶，排上人们受欺不过，才将老法师请了出来。

"王家原是罗仙婆的徒弟、干女儿，前些日子吃了亏，早有人说她要请罗仙婆出山。人们都知老法师几十年好名誉，决不肯不应过节，做那缩退丢人的事。并且料定王家要报仇带找后场，地点必在原处，仍是大白日里。

"正想等看热闹，谁知昨日黄昏，先是罗仙婆两个徒弟来到这里，叫我两家各让一间静室，与她作法坛之用。并说不许走口，不然要我两家的性命。我们知道这类法术最是凶恶，对手一面虽然势力小些，但是人好。便他手下徒弟当排师的也极本分，不遇人寻事，一点看不出来。说话举动个个和善，还专一帮人的忙，治病舍钱。老天爷一定会保佑他们。

"再者，谁家没有一个亲的厚的？罗仙婆的本领和辣手不是不晓得，仇已结定，能不设法找人么？并且自从两家上次斗法起，王家这头的人到处张扬要报仇，气势汹汹，说得天花乱坠，神气也大骄狂些。排上一头的人却没事一般，有人对他们说，只是笑笑；再不就说听天由命，到时再看，反正不能把排上人一齐杀死。神气却极安详。自然双方迥乎不同，如没有一点靠头，怎会这样？

"我们自然不愿意王家这头占上风，可是法坛设在我家，她胜了，我们不过糟蹋点零碎东西；她如败了，就许连房子带人全跟她受了大害。不依她又不敢。心中发愁得了不得。

"正主只是势派大，看着凶相，还不怎显欺人。那几个徒弟都是满脸凶横，要这样，要那样，稍慢一点便遭打骂，赔了东西还要受气。今早起来，便说对头两天之内必来，硬把这条路隔断，两头不许人过。堤上下都设了埋伏，连我们两家本是借房子东西与她的主人，都得由岸后小路上绕走。她说的话就是阎王令，你出入多不方便，她也不管。

"到了午后，王仙娘带了两名法官先去堤下，堤上由两个徒弟法官把守。罗仙婆却在我家设坛，把门关上，房里摆下香坛，门上贴上神符，门口点着一盏灯。又叫我媳妇拿着她给的一道符和一个小铜铃，吩咐不问早晚，如有生人到来，或是看见甚奇事，先摇那铃，屋里自有法宝出来，跟着再把符往灯上一点，自然无事，还许事完赏我媳妇二两银子。她自己同一小女孩在房中打坐。余人早有仙娘吩咐，全坐在屋里，他们人不回来，一步不许走动。

"王家借房与她徒弟住，只不许出外，还稍好点。我全家寸步难移。不知她闹甚鬼，心里又急又怕，由中午苦挨到这时。正打算明朝向她求说，情愿把房子借让给她，许我全家往亲戚家住两天，等她事完再回来，省得终日提心吊胆，忽听罗仙婆房里一声惨号。一会儿，便见我儿媳妇吓得连滚带爬，浑身乱抖跑来，说是房门未开，仙婆在里面怪吼一声，人便跌死地上，满脸是血，身子烧成焦炭一般。我媳妇忙摇铃烧符，也没动静。小女孩未见，不知在房里没有，只唤了两声，也未答应，许是一同死掉。我和老伴去看，果然死得甚惨。

"这事奇怪，分明受了对头暗算。虽然房门未开，他们是会神法的人，不会疑心我家暗算，无奈他们脾气都暴。仙婆那么大法力，无缘无故怎会死掉？我儿媳妇偏又替她掌着神灯，就许怪我儿媳化符太迟，或是偷懒粗心，被她仇人暗中赶来害死。

"事到头上，怕也无用，只得乍着胆子，赶来送信，出门便见树下死了两个法官，我们人在房里也不知道。先前树上起火，料她对头已来，许正在堤下斗法。刚探头一喊，二位法官老爷便飞上来了。"

灵姑笑道："这不算甚，你不必害怕，只要我们过去一看，事便完了。"要知后事如何，且看下回分解。

第一〇五回

苦志求师　哢春莺娇啼婉转
轻舟泛月　游碧水夜景空明

　　说话江进元的家在里堤内，离当地不讨二三十丈之遥。众人说完了话，便即前行，由一横贯内外两堤的石桥边走过不远便到，众人正走之间，忽见前面菜园旁并列着两所人家，左边竹篱内站着两个老妇，正在附耳密谈，神色张皇，似甚鬼祟。瞥见众人走来，内中一个慌不迭往邻家走去；另一老妇似要回屋，前行两步，又复转身迎来。江进元说："这便是我屋里，等我叫她准备一点茶水。"说罢，当先赶去。

　　众人见他老婆低声说不几句，江进元面上立现惶急，心疑还有妖党。走近一问，江进元先令老婆下拜行礼，答话甚是吞吐。灵姑作色道："自来斩草除根，这类邪教留着是个后患。此时你如不说实话，我们一走，你两家再受她害，却是无人救你了。"江进元低头略一迟疑，答道："小人不敢。"随往邻家跑去，不多一会儿，领一中年汉子走来，向众人跪下。

　　灵姑唤起一问，才知壮汉名叫王五星，那四个妖徒便住他家。江家只有老妖巫、王三寡妇和妖巫的一个名叫香儿的小女徒弟同住。妖巫在江家设坛，同了香儿在内入定，却把元神遁出，分别在外堤上下埋伏，准备对头木排过时，以妖法暗算，报复前仇。适才妖巫元神伏诛，本身也在室中惨号暴死。

　　香儿的元神本随二妖徒在树腹中行法，元神侥幸逃回，年纪虽轻，人却机智。本怕妖婆怪她独自逃退，严刑难当，又看出当日形势，妖婆这一面一定凶多吉少。元神遁回复体以后，意欲静观成败，相机抽身，并未向妖巫报警告急，只在旁边坐着，愁苦交集。

　　心料法坛设在江家，强敌定必跟踪而至。暗想："师父、师姊、师兄尚且不免惨死，何况自己这有限一点法力。适才在树腹火焰中打坐，元神又现了原形。此时如逃，就不对面撞上，也必被敌人擒回处死。逃是最险，急切间又没个藏伏之处。想了想，当地人民素把本门中人敬如天神，妖巫师徒虽死,余威尚在,必还顾忌同党徒弟等日后报复,决不敢结仇怨。

"隔壁王家只借给师兄居住,毫无行法痕迹,率性和他言明,再给银子酬谢,令代隐匿,或把自己算作他家女儿,将新衣换掉。敌人既能杀死师父,法台神灯定灭,妖法全破,再加适才眼见柳树腹内情景,当然同党一个也难活命。少时敌人寻到,就认为还有徒党,一见无人相抗,也必当是早已逃走,决想不到近处有人隐藏。先逃出了活命,再打回家主意。"

香儿念头一转,连江家也不使知道,径由后窗钻出,逃往王家,和王五星说:"我原是好人家儿女,父亲还是秀才,吃妖巫摄入山中强收为徒,传授妖法,并用我的元神主持一些极恶毒的妖法,心中实不甘愿,无奈妖法厉害,逃必不免于死。今日好容易遇上这脱身良机,但是对头和妖巫仇结太深,不免断尽杀绝。你如容我藏匿,愿以身带金环、银子为谢。敌人走后,我自寻路回家,决不向人走漏一字。否则我虽被杀,元神尚在,我因恨你不肯相助,必向同门遍告,说仙婆、仙娘之死,由于你们勾串仇人暗害,那你全家无一人能得活命了。"

王五星先见香儿突然走进,心疑妖巫有甚吩咐,还在害怕,闻言才知妖巫师徒惨败,也是惊喜交集。王五星年轻力壮,胆子较大,不似进元懦弱,平日就恨妖巫师徒欺压良善,偏巧昨晚今朝又连受了妖徒好些恶气,恨在心里。一听妖巫被杀失势,想起宿怨,对于香儿也自然迁怒,本心就想稳住香儿,少时人来,将她献出。一则王五星之母贪利,二则拿不定妖巫另外有无同党,为香儿恐吓之言所慑,不敢妄动,表面一口应承,心意实未拿稳。

偏生江、王两家是亲戚兼近邻,王母妇人之见,既爱财又怕事,一时想不定主意,偷偷去寻江妻商议,遂被众人识破。江进元见众盘问,难再隐瞒,自己又不敢做主,把话和王五星一说。王五星人甚鲁莽,一听这男女四人直如神仙一样,便不再顾忌,出来直言奉告,请众人去往家中擒人。

哪知香儿机警异常,身虽藏在王母床下,并不放心,时刻都在留意察听外间动静。一听有人进门,王五星刚唤了声:"表叔。"底下便似被人止住,再听不到一句,情知有异。正值房中无人,爬出床下,隔着窗缝一看,见是江进元约了五星同出,正向隔篱四个少年男女跪倒。定睛一看,内中有两个熟脸,不由魂魄皆颤,知道不好,忙即跑出。迎头遇见王母,香儿低喝:"你母子反复无常,本来杀你易如反掌,但我最恨杀生害命,我自往远处逃好了。"

王母原不知就里,还欲询问原因,香儿已如飞往后园跑去。江母又急又怕,迈着大步赶往一看,一个小人影子身带黑烟,正贴地低飞,往东北方落荒

335

逃走，飞出约有五六丈，一晃无踪。

这时四人已听江、王二人述说前情，一听是个新收小妖徒，又是好人家子女，既藏人家，可知无甚能为。当地一边平湖，一边田野，甚是空旷，就被逃走，一望即可追上。妖妇尚不能绝迹飞行，何况一个初入门的女孩，本心不欲加害，未免大意了些。把话听完以后，灵姑才对南绮说道："时已不早，我们分作两起，南姊和裴师弟去撤妖婆法坛，带灭痕迹；我和纪师弟寻那小女孩去。"及至走到王五星家一看，妖巫的小女徒香儿已无踪迹，知被乘隙逃走。

灵姑觉着逃人只是一个幼女，本没有伤她之念，寻到也只盘问告诫几句，即行遣走，不值去追，原想丢开。忽听王五星埋怨乃母不小心，说："妖巫隐迹已近十年，听口气，好似只有同来的几个男女徒党，现俱遭了报应，或许无妨。唯独王寡妇自从近年丈夫死后，为想增厚狗子声势，平日广收男女徒弟，党羽甚多。这小妖女如逃，定是看出我们形迹可疑，要将她献与对头，心中怀恨，必去告知同党，说我两家勾串仇人，害死妖巫妖妇，岂非留下后患？"

纪异在旁也说："此女年纪虽小，却擅妖法，适才曾见她元神变成一个小人，盘坐在柳树腹中烛焰之上。小小年纪，便能兴妖作怪，大来必不免于害人，何况还有许多余党。她已痛恨这两家主人，如不搜擒除去，我们在此无妨，我们一走，早晚主人必受其害。我谅她既投民家隐匿，时候有限，逃避不远，还是仔细搜索一回，如能擒到，岂不去一祸根？就说日后有别的妖党寻来，发觉妖巫师徒伏诛，没有此女播弄，便不致祸害良民。如再寻她不到，一会儿裴哥哥和南姊到来，大家合力分头查看，好歹也将此女寻到才罢。"

灵姑也觉有理，便向王氏母子盘诘逃时情景，有无别的异状。王母妇人之见，觉着香儿年幼逃亡，孤苦可怜，又得了她的银子，理应助她逃命，心怪儿子不该将人献出。先还不肯说出实话。后经王五星详陈利害，方始引往后园，一面指说香儿驾着黑烟，逃出不远便即隐没情景；一面代为求情说："此女并非恶人，实是好人家儿女，被妖巫摄去，强迫练法，本身并未害过人。"又把香儿发觉王五星将她献出，仍不肯伤人泄愤，只自己逃走的话说了。

纪异一听，首先纵遁光往所指之处追去，灵姑方寻思如何搜法，南绮、裴元恰由隔壁事完赶来，问知就里，四下一查看，心便明白。一面把纪异唤回，不令搜寻；一面重向王氏母子细问小妖女香儿由来到事败逃去情景。

问完，笑道："照你们所说，此女是好人家的儿女，心性亦好，被迫致此。

小小年纪受这么多的苦难，实是可怜。早知如此，我们也不来寻她了。妖巫党羽甚多，似她这等资质，见了定必掳去，强迫相随，做那害人之事，早晚同受天诛，岂不可惜？偏巧我们又都有事，不然的话，无论她逃出多远，我一行法，便可寻到，送她回转故乡，省得孤弱幼女长途跋涉，才脱火坑又入虎口，不也是件好事么？既未寻到，也许她一时糊涂胆小，不敢出来见人，我们何苦勉强？这又不是真恶人，寻到以后，我们还须费事。由他去吧，我们走了。"

话未说完，忽听井旁稻草堆中，悉索有声，王五星和裘元、纪异早闻声寻去。王五星在前，伸手把草堆一拨，喝道："在这里！"跟着便见一个短发披肩，面白如玉，身着黑衣的女孩由草堆里纵将出来。纪异大喝一声，方要伸手，吃南绮赶过来喝住。小女孩已吓得战兢兢跪在南绮面前，连喊："二位仙姑饶命！"南绮见她生得十分美秀伶俐，心先生爱，忙伸手拉起，笑道："你不要害怕，我们决不肯伤你。你那指东为西的障眼法儿我早识破，擒你易如反掌，如有恶意，也不那么说了。"

香儿自随妖巫，平日尽管还能得到一点看重，但是妖巫法严，凶横异常，稍有不合，便遭打骂，所行所为又极残忍阴毒，心狠手辣，不留情面。因而每日提心吊胆，如坐针毡，已有好几年不曾得这等温和之气。南绮又生得那么明艳温柔，望若天人，当时心神大定，畏意全退，由不得生出仰恋之心，万感交集，竟然放声大哭起来。

南绮见她相貌秀美，先已喜爱，见状越发怜爱，便把她手拉住，温言抚慰道："我们杀的只是恶人，像你这点年纪，就做甚错事，也是受人强迫，出于无奈，可以原谅，决不会伤害你的。有话好好说，无须伤心，等你把话说完，便放你好好回转自家便了。"

香儿哭道："多谢仙姑开恩。我原是湖北黄冈人。父亲姓秦，是个秀才。五年前，我才八岁，因随父母往汉阳外婆家去看划龙船，遇见死的这老婆子，强逼着要收徒弟。她势力甚大，谁都知道她要人的命易如反掌，如不应允，我父母全家便没命了。无奈何，随她去到山里。每日待我也不算不好，只是她神气凶恶，家法厉害，叫人害怕，日常都提着心。

"头两年，单是练法和服侍她，做点事，原也无妨。她本已洗手多年，不轻在外走动了的。近年不知怎的，她门下许多徒弟大概是在外横行遇见能手，时常吃亏，便来求她出山报仇，挽回场面。因她心贪爱财，性情又暴，头两次不答应。后受他们那伙人一激，再孝敬点东西，也就允了。

337

"这一来我却受了罪,除像这回对头是厉害的,由她自己出马外,差不多都是令我元神拿了她的法物符咒代她行法。我共只才学了不多几年,元神甚弱,头次上场,便差一点没把命送掉,不得还阳。幸亏她的元神暗中跟去,才保无事。那一次,我几乎胆都吓破,她却说我有用,以后便可替她。由此差不多每次都迫我的元神代往。我恐遇见恶人,甚是害怕,但又不敢违抗,只好苦熬。

"在三月以前,她忽起了一卦,说是大难将临,已对徒弟说,从此决不再管闲事。我听了自是喜欢,方想此后免得出神,再受惊害怕了。哪知日前师姊王寡妇忽来哭求,说她儿子被人害死,要她出山报仇。她先不肯,因王寡妇来时孝敬了不少财物,末了又背人拿话打动她,这才应诺。

"我彼时曾在暗地偷听,据王寡妇说,她来时遇见一个异人,说起君山脚下藏有古时异宝神钟,但是水底有禁法封锁,穿不进去。如由远处湖底打通一条水底通路,又恐湖滨人烟稠密,吃对头看破,更难下手。知道我们这类江湖法术,对头方面法力均高,决看不在眼里。我们和排教斗法又是常事,惊扰不到人民,就是路过看见,也不会伸手。

"因我师父有翻山倒海、指物代形的法力;如能由她择好一处僻静地方,借与排教斗法为由,将那一片湖底暗中打出一个大深洞,事完自走。那异人借着这点基础,再由水底往君山底下穿通过去。如能成功,不特可以分得里面所藏的异宝奇珍,以后并还可以引她师徒到那异人教下,或是传授法术。

"老婆子年纪已老,自知所习法术只能在江湖上称雄鬼混,要想长生不老,成为真正神仙,决办不到。平时听她口气十分怕死,便是多年入山隐迹,也是为了谋求长生之故。所以这类话自然句句打人心坎,而王寡妇又把那异人说得和神仙一样,老婆子答应以后,王寡妇还恐她不十分相信,又把她领到湘江附近一个无名的小山洞中,与那称为异人的狗道士相见。我因要随她行法,也被带去。

"他们都说那是个活神仙,我却不信。第一,仙人就不会是那样穷凶极恶的形象,说话那么粗暴,又和王寡妇鬼头鬼脑,眉来眼去。第二,仙人洞府景致必好,决不会住在那又小又黑,鬼气森森的破山洞里。第三,既然法力高强,还要传人道法,为何还要她师徒代做手脚?

"尤可恨的是,他是一个道人,却硬要收我做徒弟,如非老鬼婆不肯,几乎被他带走。就这样,老鬼婆还说不是不肯,因我此时尚有用处,允事成之后,再令我拜师,随他回山。这话也不知是真是假,我害怕极了。他们三人同在破山洞里商量了一天一夜，才到这里来相看地势。

"老婆子做事向不背我，这次和那狗道士说话老是把我支开，中间还起了一次争论。我虽然心犯忧疑，却没法想，又不敢问。等到隔壁江家设好法坛，堤岸上下两处做好了埋伏，令我元神出窍以前，老婆子忽把我抱在怀里，假意亲热说：'这次对头比较厉害，你到时不要害怕，无论形势多凶，我叫你上前便需上前，不得后退。漫说你是元神出去，对头决奈何不得，就有甚凶险，我也能够救你，切忌胆小。'我看出她说时面容凶恶，口气好些前后不符，越发生疑害怕，不敢明问，急得要哭。

"她见我暗中流泪，想是有些心软，叹了口气，说道：'我这是要躲大难，必须那位道长相助，不能不为他尽力。事情实也凶吉难料，你既如此胆小，姑且先在堤上，随你两个师兄主持神火吧。我生平福也享够，死在我手底的对头也不知有多少。那年强要收你为徒，是你长得灵秀乖巧，一见便生爱心，加以资质又好。

"'我一生脾气古怪，无论多亲近的人，都不喜他在我身侧久留，一旦将我触怒，便难容他活命。所以晚年来一个亲人都没有，太寂寞了。独和你有缘。相处日久，对你越爱。本意带你洗手入山，修炼吐纳功夫，不再管徒子徒孙的闲事。将来再传你道法，使你承受我的衣钵。不料前年占算出大难将临，运数将终。我近年偏又静极思动，接连出山去管了几回闲事，此端一开，一些徒子徒孙纷纷来找，都是受了外人的欺侮。

"'我一世英名，以前不许门人寻找，自可不管。已然许他们见我，听到这类事，岂容袖手？于是事情越来越多，仇家自然又加了好些。我明知这等作法于我将来不利，无如势成骑虎。最关紧要的是我这次劫难，除了死中求活，和他硬对，一任我上天入地，均躲不过去。想了又想，觉着守在山中，等仇人寻上门来开刀，还不如事前打好主意，迎将上来，多半还能有个转机。

"'你王师姊来寻我时，先本未允。后占一卦，她说那地点、时日正与我应劫之期相差不多。难得有一竹山教中仙长与我结交，只要今日不遇凶险，以后便和他成了密友，所有对头均不能奈我何。并且这次对头法力虽比别人强，却不是我对手。我事前再小心些，将真身隐起，只以元神迎敌，更是胜多败少；即使败了，也是无妨。

"'起初打算令你代我上场，更可万无一失。无奈你太胆小，恐你临敌误事，我又爱你，为防万一有失，才改命你在上面主持神火，免有闪失。我自来言出法随，永无更改，这等深恩相待，应知感激。神火如为敌人所破，许你元神遁回,但是事情难料,元神复体以后,要速向我行法报知。如若久不见我回来,法坛神灯一灭,那便是敌人约了能手相助,我已大败,元神遁往来时所遇仙长那里。

"'好在本地人敬我为神,不会伤我身子。你走时再嘱咐他们,加上几句恐吓的话,令其紧闭房门,不许人入内窥探;有人来问,只管以家中老病之人在内静养搪塞。三日之内我自回转,另有酬谢。你可急速前往湘江附近来时所去深山之中将我寻到,日后自有你的好处。你如忘恩背叛,或是不照我话行事,或是不去寻我和那仙长,我手辣心毒,你随我这几年总也知道,到时休要怨我不念师徒情分!'

"说罢,她便令我随她行法入定,我这才稍微放了点心,但总觉这次凶多吉少,不敢大意,时刻留心观察他们动静,准备退避。不料老太婆这次带来的两个徒弟我将来要承受本门衣钵,俱都妒忌非常,先向老太婆说我坏话,没有生效,越发对我厌恶。那神火虽然由我元神主持,但须听这两个恶徒号令。尤其我的法力有限,一到树腹里面,便吃他们禁住,骂我许多难听的话。

"又说我不应胆小怯敌,违抗师命,老太婆虽然溺爱不明,此时须由他们摆布。这次仇敌法术厉害,胜了自无话说,如若失败,决不令我元神好好逃走,任凭仇敌伤害,以出他们恶气。我知他们是妒忌的话,斗法是以堤下为主,上面只是疑兵之计,身落人手,怕也无用,没奈何,只得在树腹火焰之上耐心守候。

"前半日,只听他们欺凌乡人,并未见有仇敌走来。午后又听与人争吵,渐渐斗起法来。我在树腹中偷看,早就看出来人年纪虽轻,却不是常人,他们死在临头,竟会毫无警觉。头次催我发火,我假装有顾忌,迟了一步。第二次再催,始行发出,不料对头厉害,全无用处,反害了他自己的性命。

"末了,这两位仙长寻到树腹,我被妖法禁在火焰头上,又逃不脱。正在情急告饶之际,吃这位仙长手指宝光一撩,无意中将禁法破去,方得抽空遁走。回到屋中一看,老太婆尚在堤下芦苇中行法未回。我虽不敢就势逃走,但照平日所闻,老太婆师徒虽然依仗法力横行江湖,好像不是甚正经修道人。并且老太婆听了王寡妇说起君山斗法,用雷将她儿子打死的两个敌人,甚是胆怯,所以事前十分戒备,并未亲自上场,先想好了逃路。

"今天在柳树下面和她徒弟斗法的又是两位年轻仙长,与王寡妇所说的仇人差不多。我猜人家法力比我们高,老太婆的隐秘形迹早已算出,有意寻她,照此形势,一定是大败伤亡要占多数。好在同我一起的两个恶徒已死,他们俱都不会元神出窍,恨我也由于此。反正不愁被人告发,暂且不向老太婆告急,只守一旁观望,意欲相机行事。

"老太婆如得胜,或是伤败回来,那是我的命苦,难还未满,只好随她鬼混,遇上机会,另想法子逃走。如若查问,便说我刚由树腹中逃出回来。她两个徒弟尚且被人杀死,自然不能怪我临阵脱逃。他如遭报身死,我便逃走,仗着她传的几样法术,打听道路回家,也不怕人欺负。

"还有好些徒子徒孙散在江湖各地,我多不相识,也不知道住处。老太婆为人刻薄吝啬,门下徒弟只打着她的旗号在外横行,轻易得不到传授,除去王寡妇母子和今日同来诸人外,多是虚张声势,无甚法力。即便遇上为难,就是敌他不过,也能脱身。

"我正打主意,盘算少时如何逃走,老太婆本在法坛案桌后面盘膝打坐,隔了不多一会儿,忽然面上现出愁苦惊惧之状。她平日无论遇上多大的事,多厉害的仇敌,永远不动声色。如是阴恻恻的一笑,那便是要下毒手害人,心中得意。这等神情还是头一次看到。跟着便见她惊惧惶急之中带出痛苦的情景,面色越发怕人。我正惊惧,猛听她一声惨号,连身蹦起,跌倒在地,人已和烧焦了一样。我知她已惨死,连元神也被人烧化了。

"敌人如此神通,定必随后寻来,又恐被门外的人闻声赶来偷看了去,赶忙藏身椅后,又把随带金银取了一些,匆匆由后窗逃出。因料诸位仙长法力高强,一逃必被追上,打算拿银子买好邻家,藏在近处。以为诸位仙长决不会疑我未逃,我等仙长走后,再行逃走,寻一僻处雇船起身,问路回家。

"不料他们收了我的银子,又将我献出,本心实是气极,却也无可奈何。自幸发觉尚早,于是又用声东击西之法,用幻景化为黑烟,假装往岳阳楼逃走,人仍藏在草堆里面。当吕仙姑寻我时,我就伏在草堆里偷看,见同来一位便是先用飞剑几乎杀我的那位仙长,吓得我心中乱跳,唯恐搜出,难以活命。我正在求神念佛,忽听仙姑口气颇好,心中一宽,当时便想出来求告,只是不敢。正打不起主意,不料被那姓王的察觉,我见不好,只得跑出来求饶。做梦也想不到仙姑如此厚恩。

"我家本是衰落了的书香大户,父亲虽然疼我,人极古板。母亲是个后娘。我一个女孩,被邪教中人强收去做徒弟,一直好几年没回过家。忽然孤身逃了回去,那地方读书人多,族长的权最重,就算父亲多爱惜我,一些亲族乡党不当我是坏人,也必当我是邪魔鬼怪,不许我家收留;即使勉强收下,将

341

来也决没有好结果。

"我因想老婆子所在黄柏岭地方十分僻静,她生平无儿无女,却积了不少金银珠宝。以前积蓄的我不知她埋藏在甚地方,近四五年所埋,却只有我一人知道。这还是近年号称洗手入山,只是一些徒子徒孙再三聘请,出于门人孝敬的占大多数,不是巧取豪夺而来,那数目已不在少数。论起以前多少年的积聚,那就更多了。

"她山中除我以外,只用了一个带了一妻一女的长年。男的代她种着二十多亩地,两亩果菜园,管着一个小鱼塘。妻女给她烧水煮饭,做些粗活。近身服侍只我一人。她住的地方在紧连房子的山洞以内,除我随时侍侧外,谁也不许进去。尽管有这么多的金银,大约除王寡妇外,知道的人极少。

"每有徒弟寻她,她便向人告穷,说她生平所得的资财全在暗中行善,做了好事,现在老来受穷。因为断绝人间烟火,还得再练些年道法才能断绝人间烟火,如非在山里开辟下这一二十亩田地,连徒弟和下人都养不起。就这样,一有了钱,仍喜暗中行善,随手散去。王寡妇知她最忌讳人说她私事,自然不敢说她有钱的话,还须随声附和说师父枉受各方供养,因好行善,手中时常分文皆无。我们当徒弟的理应孝敬,不该坐视。以讨她的欢喜。

"那些徒子徒孙固是半信半疑,无如不知底细,又不敢问。因为怕她心贪,索取无厌,没事时轻易不敢上门。她倒也好,你不寻我拉倒,你只要有事来求,不满我的欲望绝不理睬。人又刻薄阴毒,不留情分,闹得门下个个恨她。谁都知她忌刻,不会把藏财的地方告人,我又年幼,决不对我生疑。不过她刚死不久,那长年一家人我虽不怕,终恐别的徒党想到老太婆身后余财,前往搜寻,不得不加小心,以免遇上。

"我先前打算先回家去见父母家人一面,如族长许我家收容,我便在家中住上三五月;不然,便到汉阳亲戚家住上几月。等事情冷了,我再偷偷前往山中,将她埋藏的金珠等物发掘出来。一半送回家与父母用;把下余一半在家乡附近盖上一座小庵堂,我在里面修行,以免将来受罪。

"天幸遇到诸位仙姑仙长,仙姑对我更是恩宽。想我人生一世,晃眼老死。譬如适才受了老太婆师徒的连累,同归于尽,又当如何?照今日情势,这条小命不是白捡的吗?现已立志拜在仙姑门下,出家学道。望乞仙姑可怜弟子一个苦命女孩,恕我以往受人胁迫,出于无奈,格外恩宽,大发慈悲,收为弟子,不使流落无依,并受恶人欺负,便感恩不尽了。"随说,随又跪下来,叩头不止。

南绮伸手拉起,笑问道:"我们与那江湖左道妖巫迥不相同,是玄门正宗修道的人,不特内外功行并重,修为艰难;平日险阻甚多,不是容易,规条尤为严谨。并且我们新近才拜在青城山朱真人门下,俱是新进门人。前面还有几位师兄,均未收有门人,我们未奉师命收徒,岂敢擅自私收弟子?你这心志也颇可嘉,无如不是一说就成的事。

"依我为你打算,你还是即日回转家乡,与父母家人团聚的好。我想你一个未成年的少女,又无甚事落在人的眼里,一任族中家法多么严正,也无不许你家收留之理。而且你不久便可掘取妖巫所遗财物,家况又颇清寒,即便族长为人迂腐偏激,你父母终有爱女天性,有了那么多财物在手,也不是无法可想。当地不容,或是因为曾被妖巫掳去数年,致引外人疑忌,大来难说婆家。那你不会用妖巫的钱在外省外县置些田业,劝你父母全家移去过活么?

"如若随我们,休说势所不许,就说可行,我们都是飞行绝迹,来去神速,现在正奉师命行道,时常与些异派妖邪恶战,你甚法术也不会,只凭妖巫所传那一点左道中的小术,不遇事不过携带麻烦;只遇上事,我们一个不能兼顾,立即送命,那是何苦来呢?"

香儿原是立志拜师,怀着满腹热望,及听南绮语气坚决,不禁沮丧万分,流下泪来。正伤心忧急,意欲设词再行苦求,忽然福至心灵,忙即拭泪问道:"仙姑说是青城山朱真人门下弟子,这位朱真人可是生得极矮小,法名只是一个梅字,人称矮叟的青城派剑仙,开山教祖么?"

因香儿容貌美秀,神情娇婉,楚楚可怜,连灵姑也动了爱惜之心。只是大家俱想往岳阳楼去,见她和南绮还在纠缠,正想开导几句,闻言甚觉奇怪。裴元首先问香儿:"你如何知道的?"

香儿答说:"本来我也不知甚青城派、峨眉派,也是那山洞中妖道说的。这次老太婆和王寡妇领我往洞中见妖道时,开头说话并未避我,所以前半听得清楚。据妖道说,他们竹山教早就有人住在君山后山洞中,为的是君山脚下的镇湖神钟和里面埋着的法宝。本是一件极好的事,照理这几人应该回山报知教中师长,派人同去合力下手,自然容易。

"无如这些人心贪,都想独吞。先只一人,后见不行,才又约了几人。这些人都是瞒心昧己,所以才闹得如此糟法。在君山藏伏了好几个月,白费许多心力,一点眉目也不见有,实在无法可施。又怕被外人知道,从中作梗。现在虽未判明敌人来历,但查看种种可疑行径和不好的兆头,来人极似青城、峨眉两派门下。如真如揣测，他们唯恐画虎不成，对头行踪隐秘，又看不出是何用意，又不舍弃而不取，这才着了急，回山禀告师长求助。教中长老因他们先未禀告，大怒不管，却令人暗中随来；查探两派仇敌踪迹，等这几人事将成就，忽遇仇敌为难之际，突起相助。他们知道如由君山脚下开通地底道路入内取宝，必有仇敌梗阻，势所不能。

"忖度情势，只有舍近图远之一法。就这样，仍恐仇敌警觉。恰巧老太婆与排教斗法，正可借以掩饰行踪。并说他一切均已准备停当，只等老太婆把这里湖底开一深洞，与排教斗完了法，事情过去，无人留意，他便跑来，如法施为。先就着现成湖底地穴暗中入内，用他所炼神雷和一件叫作玄乌钻的法宝在下面穿地开路。同时再把他在山洞里所准备的甚阴魔大法发动，以为策应。

"底下的话，虽然避我不令在侧，我却看出他对我不怀好意。先前我只想逃命，仙姑恩宽出于意外，我一心回家看望父母，不曾想到许多后虑。这时渐渐想起，未来凶险尚多。照那妖道和老太婆争执的语气神情，对我已决不肯放松。我知他那妖法均有童男女生魂隐伏在妖幡之下镇守。妖道既看上我，决不轻易罢休。他那法力比老太婆师徒强得多，又能在空中飞行随意来往，早晚难免被他搜着，决无幸免。

"往好的说，强迫收为妖徒，命虽保住，人却坠入火坑；要是不好，就许受那炼魂之惨。此外，还有老太婆的许多徒子徒孙，尽管认识我的人不多，却全知老太婆收了我这么一位小徒弟。又都料定老太婆留存的金珠财物甚多，纵以我年纪轻，不敢吞下，总想由我身上查探出一点线索。

"再者，老太婆是他们唯一首脑，尽管近年见面都难，对外仍多仗着这块招牌横行欺人。如今老太婆和王寡妇等几个比他们强的忽然全数失踪，自是又急又惊。他们决不相信死得这么干净，何况这些人全死在诸位仙姑仙长手里，正经敌人并未在场，益发使他们不知来由，势必到处访查这次同来诸人的死活下落。我不遇上自然无事，遇上便非受害不可。

"这伙徒子徒孙均吃水码头饭，常在两湖来往，党徒又众。为此越想越害怕，只有哀求仙姑收为徒弟，才能安心。如因相随行道受甚危难，那是弟子命苦福薄，数该如此，死而无怨。否则弟子回去，也终无好结果，与其终日提心吊胆，结局仍不免被妖道恶人所害，转不如随定仙姑，就送了命，也落一个好鬼，下次仍可投转人生，不致被人强迫为恶。现世受苦受难，死后还因作孽太多，堕入轮回，不更冤枉么？如说未奉教祖朱真人之命不能收徒，那么随在仙姑身侧，做个丫头使女总该可以吧？现在弟子业已打定主意，宁死也要追随仙姑的了。"香儿说时，渐渐泪如泉涌。说完，人已成了泪人。

众人见状，俱觉她楚楚可怜。裘、纪二人想要开口请南绮、灵姑为她设法，均吃南绮摇手止住。直到香儿把说话完，南绮才笑道："你先莫哭，那妖道所居山洞你还认得么？"

香儿以为有了指望，不禁心喜，忙即拭泪答道："弟子只随他们前往，地名没听说。地方是在湘江一个山里，甚是荒凉，路径却还记得。"

南绮道："你苦口求说，执意相随，我未奉师命，收你为徒自办不到，但能给你另外想法安置，或是另拜仙师。不过你随我们一起，遇上妖人真能不害怕，把吉凶祸福置之度外么？"

香儿大喜道："弟子但蒙收录，百死无悔，赴汤蹈火，均所不辞。"说罢，口称恩师，又要跪下叩头。南绮阻止道："如今还不能算是定局，又不是我自己收你为徒，你不必行礼。且领我们先去寻到那妖道，等到这里事完，我再给你设法，现在还不是时候呢。"

香儿不敢再说，暗忖："师父也许是见我曾入邪教，不大放心，想要查看我心性为人如何，再定去留。好在师父心软，已允相随，只要不当时遣走，必有指望。"忙即诺诺连声，恭恭敬敬侍立身侧。

灵姑见香儿一听话有转机，立即面现喜容，依着南绮身侧，宛如小鸟依人，意甚真诚。知南绮心慈面软，经此一来，日后极难摆脱。自己也觉此女招人怜爱，只是未奉师命，如何擅自收徒，岂非一个难题？并且带着一个不会剑术无甚法力的幼女在外行道，也实在不甚方便。便笑问道："南姊，我们带了此女同行，遇事方便么？"

南绮道："你看她这可怜样子，实令人不忍坚拒。在未蒙师父允许以前，收徒自办不到。为了君山之事，暂时还不能走，我想先把她所说那妖道除去，找下住处，命她在彼暂候。一俟君山事定，她资质好似不差，只要真心向道，就费点事成全她也值。到时如无机缘，我便把她送回长春仙府交与家姊，也不致没有着落。"

灵姑喜道："我原是为她拜你为师，与相随行道两有碍难，一时想不出甚善策，竟忘了令姊仙府可以收容，这真再好没有。

"既是这样，我们日内便许和妖人对敌，此女年幼，又无法力，随在一起不特太险，亦是累赘。且待今明日把先来各正派同道踪迹行藏访查出来，探明时机早晚，看看除武当七姊妹外，那两少年是否真个我们的好友同道，此外有无别人,然后看事办事。

"不过我知现在奉命下山行道的,差不多都是我们同一辈的,除峨眉派的几位女道友,多不能轻易收徒。如若驱除竹山教妖人为时尚早,那就率性一劳永逸,由南姊先送回仙府,安顿好了她再来,省得换交别位道友,也是叫人为难。此女以后如真向道虔诚,行为高尚,将来我们能收弟子时,再行禀告师父正式收徒,也是一样。"

南绮见灵姑说时,香儿似喜似忧情景,料她思念家中父母,故意笑问道:"你不愿我送你往我家去么?"香儿垂泪道:"弟子蒙二位仙师深恩成全,求之不得,焉有不愿之理?"南绮道:"那你还伤心做甚?"香儿含泪跪答道:"弟子实因家父年老家贫,想见上一面,将手边这点金银留家度日,再随恩师去往仙府,听大师娘教训传授。但知恩师除妖事忙,如何再敢劳烦?故此伤心,望乞恩师宽恕。"

南绮见香儿天性甚厚,越发喜爱,随手拉起,安慰道:"你不要忧急。世无不忠不孝的神仙,你不忘亲,我只有喜欢,如何怪你?便你不说,我必为你打算的。到了走时,我必为你匀出一些时候,不特送你回家与父母家人相见。如若还有余暇,就便连老妖巫所埋藏的金珠也一并发掘出来。如只中人之产,全数给你父母养老;真要太多,便看事行事,除分与你父母外,下余充作济贫之用。不过日内有无这等闲空,尚拿不定。如无余暇,只可先便道送你回家一次,发掘妖巫窖藏一层,只好留待这里事完之后再办了。"香儿闻言,益发感激涕零。

南绮、灵姑俱爱香儿灵慧温婉,还待往下谈说,纪异早已不耐,随说道:"我们该走了,老说这些闲话有甚意思?"

南绮道:"先前我们打算往岳阳楼一转,自应早走。现在先寻妖人,他们设坛作法多在深夜,此时前往,也许不在,走晚一点倒准能遇上。还有香儿乃妖巫徒弟,此来她手下徒党必还有人见过,我适想起,如若把香儿带往岳阳楼上,定不免生出枝节。我们固然不怕,何苦多此无谓纠缠。反正无事,何妨多留一会儿?纪师弟如不愿在此,好在湘江沿岸山水清华,我们就着搜寻妖人,一路游赏前去也好。"说罢,便同起身。

那两民家把四人当作活神仙一般,又知横霸江湖的妖妇恶人俱被这四位少年神仙除去,照着多少年的耳闻目见,老妖巫的法力何等高强,她那徒子徒孙在江湖上横行,连各地官府都不敢过问,也被这四位神仙不动声色,连带消灭了个尸骨无存,永绝后患。不禁又是感激,又是敬仰,不知如何款

346

待才好。

一听要走，纷纷近前环跪地上，苦口求说："乡下人家无甚好食物，现已杀鸡摘菜，开坛取酒，请四位神仙吃餐晚饭。我们原给老妖婆师徒准备下好些现成酒食，为表诚心，均未敢用。东西虽不值钱，全都干净新鲜，还有早来亲戚送的活鱼。务求神仙赏脸，容小人们孝敬一回再走。"

灵姑一面把他们唤起，一面笑道："你们不必如此。我也不瞒你们，我四人实是神仙下凡。一则见妖人为恶太多，数限已尽；二则你两家又是安善良民，不应受他侵害欺侮，故此及早将他除去。虽然帮了你们一点忙，但是我们该当作的，谈不到谢字。只要以后各人孝敬父母，全家和美，多做好事，比谢我们还强得多，并且你们也能得福。否则，你们再请我们吃多少东西，也是无用，一样有罪。

"真神仙不似妖巫邪教要人供养，你们饮食做得多好，无奈我们俱不吃人间烟火，怎能享受？盛情只可心领。还有，我们尚要在此修道救人，千万不可向人泄露踪迹，万一路上再遇，不可招呼。如不听话，惹出事来，却休怪我们不能帮你们。"

众人果然相信，方始不敢再留，但心中终觉歉然，重又跪在地上，叩了好些头才罢。灵姑也不再劝阻，道声："好自为之，天自保佑你们平安吉庆。"说罢，便和南绮、裘、纪、香儿四人走出。

到了路上，回顾那两家人还跪在地上，似在叩头祝告。南绮忍不住笑道："灵姑素日谦和，今日怎自居神仙起来？"

灵姑道："你不知道，这般乡民是死心眼，他们已认定我们是神仙，没法分说。你越说不是神仙，他们越当真，反而麻烦，缠个不已。转不如自己承认，听其自然，倒能听话。并且以后还真能一心行善，勉为好人，这不过让他们朝天多叩几十个头，我们希图省话早走，只好由他们去了。"

南绮笑道："我虽从小修炼，生长仙山，尘世上事却无甚见识，遇有人向我求说甚事，多不好意思坚拒。灵姊就比我强多了。"

灵姑道："我幼时也是面嫩，只因随侍家父在江湖上奔走十多年，渐渐才脸老了的。遇上愚人，如不加点权变，真是不通，直非逼人说那违心之言不可。一样是人，也不知他们怎的那么糊涂？"

香儿接口道："师伯说得真对。就拿今天死的老太婆师徒来说，以弟子平日暗中观察，并无甚了不得处。虽会妖法，多半有许多做作，事前如不设坛，或是准备好了法物神符，便行不通。要是突然有人暗中行刺，就能致他

347

们死命，只要不被警觉，连老太婆也如此。他们仇家很多，按理可以暗算复仇，可是从未听说有人这等做过。

"尤其一般富家商民，不是见即下拜，奉如神明，便是战战兢兢任凭剥削，稍为得罪了一个，便是怕得要死。其实内中只老太婆厉害，可是她每夜均要修仙入定，不特和死去一样，还有许多短处。她那本命神灯和保护元神的法物被人一毁，立即不能回生。那些受害的人，只要用一点心探明底细，真是手到成功，一点不难。偏是不敢，到处求人代他报复，结局仇未报成，连他所请的人都一齐送终。怕死反不能免于死，岂不冤枉？"

南绮笑道："你说人家胆小无用，你如此痛恨老太婆，又在她的身边，便较外人容易，为何也不下手呢？"

香儿答道："弟子在山中有时思念父母家人，又受她的磨折，未始不觉难过。一则多不好，总是师父；二则弟子胆小手软，平日连别人杀个鸡都不忍心看，如何敢生杀人之想？"

纪异笑道："既是这样，你还非要拜师做甚？我们在外遇见妖魔恶人，决不容他活命。有时还被我们飞剑绞成肉泥，将他形神一齐消灭。适才妖人师徒就是死后连尸骨被消灭无存。你如遇上这类事，不更害怕么？"香儿一时答不上来，只是微笑。

灵姑见她嫣然娇笑，美丽可人，虽觉动人怜爱，终嫌失之柔和，缺少英气，不像是本门弟子。心方一动，裘元见南绮、灵姑只顾怜爱香儿，且谈且行，笑道："我们不趁此时四外无人飞往湘江，这等走法，何时才能到呢？"纪异接口道："先前来时那等忙法，现在人未寻到一个，君山妖人详情也不知道，反倒慢了起来，是甚缘故？"

南绮道："先前也只你两人性急，我和灵姊何曾急来？这并不是性急的事。这里已有别位道友在此策划，我们本是闲中无事，闻风而来，不查明底细以前，不能轻易从事，一涉躁妄，便易偾事。先来武当诸道友法力并非寻常，她们与妖人暗中相持，必有深意，否则早已下手，何待今日？

"我们起初原为访查双方虚实，看是何人在此，就便一览岳阳之胜。刚巧无意之中除去妖人师徒，虽与大局无关，终是破了妖人一处阴谋。并还由此得知君山诸妖人之外，尚有他们的有力同党暗中埋伏，准备到时发难，坐收渔人之利。

"我先想过，湘江附近潜伏的一个行踪诡秘，武当诸友必还不曾发觉，我们正可跟着这条线索前往搜寻，相机行事。如此一来，不特去了一害，将来不问何方成功,都可减去一层阻力。万一先来的人多心,也易解说,免得我们一到,便同别人走一条路,仿佛争功似的。固然同是除害消灾,修积善功,终应有个先来后到,不要为此生出嫌怨才好。

"这类竹山教的妖法,昔年曾听家父偶然谈到,说他们行使阴魔妖法多在子夜。那妖道既防教外仇敌,又防他自己人知晓,日里决不显露丝毫形迹。我们现既专为寻他,去得早了实是无用,一个不巧,还打草惊蛇,隐形匿迹又所特长。妖婆伏诛,妖道不会无所警觉,本就有了戒心,再去一逼,定必滑脱。我们又是志在生擒,以便拷问详情,如何可以操之过急呢?

"妖道见妖婆已死,无人去寻他,必当妖婆死在排教对头手里,他那借地行法的阴谋尚未泄露,再不便是来人不是他的强敌硬对,与君山盗宝之事无关,自然放心,少了戒备。同时因帮手已死,前计难施,必要另生阴谋,祭炼妖法也更加紧。只要准时前往,多半可以成功。好在沿途水碧山青,我们一路走去正好,忙他做甚?"

裴元道:"话虽如此,现在天时尚早,与其这样,还不如径往岳阳楼,先了登临之愿,就便带了香儿在彼饮食,挨到夜里,径直飞往,不更好么?"

南绮道:"你所说并非不可。一则怕有妖邪余党认得香儿,生出枝节;二则我们还没去过,香儿只记得方向地形,不知地名,不早寻到那附近去,夜来寻找便易失错。还有香儿也是一个好饵,此时此地妖人自不会来,等走到那附近地方,我也许借此诱他一诱。能使中计更好,如其不遇,夜来再往,直扑他行使妖法的巢穴。岳阳楼无非常人看水看山之地,因是自来相传胜地,既然来此,顺便一游而已。现在左近诸山临观,且比它强得多。我们尽有去处,何必非此不可?倒是少时要寻一集镇,给纪师弟、香儿买些东西吃是真的。"

纪异道:"这个倒不必在意,裴老伯母给我做的干粮肉巴等还很多呢。"南绮道:"你现在辟谷功夫还浅,便元弟也比你强不许多,又爱吃好的。我和灵姊虽是有无均可,也并非长此隔绝烟火,偶思异味,便动食指。连日在家吃好的惯了不觉得,出来日久,便不免有时要想起,却没地方找那好的食品。好在我们带着不会变味,现又加上一个香儿,武当诸姊妹不知能否在一起,先不吃它,以备日后万一之用,暂时还是买来吃的好。"众人俱都称善,仍是步行往湘江进发。

因当地是鱼米之乡,人烟不断,到处田野村落,荒僻之处绝少。一行五人又多长得英姿美秀,绝世丰神,纪异相貌偏又那么清奇怪象,常人眼里自然难得见到，遇上由不得多看几眼，有的还在指点惊奇。灵姑、南绮渐觉不耐。

裘元看出二女心意，又左近湖边泊有不少小船，笑道："我们反正走得慢，地理又生，香儿前随妖婆本是坐船，莫如我们也雇条船坐了去，比较也好些。"

香儿接口道："弟子原有这意思，诸位仙师没说，不敢开口。这么长的路我没去过，如是坐船，弟子前日所坐的船是王寡妇家的，泊处是在离南津港约五十里一个近山的断崖底下，那里乱草甚多，境极荒凉。那山离江还有不少路，入山到妖道洞中，相去约有二十多里。洞在乱山危崖后面，无路可通，石多土少，附近也无人家集镇，弟子认得甚真。南津港是大水码头，船上人一定知道，只要坐船到那里上崖，吃完晚饭，趁着新月寻去，必能寻到无疑。"灵姑首先称善，众人也都高兴。

这些事自以灵姑最为内行，知道一行未携行囊，几个异言异行的少年男女乘夜放舟，易启人猜疑。先到湖边寻一老船夫，上来便用江湖上隐语告以一行俱是武家，意欲月夜游江，顺便到南津港看个隐居纳福的老武师，后日原船回来，许了厚值，几句话便把船雇好。等船开来，上去落座，又由裘元取出十二银子，命船家代办食物酒水，就着湖边渔船上的鱼虾以及河鲜之类买了些来，暗告众人："晚来就在船中进食，无须另觅集镇。"

开船之后，船夫来说："今日天色已晚，又是逆风，夜里决赶不到南津港。"灵姑笑道："我们原为月夜行船看点野意，随遇而安，你只照前摇去，并不限定赶到那里。也许遇上好风，能在半夜赶到，岂不更好么？"船家是个老江湖，见众人年纪虽轻，却不是寻常客人，手头大方，人又和气，十分喜欢。退了出去，一面命随船妇女准备酒食，一面加紧往前摇去。

众人见暮色苍茫，烟波浩荡，一轮红日远浮天际，回光倒映在湖波上面，幻出万顷金鳞。凉月已上，清辉未吐，直似碧空中悬着大半个玉盘。青旻杳霭中现出几点疏星，月白天青，与天际绮霞、浮波红日遥遥相对。风帆鼓鼓，此去彼来。橹声欸乃，间以渔歌。侧顾君山，林木蓊翳，烟霭苍然，暮色已甚浓厚。

裘元笑道："你们看是如何？在岸上虽也是一样看水，但我们坐在船上，便觉天地空旷，波澜壮阔，别具一种开辟清丽的境界；使人心神十分爽快，比起地上走不强得多么？"

南绮笑道："这还用说？一是在尘土中步行，水只看到一面，此外多是人家田园丘垄,到处都是田家用的破旧物事,杂沓堆积。一是四面都是清波浩瀚,眼界先就空旷干净,已显有清浊之分。况又是同门友好环坐言笑,烹茗清谈,煮酒对酌,起居饮食无不自如! 当然要比陆地强得多,这能说一样是看水么?"

裴元笑道:"那么我们人总该是一样吧? 怎么别人说话你便称赞,我一说你便要挑剔呢?"灵姑闻言,直忍不住好笑。

南绮微怒道:"你说话本来稚气欠通,如何怨我挑剔? 刚才你说要坐船,我何尝说甚话来? 说得通时,不也依你么?"裴元恐南绮又闹小孩脾气,便道:"我不过随口一说,你也认真。倒是这船走得慢,何时才到南津港呢?"南绮扑哧一声笑道:"说你欠通,你还不服,这是难得住我们的事吗? 这时天还未黑,想要早到不是极容易么? 这也值得挂念。"

灵姑笑道:"裴师弟这是把话说错,没话找话,想掩饰过去呢。不过连日月色甚明,湖上夜行船甚多,突然加快,容易启人疑心。俗眼虽不足虑,恐将君山那伙妖人警觉。还是这时把船加快起来,使人不觉出来最好。此事南姊颇是当行,就请下手如何?"

南绮笑道:"我是想这一片湖面夜景甚好,逆风行舟,稍微细心的人便能警觉。不如先畅湖中之游,稍微流连些时候,等到月上中天,清光流照,我们吃完夜饭,船也入了湖心,再择一僻处暗中起始,行法催舟不迟。这船家反正是瞒不住,我们到时率性不加掩饰,只嘱他不许向人泄露,反少好些猜疑,免致传扬。灵姊以为如何?"

灵姑道:"我只想到一面,还是南姊心思细密稳妥,就这样办吧。"

一会儿,船家开上酒饭,明月已上中天,清辉四彻。风也较前平和,清风徐来,湖波粼粼,弥望空明。众人临流对酌,益发有兴。那船是只二三号游船,船家男女老少共只五人,还有两个是小孩,这一开饭,益发慢了起来。

众人中纪异最是性急,向裴元说道:"其实这一点水程,要由我来摇,简直无须行法催舟也能早到,无如船家年纪老了,摇船费力。等吃完酒食,我代他们摇橹,你看比他们要快多少。"

话说到末句,船家正端菜走进,闻言笑道:"按理说,南津港相隔开船地方只有十余里,本来就这样慢走,不到半夜也可赶到。但是诸位尊客说那地方乃南津港的最前头,地名叫小江场,路途差着多一半呢。真要是有急事,等吃完饭,叫我女儿掌舵,我屋头人也帮着摇橹。她虽是个女的,还有点蛮力气,有三人下手多出点力,今晚也准到了,怎能劳顿相公你家呢?"

灵姑接口道："我们没甚事，只我这位兄弟性子急些。莫听他的，仍照你们摇法好了。我们看湖上夜景呢。"船家便放下菜篮，笑应走出。

南绮忽见一条打鱼小船，上坐三人，各人拿着两片桨，由船侧驶过，三人六桨一齐划动，其疾如飞，眨眼对错过去。偏头出外一看，已被驶出一两箭之遥，转瞬之间剩了一点极小黑影，没入水云深处。那去路正对自己来路，骤然遇见，舟中人的面貌衣着全未看清。月光照处，只当头一个倒坐划桨的似个成年人。中坐和艄后连划带掌舵的两人，仿佛似十四五岁渔家幼童。

沿途曾见过不少来去的游船和这类小渔舟，还有用寥寥十来根细木和竹子扎成的小竹排子，上面只有两人。顺流而驶的，快的尽有，似此快法却是初见。这时裘元面向船家，又和纪异问答，吕、纪两人一个背向窗外，一个也在和人说话，全未看见，香儿紧傍南绮，年幼矜持，虽然瞧见一眼，不以为奇，也未开口。南绮虽觉那小渔船快得出奇，心中微动，只侧身探头往后面略看了看，也没和灵姑提说，跟着吕、裘、纪三人又一说笑，便岔了过去。

等酒饭吃完，船家讨好，收拾完了器具，泡上好茶，便照前言办理，连伙计带随船妻女老小一齐下手，又住了迎头风，船果然快了起来。纪异笑说："还差。"裘元笑道："你想照你在湖心洲用铁桨行舟的气力么？那如何行？你一上去，一定是加倍快，只是走不多时，休说那橹禁不起你的神力，非摇断了不可，只怕连船都要散了呢。"灵姑边笑边说道："师弟小声些说，船上忌讳多呢。"纪异道："有我们在船上，他这条船多大风波也不要紧，有甚忌讳？"

灵姑道："话虽如此，他们俗人哪知就里？你没看见一条鱼都切成两片端上来么？那就是防客人吃完这面，再吃那面，忌讳那个'翻'字呢。任凭少时给他多少打赏，也抵不了一句忌讳。这船家人似善良忠厚，我们坐他船也是有缘，他很实心恭敬，岂可为句把不相干的话使人不快？这是他们忙着摇橹，嘴里又在吆喝歌唱，没有听到；否则纵以我们不是常客，不敢进来质问说闲话，也必有些积习相沿的举动。至少十天半月以内，他们还担着心，弄巧还要许愿求神，保求平安。我们信口开河，却累他们虚耗钱财，担上心事，那是何苦？"

南绮笑道："毕竟灵姊江湖上事经历得多，要是我们这三个人，幸亏会飞剑、法术，平日极少用到舟车，如在江湖上走动，真不免到处受人抢白忌恨，寸步难行呢。"

纪异道："那也不见得。反正有理可讲，有甚忌讳，全由我来应付，他也无话说了。"

352

裴元道："本来入国问禁，入境问俗，一处有一处的风俗习惯。我们自己鲁莽，怎能怪人？我想初出门在外的人，也无甚大难处，只是少开口，人和气些，加上一点小心，那也就行得通了。无论甚事，有多少不由口舌而起。"

灵姑笑道："想不到裴师弟富贵人家公子，竟分说出这等练达之言。再要是少伸手管闲事的话，便常在外跑的人，也不过如此。"

纪异道："你听裴哥哥呢，他是南姊姊发了话，照例顺着说。我们下山行道，专管的便是别人的事，如若不管闲事，还行甚道？积甚外功？各自回山等做仙人好了。"

众人闻言，方在好笑，船家入报："船已进了南津港。照此天气风色，半夜里准可到达港头镇小江场。"说完退出。要知后事如何，且看下回分解。

第一〇六回

帆影趁夕霏　风急天高催晚棹
箫声起云水　月明林下舞胎仙

　　话说香儿正凭窗回望来路湖口波光月色，忽然失声道："师父请看！那不是刚才所见那小快船么，怎又到了我们船后？"南绮忙即探头外望，果与前见小舟一样，也是三人六桨，两前一后，快也相同。已然驶入湖中，水云掩映，波光浩荡，轻舟一叶，疾同箭射。略一转侧，便往斜刺里君山一面驶去，没了影迹。

　　看神气，不是由南津港上流对面驶来，也是尾随己舟之后，刚由舟尾退驶回去。绝似先遇小舟。一问香儿，也说一般无二。船中五人竟会无一警觉，直到离舟远去，香儿方始发现。但是香儿因随妖巫久居山中，初游洞庭，见到这等壮阔的波澜云水，贪看夜月烟波，自从船入港口，一直偏头回望，不曾离开。途中只遇见两只由港入湖的夜航船，一只白木货船，均由船侧对面驶过，并未见有小船尾随己舟之后。

　　如系上流驶来，香儿凭的正是船的右舷，正当空旷的江心一面，必由窗外对错过去。何况还有灵姑等四人都是极好目力，又多望着窗外江景，断无不见之理。南绮越想越觉可疑。和众人一说前情，也都奇怪。悄命香儿假装闲谈，去向后艄掌舵女孩探询见那小船也未？

　　一会儿，香儿回报说："那女孩说那小船好似就停在来路不远的岸旁。先未看见，等发现时，船已向来路急驶。初见时，离木船不过丈许光景，晃眼工夫，驶出老远，端的快极。并说她从小生长烟波，也没见过一条船有如此快法。此船既未载有货物，又不似带有行李赶急路的客人在内，却用三人同划，六桨齐飞，也是少有的事。湖上的船她多半认识，看去也颇眼熟，因船行太快，便木船也在急驶，一心掌舵，未及细看。连那三人面目都未看出，到底是谁家的船，一时想不起来。"

　　裘元心疑船中坐的便是日间溪口所遇老渔人所说的那两少年，并许还是意料中的熟人。南绮道："只怕未必。如是意料中的道友，两番相遇，不论和我们四人谁是相识，定必来见，何用如此？如是妖党，行藏十分诡秘，决不会满处驾船飞驶。便是有心尾随窥伺，也无须乎坐船。我们又无甚可疑行迹落人眼里，只和常人行舟一样，怎会启他疑心？那头一次又是无心巧遇。也许因为我们方始坐船。

"如说两俱非是，一则常人驾舟断无此速；二则他先已往我们来路驶出老远，原是背道而驰，忽在舟后出现，去前并无一人看出。分明行法催舟尾随在后，连人带船一齐隐去。可是走时又现行迹做甚？此事好些俱出常理之外，急切间还猜不透他的来历和用意。不过这等幼稚行径，不问邪正敌友，均非高手。且由他去，随时留点心，等到再遇，我自有主意对付便了。"

裘元、纪异均主分人暗中跟踪查探。灵姑、南绮均说："不消如此。我们此行本来不愿人知，君山诸妖党正当患得患失之际，相识诸道友又是一个尚未见面，去了徒自多事，打草惊蛇，无益有损。天已亥初，这一带恰好无甚舟船，率性我们也行法催舟，早一点寻到地头，相机而行吧。"说罢，南绮便假装闲眺，去至船头，暗中行法，手掐灵诀，略一施为，那船立似箭一般朝前驶去。

船家年老多识，见船突然轻快非常，两岸月下山峦林树似流水一般往后倒去，情知有异，便打暗号令同伙停橹，船行依旧神速。伸头往前一看，舱中两少年男女正在船头并肩而立，女的手中掐诀，向前指画了几下，正待和男的回走。忙即缩回，也不说破，只把舵接过，悄悄告知船伙妻女："船上来了异人，务要小心尊敬，不可怠慢。乐得暂时省力，表面假装有了顺风，将帆扯起，连橹都不用怎摇，由我自去掌稳了舵，一任那船往前驶去。"

裘元经灵姑、南绮一拦，也就息了查探小舟初念。夜静江空，船行如飞，仅半个时辰，便赶到南津港前头的小江场。香儿指认出地方与前见不差，只泊舟处尚在前面江湾危崖之下。众人本想就在镇场码头停泊，再寻了去，灵姑看出船家礼貌较前益发恭谨，知已警觉，便说："船家是个老江湖，人甚明白，无须再行掩饰。"仍令照前驶去。

一会儿赶到，见是江中一个大支流，水急滩多，平时非遇大水，极少舟船往来。那泊舟之处绝壁撑天，险僻非常，仅有一片两三丈长的断崖突出江边。上去不几步，便是那峭壁的裂缝，宽只二三尺，深约二三十丈，里面藤荫密覆，杂草怒生，月光下照，甚是阴森黑暗。灵姑预向香儿问明，便由南绮收法，命船家将船停泊。

船家泊好了船，进来笑问道："诸位尊客今晚回船上安歇么？要是回船，我们好给你们预备吃的东西。还有这里是山泉入江的溪口，滩多水急，船至多再进二里，便不能通行过去。自来又不是停船的埠头，黑更半夜在此泊船，被外人撞见，难免胡猜乱想。

"尊客如往亲友家中，不回船来安歇，我们便将船泊在适才经过的小江场去。好在今夜好天气，月光又亮。另外再叫我这伙计在崖那面等候，万一尊客访友不遇仍要回来，来回只五六里，他赶紧跑往小江场送信，立即开船来接，也来得及。如若镇上有人打听，我只说是由上流开回的空船。尊客心意如何？"

灵姑闻言，忽想起船家还忘了开发，便笑答道："船老板，你的好意我已知道。你久在江湖，想已看出几分。我们此来原非为了自身之事，将来你们环湖居民也许能够知道一些故事。我们并非江湖上人，也不是甚闹神闹鬼的旁门左道。坐你的船是由于今夜月明，江山如画，夜景清丽，一时兴会，偶然随喜，其实原可无须。

"本来船到了这里，便想打发你们开回。既被你们看出几分，人又忠厚诚实，我们也无须再多掩饰，详情此时不便先说。这里有二十两银子，内有十两是给酒饭价和送你们的酒钱，你且拿去。船便停在小江场，也无须派人在此守候，如我们回去还坐你的船，到时自会寻去。如过天明不回，我们便是改走旱路，你便可开走，无须再等候了。

"不过今日之事，口头务要谨慎，不可告人。先前所遇小船上人，不问生熟，如有人来探询，可说我们四人由洞庭湖边雇船起身，到了离小江场五六里。我记得对岸小山上有好几座寺观，就说是在那山前停泊，将船开发，同往庙中访友去了。"

船家闻言，躬身应诺，答道："小人原知诸位仙客不是常人，只因真人行事不愿人知，只好恭敬在心里，不敢说出。现在仙姑既看老汉不是坏人，说出真情，肯坐这船，便是我们福气，如何还敢领赏呢？"

灵姑笑道："我们虽知一点法术，并非仙人。坐船饮食，哪有不给钱之理？我们就要上岸，无暇多言。你尽管拿去，今夜如可回坐你船再说吧。"船家知推不脱，只得拜谢收下。

众人乘着明月，顺那山夹缝走将过去一看，迎面一片危崖壁立横亘，中间高高下下横斜着几条凹凸不平的山径。最宽之处不过三丈，窄的仅能通人，崎岖险阻，甚是难行。

灵姑看出以前原是一座整崖，年久崩裂，便问香儿如何行走？香儿答道:"老太婆和王寡妇虽会邪法,这样的山路,走起来仍是为难。日前来时,王寡妇年轻,又会武功,大约以前曾经来过,还不怎显吃力。老太婆却走得勉强,走不远便命停下,把路旁小竹子折了三根,分给每人一根,由她行法画上符,变成三条似龙非龙的怪物骑着,把前面高崖越过,走了五六里,连越过两三处山崖。因恐这类小邪法被妖道看轻,路又走了好些,才行落下,重在每人腿上画上符篆,一同前进,又走一程,便到妖道所居洞外了。"

南绮笑道:"可笑妖巫走一点山路,也要如此费力,还敢人前卖弄。这里四无人烟,我们同飞过去吧。"

灵姑道:"飞行不难,香儿身轻,携带也易。只恐遁光飞行与破空之声,夜静山深,易被妖人警觉。"

南绮笑道:"无妨。对崖甚高,据香儿说,中间还隔有好几处高山危崖。我们贴地飞行,不飞太快,遇崖有路,便即下降,当不致被妖人发觉。"

就罢,便带了香儿,招呼众人一同飞起,晃眼飞过崖去。见乱峰杂沓,草莽繁茂,仍然难走。照着香儿所说途向,又往前飞,越过两处山头。灵姑、南绮见天色还早,估量相隔妖人巢穴不远,前途乱山丛杂,均不甚高,不便再事飞行,便同落下,顺着山路往前进发。

湘江沿岸,山水大都灵秀,空中下视虽是一堆不甚高的乱山,及至身历其境,沿途峰峦洞壑、溪涧泉石,俱都灵奇幽美,移步换形,在在引人入胜。林木竹树很多,空山无人,月明如昼,越显得夜景清丽,悠然有遗世长往之思。灵姑笑道:"想不到一个无名的荒山之中,也有这好景致。"

南绮方要答话,瞥见香儿不住东张西望,面带疑虑之容,便问有甚心事犯愁?香儿道:"这条路与弟子那日所走不对。记得左边两里有一高崖,如何不见?许走错了。"

南绮笑道:"呆子!你随妖巫先是骑竹子飞行,直到前面才行落下,这一段山路你并未走过,自然看去眼生。只要在此山中,决不会找它不到。天离子夜还早,这好月色和好景致,乐得一路观赏前去。你说那高崖必还在前,被山挡住了。就把路走错也不会怪你,担心做甚?"

香儿闻言,心虽放下,总觉那日随了妖巫师徒飞行甚缓,又是日里,沿途景物看得甚清,与今日所见迥乎不同。料是适由山头上越过时,飞遁神速,未及看真,一时疏忽,错了方向,致把途径走岔。因南绮那等说法,又知妖道准在北山,师父既想观赏空山夜月,也就没有再提。

众人原定等到子夜妖道在洞中祭炼妖法之时,猛然直扑他的巢穴。估

357

量妖道所居只在这一二十里以内，不愁寻他不着，并没以此为意，径顺山路往前走去。行约二三里，走入一个山环以内，见那沿途风景甚好。所经之地，一边是松杉高林，森森疏秀；一边是条宽约两三丈的清溪，绿波粼粼，溪水将与岸平。素月流天，人影在地，清风阵阵，点尘不染。月光照在水面上，闪动起极匀细的縠纹。浮光泛影中，时有白云片片倒影波心。空山寂寂，万籁萧萧，连个禽鸣兽啸之声俱听不见，端的幽僻绝伦。

正走之间，纪异忽失声笑道："来路一带草深树密，又有这好溪水，以前我在湖心洲时常出外打猎，只要遇到这等地方，必有野兽出没，这里偏如此清静。最奇的是此地山水风景虽好，但来路峰崖险峻，常人绝走不到。适在空中遥望，四面皆是高山危崖环绕，不见一点人家田舍，分明是座向无人踪的荒山。开头的一段那么荒凉，这里水秀山清，风景极好，并还那么干净，直和日常有人打扫过一样。林中残腐枝叶往哪里丢了，如何不见一点痕迹？休说无主的荒山，便有人隔些日打扫一次，也没有如此干净，岂非怪事？"

众人时常往来仙山灵境，目中看惯，只觉当地风景灵秀，也没想到别的。及听纪异一说，全被提醒，果然这一带地方与前半来路不同，不见一点荒凉芜秽行迹，沿途松杉林内也无落叶残枝留积，委实干净得令人可疑。可是留心细看，除却地无尘埃，景物幽静外，又看不出别的迹象。

南绮说是事出偶然。灵姑道："不然。我从小随家父江湖奔走，经历的荒山野景最多，无论多么好的山水，凡是幽僻无人之区，总是荒凉境象。尤其树林以内，必有历年堆积腐叶残枝和尘土之类。人一进林，首先闻到的便是那极浓厚的生腥气味，哪似这里干净得出奇？先前初到还不觉得，这时想起，实是奇怪。据我猜想，不是有甚仙灵窟宅在此，便是有甚精怪盘踞，我们留点神总好。遇上精怪无妨，万一有甚前辈仙人在此隐居，我们言动失于检点，便要生出枝节。"

裴元道："我想不会。一则这里虽是无人荒山，就在江边不远；二则妖道寄居附近崖洞以内，如有仙灵居此，决不容此辈妖人在他左近居留，兴妖作怪。也许有甚左道中人在此居住。如是正经修道之士，我们无心经此，又未动他一草一木，有甚相干？反正一会儿就要离开，我们寻的是妖道，仍照前走去好了。"南绮道："你总粗心大意，看事太易，既然发现可疑，好在顺便，我们留点心看看，到底是甚缘故？如是正经修道之士，我们多交两个同道朋友，岂不也好？"

众人边说边沿溪前进，又走了四五里，忽听远远洞箫之声响震林间。灵姑方道:"箫声清越,又是这么好景物,主人必非庸流。"随听空中鹤鸣甚是响亮,众人举头一望,一对白鹤正由西南方天空中飞出。这时月朗星稀,天宇澄清,万里晴空,只西南方浮沉着几片白云。那鹤从云影中飞出,羽衣如雪,映月生辉,飞得又高,翩翩翔舞。时先时后,口里一声递一声叫着,晃眼便到众人头上。倏地各把双翼一收,直似两点银星下泻,向前面崖后松林中投去。

众人见箫声一起,鹤便飞来,所投之处又正是箫声来路,越知有异,立即循声寻去。转过崖角一看,溪面忽然加宽了好几倍。左岸仍是原来的松树疏林。溪对面奇峰怪石参差罗列,修竹垂杨,花树掩映。山势向左侧低昂蜿蜒而来,到了前面花树林中一落数十丈,似断还连,直达溪边。忽又作一小峰突起,峰高只有数丈,通体玲珑,势极飞舞。

峰顶平坦,广约亩许。一白衣人独坐峰头,正在月光底下临水吹箫。双鹤好似刚刚飞落,一只已立在白衣人的面前,一只白羽如霜,犹未全敛,箫声顿止,空山回响,余音犹自荡漾水云,与松风竹韵相应,尚未停歇,众人暗中赞妙。双方相隔约有半里多,五人方要上前相见,白衣人忽然起立,缓步往峰后走下。双鹤半飞半走,前后相随,同向门中走去。

南绮笑道:"这位道友真能享受清福。看他神情和眼前这景物,人颇清高,也许不愿与我们相见,故此走去。"灵姑笑道:"自来惺惺相惜,声应气求。如是我辈中人,当无见拒之理。我们何妨试他一试?如其坚拒不见,也要探明他的来历,何事如此孤高?"南绮笑道:"主人要是有意回避,仍是不可相强。这里风景清丽,我们顺便观赏过去,省得主人嫌憎鲁莽。"

众人且谈且行,不觉已到溪边。这一临近,只当地一路苍松翠竹,飞瀑流泉,绵亘不断。再绕过小峰一看,碧山错落,白云如带。溪流前横,清可见底,水面离岸只有尺许,水中荇藻飘飘,白沙匀细,月影沉璧,碧山倒影。时有锦鳞往来游行,水面上不时闪起千万片縠纹银玉。水声汤汤,与隔壑松涛泉籁交相应和,若协宫商。后倚崇山,上面满生秋花,高低罗列,五色缤纷,锦云绣合,时闻清香。

峰前石笋三五,骈植剑立,高者三四丈,低者丈余。有的石白如玉,寸草不生,只在石隙中疏落落倒垂着十几丛幽兰佳蕙,纷披翠叶,竞吐奇香;有的通体俱是肥苔密布,一片浓绿,宛如翠玉映月浮辉。峰半却有两三株小松,由石隙中盘舞而出,横斜天矫,势若虬龙,苍古遒劲,生动非常。

有的地方生着无数红紫小花,石旁边却立着六七竿修竹,仿佛山中高士与绝代丽姝把臂临风,清艳双绝。此外还有大片松林,森森挺秀。芳原绮错,繁花四生,奇葩异种,多不知名。近山坡一带长着数十株桂花,大都为两抱以上的古木,满树金粟,花开正盛。

好在所有林木花草莫不鲜绿肥润,苍翠欲流,见不到半片黄叶。当中六七株垂杨影里,现出一幢楼舍。楼前一带花篱,繁英玉蕚,如布香雪。全楼均系竹制,上下两层。上层前半平台大约数丈,建得十分精巧高雅。楼旁不远有一鹤栅,双鹤正在栅前延颈闲立,见了来人,偏头斜视,意似不屑。篱内庭院空旷,寂无人声。

众人见白衣人不居崖洞,却建这一所楼舍居住,好生奇怪。纪异性急,首先往前赶去,意欲叩门求见。忽听脑后风声,裘元低喝:"留神后面!"忙即纵身回顾,正是那两只仙鹤一前一后,冷不防由斜刺里猛扑过来,当头一只昂头就啄。纪异刚闪身躲开,另一只又复扑到,扬爪就抓,展翅便扑。

纪异先未看重双鹤,几被一翼梢打中,幸仗天赋异禀,目光如电,身手轻灵,侥幸躲过。可是后鹤刚刚避开,前鹤的爪又到,势如疾风暴雨,迅急异常,直令人应接不暇。纪异此次出门,谨记乃祖之戒,不似以前性急。心想此来是客,畜生无知,何值计较?自己如一出手,双鹤必要受伤。念头一转,便把双足一顿,飞起空中。同时大喝:"你们这两个东西,再如不知进退,我就要出手了。"哪知鹤本飞禽,又非常鹤,立即跟着飞起,其势更急。主人也不出来。

纪异见鹤不听呼叱,一味向自己猛攻,心中也生了气,便把飞剑放出,本意是在威吓,没有伤鹤之心。不料剑光刚一离身飞出,两鹤一点不怕,同时将口一张,先喷出一粒红珠。出口化为红雾,将身护住,接着举爪来抓。纪异如非剑收得快,几被抓中。

纪异年幼好胜,见鹤只和自己一人为难,又无奈它何,当着众人,不禁大怒。一面用剑光护住全身,一面大喝道:"你这扁毛孽畜,我因主人尚未见面,念你畜生无知,不肯伤害,已连让你几次,偏不知好歹,莫非真要找死不成?"

下面诸人见双鹤只朝纪异一人进攻,心中奇怪。裘元看出纪异窘状,意欲上前相助。灵姑、南绮因见双鹤如此灵异,又无邪气,料定主人不是寻常,不敢造次,将裘元拦住。

裘元暗忖:"主人刚回,门外双鹤和人争斗,闹得如此厉害,当无不觉之理,怎的听其自然,不加闻问?我们因是客气,不肯伤他所豢仙禽,否则区区双鹤,纵然通灵,腹有内丹,岂堪一击? 南姊恐有疏失,不许助战,主人偏又不肯出见。待我寻上门去,问他纵鹤欺人,不闻不问,是甚缘故?"

裴元想到这里,便往竹篱前走去。到了门外,方欲出声呼唤主人出见,猛听头上呼呼风声,劲烈异常。回头一看,正是双鹤之一如飞星斜泻,由空中翩然下击,来势迅急,离头已是不远。这才明白双鹤是主人养来看家的,人不走近,由当地经过,或是闲立,均可无事,只要走近篱前,便不能容。

裴元近日功力大进,又从南绮学了些法术,自不把双鹤放在心上。手扬处,先把铸雪仙剑化成一道白光飞起抵御。随口大喝道:"我们几人原是无意之中游山经此,见这里水秀山清,风物灵美,料定主人不是庸流,故来求见请教,并无他意。你却不听招呼,无故相犯,念在无知飞禽,不忍伤害,怎这等不知好歹?"说时白光早飞了上去。那鹤似知此剑厉害,不敢逼近,在满身红光烟雾之中一味闪避,仍欲伺隙下击。裴元飞剑既比纪异高明,剑的本质又好,那鹤自是无计可施。

斗了一会儿,裴元心想:主人老是深藏不出,我且把这鹤擒住,看你如何? 随将聚萤剑又化成一道青虹飞起,双剑合璧,向鹤夹攻。口中仍喝道:"主人若是杜门拒客,无妨明言,这等纵容你们欺人,是何道理?"那和纪异斗的一只本没占到一点便宜,一见裴元双剑相继飞起,下面还有三个女敌人不曾出手,倏地一声长啸,往先前来路冲霄飞走。

纪异见一鹤已逃,欲助裴元来攻时,灵姑、南绮见鹤不退下来去寻主人,却往外面逃走。余下一只已被两道剑光困住,冲突不出,裴元正逼它落下,恐纪异心粗伤害,忙即唤住。那鹤好似知道裴元不肯伤它,尽管势穷力绌,兀自左冲右突,不肯服低下来,一人一鹤正在相持不下。

南绮看出鹤性刚强,大有宁死不屈之慨。裴元仙剑极具威力,时候已久,鹤势不支,虽未受伤,身外烟光已吃飞剑消去了些。心想:"对方并非恶人,此来原是访他,见与不见是在主人,怎能伤他仙禽? 飞剑厉害,鹤不能当,尽管无意伤它,照此争执下去,必将此鹤内丹消灭,护身烟光一去,难保不会误伤。如若误伤了此鹤,主人相见,固然不好意思,如若始终不见,或是主人性情古怪,不肯与己为友,岂不因此结下仇隙,这是何苦?"忙喊:"元弟,此鹤无知,不值与它计较,你放它走吧。"

裴元本听南绮的话,又看出那鹤宁死不服,剑光围困,久必不免误伤。闻言忙把剑光一指,让出空隙。那鹤本在剑光之中飞腾,急鸣不已,一见敌人网开一面,立由剑光隙里逃了出去,但与前鹤逃路不同,也不往下降落,径往屋后一角飞去,飞得极快。由斜刺里越过楼角,飞出约有半里多路,突往松林后面飞坠。转眼重又飞起,背上却多了一人,到了空中,忽换方向往侧飞去。

众人见鹤背上坐的正是先前坐在溪前石笋上临水吹箫的白衣人,方觉奇怪,鹤已穿入高空云层之中。等到第二次由云中出现,已然绕向前鹤逃路。灵姑道:"看此情形,主人好似连飞行都不会,并还畏见生人。但是这两只仙鹤怎又教得如此灵异?事真奇怪。此楼甚大,也许还有人在内,我们偏上门去询问一下,好歹问个水落石出,到底是甚路数?"南绮点头称善,众人便往篱前走去。篱内仍是静悄悄的,空无一人。众人连喊:"主人请出来相见。"也无一点应声。

纪异性急,正要直走进去,众人忽听空中一声娇叱,随见一片红云飞坠,其疾如电。落在地上,现出一个红衣少女,看年纪不过十五六岁,穿着一身道装,神采照人,美艳如仙。先朝灵姑、南绮、香儿三女看了一眼,面上现出一点笑容。跟着一眼瞥见纪异、裘元二人,忽地面容骤变,怒喝道:"别人在此隐居,小贼何故苦苦上门欺人,伤我鹤儿内丹?速速通名受死!"

纪异怒喝道:"我们闻得箫声来寻主人,不见也罢,两鹤竟欲暗算伤人,如非念其无知,早已飞剑杀死。你这丫头不问情由,为何出口伤人?"

少女闻言,方在静听,及听骂她丫头,忽又大怒,喝道:"主人不肯见客也是常情,你们将人逼走,还要擅入人家,并敢对我口出不逊,想是倚仗你们人多。如若不服,只管齐上,叫你们知道我林飞虹的厉害。"说时手扬处立有一道红光飞起,势甚神速。裘元一听话音不对,早料对方骤然发难,恐纪异飞剑不是对手,暗中有了戒备,见状忙把双剑一齐发出。

纪异也要动手时,灵姑、南绮看出少女虽是满面娇嗔,出口伤人,初来神情并不甚恶,所用飞剑又非旁门。既想查看她的家数和法力深浅,又听少女说自己人多欺她,南绮忙止纪异,笑道:"元弟已然出手,纪师弟不可再上,免得这位道友说我们人多欺她。"

少女正和裘元斗剑,闻言斜视南绮,娇叱道:"你们这等强横无礼的人,谁与你们论甚同道?不必装甚好人。休看我师父不在家,也没把你们放在心上,有本领只管一齐上,看是谁能欺谁?"

南绮见少女剑虽是正而不邪,却较裘元双剑威力稍逊,仍然口说大话,身边又有一个法宝囊,唯恐法宝厉害,裘元不能抵御。已然表明一对一,输与她不特丢人,还不好意思上前。便故意喝道:"元弟,好男不和女斗,你用的又是双剑。此女剑光只有一道,现已不支,你若得胜,不免她又有的说嘴。快退下去,待我和她一比一单打独斗,叫她输个心服口服。"裴元双剑南绮原曾用过,南绮见林飞虹已然手按宝囊,恐有闪失,忙代裴元招回飞剑。同时把自己的飞剑发将出去。裴元只得收剑退下。

林飞虹本已伸手入囊,不知怎的,又空手退出,手指南绮喝道:"你这人说话倒像懂得一点道理。你我俱是一道剑光,这么办,我如胜了你时,叫那小黑猴与我跪下叩头赔礼,我便饶了你们;你如胜我,自然两罢干戈,放你们逃走。你看如何?"

南绮见林飞虹人既美秀,说话神情又是那么天真雅气,不禁心生怜爱,笑道:"你说得倒也轻松,天底下哪有这样便宜的事?输赢两面你俱占住。我败了,与你赔礼也还可说;你败了,放我们逃走,此话怎讲?你已不是我们对手,我们走与不走,你能拦么?"

林飞虹嗔道:"是你们自己不好,上门欺人,并非是我无故生事,自然得听我说,你还打算怎样?"

南绮笑道:"依我之见,我很爱你长得好看,人又天真,不似一个坏人。我败了,自然着我兄弟与你赔话,我如得胜,便收你做个小妹妹。你看可好?"

林飞虹道:"呸!我知你是甚人?想做我姊姊!空话少说,打完再商量。我看你这人还不错,不用我那法宝伤你,有本事快使出来便了。"

南绮笑道:"你叫林飞虹,我已听你说了。你师父是谁?那吹洞箫的白衣少年是你甚人?"

林飞虹说:"我师父法号凭甚对你说?你的名字还没对我说呢。"

南绮且斗且答道:"我名虞南绮。那位姊姊名叫吕灵姑,原是大熊岭苦竹庵大颠上人门下。现在连我和两个师弟,俱是金鞭崖矮叟朱真人的弟子。令师名讳也有甚隐讳的么?"

少女闻言,意似惊喜,又指香儿问道:"这小姑娘你没有说,想也是你们一路的了,她叫甚名字?"

南绮笑道:"她是我新由妖巫手里救出来的难女香儿,现在还没正式拜师呢。"

众人见二女各使一道剑光在当空比斗,口里却互相嘲笑争论,迥不似真正对敌情景,方在好笑,林飞虹忽然喝道:"你我飞剑差不多,素无仇隙,也不犯用法宝拼命,就算打完,我们停手一谈如何?"

南绮笑道:"是你要动手,我们本不愿和你对打的。"说时便将剑光招回。

林飞虹也收剑走近,笑向南绮道:"我不知姊姊和诸位道友是朱真人门下,多有得罪,请到那楼里去谈吧。"

众人早看出她不是旁门左道中人,又那么年轻美秀,闻言俱觉欣然。便即随往,同入竹楼一看,窗明几净,一尘不染,一切器用陈设无不古色古香,精雅绝伦。只是经、史、子、集与道书并列,看不出是甚路数。那么华美高大的房舍,似只先走少年一人在内居住,少女林飞虹系由外飞来,看去并不住在楼内。此外更无一人,众人俱觉奇怪。

坐定以后,林飞虹先去隔壁取来一份极精致古雅的茶具。楼外平台架上本生有一个小红泥炉,炭火犹炽。林飞虹匆匆将茶烹好,给各人斟上一杯,笑道:"正主人未归,山居荒陋,无可待客。此是本山秋云乳,与武夷名产有异曲同工之妙。诸位道友远来,先饮一杯,再作长夜之谈如何?"

南绮见时光已过子夜,微笑答道:"道友不劳盛款。我们原是无心经过,贪玩美景,又闻月下箫声,知道主人定是世外高士,因而奉访,不料双鹤拒客,以致误会。现蒙道友宽谅,得为座上之客,幸会虽极可喜,但是我们还在附近有事,必须一行。有何雅教,即请见示,改日再当专程拜访。"

林飞虹一听众人就要起身,意似失望,想了想,微笑道:"此山沿江绵延,峰壑虽多,到处均与人烟相接。只有这双青峡方圆百里,四面危峰峻壁环绕,与世隔绝。此外峡西还有一片荒山,虎狼四伏,蛇虺纵横,山径险阻,素无人迹。愚兄妹在此住了多年,地理极熟,只家兄林安同了双鹤在此居住,小妹随家师住在离此十里的卧龙峰上,更无他人。有也是散住峡外荒村中的山民,无一可寻之人。诸位俱是朱真人门下高弟有道之士,事前既非有心下交,山中除却花草竹木甚多,又不产甚灵药,怎会有事于此?"

南绮还未及答,纪异心急,恐去晚了妖人逃走,已脱口说道:"我们寻的不是好人,乃是一个妖道。"灵姑因对方所居与妖人邻近,来历还未问明,欲使眼色拦阻时,纪异话已出口。

林飞虹接口笑道:"诸位寻的是那竹山教妖道么?此时前往恐怕还不到时候,未必在那里吧。"

南绮问道:"道友怎知妖道底细?"林飞虹道:"本来我也不知,因为小妹所住卧龙峰乃本山最高之处,如在峰顶,四山均在眼底,看得极远。前些日,小妹正在峰顶闲立,忽见一道妖光飞来,在空中盘旋了一阵,往西方荒谷之中投去。

"本山自不容妖人在此扰乱，正待赶往探看，家师恰自外回，将我唤住，说起近日三湘洞庭和附近山中来了不少妖人，俱想窃取君山底下镇湖之宝，这妖道便是来捡便宜的。因欲行使妖法，没有适当隐匿之处，算来只卧龙峰正对子午线最好。一则我师父近多年来虽不管甚闲事，却惹不得，决不容许妖人在附近骚扰；二则他那妖法天人共恶，如在明显之处祭炼，万一有正教中人走过发现，全功尽弃，还许贻误大局。迫不得已，只好变计，在峰西三十里外觅一隐秘崖洞设坛行法。

　　"虽然这等祭炼，到时还须有一同党在湖滨一带先开一地穴以为策应，比较费事，但是这样连仇敌带同党全可隐瞒。以为事较机密，离此又远，在家师所居环山之外，决不妨事。自觉心计甚工，连日又无甚人理他，眼看邪法快要炼成，正在得意。日前有一妖党往访，说起近日洞庭君山一带不时见有正教中人遁光飞过，又发现别派妖徒门下踪迹，令他留意。妖道仍说邪法快成，此次行事最是隐秘，不论何派，来人越多，越可于中取利。却不知此是空前浩劫，关系千万生灵存亡之秋。

　　"先来妖人才一开始，便被武当门下几位道友发现，日常在此守伺。同时红云大师门下几个恶徒也闻风而至，虽不似竹山教这伙妖孽胆大妄为，只图因人成事，等邪正双方斗法正急，大祸已成之际，乘隙夺取禹王镇水神钟，坐收渔人之利，但这几个恶徒邪法也颇厉害，又有一套红云散花针，阴毒非常。

　　"近日正邪双方均有不少人来，表面还看不出，暗中却是剑拔弩张，一触即发。妖人只图将前古至宝得到手内，尔诈我虞，各用阴谋诡计。就是妖党自己人，也是同床异梦，各怀私念。不是一党，更毋庸说。正教中人虽然都以饥溺为心，想要弭患无形，挽救这空前浩劫，无如事难责重，来人派别不同，甚难联系。事前又只几个后起人物无心发现，乏人主持，没有通盘筹划。

　　"本来事情虽还不致太糟，到时定要手忙脚乱，吃了各不相谋的亏。各派妖邪来者为数又多，防不胜防，一个照顾不到，近湖生灵田舍便难保全，眼看这场善功难于圆满，家师又以昔年与同道一句戏言，自从隐居本山以来，除山环以内不许妖人涉足而外，久已不再与闻外事，便同道至交也少来往。

　　"先见武当七女既然来此，半边大师决不袖手，稍为约上两位老前辈出场，群邪立可瓦解。就算灾劫定数所限，必须应过，也不应只凭几个门人任此艰危重任。本来不想伸手，连日静心观察，好似半边大师除听凭门人便宜行事而外，本身并不出场，心中奇怪，想破例伸手。唯恐独力难支，日前并还约了两位多年不见的至交，来此守候戒备。只等灾劫发生，千钧一发之际，同时下手，合力除害，挽救危亡。直到昨日才发觉良友苦心，半边大师此举实有深意。但因已然动念于先，将人约来，只得按照预计行事，助成这场功德。

"此时除那妖人并非甚难。一则恐打草惊蛇，别的妖邪闻风逃避，以后除他较难；再者准备未完，内中还有好些因果须在此次了断：故此隐忍未发。一任和妹子同辈的各派道友先去应付，家师同了新约的几位老前辈只在暗中随时救护。暂时表面不问，连妹子也禁止出外，不令多事呢。"

众人见飞虹年轻貌美，爽快天真，十分投机。南绮更是打出来的相好，分外情厚，也把众人来意告知。纪异还想催走，飞虹笑道："我方才话未说完。你们寻的那妖道，每夜子时，藏在洞内祭炼邪法。日前还勾结了一个妖巫，想由远方湖底穿一地道，直达君山之下，以便行使妖法盗取神钟。不料他那里一举一动，家师明如指掌，全可看出。

"本来要命妹子带了双鹤前往阻止，公冶仙长忽然来访，说妖道此举徒劳无功，妖巫日内数尽，无须前往。随约家师访一友人，离山他去。妹子因家师不在，一时无聊，偶用家师法宝向魔窟查看，就在诸位道友未到以前，见妖道和两同党正谈起巧使妖巫邪法暗助，因此还可得到一个极灵秀美貌的女童，可供将来炉鼎之用。

"忽似有甚警兆，面现惊容，说是踪迹多半被人发现，势甚可虑，如被寻来，却甚讨厌。有心移往他处，又无适当所在可供隐伏练法之用。本就为难，但盼对方不是正教中仇敌才好。内一同党忽说日前曾见公冶仙长在他洞前经过，妖窟地势隐僻，景又荒寒，仙凡均所不至，料非无故。

"妖道闻言越发愁虑，商量了一阵，便和同党出去另寻隐僻之地，行时连法台上面陈设全都带走了。妹子来时，尚未见其回转。听那行时口气，邪法正当紧要关头，万一寻不到地方，只得过一时算一时。好在飞遁得快，敌人不来便罢，来了再逃不晚，以免贻误。此时未归，也许寻到地方。诸位去了，徒劳跋涉，反使其多层防备，何苦来呢？"

南绮知灵姑初出不久，遇事每多疑虑是其所短。听少女口气，既与公冶黄相识，乃师必是一位前辈女仙。灵姑先前想拦纪异说话曾使眼色，恐其不快，笑问道："令师既与公冶真人知交，必是小妹师执前辈，法号可能见示么？"

飞虹笑道："此间地邻妖窟，愚兄妹又有园林之奉，先前二鹤只知奉命守护故主,不知仙宾驾临,致有冒犯,难怪这位吕姊姊多心。如在上月,便是你我一见如故,家师姓名来历也难奉告。等我一说,便知双方师门交谊甚深,不是外人了。"

灵姑也早听出主人兄妹实是端人,闻言面上一红,方要接口道歉,飞虹先已笑道:"妹子有口无心。尤其是重返师门以来,因为家师隐居清修,连妹子也难得出山一步,每日除回儿时旧游之地看望家兄以外,从无一个同道知交。今夜幸遇诸位道友,二位姊姊更是神仙中人,使人又敬又爱,心中喜欢,说话也就毫无顾忌了。"

灵姑不便再说,笑道:"妹子学道年浅,无甚经历,对于各位师执长辈更少拜见,没有想到双方师父竟有渊源,心中愧对,焉有见怪之理?"

飞虹答道:"家师姓名,也许只有虞姊姊一人知道了。"

南绮问故,飞虹道:"家帅自与公冶师公仙霞岭一别,并未再与外人相见,连昔年峨眉开府那等盛会,家师也未前往。近一二年元神复体,方与两位平生至交往还,踪迹最是隐秘,事隔三四甲子,知道他的人自然不多了。"随即说起乃师姓名来历。

原来飞虹之师名叫秦琰,原系百禽道人公冶黄的昔年聘妻。起初二人本是中表兄妹,幼年青梅竹马,互相爱慕。又是世家大族,双方家长情谊甚厚,各知儿女心思,婚事一说就成,眼看郎才女貌,美满姻缘,不料忽经丧乱,举室流亡,中途为贼兵冲散。双方连受好些苦难,各在危急中被两位前辈散仙度去,由此志切修为,一心向道。

过了数十年,劫后重逢,双方怀念旧情,本在到处寻访,相见惊喜,互约同修。中间忽因一事反目,两不相下,又作劳燕分飞。公冶黄自带门人去往终南秦岭隐居修道,秦琰便来本山隐居,不久相继走火坐僵,身同木石。幸而真元未丧,苦炼了些年,相继恢复法体。

飞虹乃秦琰弟子。乃师因知先前所习不是玄门正宗,迟早有此一劫,事前曾有准备;不似公冶黄自恃道力,不以为意。不特事前布置周密,连劫后相貌也未改变,仍是当年美丽。并在遭劫以前,令飞虹兵解转世,他年重返师门,一同修炼,为防封山之后,飞虹难耐寂寞,万一出外生事,或是引鬼上门,妨碍清修,事前将飞虹托一好友照管,令其如期兵解。

转世时,恰巧投生在近山一个隐居纳福的善人家内。那家姓林,还有一兄林安,也是散仙转世。此时飞虹兄妹灵智未复,前生之事早已忘怀。直到父母死后,秦琰亲来度化,方始醒悟。

林安再四哀求收录,秦琰说道:"我生平只收飞虹一女弟子。况你前生仇敌又是左道中能手,我如收你为徒,反而有害。转不如就在家中韬光隐晦,以待时机,等你那仇敌快要恶满数尽,你也机缘遇合。无须忙此一时,以免早与相遇为害。"

林安一听词意坚决,重又跪求说:"弟子前生在海外收有两只灵鹤,兵解以前曾被仇敌擒去,未知死活。弟子日内便要遣散家中男女仆人,迁往仙山附近隐居避祸,以待时机。二鹤甚是忠义,曾随弟子多年,望乞仙师怜悯,转托别位仙长将其救回,感恩不尽。"这时秦琰元神已然复体重生,闻言笑诺,自带飞虹回山而去。

林安次日便将田业分与族中贫苦人家,弃了旧居,将当地昔年避暑别业留下,带了两个书童前往隐居。过有半年,飞虹忽带前生二鹤飞来,说道:"师父向不出山,那日因你苦求,命我托青囊子华瑶崧代为寻访。刚到那里,便遇一位老前辈带了二鹤飞来,说在十五年前,由一妖人手中救下了双鹤,算出今日之事,特请华师叔交我带回,使其重归旧主。"

林安见二鹤功候更深,对于旧主甚是依恋,喜出望外。由此起,二鹤便随侍旧主,不再离开。飞虹童心未退,对鹤尤为喜爱,时常招往山中调弄为戏。

这日林安见月色甚佳,偶往溪边玩月,忽想起妹子两日未见,便命二鹤去接,自己吹箫等候,忽见众人走来。因知当地形势幽险,自从二鹤来归,连两书童也都遣去,并由飞虹将入口行法隔断,怎会深更半夜来了这些少年男女?性又孤高,厌与生人相见,忙即走避。众人不知就里,跟踪求见。

二鹤奉命守护旧主,见有生人到门,又知洞庭君山一带来了不少妖人,心生疑虑,自恃炼就丹气,便朝当头两人下击。谁知对方飞剑厉害,一只见机先逃,去请援兵;一只被剑光困住,总算众人不肯伤它,才得无事。要知后事如何,且看下回分解。

第一〇七回

薄幸怨檀郎　往事已如烟如雾
温柔怜玉女　伊人真宜喜宜嗔

　　说话大家谈完经过后，南绮先见林安根骨甚厚，丰姿如仙，仿佛造诣甚深。飞虹却说他以双鹤自卫，好似无甚法力，心中奇怪，便问他道："令兄山居清闲，可常出外修积么？"飞虹道："家兄如论玄门修为，实是太差。前生法术虽已恢复，因立志虔修仙业，不愿再做冯妇。又怕出山遇见对头，每日除照妹子所传用功外，偶去临流吹箫，便是他的消遣。近日恐怕对头寻来，连骑鹤去寻妹子俱都不敢。前生法力既不肯用，便和常人差不了多少。他那事情，说将出来真可笑呢。"众人问故。

　　原来林安前生在海外飞鹏岛隐居，为散仙中美男子。虽是旁门，师徒二人均极洁身自爱，从未做过淫邪之事。乃师尸解之后，仗着岛上风景灵秀，远在东海尽头，过去不远便是最有名的十万里流沙落际，仙凡足迹之所不至，日常岛居修炼，也极逍遥自在。

　　因地距南星原甚近，以前还好，自从南星原前辈女仙卢姬门下弟子白癫出外行道，交了好些道友，时有各派散仙过从，当地乃是必由之路，由此方有外人经过。白癫人又好交，越往后道友越多，内一至好便是峨眉派教祖爱女齐霞儿之徒米明娘。虽是正教门下，法力甚高，以前出身却是左道，因此正邪各派均通交游。

　　明娘本意原想将昔年两个无甚恶迹的同道姊妹引归正教。内一女散仙梅英，前师也是旁门中有名的女散仙，师徒人品均好。乃师已早转劫，孤身一人，与明娘交最莫逆，已为明娘设法引进了一位女仙门下。为了同访白癫，路过飞鹏岛，见下面景物灵奇，无意前往游玩，恰与林安相遇，一见倾心。又以林安年少英俊，答话谦和，想起入门时师父曾说她情缘未了，不由动了凡心。碍着明娘在侧，略谈辞去。

　　过了些日，梅英独往试探口气。林安以为她是正教中人，甚是看重，只是同道交往，并无他意。梅英见他不解柔情，忍不住吐口示意。林安坚拒，梅英恼羞成怒，双方斗法，才知以前竟是同一门户。连斗了数日夜，未分胜败。最后林安施展师传至宝，将其惊走。

梅英愤极，便瞒着师父，向同道姊妹中借了几件法宝，二次赶去。本是情急拼命，谁知林安偶往附近小岛上访友求助，归途遇见赤臂真人连登之徒何佑，对方先前曾去飞鹏岛采药，为林安之师铜井翁所伤，狭路相逢，想起宿仇，将林安诱往附近岛上，将其困住。正用魔火烧炼，想要加害，幸而林安所习法术和所炼法宝乃是独门传授，对敌时必有一片红云，中杂无数金花，纷纷飞舞，将身护住，任多厉害的法宝，急切间也难伤害，而且老远便能看见。

梅英发现之后，立即赶去，见状大是不忍，立以全力将林安救了出来。谁知何佑受伤败逃时，暗放了一把邪砂。那邪砂乃海中数千年蛟蜃淫气所炼，只要打中，不论男女，立生欲念，不可克制，非经交合，难于解免。何佑本想将女的迷住，回去再用邪法摄形，使其往就；谁知逃时匆忙，林安又在危急之际，吃女的冲破护身红云，飞身入内将其抱起，于是同被打中，妖人害人未成，反倒遂了女的心愿。

邪砂阴毒，发时原是一片极淡的粉红色焰光，略闪即隐，无声无臭，最难防御。如非男女双方功力甚深，几乎在当地便成好事。林安因妖人厉害，眼看灭亡，连元神都难保全，女的竟肯释嫌来救，本甚感激。未即称谢，便中妖人暗算，越觉对方柔情蜜意，人又那等美艳，不由心动。女的见他委顿，正当芳心荡漾之际，便伸双手抱了同飞，双方玉体相偎，吹气如兰。林安固是玉人情重，感恩知己，越看越爱；女的早已情有独钟，更不必说。才回岛洞，便玉肩相并，纵体入怀，着意温存，轻怜蜜爱起来。

等到事完毒解，女的本欲委身相从，甘弃天仙位业，只图永好，还不怎样。林安却因乃师遗命，师徒两人所习虽非玄门正宗，只要能永保元真，不为情欲所累，再过一甲子，古仙人留藏本岛地底的一部火真经副册便可出世。将经得到，去往黄龙山青沙林拜谒猿长老，献上此经，请其赐观正册，由此修炼，便可成道。否则，便须再转一劫，虽然由此改习玄门正宗，一样成就，但是前生修为齐付流水，并还要再经三甲子的苦修才可有望，事太艰难。若能够洁身自爱，不为情欲所扰，比较容易得多。

林安自从师父化去，同了双鹤清修了数十年，眼看日期将近，不料遇此情孽，对方又有救命之恩。心中正在愧悔，忽听鹤鸣甚急，赶出一看，正是何佑。原来他回山行法无效，看出邪砂之毒已解，料知二人成了夫妇，心中妒愤,仇恨越深,约了两个同党,二次寻上门来。双鹤各有千五百年功力,炼就内丹,曾随林安师徒多年,早知这场因果,一见妖人到来,忙即迎敌。双鹤自不是妖人对手,等林安赶出,已被同来妖党捉去。

林安和梅英斗了一阵,见势不佳,同纵遁光逃走。当时虽然见机,未遭毒手,林安洞府已为妖人所毁,平日又无甚同道来往,无处可投。梅英再一劝说,只得同往中条山梅英的师父洞中飞去。到后,梅英令林安守在洞外,自己先入内请罪。不料乃师早已深悉前因,冷笑道:"你这孽徒不知自爱,误人误己,还有脸来见我么?"

梅英满拟师父爱怜,地仙不禁婚嫁,不想这等严厉,再四哀求也无效。又是背师行事,无话可说。最终仍被逐出,只得叩谢师恩,悲恸愧悔而出。心想:"师父既不见容,只好同了情人另觅仙山隐居修炼,先做一对神仙眷属。同时仰体师意,在外修积,遇机托人求情,也是一样。"

哪知走到洞外一看,林安对于此事并非心愿,见梅英进洞以后,暗用师传法宝窃听乃师口气,才知男女二人再如相处下去,至多只能成为散仙;并且仇敌不久还要寻来,能否保全尚不可知。想起前师之言,又急又悔。唯恐女的纠缠不休;又知师言已验,转眼兵解,事前仍须布置。初来时还在惜命,想要保全今生功力,意图托庇。及见梅英之师不为做主,反被逐出,心想:"事由她引诱而成,非我主动,不算负她。"立时乘隙遁走。梅英却是痴心,一见情人无踪,便着了急,悲愤之下,到处寻访。同道姊妹又多,虽然怪她作茧自缚,对于林安也觉薄幸,于是群起相助。

林安从小便被师父度往东海,中土不曾来过,以为川边大雪山地势荒寒偏僻,仇敌、情人全找不到,于是一离中条山,便逃往雪山隐起。不料那地方正当小寒山倚天崖云路左近,空中时有各派仙侠来往,不久便被梅英发觉寻去,责以负心之咎。此时林安不知梅英也是中邪才有此事,心还鄙薄,只因天性忠厚,不善言语,又因救命之恩,不愿使其难堪。当时无话,冷不防重又逃脱。梅英偏是情丝牢系,不能自解,依然苦苦搜寻。

接连几次过去,结局均被林安逃脱。梅英想说自己并非淫贱女子,不过误中妖法,双方同失元真,已成夫妇,便应和好,况又被逐师门,双方均无所归,如能合籍双修,做一神仙眷属,既免同道嘲笑,彼此也得扶助。不料对方心坚意绝,所习遁法又极神速,除第一次见面谈了几句外,以后更是望影先逃,这些话一句也未得出口。梅英自然伤心悲痛,满腹忧怨,越发急欲一吐,搜索更急。同道姊妹怜她遭遇,均代不平。在众人合力相助之下,刚将林安寻到,踪迹也被仇敌发现。

梅英先觉对方太无情意,只等见面把话说明,立与绝交。及至见面以后,吃林安问明来意,说出心事,再一引咎自责,心又软了下来。梅英如与同修不走也罢,偏生女子多喜做作,梅英虽然修道多年,孽重情深,不能免俗。因为以前所受太苦,对方一说愿与同修,忽然假装负气出走,以试林安心迹。林安已知双方全为邪毒所迷,梅英如此情痴,此后常在一起,不过名色夫妻,修为上并无妨害;孤身独处,得此素心人与共晨夕,也省寂寞。何况先同梅英来的那班人俱是正教知名之士,所说有理,如与修好,还可多交同道,以为异日之助,于是便追了去。

梅英见他追来,芳心稍慰,反更装乔,也和以前一样加以回报。等追上时,并与明言:"我因爱你,情痴太甚,实愿地老天荒,永不分离。无如你以前累得我太苦,你如真心生愧悔,不应如此薄幸。你若能照我以前身经做上几次,我便回去。"林安本无梅英情热,一半勉强,但为对方情痴所动;又以劫运将临,想得正教中人他年助其成道,立即依言追去。梅英误认为林安已然爱她,躲闪不休。

两人追逐了几天,仇敌恰也寻到,二人毫未警觉。末了,梅英心软,正引林安往所居桐柏山回路飞遁,恰遇何佑和所约妖党迎头拦住。梅英骤出不意,一照面,便被邪法困住。林安由后赶到,不知梅英借有护身法宝,并不妨事,想起以前舍命相救之德,一见邪法厉害,竟把从不轻用的一件异教中至宝碧灵血火旗施展出来。

双方所用全是左道中最厉害的法宝,一时血焰如海,魔火冲霄,整座山头均在妖烟邪雾笼罩之下。双方正在恶斗,正赶峨眉三英中的余英男去访申若兰,谒见严人英、周轻云在座,约去苏州元墓山访看女殃神邓八姑,四人结伴同飞,路过当地。梅英本与申若兰有交,偏被邪雾罩住,匆匆不曾看清。

四人一见邪法阴毒,烟雾中更有正教宝光闪动,只当有甚同道被困在内。英男因见过这类邪法伤害生灵,越发有气,首先放出南明离火剑,一道经天朱虹势如雷轰电舞,直朝妖焰邪雾卷去。接着扬手又是连珠太乙神雷,数十百丈金光雷火自天直下,邪法异宝全数消灭。若兰、人英又把飞剑出手,林安和对敌诸妖人全数被杀。

梅英连喊:"若兰姊姊!"上前抢救,已经无及。总算若兰应变机警,一见梅英拼死朝林安扑去,知道铸错,连忙飞剑将英男剑光挡住,稍迟一瞬,几乎连元神也难保全。

林安早知快要遭劫，原有准备，一旦兵解，胸前新炼的灵符立生妙用，护了元神，化为一朵红云刚要起飞，忽地一道青虹当空下泻，伸手一招，便将红云收去。众见来人正是韩仙子，忙即上前礼拜。梅英抱尸痛哭，说是林安为她而死，誓以身殉。英男也很惭愧。

韩仙子笑对梅英说："无须如此。我与铜井翁昔年故交，曾托过我，此系前孽注定，实与林安有益。昨晤令师，经我劝说，已托我将林安的元神再加凝炼，送去转世，引归正教。只等取到火真经，便有成道之望。你前生负他太甚，故有这场因果，他年你还须助他一臂。英男前生为林安误杀，故有此报，否则不会如此粗心盛气。此举虽犯教规，我有一函，归交齐道兄，就有处罚，也必不重。各自去吧。"随即飞走。众人不免劝慰了几句，梅英只得将尸首行法安葬，前往中条山见师请罪。

林安过了些年，也由韩仙子送去转世。因受韩仙子法力禁制，凤因已昧，后遇秦仙子解去禁法才得回复。并说起梅英对他始终不能忘情，当林安兵解时，若兰为防伤他元神，飞剑一挡，林安虽得幸免，内中两人妖魂也逃脱了离火剑之诛。

妖人炼就玄功，各寻了两个新尸体回生，近年邪法反更高强。正在到处搜寻仇敌踪迹，这还是妖师连登不肯护短，自知妖徒所行不善，恐与峨眉派树敌，反将妖徒逐出，不为相助。否则，林安连想在当地隐居也办不到。林安立意改邪归正，不肯再用前生所习旁门法术；秦琰又有"不到时机，莫与外人相见"之言，所以见有人在深更半夜突然到此，疑是敌人所遣，先避后园林中。后见来人在外求见，方觉不易躲避，两鹤又与来人争斗，全遭挫败，迫于无奈，只得骑鹤逃往卧龙峰去。飞虹中途虽与相遇，仍想问明来意再回，故未同来。

众人正谈说间，忽闻遥空鹤唳之声，飞虹面上忽现惊容，未及开口，裴、纪二人均爱两鹤神骏灵慧，闻言首先驰出。刚到门外，便见近山头上月光之下，一片赤黄色的妖光裹着一鹤一人，正是先见白衣少年林安，骑了前鹤在烟光中冲突飞舞，另一鹤正由斜刺里飞鸣赶来。

裴、纪二人见状，不由大怒，刚要飞身应援，忽听连声清叱，一片红云同了一青一白两道光华已由头上飞过，正是飞虹、灵姑、南绮三人。二人也连忙追去，相隔数里，晃眼飞近，目光到处，见山顶老松旁立着三个妖人：一个手指大片妖光将林安困住；另两人正施邪法，想迫令另一鹤降服。

二人才把飞剑发出手去，飞虹已大喝道："那便是你们所寻竹山教中妖人，诸位道友不可放其逃走！"话未说完，内一妖道瞥见对面飞来一伙少年男女，遁光均极强烈，知是正教门下后起之秀。如在平日，也不畏惧。当日却因攻山邪法只差数日便要炼成，想要迁移，偏无适当之所。归途恰遇二同道，说起左近有一山谷甚是隐僻，子午线又恰正对。同去一看，当地在卧龙峰侧，妖道日前听说公冶黄之妻秦琰隐居在此，如何敢去招惹。

正往回走，发现山侧那面还有一所人家园林，花木萧疏，清溪映带，夜月空明，景更幽静。三妖人均系酒色之徒，忽思饮食，欲往那里索酒。恰值林安骑鹤飞行，知道秦琰只一女弟子，当是正教中新收门人，无心飞过。本就有意作对，又爱那鹤，想要夺为己有，内一妖党首先出手。谁知那鹤炼就护身丹气，连鹤背少年一齐护住，急切间竟无奈何。动手不久，又见一鹤飞来，妖道正想下手，敌人又复联翩飞到，看神气均非易与。想起身有要事，如何与人争斗？妖人方想招呼妖党同退，对方已经叫破，听口气，分明踪迹已泄，如何还敢恋战，立纵妖光当先遁去。

两妖党见妖道不战而退，只当所练妖法关系重大，恐被仇敌识破，故此先走。自恃妖法，哪知对方厉害，微一迟疑之际，灵姑的飞刀如一道银虹，同了神斧大半轮带着五个芒角的精光已当先飞出，妖光才一挨近，便消灭无踪。林安立即脱困而出。

二妖人见状大惊，众人飞剑、法宝已电舞虹飞，夹攻上去。灵姑见妖人又放出无数碧、灰二色的光箭，正要上前，飞虹忽由囊中取出一件法宝，扬手便是大蓬五色云网，将二妖人网住。内发风雷之声，一片红光闪过，二妖人已震成粉碎。这原是瞬息间事。

众人遥望妖道驾着一道暗碧光辉，正流星一般往东南方天空中射去，方要起身追赶，南绮道："妖道逃远，追他不上。香儿尚在林家，莫被妖党劫去。"

灵姑笑道："共总不多一会儿，妖道又未由那里经过，哪会有此事？"说罢，飞虹代林安向众人略为引见，便同转回，初意香儿先前随出，必在门外，人既机警，更会一点邪法，当无差池。哪知走到里面，均不见人。

南绮原甚爱她，喊了两声未应，由不得着起急来。裴元劝道："香儿本是我们一个累赘，也许想家，先回去了。这类妖巫余孽，知她所说真假？由她去吧。"

南绮道："你管我呢！她如想走，我们又不是不放她走，何须不辞而别？我看方才有妖党潜伏在侧，因见我们难敌，乘隙将其摄走。我不救此女回来,决不罢休。自会有人陪我同去,你和纪师弟见不得她,不去好了。"纪异笑道:"没我的事,我又没说不去。"

裴元知道爱妻小性,恐其又和上次一样负气,当着众人不便赔话,忙分辩道:"我又没说不去找她,不过瞎猜罢了。我看妖道真是奸猾,也许就是香儿前见的妖人,逃时发现人在下面,将其摄走。妖道逃处我已看明,要去就去,事不宜迟呢。"

众人见他改口这么快,均觉好笑。南绮也有点不好意思,微愠道:"说妖巫余孽是你,催去救她也是你。妖人逃远,难得林姊姊知道底细,又有法宝可以查出,不盘算一下就走,茫茫天宇,哪里寻去。"

飞虹早想开口,因不知二人夫妻同门,又极恩爱,只顾听他俩吵嘴好玩,忘了说出,闻言才插口道:"我看妖道逃时神情未必有此大胆,因近日各异派来人甚多。我与诸位相见以前,曾用师父无极圈查看,曾见一跛脚妖妇同两妖党似在附近踏月神气。先因三人步行山间,虽然生疑,还拿不定是否妖人。后来又有一人驾妖光飞到,与之会合,极似师父所说红云门下家数。

"这里风景甚好,家兄一人在此,我恐被箫声引来,本不放心,想来通知,不料诸位道友由水路误走到此。我没看那一面,忽然飞鹤告急,人数又差不多,疑是一起,也未细看便赶了来。因见鹤儿丹气稍为损耗,一时发急,顿忘家师之诫。

"等打成一家,想起妖妇红云散花针厉害,尚在寒心。香儿日前曾见她随妖巫同见妖道,我还代她可惜,幸被姊姊收容;如被妖妇掳去,人虽不致有甚大害,想要救回却非容易呢。"

众人多是初生之犊,只有南绮一人曾听乃姊舜华说过天缺姊妹来历。因自下山以来连经磨球岛、离朱宫与终南三煞、鬼老等大阵强敌,增加了好些胆力。又极怜爱香儿,恐其受苦,闻言略为心动,也就放开。

灵姑更是疾恶救人心盛,自从看出香儿诚实灵慧,不由生了怜爱,既不愿其陷妖邪之手,又急于寻找涂雷踪迹,探问虎王近况,闻言毫未在念,反催速行。

南绮笑道:"灵姊且慢,事不急此片刻。"随问飞虹:"令师无极圈既能查探妖人踪迹,可能借用一看么?"飞虹道:"妹子也是此意,只是还未及说呢。不过此宝用时颇为费事,又未带在身旁。家师不在山中,素无外客,石洞狭小,也未便延款嘉宾,只好请家兄暂陪,妹子去去就来如何?"南绮谢诺。众人知道先查看出了踪迹,找起来容易得多,均未再说。

飞虹行时,林安连忙追了出去。众人隔窗外望,见兄妹二人对立争论了几句,方始回转。林安回屋,先谢慢客之罪。跟着便向裘元说笑,神态甚是亲近。南绮是行家,见林安一身仙风道骨,分明功力甚深,偏又不见施为。又想飞虹无极圈既能查探妖踪,自己一行相隔最近,又是乃兄清修独居之地,怎会不曾看出?越想越觉不解。

待了好一会儿,飞虹仍未回转。见裘、林、纪三人谈得甚是投机,正想走过去向林安探询,飞虹忽然飞入,笑道:"家师此宝本极神妙,本来五百里以内的人物往来均可查听得出,无如妹子功力太差,此宝用时颇耗元气。有时乘着家师外出,用它往外查看,家师回山还要数说妹子几句。至多只能看到一二百里远近,语声稍远便听不真。

"我和二位姊姊一样,也颇怜爱香儿,看时格外加功。因连日偷看,家师怜爱妹子,见不听话,不忍叱责,反将此宝加上仙法运用,看起来不致十分费力,地面也远了些,但仍不能过远。先以为香儿如被妖人摄去,必已逃远,限于功力,只能按照方向度数挨次查看过去。

"连看了好些地方,均无妖人与香儿踪迹,越料人已逃远,无法查见踪迹。方想回来,收宝时偶往近处察看,香儿竟在东南方树林之内悲哭诉苦。好似适才往救家兄,她在门外遥望观战,被一妖人摄去,想逃不敢,也逃不脱神气。

"离林不远崖坡下面,另有男女六人在彼斗法正急。内中一个形如雷公的幼童法力最高,同了一个少年,似是正教门下,但看不出他的派别。二人同在一幢形如莲花、具有七色金光的宝座之上应敌,各有一道极强烈的剑光和好些法宝,手发连珠雷火,甚是猛烈。对方三男一女,正是妹子先前所见的红云门下妖徒。

"妖妇为首,邪法也数她最高,除好些飞刀、飞叉而外,妖妇并将红云散花针飞将出来。只见大片其红如血的妖光,将对方连人带宝一齐围住,中杂千万根碧森森、紫阴阴、长约尺许、又像针又像箭的光雨,齐朝敌人攒射,看去厉害非常。

"少年面容似带愁急,幼童却不在意,厉声喝骂:'该万死的妖妇!小爷先还不知你便是害我母亲的仇人,今日才得知道。反正不是你死,便是我活,有甚妖法,只管施展出来,放这狗屁做甚!'妖妇先说的话我没听到,看那咬牙切齿神气,好似心中恨极,决意要致幼童死命,一面和三妖党同声咒骂,一面加强邪法。

"她那散花针本由左手五指尖上先化五股血焰发出,脱手再化成一片暗赤光华,杂着千万根紫碧二色飞针向前猛射。因吃对方宝光挡住,不得近身,便将左手向前连指,妖光立时大盛,远望过去,已化成了一堆数亩大小的鲜血。除金光霞彩隐隐闪动而外,内中人影儿难分辨。

"我正替他着急,忽听幼童喝道:'小爷今天想要救人,权且容你多活几天,你如无甚鬼门道,小爷要失陪了。'妹子先见妖妇等四人已然飞空应敌,她这一面却是始终连人带宝紧贴地上,红云散花针光浓如血,无异实质,二人头顶和四面全被胶滞压迫,又听家师说过此针厉害,照说决无脱身之望。

"方在留神看他如何走法,不料果有神通,话快说完,先是一片明霞似喷泉暴涌般突自妖光中冒起。我刚看见中有两条人影,以为是冲破重围向上逃走。知道妖光重如山岳,休说被它射中罩向全身,便稍为沾上一点,也成附骨之疽,任凭敌人摆布残杀,万无生理。二人被困当地,仗着法宝防身,急切间只要宝光不为邪焰所污或是炼化,尚可相持待救,暂时还不至于受害。这一犯险突围,却是大忌,散花针邪焰毒气得隙即入,二人也决冲不出去。

"方觉要糟,谁知这位雷公脸的道友竟是声东击西,以进为退。说时迟,那时快,就在妹子心念微动之际,明霞在血焰中似大水泡一般连冒了两冒。妖妇打算欲擒先纵,刚把血焰压力减轻,听其冲出,再下毒手。不料那明霞金光只管闪变,并不向上冲起,光中人影也未再现。妖妇似觉有异,二次又以全力进攻,散花针血焰突然下压之际,只听一声大震,金光明霞一齐消灭,地面立被冲破了一个大深坑。

"妹子还当二人护身宝光为邪法所破,人遭惨死。忽听霹雳一声,大团雷火从左侧林外斜射过来,当头爆发。男女四妖人骤出不意,又惊又怒,各由身上冒起一片绿光将身护住。雷火吃妖光一挡,也便消灭,遍地都是火星飞射。香儿也忽然不见。又听空中大喝道:'贼淫妇,暂时饶你不死,还不见情么?'

"妖妇也真厉害,将手往上一扬,那红云散花针的五股血焰立时朝空飞去,晃眼展布开来,天都遮红了半边。四妖人也各飞身而起,朝那发话之处飞出。刚到空中,便听身后不远幼童大笑之声。

"妖妇想是气愤不出,怒火攻心,把手一招,大片红云便似狂涛一般,转朝发笑之处连人回身追去,端的比电还急,展布也越宽广,转瞬便已老远。

"妖妇走后,幼童和那少年忽在卧龙峰后出现。香儿也随在身旁,刚在问话,公冶仙师同一未见过的矮胖和尚忽然走来,埋怨二人道:'你二人不应仗着两道灵符如此胆大，就说持有制胜之宝，也还不到用时。妖妇阴险狡诈，已发现你们隐遁神妙，声东击西，虽向发笑之处赶去，当地仍留有散花针的邪气，细胜游丝，不是目力所能看出。不论是人是宝，只要沾上，妖妇立即回追，胜败两均不宜，何苦淘气？'

"说完，又指着香儿对和尚道：'此女灵慧非常，又曾习过邪法，正好合用。'随向妹子这面发话，令告诸位道友，说香儿已然遇救，只等君山事完，便可相见，并说此女根骨心性俱好，只是孽重，此次用她，便为使其借此积福消孽。以后当令拜在虞姊姊门下，朱师伯也必应允。说完，将手一挥，无极圈便失灵效。因经时稍久，所以妹子来迟了些。"

众人听出与妖妇恶斗的两人正是涂雷、瞿商，香儿也在那里。几次想要赶往相助，飞虹话却说个不完。南绮因见飞虹神色从容，料有下文，止住众人，将话听完，好生欢喜。一看残月西斜，启明星明亮，天色离明不远。

主人殷勤留住，说南绮收此高弟，如愿相偿，理应置酒为贺，不令就走。众人因香儿既随公冶黄一起，此去必有好处，不用寻找；妖道已逃，涂、瞿二人必由香儿口中问出一行踪迹，也许来见，否则必有缘故；南绮又在代主留客，便同留了下来。

林氏兄妹见众不走，心中大喜。兄妹二人本未十分断绝烟火，旧家豪富。饮食精美，从小便成习惯，所以虽是山居，却存有不少现成酒食，荤素均备，更有日间钓养盆中的活鱼。因为外面风景清幽，特意把席设在溪旁花林之下，行灶用具，设在石笋后面。本定兄妹二人一个陪客，一个备办酒食，不料众人都是年轻喜事，抢着帮忙，林家食物除却几尾鲜鱼外，因未用人，为求方便，又非每日必须，所备均是腌腊风糟之味，外加菌油笋脯等素肴，风味绝佳，十分鲜隽。

南绮见要杀鱼，赶过去笑道："有这些好东西，何苦杀生？放了它吧。"

飞虹笑道："愚兄妹自从入山以来，极少杀生。只因家母生小妹时难产，想吃鲜鱼，产后不久去世，后日便是二十年祭期，故请家兄钓了三尾在此。钓时任其吞饵上钩，不用法力，钓了两日，才只三条。本意只留一条大的应用，余仍放生，幸值嘉宾惠临，烹以待客。姊姊既发恻隐，放了也好。"随即放入水内。

南绮见林家所有用具无不精致清洁，便在一旁帮同下手。裘元见爱妻走开，便跟了去。余人纷纷随往相助操作。林氏兄妹拦劝不听，只得听之。人多自然快，灵姑、纪异又均内行，一会儿便全齐备。

飞虹笑道:"本想挨次端来,下酒清谈,诸位姊姊哥哥偏劳尊手,谁也不肯入座,只好乱糟糟摆上一桌,多么俗气呢。"纪异道:"这样谁爱吃甚,随便挑,多好。"

裘元笑道:"主人遇见你这样俗客,就想雅,也雅不出来了。"南绮笑道:"你和纪师弟还不是一样?只怕还更俗不可耐呢。"

裘元知她暗点平日背人时对她亲热之事,又见灵姑注目微笑,疑被识破,面方一红,想要开口分辩,飞虹忽然说道:"诸位姊姊哥哥,我有一事相求,不知可否?"南绮和飞虹本是一见如故,互相倾慕,谈了这一阵,越发投缘,亲热非常,闻言立问:"姊姊有何吩咐?我们力能所及,绝无推辞。"

飞虹道:"并非妹子的事。只因家兄转世之后,立志改归正教,本来前生法力决不再用,连家师代向韩仙子那里取回来的法宝也均转赠小妹。嗣因家师说他前生所炼大小诸天花煞神罡将来尚有用处,难得那一十二面元辰旗,前生兵解以前因追妹子,匆促之间不曾带在身旁,追时又将洞门随手行法封闭,地势本极隐僻,无人到过,原物尚在,毫未毁损。

"年前经家师取来,令用前法加功祭炼,以便应用。当时家兄曾对家师立誓,此宝只用一次。现时所学,只是玄门扎根基的初步功夫,恐遇上妖人侵害,从来不敢远出。近三两日偶然往来卧龙峰,也只骑鹤飞行,不用前生飞遁之法。所以今夜遇敌,甘受危害,不肯违誓出手。

"如论道心,实是诚毅坚定。无奈家师与他缘分只此,仅由小妹代传一点口诀,实难深造。想要另拜仙师,无人援引。家师近更不喜多事,求也无效。我知朱、姜二位教祖现正大开门户,发扬正教,家兄向往甚切,务望诸位姊姊哥哥代为援引,感恩不尽。"

众人闻言,才知二人竟是前生爱侣,不由互相看了一眼。方要答话,飞虹已经觉察,知道把话说露,慨然又道:"妹子适才并非隐而不吐,实以前生一念之差,为情所累,几乎误己误人。家兄兵解以后,妹子想起前事,心如刀割。直到二次兵解以前,才知家师早已算定这场情孽,特意托了两位道友暗护妹子,完了这段孽缘,然后重回家师门下。

"这两位师执一是韩仙子,一是前世家师,现已道成仙去的女仙杜菱洲,孽缘虽解,余情尚在。又以家兄以前误入旁门,虽未作恶,初拜铜井翁时,为练旁门法术,曾造了好些无心之孽。他又眷念师恩,当乃师尸解以前,曾发宏愿,情甘历尽艰危,代师消解孽冤。未等下山修积,便为妹子所误。仇敌极其厉害,偏偏前师遗命,叫他转世以后,前生法术不可使用;否则仍归旁门，心愿还是难了，虽蒙家师助他恢复本来，空有一身法力，并无用处。

"为此妹子查探出他投生之所，跟踪寻来，与他成了同胞兄妹，以便助他成道，而免顾忌。适才因见诸位姊姊哥哥驾临，难得有此仙缘，喜极忘形，无心泄露，实则连家兄也只今春才知底细。实不相瞒，如非想从家师学道，不舍离开，妹子也已改投男身，成了他的兄弟了。"

说时，众人见飞虹天真烂漫，依然言笑从容，若无其事，林安已早眼圈红晕，似颇伤感，正朝众人起立，想要下拜。被裘元一把拉住，说道："以林兄的根骨人品，我想家师定加青眼。不过我们都是初入师门，人微言轻。最好能得一位如公冶真人的老前辈，一言立允。"南绮知裘元和自己一样心热面软，又见他嘴里说着话，眼却望着自己，笑道："元弟，你说这类模棱之言，有甚意思？还不如不说呢。公冶真人乃林姊姊的师公，事若可行，也不会对我们说了，我看此事必有原因，也非无望，你对林兄说我们无不尽心，不比你说那些话好么？"林氏兄妹闻言大喜，同起拜谢。

飞虹又道："虞姊姊说得对，公冶仙师妹子也曾求过。他说：'青城弟子预计当有十九人，目前人尚未齐，事固有望。我和朱道友曾有一句戏言，不愿落他算中，最好能由他门下之士引进。'小妹前生只峨眉门下有几位姊妹交厚，但我听说峨眉自收川东五矮之后，便不再收门人，教规又严，不似朱师伯易于进言。除非拜在同辈道友门下，又觉辈分不合，算来只有青城派最好。偏生一位也不认识，眼看家兄孽限将满，尚无遇合，日前正在发愁，且喜不期而遇，岂非天幸？姊姊这等说法，断无不成之理。妹子且令家兄事前稍建微劳，以为异日请求进身之地如何？"

南绮方要答话，忽见晓雾迷茫中，天上阴云四合，若有雨意。笑道："行善也须遇机，林兄空有一身法力，不能应用，无须勉强。"

飞虹答道："法术虽然只用一次，现尚未到时机。但他前生所留法宝甚多，本全赠予妹子，不愿再用。后经家师将那附有邪气的几件废去，下余重用仙法练过，日内便可发还，只是妹子还未对家兄说罢了。"

灵姑接口道："量力而为，原也无妨。妹子起初连初步功夫都不会，只蒙以前郑恩师赐了一口宝刀，便在外面胆大妄为，所经危难颇多，全都逢凶化吉，终于无事。可见运数前定，只要向道心诚，除受点惊恐之外，并无大害呢。"

裘元道："昨夜那么好的天气，今朝竟会阴天。昨日往寻武当诸友未见，此时当在水云村内，我们何不再往一访？"

灵姑因上次石明珠神情傲慢,始终误会武当诸女意图争功,不愿事前与之相见。但知南绮与石家姊妹交厚,不便深说,故做不经意之状,接口说道:"昨日我们前去,人家连名姓都不知道,想必不在那里。武当姊妹学道年久,怎会住在俗人家内?我未拜师前,多蒙涂道友相助。尤其是号称虎王的颜道友,和我父女萍水相逢,亲若骨肉,所养金猊、白猿更有解围之德。自从别后,久无音讯,急于寻找涂道友,打听他的近况。涂道友之师清波上人道法高深,遇事前知,既命心爱高足到此,必有通盘筹算。我们初来,妖人虚实一点不知,如与涂道友相见,便可明白。与其往水云村白跑一趟,还不如寻涂道友去呢。"

南绮深知石家姊妹为人甚好,尤其玉珠对友热肠,不似明珠冷面。明知事出误会,但是灵姑人虽诚厚,心高气傲,平时对己亲热尊敬,不愿强其所难。便拿话点她道:"林姊姊的二位仙师曾说我们若各行其是,无人主持联系,恐要误事。同是救灾弭患,修积善功,多找几个人合力下手要好得多,分甚彼此?我料涂道友必知我们在此,如不来会,当有原因。灵妹故人义重,既有话问,先寻他二位也好。"

正说之间,忽然狂风怒号,飞沙扬尘,吹得四外林木宛如波涛起伏。近侧几株桂花树正当盛开,吃狂风一吹,枝上金粟似骤雨一般满空飘散,香气分外浓厚。只是一会儿便被风吹走,只剩下缀满绿叶的空枝在风中摇摆不定。

灵姑直喊:"可惜!当风起时,花还未谢,南姊和主人怎不行法将花护住?"南绮看出狂风有异,正在留神向隔山空中查看,闻言答道:"我看此风奇怪,莫要又是妖人闹鬼?"

飞虹方说:"这里正邪各派均有多人在此隐迹暗斗,由这里起直达衡山,更有好些前辈仙长洞府,是何妖邪如此大胆,敢在此时公然猖狂作怪?"众未及答,裘元眼快,忽然疾呼:"众位快看,那不是妖人在闹鬼么?"

众人定睛一看,天空已被阴云布满,光景昏暗异常。遥望隔山高空暗云之中,果有两点光华闪动,相隔又高又远,看去细才如豆,众人虽是慧目法眼,也仅稍为看出一点影子。南绮见那光华一黑一白,像鬼火一般闪烁不停,计算双方空中距离,少说也有一二十丈,恰如星丸跳动,上下旋舞,虽是隐现无常,却始终不见撞在一起。说是有心戏弄,偏又相持不下,越看越怪。

飞虹道:"这是甚妖邪,怎看不出他的来路?可惜无极圈不能带去,相隔太远,天空阴云又厚,看不真切。妖邪不会如此大胆,莫要我们看错了吧?"

灵姑方说:"如非妖邪,怎么刮那怪风?"猛瞥黑、白二光往上一撞,微一分合之间,似有黑影一闪,也未看真,光便隐去。同时又闻得两声极尖厉刺耳的异声,由远而近,晃眼便见迎面不远飞来两团邪雾,当中裹着两个形似山魈的黑影。因那来势快得出奇,云雾浓密,黑影周身邪雾环拥,又与当空暗云同色,极难分别。

众人先前只顾注视天上光影,骤出不意,直到近前相隔只数十丈,方始警觉。见那来势,好似看准下面众人,当头扑来,南绮知道不妙,忙喊:"大家留意妖人暗算!"

一片红云夹着大蓬火星,已由飞虹手上发出,朝前飞去。黑云吃红云一挡,好似激怒,刚刚电也似急避开正面,待要飞腾变化,另下毒手,忽然一道金虹由斜刺里山凹中飞射过来,来势竟比妖人还快。一个·被金虹由侧面射中,一声惨啸,化为一溜黑烟,朝相反一方激射而去;一个也被扫中了些,全身立即残破了小半边,哇的一声怪吼,同样化作一溜黑烟,朝同伴逃路追去。晃眼追上,两股黑烟合成一团,接连千百个滚转,冲向暗云中去,神速已极。先见金虹已隐。

众人知追不上,眼看妖烟快要失踪,不料晃眼工夫,忽然空中电光一闪,一团雷火当空爆炸,正对妖人逃路。满天雷火星飞四射中,瞥见那黑气似被雷火打中,震成十几股大小黑烟,箭雨一般,掉转头往西北驶去。同时空中现出两道遁光,疾如流星,横空而渡,随后追去。前面黑烟也由分而合,仍似转风车一般一路急旋,滚动飞驶,冲向暗云层中。

灵姑看出遁光中有一道正与涂雷所用飞剑相似,忙喊:"那便是涂道友的遁光。"人随声起,当先追去。纪异好奇喜事,跟踪飞起。裘元本也想去,因见南绮未动,笑问:"我们同去一看如何?"

南绮道:"你真不知自量,这两妖人何等神速厉害,如非那道金虹将他们元神损耗大半,照那情势,分明想来暗算我们。事前不曾防备,差点没有吃其大亏。我们赶去追得上么?涂、瞿二位道友又未见过,等吕师姊将他们请来,不是一样?"

飞虹本不舍南绮就走,闻言喜道:"姊姊真好,如肯收我做个小妹子,我更喜欢了。"南绮原就喜她天真,双方一叙年庚,谈起今生,南绮居长。认定姊妹,又谈了一阵,吕、纪二人竟是一去不归。

狂风早止,下起雨来。四人先还用法力将雨逼住,不令上身,同坐树下观看雨景。后来雨势越大,满空湿云低压,水气溟漾。四面山崖之上,不少飞瀑流泉上下飞舞，溪中之水已将齐岸。

林氏兄妹说："这里无甚意思，不如等雨稍住，再出来赏玩雨后新瀑比较有趣。"刚将裴元、南绮请往屋内，南绮笑问："你那两只仙鹤呢？从我们饮酒起便没再看见。它们昨夜损耗了一点丹气，何不唤来给它们两丸丹药，补偿它们的劳苦？"

飞虹闻言，微惊道："哥哥，还不快看去，你那鹤儿怎会离开这些时？"林安道："也许昨夜受伤，在栅中静养呢。"随说，便往外走。跟着便听林安呼鹤惊讶之声，三人忙即赶出。刚同走到门外，便听一声鹤唳，紧跟着一条白影冲烟冒雨凌空飞坠，正是二鹤。一鹤似受重伤，昏迷若死，被另一鹤用两爪抱着一同飞回。到地叫了一声，朝着飞虹兄妹将口一张，落下一封柬帖和两粒丸药。

四人拾起同视，才知二鹤为主忠义，天明后由狂风中嗅出邪气甚重，唯恐少时客走妖人寻来，秦仙子不在，林氏兄妹难于抵御，想乘来客未走，往探妖踪，再将众人引去除害。自恃功候颇深，长于飞腾变化，能大能小，又以为后有大援，飞出较远。

二鹤先在附近查看了一遍，最后赶往对面山头，忽然发现二妖人被黑白两团宝光照定，在高空飞舞挣扎，不能脱身。初遇不知厉害，想要查明下落再走。不料二妖人乃左道中有名妖邪黎殊、冯化。他俩被一前辈散仙用法宝镇压在衡山绝壑中已有两甲子，外面并有仙法禁闭，本难脱身。适被红云妖徒吴禽无意之间破了禁法，放将出来。

二妖性最凶残，虽是妖魂，经过多年苦炼，元气凝固，无异实体，并炼就玄武乌煞魔经，二身能合为一。对敌无须用法宝，只要被扑上身去，生魂便被摄走，休想活命。附身邪烟乃地底阴煞之气所炼，其毒无比，稍为沾上，人便晕死。吴禽虽看出是两个凶魂，却不知厉害，妄想收为已用。吃两条黑影往上一合，立遭惨死，空有一身妖法，一毫也未用上。

妖人虽被放出，无如黑白两团宝光紧罩头上，是个大累，如不去掉，好些不便。又听先前妖徒在崖上和一同党谈起君山盗宝之事，心生觊觎。自恃炼就玄功变化，又是气体，得隙即入，欲往探看，相机下手。哪知二妖飞到附近山头，宝光威力骤盛，奇热如焚。因多年被困，已然悟出此宝乃仇人所炼两仪珠，须拼本身元气损耗，与之相撞，使其对消，方可破去。先在困中久欲一试，无如此举要毁却好些年的功力，外面又有太清仙法禁制，即便将珠破去，能否脱身还不可知，为此迟疑不决。没想到见了罡风之后这等厉害，连想恢复原状都办不到。实在难于忍受，只得犯险一拼。

二妖人先在空中发出大片妖雾，稍掩行迹，然后各用玄功全力施为。虽然将珠震破，脱了危害，元气却受大伤。事前原发现众人在下，不知为道术之士，意欲乘便摄取生魂元气，以作补偿。二妖人虽不似血神子邓隐那么厉害，遇上如无防备，也是难当。

妖人刚发现下面均是有根器的少年男女，心中狂喜，眼看得手。不料左近山凹中隐有一位异人，昔年曾受那位散仙之托，早有准备，当时放出一道金虹，二妖人元神精气消耗不少。内中一个已难成形，吃同伴追上，双方合为一体。正在逃走，又被涂雷、瞿商发现赶来，一照面先是一雷，妖人又吃一场大亏。连受重创之下，仅保残魂余气逃生，不能再成大害，消灭也自然不远。

但是双鹤无知，当妖人破珠时，护身妖气吃宝珠震散，满空飞舞，妖人再一回收，双鹤没有想到那等神速，一鹤竟中了毒，幸被同伴冒险救起。正往回飞，忽被异人招了下去，将柬帖、灵丹交其衔回，吩咐到家之后，由飞虹先取一丸，使伤鹤服下，等过三个时辰再服一丸，便可痊愈。后面并写着："灵姑、纪异追赶涂雷不曾追上，被一女仙约往洞中，不久还有事故发生。此时无须往寻，天晴可去水云村，与石玉珠相见。到了破法诛邪之日，再与灵姑会合，方可成功。"

那异人未具姓名，只在柬帖后面画着一把戒刀，一个开着笑口的大和尚头，神情甚是滑稽。谁也想不出他是何人，细详语气，好似一位前辈高僧，也为挽救这场浩劫，从旁暗助。

互相商谈了一阵，飞虹见雨将住，知道二人要走，不便再留，想令乃兄林安随同前往。裘元、南绮知他法力不能使用，虽有几件法宝，乃师尚未发还。又见异人柬帖所说，就这两三日内，各派妖邪已然云集，连灵姑、纪异都不许去寻找，以防骤遇强敌，为其所败，贻误大事。自己尚须随时戒备，再带林安同行，岂不累赘？各以婉言辞谢。

飞虹微笑着看了林安一眼，便未往下说。裘元、南绮见天已放晴，满空湿云随风流走，日光照处，岚光如沐。山巅水涯之间，到处白练横飞，玉龙倒挂，泉响松涛，万壑交鸣。一会儿浮云便被大风吹尽，碧空万里，一色澄鲜。端的天朗气清，秋光明爽。笑对林氏兄妹道："这么好的天气正是佳兆，行再相见。"随去至门外，略为话别，夫妻二人同驾遁光，向水云村飞去。

到后一打听，下人仍说并无此人。南绮始终不信石氏姊妹会说假话，便令裴元暗藏附近林中等候。自己去后园隐身查看,见和昨日一样,那五间屋内仍只老道士师徒二人在内。心想:"人如不在,柬帖不应那等说法。"又见那道士貌甚温和,率性现身入内。

还未开口,那道士正是史涵虚,见一道装少女突然出现,当是武当七女仙同门之友,立起下拜道:"仙姑贵姓?可是从武当山来么?"南绮闻言,越料张、石、林诸女仙在此,笑答:"正是。玉珠姊姊她们可在此地?道友何人?"

史涵虚答道:"贫道史涵虚。张、林二位仙姑同了石大仙姑已然两日未回。适才下雨时,石二仙姑曾来一会儿,说是洞庭君山近日又来了不少妖邪,方才更有两个极厉害的妖魂在空中施展邪法,破他头上镇压的宝珠已然成功。本想用金牛剑除害,因为独力难支,又看出邪法十分厉害,方在迟疑,妖魂已去,飞遁神速,知追不上了。归途忽闻雷声,回头一看,见有神雷当空爆炸,雷前飞起一蓬黑烟,后追两道遁光正是前遇舟中少年。

"双方虽然同是正教门下,但内中一个脾气古怪,张仙姑日前曾与相遇,不肯见面,并还捉弄,如非百禽真人劝解,几乎反目,便未赶去。回来和贫道谈起,忽然想到先在君山左近曾见男女二妖人,颇似小南极落虹岛洪原吉、崔香夫妇,以前本不相识,无心放过。意欲查探这两妖人下落,还没有走,司青璜仙姑忽然赶回,说在双仙崖附近发现张、林二位仙姑与男女二妖人在彼斗法。

"正欲去援,快要飞近,张仙姑忽令速回寻找石二仙姑,快去诛邪除害。贫道奉命留守,每次外出必定留话,故此回来询问,恰好相遇,说完立同起身,走了还不到一盏茶的工夫。"

南绮知因起身时和林氏兄妹多谈了一会儿,以致错过。异人令见玉珠必有原因,便把姓名来意匆匆告知,问明途向,飞往林中一看,裴元正向东南方空中遥望。见面拉住手喜道:"姊姊,你怎去了这么多时候?方才空中曾有好几道遁光飞过,正邪都有,走的又是一个方向,飞得都高,如非晴天,几难看出。我看东南方想必有事,石二姊可还是不在此地么?"

南绮见他口说着话,手却拉紧自己不放,神情十分亲热,微嗔道:"你只要无人在侧,便是这等没出息的神气,被人看见,岂不笑话?"

裴元见她不是真的有气,似喜似嗔,分外娇美,不由爱极,越发涎脸凑近前去,笑道:"你我本是夫妻,怕谁笑话?我又不……"

话未说完,南绮将纤手一甩,微愠道:"你不甚?亏你老脸不羞。照你这样,还想做天仙呢。玉珠姊姊去援张、林二姊,人在双仙崖附近,还不随我快去,只管拉扯做甚?"

裘元赔笑道:"好姊姊,不要生气,我只想同你无人时稍为亲热。以前你原说只要是名色夫妻,由我亲热,说了话又不算。以前初下山时,夫妻一路还好一些,近来有了两个同门一路,常不理我。上次负气,害我夫妻吃苦,差点送命。你答应我的话还没有补报呢。真狠心,连手都不让拉。要去双仙崖,须和从前那样,遁光连在一起。再冷淡我,我便寻鬼老那种妖人,任其擒去,叫你伤心着急,受点报应。"

南绮见他又将玉手拉住不放,偎傍身侧,是因见林中无人,想和自己亲热,不舍就走,故意延挨,笑道:"我看你这人,怎么好? 从古以来,有你这样神仙么? 快入魔了。"

裘元答道:"我虽爱极姊姊,但我夫妻全都向道虔诚,冰清玉洁,怎会入魔? 不过你我情意太深,我虽情发于中,不能自已,你难道真个一点都不爱我么? 古今多少神仙美眷,要是无情无爱,也无须结甚夫妇,合籍双修了。"

南绮见他仍还缠着自己不走,佯怒道:"你再不走,我真生气不理你了。"

裘元见她面带薄怒,只当是真,急道:"姊姊快莫生气,我和你同驾遁光如何?"

南绮见他惶急,忍不住扑哧笑道:"你不听话,谁还爱你这淘气小孩?"

裘元见她一笑嫣然,丰神艳绝,益发爱极忘形,口中连声应诺道:"听话,听话,只要姊姊爱我。"随说,伸手想抱。吃南绮回手抓住手腕,说一声:"走!"冷不防驾起遁光,破空直上。

裘元本想近来功力大进,可以和她相抗,意欲在当地亲热谈笑一会儿再走。不料南绮聪明,知他定力颇强,不易带起。单人先飞恐其失望负气,心又不忍,早就暗中准备,乘机同起,出其不意,带了便飞。

裘元不便再强,故意不将遁光放出,反倒回手相抱,任其带了同飞。南绮拿他无法,又好气,又好笑道:"相隔不远,前面就到,再不松手,被他们看见,成甚样子?"裘元毕竟怕她生气,只得也将遁光放出,联合同飞。

到了双仙崖上空,四下查看,到处静悄悄的,哪有一点敌我双方的踪迹。如说胜败已分,张、林、司、石诸女归途中必有一两个路遇,怎会踪迹全无? 南绮埋怨裘元方才缠磨不休,否则怎会相左? 诸女如为妖邪所败,岂不冤枉? 裘元答说:"她们法力甚高,四口金牛剑外,还有石家姊妹的青蚨链前古至宝,她们如不行,我夫妻也是无用。"

正争论间,忽听身后喊了一声:"娃娃!"二人本极机警,一听笑声宛如鸟

386

鸣，同时又觉一股热风冷气由身后扑来，知道不妙。南绮动作极快，不等裘元回顾，一把拉住，首先飞起，遁向前面，避开来势。

二人全身立在剑光笼罩之下，然后回顾，见前面山石上坐定一个奇形怪状的老人，看年纪约有六七十岁，打扮得非僧非道。身穿一件黑衣，却把右臂露出在外，面黑如漆，满头花白，胡须乱糟糟茅草也似纠结一团，当中露出一对猪眼，绿黝黝射出凶光。广腮高颧，鹰鼻阔口，狞笑之容尚还未敛，怪口中稀疏疏露出三两根獠牙，神情甚是丑怪，凶恶非常。身材并不甚高，赤着双脚，盘坐石上。最奇的是身后似有三数条与妖人同样的鬼影，刚刚隐去，也未看清，阴风已止。行前二人曾在石上闲立，远眺了一会儿，走开不久，就在身后两三丈，并未回顾，竟不知妖人怎么来的。

南绮看出妖人并非庸手，方在暗中戒备，裘元已先喝道："你是何人？为何在我们身后捣鬼？"

妖人狞笑道："无知小狗男女，怎知我三化真人卓远峰的厉害？我如暗中下手，你们早成我囊中之物，连骨头也都化去。你们不过倚仗朱矮子传了两口飞剑，便敢耀武扬威，岂非找死？武当门下几个贱婢尚且被我困住，何况你们这点微末道行？我看这女娃娃生得还好，乖乖跪下降顺，等我这里事完，随同回山受用，包你快活。"

裘元几次想要动手，均被南绮暗使眼色止住。及至听到末两句，连南绮也不禁大怒。裘元更不必说，双肩一摇，取聚萤、铸雪双剑，立化青白两道精虹，首先电射而出。南绮飞剑也便出手，向前夹攻。妖人冷笑一声，张口喷出一口黑气，黑云也似将二人飞剑挡住。厉声喝道："你们且慢动手，我说的话想必不信，且先叫你们看个榜样。"说罢，将手一扬，立飞起一团薄如蝉翼的水泡，晃眼加大爆散，成了一个丈许大的黄圈。

二人往那圈中一看，只见内中乃是一座钟乳林立的山腹。当中一个广场，并无洞门，只有一个大裂口，通着外面深壑出口之处，已被黑气封闭。场中一大团金光，甚是强烈，光中四个女子，正是武当七女中的张锦雯、林绿华、司青璜和好友石明珠。光外环绕着一片黑气，一任四女冲到哪里，黑气便挡到哪里。黑气不厚，看去形如胶质。并且四女每冲突一处，必有两三条与妖人同样的鬼影出现，挡住去路，黑气立即加盛。四女似知不能冲破，转投别方，仍是如此。那么神妙的金牛剑，不知怎的，竟会冲那黑气不散。

尤其是双方并未真个撞上，才一挨近，四女剑光便已撤退。只见四女面上神情十分惶急，剑光已然合为一体，就在这薄薄的一片黑气虚罩之下，往来飞舞。但是地方不大,始终只在一二十丈方圆之内上下跳动,连洞中钟乳也未扫断一根。

裘元心方奇怪,激于义愤,待往应援,猛听身后有一女子清叱道:"南绮、元弟速退,再迟便来不及了。"紧跟着眼前金光奇亮,耀眼难睁,一道长虹突然当空下射。同时二人身子似被一种极大力量吸住,挣脱不得。南绮首先警觉不妙,定睛一看,连人带剑光已快投向黄圈之中,不禁大吃一惊。

（编按:原书完结,但故事并未结束。六十年前香港陈湘记书局,曾请人续写,因其文风情节拙劣,本书将不收录,保持原貌。）

图书在版编目(CIP)数据

青城十九侠：函套：全六册／还珠楼主著. －－北
京：中国文史出版社，2021.2
ISBN 978－7－5205－2697－5

Ⅰ．①青… Ⅱ．①还… Ⅲ．①侠义小说－中国－现代
Ⅳ．①I246.5

中国版本图书馆 CIP 数据核字(2020)第 245394 号

点　　校：裴效维　周清霖　李观鼎
责任编辑：卢祥秋

出版发行：中国文史出版社
社　　址：北京市海淀区西八里庄路 69 号院　　邮编：100142
电　　话：010－81136606　81136602　81136603（发行部）
传　　真：010－81136655
印　　装：廊坊市海涛印刷有限公司
经　　销：全国新华书店
开　　本：720×1020　1/16
印　　张：146.5　　　字数：2260 千字
版　　次：2021 年 2 月第 1 版
印　　次：2021 年 2 月第 1 次印刷
定　　价：398.00 元（全六册）

文史版图书，版权所有，侵权必究。

文史版图书，印装错误可与发行部联系退换。